U0813316

国家哲学社会科学成果文库
NATIONAL ACHIEVEMENTS LIBRARY
OF PHILOSOPHY AND SOCIAL SCIENCES

济慈诗歌与诗论的现代价值

傅修延 著

北京大学出版社
PEKING UNIVERSITY PRESS

作者简介

傅修延　1951 年生于南昌，文学博士，江西师范大学资深教授，博士生导师，江西省哲学社会科学重点研究基地江西师大叙事学中心首席专家，享受国务院特殊津贴。先后在多伦多大学与伦敦大学国王学院访学。主要著作有《讲故事的奥秘》《先秦叙事研究》《文本学》《叙事：意义与策略》《济慈书信集》（译作）《济慈评传》与《赣文化论稿》等。《元叙事与太阳神话》2013 年获教育部“第六届高校科学研究优秀成果奖（人文社会科学）”三等奖。三次获得江西省社科优秀成果一等奖，三次主持完成国家社科基金项目，三次主持完成江西省社科研究规划重大招标项目。2013 年起主持国家社科基金重点项目“听觉叙事研究”。

《国家哲学社会科学成果文库》
出版说明

为充分发挥哲学社会科学研究优秀成果和优秀人才的示范带动作用，促进我国哲学社会科学繁荣发展，全国哲学社会科学规划领导小组决定自2010年始，设立《国家哲学社会科学成果文库》，每年评审一次。入选成果经过了同行专家严格评审，代表当前相关领域学术研究的前沿水平，体现我国哲学社会科学界的学术创造力，按照“统一标识、统一封面、统一版式、统一标准”的总体要求组织出版。

全国哲学社会科学规划办公室

2011年3月

致 谢

本书的撰写与出版获得国家社会科学基金与国家哲学社会科学成果文库的资助，江西师范大学、江西省社会科学院和江西省社会科学规划办公室给予了许多支持，在此一并致谢。

感谢北京大学出版社的张冰教授，她一直关心我的济慈研究，为本书提供了许多很好的建议，并代表出版社将本书郑重推荐给国家哲学社会科学成果文库，本书的编辑工作凝聚了她的艰辛努力。

感谢萧惠荣、刘涛和胡一伟三位青年才俊，他们在文献查询、编排核校等方面为本书提供了许多帮助。

特别要感谢的是我的妻子吴易化，三十多年来我们一直是“相濡以沫，相依为命，相携以手，相敬如宾”，没有她始终不渝的鼓励、支持与强有力的保障，我的济慈研究不可能进行得如此顺利。

最后请允许我将本书献给我已故的父亲徐先兆与母亲傅香文，我身上流淌着他们赋予我的文学血液，愿他们在天之灵安息。

目 录

引言 济慈在今天 …… 1

第一章 济慈——"我们的同时代人" …… 1

第二章 无悔人生——无诗毋宁死 …… 9

一、环境与成长 …… 10

二、追求与阻挠 …… 15

三、分析与比较 …… 21

四、对现代人的激励与启示 …… 29

第三章 先锋诗论——诗人无自我 …… 43

一、消极的能力 …… 46

二、诗人无自我 …… 55

三、想象:感觉与创造 …… 62

第四章 观点的旅行——"接着讲"与"对着讲" …… 79

一、艾略特——"诗歌不是个性的表现" …… 81

二、瑞恰慈及兰色姆——美何以为真 …… 90

三、巴特——作者不死,读者不生 …… 95

四、福柯——"谁在说话有什么关系" …… 99

五、赫施——"为作者辩护" …… 104

六、利科尔——从作者的自我到读者的自我 …………………………… 107
七、布斯——“说话的我”究竟是谁 ………………………………………… 111
八、德·曼——作者的莫衷一是 ……………………………………………… 121
九、什克洛夫斯基——反常化与“消极的能力” ……………………… 128
十、“恨不奋身千载上,趁古人未说吾先说” …………………………… 133

第五章 时间诗与时间之惑——“但愿一星期能变成一世纪” ………… 137
一、敏感与恐惧 …………………………………………………………… 138
二、迷思与奇想 …………………………………………………………… 147
三、睡梦与死生 …………………………………………………………… 159
四、先知先觉:现代叙事中的时流变异 ……………………………… 168
五、余论:契合与共鸣 …………………………………………………… 183

第六章 生态诗与生态之享——“大地的诗歌从不间断” …………… 192
一、“久困于城中的人” …………………………………………………… 193
二、“自然的听者” …………………………………………………………… 199
三、亲近与品尝 …………………………………………………………… 205
四、思考与议论 …………………………………………………………… 213

附录一 济慈年表与创作全目 ………………………………………… 221
一、1795—1813 ……………………………………………………………… 221
二、1814—1817 ……………………………………………………………… 224
三、1818—1821 ……………………………………………………………… 231

附录二 济慈观点集萃 ………………………………………………… 246
一、论诗歌 ……………………………………………………………………… 246
二、论诗人 ……………………………………………………………………… 253
三、论艺术 ……………………………………………………………………… 258
四、论想象 ……………………………………………………………………… 263
五、论人生 ……………………………………………………………………… 267

六、论自然 …… 278

附录三 济慈的湖区与高原之旅 …… 285

一、温德米尔湖与斯奇道峰 …… 288

二、苏格兰与彭斯故乡 …… 292

三、史塔法岛与本尼维斯山 …… 304

参考文献 …… 311

索 引 …… 316

后记 “明亮的星！愿我像你一样坚定” …… 326

Contents

Preface Keats at Present ········· 1

Chapter One Keats—"Our Contemporary" ········· 1

Chapter Two A Life Never Regret—Poetry or Death ········· 9

I. Environment and Growth ········· 10

II. Pursuit and Obstruct ········· 15

III. Analyse and Comparison ········· 21

IV. Stimulation and Revelation to Modernists ········· 29

Chapter Three Pioneering Poetic Theories—The Poet Has No Identity ········· 43

I. Negative Capability ········· 46

II. The Poet Has No Identity ········· 55

III. Imagination: Perception and Creation ········· 62

Chapter Four The Trip of Keats' Viewpoints—"Succeedings" and "Contradictings" ········· 79

I. T. S. Eliot—"Poetry Is Not the Expression of Personality" ········· 81

II. Richards and Ransom—Why Beauty Is Truth ········· 90

III. Barthes—Reader's Life Depends on Author's Death ………… 95
IV. Foucault—"Who Is Speaking Doesn't Matter" ………………… 99
V. Hirsch—Defending the Author ………………………………… 104
VI. Ricoeur—From Author's Self to Reader's Self ……………… 107
VII. Booth—Who Is the "Speaking One" …………………………… 111
VIII. de Man—Unable to Decide Who Is the Author …………… 121
IX. Shklovsky—Defamiliarization and "Negative Capability" ……… 128
X. "How I Want to Be Born an Age Earlier so I Could Say Something Original before Other People" ……………………… 133

Chapter Five Temporal Poetry and Temporal Perplexity—"Oh That a Week Could Be an Age" ……………………………………… 137
I. Sensitiveness and Trepidation ……………………………… 138
II. Myth and Fantasticism ………………………………………… 147
III. Slumber and Life-Death ……………………………………… 159
IV. Prophet: Temporal Variation in Modern Narrative ………… 168
V. The Rest: Fit and Correspondence ………………………… 183

Chapter Six Ecological Poetry and Ecological Enjoyment—"The Poetry of Earth Is Ceasing Never" ……………………………… 192
I. "One Who Has Been Long in City Pent" …………………… 193
II. "The Nature's Auscultator" ………………………………… 199
III. Proximity and Degustation ………………………………… 205
IV. Speculation and Dissertation ……………………………… 213

Appendix I Chronological Table of Keats' Life and Works …… 221
I. 1795—1813 ……………………………………………………… 221
II. 1814—1817 ……………………………………………………… 224
III. 1818—1821 ……………………………………………………… 231

Appendix II Chief Viewpoints of Keats ······ 246
I. On Poetry ······ 246
II. On Poet ······ 253
III. On Art ······ 258
IV. On Imagination ······ 263
V. On Life ······ 267
VI. On Nature ······ 278

Appendix III Keats' Walking Tour to the Lakes and Highland ······ 285
I. Windermere and Skiddaw ······ 288
II. Scotland and Burn's Home Village ······ 292
III. Staffa and Ben Nevis ······ 304

Bibliography ······ 311
Index ······ 316
Postscript "Bright Star! Would I Were Steadfast as Thou Art" ······ 326

引言　济慈在今天

> 除弥尔顿外，没有其他英国诗人对后来人产生过像济慈这样深刻的影响。（丹尼尔·S.伯特）

英国浪漫主义诗人约翰·济慈（1795—1821）和今天的读者之间，几乎隔着整整两个世纪，但他的诗歌和诗论对我们来说仍然具有非常特殊的意义。

探讨济慈诗歌与诗论的现代价值，首先要扫除认识上的障碍。总的说来，国人对济慈的了解有待深入。由于种种原因，一般人不大清楚济慈的文学分量，大多数人对济慈的印象似可归纳为如下三点：

第一，作为一位远去的19世纪诗人，济慈在我们今天的生活中已经没有位置；

第二，在群星灿烂的英国浪漫主义诗人当中，济慈只是个二流角色，他的名字永远跟在拜伦与雪莱后面，华兹华斯与柯勒律治的名气也比他大得多；

第三，济慈只活了25岁多一点，如此短促的时间内不可能有太多作为。

造成这三点印象的主要原因，是某些外国文学教材陈陈相因，未能吸收济慈研究的最新成果，它们只提济慈在生之日饱受攻讦，不提1848年之后济慈声名鹊起，至于济慈诗歌与诗论的现代价值和深远影响，这些教材的编写者更是付之阙如。据我所知，国内许多高校的外国文学课堂上，济慈仍被说成是被恶毒批评杀死的软弱诗人，这样来评价济慈无疑是很不公正的。

为了证明以上说法与事实不符，我在《济慈书信集》的译者序与《济慈评传》的有关章节中，用了相当大的篇幅来讨论济慈的文学史地位与影响，甚至不惜使用数字与图表来说明问题。我所举出的关键事实包括：

一、济慈逝世二十多年后，随着英国进入维多利亚时期，一股“济慈热”在学术圈内萌动并逐渐向社会蔓延，到了19世纪后半叶，济慈的影响超越了所有的浪漫主义诗人，许多人视其为浪漫主义运动最杰出的代表，所有的维多利亚诗人都对济慈的天才表示过赞美。[①] 这股热潮达到极点时，人们说他的地位可与荷马、但丁和乔叟等人相颉颃，有人将他与莎士比亚相提并论，英语中

---

① 济慈在生时诗才已获文学界承认，但未像拜伦、雪莱那样在作品出版之际立即受到广大读者的关注。在其去世后的四分之一世纪里，坊间对他最善意的评价没有超过“遗憾”一词所概括的内容，言下之意是如果他活得更长一些，说不定能写出不朽之作。济慈大多数朋友都认为他身后未留下能够传世的作品，当舍温在1836年建议为济慈在英国立一座纪念碑时，布朗回答说济慈还没有伟大到那种地步。济慈第二部诗集出版以后，舰队街在以后20年内没有重印过他的作品，1840年伦敦出现了一部济慈诗选，但很快这本书就降价出售，说明当时市场需求相当有限。1829年迦格利安尼编了一本英国诗选在巴黎印行，其中包括济慈、雪莱与柯勒律治的诗，这本书在美国也有翻印，但两者的发行量都不大，没有产生多大影响。就在济慈的名字似乎要被社会忘却之时，一股小小的“济慈热”在学术圈内悄然萌动。点燃最初火苗的是剑桥大学的学生，他们在1829年发起了一场与牛津大学的辩论，辩题是雪莱比拜伦更为伟大。“惺惺自古惜惺惺”，在拥戴雪莱的同时，年轻的大学生通过雪莱的《阿童尼》注意到了济慈，他们对命运多舛的青年诗人产生了由衷的同情与喜爱。1834年舍温给布朗写信，说一些剑桥人想在罗马演出《奥托大帝》，这是“济慈热”向外延烧的一个朕兆。剑桥大学三位重量级的毕业生在这件事情上发挥了关键性作用，凑巧的是他们都曾在三一学院学习，都加入过其中的秘密组织“使徒社”。第一位是那场辩论的发起者之一阿瑟·亨利·哈拉姆。哈拉姆提出雪莱的拥戴者必须同时拥戴济慈，他告诉别人济慈诗歌有一种非同凡响的神奇魅力，他说自己相信这位天才诗人是阿波罗的最后传人。第二位是哈拉姆的莫逆之交阿尔弗雷德·丁尼生。哈拉姆随父游历维也纳时患脑溢血去世，和他一样热爱济慈的丁尼生继续孜孜不倦地宣扬济慈的诗名，他认为“济慈几乎所有的创作都含有最深邃的诗意”。终生服膺济慈的丁尼生在华兹华斯之后获封“桂冠诗人”，维多利亚女王对丁尼生赏识有加，曾将其作品与圣经相提并论，而丁尼生又被人认为是济慈的传人，在丁尼生名气的“顶托”之下，济慈的读者群迅速扩大。第三位是济慈首部传记的作者理查德·蒙克顿·米尔尼斯。米尔尼斯兼具诗人、贵族与国会议员等多种身份，他还是护理学先驱弗洛伦斯·南丁格尔的倾慕者，或许是由于“南丁格尔”(nightingale在英语中指夜莺)之名，米尔尼斯对《夜莺颂》的作者怀有特殊的感情。布朗去新西兰前将自己写的回忆录与所收集的济慈手稿交给米尔尼斯，米尔尼斯在布朗去世后决定亲自撰写济慈传记。《济慈的生平、书信与文学遗稿》在1848年出版，其内容虽未能尽如人意，米尔尼斯本人也认为它“只是一个男孩的传记”，却产生了好评如潮的轰动效应。在社会迫切希望了解济慈的时候，这部传记满足了人们的需求，它的出版促成了“济慈热”的全面升温。李·亨特在1828年出版的《拜伦爵士及其同时代人》中预言济慈20年后将会出名，他的话因米尔尼斯的传记而获得应验。济慈就是这样走出历史尘封，进入了19世纪中期英国广大读者的视野。虽然这个时候埋葬在新教公墓的肉身已朽，但那颗热爱真善美的灵魂并没有死去，诗人在诗歌的字里行间与读者展开了生气勃勃的对话。济慈临终前所说的“来生”真正从此时开始，是青春的力量帮助他实现了自己在艺术上的复活。早夭在这里由坏事变成了好事，因为在读者心目中他永远年轻，他那春花绽放般的诗歌永远鲜嫩。济慈从未丧失对自己的信心，他在遭受打击时仍坚称自己“死后将跻身于英国诗人之列”，但他无论如何也未想到，自己的诗歌竟会受到读者如此热烈的欢迎。

甚至出现了“School of Keats”（济慈派）和“Keatsian”（济慈式）这样的表达方式。

二、20 世纪以来“济慈热”余温未消，[①]英美文坛上不断出现济慈诗歌的狂热崇拜者，其代表人物有英国的威尔弗勒德·欧文、美国的 F. S. 菲茨杰拉德与丹·西蒙斯等，他们在自己的作品中反复颂扬济慈的英名，传播并放大济慈的声音，称济慈对他们的影响最大，因而被人称为济慈的“转世灵童”（此名最初被用来称呼英国 19 世纪桂冠诗人阿尔弗雷德·丁尼生）。这些“转世灵童”对济慈怀有宗教般的热情，例如，济慈当年觉得莎士比亚是其冥冥中的“主宰者”（Presider），而欧文感到济慈在自己身上也发挥着这种匪夷所思的“主宰”作用，济慈诗歌在他心中成了英语的典范，他甚至把自己参军打仗也看成是为了济慈等人使用过的创作语言不被破坏。[②]

三、“济慈热”余温未消的其他标志，是 20 世纪的传记作家对济慈生平情有独钟，济慈书信引起学术界浓厚的研究兴趣。济慈短促的一生具有令人难以忘怀的悲剧性质，他本人的经历比其笔下任何一个故事都更为动人，而且他的身世中藏有一个令人不解之谜——为什么一名药剂师学徒能在短短数年间变成流芳后世的伟大诗人？为了寻找这个问题的答案，迄今为止已有无数作家用不同方式讲述过他的故事，有个事实在这里值得一提：在所有的英国诗人当中，可能没有任何人拥有比他更多的个人传记，[③]而近期一部济慈传记的作者，乃是英国当代桂冠诗人安德鲁·莫逊。济慈诗论主要见诸他那些奇迹般保留下来的 200 多封书信，这些书信极为翔实地记录了济慈的文艺观点，自从

---

① 舍温曾提议为济慈立一尊塑像，20 世纪的人们发现了比这更好的纪念方式：在他的故乡伦敦和他的长眠之地罗马，他住过的温特华斯寓所（位于汉普斯特德，本书简称温寓）与小红房（位于西班牙广场对面）被辟为永久性的纪念场所。小红房的修复在当时得到英国国王爱德华七世与美国总统老罗斯福的大力支持，开张时意大利国王维托利奥·伊曼纽尔亲自到场剪彩。从那以后直到现在，每天都有不少参观者前往温寓和小红房，怀着崇敬之情瞻仰诗人的身后遗物。看过小红房的人多半还会去新教公墓凭吊，济慈墓碑上虽然没有名字，但墓旁一段围墙上镶嵌了他的浮雕头像，其下是一节深情款款的悼诗——“济慈！假如你那珍贵的名字真是‘用水写成’，每一颗水珠都应从悼念者脸颊上滴落……”

② Andrew Motion, *Keats*, London: Faber and Faber Limited, 1997, p. 577.

③ “The tragic circumstances of Keats’ early death and the intense brevity of his poetic career, proved favorite subjects for twentieth-century biographers. His life has been researched and rewritten probably more than that of any other English poets.” Kelvin Everst, “John Keats”, *Oxford Dictionary of National Biography(DNB)*, Oxford: Oxford University Press, 2004, Volume 30, p. 992.

T. S. 艾略特指出它们是英国诗人写出的“最重要的信函”之后，人们认识到它们是济慈在其诗歌之外留给后人的又一笔精神财富，这又为“济慈热”持续发酵提供了新的热源。

四、国内外最新研究成果都将济慈归入英国一流诗人行列。权威的《牛津国家传记辞典》(*Oxford Dictionary of National Biography*，简称 DNB)驳斥了那种认为济慈性格软弱的言论，称其为“最伟大的英国诗人之一”；[①]王佐良在《英国诗史》中用仅次于莎士比亚和弥尔顿的篇幅评论济慈，说他是“我们的同时代人”，“他的许多诗篇属于英国文学史上最辉煌的作品之列”；[②]屠岸译选的《英国历代诗歌选》中，济慈入选诗歌的数量在历代诗人中位居第二，该选集的两篇序言与后记都特别提到济慈；[③]丹尼尔 · S. 伯特的《世界 100 位文学大师排行榜》中，济慈排名为第 25 位(英国其他浪漫主义诗人要么名列其后，要么未能上榜)，伯特在书中还说：“除弥尔顿外，没有其他英国诗人对后来人产生过像济慈这样深刻的影响。”[④]

以上列举的四种事实(包括注解中提供的具体材料)，应该说具有较强的说服力，相信仔细阅读过《济慈评传》与《济慈书信集》的读者，大多数会接受书中对济慈的评价。当然我也知道，想凭一两本书去改变社会上长期形成的印象，真是谈何容易，但这恰恰证明需要持之以恒，用不懈的努力去发掘济慈诗歌与诗论的现代价值。

可能有人对济慈的当代影响还存有疑问，那么让我再举三例以说明之：

1989 年至 1997 年，美国作家丹 · 西蒙斯推出规划宏大的“海披里安”四部曲，包括《海披里安》《海披里安的覆亡》《安狄米恩》《安狄米恩的崛起》

---

① “For many, Keats has epitomized a popular conception of the Romantic poet, yearning for escape from the pain and banality of everyday life into a sensuous dream world of the imagination. This underestimates Keats' intellectual toughness, literary professionalism, and humorous good nature. The generosity of his spirit, the influence of the letters, and the significance of his achievement for reader of poetry, have confirmed his stature as one of the greatest English poets.” Kelvin Everst, “John Keats”, *Oxford Dictionary of National Biography* (*DNB*), Oxford: Oxford University Press, 2004, Volume 30, p. 992.

② 王佐良：《英国诗史》，南京：译林出版社，1997 年，第 324 页。

③ 屠岸(译选)：《英国历代诗歌选》(上、下册)，南京：译林出版社，2007 年。

④ 丹尼尔 · S. 伯特：《世界 100 位文学大师排行榜》，夏侯炳译，海口：海南出版社/三环出版社，2005 年，第 107 页。

等四部长篇小说，其中《海披里安》获得科幻艺术界最高奖励“雨果奖”，这部小说还将和《海披里安的覆亡》一道由华纳兄弟电影公司搬上银幕。2007年以来，大陆和台湾的出版机构陆续出版了“海披里安”四部曲的中译本。显而易见，这个四部曲是西蒙斯释放自己心中“济慈情结”的独特方式，由于太爱济慈，他不但用济慈诗名（《安狄米恩》、《海披里安》与《海披里安的覆亡：一场梦境》）做四部曲的标题，在篇首写明“献给约翰·济慈——一个名字用永恒写就的人”[①]，还把“济慈”用作故事中的人名甚至地名，连济慈当年的朋友舍温、亨特和雷诺兹等都成了故事中的人物。“海披里安”四部曲是一部以茫茫宇宙为背景的太空史诗，《海披里安的覆亡》（又译《海伯利安的陨落》）中译本编者马兰在编后记中写道：“（西蒙斯）用他的笔端，为济慈在一个领域塑造了一个尖碑，直耸云霄，无法忽视，无法企及，无法忘记。西蒙斯，真正的替济慈将名字用火铸写在天空之中。以此，向这一位伟大诗人，致以最高敬意。”[②]

2009年，新西兰著名导演简·坎皮恩编导的电影《明亮的星》在世界各地公映，坎皮恩执导的《钢琴课》曾获戛纳电影节金棕榈大奖，其作品在当今电影界颇为受人关注。这位女导演的新作虽未能如愿在戛纳电影节上再度蟾宫折桂，但也入选了该电影节的主竞赛单元并获得最佳影片奖提名，担任这部电影男女主演的分别是英国当红小生本·威士肖和来自澳大利亚的后起之秀艾比·考尼什。《明亮的星》得名于济慈在1819年与邻家少女芳妮·布劳恩定情时所写的一首十四行诗，其标题为《“明亮的星！愿我像你一样坚定”》[③]，这首诗代表着济慈与芳妮之间那凄美而又无望的爱情。看过《钢琴课》的人都知道坎皮恩的女性主义立场，《明亮的星》完全从女性角度出发铺陈芳妮的情感经历，芳妮成了电影中最明亮的星辰。然而坎皮恩的做法不无道理，男士们撰写的济慈传记多多少少都有忽视芳妮的毛病，所以我在《济慈评传》中发过感

---

① 济慈为自己拟就的墓志铭为“这儿躺着一位名字用水写成的人”，西蒙斯的“献给约翰·济慈——一个名字用永恒写就的人”反其意而用之。

② 丹·西蒙斯：《海伯利安的陨落》（下），李懿、潘振华译，沈阳：万卷出版社，2008年，第314页。

③ John Keats, “Bright star! Would I were steadfast as thou art”, Miriam Allott, ed. *The Poems of John Keats*, London: Longman Group Limited, 1970, pp. 736—739.

叹——“一部遗漏了女主角的戏总是不完整的”[①]（当时我不知道会有《明亮的星》这样的传记片出来），坎皮恩的补课开辟了讲述济慈故事的新天地，也为济慈研究提供了新的视角。

如果说西蒙斯是以恢宏的男性想象，从济慈诗作中汲取创作银河帝国史诗的灵感，那么坎皮恩则是以细腻的女性情感，从济慈生平中掘出一段感人至深的爱情故事，男性和女性分别擅长的时空想象和情感思维，在人类认识外部世界与内部世界的过程中一直发挥着重要作用。然而济慈还有一笔更为重要的精神馈赠，这就是他作为人类一分子的生态敏感。1962 年，美国的生态文学作家蕾切尔・卡森出版了改变历史进程的《寂静的春天》，该书在中国已有多个译本，推出时间从 1979 年到 2008 年不等。所谓“寂静的春天”，是指 DDT 等杀虫剂的使用导致鸟儿大量死亡，春天里再也听不到鸟鸣，《寂静的春天》的扉页上赫然印着济慈《无情的妖女》中的诗句——“湖中的芦苇已经枯了，也没有鸟儿歌唱。”[②]于无声处听惊雷，《寂静的春天》被形容为“旷野中的一声呼喊”，惊醒了亿万受剧毒农药之害而不自知的人们，这声呼喊引发了方兴未艾的环保运动，卡森因此荣膺“环保先驱”的称号。为什么卡森的呼喊能产生这样的效果？从修辞角度说，她所精心设计的书名起了振聋发聩的作用——春天里应该是百花争艳、百鸟争鸣，没有鸟儿歌唱的春天是一件多么可怕的事情！济慈描绘的凋敝情境衬托着卡森的呼喊，让读者看到了一幅让他们毛骨悚然的未来图景。然而济慈诗歌中还有其他声音在背景上回荡，他的生态诗《蝈蝈与蟋蟀》在英语国家妇孺皆知，诗中用冬、夏两种虫鸣证明自然之歌永远不会停歇，这与有可能到来的“寂静的春天”形成令人揪心的对照。人类社会正在进入生态文明时代，环境保护是当今最为响亮的时代主旋律，在这个进程中济慈诗歌仍然伴随着我们。

---

① “一部遗漏了女主角的戏总是不完整的，1936 年芳妮致范妮的信件公之于世，读者才知道梅园中还有如此动人的罗曼斯，温寓里那位邻家女孩原来完全配得上济慈的爱情。敏感的人们随即意识到，济慈一生虽然短促，其丰富性与戏剧性却无与伦比，爱情、亲情与友情中的诗人比其创造的人物更具魅力，济慈本人的经历可以与其笔下任何一个故事媲美。”傅修延：《济慈评传》，北京：人民文学出版社，2008 年，第 434—435 页。

② 蕾切尔・卡森：《寂静的春天》，吕瑞兰、李长生译，上海：上海译文出版社，2008 年，扉页。约翰・济慈：《无情的妖女》，载《济慈诗选》，查良铮译，北京：人民文学出版社，1958 年，第 105 页。

以上三例,至少可以说明济慈在现代没有被人忘记。在本书后面的讨论中,我们还要深入探寻现代人频频向济慈致敬的原因。

济慈的现代影响也体现在我个人身上。以下简略介绍本人研究济慈的主要经历和学术依据,以便读者了解本书的研究基础与写作背景。

我于 1979 年考入江西师范学院中文系攻读世界文学硕士学位,那段时期人们正热烈讨论以往被忽略的英国浪漫主义诗人,在此氛围下我决定以济慈为自己的主攻方向,在张谨之先生指导下,我于 1981 年完成了《济慈美学思想初探》。[①] 这是我撰写的第一篇学术论文,也是我从事济慈研究的发轫之作,对个人来说意义重大。该文后来收入《中国人文社会科学博士硕士文库》。[②] 此后我的兴趣范围逐渐扩大,但济慈始终是我关注的重要对象。20 世纪 80 年代我发表了一批关于济慈的研究文章,如《美的赞歌——论济慈的诗》[③],以及《在美女蛇后面——论〈拉米亚〉与〈白蛇传〉》、《亘古奇才未尽年——论济慈与李贺》[④]等一批论文,它们标志着我从事济慈研究的起步阶段。

2002 年,东方出版社出版了我翻译的《济慈书信集》[⑤],这是国内第一部完整的济慈书信全译(38 万字)。我在该书"译序"中写道:"济慈是译者在七十年代末做硕士学位论文时的研究对象,爱是不能忘记的,学术研究上的'初恋'同样铭心刻骨,将济慈书信译出来奉献给自己的同胞是我多年来梦寐以求的愿望。"此前国内只有零星的济慈书信译文,见诸形形色色的西方文论选本,由于这些片断是从济慈书信中摘出(济慈有时一封信长达三四万字),有的译者错把济慈引述的别人言论当作他本人的观点,如济慈 1819 年 3 月 13 日致乔治与乔治安娜信中大段抄录的哈兹利特演说辞,就被误认为济慈自己的文艺见解,收入《古典文艺理论译丛》、《西方文论选》、《西方古今文论选》等权威读

---

① 傅修延:《济慈美学思想初探》,《江西师范学院学报》1982 年第 4 期。

② 中国人文社会科学博士硕士文库编委会:《中国人文社会科学博士硕士文库·文学卷》(下),杭州:浙江教育出版社,1998 年。

③ 傅修延:《美的赞歌——论济慈的诗》,载江西省外国文学学会(编):《世界文学名著选评·第五集》,南昌:江西人民出版社,1985 年。

④ 傅修延:《在美女蛇后面——〈拉米亚〉与〈白蛇传〉》、《亘古奇才未尽年——论济慈与李贺》等,载智量(主编):《比较文学三百篇》,上海:上海文艺出版社,1990 年。

⑤ 约翰·济慈:《济慈书信集》,傅修延译,北京:东方出版社,2002 年。

本，结果以讹传讹，造成了至今仍未纠正过来的误会。[①]《济慈书信集》出版迄今已有10年之久，国内涉及济慈的研究文章多有引用。

2006年，我申报的国家社科基金项目"济慈诗歌与诗论的现代价值"获准立项（批准号06BWWW016），本书即为该项目的最终成果。为了做好这项研究，我在国家留学基金委的资助下，于2006年至2007年赴英国伦敦国王学院英语系做访问研究。选择伦敦国王学院，是因为济慈生前活动主要在伦敦，他虽然没有上过大学，但他学习过的盖氏医院后来成为伦敦国王学院医学院的附属医院，国王学院因此把济慈当作杰出校友对外宣传。访学期间除了听课读书与研究交流，我还对济慈一生的行踪进行了系统调研，只要是他留下过脚印的地方，我都千方百计地去实地踏勘，可以说无一遗漏。至于相关的博物馆、纪念馆、图书馆和肖像馆，我也是全部寻访一遍。国王学院的访学经历，为本课题研究奠定了坚实的基础。

2008年，我的《济慈评传》（34.6万字）在人民文学出版社出版，2009年该书第二次印刷。[②] 济慈传记在西方有多种版本，但出自于中国人笔下的这还是第一部，我为此查阅了大量资料，挑选出最能反映传主精神面貌的事件进行叙述，在叙述中我还特别注意从中西比较诗学角度做出阐发。这部传记也为"济慈诗歌与诗论的现代价值"这一课题的最终完成铺平了道路——只有对历史上的济慈建立起完整的认识，才有可能进一步探讨他对现代生活与艺术的启示。在《济慈评传》中，我设计了"美＝真"与"美≠真"这一对既对立又统一的审美范畴，以描述济慈心中难以名状的审美欣悦与恐惧，并用他在两者之间的摇摆来勾勒其心路历程。过去人们较多注意济慈的"美＝真"，这当然是他

---

① 《济慈书信选译》，茅于美译，钱学熙校，载古典文艺理论译丛编辑委员会（编）：《古典文艺理论译丛》（第一册），北京：人民文学出版社，1961年，第132—140页。茅译共收济慈书信片断10则，其中第9则为济慈1819年3月13日致乔治·济慈夫妇信中的一大段文字（"一般说来，诗，想象力喜欢威力和强烈的兴奋，同时也喜欢真理、德行和正义……"），但那番话实际上来自威廉·哈兹利特（1778—1830）的演讲，济慈将其抄录给远在美国的弟弟和弟妹，是为了与他们分享自己听讲所得。不幸的是，茅译后来选入伍蠡甫等（编）：《西方文论选》（下卷），上海：上海译文出版社，1979年版；还选入伍蠡甫（主编）：《古今西方文论选》，上海：上海译文出版社，1984年版，这两本书都是具有广泛影响的大学文科教材。不仅如此，2010年知识产权出版社重新出版的《古典文艺理论译丛》（中国社会科学院文学研究所学术汇刊，共四卷），又原封不动地收录了原《古典文艺理论译丛》（第一册到第十一册）的全部内容。

② 傅修延：《济慈评传》，北京：人民文学出版社，2008年。

那些美轮美奂诗篇的亮点所在，但济慈美学思想的天平最终偏向了“美≠真”，这一点更能唤起现代人的共鸣，而这正是济慈被视为“我们的同时代人”的关键所在。在撰写《济慈评传》过程中，我又无数次地体会到“爱是不能忘记的”这句话的正确，世界上任何文字都无法表达《济慈评传》杀青后我的喜悦心情。

《济慈评传》出版后，据人民文学出版社周绚隆先生告知，《济慈诗选》（获鲁迅文学奖）编选者屠岸先生披阅后给予高度评价。《光明日报》和《人民日报》分别刊载了两篇书评，前者称：“傅修延教授以其作为一位文艺学家的理论修养和学术敏感发现了济慈在当代审美文化中的重要价值，这一点即使在西方学术界也很少有人关注到，而正是这种发现使《评传》的学术分量和理论内涵极为丰厚而耐人寻味。”[1]后者提到：“相较于国外每几年就有一部新的济慈传记问世，国内则直到傅修延《济慈评传》的出版才填补了这一空白。最近，这部由国内学者完成的第一部济慈传记即将再版，这在图书市场各领风骚三五天的时代实在是一件幸事。”[2]发表书评的还有《文汇读书周报》[3]和《山东文学》[4]。

除此之外，《济慈评传》还受到中学语文教材编选者的注意。人民教育出版社新近出版的《中外传记作品选读》一书，[5]选录了《济慈评传》第八章“湖区与高原”（两万多字），作为“评传”类传记作品的范例并加以评点。《济慈评传》甫一出版便有部分内容选入中学语文教材，这使我感到非常荣幸。

本书依凭的研究资料大体可分为四类。

第一类为济慈诗歌。我使用最多的本子是 Miriam Allott 编的 *The Poems of John Keats* (《济慈诗歌全集》)[6]，这本书跟随了我三十多年，其中既有通常意义上的诗歌作品（包括一些未完成的残篇），也有用诗行写成的诗剧，如悲剧《奥托大帝》和历史剧《斯蒂芬王》等。需要特别指出，济慈诗歌中尚有

---

① 维青：《济慈离我们并不遥远》，《光明日报》2009 年 7 月 26 日。

② 叶青：《让生活恢复应有的诗性》，《人民日报》2009 年 3 月 3 日。

③ 杨莉：《济慈，诗意的栖居》，《文汇读书周报》2008 年 6 月 13 日。

④ 史育婷、冯昊：《诗性生活的叙述——读傅修延〈济慈评传〉》，《山东文学》2009 年第 2 期。

⑤ 课程教材研究所等编著：《中外传记作品选读》（普通高中课程标准实验教科书/语文选修读本），北京：人民教育出版社，2008 年。

⑥ Miriam Allott, ed. *The Poems of John Keats*, London: Longman Group Limited, 1970.

许多未译成中文，我把这当作今后要完成的工作之一。本书引用的济慈诗歌中译文，多数出自查良铮先生翻译的《济慈诗选》，[①]未有中译文的或我认为与原文有较大出入的，则用我自己的翻译（以下凡注明英文版出处的均为拙译）。

第二类为济慈诗论。济慈诗论的主要载体为其书信，也见于他的某些诗歌，如《希腊古瓮颂》中的"美即是真"，还见于《安狄米恩·序》这样的序跋性文字。这方面我主要使用 Robert Gittings 编的 *Letters of John Keats*（《济慈书信》）[②]，这个本子也是我翻译济慈书信的主要依据。本书引用的济慈诗论中译文，全部出自我翻译的《济慈书信集》。

第三类为济慈生平。济慈对后世的影响既有"言"又有"行"，在实际生活中，他以罕见的真诚实践了自己的艺术主张，甚至不惜为此付出生命的代价。这方面的资料见于各种版本的传记与研究文献，我受益较多的主要有 W. J. Bate 的 *John Keats*、Stephen Coote 的 *John Keats: A Life*、Robert Gittings 的 *John Keats*、Andrew Motion 的 *Keats* 以及 Aileen Ward 的 *John Keats: The Making of a Poet* 等[③]，这里不一一列举，具体书目见本书最后的"参考文献"。

第四类为济慈诗歌、诗论及其生平事迹在后世激起的反响，这方面的资料分布极为广泛，无法一一列举。本人研究济慈已有三十多年的历史，长期以来一直留意收集这方面的相关信息，凡有可记之处皆不放过，迄今为止已有相当可观的资料积累。这些信息中最重头的部分，是济慈言行对现代生活一些关键问题的启示，以及 20 世纪以来文坛上一些重要人物对济慈观点的"接着讲"——在本书第四章中，我们将对其"观点的旅行"做出更为细致的讨论与解释。

---

① 约翰·济慈：《济慈诗选》，查良铮译，北京：人民文学出版社，1958 年。

② Robert Gittings, ed. *Letters of John Keats*, Oxford: Oxford University Press, 1970.

③ Watler Jagkson Bate, *John Keats*, Cambridge, Massachusetts: The Belknap Press of Harvard University Press, 1963; Sidney Colvin, *John Keats, His Life and Poetry, Critics, and After-Fame*, London: Macmillan and Co., Limited, 1917; Stephen Coote, *John Keats: A Life*, London: Hodder & Stoughton, 1995; Robert Gittings, *John Keats*, London: Heinemann Educational Book Ltd, 1968; Stephen Hebron, *John Keats*, London: British Library, 2002; Dorothy Helwett, *Adonais, A Life of John Keats*, London: Hurst & Blackett Ltd, 1937; Andrew Motion, *Keats*, London: Faber and Faber Limited, 1997; Aileen Ward, *John Keats, The Making of a Poet*, New York: Farrar, Straus and Giroux, 1986; Kelvin Everst, "John Keats", *Oxford Dictionary of National Biography (DNB)*, Oxford: Oxford University Press, Volume 30, 2004.

第一章

济慈——“我们的同时代人”

他既是19世纪的，又是现代的。他要解决的思想和创作问题……也都属于现代世界，在这个意义上他是我们的同时代人。（王佐良）

济慈生前诗誉不隆，身后声名却蒸蒸日上，时至今日，济慈已经完全实现了他对自己所作的预言——“跻身于最伟大的诗人之列”①。这位生命短促的诗人为什么能够成为英国诗歌艺术的杰出代表，为什么后来人会如此对他念念不忘，人们一直在努力寻找答案。

西方学者过去大多执著于济慈的美学追求，20世纪以来则出现了一些饶有新意的探索，如从生态、医学、伦理、生理等角度切入，英美新近出版的济慈传记则更多从济慈的交往来描述他的精神成长，这些使得济慈研究进入柳暗花明的新局面。受国外研究的影响，国内济慈研究近年来也有新的气象，一些学者在研究中引入了跨学科方法，济慈过去不为人注意的未竟之作也正在进入中国学者的研究视野。但是，迄今为止国内尚无系统的济慈研究专著问世，其主要原因，我认为是未注意到济慈诗歌与诗论的现代价值，不少人觉得济慈仅仅属于文学史，如果有更多人看到他与当下生活的关联，那么我们的相关研究一定不会是今天这样的局面。

---

① “我绝不害怕失败，要是不能够跻身于最伟大的诗人之列，我宁愿迟早完蛋。”约翰·济慈：《一八一八年十月八日致J. A. 赫赛》，载《济慈书信集》，傅修延译，北京：东方出版社，2002年，第212页。

话又说回来，即便是西方学界对济慈的研究，也没有人注意到济慈思想与艺术远远超越了他所处的19世纪初期，在许多方面表现出和现代人灵犀相通。济慈研究的创新点应当置于此处，只有朝着这个方向开拓，才能最终解释济慈为什么会被王佐良先生称为“我们的同时代人”：

> 他（按指济慈）既是19世纪的，又是现代的。他要解决的思想和创作问题（经验的复杂和内在的矛盾、诗人的处境、诗艺的多面性、语言的限制力与可能性、敏感的增进对于社会文化的作用等等），也都属于现代世界，在这个意义上他是我们的同时代人。①

济慈虽然是19世纪初的浪漫主义诗人，但他从诗歌观点到个人气质都与同时代的拜伦、雪莱、华兹华斯等格格不入，而与两百年之后的我们有诸多相投相合之处，可以说他在许多问题上为现代人作了先导性的思考。本书实际上就是围绕王佐良先生这一观点作全面展开，着重探究我们这位“同时代人”身上的深远意义与现代价值。

关于前人与今人之间的灵犀相通，法国的朱莉亚·克里斯蒂瓦在《汉娜·阿伦特》一书中发过这样的议论：

> 每个人都有一次生命。我们当中的许多人所经历的种种趣事，填补了我们的家族史、地方报纸、甚至电视新闻，但这些不能算是值得纪念的传记。所谓的“天才”，我们不得不讲述他们的故事，因为那些故事与他们灌注的人类思想、人类生命的发明创新是分不开的，与他们源源不断的问题和发现，以及由此获得的快乐也是分不开的。他们给予我们的馈赠，与我们的关系如此密切，我们只有将之融入他们的生活，才能真正拥有。②

选择什么样的人作为研究对象，从来都不仅仅是一个学术问题。就世界范围来说，伟大诗人的数量多如满天星斗，但天空中只有极少数星辰能放射出特别吸引我们眼球的光辉，让人感到仿佛可以触及它们的温暖，这就是克里斯蒂瓦所说的——“他们给予我们的馈赠，与我们的关系如此密切”，使得“我们不得不讲述他们的故事”。不过也可以反过来表述：只有讲述这种人的故事，我们

---

① 王佐良：《英国诗史》，南京：译林出版社，1997年，第324页。

② 朱莉亚·克里斯蒂瓦：《汉娜·阿伦特》，刘成富等译，南京：江苏教育出版社，2006年，第237页。

才会感到特别有意义，才会焕发出自己最大的热情；只有选择这样的人作为研究对象，我们在研究时才会感到特别有兴趣，才会倾注自己最大的心力。在研究济慈的整个过程中，我对这一点有非常深刻的体会，因为我不时会产生这样的错觉，仿佛济慈不是一位已经逝去多年的异国诗人，而是与我们生活在同一天宇下的同胞，他的许多话虽然是对当时人所说，但更像是要让我们这些后来人听到。在此情况下，对济慈的研究与其说是面向历史，不如说是着眼于当下，所以克罗齐会说“一切真历史都是当代史”[①]。

那么，济慈的精神馈赠究竟有哪些与现代人的关系如此密切，以至于我们“不得不”讲述他的故事？或者说，济慈的言行究竟有什么特别之处，使得我们认为他身上具有值得探究的现代价值？

在回答这个问题之前，我们必须先对“现代价值”作一点辨析和厘定。本书使用的“现代价值”一词，须从精神、感觉和思想三方面定义：一是开创了某种精神追求的范式或曰范型，随着时间推进，其示范意义在现代生活中日益彰显；二是对某些事物和现象表达了独特的敏感，这种敏感及其表达在当下获得强烈共鸣；三是以原创性思想启示后人，其论述影响了现代重要作家与作品，其观点发展为重要的文艺命题，其话语在现代表达方式上留下了明显印痕。使用这种严格得近乎苛刻的定义，旨在将“现代价值”定在一个只有极少数人才能达到的标准线上，让人看到本书对济慈贡献的肯定是从历史和现实的维度出发，不是什么出于个人偏爱的拔高之论。

显而易见，不是所有的大诗人、大作家都符合这个标准。有些人曾经名重一时，整个社会都为其横空出世的作品而倾倒，但这并不意味着他们的思想和艺术就一定具有现代价值。而济慈这样的诗人恰恰相反，仿佛是为了补偿其在世时诗名寂寞，时间老人让他享有了漫长的身后荣名，人们对他就像啜饮一壶陈年老酒，越到后面越觉其味醇正香浓。对比之下，有的“酒”是品到后来变得“淡乎寡味”[②]，人们这时候甚至会为自己当初对它的迷恋而感到困惑。司马迁《报任少卿书》中所说的“藏诸名山，传之其人”，指的是伟大作品往往只能

① 贝奈戴托·克罗齐:《历史学的理论和实际》，道格拉斯·安斯利英译、傅任敢译，北京：商务印书馆，1986 年，第 2 页。

② 我国古代钟嵘的《诗品》从“品味”出发为作品评出等级，“有滋味者”居上，“淡乎寡味”者居下。

留待后世才能遭遇知音，历史的公正已然在济慈去世之后实现，济慈现在需要的不再是承认，而是对他为何在21世纪还没有被人忘记做出合理的解释。

站在这样的历史高度，就会看到济慈的现代价值体现在以下四个方面。

第一是树立了不受商业化潮流裹挟的人文楷模。

英国是世界上最早的工业化国家，伦敦是市场经济的滥觞之地，济慈这位在伦敦老城区长大的进城务工者之子，成年后冲破商业社会的巨大压力，毅然踏上弃医从文这条缺乏经济保障的不归之路，这种为文学理想而忘我追求的勇敢举动，宛如在惊涛拍岸的商海边立起了一尊抗击风浪的巍峨雕像，时至今日仍有重要的示范意义与激励作用。毋庸讳言，济慈所处的时代与当今中国有许多相似，概而言之就是都处在向商品经济高级阶段发展的转型期——马克思、恩格斯指出的发生在19世纪伦敦、曼彻斯特和格拉斯哥的一些现象，如今正在中国许多城市重演。经济发展固然是社会进步的标志，但市场导向不等于纵容物欲横流，每个人都需要自觉地高筑起自己的精神堤岸，抵御商业化潮流的无序弥漫。社会和人都是需要有诗心的，没有绿地的城市不适合人类居住，没有诗歌的社会也是一片精神沙漠。文学艺术可以不再占据时代潮流的中心位置，但是诗人不能全都改行下海，那些蹈海而去的动摇分子面对济慈应当感到惭愧。

从这个角度看，济慈的全部作品都可理解为对刚开始涌动的商业化潮流的坚决拒绝，对拜金主义与逐利行为的严厉批判。如果说华兹华斯是在工业化之初提醒人们注意保护自然，那么济慈是在商品拜物教泛滥之初高举起人文艺术的旗帜，表现出一种“无诗毋宁死”的精神。为什么我们反对用唯美主义来形容济慈的艺术追求，根本原因在于他是用想象中的艺术世界来抗衡现实中的金钱社会，从而实现自己在人世间的诗意栖居。

第二是提出了一系列具有原创性的文艺见解。

济慈书信有不少地方未脱稚气，对亲友说话有时未免口无遮拦，但其中许多话语有如吉光片羽，蕴涵着极为精微的艺术感悟。令人难以置信的是，他的一些论断具有惊人的超前性，与现代文论颇多契合，后世不少理论家对其开拓的命题进行了“跟进”。此处仅举一例。济慈在书信中提出的“诗人无自我”——“说到诗人的个性，它不是自己——它没有自我——它是一切又不是一切——它没有个性”，[①]无疑是T. S. 艾略特的“诗无个性”之说的先声，艾略特在《传统与个人才能》一文中宣称：“诗歌不是个性的表现，而是个性的脱离。”[②]没有个性的诗人无异于死亡，后结构主义阶段的罗兰·巴特继承了这个思路，提出了惊世骇俗的“作者之死”；[③]米歇尔·福柯在《作者是什么?》中也响应了济慈的观点：“作者在他自己文本之间产生的矛盾和对抗，取消了他独特的个人性的标志。”[④]

特别需要指出的是，济慈本属浪漫诗人，张扬自我的浪漫之风似乎并未在他身上留下太多痕迹。他的“诗人无自我”之说（其中包括他对“消极的能力”的论述），在他所处的时代显得是那么落落寡合，却又与现代人的观念心心相印，这一切都令人觉得济慈是一位早生了一百多年的诗歌天才。研究济慈诗论对现代文论的启发与契合，对于梳理西方文论的来龙去脉具有重要意义。

第三是开启了一种全新的时间观念。

生命就本质而言是一种时间意义上的连续存在，济慈因为父母兄弟接二连三撒手人间，从来就对时间流逝怀有一种莫名的伤痛。他的诗或写“梦醒美去”的悲剧，或祈求时间放慢脚步乃至停滞不动。不过他的时间意识最终并不悲观，在花落花开、四季轮回的新旧交替中，他看到时间所起的作用是让新美代替旧美。济慈的生命中贯穿着与病魔、与死神的搏斗，他的耳畔始终回荡着滴答滴答的钟摆声，受其影响的菲茨杰拉德也是这样“老想着时间，就像他是在一间摆满日历和时钟的房间里写作”[⑤]。经历过假枪毙的陀思妥耶夫斯基

---

① 约翰·济慈：《一八一八年十月二十七日致理查德·伍德豪斯》，载《济慈书信集》，傅修延译，北京：东方出版社，2002年，第214页。

② 托·斯·艾略特：《传统与个人才能》，载《艾略特文学论文集》，李赋宁译，南昌：百花洲文艺出版社，1994年，第11页。

③ 罗兰·巴特：《作者的死亡》，载《罗兰·巴特随笔选》，怀宇译，天津：百花文艺出版社，2009年，第294页。

④ 米歇尔·福柯《作者是什么?》，逢真译，载王逢振、盛宁、李自修（编）：《最新西方文论选》，桂林：漓江出版社，1991年，第447页。

⑤ “菲茨杰拉德用一个早熟的诗人的慧眼观察世界，敏锐的感受体验人生。在他百读不厌的济慈名诗《希腊古瓮颂》里，诗人为古瓮上不受时间影响的青年男女发出的‘永远美丽’，‘永远年轻’的歌唱饱含着朱颜易逝、好景无常的悲哀，这也正是年轻的小说家的悲哀，是他参悟人生的起点。……他的小说仿佛沉浸在时间的流逝所唤起的哀思之中，美国文学评论家马尔科姆·考利曾说，‘他老想着时间，就像他是在一间摆满日历和时钟的房间里写作。’”巫宁坤：《〈菲茨杰拉德小说选〉前言》，上海：上海译文出版社，1983年，第5页。

曾将自己临刑前的恐怖体会比喻为俯临万丈深渊，但他又说即便在这种环境中人也愿意活下去，将短暂的一刻当作永恒，[①]这种思想在济慈的《“但愿一星期能变成一世纪”》等诗歌中早有表达。他在致恋人信中称自己为“夏天里只活上三天的蝴蝶”，“和你待上这样三天，我会往其中注入平常五十年也装不下的欢乐。”[②]

如果说济慈文艺观点对后世文论有深刻影响，那么他的时间意识也在后世创作中留下了明显印痕，菲茨杰尔德就曾仿效济慈把时间当作自己小说的主题，西蒙斯更借助他的时间迷思与奇想建构起自己的银河帝国史诗。然而更为重要的是，济慈的时间并不是均匀流逝的线性过程，这一点为现代叙事打开了一个广袤的时空维度，诡谲的时流变异——“穿越”、“闪回”以及时流的凝固、减速与变向等，如今已是许多小说与电影的常用手段。在阿根廷作家豪·路·博尔赫斯笔下，时间之矢掉过头来变为“曲径分岔的花园”，这座花园里头便藏有一只“济慈的夜莺”，[③]这只从古唱到今的永生之鸟启发了博尔赫斯在过去、现在与未来之间进行不懈的“穿越”；博尔赫斯甚至还这样声称，他对时间与人生的思考始于阅读《夜莺颂》，正是这种思考把他送进“文人”队伍的行列。[④]

第四是表现出先知先觉的生态敏感。

济慈生活在 18 世纪末 19 世纪初，在那个城市大规模扩张的工业化年代，英国的自然环境开始遭到破坏，伦敦的空气与泰晤士河的水质也被污染。济慈没有表现出华兹华斯那样的痛心疾首，也未就人与自然之间的关系发表太多议论，然而 20 世纪环保先驱卡森在写作《寂静的春天》时，首先想到的不是“自然的歌者”华兹华斯而是济慈，这究竟是为什么？其实只要读一下济慈的

---

① 刁绍华：《陀思妥耶夫斯基》，沈阳：辽宁人民出版社，1982 年，第 24 页。

② 约翰·济慈：《一八一九年七月一日致芳妮·布劳恩》，载《济慈书信集》，傅修延译，北京：东方出版社，2002 年，第 349 页。

③ 豪·路·博尔赫斯：《济慈的夜莺》，王永年、陈众议等译，载《博尔赫斯文集（文论自述卷）》，海口：海南国际新闻出版中心，1996 年。

④ “当我听到济慈的诗（按指《夜莺颂》），刹那间就感受到这真是个很伟大的经验。从那以后我就一直在体会这首诗了。也就是从那时开始（为了演说的效果，我想我可能多少有点言过其实），我就把自己当成‘文人’（literary）了。”豪·路·博尔赫斯：《诗艺》，陈重仁译，上海：上海译文出版社，2011 年，第 130 页。

《“对于一个久困于城中的人”》就会明白，[①]由于生活在伦敦这座率先进入工业化洪流的城市之中，他比别人更深切地认识到城外蓝天绿地的价值，因而成了最早从“城里人”角度颂扬自然的诗人。英国的富人大多有自己的庄园，住在伦敦城里（特别是东区）的平民被鄙称为“伦敦佬”（cockney）[②]，这些“伦敦佬”可谓工业污染的首批受害者。从这个意义上说，济慈写出《“对于一个久困于城中的人”》绝非偶然。无独有偶，在他第一次发表的诗作《“哦，孤独”》中，济慈还对城里单调拥挤的建筑景观表达了厌恶之情——“哦，孤独！假若我和你必需/同住，可别在这层叠的一片/灰色建筑里，让我们爬上山，/到大自然的观测台去。”[③]诗中所说的“层叠的一片灰色建筑”，就是现代人困居其中的“水泥森林”，快速城市化造成的这种丑陋，近两百年来已从伦敦蔓延到世界各地的城市（尤其是在当今中国），成了有碍观瞻亟待克服的一大弊端。由于伦敦是全球最早受到工业革命冲击的国际大都市，济慈有可能是批评“水泥森林”的第一位诗人。

工业革命在推动社会向前发展的同时，也给人类生存的环境带来了许多破坏，在这种破坏初露端倪的19世纪初期，济慈以其极为细腻的审美敏感，察觉到正在发生的诸多失衡，这一点导致了他与后世环保主义者的意气相投。还应看到，济慈头上虽然没有华兹华斯那顶“自然的歌者”的桂冠，却是大地之歌最忠实的聆听者，他能听懂大自然中传出的各种声音，并在自己的诗歌中孜孜不倦地描述各种虫吟鸟鸣。卡森主要是担心杀虫剂的滥用导致鸟虫的灭绝，使原本众声喧哗的春天鸦雀无声，因此她会在撰写《寂静的春天》时很自然地想到济慈，想到《无情的妖女》中的那句诗——“再没有鸟儿歌唱”。

以上四点构成本书的逻辑框架，它们将在后文中得到更为充分的讨论，在讨论中我们将恪守如下原则：

第一，本书虽以发掘济慈现代价值为主旨，但不忽略他身上必然带有的时代印记，这样才能既保证济慈研究的当代意义，又不陷入历史虚无主义的误区。

---

① 约翰·济慈：《“对于一个久居城市的人”》，载《济慈诗选》，查良铮译，北京：人民文学出版社，1958年，第12页。

② 本书第二章对“伦敦佬”一词有专门解释。

③ 约翰·济慈：《“哦，孤独”》，载《济慈诗选》，查良铮译，北京：人民文学出版社，1958年，第9页。

第二，既重视脍炙人口的代表作，也不忽略断简残篇、练笔之作和非诗歌形式的文字，避免一些研究只重名篇不顾其他的偏颇做法。

第三，打通浪漫主义至后现代主义之间的研究隔阂，以 19 世纪以来的西方文艺思潮的流变为语境，从谱系学角度观察有影响人物对济慈观点的“跟进”与“接着讲”。

第四，济慈的精神馈赠属于全世界，我们的目光不能只投向西方，在研究中须注意运用中西比较诗学的方法，必要时联系中国当前的实际。

第五，把济慈的创作、书信与人生当作一个有机整体来对待，写诗、写信和生活中的济慈既相同又不完全一致，将三者统一起来，有利于完整展现济慈的精神面貌。济慈一些文艺观点有时表达得相当随意，他自己也承认不懂得“按部就班的推理”，如果单读他的片言只语，难免如堕五里雾中，只有将其纳入济慈整个诗文背景中来仔细揣摩，才有可能准确把握其意图。

第二章

无悔人生——无诗毋宁死

我发现没有诗歌我无法生存下去——没有永恒的诗——半天也不成——整天更不成。（济慈）

我绝不害怕失败，要是不能够跻身于最伟大的诗人之列，我宁愿迟早完蛋。（济慈）

在19世纪初期的英国，济慈本着“无诗毋宁死”的无畏精神，以义无反顾的弃医从文行为，向铺天盖地而来的商业化潮流发动了挑战。在讨论这种挑战的意义之前，我们需要先对商业化潮流的内涵作一番简略辨析。

所谓商业化潮流，是指社会在向商品经济高级阶段转型时，随着经济活动趋于频繁和物质财富不断增加，拜金思潮与逐利风气在人群中日益弥漫，在这种思潮与风气影响下，一些人以金钱为价值判断的唯一标尺，把一切物质与精神产品都看作可供交换的商品。这些唯利是图人物的丑恶嘴脸，在19世纪英国批判现实主义作家狄更斯笔下有惟妙惟肖的描绘，他之所以作出“那是最好的时代，那是最坏的时代”的判断，[1]是因为当时财富指数的上升与社会风气的沉沦已呈两极分驰之势。马克思的《资本论》完成于英国，他曾一针见血地

---

① “那是最好的时代，那是最坏的时代；那是智慧的年代，那是愚昧的年代；那是信仰的新纪元，那是怀疑的新纪元；那是光明的季节，那是黑暗的季节；那是希望的春天，那是绝望的冬天；我们将拥有一切，我们将一无所有，我们直接上天堂，我们直接下地狱——简言之，那个时代跟现在十分相似，甚至当年有些大发议论的权威人士都坚持认为，无论说那一时代好也罢，坏也罢，只有用最高比较级，才能接受。”狄更斯：《双城记》，石永礼、赵永娟译，北京：人民文学出版社，1993年，第1页。

指出资本主义生产方式对文艺发展的妨害:"资本主义生产对于某些精神生产部门是敌对的,例如,对于诗歌和艺术就是如此。"[①]济慈的不幸早夭可以作为这个论断的注脚。毋庸讳言,在经济列车高速运行的当今中国,与工业化、城市化运动相伴的商业化潮流也在悄然涌动,金钱对艺术的戕害也在不断发生,这种相通性构成了我们讨论济慈诗歌诗论现代价值的背景。

一、环境与成长

让我们先对济慈的成长环境作一番考察。

在伦敦发展为一座现代化城市之前,人们所说的伦敦城或伦敦老城区,指的是古罗马人在泰晤士河北岸方圆一平方哩范围内,用城墙(London Wall)围起来的一座城池。这块弹丸之地位于如今大伦敦市的核心部位,至今仍被人习惯性地简称为"City"(城),今人所谓"金融城"也大致相当于这片区域。1795 年 10 月 31 日,济慈出生于伦敦城摩盖特[②]附近的一座客栈,客栈紧挨着在罗马古城墙遗址上建立起来的市政大道。这种情况如果用今天北京人的话来表述,那就是济慈压根儿是一个在皇城根长大的孩子,而在英国上流人士的眼中,济慈则是一名土生土长、地地道道的"伦敦佬"(Cockney)。

"Cockney"一词在英语中带有明显的贬义,它不仅指地位卑微的伦敦平头百姓,还有市井之徒、品位不高、矫揉造作等负面内涵,当年对济慈等人施以恶毒攻击的系列批评文章(连载于 1818 年的《布拉克伍德》杂志),其总标题就是《论诗歌中的伦敦佬派》。文章的操刀者约翰·吉布森·洛克哈特怀有强烈的阶级偏见,认为只有上流社会的高贵人士才有资格写诗,而像李·亨特(济慈最初的指导者)、济慈这样的"伦敦佬",一提起笔来便会泄露其草根出身,因此他们的作品永远难登大雅之堂。济慈对此观点的第一反应,便是想用"伦敦佬"的做法把他痛扁一顿。

认真追究起来,济慈的"伦敦佬"身份还不是那么纯粹,或者说他还够不上真正的"伦敦佬"这个称谓。济慈的父亲托玛斯·济慈来自英格兰西南的乡

---

① 里夫希茨(编):《马克思恩格斯论艺术》(一),曹葆华译,北京:人民文学出版社,1960 年,第 273 页。

② "Moorgate"曾为城墙北面的一座便门,后随城墙一道被毁。

间，用我们今天的表达方式来描述，他可以说是进城务工的一名农民工兄弟，只不过他进城的时间相当早而已。托玛斯最初在约翰·詹宁斯的客栈里做帮工，因为手脚勤快、熟悉业务被提拔为马厩领班，后来又与詹宁斯的女儿弗朗西丝恋爱结婚，这样才在伦敦城里站住了脚跟。托马斯与牲畜打交道的本领，或许和"济慈"（Keats）这个姓氏有些关联。"Keats"这个姓氏可能来自"Christopher"、"Kate"等名字的简称，但更有可能源于古英语中表示牛羊棚圈的"cyta"或"cyte"，人们用与其发音相近的"Keats"来指称和牛羊打交道的人。以职业或擅长为姓，中外不乏其例，因此"济慈"这个姓氏几乎可与"牛仔"或"牧童"等义。托玛斯的血液里就有照料牲畜的天赋，他从牛马成群的乡间进入伦敦城中，在济慈外祖父的客栈里干起马厩帮工的粗活，似乎是一件顺理成章的事情。

无论是西方还是东方，工业化和城市化运动都会导致农民流向城市，由于城市中的各种机会较多，进城务工者为了生存和发展，不惜承担任何岗位的艰苦工作。恩格斯的《英国工人阶级状况》对这种情况有透彻的观察与精辟的议论：

> 我们在"导言"里已经看到，竞争怎样在工业发展一开始的时候就创造了无产阶级：由于布匹的需求增加，织工的工资提高了，兼做织工的农民抛弃了农业，以便在织机上赚到更多的钱。我们已经看到，竞争怎样以大规模经营方式挤掉了小农，把他们降到无产者的地位，然后把他们一批一批地赶到城市里面去。[①]

英国媒体在报道当今中国的农民工问题时，常将他们与19世纪曼彻斯特的爱尔兰人、格拉斯哥的高地佃农以及伦敦的汉普郡苦力相比。从这种意义上说，济慈是一位不折不扣的农民工之子。

不过，济慈不仅是农民工之子，还是客栈老板的外孙（弗朗西丝嫁给托玛斯后生下济慈）。济慈的外祖父詹宁斯在年事渐高之时，将客栈和其他产业交给自己的女婿打理，因此托玛斯后来的社会身份与进城之初已不可同

① 恩格斯：《英国工人阶级状况》，中共中央马克思恩格斯列宁斯大林著作编译局（编）：《马克思恩格斯全集》（第2卷），北京：人民出版社，1957年，第359页。

日而语。如果按照我们过去的做法给此人划分“阶级成分”，可以将托玛斯的经济地位界定为“小业主”。根据历史档案记载，詹宁斯家族在伦敦定居已有百年历史，詹宁斯的父辈原在伦敦东区一带从事服务业，做的是马店、杂货店之类的生意。詹宁斯的“天鹅与圆环”客栈是济慈的出生地，从商业角度考虑，客栈的地理位置堪称优越，朝向市政大道的一面长达 117 英呎，马厩里可容纳 50 多匹马，还有一个宽敞的大院和两间停放马车的库房。19 世纪的英国人主要以马车代步，“天鹅与圆环”之类的客栈因而具有许多功能：乘马车来往于市政大道的客人可以在此小憩或过夜，可以在此租车或寄养马匹，还可在此款待亲友或洽谈业务。客栈里不但有时髦体面的客房，还有宽敞明亮的会客室与酒吧、餐厅与咖啡室，马厩的院子里甚至可以安排斗鸡与拳击之类的表演。从这些情况看，济慈出生的环境可谓浸透了浓烈的商业气息。

济慈所受的教育则与商业拉开了距离。英国的初等学校有公立与私立之分，济慈所进的恩菲尔德学校属于私立，教学理念较为先进，但无法与哈罗或伊顿这样的名校相颉颃。选择恩菲尔德应该是济慈母亲这边的主意，因为弗朗西丝的兄弟米德格里·约翰上的就是这所学校，此举意味着詹宁斯的外孙踏上了和詹宁斯儿子一样的起点，像城里孩子一样上起学来。恩菲尔德学校开设的课程相对比较丰富，学生在这里要学习包括科学、历史、现代语言和古典文献在内的各类课程，其中人文类占了相当大的比重。校长约翰·克拉克是一位有自由思想和进步理念的教育家，他设置了一系列奖励手段，用以刺激学生努力学习，凡是那些自愿完成了额外学习任务的人，都能得到一定的褒奖。他还鼓励学生发展自己的兴趣爱好，所以这所学校不仅出了著名诗人济慈，还出了一位优秀的钢琴家兼作曲家爱德华·荷尔姆斯，他和济慈都是恩菲尔德学校毕业生中的名人。克拉克校长的儿子小克拉克（查尔斯·考尔登·克拉克）当时也在这所学校任教，他比济慈大 8 岁，是他首先点燃了济慈胸中的诗歌火焰，他还把自己对音乐与体育的爱好传染给了济慈。小克拉克对济慈的影响主要表现在诗歌上，他把自己的书借给济慈，向济慈讲授自己的阅读体会，济慈离校之后还经常找他谈诗，两人之间建立了始终不渝的友谊，可以说没有这种友谊就不会有后来的诗人济慈。

济慈的诗歌兴趣显然与其家庭背景有抵牾。如果托玛斯没有在济慈入学一年后因马失前蹄在市政大道上摔死，继续管理客栈并逐渐积累起可观的财富，那么济慈获得家庭支持走诗歌之路不是完全没有一点希望，但托玛斯之死使这种可能性彻底消失。不仅如此，弗朗西丝丧夫两个月后便匆匆再嫁，然而所遇非人，济慈的继父洛林斯既不懂客栈管理，又没有个人财产，因此这场婚姻很快便以失败告终，弗朗西丝在这种打击之下离家出走，将四个嗷嗷待哺的孩子（济慈有三个弟弟、一个妹妹，最小的弟弟爱德华夭亡于襁褓之中）留给了他们的外祖父母。屋漏偏遭连夜雨，詹宁斯在第二年又撒手人间，能够照料济慈兄妹的长辈只剩下老迈年高的外祖母阿丽丝。在这种情况下，济慈作为家中的长子和弟妹的长兄，他的人生之路已经没有别的悬念，只能是向某门能养家糊口的实际职业领域发展，把自己当顶梁柱撑起这个残破的家庭。济慈从恩菲尔德学校毕业后，先在赫蒙德诊所当学徒，后又往城里的盖氏医院学习做药剂师，就是打算走这条道路。有确凿的材料证明，学医完全是济慈个人的选择，他没有按监护人的建议去学做生意，表明从一开始他就对商业不感兴趣。

在此需要指出，济慈的“学医”是指学习做一名外科医生（surgeon）或药剂师（apothecary）。在 19 世纪初的英国，外科医生远没有今天这样的社会地位。那时只有受过大学教育的内科医生才有权在自己的名字前加上“Doctor”的称号，而外科医生所做的工作不外乎拔牙、接骨、敷药、接种疫苗和用水蛭止血等，这些活儿在中世纪是由理发师来承担的，就像中国的理发师不久前还在为人刮痧推拿一样。而药剂师的社会地位比外科医生还低，他们被内科医生蔑称为“卖药者”，直到 1815 年通过议会立法，药剂师才被允许从事全科性质的治疗工作，其前提是他们必须通过专门考试获得执照。洛克哈特在其攻击济慈的文章中说：“回到药店去吧，约翰先生，回去摆弄你的胶布、膏丸和药箱之类的东西吧。”[①]这番话很能够代表上层社会对药剂师——摆弄“胶布、膏丸和药箱”者的蔑视。

还要指出的是，许多人以为济慈弃医从文是中断了医学学业，实际上济慈在赫蒙德诊所完成了 4 年学徒生涯后，又在盖氏医院修习了多门规定课程，最后在 1816 年 7 月通过了淘汰率较高的考试，获得了药剂师协会颁发的行医执

① 这篇文章标题为《四论诗歌中的伦敦佬派》，刊登在 1818 年 8 月号的《布拉克伍德》杂志上，作者署名用的是“Z”——洛克哈特的化名。

照。所以济慈除了诗人称号之外还有药剂师这个“头衔”，如今已成为伦敦国王学院医学院附属医院的盖氏医院[①]在介绍曾在该院接受培训的济慈时，就不忘提到他的药剂师身份。济慈在盖氏医院学习期间，花了不少精力在诗歌上，对所学课程倒未下多少工夫，他之所以能顺利通过考试，是因为那时药剂师考试侧重检验学员的药物学知识——与工业化以后的现代医学不同，当时的西医与我们的中医一样多以花草植物为药材，济慈对大自然与诗歌的热爱使他在这方面具有得天独厚的优势，而他在学习古典诗歌时又打下了较为扎实的拉丁文功底，他的答卷自然比一般学员高出一筹。

对济慈学医还应作如是观：济慈学医固然有避开商业的意图，医学与文学之间的天然联系也是一个重要因素。医生为病人解除痛苦，诗人为世人提供精神慰藉，两者之间的相通性是无数医生改行当文学家的重要原因，可以说学医是济慈人生道路上通往文坛的一个中间站，和济慈有相同经历的有中国的鲁迅、郭沫若等人，国外则有契诃夫、柯南道尔、毛姆、渡边淳一等人。济慈在表达自己想当诗人的决心时，常用“为人世减轻痛苦”这样的话语，在未竟长诗《海披里安的覆亡：一场梦境》中，他把诗人看成“所有人的医生”，说诗人的功能是“往世上敷涂油膏”（pour out a balm upon the world），[②]这些都说明他把诗人看成人类心灵的医生。济慈一生都在为别人减轻痛苦——弗朗西丝出走一段时期后拖着病体回家，济慈在母亲的病榻前亲奉汤药，后来又悉心照料患上肺病的幼弟托姆，并因此染上了这种不治之症。从这种行动逻辑看，济慈学医与学诗之间没有很大的矛盾：医学和文学都是“往世上敷涂油膏”，这两门职业都归阿波罗管辖（希腊神话中的阿波罗神既是艺术之神又是医药之神），弃医从文并没有改变济慈心中对阿波罗神的崇奉。

---

① 盖氏医院成立在伦敦国王学院之前，伦敦国王学院实为下辖十来所学院的大学，盖氏医院后来逐渐演变为隶属国王学院医学院的附属医院，没有上过大学的济慈因此也被认定为伦敦国王学院的杰出“校友”。

② “Sure a poet is a sage,/a humanist, physician to all men/... The poet and the dreamer are distinct,/Diverse, sheer opposite, antipodes. /The one pours out a balm upon the world,/The other vexes it.” John Keats, “The Fall of Hyperion: A Dream”, Miriam Allott, ed. *The Poems of John Keats*, London: Longman Group Limited, 1970, p. 670.

二、追求与阻挠

济慈作出弃医从文的决定，既有其必然性，又有一定的偶然性。

我们先来看必然性。

济慈在盖氏医院学习期间，由于与李·亨特、本杰明·海登和约翰·汉密尔顿·雷诺兹等人交往并得到种种鼓励和肯定，已经萌生了走诗歌道路的念头。济慈的室友记得他在房间里一边踱步一边喃喃自语：世界上唯有诗歌值得关注，自己这辈子一定要成为一名诗人。[①] 在写给雷诺兹的信中，他流露了自己"无诗毋宁死"的心声：

> 我发现没有诗歌我无法生存下去——没有永恒的诗——半天也不成——整天更不成。[②]

在后来给友人的信中，他重复了这种誓言并宣布了自己的目标：

> 我的抱负是为世界做些好事，倘若天假以年，那将体现在我更为成熟的年华中的作品上——在那之前，我将尽上天赋予我之神经所能承受的力量，去试攀尽可能高的诗歌峰巅。对于未来诗歌的朦胧憧憬常令我前额充血——我仅仅希望自己不要失去对人类事情的全部兴趣——希望我的那种对来自极高明者的赞扬也不例外的漠然无动，不要弄糊了我本来可以很清晰的视野。我想不会——我确信应当怀着对美的渴求和喜爱来写作，哪怕我每晚的劳作到第二天早晨便付之一炬，没有任何人看过一眼。[③]

---

① "Again it was Henry Stephens who marked the change. Keats informed him that poetry was 'the only thing worthy the attention of superior minds,' and that to rank among the poets was 'the chief object of his ambition'." Aileen Ward, *John Keats, The Making of a Poet*, New York: Farrar, Straus and Giroux, 1986, p. 61.

② 约翰·济慈：《一八一七年四月十七、十八日致J. H. 雷诺兹》，载《济慈书信集》，傅修延译，北京：东方出版社，2002年，第11页。

③ 约翰·济慈：《一八一八年十月二十七日致理查德·伍德豪斯》，载《济慈书信集》，傅修延译，北京：东方出版社，2002年，第215页。

只有经历过青春期诗歌冲动的人，才有可能深切体会这种胸中灼热、前额充血的感受。“对于未来诗歌的朦胧憧憬常令我前额充血”之语，形象地描绘出盖氏医院里那位药剂师学徒对诗歌的狂热，这种狂热可以发展到“哪怕我每晚的劳作到第二天早晨便付之一炬，没有任何人看过一眼”。郭沫若这样回忆自己写作《女神》时的情况：“我在那时差不多是狂了。民七民八之交，将近三四个月的期间差不多每天都有诗兴猛袭，我抓着笔也就把它们写在纸上。”① 将这番话与济慈的信对读，可以增进对济慈弃医从文决心的理解。对诗歌的爱好一旦到了这种一切置之度外的地步，就成了世人心目中的“不可救药”，世上任何力量都不可能改变他那“无诗毋宁死”的决心，只有死亡才能使其停止追求的步伐。

那么，济慈学诗的决定和“为世界做些好事”有什么关系呢？为什么济慈在立誓时要用“为世界做些好事”这样的提法呢？首先，这与济慈的医学背景有关。众所周知，医学院校的学生都要向医神阿波罗立下“希波克拉底之誓”，宣布自己终生服膺竭诚为病人服务的神圣原则，既然济慈认为写诗与行医一样是往“世上敷涂油膏”，那么他当然会用立誓的方式来表达“为世界做些好事”的决心。其次，这与诗歌在济慈心中的崇高地位有关。济慈在自己第一首长诗《睡与诗》中说：

> 诗该是人的朋友，它伟大的目标
> 是宽慰忧虑，提高人的情思。②

在他后来的《赛姬颂》（又译《普赛克颂》）等诗篇中，他把诗人看成呵护人类心灵的祭司。将这些综合起来，可以看出济慈学诗的终极目标，不是朝向艺术本身或诗人自己，而是朝向他人，朝向解除人间痛苦和提高人的思想境界。这样来看问题，写诗当然是“为世界做些好事”。

看到了这个“伟大的目标”，我们就能理解为什么济慈会把学诗看得重于一切，为什么他会抛弃温饱无虞的药剂师职业，选择荆棘丛生的诗歌道路。只有胸怀崇高目标的无私之人，才会有这种奋不顾身、“虽九死其犹未悔”的追

---

① 郭沫若：《序我的诗》，载《沫若文集》（第 13 卷），北京：人民文学出版社，1959 年，第 121 页。

② 约翰·济慈：《睡与诗》，载《济慈诗选》，查良铮译，北京：人民文学出版社，1958 年，第 61 页。

求。济慈多次对别人说"除了为世界做些好事这个主意，其他没有什么东西值得追求"，[①]无独有偶，雪莱在后来的《为诗辩护》中也有类似的表达。雪莱说诗人应是"至善之人"，"要做一个至善的人，必须有深刻而周密的想象力；他必须设身于旁人和众人的地位上，必须把同胞的苦乐当作自己的苦乐。想象是实现道德上的善的伟大工具；而诗则作用于原因，以求有助于结果。"[②]看来把写诗和做好人好事联系起来，并非济慈独出心裁。济慈与雪莱相识于亨特家中，他们之间有过多次交流，很有可能是这些交流导致了两位诗人表达方式上的相似。

我们再来看偶然性。

济慈拿到药剂师执照后不久，也就是在1817年年初，雪莱向刚刚出版了自己第一部诗集的济慈发出提议：在接下来的半年时间之内来一场诗歌友谊赛，两人各自写一首长达4000行的诗，看看谁先完成任务。雪莱的提议对济慈来说不啻是巨大的挑战，20岁刚出头的济慈此前充其量只是一名业余诗人，准确地说他还处在诗歌道路上的学徒阶段，他刚完成的第一首长诗《睡与诗》才400行，要他在6个月内完成这样一项任务，可以说有点不知天高地厚。然而济慈不顾亨特（亨特当时扮演着济慈的诗歌导师角色）和其他人的反对，以初生牛犊不怕虎的勇气接受了这一挑战。他把这场竞赛当作对自己创造力与想象力的一种检测，如果半年里写不出4000行诗，说明自己进入不了伟大诗人的行列，他愿意用这种早点见分晓的方式来认识和考验自己。

雪莱的提议在济慈看来就像是上天的安排，他的生命中需要有这样的"伟大的任务"。如果说他刚通过的药剂师考试是"小考"，那么这项更为神圣庄严的考试对他来说就是一场"大考"。他在后来的信中说：

> 对诗名的极度崇慕导致我把它看成仰之弥高、耸入云端之物。……它将是一次测试，是一场对想象力以及主要来说对我的创造力的考验，创造力确实是极为稀有的东西——我必须通过它把一个虚无缥缈的情境写

---

① 约翰·济慈：《一八一八年四月二十四日致约翰·泰勒》，载《济慈书信集》，傅修延译，北京：东方出版社，2002年，第123页。

② 雪莱：《为诗辩护》，缪灵珠译，载刘若端（编）：《十九世纪英国诗人论诗》，北京：人民文学出版社，1984年，第129页。

上 4000 行，并且要用诗来充填字里行间；我把它看作一个伟大的任务，完成它将使我朝着诗歌的贤良祠前进几步——想到这些我不禁要说——上帝有旨，不让我生命中没有这样的任务！听说亨特这样讲过，可能他还会当面问我——为什么要辛辛苦苦写一首长诗？对此我要回答——爱诗的人不是喜欢有一块可供徜徉的小小园地吗？他们可以在园地里采撷和选择，其中意象是如此丰富，以致于重读时不少旧的印象被当作新鲜的发现，这种重读放在夏天在外闲逛一周时特别合适。与那种他们能够在威廉姆斯太太下楼来之前草草浏览过的诗篇相比，难道爱诗的人不是更喜欢这样的作品吗？前者至多花一个早晨就能写出。……我们的伟大诗人写过短的篇章吗？我指的是以故事形式出现的诗——近年来这种具有同等意义的创造物，已经被人们忘记了还有诗意的完美。①

济慈对长诗重要性的认识不无道理。伟大的诗人必须有伟大的作品，他所推重的英国诗人当中，斯宾塞有《仙后》，弥尔顿有《失乐园》，华兹华斯有《远游》，拜伦有《恰尔德·哈罗德游记》，这些都是有沉甸甸分量的长诗，它们像是可供人反复游览的精神花园，耐得住长时间的阅读与咀嚼，每一次重读都能给人以新的发现。但他对短诗的评论未免有些偏激，那些"至多花一个早晨就能写出"的诗歌并非只能供人"草草浏览"。以他自己的《蝈蝈与蟋蟀》为例，这首短短的十四行诗写于亨特的客厅，费时不到 15 分钟，因为亨特喜欢要求来访的客人们即兴赋诗，让他们在一刻钟内就临时指定的题目写出一首十四行诗来，然后交由大家评判，济慈的这首急就章就是这样创作出来的，但它后来成了脍炙人口的英诗名篇。

雪莱的提议帮助济慈下了弃医从文的最后决心。自从在亨特的《观察家》杂志上发表第一首诗歌以后，济慈一直在做着诗歌之梦，因此迈出这一步对他来说是迟早的事情。雪莱的提议像是在他肩上轻轻推了一把，为这个决定给出了最具体的理由：为了在半年之内完成 4000 行诗，他必须摆脱一切俗务全力以赴。济慈外祖母阿丽丝此时已不在人世，她给济慈兄妹指定的监护人是她的同乡理查德·阿比，济慈这个时候虽已成年，但还不能自由支配自己的财

① 约翰·济慈：《一八一七年十月八日致本杰明·贝莱》，载《济慈书信集》，傅修延译，北京：东方出版社，2002 年，第 37 页。

产，因此做出如此重大的决定必须征求监护人的意见。阿比本打算等济慈拿到药剂师执照后，让其在伦敦北郊开业，听到这个决定后暴跳如雷，作为讲究实际效益的生意人，他认为投资就应当带来回报，半途而废等于把昂贵的学医费用扔进泰晤士河里。据统计，济慈缴纳的学医费用超过 1500 英镑，而当时济慈在伦敦一年的生活费才不过 100 英镑，让这样一大笔钱打了水漂，在阿比这样的资产者看来无异于发疯。济慈在阿比面前一贯有点发怵，但这回他镇静自若地说出一番掷地有声的话来：我的主意已定，我知道我拥有比大多数人都强的诗歌才能，因此我决定靠发挥这种才能来谋生。①

每个时代都会产生带有该时代鲜明特征的人物，19 世纪初的英国正大步跨入商品经济的高级阶段，这个阶段涌现出大批商品拜物教的忠实信徒，阿比就是现实生活中的庞得贝或葛擂硬，商业化潮流几乎冲刷掉了他身上全部的人性，只剩下对商业利润的无限欲求。阿丽丝在死前指定富商阿比为济慈兄妹的监护人，等于在济慈诗歌道路入口处放置了一块巨大的拦路石。如果说亨特和小克拉克等人是济慈学诗的引路人，那么阿比扮演的角色正好相反，他在济慈生活中所起的主要作用，就是要千方百计地把济慈推入商界。济慈对商业化潮流的抗击与抵御，具体来说就是挣脱阿比的商业魔掌，冲破他在自己诗歌道路上设置的种种阻碍。要做到这一点极其不易，因为阿比属于那种既刚愎自用又狡诈贪婪的资产者，商业成功导致的极度自信，在他身上已经发展到了盲目乃至偏执的地步，而贪得无厌的逐利本性，又使他可以为一己之私而不择手段，不达目的绝不罢休。为了迫使济慈改变主意，他采用过包括威胁、利诱、刁难、克扣、挖苦、讽刺、打击、斥骂在内的种种方法，但济慈硬是不为所动。济慈长诗《拉米亚》取材于一个与中国《白蛇传》有血缘关系的故事②，其

① "When Keats answered that he intended to make his career in poetry, Abbey retorted that he was either a fool or a madman to throw over five years' study for such an absurd idea. As calmly as he could, Keats told him he believed that his abilities were greater than most men's, and that he could earn his living by writing." Aileen Ward, *John Keats, The Making of a Poet*, New York: Farrar, Straus and Giroux, 1986, p. 103.

② "拉米亚"故事"首先在纪元前后流传于西亚或中亚的一个不崇拜蛇的民族中"，以后分头向东西方传播，结果形成中国的《白蛇传》与西方的"拉米亚"故事。参见丁乃通：《中西叙事文学比较研究》，陈建宪等译，武汉：华中师范大学出版社，1994 年，第 10—73 页。傅修延：《在美女蛇后面——〈拉米亚〉与〈白蛇传〉》，载智量（主编）：《比较文学三百篇》，上海：上海文艺出版社，1990 年，第 701—704 页。

中有一个对男主人公生活横加干涉的人物阿波罗尼，济慈在塑造这个法海式的形象时，肯定想起了自己的监护人。济慈在逝世前对人说："我这一辈子从未按自己意愿行事过，只除了放弃药剂师职业那件事，但我并不为之懊悔。"[①]

顺便说说，济慈兄妹与监护人阿比之间的冲突，简直就是狄更斯擅长叙述的"孤星血泪"式故事的另一版本，其戏剧性与任何小说相比都不遑多让。阿比阻挠济慈学诗有其个人意图，他欺负济慈兄妹年幼且不懂法律，把他们名下的财产牢牢地攥在自己手里，不让他们合理动用，以便自己从中渔利。不仅如此，济慈外祖父和外祖母在遗嘱中都给济慈留下了遗产，但阿比只把阿丽丝留下的遗产告诉济慈，济慈到死都不知道詹宁斯遗产中还有一笔为数不小的款子可以由他支配，这笔由法院照管的存款一直在产生利息。天网恢恢疏而不漏，济慈的小妹范妮成年之后，在济慈好友查尔斯·温特华斯·戴尔克的帮助下向法庭提起诉讼，最后从她称为"绝对的恶棍"阿比那里夺回了应当由自己继承的遗产。在她拿回的 4500 英镑当中，大约有 1200 英镑应当属于济慈[②]——这笔钱当年如果给了济慈，说不定他会在人世多停留几年，给后人留下更多优秀诗篇。不过历史总是公正的，戴尔克后来挥动法律之剑把涉嫌贪渎的阿比逼到破产边缘，他所有的资产几乎丧失殆尽，其债权人队伍中就有戴尔克和济慈的另一好友詹姆斯·莱斯。

---

① 约翰·济慈：《一八一九年九月二十二日致查尔斯·布朗》，载《济慈书信集》，傅修延译，北京：东方出版社，2002 年，第 396 页。

② "Fanny Keats was the only member of the family to become—as John once promised he and she both should—fat and old 'with triple chins and stumpy thumbs.' She had to wait patiently for her release from the Abbeys at twenty-one, then go to law, with the help of Dilke, to wrest her inheritance from her guardian—'that consummate villain,' as she came to regard him. These were the proceedings that revealed Abbey's mishandling of his trust, and from them Fanny emerged with a portion of £4500—of which about £1200 would have gone to Keats if he had been alive." Aileen Ward, *John Keats, The Making of a Poet*, New York: Farrar, Straus and Giroux, 1986, p. 409. 又，Watler Jagkson Bate 在 *John Keats*(Cambridge, Massachusetts: The Belknap Press of Harvard University Press, 1963)一书的附录第三部分"The Keats' Children's Inheritance"中，分三小节叙述了遗产处理的细节，济慈应得数额将近 2000 英镑。19 世纪初英镑的含金量比现在高得多，济慈当时在伦敦一年的生活费用为 100 英镑左右。

三、分析与比较

对于济慈的“无诗毋宁死”，我们还须作以下分析与比较。

济慈弃医从文并非出于一时狂热，而是深思熟虑之后做出的冷静决定，是一种“明知山有虎，偏向虎山行”的大无畏行为。济慈不是不知道贫穷诗人的下场，英国 18 世纪有位只活了 17 岁的诗人托玛斯·查特顿，此人假托中世纪作者之名写出了许多精彩诗篇，最后因贫病交加而自戕身亡，济慈学诗之初就写过一首十四行诗《致查特顿》，向这位先行者表达敬意与哀悼：

　……夜这样逼近
　你美丽的早晨。一阵寒风
使尚未盛开的小花凋落。
但这已成为过去：而今，你
　住在星空，对着旋转的苍穹
美妙地歌唱，不再受制于
　人心的忧惧和忘恩的人群。
在地面，好人正捍卫你的名字，
　并且要以泪水把它滋润。①

济慈的命运简直就是查特顿悲剧的翻版，他只不过比查特顿多活了几年，在最后的日子里也是饱受穷困与疾病的折磨。《致查特顿》中自我激励与自我感伤的情绪交相激荡，其中颇多谶语，很难说济慈下笔时没有想到自己的未来与身后情景。由于疾病、气候与社会条件等多种原因，当时英国男子中得享天年者为数不多，济慈在生之日就对自己寿将不永有强烈预感，他多次用“天假以年”、“倘若我活过这三年的话”之类的话语，来表示自己要在极为有限的时间内攀登诗歌高峰的雄心壮志。令人伤感的是，他在《致查特顿》中说后世的“好人”正用泪水滋润查特顿的名字，而奥斯卡·王尔德也在《济慈墓地》一诗中，

① 约翰·济慈：《致查特顿》，载《济慈诗选》，查良铮译，北京：人民文学出版社，1958 年，第 21 页。

说到要用泪水来使济慈的名字永垂不朽。①

把查特顿与济慈放在一起对读，可以看出他们都是那种“无诗毋宁死”的追求者，是那种知其不可而为之的殉道者与赴死者，诗歌史上这种人物可以排出长长的一大串，但查特顿和济慈可谓其中的典型。在浪漫主义诗人眼里，查特顿是为诗歌而死的一位先驱，他像飞蛾扑火一样无怨无悔地奔向导致自己毁灭的艺术目标。查特顿曾被法国诗人泰奥菲尔·戈蒂耶比喻为希腊神话中的伊卡洛斯，伊卡洛斯之父代达洛斯用蜡和羽毛做成两副翅膀，父子二人一道凭借翅膀飞上天空，然而伊卡洛斯不顾父亲劝阻急急忙忙朝太阳飞去，结果翅膀上的蜡被太阳的热力熔化，一团旺盛的生命之火就这样过早熄灭在爱琴海中。戈蒂耶曾经如此形容自己青春期的诗歌冲动：

> 那个时代我们年青人被艺术、激情和诗歌所陶醉了；我们的头脑完全像一阵旋风，我们的心灵完全思考着放肆的野心。伊卡洛斯的命运对于我们是无所畏惧的。“给我翅膀！翅膀！翅膀！”到处升腾着这呼喊。“即使我掉进大海里！”从天上落下来，一个人至少得飞上很高，这是比一辈子在地上爬行要美好得多的行程。②

与戈蒂耶“给我翅膀，即使我掉进大海里”的呼喊相似，济慈在《睡与诗》中也希望自己“肩上长出能够飞往永恒的翅膀”，以实现自己飞上诗歌天穹的愿望，哪怕为此付出生命的代价：

> ……啊！宁可像疯子，
> 让我冲下悬崖吧；宁可让太阳
> 熔化我的代达洛斯的翅膀，

---

① “啊，我们讲英语的国度里最伟大的诗人！/你的名字写在川流不息的水里——它将永存：/像我所流淌的一样的泪水将使记忆常绿，/犹如伊莎贝拉的泪水浇灌她的罗勒树。”《王尔德诗选》，袁宪军译，福州：福建教育出版社，2010年，第29页。

② 转引自李小江：《勃朗蒂姐妹的创作背景》，《河南师范大学学报》1983年第2期。参看泰奥菲尔·戈蒂耶：《浪漫主义回忆》，赵克非译，北京：人民文学出版社，2011年，第246—247页：“《飞升》为我们展示的是遨游天外的诗人。他遨游在星空之外，在光芒四射的苍穹中，在我们这个消失于无垠深处、犹如一片云的地球边缘；他陶醉在那稀有的、于健康有益的空气里，地球上的疫气到不了那里，空气中只有天使呼出的芳香。”

使我痉挛地向下跌落！[①]

这节诗是对他自己“无诗毋宁死”决心的最佳表述。《睡与诗》出版于1816年，那时济慈还在当药剂师学徒，他已经看到了自己一旦从诗，很有可能像伊卡洛斯一样“痉挛地向下跌落”，但他宁愿冒这样的风险，就像戈蒂耶所说的那样——“伊卡洛斯的命运对于我们是无所畏惧的”。济慈热爱的诗歌事业就像是伊卡洛斯故事中的太阳，如果太过仓促地向它靠近，难以避免受到致命的伤害，然而济慈之所以为济慈，就是因为他像查特顿那样对这种伤害毫不介意。天才的早夭固然令人伤痛，不过任何硬币都有正反两面：济慈因为早夭在读者的记忆中永远与暮气无缘，人们印象中的济慈永远都是不满26岁的青年，永远散发出一股朝气蓬勃的青春气息，这又何尝不是诗人之福！济慈对人世间只留下惊鸿照水般的一瞥，但他那些如春花绽放般的篇章，足以使他在群星灿烂的英国浪漫主义诗歌运动中，放射出自己独特的光辉。

如果查特顿预示了济慈学诗的命运，那么将济慈与同时代的浪漫诗人相比较，可以看出他学诗是多么不易。

先说与济慈有较多接触的雪莱。雪莱来自古老的贵族家庭，本人拥有贵族爵位，先后在伊顿公学与牛津大学上学，这样的出身门第和教育背景，与济慈相比真有天壤之别。雪莱的经济状况可从其阔绰出手窥见一斑：他来伦敦后见亨特家用不济，《观察家》杂志又运营不佳，便立即出手给了亨特1400英镑以解燃眉之急；向济慈发出挑战之后，他在离伦敦不远的马洛镇买了一座面对泰晤士河的豪宅，以便安安静静地从事4000行长诗的写作，购房之后他还要济慈来马洛镇小住，但这位竞争对手出于自尊心婉谢了他的邀请；济慈赴罗马之前，已在意大利的雪莱从亨特那里得到消息，立即写信邀请济慈来比萨治病，并在致亨特夫人的信中说要对他“进行无微不至的照料”，[②]这一伸出的橄榄枝又被济慈轻轻拂退。雪莱的仗义疏财建立在强大的经济实力之上，据说

① 约翰·济慈：《睡与诗》，载《济慈诗选》，查良铮译，北京，人民文学出版社，1958年，第64页。

② 雪莱在获悉济慈病情后立即致信李·亨特夫人：“我亟盼他来到意大利，我将着手对他进行无微不至的照料。我认为他的生命极为昂贵，确保他的安全是我的兴趣所在。我打算成为他的身体与心灵的医生，让他的身体保持温暖，教他的心灵学习希腊语与西班牙语。我确实清楚自己是在某种意义上培养一名以后将大大超越我的敌手，而这就是我的另一个动机，它将为我带来额外的欢乐。”Frederick L. Jones, ed. *Collected Letters of P. B. Shelley*, Volume II, Oxford: Clarendon Press, 1964, pp. 239—240.

他每次从银行拿到装满钱币的皮袋，总是将其哗啦一声倾倒在壁炉前的地板上，堆成一个小山后用脚踏平，抽出壁炉的灰铲将其一划为二，半堆给夫人玛丽作家用，半堆再用灰铲划成两份，一份给玛丽当零花钱，另一份自己拿了替人还债。

从经济基础与条件保障来说，济慈与雪莱之间开展的是一场不对等的比赛，赛诗和其他赛事一样须有一定的物质基础，雪莱真是饱汉不知饿汉饥，他哪里知道济慈当时不但穷得叮当响，甚至还没有获得对自己财产的完全支配权。而济慈接受雪莱的比赛提议，也真是有点硬撑台面不自量力。不过济慈最后还是按时完成了长诗《安狄米恩》的写作（他在题记中说把这首诗献给查特顿），这只能说明济慈的精神和毅力非一般人所能想象。

再看当时与雪莱齐名的拜伦。拜伦和雪莱有三个共同点：一是都出身名门，不过拜伦除了贵族爵位之外，还同时继承了英国上议院的世袭议员席位；二是都在名校受教育，不同之处是拜伦起初上的是与伊顿齐名的哈罗公学，后来又进了与牛津大学齐名的剑桥大学；三是都非常富有，雪莱的身家约为20万英镑，拜伦继承的遗产虽只有这个数字的一半，[①]但他还有很高的版税收入。19世纪初年仍是一个读诗时代，那时候像狄更斯那样靠写小说谋生的作家尚未出现，人们的文学消费以诗歌作品为主，有名气的诗人不但拥有大量读者，而且可以从出版商那儿拿到较高的报酬。拜伦的长诗《恰尔德·哈罗德游记》使其一夜成名，同时也给他带来每章超过1000英镑的版税；他在上议院发表激进演说后引起街谈巷议，导致《海盗》出版之日狂销13000册，这在当时的伦敦绝对是一个天文数字。[②]

与拜伦诗作的畅销相比，济慈在生之日出版的两部诗集都只印了几百册，这些小册子在他去世之后很长一段时期内都未售罄。换句话说，如果济慈不是药剂师出身的平头百姓，而是一位有着诸多光环与传奇色彩的上流社会人物，他的诗集在当时的图书市场上绝对不会滞销到如此程度。拜伦在威尼斯

① 参见鹤见祐辅：《明月中天——拜伦传》，陈秋帆译，长沙：湖南文艺出版社，1981年，第142、177页。

② “听泰勒说起那个叫穆勒的书商的最近销售额，我不由得吃了一惊——你觉得怎么样，25000镑？他卖掉了拜伦爵士的4000本书。”约翰·济慈：《一八一九年二月至五月致乔治和乔治安娜·济慈》，载《济慈书信集》，傅修延译，北京：东方出版社，2002年，第284页。

写《堂璜》时，家住运河边石头砌成的莫哲尼哥公馆，门前码头上停泊着配有专职桨手的贡多拉小艇，家里养着包括猴、狼、狐、马、狗以及鹦鹉、白鹅在内的各种动物，它们及其主人由一大群意大利仆人侍候着。与此同时，济慈却在贫病之中苦苦挣扎。在等级森严的19世纪英国，人们的眼球容易被拜伦、雪莱这种特立独行的贵族人士吸引，一位出身卑微的平民和他们同台竞艺，受到冷落和忽略是必然之事。

最后来看华兹华斯、柯勒律治与骚塞这三位湖畔派诗人。华兹华斯出身律师家庭，柯勒律治祖上三代出过法官（其中一位还当上了英国上诉法院大法官），两人均毕业于剑桥大学，都有在法国与德国游学的经历。骚塞的父亲是位不成功的布商，从骚塞本人在威士敏斯特公学和在牛津大学求学的经历来看，他的家境还是要比济慈强得多。骚塞出道后被英国王室敕封为桂冠诗人（有少量津贴与俸酒），他去世后华兹华斯接过了这顶桂冠，柯勒律治后来则从诗歌创作转向评论与演说。虽说三位湖畔派诗人均非贵族出身，都有过一段拮据的日子，但他们至少和拜伦、雪莱一样上过名校，属于上流社会的文化精英，起点比济慈这样的“伦敦佬”要高得多。

在这样的比较背景之上，可以看出济慈在当时的浪漫诗人当中是个另类，人家个个都有牛津、剑桥文凭，唯独他是药剂师学徒出身。攻击济慈的洛克哈特也是一位牛津大学毕业生，他从济慈的好友本杰明·贝莱那里了解到济慈的药剂师身份及其家境，于是采取了“哪壶不开提哪壶”的阴险手段。这位有“毒蝎子”(scorpion)之称的批评家以“Z”为化名，在《布拉克伍德》杂志8月号上发表了一篇题为《四论诗歌中的伦敦佬派》的文章，用鄙夷不屑的笔调对济慈大肆挖苦：时下有一股诗歌写作热到处蔓延，原先的“听差、跑腿和退休的家庭教师”，在这股热潮中都变成了著名诗人的模仿者，这场热病的最新受害者是一名本来要当药剂师的年轻人，在亨特的鼓动之下，这位“强尼·济慈”扔掉了他的药罐，以安狄米恩为题材写了一首长诗，它充其量只能说是“半温不火的、按部就班的、没精打采的废话与呓语”。文章最后是那段文学史上臭名昭著的咆哮：

与其做一名挨饿的诗人，不如做一名挨饿的药剂师，这样更好而且更为明智；因此回到药店去吧，约翰先生，回去摆弄你的胶布、膏丸和药箱之类的东西吧。不过，看在老天爷的份上，年轻的桑格莱多，你在行医之中可要拿出点精神，别像你写诗那样令人昏昏欲睡。[①]

英国至今仍是一个讲究门第的等级社会，在等级观念的支配下，寒门子弟一般都会对自己的身世讳莫如深，一般人也懂得尊重别人的这点隐私。洛克哈特这篇充满阶级歧视的文章，一方面暴露了作者自己的人格卑鄙与内心阴暗，另一方面也让人看到当时傲慢的文化精英对芸芸众生的刻骨蔑视，就是这种蔑视构成了阻挡普通人进入诗歌殿堂的透明天花板。洛克哈特的意思说白了，就是诗歌乃专属于上流社会的高雅艺术，非听差、跑腿、药剂师或家庭教师所能染指，这些没有受过良好教育的人进入诗界是一个错误，济慈与其因诗歌卖不出去而当一名"挨饿"的诗人，还不如"回到药店"继续当一名"挨饿"的药剂师。

那么济慈"回到药店"又会如何呢？西方历史学研究中有所谓"反事实历史"理论，即通过研究某些"真实的替代项"(有可能实现但未最终实现)，达到深刻理解"发生了什么以及为什么发生"的目的，[②]我们可以运用这种理论来帮助思考。济慈在弃医从文的道路上没有半点犹豫，但他的几位文友虽有学诗学艺的青春冲动，最后还是进入了能养家糊口的职业领域，我们不妨来看他们的人生结局，这或许有助于我们理解济慈为什么那样义无反顾。

雷诺兹是济慈诗友中最为亲密的一位。他比济慈只大1岁，但出道要早得多：与济慈见面时他已出版了三部诗集，正在给新创办的《优胜者》杂志写剧评，后来一流文学杂志《爱丁堡评论》又出高价向他索稿，应该说文艺圈的大门已经向他敞开。然而雷诺兹订婚时女方家庭开出条件，要他放弃对文学的爱好专骛法律，在此压力下他进入莱斯的法律事务所工作，但对文学又不能完全忘情。脚踩两条船的后果是两头都踏空，雷诺兹后来无论是在法律还是在文学上都未登堂入室，最后沦落到在乡村法庭上给人当助手。与雷诺兹经历相似的还有莱斯与威廉·哈斯拉姆，他们对诗歌的兴趣本来就不像济慈那样浓厚，但在律师行当中干得也不大出色，两人身后都未留下多少家产。贝莱也曾与济慈有密切往来，他与雷诺兹都充当过济慈诗歌思想的磨刀石，但贝莱很快

---

① Andrew Motion, *Keats*, London: Faber and Faber Limited, 1997, pp. 300—301.

② 卢波米尔·道勒齐尔：《虚构叙事与历史叙事：迎接后现代主义的挑战》，载戴卫·赫尔曼(主编)：《新叙事学》，马海良译，北京：北京大学出版社，2001年，第194—197页。

就变得实际起来，他通过婚姻攀附豪门之举令济慈不快，两人因此渐行渐远。贝莱后来在英国的海外殖民地任教区执事长，进入了宗教社会的上层。约瑟夫·舍温学的是美术，在陪济慈赴罗马治病之后，他按济慈指点留在拉斐尔、达·芬奇的故乡继续深造，但他在美术上的最大建树可能只是一些以济慈为题材的油画，其他都无甚可观。舍温后来娶了一位伯爵小姐为妻，还当上了英国驻罗马领事，他的外交能力倒是颇为受人称道。

然而在济慈的朋友当中，并不是所有人都放弃了对文学艺术的追求。戴尔克主持文学刊物《雅典娜神庙》长达20年，后来又潜心文学研究，写出了一系列有学术分量的文章与论著。小克拉克对文学艺术也是始终不渝，他后来虽改行做出版与书籍销售，但仍笔耕不辍，还长期应邀发表文学演讲，他的《回忆与作家们的交往》一书对研究浪漫主义文学运动具有重要的参考价值。戴尔克与小克拉克之所以能坚持自己的文学追求，主要是因为他们家境殷实，小克拉克是恩弗尔德学校校长之子，后来又做了著名音乐指挥家的女婿；戴尔克家是当地的望族，济慈租住的房子有他一半产权，《雅典娜神庙》杂志的老板就是戴尔克本人，戴尔克的孙子查尔斯爵士后来是英国著名政治家，一度是内阁首相的热门人选。当然，仅有万贯家产而无执著追求，这条道路也是走不到头的。济慈的室友查尔斯·布朗（他拥有济慈租住房子的另一半产权）也是位诗人，其戏剧还在伦敦剧院上演过，由于从兄长那里继承了遗产，他本可以专心致志地写诗，但此君天分不足又耽于享乐，最后也未留下像样的文学成果。这三人的命运告诉我们，在济慈所处的那个时代，只有拥有稳定的经济来源和持之以恒的志趣，才有可能矢志不移地将文学艺术事业进行到底。

如此看来，济慈当年即便不弃医从文，或者行至半路“觉迷途而知返”，回到药剂师行当或按阿比建议改做帽商，其职业前途恐怕也会与雷诺兹等人相似。诗歌艺术对某些人来说犹如毒品，一旦上瘾，终生难以摆脱它的影响，被诗神攫获过的人改入实际职业，最终的结果都会落到这种不良不莠的下场。济慈在信中对二弟乔治说：“我确实认为要是我能做一个帽商，我也许会干这一行。”[①]说明他对自己有透彻了解，并已洞悉投入商海的灾难性结果。雷诺

---

① 约翰·济慈：《一八一九年九月致乔治和乔治安娜·济慈》，载《济慈书信集》，傅修延译，北京：东方出版社，2002年，第410页。

兹晚景凄凉穷愁潦倒，以酗酒玩牌填补精神空虚，济慈如果“悬崖勒马”并活到他那个年纪，恐怕也会是他的酒友兼牌友。通过以上比较，可以发现济慈的选择有其自身的合理性：与其做一名怏怏不得志的药剂师或生意人，不如在自己喜爱的诗歌事业上不计后果放手一搏，不成功便成仁，早点见出分晓；在商海与文学之间搞妥协与折中，最终的结果将是非驴非马，一辈子遭受精神折磨。

接下来的问题是，济慈为什么没有像雷诺兹等人那样与商品社会妥协？为什么他能如此坚定地“反潮流”——反抗商品经济大潮？济慈的天赋异秉——具有超乎常人的坚强意志，应该联系其“伦敦佬”出身来做解释。洛克哈特有一点倒是说对了，济慈确实是个“伦敦佬”，不仅如此，他实际上还是一名进城务工者之子，他身上流淌着底层劳动者的血液。来自底层者有别于养尊处优者之处，是其苦难经历造就的特殊心理素质——特别能够抵御压力、打击与歧视。济慈父亲托玛斯从马厩帮工做到客栈经理，与济慈本人从药剂师学徒向诗歌殿堂攀升有几分相似，两者都要冲破种种有形无形的阻力与歧视，济慈身上与生俱来就有一股“抗击打”的蛮劲。拜伦和雪莱曾说济慈因性格软弱而死于恶毒的批评，[①]我在《济慈评传》中为济慈作了许多辩护。[②] 济慈性格开朗、精神强悍，从幼年开始就接受一系列“抗击打”的心理训练，他的自信心与勇气应该说远远大于周围的压力。与雷诺兹等人相比，济慈其实是个颇为另类的“野孩子”。一般读者可能不知道，济慈在恩菲尔德学校时就是一个令人生畏的打架高手，同学当中没人敢招惹这个埋头读书的小个子，有次一名新来的教师掼了济慈二弟乔治一记耳光，济慈立刻像狮子一样朝比他高出一大

---

① “可叹济慈被一篇批评送了命，/正当他可望写出伟大的作品，/……/唉，可怜的诗人！多乖戾的命运！/他那心灵，那天庭的火焰一粒，/竟让一篇文章把自己吹熄。”拜伦：《唐璜》(下)，查良铮译，王佐良注，北京：人民文学出版社，1980年，第729—730页。“我这篇不成样的诗所追忆和哀悼的人，他的天性既美丽而又脆弱；当然，在毒虫蔓生的地方，何怪乎年轻的花朵未放苞而即凋残？《评论季刊》对他的《安狄米恩》的粗暴批评，在他敏感的心灵上造成最强烈的印象；由此而生的激动使肺叶的血管崩裂了；肺病很快地发作起来，这种无理的损伤连此后较公正的批评家们对他的真实而伟大的才能所作的赞许也无法挽救了。”雪莱：《〈阿童尼〉前记》，载《雪莱诗选》，查良铮译，北京：人民文学出版社，1958年，第269页。

② “一位前途看好的诗人突然夭折了，人们在拭去伤心泪珠的同时，很自然地会想到要揪出一个该对此负责的坏蛋来。仅用家族疾病来解释是不够的，把诗人之死与批评家的恶毒攻击相联系，最符合普遍的心理期待，最容易在人群中得到传播。而在谴责洛克哈特与《评论季刊》的过程中，必然会强调济慈性格的软弱，否则故事难以自圆其说，济慈的形象就这样不知不觉地被同情他的人矮化了。”傅修延：《济慈评传》，北京：人民文学出版社，2008年，第415页。

截的成年男子扑去。济慈写作《安狄米恩》时，路遇正在虐待一只小猫的屠夫，济慈好言相劝反遭侮辱，于是挥拳把这个大块头教训了一顿，这场搏斗使其在周围邻居中声名大振。洛克哈特当时要是与济慈狭路相逢，没准会挨这位"伦敦佬"的拳头。[①] 如果不知道真实生活中济慈的血性与胆气，我们就永远不懂济慈的选择。

四、对现代人的激励与启示

每个人都有年轻的时候，每个时代都有满腔热血的文艺青年，这些人当中的绝大多数都会"浪子回头"，最终在实际的职业领域中选定自己的位置。这些其实都无可厚非，因为社会并不需要那么多人去做诗人或艺术家，只有经过自然淘汰坚持下来的少数人，才是真正为社会需要的艺术精英。然而我们这儿的问题在于，呼啸而至的商品经济大潮似有席卷天下之势，没有多少人能在市场经济环境下坚持住自己的文学操守，商业化思潮正无孔不入地弥漫于文坛，以至于人们对"作家经商"、"文人下海"这类现象已见惯不惊。在这种情况下，济慈的人生像面镜子，映照出镜中现代人的鄙陋，其挑战与追求的现代价值亦由此显现。

与济慈相比，现代人，特别是我们这儿有志于创作的文艺青年，应当反思自己以下诸多不足。

第一是爱得不深。

对文学艺术的爱属于人类的一种天性，许多人都有对其爱到"前额充血"的时候，但像济慈这样扔掉刚拿到手的开业执照，为自己的所爱铤而走险，在人群当中可谓凤毛麟角。从弃医从文那一天开始，济慈实际上就走上了一条不归路，因为这条路上缺少金钱与健康这两项最基本的人生保障。济慈对此并非懵然无知，他知道自己此行凶多吉少，但为了对得住自己的爱，他一头扎进了文学艺术的汪洋大海，真正履行了自己"无诗毋宁死"的誓言。济慈对诗

① "我对此事(按指洛克哈特化名为'Z'攻击'诗歌中的伦敦佬派')不是很介意——但要是他对我就像对亨特那样无所顾忌，我绝对会找到他让他把话说清楚——假如他是人而且会在我们可能遇上的广场与剧院里出现的话——我可不欣赏他的无耻谩骂。"约翰·济慈：《一八一七年十一月三日致本杰明·贝莱》，载《济慈书信集》，傅修延译，北京：东方出版社，2002年，第47页。

歌的真爱，反衬出大多数人的凡庸：有多少诗歌爱好者能这样为真爱献身，虽粉身碎骨而义无反顾？滔滔者天下皆是，许多人平素也喜欢谈诗说艺，舞文弄墨，然而当商品经济大潮惊涛拍岸之时，这些人纷纷都变成了赶潮的南极企鹅，一个个头也不回地蹈海而去，将他们在诗神前立下的神圣誓言留在岸上。这些人亵渎了"真爱"一词，或许他们从来就不懂得什么是对文学艺术的真爱，因此讲述济慈的人生故事对他们来说具有特别的针对意义。不仅是这些"下海"的人，即便是那些仍然留在岸上的坚守者，面对济慈的奋斗也会肃然起敬，也会自觉地检点起自己对文学艺术是否真正忠诚。

爱得不够与爱到极致是两端，济慈追求中的信心、勇气与狂热，或者说忘乎所以，来自他对诗歌艺术的极度热爱。诗歌是美的艺术，济慈曾经说过：

> 对一个大诗人来说，对美的感觉压倒了一切其他的考虑，或者进一步说，取消了一切的考虑。[①]

人们对这句名言有过许多阐释，我认为要真正理解其中的意义，必须将它与济慈的相关言论放在一起来理解。济慈在《希腊古瓮颂》中提出了"美即是真，真即是美"这个内涵深刻的命题，他在书信中还说：

> 想象力以为是美而攫取的一定也是真的——不管它以前存在过没有——因为就像对爱情的看法一样，我对我们所有激情的看法都是，它们发展到极致时都能创造出纯粹的美。[②]

济慈的意思是：爱与所有的激情一样能创造出美，爱到极致更能凭想象力创造出纯粹的美，而纯粹的美"一定也是真的"，无论其以前存在与否，因此真正的诗人爱美的感觉压倒了一切，或者说"取消了一切的考虑"。换句话说，济慈活在自己美的世界里，他用激情创造了一个他自己认为是真实的世界，因而乐在其中无怨无悔。像其他艺术门类一样，诗歌有诗歌自身的逻辑与可能性，热爱诗歌的人听得懂这番雄辩之辞，因为他们像济慈一样知道诗歌中存在着能与

---

① 约翰·济慈：《一八一七年十二月二十一日、二十七日(?)致乔治与托姆·济慈》，载《济慈书信集》，傅修延译，北京：东方出版社，2002年，第59页。

② 约翰·济慈：《一八一七年十一月二十二日致本杰明·贝莱》，载《济慈书信集》，傅修延译，北京：东方出版社，2002年，第51页。

真实世界相抗衡的想象之美。真正的诗人能够从阴霾之中看到彩虹，对于他们来说人生中有了这种艺术之美便已足够，所以他们能够永远保持精神上的强大。

希腊神话中有一则故事讲的是这番道理，故事中塞浦路斯国王皮格马利翁用象牙雕刻了一个少女形象，雕像的美丽使皮格马利翁真的对其产生了爱情，而这种不可理喻的爱到后来竟使雕像获得了生命。古希腊人用这个故事宣传了"美即是真，真即是美"：人类的想象力是如此强大，以至于它所创造的美会使人类自身也为之惊叹痴迷，爱心与期待能使美与真的界限涣然冰释。教育心理学里有所谓"皮格马利翁"效应，人们用这个故事来说明爱心与期待能创造出奇妙的教育效果。济慈就是 19 世纪的皮格马利翁，他与自己所处的商业社会格格不入，整个心灵仿佛生活在古老遥远的希腊世界，难怪人们会说他是"不懂希腊文的希腊人"①。

行文至此，我感觉如有骨鲠在喉不吐不快。改革开放在中国已逾 30 年，唯美主义与"为艺术而艺术"在我们这里仍被看作绝对负面的罪名，时至今日如果不作任何反思，中国的艺术家恐怕永远进入不了世界前列。济慈在我们这里曾被说成"有严重的唯美主义倾向"②，他的诗歌确实也曾是唯美主义诗人汲取营养的土壤，但他绝对不是什么温柔敦厚的唯美诗人，也从未提出过"为艺术而艺术"的口号。如前所述，济慈认为诗歌是抚慰苍生的灵药，他弃医从文是想当"所有人的医生"，即"为苍生而艺术"，而且他的政治态度也与拜伦、雪莱基本一致。不过这些与他对美的追求都不矛盾，从对抗商业化潮流的角度来说，诗歌中有一点"唯美"因素，多一些歌颂美的激情，可能还不是什么坏事。在《"有多少诗人把闲暇镀成金"》、《初读贾浦曼译荷马有感》和《初见爱尔金壁石有感》等诗歌中，济慈流露了自己对艺术世界的极度痴迷，这种痴迷

① "尽管晦涩，他却曾力图描绘出/希腊的神祇，设想他们在如今/该讲些什么，虽然他不懂希腊文。"拜伦：《唐璜》(下)，查良铮译，王佐良注，北京：人民文学出版社，1980 年，第 730 页。拜伦此语暗含讥讽，但后人因此称济慈为"不懂希腊文的希腊人"。

② "济慈的诗歌理论既有积极的因素……，但显然也有相当严重的唯美主义倾向。"袁可嘉：《〈济慈书信选〉后记》，载古典文艺理论译丛编辑委员会(编)：《古典文艺理论译丛》(第九册)，北京：人民文学出版社，1964 年，第 165 页。"契支(1795—1821)，通译济慈，英国诗人。他的作品具有民主主义精神，受到拜伦、雪莱的肯定和赞扬。但他有'纯艺术'的、唯美主义的倾向，所以说与拜伦不属一派。"《〈坟・摩罗诗力说〉注释》，载《鲁迅全集》(第一卷)，北京：人民文学出版社，1998 年，第 108 页。

可以说发展到了几乎不能自拔的程度。他这样形容自己创作《安狄米恩》时的心境：

> 在《安狄米恩》中，我是跳起来一头钻进大海，因此与停留在绿色的海岸上吹着鲁钝的风笛或喝着茶水聆听悦耳的提议相比，我对大海的声音、海中的流沙和礁石要熟悉得多。[①]

用常识和常性来衡量，我们可以将这种痴迷斥之为“耽溺”，然而从诗和艺术的角度说，正是这种“耽溺”造就了济慈，造就了他的投入、狂热与疯癫。一个人爱艺术爱到了这种地步，爱到分不清真实与虚幻，爱到混淆了现实与想象，那么他离艺术家真正应有的境界也就不远了。济慈对艺术美的痴迷发生于商业化社会背景之下，我们应该将其看成一种逃离与对抗，真正的艺术家都会有类似的逃离与对抗。没有这种痴迷，怎能抵御金钱社会里巨大的物质诱惑？相比之下，现代人可能是过于清醒，过于淡漠，过于现实了，这种中庸心态的形成，与长期以来对唯美主义与“为艺术而艺术”的过度批判不无关系。如果不鼓励对艺术美的忘我追求，怎么能期望出现超越凡庸的伟大艺术家？我们应当肯定像济慈这样“一头钻进大海”的追求，且莫做那种站在岸上看着别人潜水的虚伪艺术家。

对唯美主义与“为艺术而艺术”作辩证分析，有利于我们正确认识济慈的人文情怀。离开具体语境来谈问题，唯美主义与“为艺术而艺术”这样的提法肯定是片面的，但如果像济慈这样以艺术世界为心灵支撑，抗拒商业化社会中的物欲横流，那么这种“唯美”或“为艺术”就没有什么不对了。[②] 济慈不仅热爱诗歌，他还热爱与诗歌相关的整个人文艺术，其中最突出的是音乐与美术。济慈文友中有不少人喜爱音乐，亨特喜欢在自己客厅里一边谈诗一边弹琴，小克拉克也是位音乐发烧友，济慈弃医从文前常和朋友一道开“音乐会”，即每人模仿一种乐器的发声，济慈在这种音乐会上总是扮演巴松的角色。济慈的画家朋友更多，海登与舍温给了他很大影响，他本人曾与布朗一道外出比赛写生，还留下了一幅以古代瓶器为对象的速写。脱离这种人文艺术背景来谈济

---

① 约翰·济慈：《一八一八年十月八日致 J. A. 赫赛》，载《济慈书信集》，傅修延译，北京：东方出版社，2002 年，第 212 页。

② “唯美”在现代汉语中已有转为正面词语的趋势。

慈诗歌，很可能不得要领。

仅以著名的《秋颂》为例，诗中对秋天的描绘不仅有油画般斑斓的色彩，更有交响乐般的复调声音：诗中小飞虫的“哀叹”、山羊的“咩咩叫唤”、蟋蟀的“篱边歌吟”、红胸知更鸟的“更加温柔的呼哨”和燕子的“呢喃”，汇成了与“春之歌”相对应的秋天音乐。有经验的作曲家完全可以模拟这些鸟吟虫鸣，写成一部嘈嘈切切的秋声奏鸣曲。将《秋颂》这部分与《蝈蝈与蟋蟀》、《仙灵之歌》、《画眉鸟的话》和《夜莺颂》等放在一起，我们能觉察出济慈对天籁之音异常敏感——年轻的诗人不仅有出色的想象能力，更有一对音乐家的耳朵。除了音乐之外，《秋颂》中还有若干美术作品的印痕。人们一般以为《秋颂》反映的只是大自然中的生态美景，实际上济慈还在诗中置入了一些西欧名画给自己留下的印象。这些画作包括16世纪意大利画家朱利略·罗马诺的《赛姬在谷物中酣睡》、17世纪法国巴洛克大师尼古拉·普桑的《夏天，或路得与波阿斯》、《秋天，或希望之乡的葡萄》等。济慈对它们非常熟悉，最初是舍温把他领到罗马诺与普桑的画前，后来亨特在聚谈中也常出示普桑等人的画作，要人们读出其中的神话内涵。中国古代诗论中有“诗中有画”之说，济慈诗中是真正有绘画与音乐存在。

从这样的角度出发，就会察觉到济慈艺术激情的深度与广度。济慈年龄虽轻，也未受过高等教育，但是他非常注重交往与学习，因而逐渐培养出丰富高雅的人文情趣，境界与视野也随之提升与开阔。有了这种品位、胸襟与眼界，自然不容易屈服于外界压力，因为有太多的内在空间可供自己的灵魂安顿。诗意栖居不是人人都能做到的事情，胸中若无万千丘壑，抵御不了商业化潮流的凶猛冲击，济慈心中博大的艺术世界，是他实现诗意栖居的中流砥柱。看到了这一点，如果还要对他钟情艺术说三道四，那就未免有失公允了。济慈对今人的一大启迪意义在于其艺术激情，激情诚然是完成一切工作之所必需，但诗歌领域是最不能缺少激情的地方。在我们这个古称“诗国”的华夏神州，曾经出现过“行人南北尽歌谣”、“人来人去唱歌行”的文化景观，[①]然而一段时期以来，特别是商业化潮流大行其道以来，诗神悄悄离开了我们这个“全民经商”的国度：很少读到令人眼角湿润的章句，也看不到热切焦渴的传抄，听不到

① 《敦煌曲子词·望远行》与刘禹锡《竹枝》。

神采飞扬的吟哦。没有激情就没有诗歌，没有诗歌的社会将沦为文化沙漠，这种现象不能长期存在下去，为此我们需要再度走近济慈这位反抗商业化潮流的先驱，接过他手中的人文精神火炬，以重燃我们这个时代的艺术激情，使生活恢复应有的诗性。

第二是拼得不够。

与“爱”相连的是激情，与“拼”相连的是勇气。前文已提到济慈这位“伦敦佬”身上的血性，济慈在恩菲尔德上学期间，任何人要想与他交上朋友，必须通过打架来证明自己的胆魄，许多同学甚至猜测济慈将来会向军事领域发展，荷尔姆斯当时认为他会成为一名出色的军人。然而这只是匹夫之勇，诗人的勇敢应当表现在诗歌事业的进取上，济慈之所以为济慈，在于他敢于从最低的起点攀登诗歌的峰巅。人们感到大惑不解的一个问题是：济慈为什么能在短短数年间，完成由药剂师学徒向伟大诗人的惊人一跃？济慈学诗差不多是在20岁，与其他浪漫诗人相比，他当时书读得不够，世面见得不多，与有才华的人也接触得太少，为了挣脱自己所处的平庸环境，他给自己确立了向莎士比亚学习这个高得近乎离谱的目标。他在创作之余总在揣摩莎士比亚艺术的真谛，莎士比亚的书与其寸步不离，他还喜欢坐在莎士比亚画像下挥笔，甚至认为莎士比亚在冥冥之中“主宰”(preside)着自己的写作。[①] 根据“取法乎上，得乎其中，取法乎中，得乎其下”的道理，只有“取法乎超”才能“得乎其上”，济慈以莎士比亚这个顶尖诗人为楷模，奋力拼搏勇攀高峰，最终使自己来到莎士比亚身边——在伦敦威士敏斯特教堂遐迩闻名的“诗人角”里，济慈的名字如今在那里占据了一个离莎士比亚塑像很近的位置。

由低起点向诗歌高峰冲击免不了要遭受一系列失败，如果不能正确对待失败，不能克服失败带来的气馁情绪，济慈绝对到达不了最后的高度。济慈弃医从文后没有听过多少赞扬之辞，他是在批评声中成长起来的。洛克哈特之流的恶毒谩骂假如落到别人身上，很可能会引起激烈反弹，或者是令作者丧失对自己的信心。但是在受过“抗击打”训练的济慈身上，讽刺挖苦乃至攻击诽

① “我记得你说过好像有某个好心的天才在主宰着你——近来我也有这种感觉。我在半随意状态中写下的东西，被后来的冷静判断肯定为写得非常恰当——把这个主宰者想象成莎士比亚是否太大胆了一点？”约翰·济慈：《一八一七年五月十、十一日致B. R. 海登》，载《济慈书信集》，傅修延译，北京：东方出版社，2002年，第17页。

谤都未造成实质性的影响。那些认为济慈死于批评家笔下的人，全都不了解济慈精神上的强悍与毅力上的坚韧——一个从没有父母的童年走过来的人，一个敢于做出弃医从文决定的人，他的拼劲与韧劲不是周围压力所能轻易改变的。此外，圈外人对济慈性格中的开朗一面也注意不够，生病之前的济慈具有乐观幽默的性格，这种性格使他将眼前的挫折付之一笑，把暂时的失败看成"过眼烟云"。对济慈来说，失败使他获得从历史角度观察自己的清醒态度，使他的诗歌抱负变得更为远大。在《安狄米恩》受到恶毒攻击之后，他这样对友人自明心迹："我绝不害怕失败，要是不能够跻身于最伟大的诗人之列，我宁愿迟早完蛋。"[①]没有人能够做到战无不胜，但是战胜自己的失败是可能做到的，唯有能够战胜失败并从失败中汲取精神力量的人，才有可能攀上事业的顶峰。

济慈的拼劲与韧劲，在当今这个时代也属稀缺物质。我们的文坛上不是没有人要做"独行侠"，也不是没有人提倡"拼命三郎"精神，但总的说来是言者谆谆，听者藐藐。从作家、诗人那里，我们听到最多的不是立志而是抱怨，或曰稿费少，或曰工资低，或曰条件差，很少有人反省自己拼得不够韧劲不足。殊不知文人寂寞清贫，古今中外皆然，既然选定了文学艺术这条路，就难免一路上风雨交加甚至饥寒交迫，哪里可能处处都有鲜花与掌声。济慈在学诗之初就提出要像伊卡洛斯那样一飞冲天，哪怕最终的结果是折翼沉洋，与其相比，现代人是过于斤斤计较，过于亦步亦趋，过于瞻前顾后了。

鲁迅有感于上世纪初民族精神的萎靡不振，曾经"别求新声于异邦"，在《摩罗诗力说》中介绍了一批具有铮铮硬骨的"精神界战士"。以其为对照，他回过头来向中国文坛发出这样的询问：

> 今索诸中国，为精神界战士者安在？有作至诚之声，致吾人于善美刚健者乎？有作温煦之声，援吾人出于荒寒者乎？[②]

鲁迅在一百多年前说的话，现在听起来仍是那么振聋发聩，因为还有不少今人体内流淌着"Q"型血液，骨头里亟须补充铁与钙。鲁迅也是学医出身，他对现代文坛所作的疾病诊断，可以说切中肯綮。鲁迅在鞭挞国民劣根性时说过不

① 约翰·济慈：《一八一八年十月八日致J. A. 赫赛》，载《济慈书信集》，傅修延译，北京，东方出版社，2002年，第212页。

② 鲁迅：《坟·摩罗诗力说》，载《鲁迅全集》(第一卷)，北京：人民文学出版社，1998年，第100页。

少矫枉过正的话，我们应从“爱之深责之切”的角度来理解。当年车尔尼雪夫斯基称俄罗斯民族为“可怜的民族，奴隶的民族，上上下下都是奴隶”，列宁在《论大俄罗斯人的民族自豪感》中就这段话评论道：“这些话表达了他对祖国的真正的爱，这种爱使他因大俄罗斯民众缺乏革命精神而忧心忡忡。”①我们对于鲁迅的愤激之辞，也应取这种读解态度。

鲁迅所谓“摩罗诗人”，主要指拜伦与雪莱两人（文中称“裴伦”与“修黎”），《摩罗诗力说》中虽然提到了济慈的名字，但表述却为：“契支（John Keats）虽亦蒙摩罗诗人之名，而与裴伦别派，故不述于此。”②鲁迅注意到济慈不像拜伦、雪莱那样直接以诗歌为斗争武器，因此采取了“存而不论”的办法，以利于阐扬《摩罗诗力说》的主旨。其实济慈诗歌的总体格调，与鲁迅主张的“作至诚之声，致吾人于善美刚健”和“作温煦之声，援吾人出于荒寒”，没有半点抵牾之处。然而在为鲁迅这段话作注时，注释者把济慈说成是“有‘纯艺术’的、唯美主义的倾向，所以说与拜伦不属一派”，这就未免失之于穿凿了。③ 由于对济慈生平了解不够，一些人很容易犯简单化的错误，即只把他当作《夜莺颂》等美轮美奂诗篇的作者，而忽略他身上的血性、胆气与战斗精神。爱美的诗人与“为精神界战士者”之间，并不是天然地存在着一道鸿沟。从上世纪初直到不久之前，在英国浪漫主义诗人当中，国人最熟悉的是拜伦与雪莱，济慈则像躲藏在他们身后的小弟弟。20 世纪大部分时间风雷激荡，人们对呼吁反抗的拜伦与雪莱充满了崇敬之情，这是时代风气使然，也是完全可以理解的。然而诗歌毕竟属于艺术门类，它的作用不仅仅在于鼓舞斗志，当今中国正在和平崛起，我们这个时代需要内容更加丰富、形式更加讲究的诗篇。济慈在世之时诗名不彰，到了社会走向繁荣稳定的维多利亚时代，人们开始对其诗歌产生浓厚的兴趣，这个事实有助于我们深入认识诗歌的功能。

第三是想得不够。

所谓想得不够，指的是未对如何渡过自己的人生作全面彻底的思考，没有这种思考，任何人都不可能无怨无悔地投入自己选择的事业之中，一切热爱和

---

① 列宁：《论大俄罗斯人的民族自豪感》，载《列宁全集》（第二十六卷），中共中央马克思恩格斯列宁斯大林著作编译局编译，北京：人民出版社，1988 年，第 109 页。

② 鲁迅：《坟·摩罗诗力说》，载《鲁迅全集》（第一卷），北京：人民文学出版社，1998 年，第 83 页。

③ 同上书，第 108 页。

拼搏都必须以这种思考为基础。

济慈书信中留下了这种思考的印痕，他多次向别人谈到自己"想到的如何过这一生"。[①] 为了更准确地理解他的思想，我们不妨先读一段他说过的话：

> 英国人当中产生了世界上最好的作家，这里最重要的一个原因是：他们在世时受到英国社会的虐待，死后才被接纳培育。他们都被踢进了人生的崎岖小路，阅尽世上疮痍。[②]

人们很容易把济慈这段话当成对英国社会的批判，但其实际意思却是"社会的虐待"乃为一种必要条件，无此不能造就"世界上最好的作家"。为了证明这个观点，济慈接下来以莎士比亚与本·琼生的人生遭遇为论据：

> 莎士比亚的中年时期为乌云所笼罩，他的日子过得不比哈姆莱特快活，与他笔下的其他人物相比，哈姆莱特或许更像日常生活中的莎士比亚——本·琼生是个普普通通的士兵，在低地国家打仗时，两军对垒前与一名法国士兵单独搏杀，把对方宰了。[③]

济慈在1819年给乔治和乔治安娜的长信中曾花费大段篇幅探讨人类灵魂的形成，他用玫瑰遭受冷风与烈日的袭击，来形容人在世间遭受的种种艰难与痛苦。由于人生处处有荆棘，每个人都被刺得遍体鳞伤，这个世界又被称为"泪之谷"(Vale of Tears)。但是济慈不喜欢这个令人沮丧的名字，他建议用"造魂之谷"(Vale of Soul-making)代替这个名称。为什么这个世界不是"泪之谷"而是"造魂之谷"呢？济慈在信中以问作答：

> 你们难道没看到多么需要一个充满了痛苦和烦恼的世界以教育心智铸成灵魂？多么需要一个使心灵以种种方式感受痛苦的所在！[④]

---

① 约翰·济慈：《一八一八年十月十四、十六、二十一、二十四、三十一日致乔治和乔治安娜·济慈》，载《济慈书信集》，傅修延译，北京：东方出版社，2002年，第229页。

② 约翰·济慈：《一八一九年六月九日致玛丽安·杰弗蕾》，载《济慈书信集》，傅修延译，北京：东方出版社，2002年，第342—343页。

③ 同上书，第343页。

④ 约翰·济慈：《一八一九年二月至五月致乔治与乔治安娜·济慈》，载《济慈书信集》，傅修延译，北京：东方出版社，2002年，第331页。

济慈不相信基督教的拯救制度，他认为人类只有通过痛苦的磨砺才能形成独属于自己的灵魂，具有自我意识的灵魂能够洞悉人生多艰的奥秘，最终抵达自我拯救的彼岸。济慈这种体验显然源于自己的经历，独特的苦难经历造就了早熟、敏感和多思的诗人，然而少年时代的不幸此时已由个人的辛酸回忆变为思想上的巨大财富：世界既然是“造魂之谷”，有自觉意识的人就没有必要为人生的苦难而伤感；相反，应当感谢艰苦环境对自己的磨炼，把命运的每次打击都看成对灵魂的一次鞭策。

对人生磨难的认识既然上升到了这种高度，那么还有什么艰难困苦不能承受呢？了解了济慈对人生的思考，对于济慈人生道路上的“爱”与“拼”，我们会有更深入的认识。济慈幼失怙持，长大后三弟托姆因病夭折，妹妹范妮寄人篱下以泪洗面，二弟乔治移民北美举步维艰，他自己在照顾托姆时又染上不治之症，诗集出版后还受到批评家的恶毒攻击。纷至沓来的磨难损害了济慈的身心健康，然而济慈对命运从不抱怨，他的诗歌和书信中很少流露出忧郁或伤感，对自己坎坷的人生总是抱着一种甘之如饴的态度。《“在寒夜的十二月里”》体现了这种人生态度：

在寒夜的十二月里，
呵，快乐、快乐的小溪，
你的喋喋从不记得
阿波罗夏日的笑意；
你带着甜蜜的遗忘
经历过结冰的约束，
对于这冰冻的季节
从来，从来也不恼怒。①

由于拜伦、雪莱等人将济慈之死归因于其心理承受力，许多人心目中总抹不掉济慈性格软弱的印象，其实外界议论在他那里是刀枪不入：“有些人视我为中庸之才，一些人把我当傻子，还有一些人说我笨——每个人都认为他看到了我

① 约翰·济慈：《“在寒夜的十二月里”》，载《济慈诗选》，查良铮译，北京：人民文学出版社，1958年，第103页。

自己不能容忍的弱点，而事实上我愿意有这些弱点——我毫不在意被人看成这样。"[①]济慈的《安狄米恩》出版后未获好评，别人都为批评界失去公正而义愤填膺，济慈却对朋友说出这样的话来：

> 我没有理由抱怨，因为我确信这个时候任何真正美妙的东西都会被人察觉。我毫不怀疑，假如我写了《奥瑟罗》的话，我一定会被当成像亨特那样的好汉被人喝彩欢呼。[②]

这就是济慈有别于他人之处，即便是受到了不公正的对待，也要反躬自省和反求诸己，从自己身上寻找原因（当然洛克哈特这样的恶毒攻击除外）。在西方诗歌史上，很少有诗人具有这样豁达宽广的气度与胸襟。拜伦的长诗《恰尔德·哈罗德游记》出版后遭受批评，拜伦立即写出《英格兰诗人和苏格兰评论家》予以痛驳，这场热闹的笔战引来了许多观众。济慈的行事风格不是这样，他想到的是如果自己能写得更好一些，不愁日后不会被人赏识，而正是这种想法导致他在艺术上精益求精。

由于人生观与世界观不同，生活在"泪之谷"中的人整日以泪洗面，而生活在"造魂之谷"中的济慈却始终绽开灿烂的笑颜。不管命运如何亏负自己，济慈从来没有失去过对生活的希望，也没有失去那种独属于年轻人的欢乐。在探究济慈内心时，我们深感钦佩而又为之伤痛就是这种情怀，它有一种巨大的感染力，使人更加热爱生活，更加珍惜生命中一切有价值的事物。除了生病时期之外，济慈在实际生活中总是力图以阳光照耀别人，试读他给自己妹妹的信：

> 记得我过去是多么喜欢金翅雀、大山雀、小鲤鱼、穴鼠、斑背虫、雅罗鱼、雄鲑鱼等，以及灌木与溪流中的全部种族，但它们肯定在林子里和水中过得更为自在——不过我必须承认，即使现在我也挺乐意弄一大群漂亮的金鱼来养着——我要往鱼缸里装10桶水，用一根冷水管引入新鲜

---

① 约翰·济慈：《一八一八年十月十四、十六、二十一、二十四、三十一日致乔治和乔治安娜·济慈》，载《济慈书信集》，傅修延译，北京：东方出版社，第230页。

② 约翰·济慈：《一八一九年十月三日致B.R.海登》，载《济慈书信集》，傅修延译，北京：东方出版社，第434—435页。这里的亨特不是李·亨特，而是指因"彼得卢事件"而受到人们热烈欢迎的政治鼓动家亨利·亨特。

水，另一根管子从地板下面出水。只要水换得勤，银鳞赤鳍的金鱼就能保住自己美丽的颜色——我要把鱼缸放在一扇漆得很好看的窗户下，在鱼缸周围遮一圈桃金娘与日本植物。窗户朝着日内瓦湖的方向——我要坐在窗前整天读书，就像某张画上的读书人一样——天气时不时地让人觉得像是春天了，因此我已开始在石楠树下散步。[①]

读到这类充满优雅情趣的叙述，我们的嘴角不禁会漾起会心的微笑，如果我们的诗人也有这种心态，一定能奉献出更多更好的诗歌。

说到济慈的书信，由于以诗人的生花之笔评点人生，济慈与亲友的通信总是那么诗意盎然，妙趣横生，本身就是具有高度欣赏价值的艺术作品。一般人只知道济慈是抒情诗人，不知道他在书信中展示了卓越的叙事才华，而且还有强烈的幽默感，信中俏皮话、双关语层出不穷，经常令人忍俊不禁。济慈不喜欢枯坐书斋，他在创作之外有丰富的生活，他喝酒、跳舞、玩牌、打球、看戏、交朋结友，领略过不少生活的乐趣，用青年诗人热情好奇的眼光观察大千世界。为了开阔眼界增长见闻，他和布朗一道游览华兹华斯所住的湖区，徒步在彭斯的家乡苏格兰一带穿行，将大不列颠最高峰本尼维斯山踩在脚下。他的旅行信札(1818 年 6 月至 8 月)与任何优秀的游记相比都不逊色：在对英伦三岛美丽风光的描摹中，穿插着诗人自己的人生与艺术感悟，两者水乳交融相得益彰。济慈实际生活中最有意义最有价值的东西，我认为就是他的人生态度，这种人生态度最值得怨天尤人的现代人借鉴：人生的道路不可能总是一马平川，但只要有一颗健康的心灵与一双诗意的眼睛，我们的世界就会时时有欢声笑语，处处是风景如画。

济慈在人世间短促而又充满诗意的栖居，本身就是个值得讲述的凄美故事，济慈自己意识到这一点，他的人生观集中体现在如下一段论述：

任何有价值的人生都是个连续不断的象征性故事——很少有人能看到自己生活中的神秘之处——生活就像《圣经》的经文一样象喻丰富——这类人对此并不会比对希伯来文的《圣经》懂得更多。拜伦爵士是个偶

① 约翰·济慈：《一八一九年三月十三日致范妮·济慈》，载《济慈书信集》，傅修延译，北京：东方出版社，2002 年，第 270 页。

像——但他没有象喻意义——莎士比亚过了象征性故事般的一生，他的作品就是对此的评论。[①]

济慈对人生问题思考之深，这段话可谓典型。他把诗人的实际生活看成一个连续不断的叙事作品，认为"有价值的人生"像《圣经》经文一样充满了象征与隐喻，相比之下，诗人的真正作品反倒是对其人生故事的"评论"。同样的意思见于其长诗《睡与诗》：

生命是没开的玫瑰的希望，是同一故事永远不同的诵读。[②]

这种以人生为叙事的观点，放在叙事泛化到被称为"叙事帝国主义"[③]的当今不足为奇，因为时下人们在任何地方都看到叙事，但济慈所处的时代还是诗歌当道，散文体裁的叙事作品尚未成为人们主要的文学消费对象，他能说出这番话来真令人感到震撼。

有人可能会对拜伦"没有象喻意义"之说感到诧异，拜伦一生固然波澜起伏如同戏剧，但其意义尽显于外，故济慈用"偶像"来称呼这位贵族诗人，而莎士比亚在生活中是位经魔历劫的普通人，他的"象征性故事般的一生"要用其作品来诠释。济慈对莎翁的评论可以用在他自己身上，他的作品也包含着对自己命运的评论，有志于文学的人都应该向他学习，在立志和选择时认真思考"如何过这一生"。在济慈面前，如果是像王尔德那样仅仅为其掬一捧同情之泪，那我们还是未能真正理解济慈。济慈的人生从世俗眼光来说固然不幸，但这是他自己的选择，他以生命为代价冲上了自己所爱事业的高峰，在商业化潮流甚嚣尘上的环境中完成了自我设定的诗意人生，为后人"讲述"了一个极为精彩的"象征性故事"，这其实又是一种幸运。对于济慈的人生，我们所要做的就是像他所要求的那样，用他自己的作品来为这种"象征性故事"作笺注。

在结束本章之际，我要引用一段巴赫金的话——巴赫金是陀思妥耶夫斯基的研究者，他对陀氏的评价用在济慈身上也非常合适：

---

① 约翰·济慈：《一八一九年二月至五月致乔治与乔治安娜·济慈》，载《济慈书信集》，傅修延译，北京：东方出版社，2002 年，第 289 页。

② 约翰·济慈：《睡与诗》，载《济慈诗选》，查良铮译，北京：人民文学出版社，1958 年，第 54 页。

③ James Phelan, "Who's Here? Thoughts on Narrative Identity and Narrative Imperialism", in *Narrative*, Volume 13, Number 3, October 2005, pp. 205—210.

在长远的时间里，平等地存在着荷马与埃斯库罗斯、索福克勒斯与苏格拉底。其中也生活着陀思妥耶夫斯基。因为在长远时间里，任何东西都不会失去其踪迹，一切面向新生活而复苏。在新时代来临的时候，过去所发生过的一切，人类所感受过的一切，会进行总结，并以新的涵义进行充实。[①]

巴赫金的“长远时间”是一个跨越千年的阶段，这个阶段出现过许多作家与诗人，其中当然也包括济慈，他们的存在与思考，他们的热爱与奋斗，按巴赫金所说都不会是一去不复返的过去。然而他们不可能自动地“面向新生活而复苏”，需要现代人自己去对“人类所感受过的一切”进行总结。做这种总结必须有所选择，我们不可能穿越历史来到所有人面前，而是要选择那些对我们这个时代具有特别意义的个体，就像克里斯蒂瓦所说的“我们只为天才，而不是为所有人立传”[②]。济慈与我们都处在物欲横流的社会风气之中，他对商业化潮流的鄙夷不屑，他的“无诗毋宁死”的精神，他身上的胆气、硬气与侠气，我以为是现代人灵魂中最为缺乏的东西，所以他的所思所想所作所为，特别值得我们去总结，“并以新的涵义进行充实”。

最后要说的是，国内研究济慈的文章不少，但对济慈的人生关注不足，这是一个亟待弥补的缺陷，本章描绘的那个充满血性与活力的济慈，可能会令不少读者大感意外。孟子说：“颂其诗，读其书，不知其人，可乎？”[③]这句话我们应当牢牢记住。

---

① 钱中文(主编)：《巴赫金全集(第三卷)·小说理论》，白春仁译，石家庄：河北教育出版社，1998年，372—373页。

② “我们只为天才，而不是为所有人立传，旨在保持警惕和清醒：因为在发明、作品和行动之外，还有某个人，某人曾经生活过。我们是哪个人吗？你们是那个人吗？努力成为那个人吧！”朱莉亚·克里斯蒂瓦：《汉娜·阿伦特》，刘成富等译，南京：江苏教育出版社，2006年，第237页。

③ 《孟子·万章下》。

第　三　章

先锋诗论——诗人无自我

一名诗人是生存中最没有诗意的，因为他没有自我。（济慈）

说到诗人的个性，它不是自己——它没有自我——它是一切又不是一切——它没有个性。（济慈）

济慈诗论的主要载体是其书信。

济慈传世书信共计 170 封，通信对象主要是他的二弟乔治、弟妹乔治安娜、恋人芳妮以及雷诺兹、贝莱、布朗等友人。这些信件覆盖了济慈的整个诗歌创作时期，具体来说从弃医从文的 1816 年下半年开始，到搁下诗笔的 1820 年年底为止，最后一封信距他逝世只有两个多月时间。济慈没有留下日记，但这 4 年间写下的 170 封信几乎是逐日地反映了他思想与情感的变化波动，极其翔实地展示了济慈诗歌的创作背景。在中外文学史上，像这样完整地反映一位天才诗人精神发展的文献材料，可以说是绝无仅有！

19 世纪英国浪漫主义诗人当中，济慈的生命最为短促，他的书信本来很可能为时光湮灭，然而不幸之中有大幸，这些书信在当时就被收信人看出具有非同一般的价值，因而被奇迹般地保存、收集和抄录下来。济慈书信长短不一，最短的只有一挥而就的十来行，最长的历时数月断续写成，洋洋洒洒达三四万言。它们的内容包罗万象，既有平淡的流水账，又有火热的情书，还有对旅行见闻与文坛是非的记录与议论。其中分量最重的当为济慈本人对诗歌艺术的见解——济慈入世不深，书信中不少地方未脱稚气，但他对诗才、个性、想象力、真与美、善与恶等问题有自己独特的体会，对艺术、哲学与人类生存状况有敏锐的感受，这些才华横溢、直言无忌的滔滔论述构成了书信中最为引人入胜的篇章。

人的一生中青春期最为靓丽，21 岁到 25 岁的济慈处在敏感多思而又渴望倾诉的阶段，韵律中无法挥洒的思想、诗歌中耗散不了的激情，都向素笺上尽情地喷吐宣泄。人们一般是通过济慈的诗歌感受到他的人格，那是一位吟唱着的济慈，是被理想的艺术光辉映照着的济慈，犹如拜伦《恰尔德·哈罗德游记》中的抒情主人公。而人们在书信中看到的是济慈的本色——无论是娓娓而谈、嬉笑怒骂还是痛哭流涕，都不加任何掩饰，因为他写信的目的根本不是为了发表。翻开济慈书信，一股鲜活的气息扑面而来，虽然时间相隔近 200 年，信中的济慈却与我们挨得很近，他的生命记录在这些书信当中，早夭诗人的精神在书信中保持了不朽。济慈曾这样描述自己的一个生活场景：

> 因为蜡烛已经要点完了，我正在点蜡烛头——它有一根长长的烛花——火苗正在作最后的闪烁——我现在是背对着它坐着，一只脚歪踏在垫子上，另一只脚的脚踵从地毯上微微抬起——这张信纸下面垫着一部关于女仆的悲剧，我喝午茶以来一直在津津有味地读它——除了这本比阿蒙特与弗莱彻合著的书籍之外——桌上还有两本书，一本是乔叟的，另外一本是托姆·穆尔的新著，名字是《托姆·克勒布致国会书》——内容很空——我写的这些都是些鸡毛蒜皮的事情——但我还没有向你们要求这么多，没有要你们像我这样把你们自己的情况写给我，不管写成什么样，只要给我写就行——要是我看到已故多年的任何伟人做过同样的事情，我会感到非常高兴，譬如说吧，要是知道莎士比亚在开始写“生存还是毁灭”时取什么样的坐姿就好了——这类事情由于时空距离而变得有趣。①

济慈如今已进入“已故多年的伟人”行列，阅读这段文字，我们感受到与伟大诗人同在的欢欣，品尝到了类似发现莎士比亚写“生存还是毁灭”时取何种坐姿

① 约翰·济慈：《一八一九年二月十四、十九日，三月三(?)、十二、十三、十七、十九日，四月十五、十六、二十一、三十日，五月三日致乔治和乔治安娜·济慈》，载《济慈书信集》，傅修延译，北京：东方出版社，2002 年，第 295 页。

般的喜悦。

济慈书信在19世纪后期就已出版，当时的读者对其评价不高。他们觉得济慈书信也应当像《夜莺颂》一样字字珠玑，没想到济慈是真正的性情中人，他在信中时而嬉笑怒骂，时而插科打诨，这种率真的文风在维多利亚时代是个异数，人们视其为缺乏教养，甚至有人说信中流露了药剂师学徒的本性。戴尔克的孙子查尔斯爵士(就是差点当上英国首相的那位政治家)，为了维护其祖父与济慈的形象，甚至将书店里的《济慈书信集》通通买回家中烧毁。进入20世纪之后，人们开始以新的眼光看待这些书信。T.S.艾略特在赞扬济慈的"莎士比亚品质"时，专门以其书信为例，认为其中蕴藏着许多诗学和美学上的真知灼见，称其为"英国诗人写出的最重要的信函"。[①] 艾略特是20世纪的大批评家，又是叶芝之后最重要的诗人，他的评论使济慈书信骤然升值，人们由此认识到济慈诗论拥有不亚于其诗歌的价值。雷·韦勒克与奥·沃伦合著的《文学理论》一书中，有多处引述济慈书信中的相关观点，该书是"西方文艺学具有权威性的杰出著作，至今仍被世界许多大学采用作为文科教材"。[②]

艾略特与韦勒克等人的评述使济慈诗论登堂入室，进入西方文论的主流话语体系，我国出版的《西方文论选》之类的著作中，济慈诗论也占有一席之地。济慈书信从头到尾贯穿着对重要文艺命题的讨论，他的一些观点已经脍炙人口，成为文艺理论中的经典话语和全世界诗歌爱好者的共同财富。由于是给自己的亲友写信，思想上没有什么清规戒律，也无须顾虑别人说自己率尔操觚，济慈的思考常常能够超越自己所属的时代，或给后人以巨大启发，或成为某种理论学说的先导。不过也要看到，写信毕竟不是做理论文章，下笔时无

① 参见 Aileen Ward, *John Keats, The Making of a Poet*, New: Farrar, Straus and Giroux, 1986, p.414以及 Andrew Motion, *Keats*, London: Faber and Faber Limited, 1997, p.577.又，《十九世纪英国诗人论诗》收入了10封济慈论诗书信(摘译)，译者周珏良在"译后记"中介绍了济慈书信在英国读者心目中的"升值"过程，最后一段云："如果说维多利亚时代的大诗人、批评家斯文伯和阿诺德是济慈书信的批评者，二十世纪的大诗人和批评家却是书信的颂扬者了。如诗人兼批评家艾略特(T. S. Eliot，1888—1965)在1933年《诗和批评的用途》一书中就大谈'散见于济慈书简中的观点的高明与深刻'，认为是'信札中的模范'，'揭示出一个令人喜爱的性格'，并说它们'当然是所有英国诗人的书信中最突出最重要的'。另一诗人奥登(W. H. Auden，1907—1973)则据说曾向人说过济慈的书简具有莎士比亚作品的活力，可能有一天会比他的诗有更多的读者。对济慈书信评价的这种近一百八十度的大转变正反映了西方近代文学注重对人的内心的探讨的潮流。"《十九世纪英国诗人论诗》，刘若端(编)，北京：人民文学出版社，1984年，第192—193页。

② 王春元：《〈文学理论〉中译本前言》，北京：三联书店，1984年，第1页。

须多费斟酌，因此如果仅仅读济慈的片言只语，难免会陷入五里雾中不得要领。只有将这些言论放在全信当中，结合语境与背景来揣摩，才能准确把握住他要表达的真正意思。济慈才思敏捷下笔如风，写信时他的思想在风驰电掣般地运行，其笔尖只是跟在后面努力追赶并记录这些思想，于是有些片断像是不拘一格的“意识流”。济慈对此颇有自知之明，他承认自己不懂得“按部就班的推理”，经常嘲笑自己让人不知所云地乱说一通。但这种“天马行空”般的论述，有时反而有利于显示其过人的颖悟与深刻的洞察力，而且他有本事不用“按部就班的推理”而用形象化的语言传达出自己的微妙体会与感受。总而言之，济慈诗论有其独特的风格，比一般理论家的高头讲章更让人感到亲切，一旦习惯了这种表达方式，人们会觉得其中饶有意趣，更容易引起强烈的共鸣。

济慈诗论中引起后世强烈关注的部分，是其“消极的能力”、“诗人无自我”以及“想象力以为是美而攫取的一定也是真的”（“美即是真，真即是美”）等观点，这些论述彼此关联，其中隐藏着济慈诗歌成功的秘密，与其人生观、自然观、世界观亦有紧密联系。国内对济慈这三方面的观点已有相当多的研究，人们对“消极的能力”等名词可谓耳熟能详，但由于一些研究者对济慈书信与人生缺乏全面了解，论述中难免望文生义，脱离提出这些观点的具体语境，因而迷失了济慈的本意。作为《济慈书信集》的译者与《济慈评传》的作者，我认为应该正本清源，对济慈的相关观点作必要的“还原”，这是探寻其诗论现代意义的学术前提。

一、消极的能力

要读懂济慈1819年《希腊古瓮颂》中的“美即是真，真即是美”，需要先了解他在1818年所说的“诗人无自我”，而“诗人无自我”之说又源于他在1817年提出的“消极的能力”，三者之间不仅有时间先后之别，更有逻辑演进的内在关联。

“消极的能力”原文为“negative capability”，其别译尚有“消极感受力”、“客体感受力”与“否定的能力”等。屠岸在其主编的《英国历代诗歌选》后记中说这个概念同样适用于诗歌翻译，[1]我理解他的意思是翻译中须避免主观，不可先入为主。按照这种理解，“negative capability”还是译成“消极的能力”比较妥当，因为“negative”的中文对应词有“否定”与“消极”等，没有“客观”这一义项，而“消极”又比“否定”更接近济慈的原意——他在使用该词时并未想到要去“否定”什么；至于“capability”，其拉丁词源“capere”有“抓”、“取”之类内涵，属于主动性质，译成“感受力”则有被动意味，不如用内涵更为广泛的“能力”，何况这是“capability”的第一义项。

译法不同带来了理解上的众说纷纭，一些不阅读原文的研究者更因此而隔靴搔痒甚至牵强附会。要想准确把握何为“消极的能力”，我们需要回到济慈提出这一概念之前的特定时空背景之下，看看济慈当时何思何为。

1817 年 11 月 22 日，济慈在给贝莱的信中，谈到自己正处于一种特殊的情感状态之中：

> 超出此刻的任何东西都打动不了我。落日使我满心舒畅——要是有一只麻雀来到我窗前，我会分享它的生存，和它一道在地里啄食。听说别人遭到不幸，我的第一个反应往往是：“有什么办法——这样他倒是有了一个考验自己精神力量的愉快机会。”亲爱的贝莱，我请求你，要是以后你观察到我显得冷漠，别认为我是无情无义，而要把它看成是我的心不在焉——因为老实告诉你，我有时会整整一星期都陷入情感的麻木之中——而且，这种一直以来的表现使我开始怀疑自己，怀疑自己在其他时刻流露出来的情感是否真实——觉得这不过是看苦情戏流下的无聊眼泪。[2]

济慈写这封信时刚抵达离伦敦不算太远的贝尔福德桥，下榻于波克斯山下的“狐狸与猎狗”马店，为的是在这个清静地方一鼓作气完成《安狄米恩》的最后一章，按预定计划他还有 500 行要写。《安狄米恩》是一首以古希腊神话故事为题材的长诗，一位涉世未深的年轻诗人要进入想象中的神祇世界，唯有专心

① “济慈创造的关于诗歌创作的美学概念‘客体感受力’(negative capability)，我认为，同样适用于诗歌翻译。”屠岸：《〈英国历代诗歌选・下册〉后记》，南京：译林出版社，2007 年，第 612 页。

② 约翰・济慈：《一八一七年十一月二十二日致本杰明・贝莱》，载《济慈书信集》，傅修延译，北京：东方出版社，2002 年，第 53 页。

致志全力以赴，摒弃一切有碍于创作的杂念，因此他会说“超出此刻的任何东西都打动不了我”。此刻的济慈已经切断了与现实世界的情感联系，戴上了“冷漠”、“麻木”的假面具，对别人的不幸表现得“心不在焉”。然而正像济慈自己对贝莱所要求的那样，不要觉察到他“显得冷漠”就认为他真的是“无情无义”，济慈在短短的一生当中一直都在无私地帮助别人，现实中的济慈最不缺少的就是同情心，赠人玫瑰，手自留香，所以到头来他才会有那么多死心塌地帮助自己的朋友。此时“无情无义”的济慈，是进入创作状态不为肉身约束的“第二自我”，用《小说修辞学》作者 W. C. 布斯的话来说是“济慈 a”，[①]这位“济慈 a”不是对一切都“无情无义”，而是只对与创作有关的事物发生反应，否则我们便无法理解引文一开始的“落日使我满心舒畅”，以及他要分享飞来窗前麻雀的生存等表述。

请读者特别注意信中“情感的麻木”(feel not the influence of a Passion or Affection)这种表达方式，纵观济慈的创作，每当他使用类似的表达方式，都是他进入极佳创作状态的绿色信号。给贝莱写信后，济慈爬上波克斯山赏月，下山后手不停挥，当晚一口气写出了 100 来行诗，一周之后剩下的 400 行也全部完成。应当感谢波克斯山上明月的清辉，济慈下山后写出的那 100 来行成了《安狄米恩》第四章的转折点：长诗主人公经历许多挫折后落入了一个“宁静的石洞”，在这个“幸福的幽冥”、“黑暗的天堂”中经历了“无梦的睡眠”之后，安狄米恩神秘而又轻松地清醒过来。清醒之后的安狄米恩摆脱了过去那种自我折腾的热病，他的目光穿透了所有的希望与失望，看到眼前的世界充满了福佑，万事万物在他面前焕发出迷人的光辉。济慈那晚在波克斯山顶仰望明月时，似乎也是这样从某个“宁静的石洞”中醒来，他感到与其不现实地要求人生尽善尽美，不如屏蔽自己对外界事物的情感反应。

由“情感的麻木”进入酣畅的欢歌，在《夜莺颂》中表现得尤为明显。这首颂诗起笔便写夜莺歌声给自己的听觉刺激：

> 我的心在痛，困盹和麻木
> 　刺进了感官，有如饮过毒鸩，

① 韦恩·C. 布思：《隐含作者的复活：为何要操心？》，申丹译，载詹姆斯·费伦、彼得·J. 拉比诺维茨(主编)：《当代叙事理论指南》，北京：北京大学出版社，2007 年，第 76 页。

又像是刚刚把鸦片吞服，
　于是向着列斯忘川下沉：
并不是我嫉妒你的好运，
　而是你的快乐使我太欢欣——[①]

这种难以名状的陶醉与欢欣，竟然始于一种服食鸦片般的“困盹和麻木”(drowsy numbness)，它以“刺进了感官”的些微痛楚为先导，以“向着列斯忘川下沉”的深度遗忘为指归。只有“麻木”和“遗忘”到这种程度，“济慈 a”才能从济慈躯壳中逸出，骑上想象中夜莺的脊背，在“美与真”、“生与死”、“欢乐与悲哀”、“瞬间与永恒”、“艺术与自然”之间来回盘旋，做出一些令人咋舌惊呼而又快意惬怀的高难度飞翔动作。

与其相似，济慈 1819 年 4 月间创作《咏睡眠》与《赛姬颂》时表现出来的平和与从容，为其进入创作高峰的“红五月”铺平了道路。济慈在 1819 年 5 月间写成《夜莺颂》、《希腊古瓮颂》、《忧郁颂》与《闲适颂》等 4 首颂诗(《无情的妖女》完成于 4 月 28 日，总体上也属这一时段)，其中《夜莺颂》与《希腊古瓮颂》属于英诗中无可争辩的不朽之作，《忧郁颂》与《闲适颂》虽无法与它们媲美，但济慈的自我感觉良好，他在 6 月间对人说自己一年来最感得意之事是写了《忧郁颂》。[②]《咏睡眠》中反映的是对静谧境界的追求，其中既有对睡神的感激告白，也有他对自己平和心境的诗意表述。这是一种闲适淡定、宠辱两忘的情感状态，表明济慈此时与浮躁心态隔得很远。唯有真正做到不执著——不为物喜，不为己忧，才能够如诗中所说“躲进圣洁的遗忘”，获得浮云野鹤般的解脱与松弛。

《赛姬颂》的创作心态则无须专门分析，因为济慈在把这首诗抄给乔治夫妇时，他自己特意加了一番评点，说明写作时他的心态与以往完全不一样：

> 下面这首诗——是我最近写的，也是我第一次，仅有的一次凭着适度的心力来写的——我大部分诗都是在急匆匆中一挥而就——这次我写的

① 约翰·济慈：《夜莺颂》，载《济慈诗选》，查良铮译，北京：人民文学出版社，第 70 页。

② “我告诉您，我这一年来自己感到最得意的事是写了《忧郁颂》，您可凭这句话判断我 1819 年的心绪。”约翰·济慈：《一八一九年六月九日致玛丽安-杰弗蕾》，载《济慈书信集》，傅修延译，北京：东方出版社，2002 年，第 335 页。

从容不迫——我觉得它会因此读来更有富丽之感，我希望这会鼓励我怀着更为平和与健康的心态来写其他篇章。”①

实际上，这种“平和与健康的心态”在写《咏睡眠》时已经出现，它是伟大作品将要问世的吉祥朕兆。如同济慈自己所言，以前他的诗大多写得匆忙，无论是与亨特一道做十四行诗急就章的游戏，还是与雪莱比赛谁先完成 4000 行长诗，都是在写作速度上进行竞争，而诗歌的质量与写作速度往往是不成比例的。因此，这个时候他能够推重“写得从容不迫”，是一种难能可贵的认识转变。

诗人的创作心理虽然极为复杂，但从济慈相关论述与创作实践中，我们还是能够辨识出一条脉络清晰的思路，这就是以“麻木”与“遗忘”为标志的情感怠惰，乃是通往“平和”与“从容”心境的必经驿站。本书第二章引述过《“在寒夜的十二月里”》的第一段，其中赞美“快乐的树”和“快乐的小溪”，它们“带着甜蜜的遗忘”，“从不记得”自己享受过的春夏时光，对于当前冰封雪冻的约束，“从来、从来也不恼怒”。不仅如此，该诗第二段以树和小溪为榜样劝喻人类(“但愿许多青年男女/也能够和你们相同”)，同时又看到人类无法像树和小溪一样无动于衷——逝去的欢乐让人“心中绞痛”，而他们却“没法让感觉麻木以为抵御”(nor numbed sense to steel it)。缺少了“麻木”与“遗忘”，人类确实会为尘世生活中的万千扰攘而心绪不宁，这种心态显然对诗歌创作不利。如前所述，与这种心态相对应的还有“冷漠”和“困盹”这两个词汇，它们与“麻木”与“遗忘”颇为相似，都属于《咏睡眠》中描述的似睡非睡状态。

或许有人会问：似睡非睡不就是昏昏欲睡吗，难道快要睡着了的人能做诗吗？还是再来看看济慈对这种状态的自嘲式描述吧：

即使是现在，对于我要干什么，我脑子里也是一锅粥，我的智力一定正处于一种退化状态——一定是这样的，上帝才知道我当时给你写的是什么，我带着自己一种情绪，或者说身体方面的问题，来打扰你——我的思想简直是一片空白。我现在的心气是这样：要是把我放到水底下，我都不愿挣扎几下浮上水面——我很清楚这全是胡扯。……我对这件事或任

① 约翰·济慈：《一八一九年二月十四、十九日，三月三(?)、十二、十三、十七、十九日，四月十五、十六、二十一、三十日，五月三日致乔治和乔治安娜·济慈》，载《济慈书信集》，傅修延译，北京：东方出版社，2002 年，第 335 页。

何什么别的事都提不起兴趣来。我弟弟去美国这件事没给我带来什么刺激，对他的婚礼我也是麻木不仁。这些都会淡忘掉……这有点像信天翁在展翅飞翔时酣然入梦。①

从济慈给弟弟和妹妹的通信中我们得知，他对二弟乔治去美国一事很是上心，根本不是"提不起兴趣来"(feel no spur)，对其婚礼更不是"麻木不仁"(almost stony-hearted)，因为他曾一再表达对弟妹乔治安娜的喜爱，甚至对雷诺兹说："我现在可不想死，因为我的生活中还有令人振奋的东西——我得看到我那在美国出世的小侄儿。"②"不愿挣扎几下浮上水面"这样的表述，体现了济慈一贯的修辞风格，他后来对 J. A. 赫赛说："在《安狄米恩》中，我是跳起来一头钻进大海。"(他给贝莱信中还有"魔鬼溺水"之类的比喻)有过创作体验的人都知道，在想象的海洋里沉潜太深，有时确实很难浮到现实生活的水面之上。济慈给贝莱写这段话是在 1818 年 5 月，此时《安狄米恩》已经出版，长诗《伊萨贝拉》刚刚杀青，气势宏大的《海披里安》史诗正在紧张酝酿之中。高峰状态下的济慈，就像他自己所说的成了一头"展翅飞翔时酣然入梦"的信天翁，表面上信天翁是在酣然入梦，实际上它却在奋力展翅。这是一个极为精当的天才比喻：诗人"麻木"自己对现实生活的情感反应，犹如信天翁在飞越大洋的枯燥旅途中"酣然入梦"，这样做是为了更有力地搧动自己的精神翅膀。英语中"麻醉学"(Anaesthetics)比"美学"(Aesthetics)只多了一个表示否定的前缀"an"，"Aesthetics"更准确的译法应为"感性学"，两词之间的对立与关联是我们理解济慈思想的一把钥匙。③

"麻木"之类词语频繁在济慈诗歌与书信中出现，与济慈的医学背景大有

① 约翰·济慈：《一八一八年五月二十一、二十五日致本杰明·贝莱》，载《济慈书信集》，傅修延译，北京：东方出版社，2002 年，第 135—136 页。

② 约翰·济慈：《一八一八年七月十一、十三日致 J. H. 雷诺兹》，载《济慈书信集》，傅修延译，北京：东方出版社，2002 年，第 168 页。

③ "西方美学自其学科形成的初始阶段，即为美学(Aesthetics)确立了一个基本范围，即一个与后来的'麻醉学'(Anaesthetics)相对立的领域。鲍姆加通《美学》的英文对应词'Aesthetics'(或者应译为'感性学')，与'麻醉学'英文词'Anaesthetics'有着发人深省的对比复义关联，从而为我们理解'Aesthetics'的真正意蕴提供了另一个参照。"张进：《感性与物性的调解：超越麦克卢汉的感官生态学》，"全球化时代的技术、艺术与感生"国际学术研讨会(2013 年陕西师大文学院与南安普顿大学温彻斯特艺术学院联合主办)交流论文。

关系。济慈在盖斯医院学习时，担任过外科医生的包扎助手，那时乙醚尚未开始使用，推进手术室的病人多半被用酒精或鸦片麻醉，手术刀下病人的痛苦呻吟常令前来观摩的学员当场昏厥。据说英国临床医学的奠基人托玛斯·悉登汉姆(Thomas Sydenham)说过这样的话："没有鸦片，医学将不过是个跛子。"《夜莺颂》中"困盹与麻木"状态，诗人喻之为"有如饮过毒鸩，又像是刚刚把鸦片吞服"，说明济慈自己就有服食鸦片的体验①，他对这类药物产生的精神反应颇为熟悉。"麻木"到极点就是死亡，济慈去罗马时以晕船为借口带上了一瓶鸦片，准备在"捱不过去"时用它了断自己，有一次若不是舍温发现后夺过药瓶，他差点将这计划付诸实施。学医的人对自己的身心状况要比常人敏感，济慈在书信中对自己心态的反复讨论，为后人研究其诗论提供了难得的背景资料。

现在可以对以上举述作一归纳，这就是济慈所说的"麻木"与"遗忘"等统统与情感怠惰有关。不了解这一点，我们无法正式进入对"消极的能力"的讨论。

1817 年 12 月下旬，即济慈向贝莱宣布自己陷入"情感的麻木"的一个月之后，或者说在他向出版社提交自己第一部重要作品《安狄米恩》之后，济慈在致乔治和托姆的信中提出了"消极的能力"这个概念：

> 我和戴尔克细致讨论了各种各样的问题，没有争辩。一些事情开始在我思想上对号入座，使我立刻思索是哪种品质使人有所成就，特别是在文学上，像莎士比亚就大大拥有这种品质——我的答案是**消极的能力**，这也就是说，一个人有能力停留在不确定的、神秘与疑惑的境地，而不急于去弄清事实与原委。譬如说吧，柯勒律治由于不能够满足于处在一知半解之中，他会坐失从神秘堂奥中攫获的美妙绝伦的真相。②

仔细揣摩这段话的意思，可以发现济慈不但主张"麻木"情感反应，在这里更进一步提出捐弃诗人的认知反应。所谓"消极的能力"，按济慈自己的解释就是

---

① 与布朗同住汉普斯特德期间，布朗的女仆看见过济慈服食鸦片；在罗马咳血后，济慈又准备服食鸦片，因舍温阻止而作罢。傅修延：《济慈评传》，北京：人民文学出版社，2008 年，第 344、396 页。

② 约翰·济慈：《一八一七年十二月二十一、二十七日(?)致乔治与托姆·济慈》，载《济慈书信集》，傅修延译，北京：东方出版社，第 59 页。

“停留在不确定的、神秘与疑惑的境地，而不急于去弄清事实与原委”，“处于一知半解之中”，这种境界与陶渊明所说的“不求甚解”甚相契合。[①] 济慈用柯勒律治来做反面的例子，是因为他是浪漫主义诗人中的学问家——此人有一次在进城路上与济慈同行，“在这两哩路中，他提出了上千个问题”[②]来讨论，济慈因此断定柯勒律治在认知上的求索精神构成了对其艺术想象能力的妨害。

将“消极的能力”与延缓认知反应挂钩，济慈的一些相关话语就变得很好理解了，试读他在提出“消极的能力”两个月之后所写的《画眉鸟的话》：

> 别急于求知吧。我一点没有；
> 但我的歌却和温暖的天同调。
> 别急于求知吧！我一点没有；
> 但黄昏却在聆听。凡是忧心于
> 无事可做的人，是不懒散的；
> 那自以为睡的，他必定清醒。[③]

济慈两个月前所说的“不能够满足于处在一知半解之中”（being incapable of remaining content with half knowledge），就是此处的“急于求知”（fret after knowledge），而“自以为睡的，他必定清醒”之语，也与上文讨论过的“展翅飞翔时酣然入梦”同义。如此看来，济慈是用诗句形式重申了“消极的能力”的重要性——画眉鸟不懂任何知识，它的歌声却有天然的温暖，能令黄昏侧耳倾听。

《画眉鸟的话》最初见于济慈致雷诺兹的信中，济慈不但在信中写下了这首十四行诗，他还对“别急于求知”作了一番生动有趣的解释：

> 因此，让我们切莫急匆匆地乱窜，像蜜蜂那样不耐烦地嗡嗡作响，在一门知识范围内或所有应到之处四下寻觅；我们所应做的是像花枝那样张开叶片，处于被动与接受的状态——在阿波罗的如炬目光下耐心地发芽生长，并从每一名惠施访顾于我们的尊贵昆虫那里获取灵感——它们

---

① “好读书，不求甚解；每有会意，便欣然忘食。”陶渊明：《五柳先生传》。

② 约翰·济慈：《一八一九年二月十四、十九日，三月三(?)、十二、十三、十七、十九日，四月十五、十六、二十一、三十日，五月三日致乔治和乔治安娜·济慈》，载《济慈书信集》，傅修延译，北京：东方出版社，2002年，第313页。

③ 约翰·济慈：《画眉鸟的话》，载《济慈诗选》，查良铮译，北京：人民文学出版社，第98页。

带来我们吃的肉，露水给我们当饮料喝——我亲爱的雷诺兹，美丽的晨光作用于我的闲适之情，使我不由自主地陷入了这些思索——我没有读任何书籍——早晨对我说：你是对的——除了晨光之外我没想别的，歌鸫对我说这很好。[①]

济慈喜欢在起床之后写信，美丽的晨光带来的慵懒闲适之情，容易使人进入一种有所希冀的静候状态。他用“像蜜蜂那样不耐烦地嗡嗡作响”，形容“在一门知识范围内或所有应到之处四下寻觅”，这不就是上文所说的“急于去弄清事实与原委”吗？而“消极的能力”或曰“别急于求知”，就是变主动积极为被动消极——从蜜蜂的“急匆匆地乱窜”变为“像花枝那样张开叶片，处于被动与接受的状态”。“消极的能力”看似守株待兔，实际上却是以逸待劳，寓主动于被动之中，无为而无不为，无知而无不知，这样的静候心态最有利于灵感袭来。诗人一旦将认知心态调整到不急不躁，妙言锦句就会自然而然喷涌而出。济慈以前把写诗当作攀登悬崖和征服大海，现在懂得诗思需要像花枝那样在阳光下“耐心地发芽生长”，所以他会在晨起后既不读书也不思考，有意识地延缓一下自己的认知反应。

使用花枝比喻的一周之后，济慈在致约翰·泰勒信中又提到“如果诗之产生不像枝头生叶那样自然，那它还是不写出来为妙”，[②]这番话在济慈诗论中为人引用甚多，但人们往往对其作孤立研究，许多人认为济慈强调的是诗句之间的紧密联系，殊不知他说的“像枝头生叶那样自然”，其逻辑主语乃是“诗之产生”(poetry comes)，因此这句话的意思仍为诗思应“耐心地发芽生长”。“消极的能力”在济慈诗论中是一个统摄性的概念，其要义为创作中认知主体“处于被动与接受的状态”，记住了这一点，阅读济慈书信中的许多困惑都可迎刃而解。

① 约翰·济慈：《一八一八年二月十九日致J. H. 雷诺兹》，载《济慈书信集》，傅修延译，北京：东方出版社，第93页。

② 约翰·济慈：《一八一八年二月二十七日致约翰·泰勒》，载《济慈书信集》，傅修延译，北京：东方出版社，第98页。

二、诗人无自我

情感怠惰与认知延缓，发展下去就是“诗人无自我”。

济慈提出“诗人无自我”，起初是有玩笑因素在内。1818 年 9 月中旬，出版《安狄米恩》的泰勒与赫赛出版社宴请济慈与当时已小有名气的批评家威廉·哈兹利特，哈兹利特像济慈一样有作品在这家出版社出版，而且与济慈一样也被毒蝎子洛克哈特“螫”了一口，出版社设宴的目的是为其旗下作者打气。英国绅士自有其矜持的行事风格，席间哈兹利特对“Z”的评论未置一词，济慈也照葫芦画瓢不谈这个话题。然而，被强行压抑的情绪总会以某种方式表现出来，济慈在谈话当中突然宣布他已经不再写诗了，因为诗歌中没有什么新东西可写，有价值的东西已经被前人发掘殆尽。赫赛对济慈谈话的夸张风格已经相当熟悉，因此他没把济慈的话当回事，但出版社特约编审理查德·伍德豪斯听后有些担心。这位逻辑严谨的律师坚信济慈的诗才，他在 10 月中旬给济慈写了一封情深意长的信，鼓励他坚定不移地走诗歌道路。一个多星期之后，济慈满怀感激地给他回了信，他戏谑地告诉伍德豪斯“我那天说的话是不可以作数的”，不可以作数的原因是“诗人没有自我”：

> 如果诗人没有自我，而如果我又是个诗人，那么我说我不想再写了，又有什么可奇怪的呢？难道我不可以在那非常的一刹那，从萨图恩与阿普斯的个性出发来进行思考？承认这一点是件挺糟糕的事情，但这一点硬是事实：我说过的任何一个字都不能理所当然地被看成是从我这个人的本我中流露出来的。①

这番话就其本身来说无异于诡辩，按照这种逻辑，诗人说任何话都不用自己负责，因为“在那非常的一刹那”他可能是在替别的什么人发言。济慈早年喜欢与朋友们玩论辩游戏，即用明显站不住脚的理由来为自己辩护，以锻炼口才和营造逗乐气氛，这种戏谑式的论辩风格也见于其书信，济慈多次在信中说自己

---

① 约翰·济慈：《一八一八年十月二十七日致理查德·伍德豪斯》，载《济慈书信集》，傅修延译，北京：东方出版社，2002 年，第 214 页。

写的东西近乎“诡辩”和“胡扯”。[1]

“诗人说话不作数”显系游戏之言，“诗人无自我”却是非常严肃的艺术命题。伍德豪斯的来信，为济慈阐释自己的艺术领悟提供了契机，如果说他回信的风格是亦庄亦谐，那么在阐释这个命题时他是一本正经的。“诗人无自我”并非心血来潮之论，它是“消极的能力”之说的自然演进，济慈对这个问题一直在做认真仔细的思考。如前所述，济慈提出“麻木”情感和延缓认知，为的是“济慈 a”能不受环境与信息的干扰，进入有益于诗思的创作状态。这里他进一步将“我”与“我这个人的本我”(my identical nature)脱钩，宣布“我说过的任何一个字都不能理所当然地被看成是从我这个人的本我中流露出来的”，这真是石破天惊之语！西方文论史上第一次试图区分“真实的作者”与“隐含的作者”，我认为始见于济慈的这封信，但这两个概念的正式命名却是在一个世纪之后。这句话中的“我”应理解为“济慈 a”，而“我这个人的本我”则为济慈的肉身，所谓“诗人无自我”，指的是诗人“在那非常的一刹那”不为自己的肉身所累，自由地进入观察对象的内在世界，并从其“个性出发来进行思考”。

在与出版社编辑打交道时，济慈为了让他们信服自己的作品，总喜欢将自己独到的艺术见解陈述一番，这次伍德豪斯来信搔到了他的痒处，于是就有了以下酣畅淋漓、洋洋洒洒的一大段议论：

> 说到诗人的个性(我指的是，假如我能算回事的话，我自己作为其中一员的那类个性；它和华兹华斯所属的那种可称之为崇高的自我中心者判然有别，它是一种自成一体的自在之物)，它不是自己——它没有自我——它是一切又不是一切——它没有个性——它喜好光亮与阴影，不管是丑还是美，是低还是高，是富还是穷，是贱还是贵，它总爱率性而为——塑造一个伊阿古，对他来说就像塑造一个伊摩琴那样高兴。令道德高尚的哲人吃惊的，会使玩世不恭的诗人欢喜。它对事物黑暗面的探析，与它对事物光明面的玩赏一样无害，因为这两项都只止于静观。一名诗人是生存中最没有诗意的，因为他没有自我——他要不断地发出信息，

① 约翰·济慈：《一八一八年二月十九日致 J. H. 雷诺兹》，载《济慈书信集》，傅修延译，北京：东方出版社，2002 年，第 94 页；约翰·济慈：《一八一九年九月二十二日致查尔斯·布朗》，载《济慈书信集》，傅修延译，北京：东方出版社，2002 年，第 397 页。

> 去填充其他的实体——太阳、月亮、大海、世上的男男女女，作为有冲动的生灵，他们都是有诗意的，因此都有不变的特征——而诗人却没有，没有自我——他绝对是上帝创造出的最没有诗意的生灵。[①]

致伍德豪斯之信在济慈诗论中具有里程碑般的重要意义，因为其中提出了“诗人无自我”、“诗人无个性”和“诗人无诗意”等命题。“诗人无自我”已经不难理解，情感与认知处在麻木、停滞状态中的诗人，确实像泥塑木雕一样无“自我”可言。“诗人无个性”和“诗人无诗意”则是这种观点的进一步演进：世上万物皆有个性，唯独诗人没有，因为他不能像“自我中心者”那样拥有鲜明的个性选择，他必须既喜好光亮又喜好阴影——只要它们与自己的创作有关；世上万物皆有诗意，而诗人的躯体只剩一个空壳，因为其诗魂已从皮囊中翩翩飞出，填充于所观察的“其他的实体”之中。济慈两个月前刚从英格兰湖区与苏格兰高原旅游归来，对于一个静静地瞻仰过彭斯墓、观赏过艾尔萨巉岩、芬格尔石洞并攀登过不列颠最高峰的人来说，人的自我实在是太渺小了，“太阳、月亮、大海、世上的男男女女”才是伟大的，才是有诗意的观察对象。看过彭斯墓之后他说：“最令人愉快的一种消除自我的方法是来到像彭斯故居这样的圣地。”[②]济慈用“有冲动的生灵”(creatures of impulse)来形容世间男女[③]与日月大海，言下之意是诗人与冲动无缘，这与其“消极的能力”之论一脉相承。诗人当然也是“世上的男男女女”中的一分子，但别人有“冲动”而诗人只能“止于静观”(end in speculation)，所以“他绝对是上帝创造出的最没有诗意的生灵”。

① 约翰·济慈：《一八一八年十月二十七日致理查德·伍德豪斯》，载《济慈书信集》，傅修延译，北京：东方出版社，2002年，第214页。

② 约翰·济慈：《一八一八年七月十一、十三日致J. H. 雷诺兹》，载《济慈书信集》，傅修延译，北京：东方出版社，2002年，第166页。

③ 济慈在苏格兰旅游时对当地人的舞蹈留下了深刻印象，要理解他所说的“有冲动的”、“有诗意的”“世上的男男女女”，可参看其信札中的一段——“我们今天上午到了卡利塞尔——从斯奇道峰顶下来，我们步行去坎伯兰郡最古老的集镇爱尔比——那儿的一个乡村舞蹈学校令我们大为倾倒，它就在阳光下举行训练，确确实实‘没有比它更新的来自法兰西的沙龙舞’了。真的，他们大胆得无以复加，汗流浃背地踢腿、跳踉、飞奔、闪避、踮脚、穿行、盘旋、转圈和跺足，疯狂地敲击着地面；我们的乡村舞蹈与苏格兰舞的区别，就像是懒散地搅动茶水与使劲地捣拌布丁。我心满意足地想到，如果说我从中获得乐趣而他们一无所知的话，那么他们的某些所得我也无从察觉。我希望回去时能带上一些苏格兰高原舞风，那一排排男孩与姑娘是你看过的人当中最棒的，美丽的面孔，加上精致的嘴唇。”约翰·济慈：《一八一八年六月二十九日、七月一、二日致托姆·济慈》，载《济慈书信集》，傅修延译，北京：东方出版社，2002年，第214页。

需要特别引起注意的是，缺乏冲动与“止于静观”，并不意味着绝对意义上的怠惰无为。“他要不断发出信息，去填充其他的实体”[①]之语，表明了一种与被动接受不同的主动出击姿态。在提出“消极的能力”的同时，济慈反对急于求成，强调应耐心等待诗思降临，这并不意味他只知消极静候。恰恰相反，他多次在书信和谈话中提到，他可以分享在地里啄食的麻雀的生存，他能够感受到沉睡在深海海底的贝壳的孤独，他甚至说过他可以进入一只没有生命的撞球的内在，为自己的圆溜光滑而感到乐不可支。[②] 这是一种凭借强大想象力进入“其他实体”内在世界的创作思维，别的诗人当然也有这样的思维，但济慈的想象力特别发达，在“其他实体”的内在世界里沉潜得极其忘我，所以他能抵达别人不可企及的深度。可能有人会觉得济慈的“静候”与“填充”相互矛盾，其实它们犹如鸟之两翼，其两极伸张维持了“诗人无自我”的理论平衡：诗人越是没有自我，越是不带情感色彩和先入之见，就越容易攫获不期而至的灵感，也越容易用想象“去填充其他的实体”，这样才能做到“是一切又不是一切”。至此，我们明白济慈采用的是一种“将欲取之必先予之”的方法：无自我则无物不我，无个性则无处不见个性，无诗意则万事万物皆生诗意。如此说来，所谓“消极的能力”，实际上还是一种积极的能力，“诗人无自我”不但与浪漫主义诗风无违，骨子里甚至更为激进！

在华兹华斯、拜伦、雪莱等“自我中心者”纵横驰骋的英国浪漫主义诗坛，济慈的“诗人无自我”可谓独树一帜，那时候人人都在不加掩饰地张扬自我，唯独济慈提出诗人不仅没有自我，甚至还没有个性与诗意！当然，我们已经知道济慈不是真的认为诗人没有自我，“诗人无自我”中的“自我”仅仅指的是“我这个人的本我”，这个没有冲动的“自我”只能“止于静观”，而“我”（诗人的“第二自我”）却承担着“填充其他的实体”的出击任务，将“我”与“我这个人的本我”区分开来，是济慈对浪漫主义诗论乃至西方文论的一大贡献，表明他在这个问题上看得比别人更为深刻细致，表述得比别人更为透彻精微。

济慈选择“诗人无自我”这种表达，根本原因在于对华兹华斯等人的“自我

① 约翰·济慈：《一八一八年十月二十七日致理查德·伍德豪斯》，载《济慈书信集》，傅修延译，北京：东方出版社，2002年，第149页。

② 傅修延：《济慈评传》，北京：人民文学出版社，2008年，第143页。

中心”(egotistical)倾向不以为然。他的书信中有多处对“自我中心者”的批判，在距去世不到半年的致雪莱信中，他仍不忘对“自我中心”作一番含沙射影式的讥弄。济慈反对诗歌中的自我横溢，他赞赏的是以退为进和后发制人，在书信中他用生动的形象对这两种风格作了比较：

> 我们讨厌那种明显是有心要摆布我们的诗歌——假如我们不同意，它似乎就要将两手往腰间一叉，做出个不肯善罢甘休的样子来。诗歌应是伟大的而不是强制性的，它能够进入人的灵魂，以其主题而不是以其自身来打动读者或引起赞叹——那些退居一隅的花儿是多么美丽！要是它们蜂拥到大路上来，大叫着“羡慕我吧，我是一朵紫萝兰！宠爱我吧，我是一朵樱草花！”它们的美将会怎样褪色呢？[①]

“自我中心”诗歌之所以惹人讨厌，是因为它那指手画脚的“强制性”妨碍了读者接受——谁都不愿意在欣赏诗歌时被人随意摆布。“那些退居一隅”的花朵代表济慈推崇的诗歌，它们凭“消极的能力”创作出来，其中几乎觉察不到诗人“自我”的存在。

似乎是觉得对那些大叫大嚷的诗歌讽刺得还不够，济慈接下来用更为挖苦的笔调，将它们与古代诗歌做出对照：

> 现代诗人与伊丽莎白时代诗人的区别尽在于此。每位现代诗人就像汉诺威选帝侯似地管着一小块领土，他清楚每天要从他辖下的马路上扫掉多少根稻草，并且时常控制不住地硬要让所有的家庭主妇把屋里的铜器擦得发亮；而古代诗人则是幅员辽阔行省的皇帝，对于边远地方他们只知其名，绝少挂记着要去巡狩一番——所有这些不谈也罢——我不会再谈华兹华斯了，或者说特别不谈亨特——要是能够与以扫一块漫步，为什么我们还要去做玛拿西的子孙？要是能够走在玫瑰花铺成的路上，为什么我们还要去与荆棘搏斗？要是能够做雄鹰，为什么我们去做猫头鹰？[②]

“现代诗人”即与济慈同时的浪漫诗人，“伊丽莎白时代诗人”或“古代诗人”则

---

① 约翰·济慈：《一八一八年二月三日致J.H.雷诺兹》，载《济慈书信集》，傅修延译，北京：东方出版社，2002年，第84页。

② 同上书，第84—85页。

是他引以为楷模的莎士比亚等伟大诗人。济慈领略过华兹华斯的倨傲乖戾、柯勒律治的炫博卖弄以及雪莱的咄咄逼人，他觉得他们像是蕞尔小邦的专制诸侯，在诗歌中对读者实施过于严密的控制，缺乏大国之君垂拱而治的潇洒气度。“自我中心”是浪漫主义诗歌的一大特色，也是其为后人诟病的一个突出弊端。时过境迁之后，人们逐渐意识到，浪漫主义诗歌中的情感泛滥和结构松散等问题，均与“自我中心”过于强势有关，济慈“诗人无自我”之说为艾略特所揄扬，就是发生在这种背景之下。我们在第二章中谈到，拜伦和雪莱本身就是贵族，华兹华斯与柯勒律治出身世家，他们都在剑桥、牛津这样的名牌大学受过熏染，因此其诗文中与生俱来地渗透着一股睥睨众生的戾气，“自我中心”的缘由应当从这方面去寻找，而济慈从未有过这样的殿堂经历，他对“自我中心”的反感来自其平民天性。在浪漫主义诗歌运动风头正健之时，济慈的“诗人无自我”代表了这个营垒中的一种更为理智的声音，可惜他当时不处在领军人物的位置，这种反省与批判的声音未能传播开来，否则这场诗歌运动还有可能取得更大的艺术成就。

济慈致伍德豪斯信中的行文风格，脱胎于他当年与朋友们一起玩的论辩游戏，然而不同的是，此时济慈并不是故作惊人之论，他那看似“极而言之”、漫不经心的一系列论述，伏源于自己的创作实践与艺术感悟，具有高度的内在周延性与理论自洽性。济慈不像其他浪漫诗人那样具有高等教育背景，也未写出像《抒情歌谣集·序言》那样正式的浪漫主义诗歌宣言，但若将以上举述的济慈言论依次排放，集合在“诗人无自我”的标题之下，俨然是一篇井然有序、自成一体的鸿文。我们不妨对其逻辑思路与认识进程作一番梳理与归纳：

1. 情感怠惰（表征为“麻木”、“遗忘”、“冷漠”和“困盹”等）有益于进入“平和”、“从容”的创作心境；
2. 认知延缓（“处于一知半解之中”、“处于被动与接受的状态”）有益于创作灵感像“枝头生叶”那样自然降临；
3. 能够进入这种状态，便是具备了“消极的能力”；
4. 情感与认知既已休眠，诗人当然失去了“自我”（“我这个人的本我”），其“个性”与“诗意”也无从谈起；
5. “诗人无自我”意味着诗人的“第二自我”离开诗人的肉身，“去填充其他的实体”，从其“个性出发来进行思考”。

勾勒出这种思维脉络之后，我们看到“诗人无自我”的最终落脚点（第5点），在于“填充其他的实体”，不言而喻，这种“填充”需要通过想象的力量。想象是济慈下一阶段另一鸿文的主题，但在这里已经埋下了伏笔。济慈这一系列闪耀着天才光芒的滔滔雄论，讨论了与诗歌关系最为密切的三大主观因素：情感、认知与想象，涉及了“消极与积极”、“静候与填充”等一系列矛盾范畴，提出了“消极的能力”、“诗人无自我”等重要观点，作者的认识随着时间推移而不断深化，但又能保持前后连贯以及观点之间的递进与衔接。尤为令人叹服的是，他以“消极”、“无自我”为关键词来表达艺术主张，与那些直接挥舞“自我”、“个性”旗帜的做法相比，更能展示诗人“自我”的能动作用，更符合诗歌艺术的自身规律。

顺便说说，“诗人无自我”与庄子《齐物论》中的“吾丧我”，存在着惊人的相似之处。历史上对“吾丧我”有多种解释，陈鼓应《庄子今注今译》中诠释为：“吾丧我：摒弃我见。‘丧我’的‘我’，指偏执的我。‘吾’指真我。由‘丧我’而达到忘我、臻于万物一体的境界。”[①]如果这种理解符合庄子原意，那么“吾”可以说是“庄子 a”，“我”为庄子带有情感倾向与认知“偏执”的肉身，“诗人无自我”与“吾丧我”可以完全对应！不仅如此，“丧我”之后达到的万物一体境界（“齐物我”），与济慈的用想象“去填充其他的实体”和“是一切又不是一切”，简直就是一回事情！钱锺书曾指出“东海西海，文理攸同”，济慈的“诗人无自我”，用中国话语来表达就是“坐忘”、“我与万物为一”。由于时代悬隔，《齐物论》中一些词语令人费解，注家各执一词，如果以济慈诗论为参训，现代人可能会加深一些对庄子思想的理解。反过来，《齐物论》也可以帮助我们读懂济慈。庄子由“吾丧我”发展到不知是庄周梦蝶还是蝶梦庄周，与济慈后来不知此身安在颇为相似——他在赴意大利途中致信布朗问道：“是否还有另一个世界？我会醒来发现一切都是梦吗？”[②]济慈思想中的这种迷惘，我们在后面还要讨论。

---

① 陈鼓应（注释）：《庄子今注今译》（上），北京：商务印书馆，2007年，第45页。

② 约翰·济慈：《一八二零年九月三十日致查尔斯·布朗》，载《济慈书信集》，傅修延译，北京：东方出版社，2002年，第513页。

三、想象:感觉与创造

文学是想象的艺术,诗歌创作中的想象究竟是一种怎样的思维,这是诗人、读者和批评家共同关心的重要问题。济慈诗论中对想象的阐述,受后人关注的程度不亚于“消极的能力”与“诗人无自我”,但人们很少注意三者之间的联系,更没有循此联系对其想象说进行深入彻底的探究。

济慈在想象问题上所持的观点,是在与贝莱交锋中提出来的。1817 年 9 月,济慈接受牛津大学进修生贝莱的邀请,从伦敦来到牛津,在校园内住了一个来月。济慈在这里除了写作《安狄米恩》第三章外,还与朝夕共处的贝莱进行了深入交流。贝莱比济慈年长 4 岁,对柏拉图、亚里士多德、但丁、弥尔顿、中世纪文学、英国诗歌等均有较为深入的理解,谈起哲学话题来更是头头是道。贝莱的理性思考和哲学背景唤起了济慈的好奇心,他感到这个朋友代表着一个对他来说相当陌生的领域,他和贝莱是完全不同的两类人:一个代表诗歌,另一个代表哲学,或者说一个主要通过感觉来追求美,而另一个更多通过认知来追求真。这一点反映在两个月后他致贝莱的信中,他在信中称贝莱为“渴求真理的人”——“对他们来说岁月必定带来哲理情怀”,而他自己则是“乐于享受感受的人”:

> 我从来就不能理解,怎么可以通过按部就班的推理来判断哪件事是真的——而事情就得是这样——最伟大的哲学家要是不排除许多异议,他能达到自己的目标吗?不管怎样,我宁愿过一种感觉的生活,而不要过思想的生活![1]

如前所述,济慈喜欢通过与朋友的辩论来锤炼自己的思想,不同观点之间的碰撞与砥砺,必定会溅击出明亮的火花,更何况他与贝莱正好处于“美与真”、“形象思维与逻辑推理”的两端。济慈此前从朋友或师长那里得到过不少教益与启发,但它们基本上都未超出文学艺术的范畴,没有谁能像贝莱那样从

---

① 约翰·济慈:《一八一七年十一月二十二日致本杰明·贝莱》,载《济慈书信集》,傅修延译,北京:东方出版社,2002 年,第 51 页。

逻辑推理角度对济慈的诗学观点提出拷问。贝莱在哲学上其实并无多大建树，但当时他正在这个领域中孜孜不倦地学习和思考，因此无形中充当了济慈思想的磨刀石。在致贝莱的信中，济慈谈到他"一直渴望讨论想象问题"，从信中大量涉及想象的内容来看，想象是他和贝莱之间的重要话题。时至今日，我们已无从知晓贝莱持何种观点与济慈辩论，但有一点可以确定，这就是贝莱强调了哲学与真理之间的联系，而济慈作为爱美的诗人，为了证明诗歌中的美并非虚妄，也把美与真挂起钩来：

> 我对什么都没有把握，只除了对心灵情感的神圣性和想象力的真实性——想象力以为是美而攫取的一定也是真的——不管它以前存在过没有——因为就像对爱情的看法一样，我对我们所有激情的看法都是，它们发展到极致时都能创造出纯粹的美——简单点说，你可以从长诗第一章以及上次我寄去的短歌中了解到我最钟爱的思想——这首诗通过幻想来表现类似事情发生的可能方式——想象力与亚当之梦好有一比——他一觉醒来发现一切都成了现实。[①]

美属于艺术范畴，真属于认识范畴，两者原本不相交集，济慈如果不是遇到了贝莱，他可能不会这样提出问题。历史就是这样由许多偶然组成，这种偶然一旦发生，又会产生其后续影响——没有"想象力以为是美而攫取的一定也是真的"(What the imagination seizes as Beauty must be truth)这段话，也就不会有《希腊古瓮颂》中的"美即是真，真即是美"(Beauty is truth, truth beauty)。"美即是真"这种提法，带有济慈与人辩论时那种"极而言之"的风格，但这个时候的济慈，确实相信想象力具有无所不能的威力，它能够创造出纯粹的美，能够在攫获美的同时将其变为真，不管它以前是否有过真实的存在。《圣经》中亚当从梦中醒来后发现他的祈祷成了现实，写作《安狄米恩》时的济慈也像做梦的亚当，他心目中的美虽然是由想象创造出来，但完全可能以一种真的方式存在——这里所说的"真"兼具真实与真理两种含义。

济慈研究者对贝莱后来的表现多有指责，但不管怎么说，贝莱对济慈诗论

---

① 约翰·济慈：《一八一七年十一月二十二日致本杰明·贝莱》，载《济慈书信集》，傅修延译，北京：东方出版社，2002 年，第 51 页。

的形成与发展有过巨大贡献，和他待在一起的日子构成了济慈思想的突飞猛进阶段，写给他的书信成了济慈诗论中最富灵感的篇章。贝莱之所以能够扮演如此重要的角色，并不是因为他们之间的友谊最为笃挚，而是因为他所持的哲学立场给济慈带来醍醐灌顶般的思想启迪。这种启迪不是改变观点，恰恰相反，贝莱这位“反方辩手”让济慈懂得，诗歌不能像哲学那样通过推理之类的认知过程来探求真理，而应当坚持自己的艺术本位，即经由想象来追求美，通过感觉来创造美——“我对我们所有激情的看法都是，它们发展到极致时都能创造出纯粹的美”。贝莱很可能谈到过哲学思维中也有想象和感觉，济慈对此未予否定，因为他把贝莱这类“渴求真理的人”界定为“有想象力但同时又关注想象结果”，“他们的生存部分依赖于感觉，部分依赖于思想”，但是在诗歌的想象中，济慈没有给推理之类的认知留出半点位置——“我宁愿过一种感觉的生活，而不要过思想的生活”之语，表明他将认知逐出想象的坚决态度。

济慈这种仅凭感觉展开的想象，与通常意义上的形象思维有几分相似，但其感性色彩更为浓烈，理性成分更为稀薄。他在致贝莱信中这样解释与“与亚当之梦好有一比”的想象：

> 亚当的梦境适用于这里，看起来这个故事能使人相信：想象力及其在天界的反映，可以和人生及其在精神上的反映等量齐观。但如我刚说过的那样，通过不声不响地反复作用于精神层面，具有想象力的简朴心灵可望在某种神妙的瞬间获得报偿——举个以小喻大的例子——你是否从未被一段熟悉的老歌打动过？——在一个美妙的地方——听一个美妙的声音吟唱，因而再度激起当年它第一次触及你灵魂时的感受与思绪——难道你记不起你把歌者的容颜想象得美貌绝伦？但随着时光的流逝，你并不认为当时的想象有点过分——那时你展开想象之翼飞翔得如此之高——以致于你相信那个范型终将重现——你总会看到那张美妙的脸庞——多么妙不可言的时刻！①

这番话讨论的主要是感觉，所举的例子是在“一个美妙的地方”，重听“一个美

① 约翰·济慈：《一八一七年十一月二十二日致本杰明·贝莱》，载《济慈书信集》，傅修延译，北京：东方出版社，2002年，第52页。

妙的声音吟唱”“一段熟悉的老歌”时，人们心中浮现的万千感慨。济慈认为当初“你把歌者的容颜想象得美貌绝伦”，时过境迁之后，“你”竟然不觉得“当时的想象有点过分”，而且在想象的强力作用之下，“你”甚至会“相信那个范型终将重现——你总会看到那张美妙的脸庞”。济慈在这里涉及了时间进程对想象及其记忆的影响，由于这段文字有点语焉不详，我们无法完全分享他所分析的奇妙体验(有可能源于他个人的“狐亭惊艳”[①]经历)。但有一点可以确定，这番话提到的想象主要诉诸感觉，与逻辑推理完全无缘。我们必须牢记济慈这里的通信对象是贝莱，两人之间面对面的辩论被移到书信当中，济慈想要告诉贝莱的是：想象之美要靠微妙的感觉来攫获，诗歌中美的王国隐藏至深，非按部就班的理性思维所能抵达。[②]

细心的读者可能已经注意到，正是在与贝莱讨论想象问题的这封信中，济慈谈到自己陷入了“情感的麻木”，一个月后他便熔铸出“消极的能力”这个新概念，由此我们看出其诗论各部分之间的内在联系：济慈想象说中对认知的排斥，缘起于他和哲学界人士的接触，这种排斥后来演化为延缓认知的“消极的能力”，并在更后的“诗人无自我”中发挥了为诗人肉身减负以利于想象出击的作用。即便是在巅峰之作《希腊古瓮颂》中，济慈仍不忘抑制求知冲动，他在说出“美即是真，真即是美”之后立即告诫——“这就包括你们所知道和该知道的一切”(that is all/Ye know on earth, and all ye need to know)，意思是得到了这个结论就已足够，不用再去多想什么。在提出“消极的能力”的那封信中，济慈在批评了柯勒律治“不能够满足于处在一知半解之中”之后，紧接着也来了一句相似的总结：

> 像这样连篇累牍地追演下去，得到的结论也许不过是：对一个大诗人来说，对美的感觉压倒了一切其他的考虑，或者进一步说，取消了一切的考虑。[③]

---

① 1814年夏天的一个夜晚，济慈和朋友一道来到泰晤士河南岸的狐亭花园，在那里隔着很远的距离看见一位楚楚动人的妙龄女郎，为之怦然心动，后来他多次写诗抒发自己这次惊艳的感受。

② 美学的本义即为美感，济慈此论可谓切中肯綮。

③ 约翰·济慈：《一八一七年十二月二十一、二十七日致乔治与托姆·济慈》，载《济慈书信集》，傅修延译，北京：东方出版社，2002年，第59页。

单独读这个结论也许会感到突兀，但如把它放在他与贝莱辩论的背景上，意思就变得非常明白了：诗歌不是哲学，认知在其中不是第一位的，对诗人来说最重要的是“美的感觉”，“一切其他的考虑”都应当被这种感觉“压倒”或“取消”。

讨论至此，济慈诗论的有机统一性已昭然若揭——对认知的排斥是其中一以贯之的红线，如果没有这条内在线索，诗论各部分就会彼此离析，无法形成一个有序的逻辑整体。不仅如此，挑明了这条线索之后，济慈诗论的目的性随之呈现：排斥认知最终是为了凭感觉去展开想象，“消极的能力”与“诗人无自我”固然有其不可磨灭的贡献，但它们只是通向目标的桥梁和手段，其功能是为“对美的感觉”做出铺垫。形象地说，“消极的能力”与“诗人无自我”是两位殷勤的服务员，只有在它们的帮助下，诗人才能取消“一切其他的考虑”，“展开想象之翼”在美的世界里轻松飞翔。

济慈的想象说，包括想象的感觉性、真实性与创造性三个部分。第一部分涉及对认知的排斥，以上已经有较为充分的讨论。第二部分情况比较复杂，因为济慈在与贝莱交流时虽振振有词，但是对于“想象力以为是美而攫取的一定也是真的”这一命题，他有时候还是有怀疑的，我们在第四章中将对此进行深入分析。第三部分为想象的创造性，这是我们接下来要讨论的对象。

济慈的想象既然主要诉诸感觉，那么在谈到想象的创造性时，他实际上是在说要凭感觉去进行创造。济慈的天才，表现在他从一开始就知道诗歌创作中的想象不是凌空蹈虚，而是要以实实在在的感觉为砖瓦梁柱，去建构其心目中美轮美奂的世界。说到创造力，人们总喜欢举述济慈书信中一些相关言论，如“长诗是对一个人创造力的测验，我把创造力看成是诗歌的北斗，犹如幻想是船的帆，想象力则是船的舵”①，以及“我的想象力是一座庙宇，我自己是庙里的和尚”②，等等。这些话其实只是强调了创造力的重要性，没有多少需要细加揣摩的内容。真正应当引起重视的，我认为是他将自己与拜伦比较之后所发的感慨：

---

① 这段话原为济慈致乔治信中的内容（寄自马盖特岛），该信已佚，幸而济慈在致贝莱的信中又抄录了这段话，见约翰·济慈：《一八一七年十月八日致本杰明·贝莱》，载《济慈书信集》，傅修延译，北京：东方出版社，2002 年，第 37 页。

② 约翰·济慈：《一八二零年八月十六日致珀西·比希·雪莱》，载《济慈书信集》，傅修延译，北京：东方出版社，2002 年，第 508 页。

> 你们谈到拜伦与我——他和我有极大差别：他写他看到的东西——我写我想象的东西——我的任务至为艰巨。你们可以看到巨大的不同。[①]

拜伦最初以《恰尔德·哈罗德游记》闻名于世，这首长诗反映他在地中海沿岸与欧洲大陆“看到的东西”，主人公哈罗德像自由的风儿一样，掠过一个又一个神奇的港口与城市，经历过拿破仑封锁的英国读者为他笔下的异域风光和滔滔议论而倾倒；而正在撰写《海披里安》的济慈，则要靠“至为艰巨”的想象去构建一个比奥林匹斯众神更为古老的神话世界，这是一个他缺乏实际感觉的领域，因此无法像拜伦那样下笔如飞。雪莱的情况也与拜伦相似，我们在第二章中提到雪莱与济慈比赛谁先完成4000行长诗，雪莱选择叙述发生在中东地区的“伊斯兰的起义”，这个题目有大量感性材料可供凭借，而济慈却要去凭空想象安狄米恩与月神之间的爱恋，因此他觉得这是对其创造力的“一次测试”：

> 它将是一次测试，是一场对想象力以及主要来说对我的创造力的考验，创造力确实是极为稀有的东西——我必须通过它把一个虚无缥缈的情境写上4000行，并且要用诗来充填字里行间。[②]

感觉不能无中生有，要让神话素材生成为史诗，需要往字里行间“充填”对神话世界的体会与想象，济慈毕生都在对这种感觉寻寻觅觅。斯宾塞的《仙后》是济慈学诗的初恋，长诗对声音、色彩、光亮与运动的描绘，产生出一种令读者感同身受的“雕塑般”效果。小克拉克记得，有一次他和济慈一同阅读《仙后》第二卷描写海上神奇风暴的那几行：

> 那是一切可怖之物的画像，
> 九头蛇怪脑袋伸缩，鲸鱼背拱起了海浪。
> 巨大的漩涡，所有鱼类都避之唯恐不及，

---

① 约翰·济慈：《一八一九年九月十七、十八、二十、二十一、二十四、二十五、二十七日致乔治和乔治安娜·济慈》，载《济慈书信集》，傅修延译，北京：东方出版社，2002年，第413页。

② 约翰·济慈：《一八一七年十月八日致本杰明·贝莱》，载《济慈书信集》，傅修延译，北京：东方出版社，2002年，第37页。

闪亮的大蜈蚣，以银色的鳞片为武装。[1]

这时济慈情不自禁地站立起来，带着一种充满自信和力量的神情说道："多么了不起的意象——鲸鱼背拱起了海浪！"说这话时，济慈的表情就像是他自己的双肩压上了一座大海的重量。[2] 斯宾塞栩栩如生的叙述给了济慈极大的激励，为什么他后来会不畏艰难去讲述安狄米恩和海披里安的故事，就是因为他要完成对自己创造力的挑战。

如同济慈自己所言，"创造力确实是极为稀有的东西"，那么怎样才能发展出这种难能可贵的能力呢？济慈用自己的探索，给我们提供了三方面的启示。

一是不懈地师法传统。

济慈的诗作数量有限，其中却有不少是向传统表示敬意，如《初读贾浦曼译荷马有感》《"有多少诗人把闲暇镀成金"》和《静坐重读〈李尔王〉有感》等。T. S. 艾略特在《传统与个人才能》一文中说："传统是一个具有广阔意义的东西。传统并不能继承。假若你需要它，你必须通过艰苦劳动来获得它。"[3]济慈为"获得"传统确实付出了"艰苦劳动"，他的书信中多次谈到自己如何揣摩荷马、莎士比亚、弥尔顿等人诗作的精义，从他们身上吸取自己最需要的想象力与创造力。前已提及，济慈喜欢坐在莎士比亚画像下写作，把他想象成自己创作的"主宰"，莎翁在天有灵，一定会为有这样虔诚的学生而感动。有一次亨特向他出示了"一绺经过鉴定真正是弥尔顿的头发"，济慈为之激动不已，立即写下一首颂诗——《见弥尔顿一绺头发有感》，表达了自己向前辈诗人学习的决心。济慈虽然属于浪漫主义时代，但他的根深深地扎在传统之中，他的心离莎士比亚、弥尔顿比离同时代人更近。

---

① "All dreadful pourtraicts of deformitee: / Spring-headed Hydres, and sea-shouldering Whales, / Great whirlpooles, which all fishes makes to flee, / Bright Scolopendraes, arm'd with silver scales." Edmund Spenser, *The Faerie Queene*, Indianapolis: Hackett Publishing Company, 2006, p. 204.（傅按：原文照录，伊丽莎白时代英语与当代英语拼写有异）

② "As Clarke recalled, Keats hoisted himself up, and looked burly and dominant, as he said, 'What an image that is—sea-shouldering whales!' For a moment he was himself shaking the weight of oceans from his back." Aileen Ward, *John Keats, The Making of a Poet*, New York: Farrar, Straus and Giroux, 1986, p. 30.

③ 托·斯·艾略特：《传统与个人才能》，载《艾略特文学论文集》，李赋宁译，南昌：百花洲文艺出版社，1994 年，第 2 页。

传统的内涵非常宽泛，济慈心仪的是蕴藏在伟大诗作中的深邃庄严和雄浑博大，所谓创造力，应该是依靠想象来营造宏伟世界并传递这些感觉的能力。济慈之所以要静坐下来重新阅读《李尔王》，乃是因为他发现自己有时失之于"凌空蹈虚"，需要安安静静地坐下来，从重读经典中恢复脚踏实地的感觉。在《静坐重读〈李尔王〉有感》中，他向莎士比亚发出这样的呼吁：

诗坛魁首，古老不列颠上空的云霞，
由你开创的主题，深邃而又恒常，
别让我梦幻般地凌空蹈虚，
当我在老橡树林里迷失方向。①

济慈意识到，只有紧跟"深邃而又恒常"的莎士比亚，才能告别"梦幻般地凌空蹈虚"，避免"在老橡树林里迷失方向"。在《"有多少诗人把闲暇镀成金"》中，他两次使用"庄严"一词，形容耳畔萦绕的历代诗句。当然，最能代表他对古代诗歌印象的，还是《初读贾浦曼译荷马有感》中为之倾倒的雄浑博大：

我常听到有一境域，广阔无垠，
智慧的荷马在那里称王，
我从未领略它的纯净、安详，
直到我听见贾浦曼的声音
无畏而高昂。于是，我的情感
有如观察家发见了新的星座，
或者像考蒂兹，以鹰隼的眼
凝视着太平洋，而他的同伙
在惊讶的揣测中彼此观看，
尽站在达利安高峰上，沉默。②

就像探险家在发现太平洋的高峰上无语伫立一样，济慈在初读乔治·贾浦曼

① John Keats, "On Sitting Down to Read *King Lear* Once Again", Miriam Allott, ed. *The Poems of John Keats*, London: Longman Group Limited, 1970, p. 296.

② 约翰·济慈：《初读贾浦曼译荷马有感》，载《济慈诗选》，查良铮译，北京：人民文学出版社，1958年，第13—14页。

翻译的荷马史诗时也有一种"望洋兴叹"之感。济慈此前读过的译本出自于古典主义诗人亚历山大·蒲伯之手,蒲伯诗风精巧而不够雄劲,隽永而缺乏热情,像是把大气磅礴的荷马史诗装进了小巧玲珑的古典主义牢笼,对比之下,贾浦曼译本更为尊重史诗的原貌,更能再现希腊远征勇士的壮烈气概。济慈在写作这首十四行诗的一个月之前,也曾伫立于马盖特岛的峭壁之巅,默默无语地观看星空下波涛起伏的大海,此时他在贾浦曼译本中看到了相似的雄浑与博大。笔下有先要心中有,莎士比亚与荷马让济慈知道了什么是深邃庄严与雄浑博大,师法传统成了济慈提升自己创造力的一个重要途径。

二是善于从姊妹艺术中汲取营养。

济慈诗歌中的绘画与音乐因素,第二章中已有述及,但这里仍需指出,得益向这两门姊妹艺术学习,济慈练就了一枝"有声有色"的诗笔。与其他诗人相比,他特别擅长描摹各种色彩与声音,它们作用于读者的视听感官,创造出血肉丰满的想象世界。例如,《圣亚尼节前夕》中的色块涂抹,给人感觉就是一幅七彩斑斓的油画

> 突然有个念头,像玫瑰花开,
> 红透了他的鬓角,又在他心中
> 搅起一片紫波:
> ……
> 寒冷的月光正投在这窗上,
> 也在梅德琳玉洁的前胸
> 照出温暖的绛纹;她正在合掌
> 向天默祷,像有玫瑰复落掌中;
> 她那银十字变成紫水晶,
> 她的发上闪着光轮,有如圣徒。[①]

在《"有多少诗人把闲暇镀成金"》中,以往的诗人被想象为聚集在作者周围,共同"合唱出悦耳的歌声":

---

① 约翰·济慈:《圣亚尼节前夕》,载《济慈诗选》,查良铮译,北京:人民文学出版社,1958年,第142页。

平时，每当我坐下来吟咏，
诗人就拥聚在我的脑海间，
但并不引起芜杂的骚乱，
而是合唱出悦耳的歌声。
正如黄昏容纳的无数声音：
树叶的低语，鸟儿的歌唱，
水流的潺潺，由暮钟的振荡
所发的庄严之声，和千种
缥缈得难以辨识的音响，
它们构成绝唱，而不是喧腾。[①]

济慈诗歌中这类描摹甚多，限于篇幅不能一一列举。

说到姊妹艺术的影响，有一件事情还是不能不提，这就是爱尔金壁石给济慈想象造成的巨大冲击。济慈创作《安狄米恩》的计划，一开始便得到画家海登的大力支持，海登特地领他去大英博物馆参观爱尔金壁石，[②]让他目睹一件来自希腊的造型艺术作品。爱尔金壁石实际上是雅典帕特农神庙外墙高处的大理石浮雕，英国驻奥斯曼帝国大使爱尔金乘神庙坍塌之机将其掠来伦敦，这批浮雕后被英国政府买下，置于大英博物馆内公开展览。承受了漫长时光剥蚀的壁石，让济慈体会到一种前所未有的震撼。他那受过解剖学训练的眼睛立刻注意到了古代艺术家对人体形态的娴熟把握，但更令他激动的是这些栩栩如生的形体中流露出来的希腊精神——驭马男子身上仿佛有使不完的精力，希腊少女的神态是那样的飘逸灵动，它们显得比活人还要更为生气勃勃。整个壁石笼罩在一种静穆庄严的氛围之中，时间在这里停止了流动，生命和青春在艺术中获得了不朽。

济慈发现，与这种真正的艺术品相比，以前他所看过的一些摹本是那样苍白单调，因为它们缺乏用古老壁石的线条与质地体现出来的“强劲”(intensity)。济慈几个月之后如此评论这种内在的力量：

---

① 约翰·济慈：《“有多少诗人把闲暇镀成金”》，载《济慈诗选》，查良铮译，北京：人民文学出版社，1958年，第6页。

② 傅修延：《济慈评传》，北京：人民文学出版社，2008年，第113页。

任何一门艺术的卓越之处都在于具有那种动人的强劲——它能让一切不如人意的东西因贴近美与真而烟消云散——细读一遍《李尔王》,你们会处处发现对此的证明。[①]

这番议论发表于观看威斯特画作《灰马上的死神》之后,他认为这幅画"缺乏那种动人的强劲","没有使人发狂到要与之亲吻的女人,没有一张凸现的栩栩如生的脸"——画作中缺乏的东西,显然要到爱尔金壁石或《李尔王》中去寻找。需要指出,他在这里也提到了"美与真",将这番话与《希腊古瓮颂》中的"美即是真"联系起来,我们看到的是造型艺术多次给济慈带来灵感——较之诗歌这门语言艺术,绘画和雕刻的直观性更容易引发对"美与真"问题的思索。

参观爱尔金壁石之后,济慈写下了这样一首十四行诗:

我的心是脆弱的;无常
重压着我,像不情愿的梦,
每件神工底玄想的极峰
都在告诉我,我必将死亡,
像仰望天空的一只病鹰。
可是,哭泣又未免太过分,
即使不能凌驾云霄的风
去迎接刚刚睁眼的清晨。
这极尽想象的辉煌之作
给我滋生了难言的矛盾:
希腊的光辉终于越过
时流的摧残,眩人心神,
我看见的是灰色的浪波,
却也有太阳,有一痕雄浑。[②]

《初见爱尔金壁石有感》与《初读贾浦曼译荷马有感》有几分相似,两者都是抒

① 约翰·济慈:《一八一七年十二月二十一、二十七日致乔治与托姆·济慈》,载《济慈书信集》,傅修延译,北京:东方出版社,2002年,第58—59页。

② 约翰·济慈:《初见爱尔金壁石有感》,载《济慈诗选》,查良铮译,北京:人民文学出版社,1958年,第29页。

发希腊世界带给自己的欣喜，但贾浦曼的翻译毕竟与原作隔了一层，而爱尔金壁石却是来自雅典帕特农神庙的真品，济慈至此总算与这个古老的世界有了亲炙之幸。济慈从小就为安狄米恩与月神的恋爱而感动，他不明白自己为何如此着迷于这段神话，只知道在细细叙述这个未被别人展开过的故事时，自己心中有一种触及先验之物般的体验与欢乐，因此他会在《安狄米恩》开篇说"美的事物是一种永恒的愉悦"。然而要讲述好这个"从往昔的美丽希腊传下来的美丽故事"[①]，不能没有对希腊世界的感觉，爱尔金壁石"这极尽想象的辉煌之作"，终于让他找到了这种感觉。响鼓不用重锤，从大英博物馆出来，济慈懂得了创造力不能只有美妙的感触，还需要向造型艺术借鉴一种特殊的品质，这就是蕴藏在壁石之中的"强劲"。缺乏"强劲"的想象只是虚无缥缈的镜花水月，现在壁石把具体的希腊世界带到了自己面前，他感到自己的创造性想象有了落脚点，可以由此去攀登"神工玄想的极峰"，用诗歌语言去摹写奥林匹亚山的雄浑，以及爱琴海上落日的辉煌。

三是注意从大自然中获得启迪。

大自然是最伟大的创造者，诗人的想象力与造化的鬼斧神工相比，犹如萤火之于日焰，因为人类本身就是造物主的作品。要获得创造力必须向大自然学习，这是古今中外许多诗人都懂得的道理，济慈在完成《安狄米恩》后安排了一次四十多天的外出旅游，为的是通过在大自然中的遨游来提高自己的想象力。

济慈在旅游中写下的书信，凡是涉及自然之美的议论，几乎全都与学诗有关，核心皆为提高想象力与创造力。以下一段文字写于美丽的英格兰湖区：

> 在这一切当中最触动我的是那情调、色彩、石板、石头、苔藓和岩藻等，或者，如果要我说的话，是营造此类奇观的大智慧与大手笔。这种空间摆布，这些山峦、瀑布的大小与数量，你在未看到它们之前完全可以想象得到，但大自然的神工鬼斧定然超过任何一种想象，战胜任何一种记忆。我要从这里学诗，要比过去任何时候都勤于动笔，因为我要在思维上尽力，争取能给博大之美添上淡淡一笔，把它作为美味佳肴奉献在我的同

---

① 约翰·济慈：《一八一七年九月十日致范妮·济慈》，载《济慈书信集》，傅修延译，北京：东方出版社，2002年，第25页。

胞面前。眼前这些宏伟的物质就是被至美的精神所利用，才造出超凡脱俗的博大之美。我不能苟同哈兹利特的意见，说这样的景致使人显得渺小。我从未如此彻底地忘记了自己的身材高度——我只存在于目之所见，我的想象无所事事，因为它已经被超越了。[1]

这番议论并不太长，却包含了丰富的内容，我们不妨用“细读法”作逐层解读。第一，诗人的想象在自然伟力前相形见绌。济慈多次颂扬过想象的神奇，甚至将其与“亚当之梦”相比，然而在温南德米尔湖畔，他老老实实地承认自己的想象被大自然的创造彻底“超越”和“战胜”了。让想象处于这种臣服姿态，在济慈诗论中可以说绝无仅有！第二，大自然“超越”想象之处在于其“博大之美”(mass of beauty)。它的一枝一节其实并无特别之处，难以企及的是将这些合成为绝世奇观的“大智慧”与“大手笔”。换句话说，他所看到的宏伟景观是被“至美的精神所利用”，因而呈现出“超凡脱俗的博大之美”。第三，因此他要向大自然“学诗”(learn poetry)，用诗歌创作来为“博大之美”增光添彩，为读者奉献更为精美的精神大餐。第四，想象被“超越”还意味着诗人的肉身“被彻底地忘记”，“我只存在于目之所见”更有“第二自我”脱离肉身的意味，因此这番话可视为“诗人无自我”的先声。

联系济慈稍后所说的“最令人愉快的一种消除自我的方法是来到像彭斯故居这样的圣地”[2]，我们看到英格兰湖区与苏格兰高原之行成了提出“诗人无自我”的一大诱因。济慈致伍德豪斯的信写于旅游归来两个月之后，那时旅游中的印象还在脑海中挥之不去，因此他会在信中说“(诗人)绝对是上帝创造出的最没有诗意的生灵”，而“太阳，月亮，大海，世上的男男女女，作为有冲动的生灵，他们都是有诗意的”。顺便说说，济慈对自己的俗世皮囊不是特别满意，他的身高只有5呎[3]，相当于1.55米，低于当时英国男子的平均高度。在

① 约翰·济慈:《一八一八年六月二十七日致托姆·济慈》，载《济慈书信集》，傅修延译，北京:东方出版社，2002年，第142页。

② 约翰·济慈:《一八一八年七月十一、十三日致J. H. 雷诺兹》，载《济慈书信集》，傅修延译，北京:东方出版社，2002年，第165页。

③ “我挺满意自己没有委屈任何人，因为我毕竟是认为女性高出一筹，而不是去揣测她们是否在乎5呎高的约翰·济慈先生喜不喜欢她们。”约翰·济慈:《一八一八年七月十八日、二十二日致本杰明·贝莱》，载《济慈书信集》，傅修延译，北京:东方出版社，2002年，第187页。

这种情况下，这位小个子的诗人当然喜欢神游体外之类的表述，而不愿接受哈兹利特的博大之美“使人显得渺小”之说。

所谓“超凡脱俗的博大之美”，与庄子所说的“天地有大美”[①]并无二致；“我要从这里学诗”，也与我们的“读万卷书，行万里路”意思相似。由于古人表达上比较含蓄，我们从不知道“天地之大美”究竟是什么样子，也不知道“行万里路”会带来多少具体的启发，然而根据济慈书信与诗歌提供的材料，我们能够看到“天地之大美”对艺术想象力带来的具体影响。

济慈旅游时去了苏格兰的史塔法岛。如果把这座岛的表面比作一个屋顶，那么它下面的巨型玄武岩石柱就是这个“屋顶”的支撑，这些高大粗壮的石柱密密麻麻地挤在一起，远远看去就像紧紧捆在一起的火柴，其数量之多引发了济慈的遐想：要是每根柱子上都坐一个士兵，这座岛上可以部署起一支庞大的军队。在这个由石柱支撑起来的“屋顶”下面，是长度为120呎的芬格尔石洞。亿万年来的汹涌海潮如同不断挥动的锋利巨斧，在石柱群下面劈出了一个大教堂般的拱形空间，石洞的穹顶带有哥特式风格，四周的石柱排成队列，它们外面的颜色近乎黑色，里面则呈暗紫色，有些柱子竟高达50呎。济慈觉得就庄重与宏伟而言，这座天然的建筑比世间最好的教堂还要胜出一筹。在石洞的尽头处，通过一个巨大的拱门可以看到大海。海水仍在洞穴下层碰撞激荡，溅击起巨大的浪花与声响，这表明大自然一刻也未停息它的建筑作业。风浪大时洞穴内会发出一种加农炮般的轰鸣，响声在12哩外的爱奥纳岛上也能听到。[②]

登上史塔法岛之前，济慈一直在考虑为《海披里安》史诗中的希腊诸神寻找安身立命之地，芬格尔石洞的不期而遇，让他领略了“天地之大美”的神奇，也极大地激发了他的想象力与创造力。他觉得那些庄严肃穆的古老天神，其活动背景应当比他们自身还要古老，只有芬格尔石洞这样的天造地设之处才配他们居住，任何人工场景对他们来说都是不适宜的。没有史塔法岛之行，就不会有《海披里安》与《海披里安的覆亡：一场梦境》中巍峨而幽暗的宫殿、穹隆状的巨型圆屋顶、通连大海的拱门和霞光映照的走廊，以及天风海涛为众神演

① 《庄子·知北游》。

② 傅修延：《济慈评传》，北京：人民文学出版社，2008年，第214页。

奏的美妙音乐。试读后者中对萨图恩神殿的描述：

我环顾四周，观察这座古老神殿的
画壁雕梁，令人敬畏的拱顶
建得如此之高，以至于稀薄的云彩
似乎能在其下飘荡，其上似有天星。
我记不起在世界上还有什么
类似的陈年故迹；我所看过的
灰色大教堂、扶壁撑墙、裂痕斑驳的城堡
以及那些沉沦国度的废墟与遗存，
或是被风雨与波浪奋力冲刷的自然岩石，
在这永恒的圆顶纪念碑面前，
统统成了被淘汰的衰亡之物。①

中国古代艺术中有所谓“造化窟”之说，杜甫《画鹘行》云：“乃知画师妙，巧刮造化窟，写此神俊姿，充君眼中物。”他的意思是画师能够参透造化之玄机，将神姿俊态带到人们眼前。济慈算得上是个幸运儿，参观芬格尔石洞对他来说犹如窥见了气势恢宏的“造化窟”，天地间最伟大的建筑师慈悲地让他瞅了一眼自己最得意的作品。在大自然的创造物面前，就连爱尔金壁石这样的艺术杰作也成了小巫见大巫，芬格尔石洞对济慈想象力的贡献，远远超过了他在马盖特岛峭壁上第一次领略大海的浩渺。

除了芬格尔石洞之外，苏格兰之行打动济慈的地方，还有埃尔郡一带视野开阔的海景。这个地区是著名诗人彭斯的故乡，爱兰岛上黑黝黝的群峰在海面上巍峨高耸，它们与海岸离得如此之近，令济慈禁不住询问自己：“彭斯怎么没被它们激发写史诗的鸿图大志？”②但他随后也觉得自己问得莫名其妙：他自己满脑子都是创作史诗的计划，因此宏伟的自然景观很容易撩拨他的创作兴致，而已故的高原诗人自有其艺术兴奋点，不能要求在此土生土长的彭斯也

① John Keats, “The Fall of Hyperion. A Dream”, Miriam Allott, ed. *The Poems of John Keats*, London: Longman Group Limited, 1970, p. 661.

② 约翰·济慈：《一八一八年七月十、十一、十三、十四日致托姆·济慈》，载《济慈书信集》，傅修延译，北京：东方出版社，2002 年，第 174 页。

和刚到此地的自己一样心潮澎湃。不过，济慈由此而发的一番议论却不无道理：

> 我们不妨回顾一番彭斯的命运，可怜的不幸的人——他有南方人的性格——多令人伤心啊，像他这样具有瑰丽想象力的人，为了自我防卫，他竟然被迫把自己丰富想象的种种微妙扼杀在粗俗之中，而且恣意在那些容易取得成功的对象上挥霍才华，以至于无暇去疯狂追求那些难以企及的目标。[①]

济慈觉得彭斯是一位“具有瑰丽想象力的人”，但不满他只顾在“容易取得成功的对象上挥霍才华”。在济慈看来，像彭斯这样只喜欢写一些反映苏格兰风情的抒情诗，而不去“疯狂追求那些难以企及的目标”——即创作像《海披里安》那样的宏伟史诗，算是辜负了自己的想象力和家乡的大自然。

济慈的这番批评，实际上是对自己的一种鞭策。他自己非常清楚，刚刚结束的《安狄米恩》只是一部传奇，而正在酝酿的《海披里安》则要成为一部气势磅礴的史诗，“其中激情的狂飙突进将是坚定不移的”[②]，因此一路上他自觉地师法造化，用规模宏大的自然景物来激发想象，努力使自己获得荷马、但丁和弥尔顿那样的胸襟和气度。可以这样说，济慈虽然是在大自然之中行走，但他一刻也没有忘记诗歌，他眼睛中看到的风景都变成了孳乳诗歌的营养，行万里路就他来说就是读万卷书。在稍后的信札中，济慈如此总结自己的湖区与高原之行：

> 花四个月在高原上大步行走不会使我满足，除非是我感觉到它给我带来更多的体验，去除更多的偏见，使我更惯经风霜，见识更美的景致，在我胸中置入更壮丽的山川丘壑，强化我对诗的探求，这比我停留在家中的书堆里强，尽管这样我可以不离开荷马——在此刻之前，我更多是一个山

---

① 约翰·济慈：《一八一八年七月三、五、七、九日致托姆·济慈》，载《济慈书信集》，傅修延译，北京：东方出版社，2002 年，第 162 页。

② 约翰·济慈：《一八一八年一月二十三日致 B. R. 海登》，载《济慈书信集》，傅修延译，北京：东方出版社，2002 年，第 71 页。

野之人——我与荒野为伴太久，气象万千的山川在我眼前挥之不去。[①]

在西方诗歌史上，很少有人能如此自觉地向大自然学习，也很少有人把自然之美对想象的刺激作用阐述得如此清晰。研究济慈诗论，不能缺少他向大自然学诗这一内容。

① 约翰·济慈：《一八一八年七月十八日、二十二日致本杰明·贝莱》，载《济慈书信集》，傅修延译，北京：东方出版社，2002年，第187页。

第　四　章

观点的旅行——“接着讲”与“对着讲”

一个艺术家的进步意味着继续不断的自我牺牲，继续不断的个性消灭。（T. S. 艾略特）

说话的人不是（生活中）写作的人，而写作的人又不是存在的人。（巴特）

凡是作品有责任创造不朽性的地方，作品就获得了杀死作者的权利，或者说变成了作者的谋杀者。（福柯）

谁在说话有什么关系？（贝克特）

济慈诗论的现代意义与价值，前面已经有多处涉及，本章从传播与影响角度再作专门论述。

总的来说，济慈诗论的贡献在于其先知先觉，他以自己独特的敏感，发人所未发，道人所未道，提出了一些具有高度超前性的命题和观点。我们已经知道，由于前面提到的诸多原因，济慈的观点在 19 世纪上半叶并未获得广泛传播，他的光芒长期被拜伦、雪莱、华兹华斯与柯勒律治等人遮蔽（这种遮蔽在中国尚未完全结束），幸亏有 T. S. 艾略特这样的批评大师慧眼识珠，济慈诗论的闪光之处才开始被人认识。艾略特之于济慈诗论，有点像丁尼生之于济慈诗歌。丁尼生是维多利亚女王颇为赏识的桂冠诗人，他终生服膺济慈，孜孜不倦地宣扬济慈的诗名，在其名气的“顶托”之下，济慈诗歌的读者群得以扩大；同样的道理，艾略特是 20 世纪上半叶英美文学界的泰斗级人物，又是诺贝尔文学奖得主，在他的大力推荐之下，济慈书信摆脱了被人焚毁的命运，进入了西方文论的经典行列。

然而，不能将艾略特等人仅仅看成是伯乐，这样的认识未免过于简单。以信号的有线传输为喻：没有艾略特这样的“中继站”，济慈的声音无从获得“逐级放大”，有可能挨不过时间线路上的漫长损耗。更准确地说，艾略特不仅是伯乐，他本人还是一匹千里马，他把从济慈那里认识到的东西，加进自己的理解后进一步阐发弘扬，添砖加瓦，发展为更加完整更具影响的理论，这种情况用中国哲学家冯友兰的话来概括就是“接着讲”①。不仅如此，张三“接着讲”过之后，又有李四在张三的基础上继续“跟进”，如此环环相续，代代接力加油，结果形成了学术史上一串串薪尽火传的思想链条。现代人接触到的许多著名观点，大多都有这样的“前世今生”，都是经过一个个中途驿站旅行而来。创新是一个长期而又艰苦的过程，原创性的思想不会从天而降，没有哪位旷世奇才可以凭空提出既新鲜又成熟的理论。

中外学术思想的发展历程又告诉我们，不是所有的思想都有被人“讲着讲”的幸运，它们中的绝大多数旋生即灭，甫一提出便如流星湮没于夜空，只有极少数思想火种能冲破时空阻隔，将自己的薪焰传之久远。济慈诗论的现代意义与价值，一大表征在于近两百年来总有人对其“接着讲”，由其开始的思想链条一直延伸到今天。这种“接着讲”不是原封不动的“照着讲”，而是沿着济慈命题的方向进一步朝深度与广度进军，因此它不可能只朝一个方向线性发展，往往还有“斜向”甚至是“横向”的生长，也就是在毗邻位置发展出旁枝别蘖。除此之外，“接着讲”又必然引发观点相异的“对着讲”，“对着讲”是同一命题下的相反意见，总的来说仍未跳出“接着讲”的窠臼。西方文论史上，很少有人能播下具有如此强大生命力的思想火种，或者说很少有哪种“观点的旅行”②能穿越如此之多的驿站。由于经历的节点太多，到了最晚一个“接着讲”

① 冯友兰：《新理学》，载冯友兰：《三松堂全集》（第四卷），郑州：河南人民出版社，2001年，第4页。

② 爱德华·赛义德曾如此概括“观点的旅行”：“首先，有一个起点，或类似起点的一个发轫的环境，使观念得以生发或进入话语。第二，有一段得以穿行的距离，一个穿越各种文本压力的通道，使观念从前面的时空点移向后面的时空点，重新凸显出来。第三，有一些条件，不妨称之为接纳条件或作为接纳所不可避免之一部分的抵制条件。正是这些条件才使被移植的理论或观念无论显得多么异样，也能得到相进和容忍。第四，完全（或部分）地被容纳（或吸收）的观念因其在新时空中的新位置和新用法而受到一定程度的改造。”《赛义德自选集》，谢少波等译，北京：中国社会科学出版社，1999年，第138页。

的人那里，他未必会意识到自己的理论肇始于何处，或者说不认为自己有必要交待这种初源，但这并不意味着原创者的开山发轫之功可以抹杀和忘记。对本书这样的学术史研究来说，我们要做的工作就是从诸多有意无意的“讲着讲”之中，理出一条薪尽火传的观点脉络。

一、艾略特——“诗歌不是个性的表现”

让我们从 T. S. 艾略特说起，他的“接着讲”可分为三个方面。

其一是对个性的否定，这可以看成是在“诗人无自我”的基础上“接着讲”。

艾略特对个性的论述集中于《传统与个人才能》一文，我们将其中最有代表性的观点撮引如下：

> 诗歌不是个性的表现，而是个性的脱离。[①]
>
> 一个艺术家的进步意味着继续不断的自我牺牲，继续不断的个性消灭。[②]
>
> 诗人有的并不是有待表现的“个性”，而是一种特殊的媒介，这个媒介只是一种媒介而已，它并不是一个个性，通过这个媒介，许多印象和经验，用奇特的和料想不到的方式结合起来。对诗人本身来说，这些是一些重要的印象和经验，但它们却在他的诗歌中可能没有占任何地位，而那些在他的诗歌变得重要的印象和经验却可能在诗人本人身上，在他的个性上，只起了一个完全无足轻重的作用。[③]
>
> 艺术的感情是非个人的。诗人不可能达到这个非个人的境界，除非他把自己完全献给应该做的工作。他也不大可能知道什么是应该做的工作，除非他不仅生活在此时此地，而且还生活在过去的这一时刻，除非他所意识到的不是已死亡的东西，而是已经活起来的东西。[④]

---

① 托·斯·艾略特：《传统与个人才能》，载《艾略特文学论文集》，李赋宁译，南昌：百花洲文艺出版社，1994 年，第 11 页。

② 同上书，第 5 页。

③ 同上书，第 9 页。

④ 同上书，第 11 页。

艾略特在这篇文章中提到了济慈的诗歌，但未说明自己的观点其来何自，明眼人将上述观点与济慈诗论作一对照，再联系艾略特对济慈书信的高度推崇，还是能发现两者之间的传承关系。然而有一个问题不能回避：艾略特虽然读过济慈书信，但他难道就没有比济慈更早的启发者吗？为什么一定是济慈影响了艾略特呢？幸好，雷·韦勒克与奥·沃伦的《文学理论》中有一段论述帮助我们解决了问题：

> 像济慈和艾略特这样的诗人，强调诗人的"消极能力"，对世界采取开放的态度，宁肯使自己具体的个性消泯；而相反类型的诗人则旨在表现自己的个性，绘出自画像，进行自我表白，作自我表现。我们知道在历史上有很长一段时间只有第一类的诗人：在他们的作品表现个人的成分微乎其微，然而其美学价值却很大。如意大利的中篇小说，骑士传奇，文艺复兴时代的十四行诗，伊丽莎白时代的戏剧，自然主义的小说，大多数民谣等，都是这类例子。①

《文学理论》虽为两人合著，但从该书第一版序言说明的分工情况，我们知道这段文字出自韦勒克笔下。韦勒克的学术严谨不容置疑，他将济慈与艾略特并列，意在点出两人在否定个性上的一致，如果在济慈之前有人发表过"诗人无自我"之类的言论，以渊博著称的韦勒克一定不会隐没其名。韦勒克用批评家的姿态指出，与一味表现个性的诗人不同，那些"使自己具体的个性消泯"的诗人在文学史上排出了长长的行列，"他们的作品表现个人的成分微乎其微，然而其美学价值却很大"。换句话说，浪漫主义张扬自我之风在文学史上是个异数，济慈与艾略特的创作彰显了西方文学的主流价值。韦勒克此论最后虽然落到创作上，但这番话开头肯定的是对消泯个性的强调；《文学理论》第八章还大段引用了济慈致伍德豪斯信中关于"诗人无自我"的论述，②能在权威的文学理论教科书中占有一席之地，说明济慈的原创已得到西方学术界的认可。

"接着讲"不是没有新意的"照着讲"，艾略特否定个性有其自身的目的，这就是让诗人的个性服从于客观性，服从于"比自己更有价值的东西"，服从于包

---

① 雷·韦勒克、奥·沃伦：《文学理论》，刘象愚等译，北京：三联书店，1984 年，第 71 页。

② 同上书，第 87 页。

括自身在内的整个西方诗歌传统。像济慈一样，艾略特也对浪漫主义的“自我中心”不以为然，但他并未止步于对“自我中心”的挞伐，而是从个性进一步想到了集体，想到西方诗歌传统是一个有机统一的整体，任何诗人都不可能脱离这个传统而独立存在。诗人要实现创新，就必须深切意识到在其周围有一个不断生长的传统存在，并且意识到自己是其中的一部分：

> 当一件新的艺术品被创作出来时，一切早于它的艺术品都同时受到了某种影响。现存的不朽作品联合起来形成一个完美的体系。由于新的(真正新的)艺术品加入到它们的行列中，这个完美体系就会发生一些修改。在新作品来临之前，现有的体系是完整的。但当新鲜事物介入之后，体系若还要存在下去，那么整个的现有体系必须有所修改，尽管修改是微乎其微的。于是每件艺术品和整个体系之间的关系、比例、价值便得到了重新的调整，这就意味着旧事物和新事物之间取得了一致。[①]

艾略特对传统的重视，与济慈的师法传统如出一辙，但他把传统看成一种由古而今弥漫在诗人周围的动态系统，这种认识更富新意。济慈当然也看到了传统对自己创作的意义，要不然他不会在诗歌与书信中无数次地提到向莎士比亚等伟大诗人学习，也不会一直坐在莎士比亚画像下读书写作，把莎士比亚想象为自己的“主宰”，但他没有像艾略特那样把个性与传统结合起来考虑，而这正是艾略特的贡献所在。

《传统与个人才能》是西方文论史上的名篇，它的一大功绩在于拨正了浪漫主义时期以来过分关注诗人的偏向。艾略特为什么如此强调传统，为什么要否定诗人的个性？关键在于他觉得突出个性的“自我中心”影响了诗歌的质量：“把对诗人的兴趣转移到诗歌上面来，这是一个值得赞扬的目标，因为这样做将会有助于对当前的诗歌，好诗和坏诗，都能做出更为公允的评价。”[②]浪漫主义诗人大多自命不凡，其明星气质往往干扰人们对其作品的接受，读过济慈书信的艾略特不一定记得“拜伦爵士是个偶像”这句话，但他对拜伦、雪莱、华兹华斯等人绝对抱有与济慈相似的观感，对“那种明显是有心要摆布我们的诗

---

① 托·斯·艾略特：《传统与个人才能》，载《艾略特文学论文集》，李赋宁译，南昌：百花洲文艺出版社，1994 年，第 3 页。

② 同上书，第 11 页。

歌"怀着同样的警惕。所以他会主张撇掉那些浮在诗歌面上的主观泡沫，不看诗人只看诗歌，把作品放进整个"欧洲思想"的传统之中，看看哪些作品可以代表主流价值，哪些作品只是喧嚣一时的过眼烟云。

韦勒克懂得艾略特的意思，他在上引那番话中举出一长串例子，告诉读者"在历史上有很长一段时间只有第一类的诗人"，意思是"自我中心"并不是西方文学固已有之的东西。不仅如此，韦勒克还一反自己含蓄的行文风格，在《文学理论》这一章中态度鲜明地指出："那种认为艺术纯粹是自我表现，是个人感情和经验的再现的观点，显然是错误的"，"无论是一出戏剧，一部小说，或者是一首诗，其决定因素不是别的，而是文学的传统与惯例。"[①]这种对"自我中心"的批判以及对传统作用的强调，明显是受了乃师艾略特的影响——艾略特是英美新批评派共同拥戴的导师，韦勒克则被公认为新批评的集大成者，济慈开启的观点在这一前一后两位新批评人士之间完成了一次重要的传递。

艾略特也有自己的老师，如果作更为仔细的辨析，我们会发现他的观点中有欧文·白璧德烙下的明显印痕。艾略特 18 岁进入哈佛大学，曾受教于新人文主义者白璧德门下，白璧德学说的要义可用他的一句话来概括——"应当警惕对自我表达过分强调和对人文吸收强调不足这两种倾向"。[②] 针对缘于浪漫主义的这两种倾向，白璧德开出了"内在制约"和"扎根传统"两味药方：

> 若人诚欲为人，则不能顺其天性，自由胡乱扩张，必于此天性加以制裁，使有节制之平均发展。[③]
>
> 真正的创新是艰苦的生发过程，并且常常以深深扎根以往文学的方式来获得而不是失去什么东西。……与传统决裂的人在其实只是无知和自大的时候反而会认为自己具有原创性。[④]

"内在制约"与我国理学家的"以理制欲"颇为相似，"扎根传统"则为艾略特牢

---

① 雷·韦勒克、奥·沃伦：《文学理论》，刘象愚等译，北京：三联书店，1984 年，第 72 页。

② 白璧德：《论创新》，载白璧德：《文学与美国的大学》，张沛等译，北京：北京大学出版社，2004 年，第 154 页。

③ 胡先骕：《白璧德中西人文教育谈》，载张大为、胡德熙、胡德焜（合编）：《胡先骕文存》（上），南昌：江西高校出版社，1995 年，第 78—79 页。

④ 白璧德：《论创新》，载白璧德：《文学与美国的大学》，张沛等译，北京：北京大学出版社，2004 年，第 148 页。

牢记住——试读白璧德用生动形象所作的比喻：

> 这些杰出作品就像是一条绵绵不断的金链，把更永恒的作品连接为一个完整的传统；这些书在本质上是那么的和谐统一，用爱默生的话来讲，它们就像是一个无所不见、无所不闻的绅士所写的作品。[①]

白璧德这番话与艾略特的“现存的不朽作品联合起来形成一个完美的体系”何其相似乃尔，无怪乎李赋宁会断定“白璧德的反浪漫主义教导影响了艾略特的诗歌理论”。[②] 艾略特自己后来在与乃师就人文主义问题展开争鸣时，也承认：“我的确感到我没有抛弃我认为是他的教导中任何积极有用的东西。”[③]

白璧德擅长法国文学，没有任何证据表明他留意过英国诗人济慈对“自我中心”的讽刺，只能说他们的观点属于“暗合”，即“英雄所见略同”。绝大多数今人不知道济慈早在浪漫主义时期就从内部发表过异见，但白璧德的声音在20世纪中后期的美国却是一而再、再而三地回荡，因为人们发现他开出的药方还是相当灵验——如果没有“内在制约”，一味放纵自我，人的欲望将会泛滥到不可收拾。白璧德的批评真可谓“不幸而言中”：美国社会一味纵容各种消费欲求，任其无限膨胀，这种膨胀又带来消费市场盲目扩大，导致石油、森林、煤炭、矿物等自然资源的大量耗费，使人类的发展难以为继。现在大家认识到，如果其他国家都按美国的消费模式发展，可能需要几十个地球来提供资源！白璧德不是教育学专家，但他的“内在制约”也曾给美国的教育理论带来巨大的冲击。诚如白璧德所言，过于尊重学生的“自由”和“自我”，教育质量必定难于保证，上世纪50年代苏联卫星上天之后，美国朝野为之震动，胡适推崇的杜威教育理论受到强烈质疑。今天中美双方都在热烈讨论“虎妈”现象，“虎妈”的粗暴方式固然不可取，但为什么“虎妈”教育能取得一定成效，其中的缘由值得深思。

对于中国学术与文化，白璧德也有一般人料想不到的贡献，当年在哈佛校

---

① 白璧德：《论创新》，载白璧德：《文学与美国的大学》，张沛等译，北京：北京大学出版社，2004年，第155页。

② 李赋宁：《〈艾略特文学论文集〉译者前言》，南昌：百花洲文艺出版社，1994年，第1页。

③ 托·斯·艾略特：《关于人文主义重新考虑后的意见》，载《艾略特文学论文集》，李赋宁译，南昌：百花洲文艺出版社，1994年，第195页。

园待过的一大批中国留学生，如梅光迪、吴宓、胡先骕、汤用彤、张歆海、楼光来、梁实秋与郭斌和等人（按照吴宓的观点，陈寅恪也在这个名单内），曾经受到过白璧德学说的浸润。在新人文主义思潮的影响下，这些人后来逐渐形成了“学贯中西、识通新旧”的知识结构：虽有留学西洋的背景，却对中国文化情有独钟；虽然做的是新学问，却有非常扎实的旧学功底。没有这些人的中流砥柱，很难想象20世纪上半叶中国的学术和文化会是什么样子。胡先骕等人头上曾经戴有反对五四新文化运动的帽子，如今人们已经意识到，这些人骨子里是新文化运动的“诤友”，他们反对的是对中国传统文化的全盘否定，而这种反对现在看来是既有勇气又有眼光。把视野放宽一些来看，以“中”为名的中国人历来信奉中庸之道，五四时期许多人宣布与传统彻底决裂，这类言论其实都是一时的气话。笔者供职的江西师范大学（前身为胡先骕担任过首任校长的中正大学）校训为“持中秉正”，白璧德这位洋教授也主张“持中秉正”——他有一段话被胡先骕在《评〈尝试集〉》中引用过：“凡真正人文主义（Humanistic）方法之要素，必为执中于两极端。其执中也，不但须有有力之思维，且须有有力之自制，此所以真正人文主义家，从来希见也。”①

以上对白璧德的讨论，看似游离了济慈主题，实际上让我们更进一步认识到济慈身上的现代价值。要是没有新人文主义思潮对太平洋两岸的拍击，济慈对“自我中心”的抨击显示不出我们所看到的意义。经由艾略特、韦勒克等中介，济慈和白璧德的声音叠合为一种传之久远的“混响”，与大多数声音渐远渐弱不同，这种“混响”越到后来越为高亢，只有传递真理的声音才具有穿越重重阻隔的巨大能量。

让我们回到艾略特上面来。

其二是对认知的扬弃，这可以看成是在“消极的能力”的基础上“接着讲”。

“扬弃”可理解为“扬中有弃”或“弃中有扬”，艾略特不可能像没上过大学的济慈那样对认知完全排斥，他本人兼具学者和诗人两种身份，要是他也否认知识对诗人的积极作用，岂不等于说自己的《荒原》等诗作没有价值。事实上，艾略特对自己的博学多识有过一番搞笑般的自我供认：“在我以往的岁月里，

---

① 胡先骕：《评〈尝试集〉》，载张大为、胡德熙、胡德焜（合编）：《胡先骕文存》（上），南昌：江西高校出版社，1995年，第54页。

我既凭狡猾、又厚颜无耻，还出于幸运，在轻信的人们当中获得了博学和学术成就的名声（由于我不再需要这种名声了），我一直想摆脱它的干扰。”[①]尽管如此，艾略特还是指出了“过多的学问”的负面作用：

> 过多的学问会使诗人的敏感变得迟钝或受到歪曲。但是，尽管我们坚持不懈地相信，在他的必要的感受能力和必要的懒散不受侵犯的范围内，一个诗人应该知道的东西越多越好，可是把知识局限在能够被压缩成用的形体来应付考试，为客厅提供谈话资料，或者为了满足追求出名所采取的更狂妄手段的需要，那并不是一件好事。[②]
>
> 在考虑文学家所受的教育时，我们的首要任务不在于确定一个人所获得的知识的数量，确定他接受教育过程的年限，或他所达到的学习优秀的程度。……关于莎士比亚，我们可以说，从来没有任何人像他那样给这么少的知识派上这么大的用场。[③]

艾略特对认知的态度与济慈相比有所保留，济慈可以对柯勒律治这样的学问家冷嘲热讽，还借画眉鸟之口反复晓谕“别急于求知”，而作为在大学里受过新人文主义教育的大知识分子，艾略特只能把话说到这种地步，因为他和他的老师白璧德都强调“扎根传统”，“扎根传统”意味着须对传统有足够的认知。不过重要的是，艾略特在这里表明了他与济慈的灵犀相通：过度求知必然构成对“必要的感受能力和必要的懒散”的“侵犯”。“必要的感受能力”属于下文的话题，这里要对“必要的懒散”（necessary laziness）略作讨论。我们都记得济慈喜欢享受晨起后的慵懒与闲适，有意识地不读书也不思考，这种认知延缓反而有助于灵感光临，艾略特指的就是这种无所事事的消极状态，他用“必要”这个词强调了它的价值。“必要的懒散”可视为“消极的能力”的另一种表述，它是创造性思维的摇篮与温床，众所周知，科学史上许多重要发明来自睡眠、沐浴等精神放松的闲暇时光。白璧德《文学与美国的大学》中有一章专论“教学

① 托·斯·艾略特：《古典文学和文学家》，载《艾略特文学论文集》，李赋宁译，南昌：百花洲文艺出版社，1994 年，第 254 页。

② 托·斯·艾略特：《传统与个人才能》，载《艾略特文学论文集》，李赋宁译，南昌：百花洲文艺出版社，1994 年，第 5 页。

③ 托·斯·艾略特：《古典文学和文学家》，载《艾略特文学论文集》，李赋宁译，南昌：百花洲文艺出版社，1994 年，第 258—259 页。

的闲暇”，他说希腊语中“学者”的意思是“忙碌的闲人”，“学校”一词由“闲暇”派生，但今天的学者缺乏能孕育创造性思维的闲暇时光，他们把大量时间花在授课、行政以及为“补贴薪水的不足”而从事的其他活动上，因此有必要重新认识“闲暇”的意义，应该提倡一种“教学的闲暇”，把看似消极的“闲暇”当作取得学术成就的必要条件。[①]

白璧德不是无缘无故提到“教学的闲暇”，当时的美国大学，包括哈佛大学在内，都不同程度地存在过度效益化的弊端，急功近利的导向带来了研究者的心浮气躁，校园里缺乏思想沉潜所必需的闲适环境与宽松氛围。艾略特进哈佛后适逢新校长劳伦斯·洛厄尔上任，洛厄尔采纳了白璧德等人的意见，对实用主义的教研管理作了适度调整，甚至提出要在校园里建立若干条“懒人船”。[②] 济慈如果在天有灵，一定会对“懒人船”之举拊掌称快。中国大学今天遇到的问题恰如白璧德所指，但性质更为严重，发展下去后果不堪设想，“消极的能力”在此情况下可作为治疗当代校园沉疴的一剂良药。

其三是对感觉的强调。这可以看成在“对美的感觉压倒一切”的基础上“接着讲”。

我们在前面有过归纳，不管是“消极的能力”还是“诗人无自我”，归根结底都属桥梁与手段，济慈排斥认知的最终目的是为了给“对美的感觉”松绑，以便诗人的想象能够无拘无束地展翅飞翔。同样的道理，艾略特诗论中居于核心地位的观点，也是关乎诗歌质量的关键因素——感觉，他的否定个性与扬弃认知全是为感觉搭桥铺路。《玄学派诗人》是艾略特又一名篇，他在文章中以玄学派代表诗人约翰·多恩为标杆，称赞他具有“把思想转化成为感觉”的能力：

> 在查普曼诗中，有一种对于思想通过感官直接的理解，或者说，把思想重新创造为感情的本领，这正是我们在多恩诗中所发现的特点。[③]
>
> 比他们更古典的诗人都具有这种同样的主要特征，即能够把思想转

---

① 白璧德：《教学的闲暇》，载白璧德：《文学与美国的大学》，张沛等译，北京：北京大学出版社，2004年，第157—168页。

② 同上书，第163页。

③ 托·斯·艾略特：《玄学派诗人》，载《艾略特文学论文集》，李赋宁译，南昌：百花洲文艺出版社，1994年，第20页。

化成为感觉，把看法转变成为心情的能力。[①]

丁尼生和布朗宁都是诗人，他们思考；但是他们并不直接感觉他们的思想，像他们感觉一朵玫瑰花的香味那样。一个思想对于多恩来说就是一种感受；这个思想改变着他的情感。当一个诗人的头脑处于最佳的创作状态，他的头脑就在不断地组合完全不同的感受。[②]

艾略特在这里表现出与济慈的极大契合。济慈在与贝莱辩论时提出感觉比思想重要，只有通过微妙的感觉才能攫获想象之美，因此他“宁愿过一种感觉的生活(Life of Sensation)，而不要过思想的生活(Life of Thought)”。艾略特接过这个观点并予以发挥，他以感觉为尺度衡量古往今来的英国诗歌，发现以多恩为代表的玄学派诗人在这方面做得最为出色——他们能让人像闻到玫瑰花香似地感觉到思想。换句话说，他们擅长找到表达思想的“客观对应物”(objective correlative)，即用极易引起丰富联想的形象词语来传达诗旨，相比之下丁尼生、勃朗宁等人只会一味思考。艾略特不同意那种“看到我们的心灵深处，然后再写”的劝告，他说要“看到其他东西的深处，人们还必须看到大脑皮层、神经系统和消化道的下面”，[③]这就是诗歌必不可少的生命感觉。缺少感觉的诗歌必然会走下坡路，艾略特尖锐指出，从弥尔顿开始，英国诗歌的语言变得越来越精细，感情却变得越来越粗糙，而到了浪漫主义时期，更是时而思想时而感受失去了平衡，为此需要向玄学派诗人学习，恢复那种能把任何一种思想熔化为情感反应的“感觉机制”(mechanism of sensibility)。

济慈和艾略特既是天才诗人，又对诗歌本质有过超乎常人的深入思考，兼具两者的人在诗歌史上可谓凤毛麟角，可能正是由于这个原因，艾略特才对济慈诗论情有独钟。没有写过诗或没有写出过好诗的人，不可能把感觉提到这样的高度。艾略特从哈佛毕业后还到法国等地进修哲学，他的认知和逻辑推理能力应当比贝莱之流要高得多，但他并不觉得这种能力可以直接应用于诗歌创作：

---

① 托·斯·艾略特：《玄学派诗人》，载《艾略特文学论文集》，李赋宁译，南昌：百花洲文艺出版社，1994年，第26页。

② 同上书，第22页。

③ 同上书，第26页。

> 一个诗人所可能对之感兴趣的东西是无穷的;诗人的理解力愈高愈好;诗人的理解力愈高,他愈有可能对事物感兴趣。我们的唯一条件是诗人把他所感兴趣的东西变为诗歌,而不是仅仅采用诗歌方式来思考这些东西。一个变成诗歌的哲学理论被人们接受了,因为在某种意义上这个哲学理论的真伪变得不重要了,而在另一种意义上它的真理性却被证明了。我们所谈论的诗人们,和别的诗人一样,都有这样或那样的缺点。但是玄学派诗人,在最佳的情况下,承担着努力寻求足以表达心情和感觉在文字上的对应词的任务。这就意味着他们与后来文学才能绝不低于他们的诗人相比较,他们一方面更为成熟,另一方面也更能耐久。[①]

这番话里依稀传出“美即是真”的声音。济慈不仅高度推崇感觉,而且认为凭感觉把握的美“一定也是真的”,如前所述,济慈在与人辩论时总是“语不惊人死不休”,喜欢剑走偏锋提出貌似极端之论,“美即是真”便是这种语境下的产物。而艾略特接受过多年的哲学训练,他能够这样强调感觉的重要性,并把它与真理性联系起来,应该说难能可贵,这是他选择与济慈采取同一立场的结果(上一章提到济慈与贝莱之间的辩论,艾略特在这场辩论中站到了济慈一边)。感觉与认知离真理孰近,这个问题大人物与普通百姓看法不同,哲学家与文学家看法不同。菲利达·劳埃德导演的电影《铁娘子》(*The Iron Lady*)中,英国首相撒切尔夫人要求别人用“I think”代替“I feel”,这个细节颇能反映“铁娘子”的性格。然而现实生活中的人都是有血有肉的个体,在搜索引擎“谷歌”上输入“I think”,得到 6.25 亿条结果,输入“I feel”的结果则为 11.1 亿条,差不多是前者的一倍。人们不是不知道遇事要开动脑筋思考分析,但他们更依赖自己的感官,例如,不管气象台对空气质量发布什么样的数据,老百姓还是宁愿相信自己从呼吸器官中得到的感觉。

二、瑞恰慈及兰色姆——美何以为真

西方文学史家中有人称 20 世纪上半叶为“艾略特时代”,如果说这个时代

① 托·斯·艾略特:《玄学派诗人》,载《艾略特文学论文集》,李赋宁译,南昌:百花洲文艺出版社,1994 年,第 24 页。

有什么人能与艾略特比肩而立，那么这个人就是新批评两大导师中的另一位——I. A. 瑞恰慈。瑞恰慈不像艾略特那样特别中意济慈，但他在《文学批评原理》等著作中曾多次提到济慈，表现出时而有意时而无意、时而直接时而间接的“接着讲”，因此也有必要纳入我们的讨论范围。

瑞恰慈对当时的文学基本命题有过系统探讨，由于不像艾略特那样兼有诗人的身份，他的理论架构更为整饬有序。说得更具体一些，对于济慈或艾略特凭自己的天才灵感与创作实践感悟到的东西，瑞恰慈能用更加学术化的方式做出深入阐发。以对感觉的分析为例，前文引述过济慈的相关言论，其中“一个美妙的声音吟唱”“一段熟悉的老歌”可谓神来之笔，不过那是诗化的表述，瑞恰慈使用的却是逻辑严密、指涉明确的学术话语：

> 当我们感觉到什么的时候，我们的感觉是由我们所感觉到的东西引起的。当我们指称某个并未出现的东西的时候，一种此时此刻的感觉，类似于过去与那个东西同时产生的那些感觉，通过越来越多的错综复杂的记忆中的标志——环境，从而成为代表那个东西及有关的东西的一个标志。这里一种此时此刻的色彩感觉导致了一种器官反应，它过去是伴随着某种确切的色彩的；那个反应于是变成了敏感而又善于辨别的人所信赖的那种色彩的一个标志，虽然他在视觉上不能确定，那个色彩是否出现，或者是否仅仅是一个极其相似的色彩。[①]

除了色彩不同于声音之外，两人讨论的基本上是一回事——我们中国人将此类微妙的感觉概括为“似曾相识”。读了这段话，我们不但知道瑞恰慈的所指，还能进一步明白济慈没有说清楚的意思，这就是学术化表述的功能，当然瑞恰慈本人并未意识到这里他是在济慈的基础上“接着讲”。

以上所举只是一个细节，从大的方面来说，瑞恰慈的“接着讲”表现为沿着艾略特的思路往前迈了一大步：艾略特以“诗人无个性”为由，主张将“对诗人的兴趣转移到诗歌”上来，瑞恰慈从理论上进一步证明，文学作品本身就是一个无须由作者和外部世界支撑的本体。他的主要理由是，文学作品在美感传递方面，只要能在读者心理上产生统一连贯、前后一致的效果，具有“内在必然

---

① 艾·阿·瑞恰慈：《文学批评原理》，杨自伍译，南昌：百花洲文艺出版社，1992年，第88页。

性”和“可接受性”，使读者觉得合乎情理可以“相信”，那么它就具备艺术的真实。这种真实使文学作品成为一个独立自足的世界，它的存在与历史或科学都无关系，其本身就是存在的根据，只有傻瓜才会考虑文学作品与事实是否相符。他还以小说《鲁滨孙飘流记》为例说明这种“可接受性”：“《鲁滨孙飘流记》的‘真’在于小说向我们讲述的事情可以接受，其可接受性在于有利于叙述效果，而不是其符合涉及到亚力山大·塞尔扣克或另一个人的真情实况。”[①]

聪明的读者可能已经注意到，“可接受性”（即“‘真’在于小说向我们讲述的事情可以接受”）这种提法，与“美即是真”之说存在相通之处，瑞恰慈论述至此确实想到了济慈，他不但引用了“想象力以为是美而攫取的一定也是真的”这句话，而且还接着作了这样的阐述：

> “真”等同于“内在必然性”或者正确性，凡是“真实”或者是“内在必然”的东西都完成或合乎经验的其余部分，都相济为用而唤起我们有条理的反应，不论是美或其他反应。[②]

瑞恰慈把对美的反应与对“真”（“真实”或“正确”）的反应统一起来，给“美即是真”这个命题创造了一个可以站稳脚跟的理论平台。当然他的意思与济慈不尽相同，济慈更为强调艺术家的直觉，而瑞恰慈则重在“相信之中出真理”。不过他对济慈的支持具有非常的意义，济慈之后的爱美者如爱伦·坡、波德莱尔和王尔德等均不同意“美即是真”，甚至称艺术为“美而不真的谎言”，[③]瑞恰慈为“美即是真”提供的解释可以作为对这些观点的驳斥。

瑞恰慈不但主张文学作品的独立自足，他首创的语义学理论还成为文本研究的一种专门方法。瑞恰慈强调词义分析，认为文学批评必须以语义学为依据，对文学作品作文字上的微观分析，但他又认为文本的字义有无限的复杂性和可能性，因而可以任人揣测。如他在《文学批评原理》第 32 章中，对“想象”作了六种不同意义的辨析。瑞恰慈的语义学理论一方面独立发展，形成了一种与新批评有相通之处但又完全独立的符号分析模式——“语义学批评”，另一方面又为新批评的操作实践提供了基本语汇，新批评学人从中大受裨益。

---

① 艾·阿·瑞恰慈：《文学批评原理》，杨自伍译，南昌：百花洲文艺出版社，1992 年，第 245 页。

② 同上书，第 245 页。

③ 赵毅衡：《新批评——一种独特的形式主义文论》，北京：中国社会科学出版社，1986 年，第 9 页。

瑞恰慈的主张及其倡导的理论工具，使文学批评堂而皇之地走向了作品，注重文学“内部研究”（形式研究）的形态学转向由此发端。

艾略特与瑞恰慈只是使文学批评的“钟摆”摆向了作品，要使这个“钟摆”在作品上停留下来，还需要拿出更多的理由。J. C. 兰色姆的本体论为此做出了理论上的贡献，他首次把本体论概念运用于文学，认为诗歌有其决定自身的特质，道德、逻辑与情感等均非诗歌所独有：

> 道德内容是一种内容，有人提出说它是诗歌所特有的东西，这说不通；它实际上并不是诗歌所特有，散文也完全可以采用。我认为，诗歌的特点是一种本体的格的问题。它所处理的是存在的条理，是客观事物的层次，这些东西是无法用科学论文来处理的。这并非不可思议。我们生活在这样一种世界，它必须与我们在科学论文中所处理的那一世界，或种种世界（因为确有许多这样的世界）区别开来。这种种世界只是我们这一世界的简单化的、经过删削的、易于处理的形式。诗歌旨在恢复我们通过自己的感觉和记忆淡淡地了解的那个复杂难制的世界。就此而言，这种知识从根本上或本体上是特殊的知识。[①]

这段话画龙点睛般地说明了本体论的核心思想——我们生活的世界不等于科学论文用简化方式删削过的世界，对这个世界可以通过自己的感觉与记忆获得散乱而肤浅的了解，而诗歌可以帮助人在心中复原这个“复杂难制”的世界，因此它是一种具有“根本性”或“本体性”的特殊知识。兰色姆的本体论把文学作品抬高到可以复原本源世界的高度，这一条是新批评派其他学者望尘莫及的。在兰色姆的本体论中也可看到艾略特“诗人无自我”的影子，后者从表面上看是对浪漫主义表现说的反拨，更深的意义是要诗人像莎士比亚那样“把个人的和私自的痛苦转化成为更丰富、更不平凡的东西，转化成普遍的和非个人的东西”。[②] 这其中隐含着一种对本体世界的追求。兰色姆的理论本身也存在矛盾：手可指月不等于手指头就是月亮，具有“本体性”知识并不意味着文学

---

① 约翰·克娄·兰色姆：《征求本体论批评家》，张廷琛译，载赵毅衡（编选）：《“新批评”文集》，北京：中国社会科学出版社，1988 年，第 74 页。

② 托·斯·艾略特：《莎士比亚和塞内加斯多葛派哲学》，载《艾略特文学论文集》，李赋宁译，南昌：百花洲文艺出版社，1994 年，第 164 页。

作品就是本体，新批评“大家庭”中围绕此类矛盾发生过激烈争吵。但这些争论至少让人看到，诗歌中的美是一种具有超越现实意义的真，“美即是真”是一个具有深厚蕴涵的理论命题。

一切理论在建构中都要经历“立”和“破”的过程，兰色姆提出本体论是为了“立”，而 W. K. 维姆萨特（又译威姆萨特）与 M. C. 比尔兹利两人合撰的《意图谬见》（又译《意图说的谬误》）与《感受谬见》（又译《传情说的谬误》）则立足于“破”。文学活动涉及三个以“R”为首字母的英语单词——作者（writer）、读者（reader）和作品（writing），为了确保最后那个“R”，维护文学作品在批评活动中的核心地位，维姆萨特与比尔兹利磨刀霍霍对准前面那两个“R”：《意图谬见》意在斩断作者与作品的联系，《感受谬见》则要斩断读者与作品的联系，使作品成为上不着天下不落地的自在之物。这两部姊妹篇的大意为：作者的意图对作品来说无足轻重，因为不能根据作品是否符合作者的意图来判断作品的价值，肤浅之作或许更易受作者意图控制，而雄峻之作往往如烈马一般难于驾驭，然而它恰恰是因为冲破了作者意图而成才思横溢的传世之作；读者的感受也不足以成为评价作品的标准，因为作品意义不以读者为转移，而且读者对作品的感受常常极不一致，若以此为准绳，难免陷入茫无所措之境。两位作者毫不隐讳地指出，批判这两种谬见是为了捍卫诗歌本身的地位，他们最担心的是——“不管是意图说还是传情说，这种似是而非的理论，结果都会使诗本身，作为批评判断的具体对象，趋于消失。”“这两者为了绕过客观批评中众所周知而通常令人畏惧的障碍，似乎都提供了方便的途径，但实际上却使人离开了批评，离开了诗歌本身。”[①]维姆萨特与比尔兹利显然是本着矫枉过正的态度写出这两篇文章的，就观点的鲜明性与理论的彻底性而言，没有哪位作品中心论的拥护者走得有他们这样远，但他们有时候表现得过于偏激，人们讽刺这两篇反对“谬见”的文章本身也像“谬见”。

新批评中还有诸如此类的许多余响，但我们的追踪必须就此打住，因为经过艾略特的放大与传播，济慈的声音已经融入、消散在后续的众声喧哗之中，这片喧哗越到后来越为“嘈杂”，让人无法进行更细的辨识。然而万变不离其

---

① 威·库·威姆萨特、门·比尔兹利：《传情说的谬误》，黄宏煦译，载戴维·洛奇（编）：《二十世纪文学评论》，上海：上海译文出版社，1987 年，第 591 页。

宗,济慈演奏的“诗人无自我”序曲,与艾略特的高亢领唱以及其他人的“和而歌之”之间,存在着不容否认的承传关系。“观点的旅行”中也有如今人们津津乐道的“蝴蝶效应”,西方文论的“钟摆”由作者逐渐转向作品,固然与经过的诸多节点有关,但济慈那不经意间的轻轻一下推动,所起的作用却是初始性的和关键性的。济慈不可能预知他的观点会旅行到如此之远,竟然成为开启英美文论中形态学研究的关键第一步,这一切都是他的过人敏感与天才颖悟所致,要是能够预知到这些,济慈一定不会要求用“这儿躺着一位名字用水写成的人”作为自己的墓志铭。

三、巴特——作者不死,读者不生

我们再来看英语世界之外的法国文论。法国历来被认为是世界的艺术之都,是文艺领域先锋思想的发祥地,但是就“诗人无自我”而言,法国人的认识来得比较晚。罗兰·巴特对此曾有系统梳理,他非常明确地把斯特凡·马拉美作为这方面的第一人:

> 在法国,可以说,是马拉美首先充分地看到和预见到,有必要用言语活动本身取代直到当时一直被认为是言语活动主人的人;与我们的看法一样,他认为,是言语活动在说话,而不是作者;写作,是通过一种先决的非人格性——在任何时刻都不能与现实主义小说家的具有阉割能力的客观性混为一谈——而达到这一点,即只有言语活动在行动,在“出色地表现”,而没有“自我”;马拉美的全部诗学理论在于取消作者而崇尚写作(我们下面会看到,这一点使他的位置等于了读者)。[①]

马拉美出生于1842年,此时济慈已经去世二十多年,这位象征派诗歌领袖20岁时曾赴英国进修,由于济慈书信在艾略特之前未有广泛传播,马拉美这方面的论述应属无意识的“接着讲”。马拉美对法国诗歌和理论产生过很大影响,他家中的诗歌沙龙曾经汇聚了全巴黎最有名的艺术家,然而难以理解的是,

① 罗兰·巴特:《作者的死亡》,载《罗兰·巴特随笔选》,怀宇译,天津:百花文艺出版社,2009年,第296页。

“取消作者”之说在其弟子当中竟未引发多大共鸣——保罗·瓦莱里作为马拉美的嫡系传人本应有所作为，但巴特认为“瓦莱里由于完全纠缠于一种有关自我的心理学，而大大淡化了马拉美的理论”，当然“他不曾停止过怀疑和嘲笑作者”。[①] 除此之外，巴特还归纳了普鲁斯特小说和超现实主义文学的一些特点，视之为对“作者王国”的某种动摇，不过显而易见，巴特把彻底颠覆这个王国的艰巨任务留给了自己。

巴特于1968年发表《作者的死亡》一文，这个宣言式的标题流露了巴特的雄心，他要把“作者王国”一劳永逸地送入历史。与英美新批评旨在建立文本中心论不同，巴特驱逐作者是为了聚焦于对文本的“写作”（或者说对作品的“阅读”），他辛辣地讽刺了以作者为重点的文学批评：

> 赋予文本一位作者，便是强加给文本一种卡槽，这是上一个所指的能力，这是在关闭写作。这种概念很适合于文学批评，批评以在作品中发现作者（或其替代用语：社会、历史、心理、自由）为己重任：作者一被发现，文本一被‘说明’，批评家就成功了；因此，从历史上讲，作者的领域也是批评家的领域和批评（即便是新批评）在今天与作者同时被动摇，也就没有什么大惊小怪的了。[②]

巴特认为“在作品中发现作者”的文本分析既简单又专横，把作者“强加”给作品不啻是“关闭写作”。《作者的死亡》是一篇只有三四千字的随笔，虽然巴特在文中试图扼要阐述他的“写作”理念，但这样的篇幅无法展开系统的论述，因此该文的主要功能还是宣示其推翻“作者王国”的主张，巴特在文章的结尾“曲终奏雅”：“为使写作有其未来，就必须把写作的神话翻倒过来：读者的诞生应以作者的死亡为代价来换取。”[③]

众所周知，撰写《作者的死亡》时的巴特正处于由结构主义向后结构主义急剧转变的阶段，1968年问世的《叙事作品结构分析导论》中，巴特还在苦苦探寻叙事文本的整体意义与向心结构，然而仅仅四年之后的《S/Z》中，他像换

---

① 罗兰·巴特：《作者的死亡》，载《罗兰·巴特随笔选》，怀宇译，天津：百花文艺出版社，2009年，第296页。

② 同上书，第300页。重点号为原文所有。

③ 同上书，第301页。

了一个人似地，劈头就对“初期叙事分析家”的探寻作了一番挖苦与抨击。不过，就否定作品为作者所“写”而言，《叙事作品结构分析导论》的第四部分已然埋下了伏笔：

> 然而，至少根据我们的观点，叙述者和人物主要是“纸上的生命”。一部叙事作品的(实际的)作者绝对不可能与这部叙事作品的叙述者混为一谈。叙述者的符号是存在于叙事作品之内的，因此，完全能够作符号学分析。但是为了确定作者本人(不论他炫耀、隐藏或者销匿)是否在其作品里散布“符号”，必须假设“人”和他的语言之间有一种体貌特征关系。这种体貌特征关系将作者变成充分主体、将叙事作品变成这一充分主体的表达工具。这是结构分析所不能接受的，因为(叙事作品中)说话的人不是(生活中)写作的人，而写作的人又不是存在的人。[①]

为了便于读者理解引文中有重点号的那些话，巴特在该文脚注中引了雅克·拉康提出的问题：“我说话时说到的主体是不是与说话的主体为同一个主体呢？”“说话的人不是写作的人”、“写作的人又不是存在的人”为巴特此文的点睛之笔，这个断语在经典叙事学领域一直被当作警句广泛引用，然而本书读者应当记得济慈在150年前对伍德豪斯说过的话——“我说过的任何一个字都不能理所当然地被看成是从我这个人的本我中流露出来的”，济慈所表达的是与巴特和拉康同样的意思！济慈的“诗人说话不作数”带有玩笑成分，“诗人无自我”(即说话的“我”不等于“我这个人的本我”)却是推倒“作者王国”的第一声呐喊，这句话的斩钉截铁口吻更流露出十足的底气，表明他坚信自己论断的正确。不过济慈不是思辨性的天才，只有像巴特这样对“写作”的深邃本质有过不懈探寻的思想家，才有可能对作品究竟为谁所“写”做出真正理论意义上的回答。

在20世纪法国一浪接一浪的思想进程中，后结构主义以其强烈的颠覆性引人注目，巴特的“写作”理论就是这种思潮的突出代表。值得注意的是，虽然人们形容后结构主义如狂飙突进一往无前，巴特等人刮起的思想风暴扫荡了

---

① 罗兰·巴特：《叙事作品结构分析导论》，张寅德译，载张寅德(编选)：《叙述学研究》，北京：中国社会科学出版社，1989年，第29—30页。重点号为原文所有。

一切理论灰霾,但"诗人无自我"仍然紧随他们的思想战车,如影随形挥之不去。我们不妨对这一理论的脉络与轮廓作一剪影式勾勒。

早在1953年的《写作的零度》中,巴特就提出不存在也不可能存在"纯洁的写作","写作"不是独属于作者的财富。[①] 而到了1966年的《写作,是不及物动词吗?》中,巴特认识到对真正的作家来说,写作活动是不"及物"的,他们的主要兴趣不在于带领读者"穿越"其作品,而在于生产"写作","写作"本身便是"写作"的终极目的之所在。就像画家绘画是为了让人看到他们怎样使用颜色,音乐家谱曲是为了让人看到他们怎样使用声音,真正的作家是把自己的作品而不是作品之外的东西献给读者。既然真正的作家使用的材料是词(就像画家与音乐家使用颜料与声音一样),他们的艺术最终是由"没有所指的能指"构成的,因此为了欣赏这类作家的作品,读者应当将注意力集中在他们提供的能指上,而不应当听凭自己的自然冲动越过能指转到能指所暗示的所指上。[②]

巴特的"写作"理论在《S/Z》中臻于极致。他把巴尔扎克小说《萨拉辛》拆散成500多个长短不一的阅读单位,使原先连贯流畅的意义系统"碎裂"成一大堆不相联系的能指片断,以证明作品的意义非由单一的作者所注入,社会、历史与文化等以各种方式参与了意义的营建。按照能指与所指的表现,文本可以分为两大类。一类是"作者的文本"(或译为"可写的文本"),能指在这类文本中手舞足蹈,各种符码在其中自由驰骋,这类文本要求读者像巴特那样作天马行空的自由发挥,并给予读者一种共同著述的欢乐(最强烈时犹如交媾一般);另一类是"读者的文本"(或译为"可读的文本"),所指在这类文本中循规蹈矩地列队行进,从能指到所指的路程既清晰又明确,读者在这类文本前成了无事可做的多余人,他只能以屈从的态度来阅读它,他所拥有的自由表现为要么接受文本,要么拒绝文本。[③] 在《阅读的快乐》中,"作者的文本"又被称为"快乐的文本",巴特以肌肤在两爿衣衫间呈现的性感诱惑为喻,形容此类文本

---

① 罗兰·巴特:《写作的零度》,载《罗兰·巴特随笔选》,怀宇译,天津:百花文艺出版社,2009年,第3—46页。

② Roland Barthes, "To Write: An Intransitive Verb?" *The Rustle of Language*, translated into English by Richard Howard, Berkeley and Los Angeles: University of California, 1989, pp. 11—21.

③ 罗兰·巴特:《S/Z》,载《罗兰·巴特随笔选》,怀宇译,天津:百花文艺出版社,2009年,第151—183页。

唤起的创造性阅读反应。[①]

巴特的“写作”理论究其实质，乃是一种站在读者立场上的阅读反应理论，这与20世纪后期批评理论的“钟摆”又开始由作品转向读者有关。不过这种转向并不意味着脱离文本，巴特在《S/Z》中演示的“写作”，用时下的话来说就是创造性的阅读，不管这种阅读如何随心所欲不着边际，其出发点仍然是作品，巴特之所以要对作者喊出“去死吧”，目的是捍卫读者（包括批评家）对文本的自由写作权，他的思维逻辑是“作者不死，读者不生”（“读者的诞生应以作者的死亡为代价来换取”）。大凡创造性思维发达的人，都不免会有此类“矫枉过正”的提法，济慈与人作口笔之战时就常抛出令人错愕的偏激观点。巴特的“写作”与如今电脑上的“超写作”（hyperwriting）十分相像，人机互动技术使得今天的读者能够真正成为文本意义的创造者。但是在网络时代来临之前，一般读者要在文本中进行自由“写作”几乎是不可能的，只有巴特这样的天才方有可能在文本之城中任意穿梭，从事穿街走巷的思想游戏。话又说回来，巴特倡导“作者的文本”（“可写的文本”）有其深刻道理：如果把文本看成一座城市，那么确实没有理由要求街道上的游人只沿着某个方向或某条路线行走，这种行走得出的印象不能代表该座城市的真正面貌。“作者的死亡”意在宣告文本之城没有什么主人，既有的行走规则应该作废，城里各条道路各个方向都可以自由通行，只有通过这种多向通行或曰自由“写作”，文本的内在精神才能完全焕发出来。

四、福柯——“谁在说话有什么关系”

从济慈在浪漫主义阵营内部发出不同声音开始，人们对作者的地位和作用有过种种怀疑，但很少有人能像巴特这样彻底地剥夺作者对作品的拥有，或者说像巴特这样用如此完整的理论来与“作者王国”抗争。如果说在法国还有谁在这个问题上有过堪与巴特媲美的发挥，那么这个人非米歇尔·福柯莫属。

福柯是20世纪法国思想史上的领袖人物，他的著述汪洋恣肆，涉及人文

① 罗兰·巴特：《阅读的快乐》，载《罗兰·巴特随笔选》，怀宇译，天津：百花文艺出版社，2009年，第188—190页。

社会科学多个领域，话语理论是其中一个重点。巴特发表《作者的死亡》的第二年，福柯用《作者是什么?》作了呼应，这篇文章将作者的作用归入话语体系，认为话语是一个“自治的整体”，“作者”只是话语的一种作用。福柯不仅同意“作者的消失”为“自马拉美以来我们时代的一个事件”，他还对“作者的死亡”作了这样的阐发：

> 写作现在与奉献和奉献生命本身联系在一起；它故意取消在书中不需要再现的自我，因为它发生在作者的日常生活之中。凡是作品有责任创造不朽性的地方，作品就获得了杀死作者的权利，或者说变成了作者的谋杀者。福楼拜、普鲁斯特和卡夫卡是这种转变的明显实例。此外我们发现，这种写作与死亡之间的联系，还表现在作者个人特点的完全消失；作者在他自己和文本之间产生的矛盾和对抗，取消了他独特的个人性的标志。如果我们今天要了解作者，那就要通过他不在的独特性和他与死亡的联系，而这就使他变成了他自己写作的受害者。[①]

但福柯不是别人思想的应声虫，他尖锐地指出：“重复一些空洞的口号是不够的，如作者已经消失，上帝和人共同死去。相反，我们应该重新审视作者消失所留下的空的空间”。[②] 形象地说，在说出让作者“去死吧”之后，巴特立即兴高采烈地用创造性的阅读填补了作者留下的位置，而福柯的反应则是——“我们可以简要地考虑运用作者名字所产生的问题。作者的名字是什么？它如何发生作用?”[③]这就是福柯在这篇文章中为自己规定的任务。

福柯对作者的考察具有浓重的思辨色彩，他提出的是带有根本意义的问题，质疑的是人们习以为常的认识，追寻的是形形色色乃至匪夷所思的可能性，归纳的是覆盖文学和一切表述行为的话语规律。我们不一定都同意他的结论，有些问题他自己也一时无法给出结论，但不能不承认他的质疑和追寻突破了我们的想象，他提出的问题包含着巨大的冲击性能量，这些能量尚未在其文章中完全释放，但受震荡的已不只是文学。福柯虽然首先是思想家和哲学

---

① 米歇尔·福柯：《作者是什么?》，逢真译，载朱立元、李均(主编)：《二十世纪西方文论选》(下卷)，北京：高等教育出版社，第186页。

② 同上书，第188页。

③ 同上书，第188页。

家，但同时又具有诗人气质，因此他的讨论并不大而化之，而是常常把人们带到话语实践的具体层面进行精微考量。为了不至于离话题太远，同时也是为了尽量少引那些艰涩（常常是极不通顺）的译文，我们从《作者是什么?》中抽绎出三个相关观点：

其一，关于作者的名字。

福柯认为，包括作者名字在内的专名不是一种单纯的指称，它具有指示作用之外的作用。例如“莎士比亚”这个名字，既可以指称某个实际人物，又能够决定某些文本的性质与类别——某一文本一旦被冠以这个名字，它就立刻和莎士比亚其他作品归为一类，获得被人仰视的地位，反之则性质大变。作者的名字还可以是一种“描写”，比如说当人们提到“亚里士多德”这个名字的时候。因此，作者的名字“指向某些话语群组的存在，并涉及这种话语在社会和文化中的地位”（我们的古人动辄“子曰诗云”以增强话语权威，这种引述前贤的传统很适合用福柯的话语工具来做分析）。福柯还把作者的名字看成现代文化中的“可变物”，如保密信件可以有签署者，商业合同上可以有签名，贴在墙上的告示可以有发布者，但这些名字都可以不是写这些文本的人。在这种意义上，作者的名字投射出社会中某些话语的存在、传播及其运作的特征。

其二，作者与其作品的关系。

作者与其作品的关系并不是像想象的那样简单。《一千零一夜》是谁的作品？如果说旋生即灭的口头讲述不算数，只有写下来的东西才有作者，那么萨德与他那些记载自己幻想的监狱纸卷是什么关系？如果要出版《尼采全集》，他所说所写的一切当然要包括在内，难以处理的是他日记中记载的警句，以及其中的参照符号、约会提示与洗衣账单（换用中国的例子：《孔子全集》中要不要包括据说他老人家参与编订的那些典籍，《左传》中的“仲尼曰”是否要收入，以《论语》为代表的古代语录体文献如何准确标明作者）。有的作品并不是出自某位作者笔下，如安·拉德克利夫只写了自己名下的一批小说，但她使19世纪初哥特式传奇的出现成为可能，那么怎么来看待筚路蓝缕之人与其后续作品之间的关系？与拉德克利夫相似但更具开创性的是弗洛伊德与马克思这类作者，他们不仅写出了《梦的解释》和《资本论》，而且生产出了“构成其他文本的可能性和规则”。作为“话语方式实践中的创始者”，他们不但为后续的“相似”提供了平台，而且还为引入与自己不同的“差异”（“非自己的因素”）清出了空间，“然而这些因素仍然处于他们创造的话语范围之内”。例如，语言学奠基者索绪尔“使一种根本不同于他自己的结构分析的生成语法成为可能”，生物学奠基者古维尔“使一种与他自己的体系截然相反的进化理论成为可能”。①

其三，对“作者—作用”的历史考察。

历史考察是《知识考古学》作者福柯的擅长，在他看来，“作者—作用”在整个话语体系里不是普遍或永恒的，它在不同时间、不同文化里的表现不尽相同。曾经有过一段时期，小说、民间故事、史诗和悲剧的文本被承认、传播和维持，人们根本不去询问谁是它们的作者，因为“它们真正的或假定的年代足以保证它们的真实性”（中国古代对诸多无名氏作品的接受便是如此）。而在作者的统治权建立之后，“文学的”话语只有冠以作者之名才被承认，每个文本必须说明它的作者以及写作时间与地点等，因为这是决定文本意义与价值的不可或缺信息（明清小说批评大量指向作者，《金瓶梅》作者为谁曾使研究者大为挠头，《红楼梦》研究中的“索隐派”至今还有市场）。回顾这些不是要维护业已建立的作者统治，恰恰相反，过去的历史让人很容易地想象出这样一种文化，其中话语的流传根本不需要作者发挥作用。这也就是说，对“作者—作用”的历史考察让福柯得出了与巴特异途同归的结论——“不论话语具有什么地位、形式或价值，也不管我们如何处理它们，话语总会在大量无作者的情况下展开”。②

《作者是什么?》耐人寻味之处甚多，其中特别具有启发意义的，还有对“科学创始”与“话语实践创始”的比较与区分。福柯认为“科学创始”与其未来的转变处在相互平等的地位，所谓“重新发现”乃是一种回溯式的整理；而“话语实践创始”对其后来的转变来说则是“异质性的”，它以“回归原始”为特征，这是对文本本身的一种回归，尤其是对原始的、未加渲染的文本的回归。具体来说，“对伽利略作品的研究可以改变我们对机械历史的知识，但不能改变对科学历史的知识；然而，重新考察弗洛伊德或马克思的著作，则可以改变我们对

---

① 米歇尔·福柯：《作者是什么?》，逢真译，载朱立元、李均（主编）：《二十世纪西方文论选》（下卷），北京：高等教育出版社，第 193 页。

② 同上书，第 196 页。

精神分析或马克思主义的理解。”[①]这一观点有助于我们厘清创新的程度与层级：只有后者才是真正意义上的“创始”。实际上，《作者是什么》本身就有“回到原始”的意味，这篇文章在结束时列出一张问题清单，清单开始是三个“令人厌倦”的老问题：

> 谁是真正的作者？
> 对他的真实性和创造性我们有证据么？
> 在他的语言里，他对自己最深刻的自我揭示了什么？[②]

然后是他提出的四个新问题：

> 这种话语存在的方式是什么？
> 它来自何处？它如何流传；它由谁支配？
> 由于可能的主体会做出什么安排？
> 主体这些各不相同的作用谁能完成？[③]

最后是这些问题背后的“漠不关心的低语”：

> 谁在说话有什么关系？[④]

这声“低语”出自萨缪尔·贝克特（福柯在文章开始部分提到他），福柯以此来为自己的重头文章一锤定音，说明他归根结底是要道出“谁在说话有什么关系”。这个结论与巴特“说话的人不是写作的人”（包括拉康的表述）异曲而同工，它们都可以看成对济慈“说话的我不是我”的隔世响应。就某种意义而言，济慈对伍德豪斯说的话也应属于“话语实践的创始”，巴特和福柯都是骄傲的法兰西人，他们只把目光投向本国的马拉美，而济慈对“诗人无自我”、“消极的能力”的议论远在马拉美之前，如果要寻找“话语实践”这方面的“创始者”，还是应当越过英吉利海峡追溯到他这里。

---

① 米歇尔·福柯：《作者是什么？》，逢真译，载朱立元、李均（主编）：《二十世纪西方文论选》（下卷），北京：高等教育出版社，第195页。

② 同上书，第196页。

③ 同上书，第196—197页。

④ 同上书，第197页。

五、赫施——“为作者辩护”

“观点的旅行”犹如奥运会前的火炬传递，难免会遭遇种种抵制与冲撞。如前所述，“接着讲”的历史中还应包括观点相异的“对着讲”，我们不能忽略那些持不同立场的意见，它们同样代表着对最初声音的响应。

“对着讲”的代表人物当属美国解释学家的 E. D. 赫施。赫施在 1967 年的论著《解释的有效性》第一章中单列《保卫作者》一节，旗帜鲜明地提出了“保卫作者”的口号，他在文中首先回顾了这样一个事实：

> 文化史学家曾提出这样的问题，一件本文(Text)的意义应是该本文作者意欲表达的意义，这一观点在前此四十年何以会遭到如此激烈而富有成效的攻击。由艾略特、庞德及其同盟者所领导的具有决定意义的冲击波，最早主要发生在文学领域，一件本文的意义是独立于作者意志的，这个命题就与这样的文学理论相伴随着。最出色的文学作品是非个人的、客观的、自主的，它有其自身固有的生命，它是完全与创作者分离的。①

像许多其他人一样，赫施也把艾略特看作“放逐作者”运动的始作俑者，因而把这场“攻击浪潮”持续的时间定为“四十年”，这一界定实际上肯定了“诗人无自我”在 20 世纪中期取得的巨大“战绩”。出版这部论著时他不可能想到，巴特和福柯会在第二年和第三年又分别扔出两颗重磅炸弹，英美和法国文论界连续向“作者王国”开火，说明“接着讲”的声音响亮而又持久。

要理解赫施为作者所作的辩护，必须明白他是以自己的同行 Hans-Georg. 伽达默尔为论战对手，而要知道这位德国哲学家的观点，我们又得先进入笼罩着这场论战的解释学语境。

在伽达默尔的老师海德格尔那里，西方解释学经历了由传统向现代的转变。传统的解释学将解释者的主观成分看成理解中的杂质，将解释者所处的具体时空视为制造这些杂质的源泉，主张超越历史环境撇去这层主观杂质，达

① 赫施：《解释的有效性》，王才勇译，北京：三联书店，1991 年，第 9 页。

到对文本原意的“本真理解”。然而什么是文本的原意？怎样反复沉潜去把握我们古人一再提到的“秉笔人之本意”？怎样才能超越时空进入“得作者苦心于千百年之上，恍然如身历其世，面接其人”[①]的境界？这是困扰传统解释学的根本问题。海德格尔认为，任何存在都是一定时空条件下的存在（“此在”），不存在超越历史环境的存在；同理，任何理解也都是一定时空条件下的理解，不可能有超越历史环境的理解。因此，追求纯然客观的理解就像一个人想拔着自己头发离开地球一样不可能。

伽达默尔在海德格尔启发下，提出了以艺术作品存在方式为探讨对象的解释学文论。在《真理与方法》这部阐述现代解释学的著作中，伽达默尔提出了“成见是理解的前提”，“成见”即“先入之见”或海德格尔的“先结构”，它之所以能成为理解的前提，首先在于它是理解得以实现的条件。一定的历史存在赋予解释者独具个人特色的趣味、观念与思想方法，这些主观成分形成了一种认识事物的基础或曰视域（Horizont），文本只有通过这个平台才能彰显其意义。其次，“先入之见”有伪有真，前者惑于近距离的现实功利，后者跳出樊笼看到更为广大的历史传统，解释者可以通过后面这种“先入之见”达到对文本的本真理解。据此，传统解释学认为有碍理解文本原意而要尽力撇去的主观杂质，到伽达默尔这里反而成为有助于理解的积极因素。伽达默尔颇具创意地指出，传统解释学所要超越的时间距离，恰恰是解释者的“先入之见”得以去伪存真的重要条件，因为一定的时间距离使理解者有可能避开时俗谬见而趋向整个历史传统，从而具备了把握文本原意的真知灼见。司马迁在《报任少卿书》中所说的“藏诸名山，传之其人”，实际上就是指超前的文本需要封存一段时间以等待后世知音。伽达默尔把理解当成是读者与文本之间的双向交流，读者的视域在“成见”这个平台上铺开，文本的意义在这个平台上显现，后者也暗含了一种视域，两个视域在一个平台上碰撞必然产生交流，于是发生了“视域融合”（horizontverschmelzung）。伽达默尔说：“理解其实总是这样一些被误认为是独立自主的视域的融合过程。”[②]

① 仇兆鳌：《〈杜诗详注〉原序》，北京：中华书局，1979 年，第 1 页。

② 汉斯-格奥尔格·加达默尔：《真理与方法》（上卷），洪汉鼎译，上海：上海译文出版社，1999 年，第 393 页。

将理解与解释看成读者与作品之间的对话，对读者的创造性接受给予极大的强调，这些特点显示出解释学文论与后结构主义文论的同气相投。众所周知，阅读理论与读者反应批评在解构主义文论中已经有所渗透，耶鲁学派实际上吸纳了不少接受理论。三十年河东三十年河西，到了强调个体感受的20世纪后半叶，西方文学批评的钟摆又开始向读者靠拢。重视读者的能动作用无疑是理论上的进步，但是伽达默尔在强调作品和读者的联系时，表现出一种对作者的漠视，这种趋势又引起了解释学内部人士的警觉。赫施为作者所作的辩护，就是对伽达默尔的严重质疑，他认为伽达默尔视而不见的作者原意在文本中是一种客观存在，“保卫作者”就是要保卫文本中的作者原意，或者说保卫文本不受肆无忌惮的诠释所侵犯。文学批评转向阅读反应固然释放出了许多灵感与智慧，不幸的是也鼓励了阐释中的武断专横和无所顾忌，巴特在《S/Z》中表现出来的随心所欲，使赫施之言成为一种具有先见之明的预判。

赫施为作者提供的辩护词共分五个部分，除第一部分“作者的放逐”为概述外，其余部分皆以“放逐者”对作者的指控为标题（“文本的意义在变化”、“作者想要表示什么无关紧要”、“作者的意义是难以达到的”和“作者常常并不知道他要表示的意思是什么”），标题之下的正文为对这些观点的具体批驳。“保卫作者”使作者原意重新成为理解文本的鹄的，为了避免被人认为是回到了传统解释学的立场，赫施提出了两个涉及意义的概念：一个是“meaning”，它可以理解为作者的原意，是作者希望传递给读者的东西，不管读者的理解如何变化，它作为文本的源初之义始终如一；另一个是“significance”，它是读者在理解作者原意时发生的差异，有人将其译为“意味”。以对经典作品的阅读为例，鲁迅说《红楼梦》“单是命意就因读者的眼光而有种种：经学家看见《易》，道学家看见淫，才子看见缠绵，革命家看见排满，流言家看见宫闱秘事”，[①]这里曹雪芹的“命意”就是赫施的“meaning”，而种种“读者的眼光”则是“significance”。按照赫施的解释，如果不区分“meaning”与“significance”，我们就有可能把对“命意”的体验与理解（即“读者的眼光”）当成“命意”，或者完全否认“读者的眼光”中包含着作者的“命意”。以赫施之见，作者的原意纵使

① 鲁迅：《〈绛洞花主〉小引》，载《鲁迅全集（第八卷）·集外集拾遗补篇》，北京：人民文学出版社，2005年，第179页。

不能全然达到，至少也可以部分达到，因为语言的约定性与共通性可以保证读者在较大程度上把握作者的原意。

赫施区分出的意义概念比伽达默尔更为客观，伽达默尔主张任何可能的有效理解都源自传统，而传统又是由与时俱进不断更新的文本理解积累而成，似此动态的传统成了衡量标准。用一个失去客观性的动态标准来衡量意义，就像是用一座晃动不已的天平来称量物体，赫施对伽达默尔的这条批评是相当辛辣的。然而，如何获得赫施所谓的“meaning”也是个问题。诚如赫施自己所言，任何读者都不是作者，不是作者的人不可能在自己身上复制出作者的原意，就算碰巧复制出来了，读者自身也无法肯定自己做到了这一点。那些批评别人的解释不符合作者原意的人，根本无法证明自己理解的就是作者的原意。因此，任何个人的理解都只是“significance”，赫施提出的“meaning”变成了一座无梯可及的空中楼阁。

六、利科尔——从作者的自我到读者的自我

就像伽达默尔的观点遭到赫施的批评一样，赫施自己的观点也在解释学内部受到其他观点的冲撞。法国解释学家保罗·利科尔宣布对文本的正确理解不等于回到作者的原意，文本的意义作为一个整体需要在读者的阅读建构中产生，这种建构意味着几种可能的解释之间必有冲突发生，而所谓作者的原意在这种冲突中并不居于优势地位。利科尔的观点缘于其文本理论，他把文本看成是话语构成的“作品”，作为一个有结构的整体，文本不能简单分解为构成它的句子，因为有一套规则规定了包含它在内的那种文学类型，解释者通过这套规则将话语整理成诗歌或小说。所谓话语构成的作品，指的是文本由“书写”而成，“书写”的话语不是在言谈话语的“口授”下作记录，它的生产规律与特点使得文本远离了言谈话语的实际情况。如果说在言谈话语中，说话主体的意愿和所说出来的意思可以达到部分一致，那么在“书写”的话语中根本不存在这样的一致；言谈话语有其明确的语境与聆听者，而“书写”话语的对象则

指向未知读者，它向一切有阅读能力的人敞开了无限的“理解空间”。[①]

利科尔的“理解空间”在实际阅读中有一个很有意思的证明，这就是美国学生对中国现代小说《小二黑结婚》的反应。赵树理时代的中国读者一般会和作者一样，认为小芹母亲（三仙姑）是老不正经，四十多岁的人还戴花搽粉，与不三不四的男人打情骂俏；在和大洋彼岸的美国年轻人讨论这篇小说时，北京大学的乐黛云教授发现他们的看法大相径庭，他们觉得小芹母亲是一个思想解放、热爱生活的爱美女性，她敢于突破旧的束缚，愿意和年轻人在一起，又没有危害什么人，这没有什么不对，因此她应该算是一个正面人物。乐黛云就此感叹道：

> 这种看法真是我们没有想到的。我们当然也可以说，美国学生的看法是对中国作品的‘误读’，这肯定不是作者赵树理的原意。事实上，作者的原意并不一定很重要，作者总是会‘死’的，他的意愿也不大可能完全如他所愿地表现在作品里。‘文化误读’必然会产生的。这种‘误读’并没有什么坏处，倒是给我们提供了新的角度。[②]

利科尔将读者的解释看成文本意义的组成部分，这种看法对于扩大文本的内涵具有积极意义，美国学生的“误读”对赵树理的原意构成了挑战，新理解的加入使小说文本焕发出新的生命活力。现在看来，我们过去对这部小说的理解过于服从了赵树理对三仙姑的批判，这种批判实际上并未完全脱出封建伦理观的窠臼，似此对文本的解释不应当唯作者原意之马首是瞻。乐黛云说“作者的原意并不一定很重要”，与利科尔的意见（作者原意不居优势地位）不谋而合，她的“作者总是会‘死’的”也不是诅咒，利科尔就说过“读一本书就是把它的作者看作已经死了”。[③]

不过，利科尔主要关心的还不是“作者的死亡”，如果说济慈、艾略特、巴特等人致力于取消作者的自我，那么利科尔的目光主要聚焦于读者的自我。针对刚刚提到的“理解空间”，利科尔提出了一系列与读者自我相关的观点。让

---

① 保罗·利科尔：《解释学与人文科学》，陶远华等译，石家庄：河北人民出版社，1987年，第150—153页。

② 乐黛云：《多元文化与比较文学的发展》，《江苏社会科学》2003年1期。

③ 保罗·利科尔：《解释学与人文科学》，陶远华等译，石家庄：河北人民出版社，1987年，第150页。

我们先来看他的第一个观点——“本文(按即文本,下同)是我们通过它来理解我们自己的中介”:

> 我们只有通过积淀在文化作品中的人文标记的漫长弯路才能认识我们自己。如果没有由文学贯通并带到语言中来的那些东西,我们会认识爱和恨、道德感和一般说来一切我们称作自我的那些东西吗?所以,似乎是和主观性最相反对的、结构分析作为本文的结构而揭示出来的那个东西,就是我们在其中能够理解我们自己的中介物。[①]

这番话的意思是,理解者的自我也是理解的对象之一。利科尔此言涉及“认知何为”这个哲学史上的重大问题,古希腊特尔斐神庙上的铭文早就指出,“认识你自己”是人类认知活动的根本目的。确如利科尔所说,我们是在漫长的读书经历中认识自己,没有文学作品作为镜子让我们反观自身,没有“由文学贯通并带到语言中来的那些东西”作为交流工具,我们无法达到对自我的真正把握。

由第一个观点出发,利科尔提出了更具冲击力的第二个观点——“自我是由本文的‘质料’构成”:

> 重要的是,占有的对面就是伽达默尔叫作“本文的质料”和我在这里叫作“作品的语境”的东西。最终我所占有的是意欲的世界,后者不是在本文之后,像一个隐藏的意图那样,而是在本文之前,就像作品展开、发现、揭示的那样。自此以后,理解就是在本文前面理解自我。它不是一个把我们有限的理解能力强加给本文的问题,而是一个把我们自己暴露在本文之上并从它那里得到一个放大了的自我,这将是以最适合的方式与意欲的世界相对应的意欲的存在。所以理解和那种建构(主体会掌握到它的关键)是完全不同的。在这方面,说自我是由本文的“质料”构成的或许更正确一些。[②]

① 保罗·利科尔:《解释学与人文科学》,陶远华等译,石家庄:河北人民出版社,1987年,第146—147页。重点号为原文所有。

② 保罗·利科尔:《解释学与人文科学》,陶远华等译,石家庄:河北人民出版社,1987年,第147页。重点号为原文所有。

既然自我隐藏在对文本的阅读理解之中，那么把它说成是由文本的“质料”构成，在逻辑上也是说得通的。这种自我是一种“意欲的存在”，是一个由于潜心于文本读解而变得“放大了的自我”，我们通常说自己在阅读中变得充实和丰富，就有这层意思在内。法兰西文论素有注重读者能动作用的传统，巴特不是第一位天马行空的批评家，印象主义代表人物阿纳托尔·法朗士就曾有言：“优秀的批评家就是这样的一个人，他把自己的灵魂放到许多杰出的作品中去探险，加以叙述。”他还进一步说道：“为了真诚坦白，批评家应该说：‘先生们，关于莎士比亚，关于拉辛，我所讲的就是我自己。’”[①]利科尔此论可以看成对法朗士观点的进一步发挥。所谓“灵魂在作品中探险”，所谓“我所讲的就是我自己”，与利科尔的“自我是由本文的‘质料’构成”庶几近之，但利科尔的自我在与文本融合后发生了“放大”，而法朗士的“探险”活动则未涉及“灵魂”自身的改变，两人观点之所以有这种区别，是因为利科尔处在注重接受主体建构的时代潮流之中。

循着“放大的自我”这条思路，利科尔提出了对本书来说最重要的第三个观点——“我只有丧失自我才能发现自我”：

> 正像本文的语境只有就它是想象的而言才是现实的，也应该说，读者的主观性只有就它被放在不确定的、未实现的、潜在的位置上而言才能实现自己。换句话说，如果小说是本文指称的基本范围，那么读者主观性的基本范围也是一样。作为读者，我只有丧失自我才能发现自我。读者把我带进自我的想象性变化。起作用的语境的蜕变也是自我的起作用的蜕变。[②]

“放大的自我”必然是“稀释的自我”，自我的稀释达到一定程度，就会处于一种“不确定的”、“未实现的”（亦即有待实现的）状态，这是自我蜕变（“自我的想象性变化”）的前奏。针对这种临界状态，利科尔指出读者须“无我”而后“有我”，或者说是只有在“无我”之中才能找到“新我”。利科尔在这里已经涉及了阅读

---

① 法郎士：《文学生活》，载伍蠡甫、蒋孔阳（编）《西方文论选》（下），上海：上海译文出版社，1979年，第267页。

② 保罗·利科尔：《解释学与人文科学》，陶远华等译，石家庄：河北人民出版社，1987年，第147页。重点号为原文所有。

的审美教育功能，在理解并建构文本整体意义的同时，读者也在发现、理解和实现自己的主观世界，阅读作品成了读者改造自己世界观的一种工具与途径。解释学理论中不乏对创造性阅读反应的深入阐释，但很少有人能提出如此犀利而又管用的观点，往常我们只可“意会”而不能用理论语言传达的“忘形”、“出神”、“潜移默化”、“无我之境”、“有我之境”等，都可以用利科尔的概念工具来做出解释。

讨论至此，我们已经走过了一条漫长的道路——由作者的自我到读者的自我。济慈的“诗人无自我”要义为“说话的我不是我”，它可以“是一切又不是一切”，这一创始为后人开辟了广阔的思维天地：艾略特让诗人的自我消失在传统之中，意思是有一个“大我”影响着“小我”的写作，这就像济慈感觉自己被莎士比亚“主宰”一样；巴特宣称作者与读者之间存在着一场“你死我活”的斗争，通过辨析“我说话时说到的主体是不是与说话的主体为同一个主体”，他把“写作”主体悄悄转换到了读者方面；福柯以“谁在说话有什么关系”表明自己识高一筹，仔细琢磨他在《作者是什么?》里提出的四个新问题，可以发现“话语”在他心目中是一个与作者与读者均无依赖关系的独立主体；赫施的“保卫作者”代表了反对意见的集中爆发，对作者自我的长期围剿终于导致强烈的反拨，为作者原意所作的辩护意味着“说话的我就是我”；利科尔将注意力转向分析读者的自我，阅读中的自我在“放大”中趋于消失，蜕变为由文本的“质料”构成的“新我”。至此，我们看到“诗人无自我”经过这么多人的“接着讲”，令人惊讶地衍变为完全相反的“读者无自我”；或者说，“说话的我不是我”经过一二百年的思想旅行，竟然变成了“听（你说）话的我也不是我”！

七、布斯——“说话的我”究竟是谁

细心的读者可能已经注意到，“说话的我不是我”之中隐藏着一个的具体问题：这个“不是我”的“我”究竟为谁？然而在上述“接着讲”的诸多观点之中，没有一个包含了对这个问题的正面回答。“诗人无自我”作为一个富于挑战性的有趣命题，给艾略特等人的“接着讲”提供了用武之地，但他们基本上是在自己的话语体系内自说自话，施展的是自家套路的拳脚工夫（诗学理论、“写作”理论、“话语”理论、解释学理论等），一些人的发挥甚至越出了文学的疆域。更直白地说，这些人更乐于回答的是“为什么说话的我不是我”，因为这个问题更具“形而上”的意味，拥有更大的阐释空间和更多的腾挪余地。在探寻未知世界的过程中，说“不是什么”意味着与传统观点的决裂，因此我们对“说话的我不是我”“说话的人不是写作的人，而写作的人又不是存在的人”等深怀敬意，但我们还是想进一步知道，“不是我”的“我”或“说话的我”到底是什么人，“存在的人”“写作的人”和“说话的人”之间是什么关系。不管这样的问题是不是处在“形而下”的层面，它们乃是真正的文学问题，应当从文学自身的世界中去寻找答案。

正是在这样的意义上，美国批评家 W. C. 布斯给出了自己的回答。布斯的代表作为 1961 年出版的《小说修辞学》，按照里蒙-凯南的说法，它“对叙事角度、叙述者类型、文本规范、隐含的作者概念等问题，做出了英美人最系统的贡献”。[①]“小说修辞学”这个名称容易引起国人困惑，实际上布斯是把作者、叙述者、人物和读者之间的关系视为“修辞”关系，因此“小说修辞学”就是研究小说在利用这些关系上表现出来的叙事策略。

对本书来说，《小说修辞学》的最重要之处是把作者的自我分成“真实的作者”(real author)与“隐含的作者”(implied author)，以及把读者的自我分成“真实的读者”(real reader)与“隐含的读者”(implied reader)。加上已有的“叙述者”(narrator)和“受述者”(narratee)概念，作者这一头就一分为三，分别是“真实的作者”、“隐含的作者”和“叙述者”，读者那一头同样一分为三，分别是“受述者”、“隐含的读者”和“真实的读者”。将这六个概念串联起来，我们看到了叙事作品中信息发送与接受的整个过程：

真实的作者→隐含的作者→叙述者→受述者→隐含的读者→真实的读者

《小说修辞学》出版迄今已有半个世纪，叙事学与接受美学等领域对布斯的概念有过许多争议、修正与发展，但不管怎么说，人们一致肯定布斯在这方面做出了拓荒式的贡献。“隐含的作者”等概念提出之后，“说话的我不是我”的面

① Shlomith Rimmon-Kenan, *Narrative Fiction: Contemporary Poetics*, London: Methuen, 1983, p. 148.

目开始变得清晰，用布斯的话来说，“说话的我”只是一个叙述者，这个“我”并不一定就是“隐含的作者”（即作者的“第二自我”）的代言人，而“隐含的作者”与有血有肉的作者之间也可能存在距离，因此“说话的我”当然不是“我这个人的本我”。济慈说的“难道我不可以在那非常的一刹那，从萨图恩与阿普斯的个性出发来进行思考”，表达的正是这层意思。

那么，为什么不是别人而偏偏就是布斯做到了这一点呢？通观整部《小说修辞学》，可以发现布斯用了绝大部分篇幅来讨论“说话的我”与“我这个人的本我”之间的关系，以及后者怎样通过前者及其他手段来控制和引导阅读。以内容来说，全书共分三编，第二编与第三编的标题分别为“小说中作者的声音”与“非人格化叙述”，第一编也有多处涉及作者的“多种声音”、作者的“第二自我”以及作者的客观性和中立性等。从观点上看，他在谈到中立性和作者的“第二自我”即“隐含的作者”时，明白无误地引用了济慈（重点号为引者所加）：

> 像许多文学中人们所热衷的东西一样，对中立性的爱好也是较晚才由其他艺术输入小说中的。早在1818年，济慈就谈到了小说家从福楼拜才开始谈到的那类事情，诗人的个性……它没有个性——它喜好光亮与阴影，不管是丑还是美，是低还是高，是富还是穷，是贱还是贵，它总爱率性而为——塑造一个伊阿古，对他来说就像塑造一个伊摩琴那样高兴。令道德高尚的哲人吃惊的，会使玩世不恭的诗人欢喜。它对事物黑暗面的探析，与它对事物光明面的玩赏一样无害，因为这两项都只止于静观。三十年后，福楼拜向要当诗人的小说家推荐了类似的中立性。①

布斯在这里肯定了“诗人无自我”对小说叙事的影响（请注意引文中“输入”一词），他说福楼拜对“要当诗人的小说家”提出的劝告（写作中不能带入作者自己的情感与偏见），济慈早在30年前的1818年就提出来了！《小说修辞学》由此对主张作者保持客观的观点作了系统梳理，在布斯引述的一大串文学家名单中，济慈是最早的一位。这也就是说，布斯对“隐含的作者”的讨论始于引述济慈，“诗人无自我”给了他最初的启发，他完全是沿着济慈命题的方向“接着

① W. C. 布斯：《小说修辞学》，华明等译，北京：北京大学出版社，1987年，第77页。重点号为本文作者所加，为保持本书前后一致，布斯引用济慈的话为本书作者所译。

讲”下去，因此由他来对“说话的我”为谁给出答案是非常自然的。

除此之外，布斯的身份也决定了他是这种“接着讲”的合适人选。布斯的老师R. S. 克雷恩是“芝加哥学派”（又称“新亚里士多德学派”）的领袖，这个学派与新批评嫡系之间发生过激烈争论，但在外人看来这些都属“家庭内部的争吵”，因为它们的基本方法都是文本分析（但克雷恩等人不排除作品的社会历史内涵），所以布斯又被称为新批评阵营的后起之秀。新批评的主要成就在于诗歌解读，但小说在20世纪西方文学中已经蔚为大国，布斯继承了新批评对形式研究的重视，将细读法等运用于小说，《小说修辞学》因此赶在法国结构主义叙事学兴起之前，成为总结英美叙事理论的及时之作。没有新批评的“细读”精神，布斯不可能对作者之“我”和读者之“我”做出如此复杂的细分。

在分辨上述诸多自我的过程中，布斯继承了济慈的立论角度。济慈为“诗人说话不作数”提出的解释，是“我这个人的本我”不等于“说话的我”，布斯同样强调有血有肉作者与其“第二自我”的区别，但他将这种区别转换成可以划分不同程度的“距离”，认为远近不等的“距离”既存在于“隐含的作者”与其形形色色代言人之间，也存在于读者与“隐含的作者”、叙述者、人物之间。“距离”一词在《小说修辞学》中是一个具有统摄性的概念，布斯用它指代在价值判断、道德观念、情感倾向等方面呈现出来的各种微妙差异。布斯承认，他在“距离的变化”一节中划分的五种类别“并未涵盖各种可能性”，但这些足以使人相信这些距离的确存在，从而进一步去思考是谁在调节这些距离：当作者与叙述者看法相左时，读者可能对叙述者产生反感而同意躲在帷幕后的作者，但也有可能站在叙述者或某位人物一边。阅读实际上就是一个在作者控制下不断发生距离变化的过程，有些小说故意在一开始让读者对叙述者或某位人物产生反感，但随着叙述的展开，两者之间的距离逐渐缩小，反感到最后可能变为理解或同情。布斯认为，这种由远而近的距离安排，是现代小说最佳“距离控制”模式。不光是小说，我们在好莱坞电影中也看到太多这样的安排：某位人物身上一开始散发出太多痞味或匪气，令观众感到难以接受，但是随着剧情的进展，他们（其身份多半是逃犯、妓女或杀手之类）的形象逐渐变得可爱起来，而和他们对立的人物（其身份往往是道貌岸然的绅士淑女）则不知不觉滑到了伦理规范的水平线之下。

布斯在论述“距离控制”时发明了一个重要概念——“不可靠叙述”，这个概念如今已成了后经典叙事学的热门话题。A. F. 纽宁如此评论:“自从韦恩·布斯首次提出‘不可靠叙述者’以来,这个概念一直被看作文本分析中不可或缺的基本范畴之一。”[①]按照布斯的见解,由于叙事艺术的进步,小说中的叙述者变得越来越不可信,因此现代人需要提高阅读本领,以便穿透种种“不可靠的叙述”,聆听到隐藏在文本中的真正“声音”。“不可靠叙述”打开了叙事学研究的新天地,这个概念抓住了现代叙事的要害,对于人们读解文本有很大帮助,诸如此类的概念让后经典叙事学变得务实起来。然而饮水思源,没有“说话的我不是我”,就不会有对“说话的我究竟为谁”的深入追究,也就不会有对文本中各种“声音”的怀疑,“不可靠叙述”的概念形成中也有济慈一份功劳。

讨论布斯对济慈的承续,不能忘记他们之间还隔着一位艾略特。艾略特反对诗歌中的“自我中心”,认为思想应像玫瑰花香作用于人的嗅觉一样通过感觉来传递,这些都与济慈完全一致。如前所述,艾略特的“诗歌不是个性的表现,而是个性的脱离”,对于拨正浪漫主义时期以来只重诗人不重诗歌的偏向,产生过非常积极的作用,但是,消泯个性不等于作者从作品中彻底退出,如果作者完全不流露自己的立场,读者必定会像脱缰之马那样无所适从。济慈在讽刺诗歌中的自我横溢与强加于人时,也强调了后发制人和以退为进——“诗歌应是伟大的而不是强制性的,它能够进入人的灵魂,以其主题而不是以其自身来打动读者或引起赞叹。”艾略特的观点传播开来之后,一些小说家和批评家以“非个人化”为标准,一味要求作者摒除“偏见”超然事外,布斯在此情况下选择了与其“对着讲”的姿态,这表明他与济慈站在同一立场上。作为“亚里士多德学派”中的一员,他不可能主张作者在教化人心上无所作为——亚里士多德诗学的一个核心观点是诗有“净化”功能。布斯的“不可靠叙述”意味着作者的巧妙介入,因为在“不可靠叙述”后面总还有“可靠的叙述”存在,其中蕴含着作者的价值判断、道德观念和情感倾向,发现“隐含的作者”需要先后掀开这两重帷幕。济慈不喜欢那些“明显是有心要摆布我们的诗歌”,实际上没有“摆布”是不可能的,济慈厌恶的只是“摆布”的气势汹汹与强加于人,布斯主张的“距离控制”说白了也是“摆布”,但他的“摆布”既不“明显”也不带“强制性”,

---

① 安斯加·F. 纽宁:《重构“不可靠叙述”概念:认知方法与修辞方法的综合》,马海良译,载詹姆斯·费伦、彼得·J. 拉比诺维茨(主编):《当代叙事理论指南》,北京:北京大学出版社,2007 年,第 81 页。

其“退居一隅”的姿态就像济慈喜爱的那些紫罗兰与樱草花。“隐含的作者”要义在于“隐含”(implied),这个词的拉丁词源(implicāre)有“向内”、“折叠”之义,布斯用这个词来表示作者隐匿在重重叠叠的文本帷幕之后,可以说是再合适不过。

或许需要用具体的例子来说明布斯的理论。我们都知道“反讽”和“含混”是新批评中的两个重要概念,但过去对它们很难做出清晰的界定,“距离控制”理论出来后,这两个概念变得比较容易理解了:当作者选择了一个不完全代表自己的“声音”来叙述时,这个“不可靠的叙述者”便会制造出作者有意为之的“含混”,给文本蒙上一层饶有深意的“反讽”色彩。以马克·吐温的《哈克贝利·费恩历险记》为例,故事中的叙述者为帮助黑奴吉姆逃跑的流浪儿哈克,他觉得自己做的是一件十恶不赦的事情,因此总是责怪自己“太没良心”、“太不要脸”,“早晚要下地狱”,后来哈克甚至给华森小姐写了一封告密信,但在最后关头他还是把这封信给撕了:

> 我琢磨了一会儿,好像连气都不敢出似的,随后才对自己说:“好吧,那么,下地狱就下地狱吧,”——接着我就一下子把它扯掉了。起这种念头,说这种话,都是糟糕的事儿,可是这句话还是说出来了。我还真是说就算数;从此以后就再也不打算改邪归正了。我把这桩事情整个儿丢在脑后,干脆打定主意再走邪路,这才合乎我的身份,因为我从小就学会了这一套,干好事我倒不在行。[①]

这就是典型的“不可靠叙述”,小说一直在用这种“下地狱就下地狱吧”的口气在说话,读者听起来却句句是“反讽”,他们能够听出隐藏在“不可靠叙述”后面的“可靠的叙述”,那是“隐含的作者”在提醒读者别把哈克的话当真:哈克越是觉得自己该下地狱,就越发显得他是一个真正有良心的好孩子。叙述者和“隐含的作者”发出的不同“声音”造成了某种“含混”,这便是布斯所说的“叙述者声称要自然而然地变邪恶,而作者却在他身后默不做声地赞扬他的美德”。[②]用“隐含的作者”和叙述者的距离来解释“含混”与“反讽”,确实有助于为准确

---

① 马克·吐温:《哈克贝利·费恩历险记》,张友松等译,南昌:百花洲文艺出版社,第273页。

② W. C. 布斯:《小说修辞学》,华明等译,北京:北京大学出版社,1987年,第179页。

把握这两个含义宽泛的概念。

按照布斯在《小说修辞学》中的论述，“距离控制”似乎是英美叙事的强项，其实我们的古人早就意识到叙述者与作者之间存在区别，也早就在自觉不自觉地运用这种叙事策略。元好问《论诗三十首》之一说：

> 心画心声总失真，文章宁复见为人，
> 高情千古闲居赋，争识安仁拜路尘。

“安仁”即西晋时代的美男子潘岳(字安仁，“貌比潘安”就指这位仁兄)，《晋书潘岳传》说他“与石崇等谄事贾谧，每候其出，与崇等则望尘而拜”，这样一个趋奉权贵的外美内丑之徒，在《闲居赋》中居然戴上精神面具化身为一位情调高雅、志在隐逸的叙述者。《红楼梦》第3回贾宝玉出场，叙述者说出这么一番话来：

> 天下无能第一，古今不肖无双；
> 寄言纨裤与膏粱，莫效此儿形状！

联系此前加在贾宝玉头上的“混世魔王”、“惫懒人”等名号，可以看出作者有意让叙述者站在世俗立场上发出“声音”，用这种“不可靠叙述”去“误导”读者，等到读者在进一步阅读中发现有点不大对头，他们自会修正原先形成的印象，去聆听文本中作者反世俗观点的“声音”，这就导致了一位复杂人物在读者心目中的生成。当读者认定贾宝玉不是什么“混世魔王”时，他实际上已看到了叙述者与“隐含的作者”之间的距离，读出了文本中隐藏的“可靠的叙述”。现在人们只关心“不可靠叙述”而忽视“可靠的叙述”，实际上两者应当放在一起来研究，布斯就是由“可靠”再谈到“不可靠”，两者之间的关系无法割断。

“隐含的作者”与“隐含的读者”是一对孪生兄弟，后者涉及“听(你说)话的我”，在接受美学、读者反应批评中产生了很大反响，因此也应纳入讨论范围。布斯如此形容他所创造的这个概念：

> 福克纳和E.M.福斯特正在发表他们的斯德哥尔摩演讲或正在写作他们的论文时所持的“关于人的观点”，对于我们阅读他们的小说来说，的确只有表面价值。但是，如果我要欣赏他的作品，我就必须大体同意它的隐含作者对所有事物所持的论点。当然，也必须对作为读者的我与正付

> 账单、修漏水龙头、缺乏仁慈与明智的那个时常很不相同的我之间加以区别。只有在我阅读时,我才变成了必须与作者的信念相一致的那个自我。不管我的真实信念和行为是什么,如果我要充分欣赏作品,我就得全心全意地附属于作品。简言之,作者创造了一个他自己的形象和另一个他的读者的形象;正如他创造了他的第二自我,他也创造了他的读者,最成功的阅读是这样的:在阅读时被创造出来的两个自我,作者和读者,能够找到完全的和谐一致。[①]

布斯的意思是:作者在创作文本的同时也创造了他心目中理想的读者,作者将自己的"第二自我"糅入文本,读者在阅读中亦须分离出一个"第二自我"进入文本,以便与作者的"第二自我"对接,两个自我如果能够达成一致,便是完成了"最成功的阅读"。必须指出,布斯在这两个自我之间更为偏重前者,他强调前者对后者的控制与引导,仿佛它们是一种主角与配角的关系,后者应当亦步亦趋地配合前者,站在读者立场上的接受美学家后来对这一观点提出了批评。

似乎是为了回应自己的批评者,布斯在《小说修辞学》出版四十余年之后撰写了《隐含作者的复活:为何要操心?》一文。我们知道布斯的拿手好戏是对作者与读者的自我进行种种复杂的细分,这次他老人家像孙悟空变出许多小孙悟空一样,把阅读美国女诗人西尔维亚·普拉斯遗诗的自己一分为五(包括"布斯甲"的一个变体"布斯甲 a"):

> 布斯甲——完全投入的读者,试图忠实准确地理解遗诗,力争站在"隐含的作者"立场上,希望成为符合"隐含的作者"期待的"隐含的读者"。
>
> 布斯甲 a——知道普拉斯写完诗后便自杀了,因此对遗诗的精彩之处特别欣赏。不知道这点的读者尽管也努力理解,但对诗的反应会有很大不同。
>
> 布斯乙——为了写这篇论文而读普拉斯,他将自己的批评兴趣强加到作品之上,这显然对布斯甲有所损伤,使其无法完全成为"作者的读者"。
>
> 布斯丙——受到俗务和身体不适干扰的布斯,尚未完全进入阅读状

① W. C. 布斯:《小说修辞学》,华明等译,北京:北京大学出版社,1987 年,第 151—152 页。

态，写这篇论文时腰酸背疼，刚读到的一篇攻击性的书评更令其心绪不宁。

布斯丁——致力于道德说教的布斯，他想告诉普拉斯自杀是种不道德的行为，但同时他也清楚不应忘记隐含作者所具有的功能。[①]

这些“布斯”中有的一心一意想成为符合作者期待的“隐含的读者”，有的距此目标非常之近，有的怀着个人的批评兴趣而阅读，有的摆脱不了真实生活中的诸多干扰，有的还受到自己道德立场的掣肘。为什么要细分出这么多“布斯”？我理解布斯是用戏谑的手法指出“隐含的读者”周围存在着许多变数，人文学科不是自然科学，要求一个文学概念像数学那样精确无异于吹毛求疵。布斯认为有血有肉的读者生活在真实的世界，他们不可避免地会有这样那样的缺点与弱点，但是一旦进入阅读状态，为了向“隐含的作者”看齐，他们就得尽力摒弃这些缺点与弱点，因此进入“隐含的读者”这一角色就像是戴上形形色色的面具。同样的道理，真实的作者也需要在文本中自我装扮，许多传记暴露出生活中的作家没有人们想象的那么优雅与优秀，“倘若我们崇拜的那些诗人没有戴上面具，那么他们的大多数作品都会糟糕得多”[②]。

布斯把这种“戴上面具”视为自我完善，以此回答一直以来人们对两个“第二自我”交融效果的质疑：

那个被创造出来的自我创作了作品，当我们与这一自我融为一体，按其意图重新建构作品时，我们会越来越像作为创造者的隐含作者。当我们得知作品后面存在较为低劣的自我时，我们不仅会比以前更为欣赏作品，而且还能看到可以模仿的创造更好的自我的榜样。[③]

这番话是文章的结论，其中既有亚里士多德“净化”理论的印痕，与利科尔的自我在阅读中发生“想象性变化”也存在联系，但从全文看来，我觉得布斯最为重视的还是“说话的我”与“我这个人的本我”之间的不同，因为他说看到这种区分能使我们“比以前更为欣赏作品”。布斯此文收入詹姆斯·费伦与彼得·拉

① 韦恩·C. 布斯：《隐含作者的复活：为何要操心？》，申丹译，载詹姆斯·费伦、彼得·J. 拉比诺维茨（主编）：《当代叙事理论指南》，北京：北京大学出版社，2007 年，第 76—77 页。

② 同上书，第 69 页。

③ 同上书，第 80 页。

此诺维茨主编的《当代叙事理论指南》，该书在“作者简介”中也是这样归纳布斯的主要观点：

> 在大多数情况下，尤其是在阅读文学作品时，除非你能将文本隐含的作者与有血有肉的作者以及各种人物、叙述者区分开来，否则你就无法充分理解文本(达到较好的交流)。每一个作者和发话人都试图创造出超越日常自我的一个隐含版本。一个人若要理解另一个人，只能通过密切关注对方的两个(有时是三个)相互对照的自我，才有可能成功。[①]

如果说布斯的“隐含的作者”受了“诗人无自我”的启发，那么“隐含的读者”就是他自己在此基础上的发明，是他留给文学理论领域的一笔重要遗产(布斯于2005年去世)，我们不妨稍微追踪一下“隐含的读者”的后续旅行。

布斯撰写《小说修辞学》的基本宗旨，在于教会人们读懂继诗歌之后崛起的小说，就此而言，布斯不但是叙事学领域的先行者，同时也是接受理论的先知先觉之士。事实上，“隐含的读者”就被德国的沃尔夫冈·伊瑟尔等人作为“他山之石”拿了过去，发展为接受美学与读者反应批评的经典范畴。但是，伊瑟尔是与布斯“对着讲”：布斯说最成功的阅读是作者的“第二自我”与读者的“第二自我”达到“完全的和谐一致”，伊瑟尔认为这个目标永远不可能达到，尽管读者在阅读过程中会亦步亦趋地释放出与故事情境相应的各种情绪性反应，但读者固有的价值取向不可能全部退隐(例如执著于道德教化的“布斯丁”)，它会不时跳出来干预阅读的进程并控制读者的反应程度，或者说控制着真实的读者在具体化过程中的种种选择。[②] 伊瑟尔的“隐含的读者”与布斯的原创不同，它是一种“超验的”、符合作者全部阅读期待的东西，代表着文本中一切潜在的阅读可能，现实生活中真实的读者只能凭着自己在具体化过程中所做的选择，完成对“隐含的读者”的部分实现。前述“布斯乙”、“布斯丙”和“布斯丁”就属于这种情况，这说明布斯后来对自己的观点已经有所修正。

---

① “总的说来，心理小说的特殊性质无疑是由现代作家的一种倾向所造成：作家用自我观察的方法将他的‘自我’分裂成许多‘部分的自我’，结果就使他自己精神生活中冲突的思想在几个主角身上得到体现。”S.弗洛伊德：《创作家与白日梦》，林骧华译，载朱立元、李均(主编)：《二十世纪西方文论选》(上卷)，北京：高等教育出版社，第319页。

② 伊瑟尔：《阅读行为》，金惠敏译，长沙：湖南文艺出版社，1991年，第207—229页。

关于读者的选择与文本的意义，伊瑟尔在《阅读行为》的中文版序言中写道，即使是乔姆斯基为证明语言规律而臆造出来的“毫无意义”的著名例句——“Colorless green ideas sleep furiously”（透明的绿色思想喧闹地沉睡着），读者也会出于“对稳定意义的期待”不断地将其置于各种假设之中，直至它获得某种言之成理的解释：

> 对于稳定意义的基本期待是促使读者对文学作品的本文进行个性加工的首要原因，而这种加工又构成本文的意义逐步现实化的前提。当然，意义的现实化始终是读者在各种可能性中进行选择的结果，换言之，具有多义性的本文只有经过排他性的选择，才能获得某种明确的意义。但这种明确的意义必须在阅读过程中本文各部分稳定意义形成的基础上产生，因为，具有多义性的本文不可能在整体上立即被读者所理解，只有当它的各部分获得了稳定的意义时，其整体意义才会逐步实现。这意味着，阅读中本文的意义总是在排斥其他现实化可能性的前提下形成的。在具体情况下，读者对本文意义的选择必须受个人的倾向性以及他所处的社会和文化的状况的制约。一般说来，它们决定了不同的读者在将本文现实化时所采用的方式的差异。[①]

伊瑟尔的主张被认为是最为彻底的接受美学，在我看来他所持的文本理念也是内涵最广的，因为“隐含的读者”之说将文本的概念放大了许多，把读者一切可能的反应都作为文本的预设部分囊括了进来。有人就是据此对伊瑟尔提出赀议，批评“隐含的读者”之说未划清文本与读者两个基本概念的界限。

八、德·曼——作者的莫衷一是

在考察“观点的旅行”时，我们已经注意到一个现象，这就是各派理论在表达上都喜欢将自己的观点“极而言之”，这方面济慈的“诗人无自我”可谓首开其端，不过我们都知道济慈其实并不是真的认为作者没有自我，在具体阐述中他把自己的意思说得很清楚：“说话的我”不等于“我这个人的本我”，这个“我”

---

① 伊瑟尔：《阅读行为》，金惠敏译，长沙：湖南文艺出版社，1991 年，第 23—24 页。

在诗歌中不要太咄咄逼人，等等。然而，一些人的“极而言之”已经走向了极端，巴特把“写作”权交给读者，利科尔和伊瑟尔模糊文本与读者之间的界限，甚至还有人提出“自我和世界一样，也是一种文本”[①]，这样的言论就未免过于极端，让人难于接受。

在这些过于“极而言之”的言论中，我们要特别提到美国耶鲁学派中的保罗·德·曼，他不满足于继续扩大读者的权利，而是跳到另一个极端，从作者那一头去证明文本无解，因为多重意义的冲突缠绕让作者左右为难，这甚至导致有的作者半途而废，留下没有结尾的文本让人猜测不已。有意思的是，德·曼举出的唯一例子竟是济慈的《海披里安的覆亡：一场梦境》。

德·曼是解构主义文论的倡导者，他曾与旨趣相同的希利斯·米勒、哈罗德·布鲁姆以及杰弗里·哈特曼等人一道执教于耶鲁大学，因而被人戏称为“耶鲁四人帮”。德·曼将解构理论与修辞学结合，提出了“阅读的不可能”这个命题。阅读为什么是不可能的？按照德·曼从尼采那儿继承过来的说法，语言的本质特性是其修辞性（包括隐喻与象征等），修辞性给语言带来强烈的自我指涉性，它使语言的指称变得波谲云诡，使符号的意义变得无法确定。由于符号和意义的不一致乃是语言的本质特性，修辞和转义一定会使作者的意图分崩离析，阅读行为便是一个真理与谬误永远缠绕在一起的无休止过程，阅读永远不可能达到对文本的“正确”理解，事实上这种理解根本不可能存在。

在把文本的可阅读性与可理解性当作神话寓言的同时，德·曼进一步指出一切文本都因修辞性而具有解构要素：文本需要一个主结构来支撑其意义，但文本的修辞和转义必定会产生出一个具有颠覆功能的亚结构，两个结构在建立关系以确立自己意义的过程中导致了文本的自我解构。为此他用济慈无法写完他的《海披里安的覆亡》（引文中译成《许佩里翁的倒台》），来证明阅读乃是一件“不可能”完成的任务：

> 在济慈没有完成的史诗《许佩里翁的倒台》(The Fall of Hyperion)中，标题里的生格，我们必得理解成“许佩里翁的倒台”(“Hyperion's Fall”)，这是旧势力被新势力击败的本事，是济慈的确由此下笔，而又益

① Walter Benn Michaels, "The Interpreter's Self: Peirce on the Cartesian 'Subject'", Jane P. Tompkins, ed. *Reader-Response Criticism*, Baltimore: The Johns Hopkins University Press, 1980, p. 199.

愈远离的本事，抑或理解成“许佩里翁正在倒台”，这样对倒台的实际过程的远更不具体、远更令人不安的回忆，而不顾及它着笔、结尾，或者降临它身上使它倒台的实体的身份？这一本事，的确在后来的题为《许佩里翁的倒台》的片段中讲述过，但讲述的却是一个与阿波罗而不是与许佩里翁类似的人物，同一个阿波罗，在第一种描述中（被称为许佩里翁），应该确定不移地、胜利地站立起来，而不是倒（台）下去，如果济慈没有原因不明地被迫中断阿波罗获胜的故事。标题不是告诉我们许佩里翁倒（台）下去，阿波罗站立起来，抑或告诉我们许佩里翁和阿波罗（以及济慈，后者有时难以同阿波罗区别开来），在他们全都必然地、不断地倒（台）下去这一方面上说，是可以互换的？两种读解在语法上都是无误的，但从语境（接下来的叙事）上看，却不可能确定哪一种是正确的描述。叙事语境既不适合于两者中任何一种情况，又同时适合于两者，人们很可能认为，济慈哪一种描述都不能完成，这表明他和我们一样，不可能读解他自己的标题。于是，人们可以从比喻意味上阅读标题《许佩里翁的倒台》中的“许佩里翁”这个词，或者，倘若愿意的话，从文本互涉的意味上阅读这个词，即指的与其说是那个历史或神话人物，毋宁说是济慈自己前一文本（《许佩里翁》）的标题。然而，那样一来，我们是不是把第一个文本中的失败的故事讲述成第二个文本中的成功的故事，把《许佩里翁》的倒台讲述成《许佩里翁的倒台》的胜利？显然如此，而又不完全如此，因为第二个文本也没有完结。抑或，我们是不是在讲述一切作为文本的文本何以总是能够说成正在倒台？显然如此，而又同样不完全如此，因为在第二种描述中讲的有关第一种描述的失败的故事，只适用于第一种描述，不能够合法地解读为也指《许佩里翁的倒台》的倒台。这一不可决定性涉及专名许佩里翁和动词倒台的比喻或原义地位，因而是比喻问题而不是语法问题。在“许佩里翁的倒台”（Hyperion’s Fall）中，“倒台”一词显然是比喻性的，是对比喻性倒台的表述，我们作为读者把这种倒台读作站立起来。但是在“许佩里翁正在倒（台）下去”（“Hyperion Falling”）中，情形则不这么清楚，因为如果许佩里翁可以是阿波罗，阿波罗可以是济慈，那么，他也可以是我们，而他的比喻的（或象征的）倒台，就变成了他的和我们的实际的倒台。两种阅读的差异本身就是作为一种转义结构起来的。我们怎样阅读这一标题，关

> 系极为重大，这不仅在语义学中，而且在文本实际上对我们做了什么这一方面，都是一种练习。面对做出决定的不可避免的必要性，无论是语法的或是逻辑的分析，都不能帮助我们摆脱出来。正如济慈不得不中断他的叙述，读者就在他被文本极为直接地吸引和召唤的一刹那，也不得不中断他的理解。①

以上文字出自德·曼的论文《对理论的抵制》，用如此之大的篇幅讨论阅读《海披里安的覆亡》中的种种困惑，说明他觉得这些困惑可以很好地用于"对理论的抵制"。新批评以来几乎所有的批评理论都建立在对文本的细读之上，然而严格的细读遇到修辞手段造成的转义便会不知所措：作者原意藏于何处？什么样的理解更为可取？互不相容的选择叫人如何选择？一方面是必须选择，另一方面又不可能做出选择，这种情况怎会不让阅读和文本都濒临崩溃！从引文中可以看到，仅仅是"海披里安的覆亡"（引文中为"许佩里翁的倒台"）这个简单标题，就引发了令人头晕目眩的复杂转义，德·曼故意将其陷入自我指涉的反复缠绕之中，以此说明"济慈不得不中断他的叙述"和读者"不得不中断他的理解"。

对于为什么"济慈不得不中断他的叙述"，一般的解释是他因罹患不治之症而无奈搁笔，然而仔细追究一下就会发现此说不够准确。"海披里安"史诗写作的起讫时间为1818年秋天至1819年4月，一共写了900来行，此时济慈身心俱佳，接下来的1819年5月是其创作的黄金时期；从1819年7月开始，济慈以《海披里安》未竟稿为基础，断断续续地修改重写《海披里安的覆亡：一场梦境》，但到9、10月间又写不下去，留下一部500多行的残稿，搁笔时他的身体尚属正常——病魔来袭的时间还在次年2月，因此济慈写不下去的原因肯定不在身体。从济慈两度搁笔时的书信中，我们得知他为自己未能"文思泉涌"而烦恼，为自己遣词用句不够理想而自责，②这些与德·曼的说法存在一

---

① 保罗·德曼：《对理论的抵制》，李自修译，载王逢振、盛宁、李自修（编）：《最新西方文论选》，桂林：漓江出版社，1991年，第223—224页。

② 约翰·济慈：《一八一九年二月十四、十九日，三月三(?)、十二、十三、十七、十九日，四月十五、十六、二十一、三十日，五月三日致乔治和乔治安娜·济慈》，载《济慈书信集》，傅修延译，北京：东方出版社，2002年，第284页；约翰·济慈：《一八一八年二月一十九日致J. H. 雷诺兹》，载《济慈书信集》，傅修延译，北京：东方出版社，2002年，第386页。

定程度的契合。

德·曼说“许佩里翁(海披里安)可以是阿波罗,阿波罗可以是济慈,那么,他也可以是我们”,这里面的转义看似牵强附会,深究起来不无道理。济慈讲述的主题是“一代胜过一代”:海披里安属于以萨图恩为首的第二代天神,这些提坦神推翻了第一代天神“混沌”的统治,但在故事中他们行将被自己的儿辈——以朱庇特为首的奥林匹亚诸神替代,而奥林匹亚神也终将让位给更新的一代。按照这种逻辑,“海披里安可以是阿波罗”一点没错,因为海披里安在父亲“混沌”面前就像他的儿子阿波罗在自己面前。希腊神话中人神同形同性,神的血脉流淌在人类子孙后代身上,因此“阿波罗可以是济慈”“他也可以是我们”也没错。济慈以海披里安为题是要讲述提坦神的故事,但史诗所要表达的思想却是“美在未来”,这就使得作者无法固定自己的立场——他究竟是同情海披里安,还是赞美阿波罗?此所谓“两间余一卒,荷戟独彷徨”,故事讲述人在两造之间莫衷一是,这故事怎么能讲得下去?

还有,既然新老交替的规律不可逆转,那么提坦神的抗争便失去了意义,获悉这一命运规律的第二代天神只能在阴暗的洞穴深处捶胸顿足,喋喋不休地发泄愤怒与仇恨。济慈本想在史诗中表现《安狄米恩》所不具备的“强劲”,但坐而论道是没有力度和速度的,读者多么希望强大的海披里安能够振臂一呼率领众神冲出幽冥啊!济慈在致海登信中表示要写出“激情的狂飙突进”,然而只有哭泣怒骂而没有惊心动魄的斩将搴旗,“激情的狂飙突进”如何产生?希腊艺术无论是消费时间的史诗还是占据空间的雕刻,都是张力紧绷、生气灌注的作品,“海披里安”史诗所缺少的,还是那种令人血脉贲张的、能够把一切烧成灰烬的激情。济慈为酝酿这种激情作了很长时间的准备,然而文本的内在矛盾——既要表现冲突又在削弱冲突,使他陷入了英雄无用武之地的困境。以上所作的分析与德·曼的观点不尽相同,但基本方法都是从文本内部寻找原因。

从文本内部寻找原因的思路,或许还有助于我们揭开曹雪芹未完成《红楼梦》之谜。小说中女性人物的命运,早已在太虚幻境的“正册”、“副册”和“又副册”中设定;警幻仙姑手下演唱的歌曲,也暗示繁盛如“烈火烹油,鲜花著锦”的荣宁二府,最终将落到“食尽鸟投林,落了片白茫茫大地真干净”的下场。曹雪芹的写作目标,毫无疑问应当指向贾氏家族的彻底毁灭,但他本人又是来自同样的贵族家庭，人皆有之的恻隐之心使得这个指向难免受到削弱，直到他搁笔的第80回，我们还未看到“食尽鸟投林”的迹象出现。聪明的高鹗揣摸到了他的心思，为后40回安排了“兰桂齐芳”这一折衷性的结局，我们不妨把它看成一开始就与“白茫茫大地真干净”平行存在的亚结构，金陵十二钗正册中预示李纨（贾兰之母）命运的“到头谁似一盆兰”，已经为贾府将来“家道复初”作了某种埋伏。第120回“光着头，赤着脚”的贾宝玉披着“大红猩猩毡斗篷”向贾政拜别，这个令人惊诧的告别着装可以说是作者两难处境的折射。

与“兰桂齐芳”相似，“钗黛合一”也是《红楼梦》中对主结构形成干扰的亚结构。众所周知，贾宝玉对“仕途经济”“禄蠹”的鄙夷不屑得到了林黛玉的大力支持，而薛宝钗则像是正统价值观念的卫道士，小说既然要肯定主要人物的追求，就必须“抑钗扬黛”。事实上，书中确有多处反映薛宝钗的工于心计与趋炎附势，重头戏“宝玉挨打”更浓墨重彩地写出贾宝玉与林黛玉的心心相印。然而，小说中“抑钗扬黛”的倾向并未贯彻始终，钗黛二人经常呈现出“双峰并峙”乃至“二水合流”的状态。金陵十二钗册子一般是一人一册，唯独钗黛二人有一合册（“玉带林中挂，金簪雪里埋”），庚辰本脂批早就指出“钗玉名虽两个，人却一身，此幻笔也”，俞平伯就是据此提出他的“钗黛合一”之论。“钗黛合一”强调钗黛互补，“合一”便能“兼美”——“兼美”又是贾宝玉初试云雨情的对象之名（又称“可卿”）：“其鲜艳妩媚，有似乎宝钗，风流袅娜，则又如黛玉”。然而这样的人物只存在于朦胧的梦境，价值取向迥然不同的人物捆绑在一起，必然导致形象崩溃与文本解构。在“抑钗扬黛”与“钗黛合一”间摇摆不定，应当是曹雪芹写不下去的一个原因。

文学史上未竟之作只是少数，但在那些已经完成的经典作品之中，我们也能发现亚结构对主结构的削弱与干扰。以与《红楼梦》同属四大名著的其他三部小说为例，它们在我看来都是“勉强”写完的，所谓“勉强”，指的是作者不顾亚结构具有的内在合理性，强行令其服从主结构直至终篇，这种压制虽使写作任务得以完成，但被压迫到文本深层的亚结构仍然具有强大的反弹力量。《水浒传》中，归顺朝廷的主结构压制了“逼上梁山”的亚结构；《三国演义》中，匡扶汉室的主结构压制了“桃园结义”的亚结构；《西游记》中，皈依正统的主结构压制了“乐享逍遥”的亚结构。我们能感觉到作者在如此处理时的无奈，同时也能感受到亚结构被压制下去时的不服气与不甘心——梁山、桃园和花果山（包括高老庄与流沙河)代表着更大的个性空间和更多的人性温暖,它们在退隐的同时也在向读者发出强力召唤。

小说结尾难是作家们一直热烈议论的话题,王蒙数次提到长篇小说多有"虎头蛇尾"的毛病,即便是名著也不例外,我觉得用亚结构作祟可以解释这一现象。如果把文本看成织物,把写作看成编织,那么结局就处在一件编织物的"收口"处,文本的内在冲突与作者的莫衷一是导致了"收口"的艰难。解构主义文论的另一代表人物米勒提到作品中总有两股力量在相互冲突,阅读并不能一层层地深入文本、一步步逼近终极阐释,而是在中途就被这种冲突弄得左右为难,形成在两种观点之间的往复式摆动,[①]这个观点可以看成对德·曼理论的一种支持。米勒的《解读叙事》还单列一章讨论小说结尾,其中谈到"任何小说都无法毫不含糊地结束,也无法毫不含糊地不结束",[②]这一看法似可概括为"结尾的不可能"。出于对《西游记》结尾的不满,胡适重新撰写了唐僧取经故事的"第八十一难",他对此的解释是:"十年前我曾对鲁迅先生说起《西游记》的第八十一难(九十九回)未免太寒伧了,应该大大的改作,才衬得住一部大书。"[③]胡适的结尾写唐僧取经成功后扫塔入梦,梦中那些西天路上被打杀的妖魔鬼怪之魂齐来索债,唐僧遂取刀削下自己身上的骨肉饲喂这些饿鬼,满足了他们享用"唐僧肉"的愿望。这种以梦境来瓦解亚结构的做法有点"讨巧",是否能如胡适所说"衬得住一部大书",还请读者自行判断。

解构主义是后结构主义发展链条中最重要的一环,作为最具反传统色彩的批评理论,它的矛头不仅指向结构主义,而且指向自古希腊以来的整个西方理性主义的读解传统。一般人简直无法想象,济慈两度搁笔的"海披里安"史诗,居然会被德·曼用来说明他的解构思想。然而如我们一再强调的那样,不管西方批评理论如何变化莫测,思想风暴刮起得多么猛烈,济慈总是他们讨论问题时的一个"缺席的在场者"。济慈之所以会被解构主义批评家纳入视野,不光是因为他的遗诗正好可以作为解构理论的例证,更重要还在于他反对作

---

① 希利斯·米勒:《重复的两种形式》,王宏图译,载朱立元、李均(主编):《二十世纪西方文论选》(下卷),北京高等教育出版社,2002年,第274—275页。

② J. 希利斯·米勒:《解读叙事》,申丹译,北京:北京大学出版社,2002年,第52页。

③ 胡适:《〈西游记〉的第八十一难》,欧阳哲生(编):《胡适文集》(5),北京:北京大学出版社,1998年,338页。

者的自我膨胀。英语中“作者”一词为“author”，它派生出“authority”（权威）、“authoritarianism”（权力主义或独裁主义）等标示“权力”与“权威”的词语，这一同源词组告诉我们，写作从一开始就渗透了作者的控制欲望与权力意志，济慈的“诗人无自我”刺破了被浪漫之风鼓胀的欲望气球，向作者的权力意志发出了最初的挑战，这一点与强调阐释的解构主义批评不谋而合。然而解构主义批评又走向了另一极端，美国资深批评家 M. H. 亚伯拉姆斯就指责解构主义者过于强化了读者的权力意志，文本在他们手中成了随意捏弄的面团，就像他们崇拜的超人将芸芸众生玩弄于股掌之上。[①]

九、什克洛夫斯基——反常化与“消极的能力”

以上讨论涉及诸多文论大国，如英国、美国、法国、德国等，唯独缺了我们的近邻俄罗斯。20 世纪初年的俄国是西方现代文艺思想重要发祥地，一大批天才人物，如 R. 雅各布逊、V. 什克洛夫斯基、B. 埃亨巴乌姆、弗·雅·普罗普、M. M. 巴赫金，如雨后春笋般同时从俄罗斯大地上冒了出来。1915 年左右成立的莫斯科语言学派与彼得堡的诗歌语言理论研究协会（“奥波亚兹”），其基本成员为莫斯科大学与彼得堡大学的学生，前者以雅各布逊为首，后者以什克洛夫斯基为首，他们后来被统称为俄国形式主义者。

什克洛夫斯基提出他的反常化理论时，年龄大约与提出“消极的能力”时的济慈相当。反常化是俄国形式主义的理论基石，隔着百年时光与整块欧洲大陆，“消极的能力”未能向东旅行到彼得堡那么遥远的地方，但年轻的什克洛夫斯基与济慈之间似乎有一线相牵，他的反常化理论与“消极的能力”颇为相近，“接着讲”的意味相当浓郁。

其一是延缓认知。如前所述，济慈主张让认知主体“处于被动与接受的状态”，所谓“消极的能力”，其要义即为延缓认知——“有能力停留在不确定的、神秘与疑惑的境地，而不急于去弄清事实与原委”。什克洛夫斯基的反常化也是为了延缓认知，他认为人对事物的反应像动作一样容易形成习惯，一旦形成

---

① M. H. Abrams, “The Deconstructive Angel”, David Lodge, ed. *Modern Criticism and Theory*, New York: Longman Inc. pp. 265—276.

习惯，人们便会自动地用认知来代替感受，陷于熟视无睹、充耳不闻的“脱敏”状态：

> 经过数次感受过的事物，人们便开始用认知来接受：事物摆在我们面前，我们知道它，但对它却视而不见。因此，关于它，我们说不出什么来。使事物摆脱知觉的机械性，在艺术中是通过各种方法来实现的。[①]

我们的古人对此曾用“如入芝兰之室，久而不知其香”来形容。什克洛夫斯基针对这一现象开出反常化这道药方，反常化旨在助人“复敏”，延缓其习惯成自然的认知进程，以更新对艺术的感受能力：

> 艺术的手法是事物的“反常化”手法，是复杂化形式的手法，它增加了感受的难度和时延，既然艺术中的领悟过程是以自身为目的，它就理应延长；艺术是一种体验事物之创造的方式，而被创造物在艺术中已无足轻重。[②]

反常化又被译成陌生化，它的意思指作者将习见的事物变得反常而陌生，使读者从浑浑噩噩的状态中“惊醒”，重新体验第一次面对该事物时所产生的新鲜感觉与震颤之情。我国清代词人纳兰性德笔下有“人生若只如初见，何事秋风悲画扇”之句，说的就是如果能保持住“初见”时的印象，像秋扇一样遭遇抛弃的悲剧便不会发生。

济慈让人“别急于求知”，停留在“不急于去弄清事实与原委”的境地，我们知道他的意思是认知过早光临会带走艺术中种种微妙感受，至于其中机制，济慈自己未作进一步深究。艾略特在这方面对济慈有所继承，但大学者的身份使他不可能对认知完全排斥。反常化理论则是对此名副其实的“接着讲”：什克洛夫斯基明确将认知当作艺术之敌，他之所以主张加大和延长“感受的难度与时延”，是因为艺术在他看来就是“使人感受到事物”（表现对象则“无足轻重”）；事物一经反常化，人们“感受的难度”随之加大，感受持续的时间也势必延长，因此这种加大与延长有利于达到艺术即领悟之目的。反常化的这种“接

---

① 维克托·什克洛夫斯基：《作为手法的艺术》，方珊译，载维克托·什克洛夫斯基等：《俄国形式主义文论选》，北京：三联书店，1989年，第7页。

② 同上书，第6页。

着讲”，反过来让我们对济慈的“别急于求知”有更深认识，对其现代价值更有体会，也更能理解他在这一问题上对柯勒律治的不满。西方当代文论五光十色，对艺术目的的认识各不相同，但强调阅读体验则是许多流派的共同点，俄国形式主义在这方面首开其端，延缓认知之论在其中扮演了重要角色。

其二是保持感觉。延缓认知是为了保持住感觉，济慈曾说感觉比思想更为重要，为此他宁可“不要过思想的生活”，艾略特对此有进一步发挥，提出要让人像闻到玫瑰花香似地感觉到思想。什克洛夫斯基在这个问题上的看法是：

> 那种被称为艺术的东西的存在，正是为了人对生活的感受，使人感受到事物，使石头更成其为石头。艺术的目的是使你对事物的感觉如同你所见的视像那样，而不是如同你所认知的那样。[①]

这种“视像”与理性认识无涉，是一种认知被滤去后的直观“印象”。托马舍夫斯基提到在普希金《上尉的女儿》第五章中，一名仆人如此看待沙皇军官热衷的决斗行为——“全部的过错不在我，而在那个该死的麦歇。都是他教会了你用铁叉子刺来刺去，又用脚踩来踩去，好像这样刺来刺去和踩来踩去就能防备坏人似的”。[②] 透过普通人眼中的“视像”，为捍卫个人尊严而举行的高尚决斗黯然失色，被还原为“用铁叉子刺来刺去”的愚蠢行为。就此意义而言，反常化实际上又是正常化，知道一块石头的化学成分与物理属性，只会使石头更不成其为石头，只有恢复对事物的正常感觉，把石头当作石头去体验感觉，我们才不会为机械化的认知所蒙骗。

至于对感觉的表达，我们在前面提到艾略特把英国17世纪诗人多恩树为这方面的标杆，但是坦率地说，即便多恩能让人如嗅花香般地感受其思想，这位圣保罗大教堂教长的诗歌还是缺少来自泥土的芬芳。玄学派诗歌使用的意象波谲云诡，当年人们因其难懂而名之曰“玄学”（metaphysics），王佐良说多恩的代表作《别离辞：节哀》中“充满了怪诞的比喻”，其中以两脚圆规比喻一对

① 维克托·什克洛夫斯基：《作为手法的艺术》，方珊译，载维克托·什克洛夫斯基等：《俄国形式主义文论选》，北京：三联书店，1989年，第6页。

② 鲍里斯·托马舍夫斯基：《主题》，姜俊锋译，载维克托·什克洛夫斯基等：《俄国形式主义文论选》，北京：三联书店，1989年，第134页。

情侣的离合，与当时科学思想的兴起不无关系。[1] 可以这样说，多恩确实运用了反常化手段，而什克洛夫斯基倡导的反常化则是要返回正常，这是两者的最大不同。俄国形式主义者为反常化方法举出的大量例子，如托尔斯泰在《战争与和平》中用平民小姑娘的视角观察军事生活与战争场面，柯罗连柯在《盲人音乐家》中用残疾人的心理来感受正常人，托尔斯泰与契诃夫在《量布人》与《醋栗》中分别用马和狗的眼睛看人，等等，[2]这些都是用反常的观察角度展示现实生活的失常与荒谬，以此来召唤感觉的初始化与正常化。

为了让感觉回复正常，俄国形式主义也为自己树立了标杆，这就是俄罗斯语言文学的民间传统。日尔蒙斯基如此总结：

> 艺术发展的过程可归结为以下的简单模式：已知的程序用尽了，不再有效了，诗人便创造新程序，这种创造或由诗人独立地进行，或(更经常的是)依赖于诗人们“初级水平”的文学传统，这种传统已被他们前辈所遗忘。[3]

普希金的创新在这方面最具代表性，在他步入文坛的那个时代，人们习惯了杰尔查文式的高雅诗风，而普希金却别出心裁以俗语入诗，创造了出奇制胜的艺术效果。以上世纪50、60年代国人耳熟能详的《我爱过您》为例，这首诗没有绚丽的形象与精巧的比喻，只有8行直抒胸臆的口语式独白：

> 我爱过您：也许爱情，
> 在我心中还没有完全消失；
> 但愿它不再烦扰您；
> 我一点也不想使您伤心。
> 我爱过您，无言而绝望地，
> 时而胆怯，时而嫉妒，忍受着折磨，
> 我爱过您，如此真挚，如此温存，

---

① 王佐良：《英国诗史》，南京：译林出版社，1997年，第130页。

② 鲍里斯·托马舍夫斯基：《主题》，姜俊锋译，载维克托·什克洛夫斯基等：《俄国形式主义文论选》，北京：三联书店，1989年，第132—135页。

③ 维克托·日尔蒙斯基：《诗的旋律构造》，徐黎明译，载维克托·什克洛夫斯基等：《俄国形式主义文论选》，北京：三联书店，1989年，第347页。

愿您也如此被别人所爱。[①]

诗中三叠式的歌咏("我爱过您"这个头语在诗中三次出现),与俄罗斯口头叙事传统有很深的渊源。日尔蒙斯基在什克洛夫斯基启发下注意到:

> 为了建立一种需要 Am 付出努力才能实现的功绩,一般(在俄国民间的壮士史歌或者童话里)首先由年幼的勇士(Am^{-2})出征,然后是中年的勇士(Am^{-1})出征,最后是年老的勇士(Am)。在俄国民间的壮士歌中,这种情节分布的建构常引起纯粹语言建构中的类比现象,因为在类似的情况里,我们总是看到传统的语言反复。[②]

形式主义者非常看重这种"纯粹语言建构上的类比现象":民间叙事中一波三折的情节(Am^{-2}、Am^{-1}与 Am 的三次出征),使诗歌结构逐渐塑形为韵律与句法上的一唱三叹。通过一遍又一遍地重复"我爱过您",普希金诗中的"我"倾诉了心中难以割舍的旧情,将欲燃未燃的旧爱之火描摹得淋漓尽致。按照形式主义者的观点,缠绵悱恻的情感一经纳入回环复沓的句法结构,秩序感与韵律感便油然而生,因此决定该诗之美的还是"传统的语言反复"。与西欧先进诸国相比,俄国的现代化进程开展较晚,但俄罗斯大地的泥土气息也因之保留较久,民间传统对上层文学的哺育也较明显。什克洛夫斯基等人注意到普希金等经典作家从民间传统中汲取的营养,这对于他们创建被视为结构主义先驱的形式主义理论也产生了深刻影响。

俄国形式主义者个个都是人物,什克洛夫斯基能成为他们的代表,我认为与其对艺术本质的天才洞察有关。艺术何为到 20 世纪初年已是一个相当陈旧的话题,然而什克洛夫斯基提出艺术就是让人恢复对事物的感觉,这种归真返朴之论不仅在当时,即便是在今天也令人如沐春风。济慈的"别急于求知"

---

① 译文见于维克托·日尔蒙斯基:《诗的旋律构造》,高骅等译,载维克托·什克洛夫斯基等:《俄国形式主义文论选》,北京:三联书店,1989 年,第 334—335 页。年长的中国读者可能更熟悉这首诗的戈宝权译本:"我曾经爱过你:爱情,也许/还没有完全从我的心灵中消亡;/但愿它不再烦扰你;/我一点也不愿再使你难过悲伤。/我无言地、无望地爱过你,/我忍受着懦怯和嫉妒的磨折;/我那样真诚、那样温柔地爱过你,/祝上帝会给你另一个人也像我爱你一样。"但戈译未完全传达出原诗头语重叠与句法排偶等语言特征,故此处用高译。

② 维克托·日尔蒙斯基:《抒情诗的结构》,徐黎明译,载维克托·什克洛夫斯基等:《俄国形式主义文论选》,北京:三联书店,1989 年,第 268—269 页。

是什克洛夫斯基延缓认知的先声，他曾多次讨论自己深陷其中的“麻木”状态，并视“消极的能力”为莎士比亚的成功法宝。什克洛夫斯基把“别急于求知”上升为文学创作的基本原则，他虽然没有使用“麻木”这样的字眼，但一再申说艺术就是用种种方法强化和延长感受，感受者在此过程中势必处于受控状态。在什克洛夫斯基的倡导之下，形式主义者对控制感受的“程序”作了许多探讨。日耳蒙斯基所说的三叠式叙述，实际上就是用重复的方法来拖延，目的是让读者不由自主地反复咀嚼。什克洛夫斯基自己归纳的“对称法”与“梯形结构”，与三叠式叙述具有同样的功能。[①] 托马舍夫斯基的长文《主题》对叙事学基本范畴作了拓荒式的研究，其中“可察程序”和“不可察程序”都是施控手段，区别只在于是否让读者觉察。[②] 埃亨巴乌姆讨论了戏剧中的“延宕和阻滞程序”，认为其功能在于使剧情充分展开，以便“拖延对情感的折磨”；他甚至认为艺术就是“骗局”，剧作家应精心设计出一些“程序”以牢牢掌控观众的情感反应，不让他们提前流下眼泪，这已经迹近魔术师的催眠手段了。[③]

十、“恨不奋身千载上，趁古人未说吾先说”

青春年华的奇妙之处，在于它一头连着不成熟，另一头连着创造力。将什克洛夫斯基作为“观点的旅行”的殿军，意在显示年轻人的“接着讲”中蕴涵着巨大的能量。反常化理论和“消极的能力”，其提出者当时都不过二十多岁，什克洛夫斯基的贡献早已获得人们高度肯定，尽管他当初的文章并不那么完美，然而对于济慈，人们更多称赞的是他的诗歌成就，其诗论的内在价值至今未被充分发掘。“早夭的诗人”这个断语遮蔽了许多东西，对济慈只有一知半解的人们满足于这个简单的概括，济慈创作之外的贡献就这样被一叶障目。什克洛夫斯基不仅以其“接着讲”证明“别急于求知”的开创性价值，他提出反常化

---

① 维克托·什克洛夫斯基：《故事与小说的结构》，方珊译，载维克托·什克洛夫斯基等：《俄国形式主义文论选》，北京：三联书店，1989年，第22—24页。

② 鲍里斯·托马舍夫斯基：《主题》，姜俊锋译，载维克托·什克洛夫斯基等：《俄国形式主义文论选》，北京：三联书店，1989年，第141页。

③ 鲍里斯·埃亨巴乌姆：《论悲剧和悲剧性》，方珊译，《俄国形式主义文论选》，北京：三联书店，1989年，第38—39页。

时的年龄也在启发我们，即使济慈活到了常人之寿，他的“诗人无自我”和“消极的能力”等仍然可能是其一生中最具代表性的观点。“初生牛犊不怕虎”之语虽然浅显，却包含了一个颠扑不破的真理：上了年纪的人可能更为睿智，但创新的勇气多半会随着年龄的增长而逐渐消退。

以上诸节对济慈观点的旅行作了系统追踪，涉及20世纪西方文论领域的许多代表性人物。就英美文论来说，因为都属英语世界，艾略特、瑞恰慈、韦勒克和布斯等人对济慈的贡献有一定了解，他们的研究与阐发多属有意识的“接着讲”。其他国家的文论虽未提及济慈之名，但如以上讨论所示，许多人是不自觉地在济慈开辟的平台上耕耘，属于无意识的“接着讲”。这两种“接着讲”推动了西方文论的发展，也使得迄今为止的西方文论中留下了许多济慈影响的痕迹。不过，由于大多数人只知有艾略特而不知有济慈，不知道济慈的观点提得比艾略特早了100年，人们在这个问题上多半只“祖述”艾略特(法国人则只提马拉美)，现在我们应当把别人身影后面的济慈请出来，把“诗人无自我”的原创之功归还到他的名下。

宗教人士中有那种在神的启示下预言未来的先知，济慈像是诗坛上的先知，他不但在浪漫主义方兴未衰之际发出反对“自我中心”的声音，而且提出了一系列切中肯綮、影响深远的文学命题。然而他的灵感并非冥冥之中的神明所赐，而是来自创作实践中的体验，以及他那种年纪的人独有的颖悟。不言而喻，在他之后“接着说”的人也可能有相似的体验与颖悟，这就是所谓“英雄所见略同”，但第一个把话说出来的人总是最值得尊敬与纪念的。现在人都“恨不奋身千载上，趁古人未说吾先说”①，然而成为千载之上“先说”之人谈何容易，我们中国人在这方面讲究“胆识”——即除了独到的见识之外，还需要有敢于开口“先说”的胆量。未受大学教育对济慈而言也有一个好处，这就是没有高头讲章的桎梏，没有什么东西是必须遵奉的圭臬，不管是创作还是理论中的问题，他只凭自己个人的体验与颖悟做出判断。

然而，这并不意味着“接着讲”没有自己的地位。“诗人无自我”与“消极的能力”提出的时机有些超前，加上济慈在当时情况下不可能系统展开自己的论述，因此其理论轮廓还有些模糊，意义也不十分显豁。如果只就济慈看济慈，

① 洪亮吉著、陈迩冬校点：《北江诗话》，北京：人民文学出版社，1983年，第90页。

没有后人的“接着讲”作为参照背景，他在文论史上的作用与价值不容易判断清楚。“接着讲”（包括“对着讲”）不仅使济慈的声音传之久远，而且从许多方面呼应、丰富或推进了他的思想，“诗人无自我”与“消极的能力”等因此而变得清晰明白，其价值也自然彰显。没有白璧德、艾略特、巴特、福柯、赫施、利科尔、布斯等人对作者“自我”的一系列讨论，我们不可能充分认识“诗人无自我”的原创性，同样的道理，没有艾略特对认知的部分排斥以及什克洛夫斯基对认知的完全否定，我们也不可能真正懂得济慈“不要过思想的生活”的重要意义。

福柯在《知识考古学》等著作中强调了源自尼采的“谱系学”（genealogy）一词，加拿大学者卢波米尔·道勒齐尔在《西方诗学：传统与进程》中使用了“星座效应”（constellation）这一提法，这两个概念有助于我们总结“诗人无自我”的观点旅行。戴维·赫尔曼对“谱系”作了这样的界定：

> 谱系是一种调查方式，试图发掘被忘却的内在关联性，重新建立已经模糊了的或不被承认的宗代关系，揭示可能被视为各不相同、互不相关的各种体制建构、信念系统、话语或分析方式之间的关系。[①]

赵毅衡对“星座效应”的描述为：

> 相近学派几乎同时出现，群星灿烂，虽然没有中心，但围聚在相似问题周围。多罗采尔（按即道勒齐尔）认为这是由文化气候决定的：“浪漫主义之后，形形色色的诗学有个共同点，都是广义上的形态学研究。”[②]

以上讨论，实际上就是对“诗人无自我”的谱系作了一次广泛的调查，将被忘却或被忽视的“内在关联性”一一拈出，使“不被承认的宗代关系”脉络浮现，让“已经模糊了的”那些东西复归清晰。济慈本人不是西方文论史上的明星，但他留下的问题形成了具有强大吸引力的“星座效应”，“几乎同时出现”的学派纷纷围聚在这些问题周围，各抒己见众说纷纭。道勒齐尔说浪漫主义之后的诗学“都是广义上的形态学研究”，这个洞见让我们看到济慈在形态学转向上

---

① 戴维·赫尔曼：《叙事理论的历史（上）：早期发展的谱系》，马海良译，载詹姆斯·费伦、彼得·J.拉比诺维茨（主编）：《当代叙事理论指南》，北京：北京大学出版社，2007 年，第 5 页。

② 赵毅衡：《新批评与当代批判理论》，载李维屏（主编）：《英美文学研究论丛》，上海：上海教育出版社，2009 年第 11 辑。

所起的关键作用：如前所述，济慈的“诗人无自我”影响了艾略特的“诗人无个性”，艾略特以此为由提出将“对诗人的兴趣转移到诗歌”，瑞恰慈进一步宣布文学作品本身是一个独立自足的本体，于是就有了注重文学“内部研究”的文本中心论，英美文论中的形态学转向便是循着这条路线发生，而英美文论的这种转向无疑又会对周围发生影响（当然同时也受到周围的影响）。历史学家现在用“满天星斗”来形容中华文明的起源方式，意思是没有哪个地方是中华文明的唯一源头，这与道勒齐尔的“星座效应”可谓不谋而合。但我们在观察时还是会注意到，傍晚时不是所有星辰同时放光，总是要有一两颗星先亮起来，然后其他星光陆续闪现，当我们仰观苍穹享受群星灿烂的夜景时，不要忘记那最初亮起来的微弱光芒。

本章讨论的并非济慈诗论之全部，因为尚未涉及时间与生态这两大内容，而它们分别是艺术的构成要素与不可或缺的反映对象，但济慈对时间与生态的认识既见于书信，又更多地体现在他的创作与人世磨砺之中，因此我们在后面用两个专章予以讨论。

第　五　章

时间诗与时间之惑——“但愿一星期能变成一世纪”

我的来生什么时候结束?(济慈)

和你待上这样三天,我会往其中注入平常五十年也装不下的欢乐。(济慈)

是否还有另一个世界?我会醒来发现一切都是梦吗?(济慈)

人的生命,究其实质乃是一种时间中的连续存在,这种存在因肉身的易朽而不能长久。李白的《春夜宴桃李园序》传达了人生几何的尘世暂驻感:“夫天地者,万物之逆旅;光阴者,百代之过客。而浮生若梦,为欢几何?古人秉烛夜游,良有以也。”时间刻度标志着生命的长短,从人呱呱坠地那一瞬间起,时间便悄悄开始了它均匀而又飞速的流逝,这种流逝对所有人一样公平,但是没有多少人认真关注和思考这种流逝。人生易老天难老,没有人能够长生不死,没有人能使时光倒流,没有人能减缓时间流逝的速度,所以李白会提出要像古人那样“秉烛夜游”,以延长短暂人生中的欢乐时光。

文学与人生不同,文学中的行动虽然也要耗费时间,人物在故事进程中也会增长年纪,但是作者可以赋予虚构世界不同于真实世界的时间逻辑,因此故事中一切皆有可能。那么是谁率先在西方文学中表达了对时间可能性的大胆想象?济慈肯定不是这方面的第一人,古罗马人的想象之舟早就抵达过月球，[1]但是，在所有具有知名度与影响的文学家中，济慈绝对是有意识地挑战时间的先驱性人物。

让我们先从时间对他的压迫说起。

一、敏感与恐惧

以天地为逆旅者，必定是意识到肉身易朽之人，一般情况下，人们不会想到生命尽头的死亡，只有与死神有过多次近距离的接触，才会被催生出强烈的人生虚幻感与尘世暂驻感。济慈存世时间如昙花一现，然而在这短短的二十多年中，命运让他遭遇了太多的早夭与速朽。我们不妨来看以下事实：

1. 6岁，四弟爱德华夭亡于襁褓之中；
2. 9岁，父亲托玛斯·济慈坠马身亡；
3. 10岁，外祖父约翰·詹宁斯去世；
4. 12岁，舅舅米德格里·约翰因肺病去世(另一舅舅托玛斯数年前也因肺病身亡)；
5. 14岁，离家出走数年的母亲弗朗西丝罹患肺病，回家疗养，济慈在旁亲奉汤药；
6. 15岁，母亲因肺病去世；
7. 19岁，外祖母阿丽丝去世；
8. 22岁，三弟托姆罹患肺病，济慈亲为照顾；
9. 23岁，托姆因肺病去世，济慈自己被结核病菌感染；
10. 24岁，出现肺结核症状；
11. 25岁，多次肺出血，赴意大利疗养；
12. 26岁，病逝于罗马。[2]

这份统计给我们留下了两个问题：一是为什么济慈家族中这么多成员早夭？二是为什么这些人都罹患肺痨？

---

① 参看本章第四节对卢西安《真实历史》的引述及注释。

② 傅修延：《济慈评传》，北京：人民文学出版社，2008年，第448—453页。

我们先回答第一个问题：早夭不独属于济慈家族。据统计，18 世纪中期英国人的平均寿命只有 29 岁，死亡率高达 3.4%，接近 3.5%的人口出生率。死神如此猖獗的原因之一是生活环境恶劣，医疗卫生发展滞后，不要说其他地区，单是伦敦就有大片缺少供水和排污设施的贫民区。济慈生活的 19 世纪初年，情况不但没有获得改善，工业污染反而进一步恶化了泰晤士河的水质与市民呼吸的空气。整个伦敦地区只有 300 名左右内科医生，所以英国议会在 1815 年立法允准药剂师为人治病，济慈在这种背景下进入药剂师的队伍行列。除此之外，劣质杜松子酒的泛滥也导致了八分之一伦敦人的死亡，当时伦敦人口并不多，却有数千家各种类型的酒店，“伦敦佬”在借酒消愁的同时也在戕害自己的身体。英国学者艾伦·麦克法兰等人最近提出了一个惊人的观点——“茶改变世界”，其中提到沸水冲泡的茶汤有利于肠胃健康，饮茶习惯的形成改变了英国人的饮食结构，使他们得以避免不洁饮料带来的危害，没有中国茶带来的好身体与好心情，英国工业革命的成功是不可想象的。①

我们再来回答第二个问题。肺病属呼吸道疾病，寒冷恶劣的空气是诱发肺病的一个重要因素。伦敦坐落在泰晤士河下游的喇叭口里，湿润的空气本身容易变成雾气，入冬之后家家户户烧煤取暖产生的煤烟，加上城里工厂烟囱排放出的滚滚浓烟，与雾气混合后变成辛辣呛人的黄黑色雾霾，像锅盖一样笼罩在城市的上空。在雾霾造成的昏天黑地之中，人们甚至在大白天也要点上油灯或蜡烛。如果连续几天不刮风，这种含有大量致病颗粒的雾霾还会夺去呼吸道疾病患者的生命。狄更斯小说对这种有颜色和气味的雾霾做过精彩描述，老舍客居伦敦时也对它留下了深刻印象。济慈生病之后经常对人说到身体欠佳不敢出门，其中就有避免雾霾侵害肺部的考虑。现在我们明白，伦敦的旧称“雾都”应该改为“霾都”，济慈兄弟是典型的“霾都孤儿”，他们都是工业革命后伦敦多霾天气的受害者（济慈二弟乔治最后仍死于肺病）。顺便说说，1952 年 12 月，伦敦毒霾肆虐达到登峰造极的地步，连续 5 天内有 4000 多人丧命，这次事件使得英国议会出台了严格的《清洁空气法案》和《空气污染控制法案》。根据这些法案，伦敦城里的火力发电厂以及属于用煤大户的企业都被迁

① 艾瑞丝·麦克法兰、艾伦·麦克法兰：《绿色黄金：茶叶的故事》，杨淑玲、沈桂凤译，汕头：汕头大学出版社，2006 年，第 83—111 页。

到市外，留在城中的工厂不许烧煤，烟囱不得低于200米。居民供暖由用煤改为用气或用电。1980年，伦敦每年的雾日减少至5天。中国的发展正在步发达国家的后尘，空气中的PM2.5新近成为国人热议的话题，治理工业化带来的城市空气污染已成当务之急，看来我们应当像英国人那样采取果断措施，下大决心保护不可须臾无之的空气。

古人不见今时月，济慈不可能知道这些原因，当时他应该只感觉到一个事实，这就是死神不断来他家敲门，每隔一段时间便有疾病和死亡降临。换句话说，时间的刻度对济慈来说就是一个个不幸，一切美好的事物都随时间而去，时间之链的每一环节都是用痛苦铸成。命运之神对济慈确实是过于残酷和苛刻，本来他应该有一个无忧无虑的童年，然而父亲的马失前蹄像是打开了潘多拉盒子，亲人从此接二连三地从他眼前消失。济慈又是家中长子，他15岁时父母俱亡，19岁时家中再无长辈，然而他下面还有两个弟弟和一个妹妹。作为长兄，他对弟弟和妹妹负有庇护之责，这一点更增加了他对时间的敏感与恐惧。济慈后来在书信中说：

> 人生下来就是一种“受罪的可怜虫”，注定要像森林中的野兽那样遭受痛苦和不幸，像它们那样担惊受怕。①

这番话像是谈论自己童年的心路历程，森林中的野兽没有安全感，人的一生也是一个担惊受怕的受罪过程，不知道下一瞬间会发生什么变故。按照儿童心理学的理论，儿童时代的经历对人后来的性格心理发展具有很大的影响，如果这一时期遭遇丧亲之类的变故，它们造成的创伤需要很长时间才能平复。济慈的老师注意到，那段时期他上课时经常心不在焉，情绪也很不稳定：他几乎可以在一瞬间由狂喜变为忧伤，刚刚发出过一阵骇人的大笑，紧接着便是热泪盈眶。他的二弟乔治说不管是说到或听到什么故事，只要其中的事件涉及仁慈、慷慨与爱心，济慈的眼睛都会立刻湿润起来，嘴唇也会随之发出颤抖。

痛苦必须排遣，郁闷需要宣泄，消极情绪如果长期滞留在胸间，一定会酿成不利于身心健康的苦酒。据同学与友人回忆，济慈从未对他们有过如此这

---

① 约翰·济慈：《一八一九年二月十四、十九日，三月三(?)、十二、十三、十七、十九日，四月十五、十六、二十一、三十日，五月三日致乔治和乔治安娜·济慈》，载《济慈书信集》，傅修延译，北京：东方出版社，2002年，第329页。

般的倾诉，在校时他要么沉默寡言，要么用拳头表达自己的愤怒，与朋友交往后他从不提自己的家庭，对童年经历也一直是讳莫如深——由于济慈的三缄其口，他去世后朋友们得知其身世后都惊讶不已。不过正如弗洛伊德在《艺术家与白日梦》中所言，艺术家自有其独特的排遣方式，这就是利用艺术创作做自己的白日梦。济慈迷恋上诗歌的一个原因，应当是它可以帮助自己实现无损尊严的宣泄。试读《夜莺颂》中那段不期而至的倾诉：

在这里，稍一思索就充满了
　　忧伤和灰眼的绝望，
而“美”保持不住明眸的光彩，
　新生的爱情活不到明天就枯凋。①

这几行诗弹奏出一些难以具体读解的弦外之音，我们可以从中读出丧母之悲与丧弟之痛，以及对“美”与“新生的爱情”能否持久的担心（当时他与芳妮正处于热恋之中），等等。夜莺的歌声本应给诗人带来欢乐，然而济慈遭受的不幸实在太多，正应了我们古人所说的“才下眉头，又上心头”，所以他才会在美妙的鸟鸣中展开诗意的吟咏，以驱散郁积在心头的“忧伤和灰眼的绝望”。

《夜莺颂》是济慈的代表作，一句“而‘美’保持不住明眸的光彩，新生的爱情活不到明天就枯凋”，道出了诗人心底那种时间带走一切的幻灭感。这种幻灭感是其多首诗歌的共同主题，济慈终生怀有这种对时间的敏感与恐惧，越是美丽的图景，越是动听的音乐，越会引起他的忧虑，越会让他想到死亡。《夜莺颂》中就是如此：

我在黑暗里倾听；啊，多少次
　我几乎爱上了静谧的死亡，
我在诗思里用尽了好的言辞，
　求他把我的一息散入空茫；
　　而现在，哦，死更是多么富丽；
　在午夜里溘然魂离人间，
　　当你正倾泻着你的心怀

① 约翰·济慈：《夜莺颂》，载《济慈诗选》，查良铮译，北京：人民文学出版社，1958年，第71页。

发出这般的狂喜！
你仍将歌唱，但我却不再听见——
你的葬歌只能唱给泥草一块。[①]

在《幻想》中他发出这样的询问：

哪里有不褪色的人面，
哪一位少女百看不厌，
她的红唇会永远新鲜？
她那眼睛，无论多蓝，
怎能够长久保持魅力？
哪儿有一种柔声细语，
能够听来永远不变？
哪个人能够永远看见？
只要一碰，甜蜜的快乐，
就像水泡被雨点打破。[②]

可以这样说，济慈诗歌中展示的美，几乎都处在摇摇欲坠的不稳定状态——"只要一碰，甜蜜的快乐/就像水泡被雨点打破"。一切都是转瞬即逝，一切都会早夭与速朽：夜莺不会永远歌唱，花儿不会永远鲜艳，姑娘不会永远美丽，心情不会永远快乐，这就是他要告诉读者的东西。美的不稳定源于他自己的切身体验，谁让属于他的奶酪一次次被人拿走呢？他当然有充分的理由做出这样的描述。

青春是爱情的同义词，年轻的诗人不可能不写到自己的春心萌动，然而他的所爱最初却是一位"瞬息的美人"(fair creature of an hour)。1814 年夏天的一个夜晚，济慈在泰晤士河南岸的狐亭花园遇见一位楚楚动人的妙龄女郎，她穿着当时流行的紧身细棉布服装，戴着长过小臂的雪白手套，模样十分招人喜爱。济慈实际上和她没有任何接触，他只是远远地看着她坐在桌子边与女友絮絮交谈，为她脱下手套扇风时的优雅风度所倾倒。他差不多观察了她有半

① 约翰·济慈：《夜莺颂》，载《济慈诗选》，查良铮译，北京：人民文学出版社，1958 年，第 72—73 页。
② 约翰·济慈：《幻想》，载《济慈诗选》，查良铮译，北京：人民文学出版社，1958 年，第 81 页。

个小时,希望她能停下来向自己这边给个微笑,可是那位笑靥如花的陌生美女始终没有意识到他的存在。这不能说是初恋,因为那位女郎只给他留下惊鸿一瞥,但他为此写了好几首诗。《“给我来上满满一碗”》写的是“没法追上”的美妙印象,那个“美轮美奂的形体”正和时间一道飞速消失:

我那狂喜的双眼从未看见过
我那不羁的幻想从未攫获过
　如此美轮美奂的形体,
可是它消失了,我没法追上
　那温柔得快要融化的面庞,
　　　还有那微笑的闪亮的眼睛。①

《“每当我害怕”》则把爱与死亡联系起来,他害怕自己再也见不到这位仅有一面之缘的女郎:

每当我害怕,生命也许等不及
　我的笔搜集完我蓬勃的思潮,
等不及高高一堆书,在文字里,
　像丰富的谷仓,把熟谷子收好;
每当我在繁星的夜幕上看见
　传奇故事的巨大的云雾征象,
而且想,我或许活不到那一天,
　以偶然的神笔描出它的幻相;
每当我感觉,呵,瞬息的美人!
　我也许永远不会再看到你,
不会再陶醉于无忧的爱情
　和它的魅力!——于是,在这广大的
世界的岸沿,我独自站定、沉思,

---

① John Keats, “Fill for me a brimming bowl”, Miriam Allott, ed. *The Poems of John Keats*, London: Longman Group Limited, 1970, p. 6.

直到爱情、声名、都没入虚无里。[①]

这首诗与其说写的是爱情,不如说写的是对时间的恐惧。每当美好的事物出现在面前,它们在诗人心中总是触发忧伤:"你"的美令"我"如此感动与忘情,可惜因为肉身的易朽,"我"也许永远不会再看到"你",更谈不上与"你"长相厮守;"我"应该用诗笔把"你"铭刻心间,然而人寿几何,死神也许不会等"我"把这一切做完。《夜莺颂》中,山毛榉上的夜莺在济慈的想象中变成了一只不死之鸟,诗人用它反衬生命的无常:

永生的鸟啊,你不会死去!
　饥饿的世代无法将你蹂躏。[②]

同样,在《初见爱尔金壁石有感》中,诗人也是这样由艺术的永恒想到人生的倏忽:

我的心灵是脆弱的,无常
　重压着我,像不情愿的梦,
　每件神工的玄想的极峰,
都在告诉我,我必将死亡,
像仰望天空的一只病鹰。

与肉体凡胎的人类相比,永恒的事物不受生老病死规律的约束,"饥饿的世代无法将你蹂躏",这是多么值得羡慕的事情!只有用济慈的时间恐惧,才能解释《夜莺颂》中多次掠过的死神阴影:"我"之所以"几乎爱上了静谧的死亡",是因为死亡可以让"我"摆脱掉这种恐惧,既然美总是带来令人悲痛的幻灭感,那还不如"在午夜里溘然魂离人间",这样"你"就尽情唱吧,"而我却不再听见"——"你的葬歌只能唱给泥草一块"。

不要以为济慈在这里是无病呻吟,任何有过类似遭遇的人,或是能够设身处地去认识济慈的人,对其诗歌中的"死亡情结"都会怀有一种同情之理解。没有一连串亲人的早夭,济慈不会动辄想到自己的速朽,更何况他还接受过完

---

① 约翰·济慈:《"每当我害怕"》,载《济慈诗选》,查良铮译,北京:人民文学出版社,1958年,第33页。

② 约翰·济慈:《夜莺颂》,载《济慈诗选》,查良铮译,北京:人民文学出版社,1958年,第73页。

整的药剂师训练，有一定的临床经历，不会不知道家族病史与接触传染病人的后果。济慈书信中"如果我活过这几年"之类的话语甚多，它们和《"每当我害怕"》等共同印证了一个东西，这就是他预感到自己来日无多。在苏格兰旅行的时候，济慈写下过一首名为《写于彭斯诞生的村屋》的十四行诗：

> 这个寿命不及千日的躯体，
> 彭斯啊，现在站进了你的小屋，
> 你曾在这里独自梦想诗誉，
> 从不知道命运怎样将你摆布。[①]

济慈访问彭斯故居是在1818年7月12日，此时距其去世之日——1821年2月23日，真的只有不到一千天(950多日)的时间！济慈何以能如此精确地预见自己的死期，为什么他在彭斯故居中会说自己是一具"寿命不及千日的躯体"(this mortal body of a thousand days)，这个问题唯有掌管艺术与医药的阿波罗才能回答。无独有偶，一星期之后济慈在给贝莱信中又说到这个话题：

> 我不止一次地盘算过去和乔治住上一个整年，**倘若我活过这三年的话**——我妹妹的福祉，以及对在美国待一段时间的憧憬，将使我谨遵尊命——我要小心翼翼，比以往更留神自己的身体。[②]

与肺病患者近距离接触过的人大多难逃一劫，济慈对此心知肚明，他以"寿命不过千日"和"活过这三年"为期，显然是从医学出发所作的考虑——从染病到发作不治，大约也就是三年光景。苏珊·桑塔格在《疾病的隐喻》中说：

> 结核病是一种时间病；它加速了生命，照亮了生命，使生命超凡脱俗。在英语和法语中，描绘肺痨时，都有"疾跑"(gallop)的说法。[③]

染上了这种病便是向生命尽头"疾跑"，这个不祥的预感也许一直萦绕在济慈心头，所以他会在已故诗人的小屋里想到自身的速朽，他说彭斯"从不知道命

---

① 约翰·济慈：《写于彭斯诞生的村屋》，载《济慈诗选》，查良铮译，北京：人民文学出版社，1958年，第42页。

② 约翰·济慈：《一八一八年七月十八日、二十二日致本杰明·贝莱》，载《济慈书信集》，傅修延译，北京：东方出版社，2002年，第188页。

③ 苏珊·桑塔格：《疾病的隐喻》，程巍译，上海：上海译文出版社，2003年，第14页。

运怎样将你摆布”,其实也是一种夫子自道。把活生生的自己称作一具行将就木的躯体,显然是非常不吉利的事情,大概是担心自己一语成谶,济慈在两天后撕毁了这首急就章的底稿,所幸他的旅伴布朗在这之前已经把它抄录下来,否则人们永远不知道他对彭斯的在天之灵说了些什么。

用1818年以来盘踞在济慈心头的早夭预感与速朽意识,可以较为贴切地解释他为自己留下的墓志铭:

这儿躺着一位名字用水写成的人。[①]

一般认为,济慈临终前为自己诗名不彰而深感遗憾,故而用“朝露待日晞”[②]式的比喻来预言后人对自己的淡忘。然而以水书名还有另一层意思,我在《济慈评传》中提到,英国剧作家乔治·比阿蒙特有句名言为“你所做的一切好事,都将记录在水上”,济慈一贯的抱负是通过诗歌事业“为世界做些好事”,他对比阿蒙特又非常熟悉(书信中多次提及其名),因此这里一定还有对自己毕生追求的暗示。[③] 此外,济慈在罗马的病榻是意大利人称为“letto a barca”的船床,他的窗下是终日水流汩汩的石船喷泉,这种亲水环境极有可能使他产生如在水上飘荡的感觉。无论中外,人们谈到时间流逝时总喜欢以水为喻,济慈的墓志铭可能更多抒发了他的幻灭感,在留下遗言之际,他的早夭预感行将为事实证明,眼前的一切都如梦幻泡影,这怎不令他感慨万端!因此,以水书名应当还有“斯者如逝”的意义指涉,诗人以此伤悼此身在尘世中的暂驻与速朽。[④]

似此,“这儿躺着一位名字用水写成的人”既是墓志铭,又是济慈的绝命诗,这首诗虽然只有短短的一行,却凝聚了济慈最重要的生命感觉。如果要在济慈诗歌中挑选最有代表性的一句,我看非这行诗莫属,现行的济慈诗集或选

---

① “Quietly and decidedly, he gave instructions for his burial... his headstone must be engraved with a broken lyre, and with the words ‘Here lies one whose name was writ in water’.” Andrew Motion, *Keats*, London: Faber and Faber Limited, 1997, p. 564.

② 汉乐府《长歌行》:“青青园中葵,朝露待日晞。阳春布德泽,万物生光辉。”

③ 傅修延:《济慈评传》,北京:人民文学出版社,2008年,第406—407页。

④ “我发现有另一种念头侵入了我的脑袋。‘假如我死去,’我对自己说:‘我没在身后留下不朽的篇章——没有令我的朋友们为之骄傲的纪念——但是我热爱一切事物中的美的原则,而且要是我有时间,我会让自己被人记住。’”约翰·济慈:《一八二零年二月(?)致芳妮·布劳恩》,载《济慈书信集》,傅修延译,北京:东方出版社,2002年,第472页。

本中都未将其列入,这是一个很大的遗憾。如果要我来编济慈诗选,我会以其学诗之初的《致查特顿》开头,以其墓志铭殿后,因为《致查特顿》中说地面上的“好人”正以泪水滋润查特顿的名字,而墓志铭中的以水书名对此构成了一种呼应。如前所述,《致查特顿》一诗中颇多谶语,病榻上的济慈在辗转反侧之时,不可能不想到这位预示了自己命运的早夭诗人。

二、迷思与奇想

济慈心中不仅有对“逝者如斯”的敏感与恐惧,还有更为值得注意的迷思与奇想。迷思与奇想往往纠缠不清,但这里需要分而述之。

迷思者,迷乱困惑之思也。先民的迷思谓之神话(myth),神话时代结束之后,人们对世界仍有许多迷思存在,但这些已不能再称为神话。敏感带来困惑,恐惧使人迷乱,希腊神话有许多故事表现先民在自然伟力前的不知所措,如坦塔罗斯站在齐及下颏的深水中,想弯腰喝水时水便退去,想摘树上果实时风却把树枝吹弹开来。[①] 同样的道理,济慈在时间的连续打击下不仅写下“每当我害怕”这样的文字,他还有许多逸出理性轨道的感觉反应。济慈的时间恐惧尚有条理可寻:他害怕时间带走一切——带走美的对象,带走对美的记忆,带走欣赏美的自己;而他的时间迷思则是一团杂乱无序的非理性思絮,将其铺开整理相当不易。我们不妨从其爱情入手,因为爱情中的首要因素是感觉。

前述“狐亭惊艳”说到底是一场镜花水月之恋,这种虚无缥缈的东西被时间带走,对济慈来说没有构成什么实际损害,但是当他真的堕入情网,对同住温特华斯寓所的邻家少女芳妮发生恋情之后,他对时间的感觉就不仅仅是恐惧了:

> 近来我在读一个色彩斑斓的东方故事——有一个城市里住着忧郁的市民,这种性格是由某种遭遇造成的。在他们出外进行一系列冒险时,每个人都分别到过天国的花园,在那儿他们遇见了一个最迷人的女子,并且

① 古斯塔夫·斯塔布:《希腊古典神话》,曹乃云译,南京:译林出版社,1995年,第62—63页。

> 正当他们要拥抱她时，她叫他们闭上眼睛——于是他们闭上——等到他们再睁开眼睛时，发现他们已经坐在魔筐里回到了地面。对这个女子的回忆，以及任何手段都无法治愈的失落之感，使他们从此陷入了永久的悲愁之中。这故事令我心惊胆战，我亲爱的，我就是怀着这种心情把这故事用到你身上，你和我在同一个世界上，这究竟有几分靠得住？[①]

只用了一眨眼的工夫，“最迷人的女子”便与天国一道从眼前消失，留下忧郁的市民陷于“永久的悲愁”之中。济慈在这里向芳妮敞开心扉，诉说了自己心中的时空迷乱：世界在瞬间变形，美丽的天国顷刻间变为悲苦的人间，这怎不叫人“心惊胆战”，怎不叫人怀疑你我同住的世界是否“靠得住”？如果说过去他担心美的瞬间消失（《幻想》中有句为“只要一碰，甜蜜的快乐/就像水泡被雨点打破”），那么这里他困惑于美的瞬间变形。济慈此问是向芳妮而发，此刻的芳妮在他心中是美的化身，而他在美的事物面前总有一种“这究竟有几分靠得住”的恍惚之感，就像《夜莺颂》结尾那“是睡是醒”的自我询问：

> 噫，这是个幻觉，还是梦寐？
> 　那歌声去了：——我是睡？是醒？[②]

这一询问传递出的迷思其实人皆有之，每个人遇到超过预期的美，都会不由自主地用力掐一把自己，以验证自己是否处于梦境之中。

与超过预期的美一样，逾度的丑也会唤起人的类似反应。济慈一辈子遭遇了太多的不幸，尤其是肺病发作带来了死神的消息之后，他仿佛进入了另一个时空。诀别芳妮登上赴意大利的海船，他感觉自己的灵魂已经从肉体的躯壳之中逸出，进入了一种如同“来生”(posthumous life)般的状态：

> 我习惯性地觉得我的真实生命已经完结，我在进入来生的存在。老天知道这是怎么回事——但我的感觉就是如此。[③]

---

① 约翰·济慈：《一八一九年七月十五日(?)致芳妮·布劳恩》，载《济慈书信集》，傅修延译，北京：东方出版社，2002年，第356—357页。

② 约翰·济慈：《夜莺颂》，载《济慈诗选》，查良铮译，北京：人民文学出版社，1958年，第74页。

③ 约翰·济慈：《一八二零年十一月三十日致查尔斯·布朗》，载《济慈书信集》，傅修延译，北京：东方出版社，2002年，第518页。

这种怪异的感觉让他不知道此身安在，眼前只有黑浪翻滚的大海，一切残酷得太不真实，让他情不自禁地以为自己可以从噩梦中醒来：

是否还有另一个世界？我会醒来发现一切都是梦吗？一定有的，我们不能被创造出来遭受这种苦难。①

他乘坐的海船抵达那不勒斯港口之后，那种仿佛已入“来生”的梦魇进一步加剧，他觉得自己是个穿越时空闯入真实世界的幽灵，每一个活动着的真实人物都与自己迥然不同：

要是我没病，那不勒斯港的情况就足以写满一叠信纸——可是这看来像一场梦——每一个划自己船的人，说话和走路的人，看起来都是与我不同的生灵——我真觉得自己不在人世间。……哦，倘若我能再次感到自己是这个世界的公民，我会怎样对您介绍那不勒斯的海湾啊。②

这种进入“来生”之感一直伴随他来到罗马，临死之前他还问为其治病的詹姆斯·克拉克医生：“我的来生什么时候结束？”③这个问题显示了济慈性格中的幽默一面，死到临头他也要开个玩笑，这位“伦敦佬”的神经其实不像一些人想象的那样脆弱。

经历过世事沧桑与现实丑恶的人，很容易产生诸如此类的迷思。苏东坡当年贬官经过昌化时，有位老妪对他说：“内翰昔日富贵，一场春梦。”后来这位老妪被人称为“春梦婆”④。鲁迅因刘和珍等烈士殉难而觉得“悲哀与愤怒之

---

① 约翰·济慈：《一八二零年九月三十日致查尔斯·布朗》，载《济慈书信集》，傅修延译，北京：东方出版社，2002 年，第 513 页。

② 约翰·济慈：《一八二零年十月二十四日（?）致撒缪尔·布劳恩太太》，载《济慈书信集》，傅修延译，北京：东方出版社，2002 年，第 514 页。

③ “Even out of his despair Keats managed to make a joke: he greeted Clark one morning with the question ‘How long will this posthumous life of mine last?’ His mind still stood over and above the ruin that was overtaking his body.” Aileen Ward, *John Keats, The Making of a Poet*, New York: Farrar, Straus and Giroux, 1986, p. 401.

④ 苏轼：《被酒独行遍至子云威徽先觉四黎之舍》，载王文诰（辑注）：《苏轼诗集·卷四十二》（第七册），北京：中华书局，1982 年，第 2322 页。

极”,遂挥笔写下“只觉所住的并非人间”。[①] 但这些都是在无意之中被记录下来,不管是苏东坡还是鲁迅,都未过多陷入自己的迷思,也未对此作过主动琢磨。济慈与他们不同,发现自己病入膏肓之后,他一方面觉得自己渐渐变成一具对外界失去反应的行尸走肉,另一方面还在以诗人的敏感观察自己的浑浑噩噩,并在书信中将其记录下来,这为后人提供了极为可贵的研究资料。迷思主要是感觉而非思想,济慈其实知道自己并未真正进入“来生”,但他觉得自己不像是活在当下,这是思想与感觉的分道扬镳。济慈一贯重视感觉,所以他会对自己的这种反应感到诧异——过去“情感的麻木”预示着灵感袭来,如今这种麻木却是不祥的朕兆!我们在后面将要谈到,济慈觉得自己并非活在当下,这种迷思正是现代主义与后现代主义文艺所要努力表现的东西,他在这方面又是先行一步。

迷思不仅是非理性的,也是非常态的,如果一个人总是处于迷思之中,那么他离精神分裂也就不远了。尽管健康的恶化造成了感觉的失衡,济慈的思想总的说来还是清醒的,他在生命的最后阶段仍然不改初衷。济慈一贯对宗教抱怀疑态度,早期十四行诗《愤于世人的迷信而作》中,阴沉的教堂钟声令他“几乎坠入坟墓散发的阴冷中”,但他由此想到鲜花和诸多美好的事物也在同时生长。临终阶段一些友人建议他向基督教义与宗教仪式寻求解脱,结果被他以“宁可自我了断”拒绝。如果说济慈有什么信仰或希望有什么信仰的话,那就是他自己经常提到的“不朽的永恒”,那是一个时间不再流逝之境。肺部咳血症状出现之后,他向芳妮坦承了一个从未示人的内心隐秘:

> 我一直期盼着相信不朽的永恒,以使自己免于对你作永远的告别。假如我命中注定和你欢度此生——再长的生命也是何其短促——我希望能信奉不朽的永恒——我希望能与你长相厮守。[②]

在速朽将成不争事实的情况下,济慈期盼着能够相信“不朽的永恒”,如果真有这种不朽,那么他和芳妮便能永不分离,享受人间白头夫妇无法企及的恒久欢

---

① 鲁迅:《记念刘和珍君》,载《鲁迅全集(三)·华盖集续篇》,北京:人民文学出版社,2005年,第298页。

② 约翰·济慈:《一八二零年六月(?)致芳妮·布劳恩》,载《济慈书信集》,傅修延译,北京:东方出版社,2002年,第494页。

乐。如前所述，济慈一直认为现世是“造魂之谷”，也就是说人被创造出来恰恰是为了遭受苦难，痛苦和折磨能够铸造人的灵魂，使人获得有别于基督教义的救赎——从易朽之躯脱出，进入某种永恒的存在。济慈孜孜以求的不朽诗名，也带有这层意思在内。这一切都是为战胜时间，获得不为肉体和流光所累的永久解脱。

需要说明，对于“不朽的永恒”，济慈的信仰并非十分坚定，他只是期盼自己能够相信，这并不意味着他对此已经是深信不疑。童年的不幸造成了他对宗教的反感，由此他对一切信仰都存有戒心。从“是否还有另一个世界”和“我们不能被创造出来遭受这种苦难”等话语中，我们能听出除苦涩外的一丝狐疑——在驶往“不朽的永恒”的海船上，济慈对自己的归宿还未树立起十足的信心。三年前他执著于具有象征意味的“亚当之梦”（“亚当一觉醒来发现一切都成了现实”），此时的他无法肯定自己是在睁开眼睛做梦，也不知道梦醒之后是否能够遁入另一个世界。济慈内心深处的这种矛盾，使他在“美＝真”与“美≠真”之间摇摆不定，这是我们即将要讨论的内容之一。

与迷思缠绕在一起的是奇想。奇想即奇异之想，济慈最著名的奇想，当属他的“美即是真，真即是美”，这一宣称与“亚当之梦”以及“想象力以为是美而攫取的一定也是真的”相互联系，可以用“美＝真”予以概括。以前面的讨论为基础，我们从时间角度对这一奇想再度探入。

任何奇想都有其自身的逻辑支柱，仔细揣摩济慈的“美＝真”，不难发现济慈这一宣称建立在时间停止流逝的基础上。在声言“想象力以为是美而攫取的一定也是真的”之后，济慈补充了一句话——“不管它以前存在过没有”，我理解这句话暗指美在此一瞬间（高潮时刻）为真，其他时刻是否为真，姑且置之不论。付之阙如不是没有态度，从“它们（按指包括爱情在内的激情）发展到极致时都能创造出纯粹的美”这一表述来看，他的意思是“纯粹的美”在想象“发展到极致时”才会产生，其他时刻未必如此。除此之外，他还有美的感觉“压倒”乃至“取消”一切考虑的提法；在《希腊古瓮颂》中他借古瓮之口，说“美＝真”就是“你们所知道和该知道的一切”，言下之意是无须多想多虑，知道“美＝真”这一点便已足够。

更有甚者，他在《安狄米恩》开篇还一厢情愿地宣布：

美的事物是一种永恒的愉悦，
它的可爱有增无已，绝对不会
化为虚无，它还会永远
保留一座幽亭，供我们休息，
其中尽有甜梦、健康和安静的呼吸。[①]

第二句中的“Its loveliness increases”，朱维基与屠岸两位先生均译为“它的美（妙）与日俱增”，[②]但原文动词“increase”用的是一般现在时，这种时态不涉及过去与未来，没有因流光而增加的意思，故我在这里译为“有增无已”。这段文字在颂扬美的可爱及其带来的欢乐时，近乎武断地称其“绝对不会化为虚无”，并要人们遁入它的黑甜乡中去好好休息，避开尘世间的一切扰攘。鲁迅的“躲进小楼成一统，管它冬夏与春秋”，与这里营造的“幽亭”意境有几分相似。

济慈的“武断”和不让人多想，其实是他自己不愿多想，他想用这种方法强迫自己忘掉时间，忘掉“瞬息的美人”将随时间而去。在精神强大的时候，他更多注意到想象的威力和“美＝真”；而在心理虚弱的时候，他更多想到时间的可怖与“美≠真”。济慈思想中的一大矛盾，就在于他一方面大力宣称“美＝真”，另一方面又写出了许多“美≠真”的故事。这两种东西看似水火不容，实际上却是分疆而治互不侵犯：“美＝真”属于高峰体验或瞬间印象，“美≠真”则是时间开始流逝后的丑陋现实。《夜莺颂》中，悦耳的鸟鸣唤起诗人无边的思绪，然而再美的音乐也有停歇之时，夜莺飞走时诗人不禁哀叹：

啊，失掉了！这句话好比一声钟
　使我猛省到我站脚的地方！
别了！幻想，这骗人的妖童，
　不能老耍弄它盛传的伎俩。[③]

---

① John Keats, “Endymion: a Poetic Romance”, Miriam Allott, ed. *The Poems of John Keats*, London: Longman Group Limited, 1970, p. 120.

② “一件美好事物永远是一种快乐：/它的美妙与日俱增；它决不会/化为乌有。”《恩狄芒》，载《济慈诗选》，朱维基译，上海：上海译文出版社，1983年，第4页。“美的事物是一种永恒的愉悦：/它的美与日俱增；它永不湮灭，/它永不消亡。”《恩弟米安》，《济慈诗选》，屠岸译，北京：人民文学出版社，1997年，第276页。

③ 约翰·济慈：《夜莺颂》，载《济慈诗选》，查良铮译，北京：人民文学出版社，1958年，第74页。

我们在这里看到由“美＝真”到“美≠真”之间的切换，美的事物会不会“化为虚无”，要看诗人是否有意让时间凝止不行，只要他不刻意“叫停”，时间就会立马恢复正常的流逝。

济慈笔下的“美≠真”，体现为一系列幻灭的美色，其中女主人公的美丽全都经不住时间的检验。这个系列中有使东方某城市居民郁郁寡欢的“仙女”（前引致芳妮信），有令湖畔骑士丧魂落魄的“妖女”（叙事诗《无情的妖女》），还有让希腊美少年痛断肝肠的“蛇女”（叙事诗《拉米亚》）。“仙女”的故事前已叙述，“妖女”的故事与其十分相似：梦醒的骑士在湖边沮丧地徜徉，他“一觉醒来”发现美貌的妖女已不在身边，她的甜言蜜语与温柔抚爱只不过是一场春梦。“蛇女”的故事更为离奇，在希腊美少年留契斯的盛大婚礼上，留契斯的老师阿波罗尼威严地注视着貌若天仙的新娘拉米亚，他的如炬目光使拉米亚现出了蛇的原形，“惨叫一声后便烟消云散”，新郎见此情景连叫几声“去吧，噩梦”，但是噩梦没有被驱走，他自己倒因心碎而一命呜呼。济慈与布朗还合写过一部名为《奥托大帝》的悲剧，其故事情节也按《拉米亚》中的程式展开——美丽的女主人公在欺骗了男子后露出了丑陋的面目，并为此付出了死亡的代价；钟情的男子不顾父亲或导师的规劝一意孤行，最后在新婚之夜心碎而死。

和“美＝真”一样，“美≠真”也是济慈的一种奇想。携带这种奇想的故事看似荒谬，反映的却是济慈在现实生活中的真实体验。济慈从小就对美丽动人的女性（包括自己的母亲）抱有一种错觉，他始终认为她们是眼前昙花一现的幻影，不管她们对自己是抚慰还是戏弄，最后的结果一定是离弃——留下他一个人面对悲惨的现实。只有懂得了济慈的“美≠真”，才能进一步懂得他的“美＝真”，为什么济慈会大声疾呼“美即是真，真即是美”，这是因为美在他内心深处是一触即破的雨中水泡，旋生即灭的天际流星，来也匆匆去也匆匆，因此需要用这种方式来呼唤和慰留。如果说“美＝真”联系着他的审美愉悦，那么“美≠真”则关乎其审美恐惧，前者适宜公开宣称，后者多以叙述他人故事的方式悄然抒发。所以济慈会在自己诗歌中反复讲述“梦醒美去”的故事，这类故事对他来说具有不可抗拒的魅力，只有通过不断讲述这类故事，他的人生体验才能充分表达，他的精神伤痛才能获得缓解。进入梦境或从梦中醒来是济慈创作的常用手段，他喜欢用这种方法来实现时空切换，让主人公刹那间进入完全不同的环境。除了上述作品外，《安狄米恩》和《海披里安》中也有许多入梦与梦醒的场景：前者的主人公一直处在似梦非梦的恍惚状态之中（希腊神话中的安狄米恩就是一位在拉特摩斯山脚做梦的牧羊人）；后者本身就是记梦之作（《海披里安的覆亡：一场梦境》），诗中叙述者“我”还被故事中的女神玛尼塔称为“梦中人”。

除了“美＝真”与“美≠真”之外，济慈还有匪夷所思的其他奇想。

其一是时流减速。“美＝真”与“美≠真”只涉及时流的凝固与运动，在济慈的十四行诗《“但愿一星期能变成一世纪”》中，诗人希望时光之流大幅度地“延长和变缓”——“短短的一岁就变成一千年”：

> 但愿一星期能变成一世纪，
> 　每周都有感于离别和会见，
> 那么，颊上会永远闪着情谊，
> 　短短的一岁就变成一千年；
> 要是这样，尽管人生短暂，
> 　我们必能长生，时间会无用，
> 一天的行程会延长和变缓，
> 　在朦胧中常保我们的欢情。
> 但愿每星期一都来自印度，
> 　星期二返自地中海的旅程，
> 那么一瞬间，就有欢乐无数
> 　使我们的心灵永远地激动！[①]

诗人的这种时间想象，毫无疑问针对的是肉体在尘世间的暂驻与速朽，“我们必能长生，时间会无用”道出了十四行诗的主旨。既然时间不能停止，那么就请它放慢一下脚步，他希望通过延缓时光流逝的速度，留住生活中的欢乐与感动。然而济慈没有想到，如果时光真的放慢脚步，那么痛苦和悲伤也会被延长，这样的“长生”未必是好事。而且，假若一周真的能变成一个世纪，人们在这种缓慢流淌的时间中将要遵守哪种时间逻辑，这是他和后来的科幻作家甚

---

① 约翰·济慈：《“但愿一星期能变成一世纪”》，载《济慈诗选》，查良铮译，北京：人民文学出版社，1958年，第37页。

至物理学家都未解决的难题。不过济慈只是提出自己的奇想，诗人不可能为自己的时空想象提供物理学上的解释，他甚至没有对这一奇想展开更为具体的叙述，但这种开拓性想象已经构成对后世叙事的巨大贡献。在济慈之前，我们找不到哪位文学家有过这样的时间想象。歌德笔下的浮士德在目睹人类创造的奇迹后发出呼喊——“你真美啊，请停留一下”，这一祈求虽然在文学史上更为知名，从时间来说却在济慈之后。歌德让浮士德发出这种呼喊有其历史背景，这就是当时激动人心的苏伊士运河与巴拿马运河开凿计划，济慈诗中的“星期一都来自印度/星期二返自地中海”，表明触发他想象的正是人类交通能力的提升。

其二是时流变“宽”。由于爱因斯坦的相对论，时间的相对性如今是尽人皆知，19世纪初年相对论尚未诞生，然而出于对时间的敏感与恐惧，济慈竟然无师自通地萌生出一种奇想：不求时长但求时“宽”，以横向拉“宽”时间的办法来弥补纵向长度的不足，把自己有限的时间用无限的欢乐来填满（当然，无论时长还是时“宽”，都属借用空间概念来描述时间）。在写给芳妮的情书中，济慈这样祈求上苍的恩惠：

> 我不知道如何表达对如此美好形体的爱慕之情，我想要的词比光彩照人还要光彩照人，比美丽优雅还要美丽优雅。我几乎希望我们成为夏天里只活上三天的蝴蝶——和你待上这样三天，我会往其中注入平常五十年也装不下的欢乐，假如对你的思念不是这样沉甸甸的话。[①]

“三天”在长度上比不上“五十年”，因此只有加大宽度，才能注入超过常量的幸福。“夏天里只活上三天的蝴蝶”令人想起《逍遥游》中的“朝菌不知晦朔，蟪蛄不知春秋”，庄子之意不在强调朝菌和蟪蛄命短，而是说它们的生命属于“小年”，“大年”则是上古时候大椿享有的漫长生命周期——“以八千岁为春，以八千岁为秋”。然而不管是朝生暮死的“小年”，还是数百倍于人生的“大年”，都是有自身时令与生老病死的一辈子，不同的主体自有不同的衡量尺度，朝菌与

---

① 约翰·济慈：《一八一九年七月一日致芳妮·布劳恩》，载《济慈书信集》，傅修延译，北京：东方出版社，2002年，第349页。

蟪蛄也有独属于自己的生命感觉。[①] 济慈知道自己寿将不永，也知道自己无法真正进入“不朽的永恒”，因此希望与芳妮聚首的三天内能够“注入平常五十年也装不下的欢乐”，也就是说他要以质量来补偿数量，以宽度来对抗长度。

时间固然是在不断流逝，它不会对谁有所偏爱，然而对那些无限珍惜当下感觉的人来说，他们的生命特别充实，每一瞬间都散发出熠熠的光辉，这就是瞬间永恒的真谛。俄国作家陀思妥耶夫斯基经历过沙皇政府的假枪毙，他将自己等待行刑的恐怖体验比喻为站在悬崖峭壁边缘，俯视脚下的万丈深渊，但他又说即便是在这种环境中人也愿意活下去，将生命的最后一刻当作永恒，“每一分钟都可以成为一个幸福的时代”。[②] 济慈的生命体验与此颇为相似，他实际上也是一位等待行刑之人，由于病魔与死神就在身旁磨刀霍霍，他仿佛手里握着一只倒计时的秒表，耳朵里充满了代表时间流逝的滴答声。平常情况下，每个人都觉得自己是时间的百万富翁，只有疾病与不幸的当头棒喝才能使人猛醒，浑浑噩噩的现代人若要走出时间误区，就得建立起像济慈这样的生命意识。济慈的奇想缘于他对时间流逝的痛惜，倘若大家都能这样珍惜时间，那么我们的生命中确实会被“注入”更多有价值的东西。

其三是时间循环。除了祈求时流凝固、减速和变“宽”之外，让时间之矢改变一去不复返的途径，回过头来形成一道循环之流，也是经常萦绕济慈心头的奇想。在十四行诗《“一年的时光用四季来度量”》中，济慈根据大自然中“一年的时光用四季来度量”，认为“人的心灵中(也)有四季来往”。[③] 也许是为这种周而复始的“四季”所主导，他的创作中屡屡出现循环往复的时间意象，其中最

---

① “在《雷格泰姆》中，摩根正确地指出，小型动物与大型动物本质上相似。它们的寿命与它们的生命节奏是相应的，而且，它们都经历了大致相同的生物学时间。小型哺乳动物的生命节奏快，新陈代谢迅速，寿命短暂；大型哺乳动物生命节奏缓慢，寿命长。根据内在的时钟来衡量，大小不同的哺乳动物的寿命差不多。……蜉蝣的成体仅活一天，就我所知，蜉蝣经历一天如同我们经历一生。然而，蜉蝣的世界不同于我们的世界，如果按通常的时间尺度衡量，我们会曲解蜉蝣生命短暂的一瞬。”斯蒂芬·杰·古尔德：《熊猫的拇指：自然史沉思录》，田洺译，北京：三联书店，1999年，第210—212页。

② “法官宣读死刑判决书以后，神甫给死囚们一一吻了十字架。接着，给他们穿上白色的尸衣，三人编为一组，准备分组依次处决。陀思妥耶夫斯基被编为第二组……对于他来说也只有一分钟好活了，这时他觉得‘生活是一件礼物，生活是种幸福，每一分钟都可以成一个幸福的时代’。”刁绍华：《陀思妥耶夫斯基》，沈阳：辽宁人民出版社，1982年，第24页。

③ John Keats, “Four seasons fill the measure of the year”, Miriam Allott, ed. *The Poems of John Keats*, London: Longman Group Limited, 1970, p. 312.

明显的莫过于十四行诗《蝈蝈与蟋蟀》：

从不间断的是大地的诗歌；
　当鸟儿疲于炎热的太阳
　在树荫里沉默，在草地上
就另有种声音从篱笆飘过；
那是蝈蝈的歌声，它急于
　享受夏日的盛宴的喜悦，
　唱个不停；而等它需要停歇，
就在青草丛里稍稍憩息。
啊，大地的诗歌从不间断；
　在孤寂的冬夜，当冰霜冻结，
　　四周静悄悄，炉边就响起了
蟋蟀的歌声，而室中的温暖
　使人昏昏欲睡，我们会感觉
　　仿佛是蝈蝈在山坡上鸣叫。①

这首诗前8行用“从不间断的是大地的诗歌”为起句，引出夏日蝈蝈的鸣声；后6行用“呵，大地的诗歌从不间断”为起句，引出冬夜蟋蟀的鸣声。读到倒数第二行，读者仿佛还觉得这首诗平淡无奇，但最后一行使全诗意境陡地升华到一个新的高度——在冬夜温暖的室内，蟋蟀的鸣声使人觉得“仿佛是蝈蝈在山坡上鸣叫”。诗人的思绪就是这样从冬夜回到夏天，由时间意象体现出来的全诗结构形成了一个循环的圆圈：蝈蝈唱罢蟋蟀鸣，冬夜歌声似夏天。凭着这样的处理，济慈克服时间流逝带来的伤感，展示了大自然中生生不已、循环不息的美。

时间循环不可能真正实现，但大自然中确实存在四季轮回的现象，花开花落给人的最大启示，就是旧美的消逝预示着新美的再生，这也意味着时间固然会带走美，但它也会把美带回来。因此在济慈对四季循环的叙述之中，蕴涵着对未来之美的殷切期待。例如在《仙灵之歌》中，诗人这样安慰自己：

① 约翰·济慈：《蝈蝈与蟋蟀》，载《济慈诗选》，查良铮译，北京：人民文学出版社，1958年，第13页。

不要悲哀吧！哦，不要悲哀！
到明年，花儿还会盛开。
不要落泪吧！哦，不要落泪！
花苞正在根的深心里睡。①

这真是“花落自有花开日，蓄芳待来年”，时间一旦进入循环状态，它就不再是美的扼杀者，而是一条送往迎来的环形传送带。可与《仙灵之歌》对读的是前面引用的《“在寒夜的十二月里”》以及《“漫长的冬季”》。《“在寒冷的十二月里”》中，快乐的小溪从不记得“阿波罗夏日的笑意”，它带着“甜蜜的遗忘”，对这“冰冻的季节”，“从来、从来也不恼怒”。小溪虽然忘记了夏天，诗人却还记得，所以他让“阿波罗夏日的笑意”在寒冷的冬天出现。《“漫长的冬季”》中，诗人在冬天刚刚结束之际就已经想到了晴朗的春日，想到“玫瑰叶上滴溅的夏雨”，还有那“屋檐上向晚的秋阳”。② 这些诗歌显示出济慈身上那令人感到温暖的人格：不管命运如何亏待自己，他对未来总是那么抱有信心，对现实的逆境总是那么甘之如饴。

从时间循环中看到“美在未来”，是济慈思想中最为乐观的一面。如果把济慈对美的认识看作一个复杂的多面体，那么“美＝真”、“美≠真”与“美在未来”可以各自占据一面，其对应的状态分别是时间停滞、时间流逝与时间循环。“美在未来”是济慈未竟之作《海披里安》(包括重起炉灶的《海披里安的覆亡：一场梦境》)的主题，如同我们在第四章中所述，他打算讲述的是希腊神话中“一代胜过一代”的故事：故事中提坦神终结了第一代天神“混沌”的统治，但他们自己又被新崛起的奥林匹亚神赶下了台。史诗中提坦神的领袖萨恩图向老海神奥西那斯征求如何向他们的儿辈开战，老海神却出人意料地建议大家接受失败的事实，因为一代总比一代强，从来就是老子要败在儿子手上：

---

① 约翰·济慈：《仙灵之歌》，载《济慈诗选》，查良铮译，北京：人民文学出版社，1958 年，第 99 页。

② “漫长的冬季才尽，当浓雾/不再低压着我们的平原/从温煦的南方就送来晴天/给病恹的天空除尽了斑污。/这解除了痛苦的日子，急于/享受权利，已披上五月的感觉，/而眼睑却还有寒气在跳跃，/象是玫瑰叶上滴溅的夏雨。/最恬静的思绪浮荡在心上，/使人想起嫩叶、静静成熟的/果实、屋檐上向晚的秋阳、/莎弗的面颊、睡婴的呼吸、/沙漏中逐渐滴下的沙子、/森林里的小河、诗人的死。”约翰·济慈：《“漫长的冬季”》，载《济慈诗选》，查良铮译，北京：人民文学出版社，1958 年，第 27 页。

“当我们骄傲地战胜古老的‘混沌’时，
有新的完美之神——更美的力量，
正接踵而来，大步追赶我们，
他们由我们而生，
却注定要超过我们。”①

根据这种不断循环的规律，老海神还进一步预言：不但提坦神的失败不可避免，就连刚取得胜利的奥林匹亚神也将被更新的一代天神所取代：

“这就是永恒的规律，
最美的就是最强的。
是呀，凭着这条规律，
另一个种族必然迫使我们的征服者
像我们现在一样的恸哭。”②

所谓“最美的就是最强的”，意思是新旧交替注定不可逆转，新生事物注定不可战胜。济慈之所以会一再讲述海披里安的故事，我觉得最根本的原因在于他要表达自己对“美在未来”信念的服膺，没有这种信念焕发出来的光芒，人们看到的世界将会是一片黑暗。

三、睡梦与死生

谈到希腊神话，人们总喜欢用神人“同形同性”来概括其特点，其实希腊诸神和人的最大相似之处，在于他们和人一样也是时间中的存在，不像我们古代的神仙那样“跳出三界外，不在五行中”。希腊神话主要讲述第三代天神奥林匹亚神的故事，他们父辈和祖辈的故事隐于幕后，济慈在发掘中揭示出所有的神都受时间规律的支配，即便是居于统治地位的奥林匹亚神也不例外，这种具有穿透力的目光证明他不愧为“不懂希腊文的希腊人”。

---

① John Keats, “Hyperion”, Miriam Allott, ed. *The Poems of John Keats*, London: Longman Group Limited, 1970, p. 428.

② Ibid.

不仅如此，济慈选择提坦神为“海披里安”史诗的主人公，还有迄今为止尚未有人探及的深层意蕴。一般人只知道提坦神(Titan)体形巨大，类似于中国古代神话中的巨灵神，所以20世纪初的巨轮会被冠以“泰坦尼克”(Titanic)之名，然而仔细研究希腊神话就会注意到，提坦神实际上是三代天神中与时间关系最密切的神祇。《海披里安》中提坦神的领袖是萨图恩，这个罗马神名在希腊神话中的对应名字为克洛诺斯，克洛诺斯职掌农业与播种，这是维系人类生存的关键领域，而时间又是农业生产的核心要素。英语中表示时间的词根“chron”源出克洛诺斯的名字“Cronus”，由这一词根派生出许多表示时间的词汇，如“chronic”“chronology”等，因此克洛诺斯在希腊诸神中最能代表时间。除萨图恩(克洛诺斯)外，《海披里安》中露过面的几位提坦神也与时间不无关联：海披里安在诗中为阿波罗的父亲，他的太阳神功能将被迅速成长的儿子所顶替；海神奥西那斯掌管奔流不息的水流，具有预知未来的能力；记忆女神玛尼塔在希腊神话中的名字为姆内莫西尼(Mnemosyne)，她的管辖范围除记忆外还有警示。法国艺术评论家让·克莱尔曾以《克洛诺斯(时间)与姆内莫西尼(记忆)》为题发表颇具争鸣性的观点：在恐惧未来的克洛诺斯与职掌记忆的姆内莫西尼之间，当代艺术究竟何去何从？① 由于《海披里安》只留下两部残稿，谁也无法猜测济慈究竟作了哪些具体构思，但从上述已经上场的几个人物来看，“时间”“记忆”“未来”与“新旧交替”等无疑是诗人叙述的重点所在。

无独有偶，《安狄米恩》也像《海披里安》一样与时间有不容置疑的内在关联。济慈在给妹妹的信中这样介绍他准备讲述的安狄米恩故事：

> 很多很多年以前，有一个年轻英俊的牧羊人，他在一座叫做拉特摩斯的山腰里放羊——他孤独地住在森林与草原中间，喜欢沉思与冥想，但丝毫也未想到——像月神这样美貌的佳人竟然会疯狂地爱上了他——不管怎样说，事情就是这样；当他躺在草地上睡着了的时候，她常常会从天上下到他身旁，热烈而又长时间地欣赏他的容颜；最后她实在按捺不住，乘他在梦乡中将其抱入自己的臂弯，把他带到高高的拉特摩斯峰顶——不

---

① 让·克莱尔：《论美术的现状》，河清译，《美术观察》2002年第10期。

过我敢说你已读过这些，以及所有从往昔的美丽希腊传下来的美丽故事。①

这一故事出自希腊神话，济慈在其长诗《安狄米恩》中踵事增华，对其作了扩展性的重新叙述，但未改变“安狄米恩在拉特摩斯山酣睡”这一具有标志性的情节。在济慈所处的时代，人们对希腊神话的来源尚未有足够深入的研究，因此济慈不可能知道安狄米恩这个人物的来历。英国学者麦克斯·缪勒1856年出版《比较神话学》一书，他在书中运用比较语言学方法研究希腊神话，指出“安狄米恩”(Endymion)这个名字源于古希腊方言中“专指日落的术语”，而落日安息的拉特摩斯山则是“夜”之化身：

> 落日曾安睡在拉特米安山洞里，即夜的山洞(Latmos和Leto、Latona来自相同的词根：夜)；但是在神话中，他却安睡在卡利亚的拉特默斯山。恩底弥翁(按即安狄米恩)的生命只有一个白天，当其生命完结之后便进入永久的安睡，他是一轮落日。②

根据缪勒的研究，这个“从往昔的美丽希腊传下来的美丽故事”最初并不美丽，它开始只是人们指代日落月升的日常话语，在长时间的口口相传中逐渐失落原意，最后变为一则神人相恋的动人故事：

> 在古代流行于爱利斯一带的诗歌和格言中，人们说“赛勒涅热恋并注视着恩底弥翁”，而不说“月亮在晚上升起”；人们说“赛勒涅拥抱着恩底弥翁”，而不说“日落月升”；人们说“赛勒涅亲吻着进入梦乡的恩底弥翁”，而不说“现在是夜晚”。这些表达方式在其意义已不再为人们理解之后还保留了很久；由于人类思维对于原因的思虑和对于原因的发明，是同样迫切的，所以不需要什么个人努力，而是靠一致赞许，便产生这样一个故事：恩底弥翁必定是个曾被少女赛勒涅热恋的青年美男子。③

缪斯的解释具有很强的说服力：后世那些酷爱讲故事的人为了解释月亮女神

---

① 约翰·济慈：《一八一七年九月十日致范妮·济慈》，载《济慈书信集》，傅修延译，北京：东方出版社，2002年，第25页。

② 麦克斯·缪勒：《比较神话学》，金泽译，上海：上海文艺出版社，1989年，第84页。

③ 同上书，第85页。

为何爱恋安狄米恩，会很自然地让安息的夜太阳变形为沉睡中的牧羊美少年，而这正符合神话听众的审美期待。

济慈虽然不知道安狄米恩和海披里安一样是下山后的太阳，但他凭着自己的天才洞察力驱使着长诗情节朝正确方向开展，故事中主人公多次坠入黑甜乡，通过一系列酣睡与梦境恢复神智的清明，这种安排特别符合安狄米恩这个人物的本质。日落在初民眼里意味着太阳的死亡，而日出意味着另一轮太阳的诞生，在这中间是横亘于死生之间的漫漫长夜。"安狄米恩的永睡"是西方诗人、画家和雕刻家酷爱表现的对象，[①]济慈以其入诗有自己独特的考虑，这就是睡眠在某种程度上类似死亡——它可以让人暂时摆脱时间的控制（月神拥吻安狄米恩其实是要把他弄醒，恢复其时间感受与生命活力）。济慈不明白自己为何如此为这一故事吸引，我理解这是因为他在潜意识中深深羡慕长眠中的安狄米恩：对于遭受苦难折磨的人来说，没有什么能胜过睡眠这剂良药，更何况它还能带来"麻木"、"困盹"与"遗忘"，这些与他推崇的"消极的能力"之间又存在因果联系。"消极的能力"是其诗论中的核心概念，我们在第三章中提到济慈喜欢在美丽的晨光中写作，他把晨起时的初醒状态看作酝酿灵感的温床，似此研究济慈及其诗论不能脱离时间这一维度。

除《安狄米恩》之外，济慈还有不少诗作涉及睡眠与梦境。在十四行诗《咏睡眠》中，他祈求睡神合上自己"爱幽暗的眼睛"，使自己"躲过光亮"，"躲进圣洁的遗忘"，他还希望把具有麻醉作用的罂粟"洒在我床边"：

> 搭救我吧；否则，逝去的太阳
> 就会照在枕上，滋生忧郁；
> 　快让我摆脱这好奇的心，
> 它像鼹鼠，最会向黑暗里钻；
> 　请轻轻锁上这滑润的门，
> 啊，请封闭我这寂静的灵棺。[②]

在济慈看来，白天的太阳"滋生忧郁"，而幽暗的夜晚带来的是"圣洁的遗忘"，

---

① 罗兰·巴特：《S/Z》，屠友祥译，上海：上海人民出版社，第1—10页、第326—329页。该书译者屠友祥在"导读"部分大段引用济慈的《安狄米恩》。

② 约翰·济慈：《咏睡眠》，载《济慈诗选》，查良铮译，北京：人民文学出版社，1958年，第43页。

诗中使用的罂粟意象令人想起《夜莺颂》中的毒鸩与鸦片，想起这位药剂师学徒对此类催眠药物的爱好。这种深度睡眠仿佛人之大去，诗人在这里把自己的卧室形容为“寂静的灵棺”，在他后来写给芳妮的信中，他干脆把它称为坟墓——“当寂寞的白天逝去，那没有音乐的静寂斗室像坟墓一样在等待着接纳我。”①

然而，“灵棺”与“坟墓”只是针对需要避开尘世扰攘的肉体，诗人在这样的睡眠中不会让自己的思想死亡。在“海披里安”史诗的第二部残稿《海披里安的覆亡：一场梦境》中，济慈效仿《神曲》中但丁神游三界的写法，描写“我”在梦境中进入提坦神的世界，像但丁一样以诗人身份见证古老天神的覆亡。故事中为“我”导游的是记忆女神玛尼塔（姆内莫西尼），她把“我”称为“梦中人”（dreamer），并在高高的祭坛上对“我”说出意味深长的警语：

> 谁也不能到达这个高处，
> 只除了那些以世间不幸为不幸
> 并且不让它们安生的人。
> 其他那些在世上找个窝昏睡
> 浑浑噩噩没有思想的人，
> 要是他们碰巧来到这座庙堂，
> 会死在你刚才差点送命的地方。②

济慈所要表达的意思非常清楚，这就是睡眠可以让人摆脱时间的纠缠，但“浑浑噩噩没有思想”的昏睡并不可取，诗人即便在睡梦中也不应忘记人间疾苦。在这部残稿的开端，济慈宣布“只有诗歌才能诉说自己的梦想”：

> 狂信者有自己的梦想，他们以此来编织
> 崇信的天堂；野蛮人也是一样，
> 从梦见的最高境界中，演绎出天界的
> 殿堂。真遗憾这些美妙的声响，

---

① 约翰·济慈：《一八一九年七月一日致芳妮·布劳恩》，载《济慈书信集》，傅修延译，北京：东方出版社，2002 年，第 348 页。

② John Keats, “The Fall of Hyperion. A Dream”, Miriam Allott, ed. *The Poems of John Keats*, London: Longman Group Limited, 1970, p. 667.

未曾留影于犊皮纸，或是印度的野树叶上；
但他们无论是生是死是梦都无桂冠可戴，
因为只有诗歌才能诉说自己的梦想，
只有那些美好的词语才能从
幽微无声的魅惑中留住想象。①

由此我们认识到济慈为什么会一再写到睡梦：只有进入忘记时间重压的睡眠状态，诗人才能自由地在梦中“诉说自己的梦想”，而“留住想象”的“美好的词语”便是诗歌。把艺术与做梦联系起来，济慈比弗洛伊德先行了一步。弗洛伊德以梦为主要研究对象，而济慈似乎更看重育梦的眠床，因为他所推崇的“消极的能力”适宜在似睡非睡之时大显身手，这时陷入“困盹”与“麻木”状态的是诗人的本我，“遗忘”的是本我的烦恼，诗人的“第二自我”可以乘机从躯体中逸出，实施其“以世间的不幸为不幸”的普世关怀。《画眉鸟的话》中“那自以为睡的，他必定清醒”，表达的正是这层意思。

最能够印证以上论述的，是济慈长诗《睡与诗》的构思过程。济慈在盖氏医院学习期间常去亨特家做客，亨特当时住在伦敦北郊的康谷，有时因为天气不好或聚会结束太迟，亨特便让济慈在自己书房里过夜。1816 年 10 月的一个夜晚，济慈在亨特书房的沙发上辗转反侧，他在黑暗中睁开眼睛，朦胧中映入眼帘的是书房中陈列的油画、胸像与其他装饰，它们与书架上的图书一道唤起了他的文学史记忆。乔叟、莎士比亚、弥尔顿等诗人一个个来到他面前，骄傲地诉说着自己的伟大，要求后人继承他们的光荣。而跟在这些人后面的德莱顿、蒲伯等人也从他眼前掠过，但这些人一味保守不思开拓，背弃了伊丽莎白时代诗歌的优秀传统，致使 18 世纪以来的英诗陷于萎靡不振的状态。这期间虽有查特顿这样的天才偶尔一现，但他们的才华很快就被崇尚浮华的社会扼杀。到了自己所属的时代，以华兹华斯为代表的新一代诗人终于崛起，根据亨特的见解，济慈自己就属于新诗浪潮中的一员，这个新的诗派负有促成英诗复兴的崇高使命。想到这里，一股热血涌上济慈的脑门，他感到自己的使命不仅是单纯的写诗，而是要像医生那样解除人的精神痛苦。就是在这种半睡半

① John Keats, “The Fall of Hyperion. A Dream”, Miriam Allott, ed. *The Poems of John Keats*, London: Longman Group Limited, 1970, pp. 657—658.

醒的状态之中，一首抒怀写志的长诗在诗人脑海里悄然成形。为了纪念在亨特书房过夜得来的灵感，济慈将这首四百多行的长诗命名为《睡与诗》，没有什么能比这个标题更能说明睡梦与其创作的密切关系。

如果说睡梦只能让人暂时忘记时间，那么死亡则是时间的彻底停顿。以上诸章有多处涉及死亡，但都未正面讨论济慈的死亡概念，这里不能再度付诸阙如。如前所述，济慈在自己短促的一生中多次目睹死神肆虐，这种经历具有一种亚里士多德所说的净化(katharsis)效应——对恐怖事物的情绪反应因重复激发而趋于适度，最后稳定到见惯不惊的水平。《夜莺颂》中“几乎爱上了静谧的死亡”之语，说明诗人不是死神黑色大氅下瑟瑟发抖的懦夫。济慈的时间恐惧在于担心时间带走美，担心自己没有足够的时间完成创作任务，至于自己的易朽之躯，他倒不介意将其交给死神。纵观济慈诗歌与书信，可以看到他总是童言无忌般地将“死亡”挂在嘴上，甚至还时不时地就此打趣一番，有点苦中作乐、“视死如归”的架势，这与“伦敦佬”精神上的坚韧不无关系。

不仅如此，由于敢于正视乃至瞪视死亡，济慈的目光常常穿透死亡，看到死亡并不一定意味着终结。“海披里安”史诗的内容为旧神的覆亡与新神的崛起，济慈既然以旧神“海披里安”为题，聚焦点就不可避免地落到前者身上，因此史诗的两部残稿都散发出令人不安的失败与悲伤气息。不过济慈笔下的死不像我们理解的“天人永隔”，他的死生之间有一扇“旋转门”——生固然可以通向死，死也可以通向生。试以第一部残稿结尾阿波罗的新生为例：

极像是在死亡门前挣扎；
或者，更类似于向那苍白而永恒的
死亡道别，由死之冰凉而感到刺痛的灼热，
于是猛烈地抽搐着，由死进入生。
年轻的阿波罗就这样经历着
剧痛：他那著名的金色长发
在其急切扭动的颈脖间摇晃。[①]

① John Keats, “Hyperion”, Miriam Allott, ed. *The Poems of John Keats*, London: Longman Group Limited, 1970, p. 441.

这里阿波罗的脱胎换骨被说成像死一样痛苦，或者说是“由死进入生”（to die into life），现在的人只知道海德格尔的“向死而生”（面对死亡而珍惜当下，活出生命中每一分秒的价值），不知道还有这样一种“向生而死”的概念。死亡是人类永远无法认识的未知世界，由于科学之光无法探入窅茫的地府，人们对“死后”情形有过各种各样的猜测。上一节我们提到济慈期盼自己信奉“不朽的永恒”，所以他会在生命的最后阶段中觉得自己进入了“来生”，这些都说明他觉得死亡之后还有时间与存在，或者说其潜意识中有一种由死亡进入来生（甚至永生）的迷思。

济慈的医学知识助长了这种迷思，西方医学在19世纪初已经发现人体内部的更始机制——细胞组织会老化与凋亡，但同种细胞组织会不断再生，这种生理性再生维持着人体器官的完整与稳定。济慈在1819年给弟弟和弟妹的信中提到这种生理性再生：

> 我们躯体的成分每七年完全更新——不是现在这只手掌在七年之前捏拢起来反抗赫蒙德。[①]

“七年之前”济慈正在伦敦近郊埃德蒙顿的赫蒙德诊所当学徒，那年他和赫蒙德医生之间不知为何事产生了别扭，小小的“伦敦佬”曾举起拳头捍卫自己的尊严。济慈写这封信时正忙于创作“海披里安”史诗，在写阿波罗的“由死进入生”时想到自己执笔之手的“更新”，应该是一件顺理成章的事情。济慈这番话反映了他自己一贯的戏谑风格，但以细胞组织的生理性再生来否认此手系七年前之手，不能说完全没有道理，生命本身就是一个新陈代谢的过程，从微观角度说，每个人的躯体在一生中都会经历多次死亡与再生。

“由死进入生”给“海披里安”史诗中提坦神栖身的洞穴带来了亮光，他们的覆亡在这一亮光照耀下变成了一种有序的必然。史诗中阿波罗的新生是在记忆女神的关怀下进行，这一安排显示出覆亡是为新生让路，是新老交替过程中令老一辈难堪但又必须接受的事实。希腊神话中的神不像凡人一样会真正死去，克洛诺斯等提坦神的下场和他们的父辈一样，都是被打入没有时间概念

---

① 约翰·济慈：《一八一九年九月十七、十八、二十、二十一、二十四、二十五、二十七日致乔治和乔治安娜·济慈》，载《济慈书信集》，傅修延译，北京：东方出版社，2002年，第423页。

的下界洞穴，这对他们来说实际上就是死亡，就像前述安狄米恩（落日）的长眠一样。根据作者为史诗故事设定的逻辑，海披里安等提坦神将像老海神和记忆女神一样认识到自己退位与死亡的意义，洞穴中的咆哮和喧闹终将归于平静。济慈笔下的洞穴是以他去过的芬格尔石洞为蓝本，这部搁笔之作反映了他在临终前不久对濒死境界的精神探索。

反映这种探索的还有十四行诗《“今夜我为何发笑?”》。这首诗写于1819年3月，此时济慈正为“海披里安”史诗写不下去而心生烦恼，他在诗中直面自己的内心，对恶劣情绪来了一番穷根究底的拷问，甚至说出希望以死亡为解脱的话来：

心儿啊！你和我在这里是寂寞孤独，
　说啊，我为何发笑？啊，剧烈的痛苦！
啊，黑暗！黑暗！我总是在悲泣，
　天堂、地狱和心灵，全都白费。
我为何发笑？我知道此生乃是一场租契，
　上蒙天佑，我的幻想伸展至它的极致；
不过，倘若我能在这个午夜里停止呼吸，
　看见尘世里华而不实的旆旄灰飞烟灭。
诗歌、浮名与美人固然香浓味劲，
　但死更浓更劲——死是生的最高报偿。①

济慈为什么面对死亡发出笑声，诗中给出了答案——“死是生的最高报偿”，由于“我知道此生乃是一场租契”，死亡意味着租契期满。济慈在诗中因人生空虚而痛苦，尔后又从悲泣中发出笑声，因为他看到了死亡的功能与魅力。这首诗没有解释死亡因何是生命的最高报偿，但“由死进入生”隐现在字里行间呼之欲出，把阿波罗的脱胎换骨与这首诗联系在一起，可以看出济慈的无端哭笑缘于心有所悟。这里的“在这个午夜里停止呼吸”与《夜莺颂》中“在午夜里溘然魂离人间”同出一辙，为什么济慈总把午夜当成自己撒手人间的最佳时分，

① John Keats, “Why did I Laugh To-night?”, Miriam Allott, ed. *The Poems of John Keats*, London: Longman Group Limited, 1970, pp. 488—489.

我看是因为午夜乃光明到来之前最为黑暗的时刻，熬过了济慈用“啊，黑暗！黑暗！”形容的午夜，新一轮太阳便会升起，死生之间又将开始新一轮的循环。事实上，写完这首诗之后没过几天，与济慈已开始交往的芳妮一家便搬到了他的隔壁，爱情的滋润作用使其创作激情迅速由低潮向高峰攀升，由此迎来了济慈创作中硕果累累的 1819 年 5 月，这条大伏大起的心理曲线似乎也可用“由死进入生”来概括。

四、先知先觉：现代叙事中的时流变异

时间是叙事中不可或缺的建构要素，故事中人物的行动需要耗费时间，因此讲故事实际上也是在“讲”时间，只不过时间进程往往隐藏在故事进程之后。现代叙事的一个标志性的趋向，就是对故事中时光之流的长度、宽度、速度乃至向度发出挑战。我们在当下的小说与影视中看到了太多的“穿越”，看到了太多的“死而复生”，看到了太多的“回到未来”和“前往过去”，看到了时光之流的凝固、减速与倒流，这类手段在某些新潮作家笔下甚至成为解决故事困境的常用策略——故事讲不下去时便祭起“穿越”法宝。这种趋于泛化的叙事现象，说明筚路蓝缕者辟出的小径已经被蜂拥而至的后人踏成大路，没有像济慈这样的先行者发起对时间逻辑的大胆挑战，就不会有如此之多的后人“接着想”与“接着写”（济慈诗论的薪传发生于理论领域，故名之为“接着讲”；其时间之思的承续主要见于现代叙事作品，故用“接着想”与“接着写”来概括）。可能有人会觉得时流变异仅仅属于科幻文学，其实不然，像博尔赫斯这样的著名作家也是玩“穿越”游戏的高手，他笔下的时光之流甚至分岔成“曲径交叉的花园”，令好奇而又困惑的读者如堕五里雾中。

人类的时空想象并非始于 19 世纪。古罗马文学中已有对星际航行的憧憬，卢奇安在《真实历史》中写到了月球之旅，书中抵达月球的船员发现希腊神话中的安狄米恩是这个世界的统治者。[①] 15 世纪以来的地理大发现刺激了西

---

① “《真实历史》则更广为人知，……登上这座空中之岛（这当为月球无疑）后，船员们被骑着三个头的‘马鹫’的士兵所俘，被带往月王恩底弥翁处。”亚当·罗伯茨：《科幻小说史》，马小悟译，北京：北京大学出版社，2010 年，第 38—39 页。

方人对外界事物的好奇心，16 世纪的乌托邦小说从一个侧面投射出他们对异域空间的兴趣，17 至 18 世纪则有不少法国小说将时间背景设置为未来。[①] 然而，像济慈这种大胆不羁的时间想象，在浪漫主义时代之前的文学中尚未有过记录，或许这是因为到了越洋邮轮穿梭于各大洲之间的 19 世纪，人们受科技战胜时间的鼓舞，才会萌生出挑战时流长度、宽度与向度的念头。济慈在《“但愿一星期能变成一世纪”》末尾写道：“今早和昨晚，朋友，教给了/我该如何珍惜这愉快的思潮。”我们无从得知头天他和朋友们兴奋地谈了什么，但从诗中“星期一都来自印度，/星期二返自地中海”的表述来看，他们的话题很可能与当时交通进步带来的时间便捷有关，不能排除是那些停泊在泰晤士河上的远洋艨艟给他的想象带来了灵感。

人类学家和心理学家认为，人类的时间意识形成于空间意识之后，因此空间尺度往往被借来标志时间，这种情况也能用文学予以证明。如果说 18 世纪小说《格列佛游记》与《鲁滨孙飘流记》对应于人的空间旅行，那么 19 世纪末小说《时间机器》对应于人的时间旅行（“时间旅行”其实是一种以时间比附空间的修辞性表达），作者赫伯特·乔治·韦尔斯被公认为文学史上以时间旅行为题材的第一人，后世种种“时间机器”均为对其的模仿。[②] 亚当·罗伯茨在 2005 年出版的《科幻小说史》中如此界定韦尔斯的地位：“如果一定要在科幻小说领域提名一位最伟大作家，我会选择 H. G. 韦尔斯（Herbert George Wells，1866—1946）。”[③]评价如此之高，我认为原因在于韦尔斯拥有发明“时间机器”的专利权，科幻文学最大的魅力在于“他异性”（alterity），没有什么比“前往过去”或“回到未来”更能满足人的好奇心。

肯定韦尔斯在某种程度上等于肯定济慈，因为济慈比韦尔斯更早写到了时流变异，只不过他没有讲述出一个完整的“穿越”故事。如前所述，济慈诗歌与书信中有不少叙事片断涉及“穿越”，如他在致芳妮信中讲述的那个时空扭曲的“东方故事”，可惜的是他当时满脑子都是诗歌（可能还有一点戏剧），压根

① “实际上，时间背景设置在未来的故事，构成了 17 世纪晚期大陆科幻小说的主心骨。在经历过 17 世纪的肇端之后，未来小说在 18 世纪早期得到了越来越多的追捧。”亚当·罗伯茨：《科幻小说史》，马小悟译，北京：北京大学出版社，2010 年，第 94 页。

② 赫·乔·威尔斯：《时间机器》，孙家新译，桂林：广西师范大学出版社，2002 年。

③ 亚当·罗伯茨：《科幻小说史》，马小悟译，北京：北京大学出版社，2010 年，第 154 页。

儿未想到将其铺陈为小说。当然，济慈的时间之思也有时代风气的影响，英国浪漫主义运动覆盖的时间范围为19世纪头30年(1800—1830年前后)，而按照达科·苏文的说法："在1800年左右，这一时期空间失去了它在疏离性上的垄断地位，科幻小说的视域开始从空间开始转换为时间。"[①]这也就是说，浪漫主义诗歌的兴起恰与人们的注意力由空间转向时间同步！印证此论点的有个颇有说服力的例子，这就是托马斯·坎贝尔、玛丽·雪莱和托马斯·胡德三人都有以《最后的人》为题的作品，"最后的人"即地球上最后灭绝的人，这三部作品均为瞻瞩人类未来的"末日想象"。[②]

济慈所处的19世纪初是一个想象力爆炸的时代，浪漫主义诗人几乎个个都是讲述奇幻故事的高手，无怪乎科幻文学研究者会在这里找到后世许多想象的源头。拜伦的《黑暗》一诗描绘太阳熄灭后的人类未来，雪莱在长诗《麦布女王》中写到过太阳系之旅，与这两首诗的宇宙图景相同，济慈《"明亮的星！愿我像你一样坚定"》中也有从太空俯瞰地球的场景，他在书信中甚至写到了从月亮上看伦敦。[③] 不过就对科幻文学的影响而言，浪漫主义时代所有的男性诗人都比不上雪莱的夫人玛丽·雪莱，她的《弗兰肯斯坦》[④]被许多研究者视为科幻小说的起点，对这一故事的重述、演绎与研究到今天也未停止。玛丽·雪莱笔下怪物引起后世如此强烈的关注，主要还不在于这个怪物是由收集而来的尸体碎块拼接而成(这一情节令人毛骨悚然)，而是它开启了人类不经过上帝而自行"造人"这一思路，好莱坞至今仍沿此思路源源不断推出新的大片。如果说玛丽·雪莱的贡献应当如此肯定，那么济慈的先行之功也不容抹杀，因为是他对时光之流的多种可能性作了最初的探索。同时代人的时间想象至多只顺着时间之矢抵达太阳熄灭的世界末日，而他却将一种新的可能性与逻辑赋予时间——譬如"由死进入生"就使直线推进的时间回过头来进入循环状态。

---

① Darko Suvin, *Metamorphoses of Science Fiction: On the Poetics and History of a Literary genre*, New Haven: Yale University Press, 1979, p. 89.

② 亚当·罗伯茨:《科幻小说史》，马小悟译，北京:北京大学出版社，2010年，第100页。

③ "月亮上的那些哲学家窥探我们地球。"约翰·济慈:《一八二零年一月十三、十五、十七、二十八日致乔治安娜·威利·济慈》，载《济慈书信集》，傅修延译，北京:东方出版社，2002年，第459页。

④ 玛丽·雪莱:《弗兰肯斯坦》，刘新民译，上海:上海译文出版社，2007年。

济慈的探索在近两百年后获得了应有的报偿，虽然来得晚了一些，但济慈的在天之灵早已习惯了种种迟来的承认。与济慈同时的俄国诗人普希金在《纪念碑》一诗中说：“我为自己树起了一座非金石的纪念碑，/……不，我不会完全死去——我的心灵将越出/我的骨灰，在庄严的琴上逃过腐烂；/我的名字会远扬，只要在这月光下的世界/哪怕仅仅有一个诗人流传。”[①]普希金看到了自己的诗名将传之久远，但纪念碑还是由别人来建立为好，本书引言部分已经提到：当代美国作家西蒙斯用沉甸甸的“海披里安”四部曲（包括《海披里安》、《海披里安的覆亡》、《安狄米恩》、《安狄米恩的崛起》等四部长篇小说）叠起了一座济慈纪念碑，四部曲的背景为时空无垠的宇宙，纪念碑的尖顶直指苍穹中遥远而神秘的星系。济慈未完成的《海披里安的覆亡》在四部曲中通过“借尸还魂”得到补足，《安狄米恩的崛起》则为济慈未曾用过的标题，增写这部小说显然是为了让它与《海披里安的覆亡》形成倒影式互补。西蒙斯讲述的故事当然与济慈的史诗不同，但仅从标题就可看出，他是用四部曲向济慈表示崇高的敬意——没有济慈赋予他的时间想象，这部关于“人类毁灭与更始”的太空歌剧无从回响于银河帝国，小说中的人物无从旅行于距离遥远的星际之间。西蒙斯对济慈的崇敬超出了人们的想象，四部曲中触目皆是济慈诗歌与书信中的话语，他的亲友与笔下人物之名也在行文中频频出现，这些给人造成一种印象，似乎西蒙斯写这四部曲的唯一目的就是为了纪念济慈。“粉丝”对偶像的崇拜如今是屡见不鲜，但一位当代著名作家对自己的偶像如此念兹在兹，确实是文学史上罕见的现象。西蒙斯的“海披里安”故事行将为好莱坞搬上银幕，这部电影的上映有可能引发新一轮“济慈热”。

西蒙斯的“海披里安”四部曲篇幅浩大，具体内容一言难尽，不过“尝一脔肉而知一镬之味”，我们不妨从四部曲第一部中一位“诗人”的自述窥其题旨：

> 我将我的诗重新命名为《海伯利安诗篇》。它不是关于这个星球的，而是关于一群自封为泰坦的人类，是如何灭亡的。它是关于一个无思想的狂妄种族由于粗心大意，竟毁灭了自己的家园，然后又把那危险的傲慢带到了群星之中，不料在那遇到了一位神祇的怒火，而那神祇竟然是人类

① 普希金：《纪念碑》，载《普希金抒情诗选集》（下集），查良铮译，南京：江苏人民出版社，1982年，第516页。

> 自己创造出来的。这么多年来,《海伯利安》是我完成的第一部严肃作品,它是我写过的最好作品。这部作品,有趣与严肃兼备,是在向约翰·济慈的英魂致意,也成了我活下来的最后理由,它是平庸闹剧年代里的一部史诗巨作。《海伯处安诗篇》所使用的文字技巧我永远也无法获得,那知识我永远无法企及,那吟唱的声音也不是我自己的。人类的灭亡是我的主题。[①]

仅从引文中略微透露出来的消息,我们也能窥见其时空背景的辽阔。《红楼梦》第120回有语曰"又不知过了几世几劫",这个故事使用的时间单位也是"几世几劫"("劫"乃人类文明由成而毁的时间单位),其人物活动的舞台则为以光年为尺度的银河星系。如果作者没有让"人类之爱"弥漫于茫茫太空,我们的想象确实难以把握如此宏观的时空体系。

但是对于故事中的微观时间,我们的想象有时真是力有未逮。四部曲第一部第四章的"学者的故事:忘川之水何其苦"中,学者夫妇钟爱的女儿瑞秋赴海披里安星球旅游,受到"光阴冢"中"逆熵场"(一种紊乱的"时间潮汐")的感染,患上了倒转时间之矢的"梅林症"。随着时光在其身体内部倒流,瑞秋的近期记忆一点点丧失,她的年龄也在一点点减少——由二十多岁的年轻姑娘变回十多岁的少女,变回几岁的孩子和几个月的婴儿,最后回到时间的零点。济慈在《夜莺颂》中提到使人"困盹和麻木"的"忘川",西蒙斯在这里具体展示了"忘川之水何其苦"也——瑞秋在逆时流而"退"的过程中,逐渐忘记了自己经历过的一切:她不明白父母为什么满头白发,不理解儿时玩伴因何看上去已近中年,不知道客厅里的陌生人曾是自己的男友。在这个过程中最为痛苦的是瑞秋的父亲,不管他如何向女儿解释发生在她身上的事情,第二天她都会忘得一干二净,给她看过去的照片与视频,她会把其中的自己当成妈妈或姐姐,等到她倒退到牙牙学语之前,父女之间的交流桥梁也就彻底坍塌。[②] 一般作者会在这种叙述中特别强调时光倒流的诡谲,西蒙斯却是更多地着墨于时光倒流带来的心理错愕与情感痛苦,这种处理在科幻作家中确实显得技高一筹。

在科幻文学之外,济慈的时间之思也有很大影响。我们前面提到菲茨杰

① 丹·西蒙斯:《海伯利安》,潘振华等译,沈阳:万卷出版公司,2007年,第141页。

② 同上书,第156—182页。

拉德被视为济慈的“转世灵童”之一，这位小说家比任何诗人都更多地继承了济慈对时间的敏感，巫宁坤对这种跨门类“遗传”有专门评论：

> 在小说创作方面，他受到俄罗斯作家屠格涅夫、法国作家福楼拜、英国作家康拉德的影响，但他最为之倾心的作家却是英国浪漫主义大诗人济慈。他把自己和济慈划归同一种类型：“成熟得早的才华往往是属于诗人类型的，我自己基本上就是如此。”菲茨杰拉德用一个早熟诗人的慧眼观察世界，敏锐的感受体受体验人生。在他百读不厌的济慈名诗《希腊古瓮颂》里，诗人为古瓮上不受时间影响的青年男女发出的“永远美丽”，“永远年轻”的歌唱饱含着朱颜易逝、好景无常的悲哀，这也正是年轻的小说家的悲哀，是他参悟人生的起点。他小说里的主要人物都是既年轻又美貌，却又注定要苦海沉沦的。他曾说：“所有进入我头脑里的故事便都包含着某种灾祸——在我的长篇小说里，可爱的青年走向毁灭，短篇小说里的宝石山炸得无影无踪，我的百万富翁也如托马斯·哈代的农民一样，是美丽的，注定要遭到厄运的。”他的小说仿佛沉浸在时间的流逝所唤起的哀思之中。美国文学评论家马尔科姆·考利曾说：“他老想着时间，就像他是在一间摆满日历和时钟的房间里写作。”[①]

菲茨杰拉德少年时就读于贵族学校，后来又上了普林顿大学，他早年的人生道路上并不是荆棘丛生，可是他却写出那么多“梦醒美去”的故事，这完全是受了济慈的感染。或者说，如同郭沫若写《女神》是受了惠特曼《草叶集》的影响一样，菲茨杰拉德的画梦之笔是从济慈那里得来，济慈的“美≠真”成了他抒发自己时代观感的“喷火口”。[②] 大萧条到来之前的爵士时代当时真如“鲜花著锦烈火亨油”，在他的画布上却表现为“忽喇喇似大厦倾”。作为表现“美国梦”的高手，他擅长于在小说中描绘衣香鬓影、觥筹交错的华丽场景，在这方面他无异于讴歌“美=真”的济慈；然而他又像济慈那样为“美≠真”而痛苦，因为再美

---

① 巫宁坤：《〈菲茨杰拉德小说选〉前言》，载《菲茨拉德小说选》，巫宁坤译，上海：上海译文出版社，1983年，第5页。

② “当我接近惠特曼的《草叶集》的时候，正是五四运动发动的那一年，个人的郁积，民族的郁积，在这时找到了喷火口，也找到了喷火的方式。”郭沫若：《序我的诗》，《沫若文集》（第13卷），北京：人民文学出版社，1959年，第121页。

的梦境也会破碎，他笔下的青年男女不可能像希腊古瓮上的石雕人物那样“永远年轻”“永远美丽”。在《了不起的盖茨比》的结尾部分，他像济慈在《夜莺颂》最后写夜莺飞走一样，写出了时间流逝造成的“美国梦”破灭：“他不知道那个梦已经丢在他背后了，丢在这个城市那边那一片无垠的混沌之中不知什么地方了，那里共和国的黑黝黝的田野在夜色中向前伸展。”[①]

菲茨杰拉德的想象力在20世纪美国作家中堪称独步。《一颗像里茨饭店那么大的钻石》是其一部短篇小说的标题，故事中真的出现了一座质地纯粹的钻石山，其蕴藏量相当于地球上其他地方钻石蕴藏量的总和，“世间的黄金也不够买这座钻石山的十分之一”[②]。不过与其对时间的奇想相比，这种对钻石体积的夸张性描绘（违背了物以稀为贵的原则）又未免相形见绌。小说《本杰明·巴顿奇事》（又译《本杰明的奇幻旅程》、《返老还童》等）中，主人公出生时便有70岁年纪，是一个长着白胡子的老婴儿，随着时间在其身体内部的反向演进，他逐渐“长”回青年、少年与幼年，最后回到婴儿床上等待死神的召唤。人们都把作者创作这篇小说的灵感归因于马克·吐温的一句话——“如果我们能够出生时80岁，然后逐渐接近18岁，人生一定会更加美好。”[③]但我认为菲茨杰拉德能够写出这种以时间为主题的故事，归根结底还是离不开济慈的影响——菲茨杰拉德对其服膺的济慈“百读不厌”，不会不知道他那些时间迷思与奇想。济慈固然没有明确写到时间在人身上的反向流逝，但他的“由死进入生”从本质上说是与时间之矢背道而驰，假如有人寿终正寝时真能突破大限“由死进入生”，那么这种人坠地之初时岂不就是一个白胡子老头？而且，这种人的“生长”一定与生俱来地遵守着与常人相反的时间逻辑，因此他必然一步步地变得年轻。

菲茨杰拉德与西蒙斯都是济慈的狂热崇拜者，这一相似性或许导致了巴顿故事与瑞秋故事的相似性，但是应该承认，菲茨杰拉德在这个故事上没有充

① 弗·司各特·菲茨杰拉德：《了不起的盖茨比》，巫宁坤译，载《菲茨杰拉德小说选》，上海：上海译文出版社，1983年，第169页。

② 弗·司各特·菲茨杰拉德：《一颗像里茨饭店那么大的钻石》，汤永宽译，载《菲茨杰拉德小说选》，上海：上海译文出版社，1983年，第188页。

③ 柔之等：《宁静的喧闹》（译评），载《本杰明的奇幻旅程》，柔之等译，北京：文化艺术出版社，2010年，第4页。

分展现自己的叙事才华，他当时只为换取稿费而匆匆勾勒了一个奇异故事的轮廓，而西蒙斯笔下则有对人物心理的细腻刻画。不过菲茨杰拉德的贡献不能一笔抹杀，毕竟是他率先讲述了这一类型的故事，其不足可以留待后人来弥补。2008年底，《本杰明·巴顿奇事》被好莱坞导演大卫·芬奇与编剧埃里克·罗斯搬上银幕，电影中除了人物名字与返老还童的故事脉络外，其他都属跳出小说窠臼的重新创作。小说按时间顺序展开叙述，因此主人公的爱情生活无法成为故事焦点：本杰明与妻子的生理年龄之差开始是不断缩小，后来则不断扩大，时间最终成为他们之间不可逾越的障碍。而在电影故事中，编导刻意让无法白头偕老的男女主人公之间出现多次交集：当本杰明以苍老面容与佝偻身姿出现时，年幼的黛西（与《了不起的盖茨比》的女主人公同名）便看出他“与众不同”；后来两人的生理年龄趋于匹配，两人在一起度过了生命中一段最好时光（电影中有一片断为两人久久凝视镜子里相互依偎的自己）；再往后本杰明变得越来越年轻，但黛西尽了最大努力陪伴自己的初恋。电影故事更加突出了时间主题（序曲与尾声中那只倒走的时钟与巴顿的一生相始终），别人都在时间的长河中顺流而下，唯独主人公是逆水行舟，不断与亲友失之交臂，这种背道而驰凸显了时间的残酷。影片中的细节虽然是全部翻新，但一些对话听来非常熟悉，如黛西的“我只是不想变老”、巴顿的“我想永远记住现在的我们”以及“我在想万物必将消逝”等，我们在这些对话中能够听到菲茨杰拉德甚至是济慈的声音。

与菲茨杰拉德一样，博尔赫斯的时间观念中也有济慈的印记。博尔赫斯虽为阿根廷作家，但他祖母为英国人，父母亲精通英语，英国文化是其家庭背景上的主色调。博尔赫斯从家族传统中继承了对济慈诗歌的热爱，写过《致约翰·济慈》等一批以济慈为题的诗文，在上世纪60年代为哈佛大学诺顿讲座所作的系列演讲（结集为《诗艺》一书）中，他多次提及济慈对自己艺术观的影响，甚至动情地说到讨论济慈诗歌可以抚慰其父在天之灵。[①] 在时间问题上，

---

① “只要回想起很久以前在南美洲的这些夜晚，就会看见我的父亲。我现在就可以看到他；也可以听见他的声音，我不了解他的是什么，不过却可以感受得到。这些话是取自于济慈的诗，是从《夜莺颂》这首诗来的。这首诗我已经反复读过好几遍了，各位可能也跟我一样，不过我还是要再度讨论这首诗。我想如果我好好讨论这首诗的话，我父亲在天之灵也会感到欣慰的。”豪·路·博尔赫斯：《诗艺》，陈重仁译，上海：上海译文出版社，2011年，第128页。

他说自己的创造性想象始于阅读济慈的《夜莺颂》，甚至他的文学志向也从这里萌发：

我根本就不懂这首诗（按指《夜莺颂》）。我要如何才能了解，既然这些夜莺生存在当下——而且它们也都只是芸芸众生——为什么它们可以永生不死呢？我们有一天都会死去，因为我们都生活在过去与未来——因为我们都记得我们尚未出世的某段时间，而且也都可以预知将会死去的时间。……我想到了一个观念——这个想法就是，虽然人的生命是由几千个时刻与日子组成的，这许多的时刻与日子也许都可以缩减为一天的时光：这就是在我们了解自我的时候，在我们面对自我的时候。……当我听到济慈的诗，刹那间就感受到这真是个很伟大的经验。从那以后我就一直在体会这首诗了。也就是从那时开始（为了演说的效果，我想我可能多少有点言过其实），我就把自己当成"文人"(literary)了。[①]

博尔赫斯后来已不满足于仅仅压缩时间，他笔下的时流变异复杂到令人头晕目眩，其运行轨迹呈现出一种巴洛克风格[②]——既有夸张繁复的多重展开，又有变幻莫测的分岔缠绕。在其代表作《曲径分岔的花园》中，博尔赫斯借人物之口这样介绍他的时间奇想：

曲径分岔的花园就是那部混乱的小说；多种（而不是全部）未来这句话使我联想起时间分岔而不是空间分岔的意象。通读整个作品证实了这一理论。在任何一种虚构小说里，每当一个人面临几种选择时，他总是选择一个，排除其他；在这个几乎是解不开的崔朋的小说里，他——同时——选中全部抉择。这样，他创造了多种未来，多种时间，也在扩散，分岔。因而产生小说中的种种矛盾。比如说吧，方某人掌握一个秘密；一个陌生人来敲他的门；方决定干掉他。自然了，有几种可能的结局：方可以杀死陌生人；陌生人也可以杀死方；两个人可以都得救；两个人也可以都完蛋，等等。在崔朋的作品里，任何一种结局都发生了；每种结局就是其

---

① 豪·路·博尔赫斯：《诗艺》，陈重仁译，上海：上海译文出版社，2011 年，第 130 页。

② 陈众议：《〈博尔赫斯与幻想美学〉编者序》，载《博尔赫斯文集（小说卷）》，王永年、陈众议等译，海口：海南国际新闻出版中心，1996 年，第 11 页。

他分岔的地点。有时，这座迷宫的条条小路还汇合在一起：比如，您到了这个家；但是，在可能过去的某个时候，您是我的敌人；而在另一时候，则是我的朋友。①

为什么要搭建这样一座巴洛克风格的时间迷宫？回答这个问题颇为不易，好在他的《济慈的夜莺》为我们提供了一个进入迷宫的入口，我们不妨先温习一下《夜莺颂》中的相关段落：

永生的鸟啊，你不会死去！
　饥饿的世代无法将你蹂躏。
今夜，我偶然听到的歌曲
　曾使古代的帝王和村夫喜悦
或许这同样的歌也曾激荡
　露丝忧郁的心，使她不禁落泪，
　　站在异邦的谷田里想着家；
　　　就是这声音常常
　在失掉了的仙域里引动窗扉：
　　一个美女望着大海险恶的浪花。②

对于这节诗，19 世纪与 20 世纪上半叶有几位济慈研究者提出过訾议，认为济慈误把花园中的夜莺当成是从古代飞来。博尔赫斯引述了《济慈传》(1917)作者雪尼·柯尔文的评论：“济慈是由于逻辑的错误，也是他诗艺的失败，所以反对人生的短暂，以此来理解个人的生命；主张鸟的生命的持续，以此来理解物种的生命。”③由于对这一问题有过深入思考，博尔赫斯在《济慈的夜莺》中批驳了诸如此类的“奇谈怪论”，他不认为“这只个别的夜莺与所有的夜莺之间存在着矛盾”，为此请出叔本华来为自己辩护：

《夜莺颂》写于 1819 年，而在 1844 年出版了叔本华的《意志和表象的

① 豪·路·博尔赫斯：《曲径分岔的花园》，载《博尔赫斯文集(小说卷)》，王永年、陈众议等译，海口：海南国际新闻出版中心，1996 年，第 136—137 页。

② 约翰·济慈：《夜莺颂》，载《济慈诗选》，查良铮译，北京：人民文学出版社，1958 年，第 73 页。

③ 豪·路·博尔赫斯：《济慈的夜莺》，载《博尔赫斯文集(文论自述卷)》，王永年、陈众议等译，海口：海南国际新闻出版中心，1996 年，第 38 页。

世界》第三卷，其中第四十一章里这样写道："我们可以老实的自问：今年夏天来的燕子是不是去年来的那一只？是不是真的两只之间存在着从无到有的奇迹？这种奇迹已经发生了数百万次，为了把它彻底消灭而仍然在进行欺骗。有谁听见我这样说还能够保证这只在这里玩耍的猫，就是在这个地点蹦跳淘气的同一只猫，它三百年来一直在想着喜欢它的我，但是更奇怪更疯狂的是想象它根本是另外的一只。"这就是说，个别，在某种情况下，就是种类；而济慈的夜莺，也就是路得(按即露丝)的夜莺。①

鸟类的自然寿命最多数十年，济慈花园里的夜莺绝对不可能来自露丝所处的《旧约》时代，柯尔文等人就是依据这种科学知识来批评济慈。然而诗歌是艺术而不是科学，对于诗人来说，他听到的夜莺就代表了所有的夜莺，种类与个别之间没有矛盾，他所遵循的是艺术逻辑，因此在这里犯逻辑错误的不是济慈而是柯尔文等人，他们的科学逻辑用错了地方。

博尔赫斯接下来扩大批判范围，他按柯勒律治的分类把所有人分为亚里斯多德派与柏拉图派，英国人在他看来统统(济慈当然除外)属于亚里斯多德派——他们的头脑中只有具体的个别，只有具体的夜莺而没有夜莺的种类，因此《夜莺颂》在英国不可能得到正确的理解。博尔赫斯不仅把济慈当作英国人中的异数，他还看到济慈对自己所属时代的超越：

济慈自己可以毫不夸大的这样说："我什么也不知道，我什么也没有读过。"然而却从某部有学问的字典的篇页里预见到希腊的精神；这种预见和再造的最微妙的证据，就是他在那天晚上的夜莺身上直接感觉到了柏拉图式的夜莺。济慈也许不可能给"原型"下一个定义，但是他却在四分之世纪之前就设想出了叔本华的一个前提。②

这种超越我们在前文中一再提及，博尔赫斯在这里又为本书提供了一个极好的例证。从引文中可以看出，博尔赫斯不但谙悉济慈诗歌，对其书信与人生也有相当深入的了解与领悟。

---

① 豪·路·博尔赫斯：《济慈的夜莺》，载《博尔赫斯文集(文论自述卷)》，王永年、陈众议等译，海口：海南国际新闻出版中心，1996年，第39页。

② 同上书，第39—40页。

博尔赫斯并非一时心血来潮，赞美济慈笔下那只从古唱到今的夜莺，不仅因为它曾撩发过他的时间之思，还因为它是个体与种类结合的象征。博尔赫斯其实像济慈一样对时间既敏感又恐惧，在《对时间的新驳斥》中（他发表过多篇论述时间的文章），他把时间比喻为飞逝的大河与吞噬一切的火焰：

> 否认时间的连续，否认天文学的宇宙，是表面的绝望和暗中的安慰。我们的命运（与斯威登堡的地狱和西藏神话的地狱相对）并不因其不真实而令人恐惧；它令人恐惧是因为它不能倒转，坚强似铁。时间是组成我的物质。时间是一条载我飞逝的大河，而我就是这条河；它是一只毁灭的考虑，而我就是这考虑；它是一堆吞噬我的火焰，而我就是这火焰。不幸的是，世界是真实的；不幸的是，我是博尔赫斯。[①]

在“不能倒转，坚强似铁”的时间面前，个体显得是那样无能为力，否认时间的连续性等于自欺欺人。然而个体一旦融入种类，具体的夜莺一旦变成种类的夜莺，它（实际上是它们）便获得了打破时间铁律的能力——或分布于多个时空，或同时做出多种选择，原先桀骜不驯的时间如今被它玩弄于股掌之上。这就是博尔赫斯从济慈那里得到的启迪，其叙事艺术的神奇与玄奥皆伏源于此。由于打通了个体与种类之间的壁垒，他笔下经常出现穿行于不同时空中的人物。小说《两个博尔赫斯的故事》中，“我”（1977 年的博尔赫斯）与“他”（1983 年的博尔赫斯）在旅店相遇，后者向前者预言了许多事情，其中包括“在罗马你将重复济慈的诗句”。[②] 小说《永生》中，永生人跨越了漫长的时空，叙述者先后以多个历史人物的口气说话——“我曾是荷马；不久之后，我将像尤利西斯一样，谁也不是；不久之后，我将是众生：因为我将死去。”[③]《永生》的故事翻版为 2007 年的美国电影《这个男人来自地球》（理查德·沙因克曼导演/杰罗姆·比克斯比编剧），故事中一位名为约翰的哈佛教授将自己的经历娓娓道来，他的几位同事听得瞠目结舌：约翰称自己最早是狩猎猛犸的穴居人，进入

① 豪·路·博尔赫斯：《对时间的新驳斥》，载《博尔赫斯文集（诗歌随笔卷）》，陈东飚、陈子弘等译，海口：海南国际新闻出版中心，1996 年，第 282—283 页。

② 豪·路·博尔赫斯：《两个博尔赫斯的故事》，载《博尔赫斯文集（小说卷）》，王永年、陈众议等译，海口：海南国际新闻出版中心，1996 年，第 624 页。

③ 豪·路·博尔赫斯：《永生》，载《博尔赫斯文集（小说卷）》，王永年、陈众议等译，海口：海南国际新闻出版中心，1996 年，第 223 页。

文明社会后曾随佛陀修行，与梵高交过朋友，不可思议的是他在一段时间内还是耶稣！这部电影从头至尾都是人物谈话的镜头，摄制成本据说只有一万美元，主人公漫长的时间旅行成了吸引观众的关键。

现在可以正式回答前面提出的问题了。如果说“八阵图”之类的地上迷宫是为了显示空间的复杂性，那么博尔赫斯搭建起“曲径分岔”的时间迷宫，为的是从尽可能多的角度去想象人在时间中的存在。我们总倾向于从空间角度去描述人的活动，其实人在本质上是一种时间中的动物，生命的长度只能用时间标尺来衡量。然而个体的生命未免太短，许多人历尽沧桑仍觉得没有“活个明白”，在这种情况下，博尔赫斯想到用种类代替个体，因为种类够跨越生死鸿沟，在时间的长河中生生不息。或者这样说吧，作为个体我们只是济慈所说的“夏天里只活上三天的蝴蝶”，作为种类我们则为庄子《逍遥游》中“以八千岁为春，以八千岁为秋”的大椿。作为种类的代表，我们在没有借助任何时间机器的情况下，已经实现了无数次的“穿越”，因此“我”和“您”此刻的存在与相遇就是奇迹：

> 在大部分时间里，我们并不存在；在某些时间里，有您而没有我；在另外一些时间里，有我而没有您；还有一些时间里，您和我都存在……①

在博尔赫斯的时间迷宫中，生命的意义被多向度地投射出来，虽然我们早就知道自己是时空中的过客，但是只有在阅读他的作品时，我们才会陷入深沉到难以自拔的生命思考。

博尔赫斯的“穿越”在拉丁美洲并非空谷足音，2012年去世的墨西哥作家卡洛斯·富恩特斯在其小说《我们的土地》中也采用了相似手段，不同的是他的“穿越”采取了灵魂转世的方式。米兰·昆德拉对其有过概括：“关于灵魂转世的古老神话成了一种小说家的技巧，它使《我们的土地》成为一个巨大、奇幻的梦；在这个梦中，通过同一个人物没完没了的转世，历史被创造和延续下来：同一个路德奥威克，先在墨西哥发现了一块新大陆，几个世纪以后，他又和克莉斯蒂娜一起，出现在巴黎。而这个克莉斯蒂娜和几个世纪前菲力浦二世的

---

① 卡洛斯·富恩特斯：《豪·路·博尔赫斯——通天塔的裂口》，赵德明译，《译林》2003年1期。

情人又同是一人，如此等等。”[①]富恩特斯小说中有个观点引起昆德拉强烈的共鸣，这就是“造就一个人需要好几次生命”，[②]据此他把同类人物在文学史上的出现也视作灵魂转世，塞万提斯的堂·吉诃德与卡夫卡的土地测量员在他心目中简直就是同一个人：

> 难道不是堂吉诃德本人，在经历了为时三百年的旅行之后，又乔装成一个土地测量员，回到了那个村庄吗？从前他曾出门寻求自己所选择的历险，可现在，在城堡脚下的那个村庄里，他却一无选择。历险欺骗了他，就连跟当局的几句鸡毛蒜皮的口角，都比其档案中的某次错误还严重。[③]

“造就一个人需要好几次生命”这句话值得细细咀嚼，生命对个体来说只有一次，个体的花枝上总会有些苞蕾因生命短促而来不及绽放，而种类作为个体的复数形式，能够一次又一次地“由死进入生”，这种生命的绵延让那些苞蕾有了绽放的可能。如同霍金帮助我们更好地认识了爱因斯坦，丁尼生、欧文、菲茨杰拉德和博尔赫斯延续了济慈的艺术生命，在许多方面延续和“放大”了济慈的思想，使我们能够更清楚地看到他身上的价值。

就像济慈本人一样，山毛榉上的夜莺也有自己的前世今生。据奥维德在《变形记》中记载，夜莺的前身为雅典公主裴绿眉拉，她赴色雷斯探望姐姐普罗克涅时遭到姐夫忒柔斯强暴，并被割舌囚禁，普罗克涅闻讯设计让忒柔斯自食其子，忒柔斯察觉后持剑追杀，姐妹俩在逃逸中分别变成胸前带有血痕的燕子与夜莺，忒柔斯则化为喙长如剑的老鹰。[④] 这个故事告诉我们夜莺为什么一直在放声叫唤，这是为了补偿自己被囚禁时口不能言之苦，对于习惯了把《夜莺颂》当作欢欣之作的读者来说，说出这个令人毛骨悚然的故事或许有些残忍，但如不透露这一信息，我们就无法解释夜莺歌声中的悲苦音调，以及济慈为什么会在聆听这歌声中“爱上了静谧的死亡”。从济慈花园里飞走的那只夜莺，后来又飞到长诗《荒原》描绘的壁炉架上，T. S. 艾略特在 20 世纪也听到了

---

① 米兰·昆德拉：《梦游者札记》，载《小说的艺术》，唐晓渡译，北京：作家出版社，1992 年，第 57 页。

② 同上书，第 56 页。

③ 米兰·昆德拉：《被忽视的塞万提斯的遗产》，载《小说的艺术》，唐晓渡译，北京：作家出版社，1992 年，第 9 页。

④ 奥维德：《变形记》，杨周翰译，北京：人民文学出版社，1984 年，第 132—138 页。

她那“不容玷辱的声音”：

那古旧的壁炉架上展现着一幅
犹如开窗所见的田野景物，
那是裴绿眉拉变了形，遭到了野蛮国王的
强暴；但是在那里那头夜莺
她那不容玷辱的声音充塞了整个沙漠，
她还在叫唤着，世界也还在追逐着，
“唧唧”唱给脏耳朵听。[①]

由于中译文中无法看出动词时态，这里必须指出原文中有一处用心良苦：“她还在叫唤着”中的“叫唤”用的是过去时（And still she **cried**），而“世界也还在追逐着”中的“追逐”用的却是现在时（and still the world **pursues**），按照有关专家的解释，这种反常的用法意在表示“追逐”仍在继续（也就是说这是一种穿越时空的“追逐”），“世界”对裴绿眉拉的迫害尚未停止。[②] 艾略特所说的“世界”，既是裴绿眉拉被割舌的世界，也是《夜莺颂》中“使人对坐而悲叹的世界”，还是他自己所处的那个到处都竖起“脏耳朵”的世界，夜莺在希腊神话与19世纪、20世纪诗歌间的“穿越”划出了一道弧光，让我们看到发生于古代的暴行一直延续到今天。时间洗不净夜莺胸前的血痕，也抹不掉它心中永远的伤痛，只要世界上还存在听任暴行发生的“脏耳朵”，它就会一直叫唤下去。

不管是夜莺引发的“穿越”，还是它自身在时间丛林中的“穿越”，究其实质都是人类用想象战胜时间的体现。现代叙事中的时流变异可谓五花八门，“穿越”代表着这些招数的极致，没有哪种手段比它更能表现挣脱时间桎梏的痛快淋漓。空间中的自由飞翔固然是人类的一大向往，但与时间中的“穿越”相比则是小巫见大巫——后者可以带来时空背景的全然变换，故事的时间地点被赋予无限的可能。2011年的影片《午夜巴黎》中，一位来巴黎旅游的美国作家在午夜时分“穿越”到上世纪20年代的巴黎，在派对中聆听海明威、菲茨杰拉

---

① T. S. 艾略特：《荒原》，赵萝蕤译，《外国文艺》1980年第3期。

② “这两行（按指《荒原》第101—102行）的动词时态值得注意：‘充塞’和‘叫唤’系过去时，但‘还在追逐’是现在时，著名美国评论家克莱盎斯·布洛克斯指出：‘世界显然参与且仍在参与着。’又说：‘时态的剧烈变化使之成为对现代世界的一种评价与象征。’”赵萝蕤（注释），《外国文艺》1980年第3期。

德和毕加索等人的滔滔宏论，后来又“穿越”至19世纪末期，遭遇高更、德加等印象派大师。该剧编导伍迪·艾伦凭借这个看似荒诞的“穿越”故事，一举夺得奥斯卡奖的“最佳原创剧本”与金球奖“最佳编剧”两顶桂冠。[①] 不仅如此，富恩特斯式的“穿越”还意味着故事主人公的任意变形(包括身份、外貌与意识)，主体的自由就是叙事的自由，这是西方自流浪汉小说问世以来叙事形式又一重大突破，值得注意的是这两次突破都有西班牙语文学的背景：上一次打开了空间局面，这一次获得了时间上的自由。“时间中的流浪汉”还开启了作家之间的接力叙事，当堂吉诃德“乔装成”那位土地测量员又回到人们面前时，塞万提斯的叙事意图也在卡夫卡身上得到了某种程度的复活。如果说“造就一个人需要好几次生命”，那么反映一个时代也需要调动多个时代的生命体验，这就像文本的意义取决于文本间性一样。

懂得了“穿越”的意义，也就懂得了“济慈的夜莺”的意义。济慈的贡献在于模糊了个别的夜莺与种类的夜莺之间的界限，讴歌了这只“永生的鸟”在时空中的穿行，还表达了自己由衷的羡慕——“哦，我要一饮而悄然离开尘寰，/和你同去幽暗的林中隐没”。惺惺自古惜惺惺，博尔赫斯从这些诗句中察觉到济慈的思想，进而在自己的创作中实现了这种“穿越”。由此我们看到“穿越”也有高下之分：真正会讲故事的人注重种类的和有品质的“穿越”，为“穿越”注入深刻的内涵；而不懂其中奥秘者只会个别的和无意义的“穿越”，把“时间机器”当作游戏机一样来玩耍，这样的“穿越”很快就会引人厌烦。

五、余论：契合与共鸣

除了对现代叙事中时流变异的影响之外，济慈超前的时间之思与后人还

---

① 《午夜巴黎》表面上是一部“穿越”电影，其主题实际上是“反穿越”：故事主人公无限向往上世纪20年代大师云集的巴黎，但当他真的“穿越”到海明威等人身边时，却发现他们心仪19世纪末的巴黎，于是主人公又进一步“穿越”到那个时代，没想到高更、德加等人正在那里对文艺复兴时代大加赞美。艺术的“黄金年代”或“辉煌时代”究竟在哪里，故事中没有给出答案，电影最后的镜头是主人公与一位巴黎姑娘(饰演者为萨科齐夫人)在雨中的塞纳河边漫步。然而按照故事设定的逻辑推演下去，若干年后人们必定会憧憬21世纪初年的巴黎，据此我们似乎窥见了主人公苦苦追寻后面隐藏的深意：最好的时代其实就在当下，就在这湿漉漉细雨霏霏的午夜巴黎。

有不少契合，在这些方面他的感受成了一种先导，其表达方式引起后人强烈的共鸣。

其一为“被抛”感。

德国哲学家马丁·海德格尔在《存在与时间》中创造了“被抛”概念，这一词语被认为最传神地表达了现代人的生存体验。借用“被抛”这一说法（仅仅是借用），我们看到人的生命不是一种自足和自发的实体，人从一开始就被“抛”入一段充满疏离感的时间进程之中。对于热衷于谈论“选择”、“机会”和“可能的世界”的人来说，“被抛”是一个令人扫兴和丧气的感觉，它表明人无法选择自己“实际的生存”，虽然未来之中确实存在着许多可能，但他也不得不面对同样多（如果不是更多）的不可能：不可能跳出所属的时代，不可能选择自己的父母，不可能避免与特定的人群共处，不可能拒绝做特定的事情。从这种悲观角度看人生，所有人都是被强行“抛”上某趟时间列车的乘客，他们在上车之后才知道自己的身份与搭乘的车次，坐在自己身边的还都是素昧平生的陌生乘客。

济慈不可能事先知道海德格尔的理论，但由于他是一位敏感的诗人，加上他搭乘的那趟时间列车行程异常短促，他把“被抛”的那种无奈、无助的感觉表现得特别真切。前引“人生下来就是一种‘受罪的可怜虫’”，简直就是针对“被抛”而发的忿恚之音。在生者之中没有人特别愿意提到死亡，虽然理智告诉我们没有哪趟时间列车不是驶向生命的终点，许多人表现得却像他们的时间多得挥霍不尽，与此形成鲜明对照的是，济慈的诗笔从不忌讳书写死亡。“死”是其诗文中屡屡出现的高频词——他知道“此生乃是一场租契”，他赞叹“死更是多么富丽”，他为想到死亡而在午夜里哑然失笑，这种“视死如归”在本质上是对“被抛”的抗议。当他问“是否还有另一个世界？我会醒来发现一切都是梦吗”，潜台词为是否还存在另一趟时间列车；他的绝笔“这儿躺着一位名字用水写成的人”，则像是他“下车”前留在旅客意见簿上的旅行感慨。

济慈的人生更是对“被抛”的反抗。他无法选择地出生于一个“伦敦佬”家庭，命运为他在这趟时间列车上安排了一个药剂师的座位，然而他却不愿意过这种没有诗歌的生活，坚持要进入那节坐满了名牌大学毕业生的诗人车厢。“被抛”状态的属性之一是不可能拒绝做特定的事情，济慈毅然向这种不可能发起了挑战，但这种挑战是注定要付出代价的——他很早就懂得自己将要付出的牺牲：“我绝不害怕失败，要是不能够跻身于最伟大的诗人之列，我宁愿迟早完蛋。”[①]用挑战“被抛”来解释济慈的抗争，我们对其人生意义会有更深一层的认识。济慈曾经对别人说莎士比亚是其创作的“主宰”，他感觉冥冥之中仿佛有神灵在操纵自己的诗笔，虽然莎士比亚不可能真正在济慈身上复活，但济慈正是凭着这种无师自通的“穿越”感（比博尔赫斯的“我曾是荷马”要早一个多世纪），达到了对“被抛”状态的精神战胜。假如博尔赫斯的时间迷宫真的存在，伟大的诗人们终将邂逅于“曲径分岔”的时间花园，彼此分享战胜“被抛”的快乐。

对于现代人来说，济慈诗歌的感人至深之处，在于他将“被抛”的凄凉抒发得淋漓尽致，他笔下人物察觉自己陷入“被抛”状态时的惊恐与错愕，最能引发20世纪以来读者的共鸣。济慈自己一生多次面对这种困境，所以他会在驶往意大利的海船上说“我们不能被创造出来遭受这种苦难”。即便是对苦难之中偶尔出现的甜蜜，他所抱的也是一种狐疑的态度：“你（按指芳妮）和我在同一个世界上，这究竟有几分靠得住？”鲁迅在《娜拉走后怎样》中曾说：“人生最苦痛的是梦醒了无路可以走。做梦的人是幸福的；倘若没有看出可走的路，最要紧的是不要去惊醒他。”[②]济慈在这里反其道而行之，为了“惊醒”读者，他刻意将镜头聚焦于人物察觉自己“被抛”的那一瞬间，致力于表现那种举目无亲的凄惶心境——我们从中听到这样的画外音：

> 这是什么地方？我到底是谁？我怎么会落到这步田地？我为什么被创造出来遭受这样的苦难？

19世纪的西方读者大多还沉浸在工业化与殖民扩张的美梦之中，20世纪以来的无情现实让人们睁开了眼睛，济慈的声音因而获得了更多的回应。卡夫卡《变形记》给人最深的印象，也是主人公陷入尴尬境地后的无奈与无助。好莱坞如今有太多电影不厌其烦地重复这样的惊悚故事：主人公好端端地过着平常日子，突然得知周围的世界与原先的观察截然不同，自己注定要比别人承受更大的压力与苦难。沃卓斯基兄弟编导的《黑客帝国》在这方面堪称代

---

① 约翰·济慈：《一八一八年十月八日致J. A. 赫赛》，载《济慈书信集》，傅修延译，北京：东方出版社，2002年，第212页。

② 鲁迅：《坟·娜拉走后怎样》，载《鲁迅全集》（第一卷），北京：人民文学出版社，2005年，第166页。

表：主人公尼奥某日发现自己生活的世界是由“矩阵”（计算机人工智能系统）控制，人在其中就像被饲养的动物一样没有自由，而他自己则被选中领导众人向恐怖的“矩阵”发起挑战。故事中尼奥的名字“Neo”颠倒字母次序后变成“One”，“The One”是独一无二、责无旁贷的“这一个”，而“Neo”则是芸芸众生常用之名，由“Neo”变为“The One”，意味着“被抛”后的猛然警醒。类似故事还有《楚门的世界》（导演彼得·威尔/编剧安德鲁·尼科尔）、《异次元骇客》（约瑟夫·鲁斯那克编导）与《源代码》（导演邓肯·琼斯/编剧本·雷普利）等，这些故事发生在高度发达的计算机时代，因此故事主人公无须像卡夫卡的人物那样一觉醒来变为甲虫，而是发现自己（不一定是真正的自己）处在某种虚拟现实系统之中。济慈书信中提到的“来生”感觉，在这些电影中获得令人毛骨悚然的体现。文学创作诉诸形象思维，高科技带来的一大好处是赛伯空间的仿真性质，电子技术的进步使网上世界越来越“栩栩如生”，因此过去那些只能通过文字来意会的微妙感觉，如今在图像声音的复合作用下获得大幅度的强化。

其二为幻灭感。

幻灭感对今人来说如同家常便饭，在19世纪的西方却是一种陌生的概念。济慈去世之后的19世纪60年代，德国科学家鲁道尔夫·克罗修斯发现热转化为功时，总有一部分能量被白白损耗掉，人们由此发现一种名为熵定律的事物发展趋势：随着时间的演进，物质世界的秩序终将瓦解，达到一种无序的平衡态，宇宙的终极未来是死于一片热寂。[①] 用通俗的比喻来说，我们给自己冲泡一杯茶水，别看它此刻热得烫手，随着热量的传递散发，它终归要和周围的温度达到平衡。熵定律和进化论一道被称为19世纪后期两大发现，如果说进化论揭示的生命演化趋势是与时俱进，那么熵定律描述的宇宙前景刚好相反。当然这两者并不矛盾，进化论适用的是一个有限的时间范围，而熵定律重在指出无序的结局不可避免。不过在一般情况下，人们还是更愿意谈论进化论，对熵定律则是噤若寒蝉。

无论是对进化论还是对熵定律，济慈都不可能有先见之明，但正如我们在

① 杰里米·里夫金、特德·霍华德：《熵：一种新的世界观》，吕明等译，上海：上海译文出版社，1987年，第27—34页。

前面所指出的那样，他的美学思想是一个敏感而又复杂的多面体，其中“美＝真”与“美≠真”与这两大发现存在微妙的对应关系。对济慈的读解容易流于肤浅，一些人（特别是维多利亚时代的英国人）往往只注意他的“美＝真”，只记得《安狄米恩》开篇中的“美的事物是一种永恒的愉悦，/它的可爱有增无已，绝对不会化为虚无”，因此他在一些人印象中成了贪恋想象之美的可怜虫。例如，W. B. 叶芝在《余尔等主》中就把济慈形容为对橱窗中糖果垂涎三尺的学童，用洛克哈特般的贵族腔调说道：“一个和世界任何华美完全绝缘的/车马租赁夫粗扶养大的儿子——/竟制作华美的歌。”[1]其实济慈美学思想中最值得注意的还是他的“美≠真”，幻灭感是他生命中铭心刻骨的痛苦体验，“梦醒美去”是他所有故事中最为重要的主题。

如果一定要把济慈形容为糖果店前的学童，那么更准确的图景应是琳琅满目的糖果突然间不翼而飞，只留下他对着空空如也的橱窗发呆。所谓“美≠真”，就是眼前的美色只是迷惑人的假相，到头来一切都是海市蜃楼——“只要一碰，甜蜜的快乐，/就像水泡被雨点打破”，这与熵定律确有异曲同工之处。前文提到的诸多“梦醒美去”故事，共同点都是眼前的幻景遽然消失，人物在瞬间“被抛”入一个无比残酷的情境之中：《无情的妖女》中，骑士与“美似天仙”的妖女缱绻一番后沉沉睡去，醒来后发现自己躺在“冰冷的山坡”；《拉米亚》中，美丽的拉米亚在婚宴上现形为蛇精，新郎无法接受眼前的事实，连呼“去吧，噩梦”后心碎而亡。

幻灭感是探寻济慈现代价值的一把重要钥匙。19 世纪的人更愿意在济慈诗歌中发现“唯美”的一面，因为当时的英国毕竟是睥睨天下的超级大国，大不列颠除了战舰之外还需要花团锦簇的诗句。然而美的脆弱和易逝毕竟是济慈创作中更为重要和深刻的内容，如果那些表现幻灭的故事一直不被人看重，诗人在九泉之下也会辗转反侧。济慈死后不到一百年，第一次世界大战在西方爆发，接下来是第二次世界大战和“冷战”，再往后又是一连串的文明冲突，以及令人忧心的生态污染、艾滋病蔓延和恐怖活动猖獗等。在现代社会中，有

---

① “每次想到他我眼前/就浮现一个学童将脸和鼻子紧贴/糖果店窗玻璃上，因为无可置疑/他入土的时候感官和心都是不满足的，/而这样一个既贫且病，见闻有限，/一个和世界任何华美完全绝缘的/车马租赁夫粗扶养大的儿子——/竟制作华美的歌。”W. B. 叶芝：《余尔等主》，载《叶芝诗选》，杨牧编译，台北：洪范书店，1997 年，第 93 页。

越来越多的人像济慈那样感觉自己受到命运的捉弄，因而对“美≠真”这一审美恐惧产生出发自内心的共鸣。夜莺飞走了的树下、骑士梦醒时的湖边、美女变形后的残宴，这些与20世纪的世界图景似乎更为相像。

事实上，怀有这种审美恐惧的人更能理解为什么济慈会反复宣扬“美＝真”，“美＝真”说到底是幻灭感来袭之前一种强词夺理式的自我安慰，济慈骨子里是把它当作“梦醒美去”的镇痛剂。在接替英国成为西方霸主的20世纪美国，“美国梦”的破碎成了小说家竞相表现的主题，人们通过讲述“梦破鼠窥灯”之类的故事来向济慈表达敬意，这也是他在北美新大陆拥有不少“转世灵童”的深层原因。西蒙斯的“海披里安”四部曲中，地球已经不适合人类居住，就像当年人们对新大陆寄予梦想一样，未来的人在茫茫太空中四处寻觅新的家园。科幻文学常能代表人类对自己未来的思考，在《2012》《后天》等影片热播的今天，济慈诗歌中响起的美丽水泡破灭之声，无意中充当了这类末日交响曲的前奏。

其三为当下感。

“被抛”感和幻灭感是滋生负面心理的温床，然而我们在济慈诗歌中察觉不到多少阴暗情绪，他之所以能做到“怨而不怒”和“哀而不伤”，我认为原因在于其当下感。

当下感也就是现代人常说的“活在当下”。按说在生之人没有谁不是“活在当下”，但我们在生活中看到有太多的人活在“羡慕嫉妒恨”之中，被这类痛苦包裹着的人无法正常感受生活，他们成了自己生命的局外人。当然，也有一些人在获悉自己来日无多后幡然猛醒，赶紧带上家人出门观赏大好河山，这种临终前的“恶补”只能说是聊胜于无。济慈对自己的“速朽”早有朦胧的预感，在他学诗之初的十四行诗《“有多少诗人把闲暇镀成金”》中，我们看到他从一开始就对时间怀有一种特别的珍惜之情，

> 有多少诗人把闲暇镀成金！
> 我的幻想总爱以诗章作为
> 食品——它平凡或庄严的美
> 能使我默默沉思很多时辰；
> 平时，每当我坐下来吟咏，
> 诗人就拥聚在我的脑海间，

但并不引起芜杂的骚乱，
而是合唱出悦耳的歌声。[①]

这首诗表面上写自己从诗歌中获得的快乐，但“把闲暇镀成金”这种提法透露出诗人在时间长河中如何自得其乐：因为有了诗，他能够在沉静的吟咏中度过“很多时辰”；因为有了诗，身边流过的分分秒秒都变得像镀过金一样充满价值。在讽诵这首诗的过程中，读者能体会诗人那平和安详的心境，感到他在从容不迫地享受生命，对艺术给人生带来的诸多愉悦津津乐道。这种“乐而不淫”的境界，符合我们古人特别推崇的“温柔敦厚”标准。在前面的讨论中，我们提到济慈对“消极的能力”的论述，其中包括被他注入独特内涵的“麻木”“静候”与“填充”等概念，我们在理解其当下感时也要把这些概念结合进来。

“珍惜”一词尚不足以传达当下感的精义，更准确的表达应是“惊喜”——惊喜于自己当下的存在，惊喜于生命的丰富多彩，惊喜于时间带来的诸多变化。“被抛”感与幻灭感产生于乳酪被拿走时的那一瞬间，当下感则是一种惯常心理，它们可以像“美≠真”与“美＝真”一样并存不悖。安徒生笔下卖火柴的小女孩在冬夜里冷得簌簌发抖，但一根燃起的火柴便可以让她心底温暖，济慈就像卖火柴的小女孩，生活中每一点微弱的亮色都会被他立刻捕捉，命运的每一次并不慷慨的赏赐都会让他感激涕零。在他那句“你和我在同一个世界上，这究竟有几分靠得住”中，我们也能读出几分感激，这里隐藏着一种博尔赫斯式的声音：茫茫宇宙存在着万千“可能的世界”，你和我居然能邂逅于真实的世界，这是怎样的福气啊！恋爱中的男女当下感最为强烈，他们惊喜于命运的安排，惊喜于对方的存在，惊喜于自己的爱与被爱，当他们把最美的词语献给对方时，他们实际上是在赞美自己觉得无限美好的当下。《圣亚尼节前夕》中有一节罗密欧与朱丽叶式的台词，那是诗人借他人酒杯浇自己胸中块垒，我们能听出济慈是在抒发自己“碰见奇迹”的惊喜：

“哦，我的梅德琳！你多会做梦！
你说，我能否永远受你的福祉？

① 约翰·济慈：《“有多少诗人把闲暇镀成金”》，载《济慈诗选》，查良铮译，北京：人民文学出版社，1958年，第6页。

能否作你的盾牌，牌心涂上硃红？
银色的庙堂呵，我愿安息在此，
我，长期朝拜的香客，饥饿、疲劳，
终于碰见奇迹了。但请放心，
梅德琳呵，我虽找到你的香巢，
我不偷别的，只要你的金身，
要是你允许我对你全心笃信。”①

长诗中男主人公冒险潜入爵府小姐的闺房，那里柔情似水佳期如梦，然而就在咫尺之隔的门外，一群如狼似虎的爵府武士正在酗酒作乐，他们手中的利刃散发出死亡的气息。这幅画面最能帮助我们体会济慈的当下感，那是惊喜之中混合着凄凉，甜蜜之中夹杂着酸楚——正因为好景不长，所以要无比留恋地品尝。

与济慈的当下感有关联的，是他那让时流变“宽”的奇想。时间实际上既不可能被纵向拉长，也不可能被横向拉“宽”，但在我们的生命中，有些时间段被注入更多的欢乐或痛苦，因而留下的感觉烙印更为深刻。人类无法扭转时间，更不能左右自己的生命，但可以尽力将自己的感觉专注于当下，所以济慈会说自己“宁愿过一种感觉的生活”。生命更多是一种感觉的存在，有时候只要一念之转，地狱便能变为天堂，这就是人们常说的境由心变。月有阴晴圆缺，人有悲欢离合，每个人都必须面对和适应这种人生常态，但我们不能因此总是痛苦、忧郁或麻木；相反，以甘之如饴的态度去经历苦难与挫折，以欢欣鼓舞的心情去拥抱甜蜜与幸福，这样才能拥有一种相对幸福的人生。济慈最不平凡的地方，就是他能够在最平凡不过的地方看到诗意，就连在大街上吵架也被他看成带有某种美感：

难道冥冥之中没有神明在看我，就像我被警觉的白鼬或急躁的小鹿逗乐了一样，对我可能发生的任何优雅而又出自本能的态度感到有趣吗？虽然在大街上吵架是桩可憎的事情，显示出来的那股劲儿却是好样的，再

① 约翰·济慈：《圣亚尼节前夕》，载《济慈诗选》，查良铮译，北京：人民文学出版社，1958年，第152页。

> 平凡不过的人在吵架中也会表现出某种美感来——在某位高高在上的神明看来，我们的推理也是异曲同工——虽有错误，却是好的——而诗意恰恰就寓含其中。[①]

冰心在《寄小读者》中说得好：“我以为领略人生，要如滚针毡，用血肉之躯去遍挨遍尝，要它针针见血。离合悲欢，不尽其致时，觉不出生命的神秘和伟大。”[②]济慈这位“不懂希腊文的希腊人”，像古希腊人一样是所谓“天真的儿童”，得天独厚的气候与地理条件使古希腊人发育出一种富于幻想、以人生为节日的儿童性格，济慈的人生态度与其一脉相通，他也是这样把在生的每一天都当成节日，即便是在乌云密布阴雨连绵的日子里，他也能让阳光一现的间隙在自己的童心中大放光彩。

时间的绽放是一个现象学意味的概念，济慈书信中翩翩飞出的“夏天里只活上三天的蝴蝶”，让我们意识到心理时间的巨大弹性。在以人生为节日的人眼中，生命就是由一连串诸如此类的绽放组成，他们在绽放的时刻信奉“美＝真”，用这种信念祛除自己的时间恐惧，使自己在“泪之谷”的艰难跋涉中保持灿烂的笑颜。所谓一日长于百年，所谓瞬间即是永恒，都脱离不了时间的绽放这一语境。绽放这个概念对精神生产来说具有特别的意义，济慈在 1819 年(尤其是这年的 5 月)进入一种激情喷吐的状态，若有神助地创作出大量高质量的诗歌作品，这段火山爆发般的时间使其短促的生命变得不同凡响。现代人的平均寿命已经远远超过了济慈，但很少人能有济慈这样的幸运，如果我们总是在浮躁之中凌空蹈虚，不能踏实地活在当下，我们永远不会迎来给生命增添光彩的绽放。济慈的时间意识是他留给后人的无价之宝，然而不是所有的人都能领会并继承这种意识，只有极少数天才作家与诗人得其真传，他们也像济慈一样把身边流逝的时光镀成金色。菲茨杰拉德的长篇《夜色温柔》得名于《夜莺颂》中的“夜这般温柔”，仔细咀嚼这个名字，我们能体会到现代作家与济慈之间的灵犀相通。

---

① 约翰·济慈：《一八一九年二月十四、十九日，三月三(?)、十二、十三、十七、十九日，四月十五、十六、二十一、三十日，五月三日致乔治和乔治安娜·济慈》，载《济慈书信集》，北京：东方出版社，2002 年，第 303 页。

② 冰心：《寄小读者·通讯十九》，载强弓(选编)：《冰心散文》，杭州：浙江文艺出版社，2000 年，第 204 页。

第 六 章

生态诗与生态之享——“大地的诗歌从不间断”

> 我现在很想去你们的园子里散步——尝尝苹果——试试梨子——品品李子——咬咬杏子——嚼嚼桃子——啜啜油桃——啃啃甜瓜——我对那些甜脆的过时浆果怀有极大好感——还要有棵醋栗树做伴——我向往着懒洋洋地躺在睡莲盛开的池塘旁的草地上，一边吃着白葡萄干，一边观赏塘里的金鱼。（济慈）

19世纪西方浪漫主义诗人的一大共同点是崇尚自然，所有的浪漫诗人都热爱生态环境，以大自然为自己的精神家园。在英国，这方面的代表人物为湖畔派诗人华兹华斯，他在《〈抒情歌谣集〉一八〇〇版序言》中声称：“我通常都选择微贱的田园生活题材，因为在这种生活里，少受一些拘束，并且说出一种更纯朴和有力的语言；因为在这种生活里，我们的各种基本情感共同存在于一种更单纯的状态之下，因此能让我们更确切地对它们加以思考，更有力地把它们表达出来；因为田园生活的各种习俗是从这些基本情感萌芽的，并且由于田园工作的必要性，这些习俗更容易为人了解，更能持久；最后，因为在这种生活里，人们的热情是与自然地美而永久的形式合而为一的。”[①]济慈比华兹华斯晚出生整整四分之一世纪，他可以说是读着华兹华斯的田园诗长大，从中汲取了不少精神营养。可能有读者会问：既然如此，研究济慈的生态诗歌还能有什

---

① 渥兹华斯：《〈抒情歌谣集〉一八〇〇版序言》，曹葆华译，载古典文艺理论译丛编辑委员会（编）：《古典文艺理论译丛》（第一册），北京：人民文学出版社，1961年，第42页。按“渥兹华斯”即华兹华斯。

么特别的意义？这个问题或许还可以用另一种方式提出：在写作《寂静的春天》时，卡森这位“环保圣母”为什么单单想到了济慈并用其诗句作为题记？为什么她没有选择英语世界中以“自然的歌者”闻名的华兹华斯？

本章试图对这些问题做出正面的回答。

一、“久困于城中的人”

本书第二章曾经指出，在英国浪漫主义诗人（包括拜伦、雪莱、华兹华斯、柯勒律治与骚塞）当中，唯独济慈没有上过牛津剑桥，未接受高等教育的原因非常简单——大学不是慈善机构，寒门子弟因囊中羞涩而被拒之门外。英国的达官贵人一般都有自家庄园，有条件的家庭也喜欢在乡间置办别业，华兹华斯能够终生在英格兰湖区悠游吟咏，最根本的原因在于他拥有维持这种生存的经济来源，尽管他为此付出了个人尊严的代价。[①] 济慈在湖区旅游时造访华兹华斯未遇，他看到华兹华斯家坐落在莱德尔山麓的隆起处，客厅窗户正对着波光粼粼的温德米尔湖，整个湖面在窗前一览无余，一直可以看到湖对岸悄然伫立的翠绿群峰。[②] 济慈对物质生活从来没有过高的要求，但是此后在描绘幸福生活的场景时，他总会馋涎欲滴地提到一扇面对大湖的明亮窗户。华兹华斯的湖区故居如今已对游客开放，有心的读者可以到现场体会济慈当时的心情。济慈对华府的艳羡缘于自己居住状况的窘迫，他不但不能像湖畔诗人那样挥笔于湖光山色之中，在喧闹的伦敦城里也从未有过属于自己的片瓦寸土——独立生活以后他就一直租住别人的房屋，有时候若非朋友慷慨相助，他在偌大的伦敦城甚至没有自己的立锥之地，[③]因此用我们今天的话来说，他不但是最早的农民工之子，还是一名不折不扣的“蚁族”。

不过正像人们所说的，命运在向人关上一扇门时，同时也会打开一扇窗

① 1812 至 1813 年，华兹华斯因家境窘迫，通过请托等手段谋得本郡印花税征收员（Collector）的闲职，此举曾招致拜伦等人的讥诮。济慈有一次参加画家海登举办的聚会，亲眼看到在场一位名叫金斯顿的印花税审计员（Comptroller，比印花税征收员高一级）在华兹华斯面前趾高气扬不可一世。Aileen Ward, *John Keats, The Making of a Poet*, New York: Farrar, Straus and Giroux, 1986, pp. 153—154.

② 傅修延：《济慈评传》，北京：人民文学出版社，2008 年，第 193 页。

③ 同上书，第 359 页。

户，作为工业化、城市化运动之初的城中诗人，济慈通过这扇新的窗户领略了许多特别的风景。就像20世纪的中国人希望工厂烟囱越多越好一样，19世纪初的英国人还不知道生态失衡的危害，伦敦作为当时世界上最大也是发展最快的城市，正首当其冲地经历工业革命带来的环境灾难。在前面的讨论中，我们提到伦敦空气的污浊和泰晤士河水质的恶劣，提到肺结核症在英国各地的肆虐，这些都是盲目推进工业化和城市化酿成的苦果。济慈出生在一个"伦敦佬"的家庭，这是他的不幸，命运没有给他安排可以逃逸的乡间别墅，他只有用自己的血肉之躯来承受城里的种种污染。然而换个角度看，这种情况对于培育一位诗人的生态敏感又是件幸事，如果不是这种经历，他怎么可能在自己发表的第一首诗《"哦，孤独"》中就表达出对城市环境的不满：

哦，孤独！假若我和你必需
　同住，可别在这层叠的一片
　灰色建筑里，让我们爬上山，
到大自然的观测台去，从那里——
山谷，晶亮的河，锦簇的草坡，
　看来只是一拃；让我守着你
　在枝叶荫蔽下，看跳纵的鹿麇
把指顶花盅的蜜蜂惊吓。①

诗中"这层叠的一片灰色建筑"，用时下的语言来说就是"水泥的森林"，当时伦敦等城市正在大兴土木，虽说使用的还不是现代意义的钢筋水泥，但其性质与功能已相当接近。建筑材料和技术的日新月异，给城市面貌带来了急剧的改变，济慈生长于斯的面积仅一平方英里的伦敦老城，当时正迅速扩大为一个领跑世界的国际大都市，现在的大伦敦就是由其核心部分和周边卫星城镇融合而成。工业化和城市化运动当然代表了文明的进步，但这个进步过程中也让人类付出了沉重的健康代价，大厦摩天、高楼林立的城市并不适合人类居住，这是现代人不无痛感地得到的一种认识。当"层叠的一片灰色建筑"最初出现在人们面前时，社会的普遍反应是热烈欢呼，而济慈在诗歌上的初试啼声却是

① 约翰·济慈：《"哦，孤独"》，载《济慈诗选》，查良铮译，北京：人民文学出版社，1958年，第9页。

对其不以为然，这不能不让我们为其生态敏感而惊愕。

济慈对城市环境的厌恶有其具体原因。在济慈的少年时代，伦敦老城尚未与附近城镇完全融合成一个整体，他读书的恩菲尔德学校位于伦敦以北12哩的乡间，那里丘陵起伏植被茂密，一条名为新河的引水渠道从镇上流过，学校门前的草地一直伸展到远处郁郁葱葱的森林边缘。济慈入学的1803年夏天，晚上在宿舍里能听到草地上蝈蝈的鸣叫，恩菲尔德森林里还不时传来夜莺的歌声。济慈做药剂师学徒的埃德蒙顿离恩菲尔德只有4哩，那里的自然环境也相当优美。这两个小镇使济慈养成了亲近自然的习惯，他喜欢在弥漫着草木芬芳的乡间小路上散步，在未受污染的清澈溪流中游泳，在树丛中聆听各种鸟虫的声音。回到伦敦城从事药剂师学习以后，济慈最不习惯的就是城里的雾霾、街头的喧闹和泰晤士河上飘来的恶臭，所以在发表《“哦，孤独”》的同时，他还写了另一首十四行诗《“对于一个久困于城中的人”》：

对于一个久困于城中的人，
　看着天空明丽而开阔的脸，
　在蔚蓝苍穹的笑容下
轻轻发声祷告，多么舒坦！
谁能比他更为惬意？当他心满意足
　懒洋洋地躺在波浪般起伏的
　青草波浪里，读着温雅忧郁的爱情书卷，
还有什么能比这更为怡然？
到傍晚他才回家，一路听夜莺歌喉婉转。[①]

该诗首句原文为“To one has been long in city pent”，查良铮将其译成“对于一个久居城市的人”，[②]屠岸译成“对于一个长住在城里的人”，[③]这些译法似乎都

---

① John Keats, “To one who has been long in city pent”, Miriam Allott, ed. *The Poems of John Keats*, London: Longman Group Limited, 1970, p. 45. “in city pent”典出弥尔顿《失乐园》第四卷第445行“As one who long in populous city pent”。

② 约翰·济慈：《“对于一个久居城市的人”》，载《济慈诗选》，查良铮译，北京：人民文学出版社，1958年，第12页。

③ 约翰·济慈：《“对于一个长住在城里的人”》，载《济慈诗选》，屠岸译，北京：人民文学出版社，1997年，第45页。

未传达出原文中“pent”（幽禁或关闭）的意味，而更为准确的译文似应为“对于一个久困于城中的人”。济慈于1815年9月从埃德蒙顿的赫蒙德诊所转来伦敦城里的盖氏医院，写作这首十四行诗的时间是1816年6月，才在城里待了一年不到的时间，济慈就把自己说成是“久困于城中的人”，可见闹市里的生活对他来说真是度日如年。

再往深里说，济慈对城市生活的抵触还有个人情感方面的原因。济慈的父亲因马失前蹄而在新开辟的市政大道上惨遭横死，他的母亲、舅舅和弟弟也因城里空气污浊而患上不治之症（当时人认为肺病的起因之一在于缺乏新鲜空气），因此这个城市是他的伤心之地，伦敦的现代化进程留给他的只是一道道精神创伤。济慈长大后从不对朋友提起自己的父母和童年，可以想象到他去世时这些伤口仍未愈合。济慈书信充满了对城市喧闹的抱怨，他常对亲友诉说自己在城里无法集中精神，事实上他的诗作大多写成于伦敦之外：为了营造宁静的写作环境，他曾在英格兰的许多小村镇作短期逗留。弃医从文后的济慈主要居住在风景如画的汉普斯特德丛林（Hampstead Heath），位于伦敦北郊的这个小镇现在已与整个大都市连为一体，但即便在今天它也是一个幽静的所在，电影《明亮的星》有大量镜头表现它的美丽。前文多次提到1819年5月是济慈创作的高峰时期，导致这座火山爆发的有爱情和春天到来等多种因素，汉普斯特德的自然之美无疑也助力甚多。

与上述形成鲜明对照的是华兹华斯对城市的态度。迄今为止的英国浪漫主义诗人研究都把注意力放在他们与自然的关系上，其实还应当观察一下他们对城市的印象。华兹华斯在人们心目中一直是“自然的歌者”，但如果细读其十四行诗《在西敏寺桥上》，我们又会发现他原来还是一位“城市的歌者”：

大地不会显出更美的气象：
　只有灵魂迟钝的人才看不见
　这么庄严动人的伟大场面：
这座城池如今把美丽的晨光
当衣服穿上了：宁静而又开敞，
　教堂，剧场，船舶，穹楼和塔尖
　全都袒卧在大地上，面对着苍天，
沐浴在无烟的清气中，灿烂辉煌。

初阳的光辉浸润着岩谷,峰顶,
　也决不比这更美;我也从没
看见或感到过这么深沉的安宁!
河水顺着自由意志向前推:
　亲爱的上帝!万户似都未醒;
这颗伟大的心脏啊,正在沉睡![①]

华兹华斯诗歌的一大特点是良莠不齐,他的《孤独的刈麦女》《水仙花》和《汀腾寺》等被认为是英诗中的典范,与此同时他又生产了大量味同嚼蜡的平庸之作(华兹华斯每天都要写诗,此种情况出现实属难免)。《在西敏寺桥上》是任何华诗选本都会收入的代表作,但这首诗对城市之美给予了过高的赞誉——诗人为自己在西敏寺桥上看到的城市景观而感动,宣称“初阳的光辉浸润着岩谷、峰顶,/也决不比这更美;我也从没/看见或感到过这么深沉的安宁”。这首诗的灵感来自华兹华斯乘马车驶过西敏寺桥的经历(据说吟成于马车顶上),我们可以理解一位久居乡间的诗人对伦敦的观感,或许是由于不大进城,“教堂,剧场,船舶,穹楼和塔尖”等构成的城市天际线给了他强烈的视觉冲击,但是因为这匆匆一瞥就得出“大地不会显出更美的气象”的断语,把晨光中的城市说得比曙光初照的湖区山峰更美丽更安宁,未免有点过甚其词。更令人难以理解的是,该诗第8行还把伦敦的空气形容为“无烟的清气”,“smokeless air”这种表述简直有点“此地无银三百两”的味道,难怪英国有句谚语叫“爱令人盲目”(“Love is blind”)。[②]

当然,不能仅凭一首诗就对诗人的倾向下定论。华兹华斯有首长诗名为《迈克》,诗中牧人迈克的儿子为了替父还债,进了伦敦这座“堕落的城”打工,结果沾染恶习流亡海外,[③]这首诗和华兹华斯其他诗作一道,传达出这位湖畔

---

① 威廉·华兹华斯:《在西敏寺桥上》,载屠岸(选译):《英国历代诗歌选》(上册),南京:译林出版社,2007年,第336页。

② 或译“情人眼里出西施”。华兹华斯和大多数人英国人一样,对伦敦雾的存在可谓“习矣而不察焉”。西方美术史上有件事尽人皆知,这就是法国印象派画家克劳德·莫奈关于伦敦的系列画作,让19世纪后期的英国人知道了伦敦雾还有颜色,他们起初是大吃一惊,但仔细观察后不得不承认画家的表现是对的。

③ 朱湘(选译):《番石榴集》,北京:商务印书馆,1936年(民国二十五年),第314—358页。

诗人对工业化和城市化进程的批判。总体来看，华兹华斯对城市的态度是复杂的，他对自然美的情有独钟可谓有目共睹，但这位“自然的歌者”来到城市当中又会为某些景观感动，这种事情发生在他身上并不奇怪，因为他的一生中有不少诸如此类的矛盾。华兹华斯早年曾热情歌颂法国大革命，后来急流勇退对社会斗争噤若寒蝉，做了山中隐者后他本该吟风弄月不问世事，但为了生计他又设法谋得郡政府印花税征收员一职，还曾不辞劳苦到处为当地政治家拉选票，济慈对此曾表示无法理解。[①] 相比之下，济慈从未有过如此暧昧的举动，他的立场一旦确定便不会有所松动，保持着一以贯之的坚定和明朗。我们在其诗作中找不到对城市景观的任何肯定，他所向往的全都是自然的、生态的东西，工业化的产物在他思想中没有半点位置。

从这样的角度看，卡森把目光投向济慈毫不令人惊讶。在用英语写作的诗人当中，济慈最早察觉到工业化和城市化的弊端，这位“久困于城中的人”对自己所处的环境充满了厌恶，并且最终成为城市环境的牺牲者。在城市化率已经达到77%以上的当今美国，卡森和大多数人一样已经成了“久困于城中的人”，卡森本人在写作《寂静的春天》时患上了乳腺癌，该书出版两年后不治身亡，因此她和济慈一样都受到来自城市化和工业化进程的戕害。卡森死时只有五十多岁，这在女性平均寿命超过 80 岁的美国来说仍属短命，她用生命证明了自己的抗争不是小题大做、无病呻吟。对于抱病完成该书的卡森来说，华兹华斯诗歌中固然有更多对自然的歌颂，也不乏对工业革命中负面因素的鞭挞，但这位湖畔诗人因长期住在乡间而得享天年，他无法像年纪轻轻就死于肺病的济慈那样激起卡森心中强烈的共鸣。

---

① “温德米尔湖区因为华兹华斯的反复歌咏而名扬四海，这位湖畔诗人居住在离安姆坡赛德不到 2 哩地的莱德尔，因此看过瀑布之后，济慈便兴冲冲地去拜访在伦敦已经相识的老前辈。然而不巧的是，华兹华斯离开莱德尔去了巴恩斯，这位吟风弄月的诗人竟然是去为托利党候选人劳瑟尔斯拉选票！济慈觉得此事不可思议，他怎么也想不通华兹华斯会对这种政治斗争感兴趣，而且卷入得如此之深。要是济慈知道华兹华斯上个冬天来伦敦，其目的之一便是为劳瑟尔斯竞选国会议员鸣锣开道，他对华兹华斯的困惑还会进一步加深。”傅修延：《济慈评传》，北京：人民文学出版社，2008 年，第 193 页。又，“我向侍者打听华兹华斯——侍者说知道他，几天前他还来过这里，为劳瑟尔斯拉选票。你对此有何高见——华兹华斯与布鲁汉姆对抗！可悲呀可悲，真是可悲——而布鲁汉姆一家一贯都是华兹华斯的朋友。我们能说些什么呢？”约翰·济慈：《一八一八年六月二十五至二十七日致托姆·济慈》，载《济慈书信集》，傅修延译，北京：东方出版社，2002 年，第 140 页。

二、“自然的听者”

卡森之所以想到济慈，我认为更重要的原因在于他对自然的聆听。

如前所述，《寂静的春天》题记用的是济慈《无情的妖女》中的诗句——“湖中的芦苇已经枯了，也没有鸟儿歌唱”，该书的标题也是从“没有鸟儿歌唱”中化出——为什么会有“寂静的春天”，是因为人类使用有毒农药过多过滥，导致本应该歌唱的鸣禽集体消失。卡森看似随手从济慈那里借来了“没有鸟儿歌唱”这一表述，作为人类生存环境不断恶化的警示图景，但对熟悉济慈诗歌的人来说，卡森采用这一诗句实在是再合适不过，因为济慈对春天的感觉常常诉之于听——聆听传递春天信息的鸟鸣声。

济慈的听力也与其“伦敦佬”身份有关，为什么这样说呢？因为对“伦敦佬”有这样的定义：出生在能够听到伦敦教堂钟声范围内的人。[①] 从一定意义上说，“看”是可以选择的行为，而“听”常常无法回避——我们休息时可以闭上眼睛，但耳朵仍然在警惕地“站岗”。在十四行诗《愤于世人的迷信所作》中，济慈对教堂钟声表达了极大的不耐烦，认为这声音让人“坠入坟墓散发的阴冷中”；[②]而在给弟弟们的信中，济慈说到他能够从歌鸫、乌鸫和寒鸦的歌声中听到春天的脚步：

> 歌鸫和乌鸫一直在唱歌，使我不禁想起春天已经到了，树叶也就要挂上枝头——而为了让我觉得情况恰恰相反，黑云与狂风看来还在聚集，准备酝酿一场大风暴……歌鸫此刻还在鸣唱——它似乎是要对风儿说，由于它大哥——寒鸦的原因，春天已经不远了。[③]

---

① “传统上，伦敦作为听觉社区的概念深深地隐藏在对‘伦敦佬’的定义中，指出生在能听到圣玛丽-勒-博教堂钟声的地方的人。”梅尔巴·卡迪-基恩：《现代主义音景与智性的聆听：听觉感知的叙事研究》，陈永国译，载詹姆斯·费伦、彼得·J.拉比诺维茨（主编）：《当代叙事理论指南》，北京：北京大学出版社，2007年，第448页。

② “教堂的钟声在阴沉地振荡，/它号召人去寻找另一种幽暗，/……那钟声尽在响，使我几乎/坠入坟墓散发的阴冷之中。”约翰·济慈：《愤于世人的迷信而作》，载《济慈诗选》，查良铮译，北京：人民文学出版社，1958年，第25页。

③ 约翰·济慈：《一八一八年二月二十一日致乔治与托姆·济慈》，载《济慈书信集》，傅修延译，北京：东方出版社，2002年，第95页。

聆听春天也就是聆听自然，济慈对鸟类的声音特别敏感，在恩菲尔德学校过住校生活时，他在屋内能听见夏日草地上的蝈蝈鸣叫，以及远处森林里传来的夜莺歌声。恩菲尔德学校倡导务实的、不拘一格的教学方式，教师经常会带领学生走出教室，去户外观察花鸟虫鱼和四季变换，让他们学会用自己的感官去体验外部世界。济慈曾怀着感激之情对人回忆，老师领着他们走出校门，指着天空让孩子们观察朝南飞翔的一群燕子，还让他们分辨燕子的呢喃与云雀的啼鸣，有时他们还会走到森林深处，去探望夜莺、歌鸫、蝈蝈等会发出美妙声音的鸟儿与昆虫。天籁之音的不绝于耳，使济慈很早就养成了对鸟虫之鸣的关注，拿起诗笔后他很自然地以这些声音为吟咏对象。不管写作如何紧张繁忙，济慈的耳朵似乎从未闲着，他像广播电台的监听员一样不放过从天空、树丛和田野里中传来的任何声音：

> 你听见了画眉鸟在田野里歌唱吗？我认为那是天气变得温和起来的信号。①
>
> 除了晨光之外我没想别的，歌鸫对我说这很好。②
>
> 画眉鸟又出来了——我付不起那种代价——它会给我一张高额账单，为着听了它的音乐。③

这些声音对济慈来说不仅意味着美妙的音乐或季节的变更，它们还携带着大自然带给人类的重要信息。或许是由于天赋异秉，或者是由于学校里自然教育的成功，济慈对鸟虫之鸣有一种特别的敏感，他的诗歌常常成为对这些声音的解读或代言。在第四章提及的《仙灵之歌》中，一只长着“银白的嘴”的小鸟在“丰满的石榴枝间”跳跃，诗人仰着脑袋听它这样叫唤：

> 往头上看啊！往头上看！
> 在那红白的花簇中间——

---

① 约翰·济慈：《一八二零年二月二十四日(?)致芳妮·布劳恩》，载《济慈书信集》，傅修延译，北京：东方出版社，2002年，第472页。

② 约翰·济慈：《一八一八年二月一十九日致J. H. 雷诺兹》，载《济慈书信集》，傅修延译，北京：东方出版社，2002年，第93页。

③ 约翰·济慈：《一八二零年三月(?)致芳妮·布劳恩》，载《济慈书信集》，傅修延译，北京：东方出版社，2002年，第482页。

抬头看，抬头看。我正欢跳
在这丰满的石榴枝条。
看哪！就是用这银白的嘴
我永远医治善心的伤悲。
不要悲哀吧！哦，不要悲哀！
到明年，花儿还会盛开。
别了，别了！——我飞了，再见！
我要没入天空的蔚蓝——
　　　　哦，再见，再见！①

属于“代言体”的还有《画眉鸟的话》，我们在第三章中曾谈到诗人借画眉鸟之口，告诫人们不要急于求知：

别急于求知。我一点没有；
但我的歌却和温暖的天同调。
别急于求知吧！我一点没有；
但黄昏却在聆听。凡是忧心于
无事可做的人，是不懒散的；
那自以为睡的，他必定清醒。②

这两首诗的共同之处，在于用普通的鸟鸣来传达诗人自己在聆听中产生的哲思：花儿明年还会再开，慵懒之中灵机暗运。鸟鸣在许多人来说并无特别的意义，一些与鸟为邻的人甚至司空见惯充耳不闻，只有特别敏感的耳朵才能从中听出自然和艺术的奥秘。济慈在旅游信札中表示要以造化为师，从造物主创造的“博大之美”中学习诗艺，其实他并非是外出时才如此，即便是坐在书斋里，窗外大自然的一切响动都在向他发出信号，给他以无穷的启迪。

《画眉鸟的话》和《仙灵之歌》在济慈诗歌中不算上乘之作，它们却是把握《蝈蝈与蟋蟀》、《秋颂》和《夜莺颂》等名作的钥匙——后三首诗歌中当然都有“看”，都有对自然画卷的展示，然而更为重要的是，像前两首诗一样，诗人在叙

① 约翰·济慈：《仙灵之歌》，载《济慈诗选》，查良铮译，北京：人民文学出版社，1958年，第99页。
② 约翰·济慈：《画眉鸟的话》，载《济慈诗选》，查良铮译，北京：人民文学出版社，1958年，第98页。

述中更多采取了“听”的姿态。《蝈蝈与蟋蟀》中，他听见蝈蝈与蟋蟀的鸣声此伏彼起，构成永不停息的“大地的诗歌”；[①]《秋颂》中，他听见不亚于“春之歌”的秋天交响曲，担任各个声部的有小飞虫的“哀叹”、山羊的“咩咩叫唤”、蟋蟀的“篱边歌吟”、燕子的“呢喃”和红胸知更鸟的“更加温柔的呼哨”；《夜莺颂》中，他不但站在山毛榉下凝神倾听，还跟着夜莺的歌声“穿越”到古代世界，这声音成了刺激他铺陈想象世界的动力源泉。

由于《夜莺颂》是济慈的代表作，我们有必要对其中的“听”多说几句。《夜莺颂》中明确写道“我在黑暗里倾听”，在对周围环境的描写上，诗人使用了“幽暗的林中”“这儿却不甚明亮”“葱绿的幽暗”“温馨的幽暗”“幽静的溪水”等表述，这些与“幽”“暗”相关的修辞都是为了遮蔽视觉图像，突出和强调听觉信息的传递，使“看”为“听”让路。然而最有意思的还是该诗第 5 节：

> 我看不出是哪种花草在脚旁，
> 　什么清香的花挂在树枝上；
> 在温馨的幽暗里，我只能猜想
> 　这个时令该把哪种芬芳
> 赋予这果树，林莽，和草丛，
> 　这白枳花，和田野的玫瑰，
> 　　这绿叶堆中易谢的紫罗兰，
> 　　　　还有五月中旬的骄宠，
> 　这缀满了露酒的麝香蔷薇，
> 　　它成了夏夜蚊蚋的嗡营的港湾。[②]

明明说了因光线阴暗而“看不出是哪种花草在脚旁”，接下来却又数出一大堆花名，如白枳花、玫瑰、紫罗兰和麝香蔷薇等，这是出于自己的“猜想”呢，还是从“蚊蚋的嗡营”中听出来的，读者可以见仁见智。不过麦克法兰等人提出过

① “从不间断的是大地的诗歌；/当鸟儿疲于炎热的太阳/在树荫里沉默，在草地上/就另有种声音从篱笆飘过；/那是蝈蝈的歌声，它急于/享受夏日的盛宴的喜悦，/唱个不停；而等它需要停歇，/就在青草丛里稍稍憩息。/呵，大地的诗歌从不间断；/在孤寂的冬夜，当冰霜冻结，/四周静悄悄，炉边就响起了/蛐蛐的歌声，而室中的温暖/使人昏昏欲睡，我们会感觉/仿佛是蝈蝈在山坡上鸣叫。”约翰·济慈：《蝈蝈与蟋蟀》，载《济慈诗选》，查良铮译，北京：人民文学出版社，1958 年，第 13 页。

② 约翰·济慈：《夜莺颂》，载《济慈诗选》，查良铮译，北京：人民文学出版社，1958 年，第 72 页。

这样一种观点：

> 将西方的近视诗人如济慈与视力正常的诗人如雪莱加以比照，他们采用的不同意象很能说明问题。济慈的意象更加依赖嗅觉和听觉等其他感官，或更富于想象，雪莱却描写遥远的景象。[①]

将济慈对听觉（还有嗅觉）的依赖归因于视力不佳，这种解释似乎有些新意，但若因此推论近视的诗人不能“描写遥远的景象”，则未免有几分牵强，因为济慈本人就写过从高空俯视地面的《“明亮的星！愿我像你一样坚定”》。

济慈如此倚重听觉渠道的表达，主要原因在于“听”往往比“看”更为真实可靠：林莽间的猛虎凭借斑纹毛皮的掩护悄悄接近猎物，然而兔子在“看”到之前先“听”到了危险的到来。巴特说人的时空感觉与“听”分不开：

> 听是依据听力建立起来的，从人类学的观点看，它借助于截取有声刺激的远近程度和规则性回返也是对于时间和空间的感觉。对于哺乳动物来说，它们的领地范围是靠气味和声响划定的；对于人来讲——这一方面通常被忽视，对于空间的占有也是带声响的。[②]

据此而言，济慈诗歌的一大高明之处，在于重视了“通常被忽视”的“听”。济慈眼睛是否近视，至今尚未有人提出令人信服的材料，但他对信息的接受往往是视听并重，有时候确实是“听”胜于“看”。例如，济慈有不少诗篇是以历史上或当代诗人为受述者（narratee），这些诗人在他描述中几乎全都成了发出美妙歌声或琴声的音乐家。在《致查特顿》中，他把查特顿想象成“住在星空，对着旋转的苍穹/美妙地歌唱”；[③]在《致拜伦》中，他把拜伦形容为“垂死的天鹅”，称赞他的“歌声多么甜蜜/而悒郁，教人心里生出温情，/仿佛是‘悲悯’曾弹低诉的琴”；[④]在《静坐重读〈李尔王〉有感》中，他的比喻更是出神入化——“以澄澈琴音为伴，用金嗓唱出的传奇！/你这羽饰靓丽的仙女，遥远国度的女王！/在

① 艾伦·麦克法兰、格里·马丁：《玻璃的世界》，管可秾译，北京：商务印书馆，2003年，第182页。

② 罗兰·巴特：《显义与晦义》，怀宇译，天津：百花文艺出版社，2005年，第252页。

③ 约翰·济慈：《致查特顿》，载《济慈诗选》，查良铮译，北京：人民文学出版社，1958年，第21页。

④ 约翰·济慈：《致拜伦》，载《济慈诗选》，查良铮译，北京：人民文学出版社，1958年，第22页。

这凄怆的冬日，请暂闭歌喉，/合上你褪色的卷帙，莫让歌声悠扬。”[①]不过这些都没有《“有多少诗人把闲暇镀成金”》来得典型，在这首十四行诗中，济慈十分明确地将诗歌等同于音乐，古往今来的诗人在他耳畔“合唱出悦耳的歌声”：

平时，每当我坐下来吟咏，
　诗人就拥聚在我的脑海间，
　但并不引起芜杂的骚乱，
而是合唱出悦耳的歌声。
正如黄昏容纳的无数声音：
　树叶的低语，鸟儿的歌唱，
　水流的潺潺，由暮钟的振荡
所发的庄严之声，和千种
　缥缈得难以辨识的音响，
它们构成绝唱，而不是喧腾。[②]

这些诗中使用的听觉意象大多为自然界的声响，因此可以推论济慈心目中的诗歌，与音乐和生态是三位一体的关系。与其相比，我们看到现在有许多诗人是“不带耳朵”写作，他们需要向济慈学习如何倾听大自然的声音，无论西方还是中国，诗歌首先是一门声音的艺术，在这门艺术中“听”不能处于缺席的位置。

以上种种，说明济慈可以无愧于“自然的听者”这一桂冠。用“自然的歌者”和“自然的听者”分别称呼华兹华斯与济慈，并非是说两人在这方面可以分庭抗礼，济慈诗作总量有限，不像活到80岁的华兹华斯那样创作了大量歌颂自然的作品，但他注重从听觉角度反映生态世界，算得上一种独辟蹊径的贡献。不妨设想一下，假如有一天地球环境真要恶化到不可收拾的地步，那么最先出现的迹象应当是鸟虫之鸣的减少与消失，这些无时无刻不在发声的小动物充当着监测人类生存环境的哨兵，所以“没有鸟儿歌唱”这样的诗句注定会

---

① John Keats, “On Sitting Down to Read *King Lear* Once Again”, Miriam Allott, ed. *The Poems of John Keats*, London: Longman Group Limited, 1970, p. 296.

② 约翰·济慈：《“有多少诗人把闲暇镀成金”》，载《济慈诗选》，查良铮译，北京：人民文学出版社，1958年，第6页。

吸引环保人士的眼球。卡森用“寂静的春天”作为书名,其命意也是“无声便是警报”——大自然应该是有声的,寂静意味着反常和灾难。济慈如果活到今天,他和卡森一定是同一条战壕的战友,是他用《蝈蝈与蟋蟀》等诗篇将正常的自然与鸟虫的欢唱紧密地联系在一起。

有研究者说在全球气候变暖的情况下,今后阅读济慈《秋颂》的英国人或许会感觉不爽,因为北欧一带年复一年增强的劲风将使某些鸟儿无法飞来这里渡夏,“燕子的呢喃”有可能成为英伦三岛天空中的绝响。[①] 这位研究者甚至引用有关资料,说较之于政治因素,空气污染更是捷克“布拉格之春”运动的起因。[②] 自然声音的消失其实也在我们身边发生,我的老家是赣东北的铅山县,辛弃疾晚年在那里写下名句“明月别枝惊鹊,清风半夜鸣蝉。稻花香里说丰年,听取蛙声一片”[③],然而由于化学药剂的不断使用,蝉鸣夜半、蛙声如鼓的“音景”[④]也成久矣不闻的广陵散,读这首辛词同样令人产生一种黯然之感。

三、亲近与品尝

我国当代诗人臧克家有一句诗广为流传:“有的人活着,他已经死了;有的人死了,他还活着。”[⑤]借用这种表达逻辑,我们可以说济慈虽然只活了 26 个

---

① “One effect of global warming will be (is already?) a powerful increase in the severity of winds in northern Europe: the swallow has great difficulty in coping with wind, so there is a genuine possibility that within the lifetime of today's students Britain will cease to be a country to which this bird migrates. Keats's ode ‘To Autumn’ is predicated upon the certainty of the following spring's return; the poem will look very different if there is soon an autumn when ‘gathering swallows twitter in the skies’ for the last time.” Jonathan Bate, *Romantic Ecology: Wordsworth and the Environmental Tradition*, London: Routledge, 1991, p. 2.

② “The air pollution, more than the existence of the Iron Curtain, brought about the revolution in Czechoslovakia.” Jonathan Bate, *Romantic Ecology: Wordsworth and the Environmental Tradition*, London: Routledge, 1991, p. 1.

③ 辛弃疾:《西江月·夜行黄沙道中》。

④ 即诉诸听觉的“soundscape”,与诉诸视觉“landscape”相对。参见梅尔巴·卡迪-基恩:《现代主义音景与智性的聆听:听觉感知的叙事研究》,陈永国译,载詹姆斯·费伦、彼得·J. 拉比诺维茨(主编):《当代叙事理论指南》,北京:北京大学出版社,2007 年。

⑤ 臧克家:《有的人——纪念鲁迅有感》,载郏琛、邝邦洪(主编),《中国当代文学作品选》,北京:人民文学出版社,1998 年,第 7 页。

年头，他却过了多姿多彩的一生，就人生的丰富性而言，许多长寿者在他面前只是庄子《逍遥游》中大椿脚下的朝菌。本书在前面着重强调了济慈对诗歌的追求，实际上除了艺术人生与奋斗人生之外，他的生态人生也值得研究者关注。在环境危机日益逼近的今天，济慈生命中的这一维度对现代人具有特别的意义，如果人人都能像他那样热爱自然，贴近大地，那么我们的生命质量一定能提高许多。

我们在第五章中讨论了"活在当下"这一话题，这里需要补充的是，"当下"不仅是一个时间概念，它除了标示此时此刻之外，还指向与此时此刻同在的空间。济慈诗心栖居的"当下"没有工商业城市的喧嚣与侵扰，那是一个个与时偕行的生态空间：或是万物复苏的春天，或是枝繁叶茂的夏天，或是云高气爽的秋天，或是白雪皑皑的冬天。在十四行诗《"一年的时光用四季来度量"》中，他认为人的心灵也有"四季来往"：

> 一年的时光用四季来度量，
> 　人的心灵中有四季来往：
> 心灵有蓬勃之春，纯稚的幻想
> 　要把普天下的美妙都收入锦囊；
> 心灵有繁富之夏，口角流芳的甜蜜，
> 　挥之不去的是暮春的感伤，
> 这些在心中消融，成为身体一部分；
> 　宁静以致远，心灵有秋的海港，
> 疲惫的双翅低垂不展，
> 　它满足、闲适而又怅惘，
> 美好的事物在雾眼惺忪下溜走，
> 　像门前小溪那样悄悄流淌；
> 心灵也有苍白憔悴的冬天，
> 要不然，人也就不像人的模样。[①]

① John Keats, "Four seasons fill the measure of the year", Miriam Allott, ed. *The Poems of John Keats*, London: Longman Group Limited, 1970, p. 312.

不管是伤春还是悲秋，“这些（感触）在心中消融，成为身体的一部分”，因此人类作为自然的产物，其情绪波动与物候变化具有相同的节律。当我们说济慈是“自然的听者”的时候，还有一层意思是他不像华兹华斯那样一味讴歌，而是把自己的身心完全交付出去，任其体察和顺应大自然的喜怒哀乐。

这里举两个比较典型的例子。先说坏天气——1818 年 3 月初，济慈在德文郡的亭茅斯写作并照顾病恹恹的弟弟托姆，这里的天气是“下雨，下雨，老是下雨”，济慈因此形容德文郡“是一个水花四溅的、阴雨连绵的、雾影幢幢的、雪花飘飘的、劈头盖脸下冰雹的、泥泞不堪的、邋里邋遢的郡县”，“雨点打在窗户上，给我的感觉像是提起一夸脱冷水，兜头浇向一只淹得半死不活的恶魔——不觉得是密云中倒下倾盆雨，倒觉得是大地连根都烂湿冰冷”。[①] 天空中的阴霾挡住了诗人心头的阳光，使其写作进程频频受阻，闷闷不乐的济慈在当地看戏时还差点与人老拳相向。[②] 再说好天气——1819 年 4 月，芳妮一家搬进温特华斯寓所与济慈为邻的同时，汉普斯特德丛林的天气也告别阴雨变得阳光灿烂，济慈看到花盆里的石楠正在开花，双头紫罗兰“美得就像麦芽糖之于学童的舌头”，“天气这么好，我以为小羊的尾巴都会多摆几下——这样的时刻男孩子会喊‘妙啊’，而女孩子会叫道‘噢，天哪’。”[③]此时的济慈真的像春天里不断摆尾的小羊，和煦的春风加上荷尔蒙的旺盛分泌，使原先略觉沉重的诗笔挥动如飞，这个月的诗人搦管不能自休，连续写出了《仙灵之歌》《“司各特先生所作的〈丧屋〉”》《四仙灵之歌》《无情的妖女》《致睡眠》《咏名声》（二首）《赛姬颂》等佳作。此前济慈从未在如此之短的时间内，连续写出如此之多令他自己感到满意的作品，更为重要的是，这个 4 月为接下来的“红 5 月”作好了准备，创作巅峰的到来恰与大自然中鲜花的盛开同步。

生态人生的要义在于享受生态。古往今来，创作过生态诗文的作家诗人可谓数不胜数，但我们对其内心世界往往缺乏具体了解，很少有人像济慈这样“童言无忌”——毫不掩饰自己的价值取向，敢于并善于表达对自然事物的喜

① 约翰·济慈：《一八一八年四月九日致 J. H. 雷诺兹》，载《济慈书信集》，傅修延译，北京：东方出版社，2002 年，第 120 页。

② 傅修延：《济慈评传》，北京：人民文学出版社，2008 年，第 168 页。

③ 约翰·济慈：《一八一九年四月十二日致范妮·济慈》，载《济慈书信集》，傅修延译，北京：东方出版社，2002 年，第 275 页。

爱与欣赏。以下一段文字在第二章讨论济慈人生时有过引用，但这里仍有必要从生态美学这一新的角度予以重新阅读：

> 记得我过去是多么喜欢金翅雀、大山雀、小鲤鱼、穴鼠、斑背虫、雅罗鱼、雄鲑鱼等，以及灌木与溪流中的全部种族，但它们肯定在林子里和水中过得更为自在——不过我必须承认，即使现在我也挺乐意弄一大群漂亮的金鱼来养着——我要往鱼缸里装10桶水，用一根冷水管引入新鲜水，另一根管子从地板下面出水。只要水换得勤，银鳞赤鳍的金鱼就能保住自己美丽的颜色——我要把鱼缸放在一扇漆得很好看的窗户下，在鱼缸周围遮一圈桃金娘与日本植物。窗户朝着日内瓦湖的方向——我要坐在窗前整天读书，就像某张画上的读书人一样——天气时不时地让人觉得像是春天了，因此我已开始在石楠树下散步。[①]

对于身边的动植物及其构成的生态环境，我们这些现代人常常是“如入芝兰之室”，久而久之失去了灵敏的嗅觉，需要用什克洛夫斯基的反常化手段来进行治疗，而济慈却有永不麻木和钝化的感官，他总是像初识初见一般对花鸟虫鱼发出由衷的惊叹和赞美。现在社会上有一种抱怨时尚正在流行——抱怨生态平衡遭到破坏，抱怨自然环境正在恶化，不能说这样的抱怨有什么不对，问题是抱怨者的心灵不能因抱怨而厌倦麻木，不能随着生态失衡而失去自己的生态敏感，失去对自然美的感受能力。心灵的钝化是比“寂静的春天”更为恐怖的事情，我看到一些地方还有好山好水，但当地人已经失去了享用它们的“胃口”，动辄叫喊着要逃离自己的家园。济慈书信中这类文字有助于我们“复敏”，恢复热爱自然的人类本性，恢复把大自然当成母亲怀抱的赤子之心。

享受生态不只是视觉上的占有，作为极度重视感觉的诗人，济慈还不忘用牙齿和舌尖去品尝自然：

> 我现在很想去你们的园子里散步——尝尝苹果——试试梨子——品品李子——咬咬杏子——嚼嚼桃子——啜啜油桃——啃啃甜瓜——我对那些甜脆的过时浆果怀有极大好感——还要有棵醋栗树作伴——我向往

---

① 约翰·济慈：《一八一九年三月十三日致范妮·济慈》，载《济慈书信集》，傅修延译，北京：东方出版社，2002年，第270页。

着懒洋洋地躺在睡莲盛开的池塘旁的草地上，一边吃着白葡萄干，一边观赏塘里的金鱼。[1]

甚至就在挥笔写作之时，他也要腾出一只手来把桌上的水果送进嘴里：

说到找乐子，此刻我正一手持笔，另一手拿着颗油桃啃着——仁慈的上帝，那味道多棒啊——多么软和柔嫩、多汁爽口啊——那一大口甘甜之物在我喉咙里融化，犹如一颗硕大的极品草莓。我肯定要发酵了。[2]

切莫把调侃中的济慈看成“吃货”，这里的咬嚼啃吃绝对不是单纯的满足口腹之欲，而是与自然之物的一种越界融合，让它们“成为身体的一部分”。济慈的一些言论很容易让人把他看成是美食家，就享用美味来说，这位年轻的诗人确实具有令人惊讶的情趣与品位，他的某些讲究与挑剔简直可以用“食不厌精脍不厌细”来形容。这方面的嗜好可能来自其家族遗传，他的外祖父詹宁斯据说是个每到周日就要大快朵颐的饕餮之徒，他家里的女性每周要忙活四天才能对付周末那顿大餐，济慈小时候也许曾坐在他膝上躬逢其盛。然而诗人之所以是诗人，就是因为他们能够把吃喝之类的日常行为提升到诗意的境地：

唯有在品尝美味这件事上我才能找到所有的感觉——给你们送去一些葡萄藤不是好点子吗？——那边可以种植葡萄吗？我要去咨询一番——如果你们能酿出酒来，夏夜里在葡萄藤架下啜饮红葡萄酒岂不妙哉！这真的是件美事——落口之后嘴巴里一股清爽之气油然而生——然后凉丝丝地不带火性地往下行——你不会觉得它在找你肝脏的麻烦——不，它是和平使者，待在那儿就像待在葡萄粒中那么安静——然后它变得像蜂后那样芳香，其中较为轻灵的部分上升到你的大脑，它不去进攻神经中枢——像乱七八糟场所里发情的公牛从这个门冲到那个门，在穿背心的人面前暴跳如雷——而是更像阿拉丁那样在自己那由魔法变出的宫殿里蹑手蹑脚地踱步，你简直听不到他的脚步声——其他高度数的烈性酒

① 约翰·济慈：《一八一九年八月二十八日致范妮·济慈》，载《济慈书信集》，傅修延译，北京：东方出版社，2002年，第375页。

② 约翰·济慈：《一八一九年九月二十二日致C. W. 戴尔克》，载《济慈书信集》，傅修延译，北京：东方出版社，2002年，第399页。

> 把人变成赛利纳斯，而这种酒把人变成赫耳墨斯——给妇女带来阿里阿德涅的灵魂与不朽，酒神巴克斯为了她总要藏起满满一窖红葡萄酒——即便如此，他也从未能劝她饮到两杯以上——这种红葡萄酒就是我说过的我唯一喜爱的美味，我忘了提到下酒的野味了，对着那些鹌鹑的胸、野兔的背、松鸡的脊骨以及野鸡与鸟鹬的翅膀和肋肉，我必须承认自己多有得罪。①

这就是诗人对“夏夜里在葡萄藤架下啜饮红葡萄酒”的描述，吃喝在他那里变成了艺术：葡萄酒入口后产生的“清爽之气”先是“凉丝丝”地下行，其中“较为轻灵的部分”又上升到大脑，在里面“蹑手蹑脚地踱步”，营造出飘飘欲仙的感觉，其中还有下酒野味的一份功劳。这个世界上有的是贪恋杯中之物的诗人，但很少有人把自己的内在反应写成如此酣畅淋漓的文字。济慈在这方面有点像我们古代“斗酒诗百篇”的李白，美酒佳酿的穿肠入肚，带来丽辞锦句的喷涌如泉。这段引文是对《夜莺颂》第二节的最好注释，因为许多读者对其中“酒”的出现感到困惑不解：

> 唉，要是有一口酒！那冷藏
> 　在地下多年的清醇饮料。
> 一尝就让人想起绿色之邦，
> 　想起花神，恋歌，阳光和舞蹈！
> 要是有一杯南国的温暖
> 　充满了鲜红的灵感之泉，
> 　杯沿明灭着珍珠的泡沫，
> 　　给嘴唇染上紫斑。
> 哦，我要一饮而悄然离开尘寰，
> 　和你同去幽暗的林中隐没。②

明明是写在树下听夜莺歌唱，为什么忽然冒出来一大段关于喝酒的议论？合

---

① 约翰·济慈：《一八一九年二月十四、十九日，三月三(?)、十二、十三、十七、十九日，四月十五、十六、二十一、三十日，五月三日致乔治和乔治安娜·济慈》，载《济慈书信集》，傅修延译，北京：东方出版社，2002年，第285—286页。

② 约翰·济慈：《夜莺颂》，载《济慈诗选》，查良铮译，北京：人民文学出版社，1958年，第70—71页。

乎逻辑的解释只能是：济慈在诗兴袭来时感到喉咙干燥，需要端起一杯“鲜红的灵感之泉”来吟哦助兴，这可能已经成了他的一种习惯，就像有些人思考时必须燃上烟卷一样。果不其然，在想象中完成了一饮而尽的动作之后，济慈的诗思犹如被风鼓足了的船帆，接下来的 6 节诗似乎是一气呵成，相互间的衔接就像他所说的“枝头生叶”那样自然。

无论是《夜莺颂》中酒渴索饮的树下人，还是书信中一手搦管一手握桃的写信人，或是那让发酵的葡萄汁液从舌尖喉间缓缓流下的品酒人，这一幅幅生动的剪影都还原了一个真实的济慈——一个乐享生态的自然之子，一个因阴晴变化而嬉笑怒骂的“伦敦佬”，一个话语滔滔、口没遮拦的性情中人。我们仿佛能闻到他杯中飘出的香气，听到他啃咬水果的“喀嚓”声，看到他玩幽默时脸上的几分坏笑。济慈有时候是有意把自己的生活场景记录下来：

> 因为蜡烛已经要点完了，我正在点蜡烛头——它有一根长长的烛花——火苗正在作最后的闪烁——我现在是背对着它坐着，一只脚歪踏着垫子上，另一只脚的脚踵从地毯上微微抬起……我写的这些都是些鸡毛蒜皮的事情。[①]

为什么要把这些“鸡毛蒜皮的事情”记录下来？这是因为他预感到这样的记录将因时过境迁而变得珍贵：

> 要是我看到已故多年的任何伟人做过同样的事情，我会感到非常高兴，譬如说吧，要是知道莎士比亚在开始写“生存还是毁灭”时取什么样的坐姿就好了——这类事情由于时空距离而变得有趣。[②]

济慈的预感已经实现，如今的他对现代人来说也是“已故多年的伟人”，确实如其所言，我们现在坐在电灯下阅读他在烛光下写成的文字，“这类事情由于时空距离而变得有趣”。正是由于具有这种与众不同的自觉意识，他会把自己写作时啃吃油桃之类的动作记录下来，这些“鸡毛蒜皮”的细枝末节最能反映人

---

① 约翰·济慈：《一八一九年二月十四、十九日，三月三(?)、十二、十三、十七、十九日，四月十五、十六、二十一、三十日，五月三日致乔治和乔治安娜·济慈》，载《济慈书信集》，傅修延译，北京：东方出版社，2002 年，第 295—296 页。

② 同上书，第 296 页。

的真实思想。虽说济慈不可能超越自己的时代萌生出环保观念，但就凭着那句冲着下酒野味说的“多有得罪”，我们也能看出他与生态人文主义者的心气相通。无论在精神还是物质层面，济慈都是充分地享受生态，生态人生构成其生命中的一个重要方面。

享受生态意味着亲近自然。济慈在恩菲尔德学校接受的不仅是听觉训练，当时的校长克拉克先生倡导一种自然教育，他在校内辟出一块块畦田供孩子们学习园艺，培养他们的观察习惯与动手能力，果实成熟后还分送给参与种植者品尝。这些激发了济慈对身边动植物的兴趣，他与花鸟鱼虫的友谊由此开始，这方面的证据是他的课堂笔记本空白处画满了紫罗兰、石竹之类的花卉。恩菲尔德学校周边植被丰茂，济慈最爱做的一件事情是躺在草地上仰望蓝天，现代人称这样的举动为“发呆”（当前有种时尚是去风景好的地方“发呆”），其实这种“发呆”是与大自然沟通的最好形式：除了聆听天籁之音外，还可以用腰背去体验大地的温暖与柔软，用眼睛去辨识天空中白云苍狗的变幻，用鼻子去呼吸空气夹杂中的泥土芬芳，甚至可以用牙齿去啮噬耳边的花草。在这种与青葱大地的耳鬓厮磨中，济慈逐渐发展出一种与大自然对话的能力，没有这样的基础，创作《秋颂》等作品的灵感不会自天而降。济慈后来说诗人的“第二自我”可以离开自己的肉身，去“去填充其他的实体”，甚至说可以分享在地里啄食的麻雀的生存，这种思想应当也是在他和大自然的零距离接触中萌发的。

顺便说说，英国学校素有让学生亲近自然的教育传统，伦敦城里保留了大片大片的公共绿地，泰晤士河岸边建有供天鹅、野鸭栖息繁殖的生态公园（笔者有幸在其附近住了半年），许多地方能见到标示动植物名称与特性的铭牌，教师常带领学生去自然博物馆或野外参观，让他们知道生态平衡和环境保护的重要意义。对比之下，我们这里的生态教育似乎还未提上议事日程，由于应试教育着重提高学生的考试能力，中国的孩子很少有机会走出教室到户外活动，城里的学生看到牛马之类的动物都会感到惊讶，更谈不上用正确的名称描述自己看到的花草树木。大自然本是人类的家园，是人们逃避社会压力的一个重要去处，现在有了网上世界，许多人更愿意足不出户而神游天下，如此发展下去，今后人们将与大自然更加隔绝，这种不接“地气”的生活显然有违人类的本性。

济慈的亲近自然并未因离开恩菲尔德学校而停止。毕业后他到埃德蒙顿的赫蒙德诊所做药剂师学徒，那地方离恩菲尔德只有 4 哩路，他经常穿过旷野走回学校，去与小克拉克交流学诗心得。在盖氏医院学习期间，他常去拜访住在康谷的亨特，那地方远在 8 哩之外的伦敦北郊，天气恶劣时走这么多路颇不容易，但济慈却是乐此不疲。那时像他这样迈开大步的也还大有人在，济慈有一次就在回城路上遇见柯勒律治，两人并肩而行交谈了许久。交通不便有时也不完全是坏事，它迫使人们增加自己在户外活动的时间，济慈的许多诗思便是在健步如飞中产生。还须提到的是，济慈最初选择医学这门职业，原因之一在于这个领域内有他喜爱的自然事物——19 世纪初期的西医多以植物的果实、枝叶、根茎和种子入药，我参观过盖氏医院旁边的医学博物馆，它的顶楼保留了一间与中药店有几分相似的药房，里面的橱屉、衡器、研钵与研杵看上去非常眼熟。济慈在盖氏医院学习时能够顺利通过药剂师资格考试，与当时的考试着重检验学员的药物学知识有关，他与草木花卉的亲近在这件事上帮了大忙，那时医学与诗歌之间的距离不像现在这样遥远。

四、思考与议论

享受生态和亲近自然不可能是一味放松，这一过程必然伴有许多关于生态与自然的思考，那么济慈到底想了些什么呢？

可以肯定，大自然最初是济慈心灵创伤的医生，在父母先后离去的最艰难日子里，应当是恩菲尔德的森林草地给了他最大的安慰，因为那时济慈还未获得用诗歌来排遣忧伤的能力，他的自尊与倔强也不允许对别人作任何倾吐，因而只有将自己默默投入大地母亲的怀抱。随着年龄的增长，大自然扮演的角色逐渐由医生变为教师，他开始尝试用心灵与这位教师交流，虽然十多岁的少年不可能有多么深邃的思想，但这时对外部世界的感觉却是一生当中最灵敏的。他有时会一连数小时伏在草丛中，静静地观察和思考动植物世界的隐秘活动：鸟儿在天气晴好时欢快鸣唱，它们不需要什么听众来为其喝彩；浆果成熟坠落后腐烂成泥，来年又有新的浆果在无人处悄然生长；入夜后灌木丛中有小动物眼睛在闪闪发亮，它们在为完成自己的使命而奔波忙碌。有时他又会翻过身来凝视蓝天，向大自然提出一个又一个问题：是否真有天使居住在白云之上？翱翔天际的苍鹰是不是真理的化身？人的灵魂能否脱出自己的躯壳，进入一只小小的麻雀身体？济慈后来在书信中回忆了自己少年时的这些思绪，那时的他还不会做诗，但此类思索已是做诗的开始。朱光潜在讨论“审美的移情说”时说：

> 什么是移情作用？用简单的话来说，它就是人在观察外界事物时，设身处在事物的境地，把原来没有生命的东西看成有生命的东西，仿佛它也有感觉、思想、情感、意志和活动，同时，人自己也受到对事物的这种错觉的影响，多少和事物发生同情和共鸣。这种现象是很原始的、普遍的。我国古代语文的生长和发展在很大程度上是按移情的原则进行的，特别是文字的引申义。我国古代诗歌的生长和发展也是如此，特别是“托物见志”的“兴”。①

似此，生态之思在济慈学诗之初发挥了至关紧要的作用：对蓝天白云和苍鹰麻雀之类的“移情”，带来了诗思的萌动和诗兴的勃发，朱光潜的“设身处在事物的境地”，用济慈的话就是“去填充其他的实体”，而“代言体”便是“移情”或“填充”的最佳表现形式。用“审美的移情说”来解释济慈的“代言体”诗歌，可以说是再合适不过。

我们在前面提到采用了代言手法的《仙灵之歌》与《画眉鸟的话》，这里还有必要再举一首《雏菊之歌》：

> 哦，来了春天，春天多好，
> 我就像帝王一样逍遥！
> 我躺在茂盛的青草上，
> 偷看每个漂亮的姑娘。
>
> 我窥进人所不到之处，
> 看那人不敢看的事物；
> 而如果黑夜悄悄来了，

① 朱光潜：《西方美学史》(下卷)，北京：人民文学出版社，1979年，第597—598页。

羊群就咩咩催我睡觉。[①]

这首诗看似未脱稚气与淘气，实则以一片童心注入草木，以雏菊之眼反观人类，读来令人不免莞尔。雏菊是欧洲大地随处可见的野生花卉，济慈与其结下了难分难解的生死之缘：少年时他在草地上观察它，长大后用它的口吻写诗，在罗马治病时头顶上还是它——意大利人视雏菊为国花，济慈病房天花板上用的便是雏菊图案。不仅如此，他的墓地上也生长着一丛丛雏菊，当舍温选好墓地回来报告这一情况时，气息微弱的济慈盯着天花板上的雏菊喃喃自语：“我好像感觉到了雏菊在我上面生长。”下葬时他的医生吩咐把长着雏菊的草皮安放到墓上，说这是“可怜的济慈的愿望”。雪莱在悼念济慈的《阿童尼》中说：“这墓园是在废墟间的一片空地上，冬天则长满了紫罗兰和雏菊。想到能埋葬在这种幽雅的地方，人们会觉得死也是很值得向往的。”[②]雪莱未想到自己一语成谶，两年后他的骨灰也在舍温安排下葬入这座公墓，两位英国浪漫诗人就此在雏菊摇曳的异乡相伴长眠。

大自然不光有如诗如画的一面，济慈知道这一点，除了对坏天气表示不满之外，他还注意到荒野世界中也有自己的残忍与凶暴。在一封用诗体写成的信中，他这样描述动物之间的弱肉强食：“尽管今天我采撷了/嫩春叶与野草莓，还有长春花迎风怒放，/我仍然看见那凶神恶煞的死神，/鲨鱼残暴地吞噬，苍鹰为突袭而翱翔，/温柔的知更鸟，以豹虎一般的凶猛/啄食小虫。”[③]当然，他没有让自己过多停留于对丛林原则的批判，而是将观察自然的炯炯目光对准人类社会，寻找两者之间的相似之处：

人类中的大多数按着同样的本能行动，像苍鹰那样死死地盯着目标，怀着同样的肉体上的饥渴——苍鹰要成双成对，人也一样——看看鹰和人这两种生物吧，他们着手求偶，以同样的方式获得了配偶——他们都想要个窝，并以同样的方式着手搭建自己的窝——他们以同样的方式捕食——人是高贵的动物，为了享乐他抽起了烟斗——而苍鹰就在云中翱

① 约翰·济慈：《雏菊之歌》，载《济慈诗选》，查良铮译，北京：人民文学出版社，1958年，第101页。

② 雪莱：《〈阿童尼〉前记》，载《雪莱诗选》，查良铮译，北京：人民文学出版社，1958年，第269页。

③ 约翰·济慈：《一八一八年三月二十五日致J. H. 雷诺兹》，载《济慈书信集》，傅修延译，北京：东方出版社，2002年，第114—115页。

> 翔——这是他们休闲的唯一区别。生活中的乐趣就是这样产生的——对一颗多思的心灵来说。我在田野里穿行，一眼瞥见一只白鼬，或许是田鼠，在枯草丛中探头探脑——这家伙盯着个目标，两眼闪闪发光——我在城里的高楼大厦间穿行，看见一个人步履匆匆——他去干嘛？——这家伙也盯着个目标，两眼闪闪发光。①

如果说前面的"移情"是以人类之心度自然之腹，那么这里的"移情"则是反其道而行之。"在某位高高在上的神明看来"，②绅士抽烟斗的动作并不比苍鹰在云中翱翔更为高贵，两者在本质上都是休闲；高楼大厦间步履匆匆的行人与草丛间探头探脑的田鼠也无多大差别，他们都因负有某项使命而两眼闪闪发光。从这种视角发出的议论不但滑稽有趣，而且造成了一种反常化效果，使人感觉到济慈在表达方式上别具一格。

说到这种别具一格，我们还得回过头来重读济慈的诗论，济慈在谈论诗歌时喜欢引喻自然，他的诗论可以说是一种生态诗论或自然诗论，里面俯拾皆是自然界中的事物——从日月星辰到山川河流，从花草树木到鸟兽虫鱼。难道不是这样吗？他的主要观点几乎全部诉诸形象化的表达：

> 消极的能力：
>
> 让我们切莫急匆匆地乱窜，像蜜蜂那样不耐烦地嗡嗡作响，在一门知识范围内或所有应到之处四下寻觅；我们所应做的是像花枝那样张开叶片，处于被动与接受的状态——在阿波罗的如炬目光下耐心地发芽生长，并从每一名惠施访顾于我们的尊贵昆虫那里获取灵感——它们带来我们吃的肉，露水给我们当饮料喝。③

---

①　约翰·济慈：《一八一九年二月十四、十九日，三月三(?)、十二、十三、十七、十九日，四月十五、十六、二十一、三十日，五月三日致乔治和乔治安娜·济慈》，载《济慈书信集》，傅修延译，北京：东方出版社，2002年，第302—303页。

②　济慈经常用这种虚拟语气说话。"在某位高高在上的神明看来，我们的推理也是异曲同工——虽有错误，却是好的——而诗意恰恰就寓含其中。"约翰·济慈：《一八一九年二月十四、十九日，三月三(?)、十二、十三、十七、十九日，四月十五、十六、二十一、三十日，五月三日致乔治和乔治安娜·济慈》，载《济慈书信集》，傅修延译，北京：东方出版社，2002年，第303页。

③　约翰·济慈：《一八一八年二月一十九日致J. H. 雷诺兹》，载《济慈书信集》，傅修延译，北京：东方出版社，2002年，第93页。

诗人无自我：

那些退居一隅的花儿是多么美丽！要是它们蜂拥到大路上来，大叫着“羡慕我吧，我是一朵紫罗兰！宠爱我吧，我是一朵樱草花！”它们的美将会怎样褪色呢？[①]

落日使我满心舒畅——要是有一只麻雀来到我窗前，我会分享它的生存，和它一道在地里啄食。[②]

诗之产生：

诗之形象要像读者眼中的太阳那样自然地升起、运行与落下——先是照耀于中天，后来庄静肃然而又雍容华贵地降落下去，使读者融入黄昏时绚烂的霞光之中——不过做诗比议论诗应如何如何要难得多——这又把我带到了第三条信念：如果诗之产生不像枝头生叶那样自然，那它还是不写出来为妙。[③]

诗之想象：

在这一切当中最触动我的是那情调、色彩、石板、石头、苔藓和岩藻等，或者，如果要我说的话，是营造此类奇观的大智慧与大手笔。这种空间摆布，这些山峦、瀑布的大小与数量，你在未看到它们之前完全可以想象得到，但大自然的神工鬼斧定然超过任何一种想象，战胜任何一种记忆。我要从这里学诗。[④]

爱诗的人不是喜欢有一块可供徜徉的小小园地吗？他们可以在园地里采撷和选择，其中意象是如此丰富，以至于重读时不少旧的印象被当作新鲜的发现，这种重读放在夏天在外闲逛一周时特别合适。[⑤]

---

① 约翰·济慈：《一八一八年二月三日致J. H. 雷诺兹》，载《济慈书信集》，傅修延译，北京：东方出版社，2002年，第84页。

② 约翰·济慈：《一八一七年十一月二十二日致本杰明·贝莱》，载《济慈书信集》，傅修延译，北京：东方出版社，2002年，第53页。

③ 约翰·济慈：《一八一八年二月二十一日致乔治与托姆·济慈》，载《济慈书信集》，傅修延译，北京：东方出版社，2002年，第97—98页。

④ 约翰·济慈：《一八一八年二月二十一日致托姆·济慈》，载《济慈书信集》，傅修延译，北京：东方出版社，2002年，第142页。

⑤ 约翰·济慈：《一八一七年十月八日致本杰明·贝莱》，载《济慈书信集》，傅修延译，北京：东方出版社，2002年，第37页。

甚至在谈到自己对诗歌目标的追求时，他所使用的也是这样的语汇——“我要像知更鸟一样顽强，我不愿在笼中歌唱。”[①]这不仅是一个修辞手段的问题，更重要的是自然事物可以帮助发送一些难以言表的信息。大自然气象万千波澜壮阔，动植物世界柳暗花明鸢飞兔伏，以其作为表意符码，能够带来咀嚼不尽的阅读效果。像“展翅飞翔时酣然入梦”的信天翁，张开叶片“处于被动与接受的状态”的花枝，以及“退居一隅”不爱张扬的紫罗兰和樱草花等，它们除了传递诗人赋予的特定意义外，本身还散发出楚楚动人的美感气息，让人产生许多微妙的联想与遐思。诗论本身属于艺术范畴，好的诗论也可以当作艺术作品来欣赏消费，不应当像科学论文那样抽象玄奥，济慈做到了这一点，他的议论从无干巴晦涩之嫌。真正的艺术家都懂得“言不尽意”的道理，既然词语无法达意，那就不如“立象以尽意”，请雏菊、紫罗兰和樱草花开口说话，让蝈蝈、蟋蟀和画眉鸟唱它们的歌，高明的读者自会从中见仁见智，听出自然声响中隐藏的复杂意义。

与此相似，我国古代也有这样的生态诗论。白居易《与元九书》中的“诗者，根情苗言华声实义”，全以植物生长为喻；杨巨源《城东早春》中的“诗家清景在新春，绿柳才黄半未匀”，也是以物候形容诗境。在提炼自然与人文的共同特征上，金圣叹对《水浒传》第八回的评点独具慧眼最见功力：

> 今夫文章之为物也，岂不异哉！如在天而为云霞，何其起于肤寸，渐舒渐卷，倏忽万变，烂然为章也。在地而为山川，何其迤逦而入，千转百合，争流竞秀，窅冥无际也！在草木而为花萼，何其依枝安叶，依叶安蒂，依蒂安英，依英安瓣，依瓣安须，真有如神镂鬼簇，香团玉削也！在鸟兽而为翚尾，何其青渐入碧，碧渐入紫，紫渐入金，金渐入绿，绿渐入黑，黑又入青，内视之而成彩，外望之而成耀，不可一端指也！凡如此者，岂其必有不得不然者乎！夫使云霞不必舒卷，而惨若烽烟，亦何怪于天。山川不必窅冥而止有坑阜，亦何怪于地！花萼不必分英布瓣，而丑如榾柮，翚尾不必金碧间杂，而块然木鸢，亦何怪于草木鸟兽？然而终亦必然者，盖必有不得不然者也。至于文章，而何独不然也乎！自世之鄙儒，不惜笔墨，于是

① 约翰·济慈：《一八二零年三月一日(?)致芳妮·布劳恩》，载《济慈书信集》，傅修延译，北京：东方出版社，2002年，第476页。

到处涂抹，自命作者，乃吾视其所为，实则曾何异于所谓烽烟、坑阜、榾柮、木鸢也者。呜呼！其亦未尝得见我施耐庵之《水浒传》也。[①]

他说“文章之为物”犹如“云霞之渐舒渐卷”、“山川之窅冥无际”、“花萼之分英布瓣”和“翚尾之金碧间杂”，这四项比附分别指向云霞、山川、花萼和翚尾（雉羽），它们作为大自然的精华部分，其整体形态摇曳多姿，局部之间过渡自然，文章写作应以其为楷模。巴特在《叙事作品结构分析导论》中提出了一个层次分明的网状系统，金圣叹胸中丘壑与其相比不遑多让，从文中“依枝安叶，依叶安蒂，依蒂安英，依英安瓣，依瓣安须”和“青渐入碧，碧渐入紫，紫渐入金，金渐入绿，绿渐入黑，黑又入青”等比喻来看，他心中也有一张秩序井然的结构之网，而这结网之绳用的还是有生命的组织材料。金圣叹的精彩用语确实能让昔日圣贤为之赞叹，只有参透造化与文章奥秘的人，才能写出“起于肤寸，渐舒渐卷，倏忽万变，烂然为章”这样的文字。

金圣叹在评点中，还出现了与云霞、山川、花萼和翚尾一一相对的烽烟、坑阜、榾柮（砍去枝干后的树根）和木鸢，这些“画虎不成反类犬”的人工丑物，反衬出前四者的天然美丽。后工业化时代的人们已经懂得自然美的可贵，史蒂夫·乔布斯的公司别出心裁以苹果为名，是因为水果这种植物果实能柔化电子科技产品的硬邦邦形象——把“苹果”放在桌上，比说桌上有台电脑更让人安心。[②] 喜欢上网的读者都知道，如今有个提供社交网络与微博客服务的著名网站就叫“推特”（Twitter），“twitter”本义是鸟儿的唧唧喳喳，顾名思义，用这个名字是表示这个网站也像鸟儿一样能用短促的鸣声迅速招聚同类。追溯起来，济慈《秋颂》末句使用的动词正是“twitter”——“丛飞的燕子在天空呢喃不歇”（gathering swallows *twitter* in the skies）所表达的意思，便是空中的燕

① 曹方人、周锡山（标点）：《金圣叹全集（一）·贯华堂第五才子书水浒传（上）》，南京：江苏古籍出版社，1985 年，第 152 页。

② “Over the course of our conversations, there were many times when he reflected on what he hoped his legacy would be. Here are those thoughts, in his own words: ‘... The reason Apple resonates with people is that there’s a deep current of humanity in our innovation. I think great artists and great engineers are similar, in that they both have a desire to express themselves. In fact some of the best people working on the original Mac were poets and musicians on the side.’” Walter Isaacson, *Steve Jobs*, New York: Simons & Schuster, 2011, pp. 567—568.

子用呢喃之声作为集结信号。我们目前没有根据说该网站命名时曾想到《秋颂》,但至少可以说命名者的心与济慈是相通的,这句诗的意境恰好可以作为该网站的背景。万变不离其宗:不管信息交流有多少新渠道,人类还是像鸟儿一样喜欢呼朋引类结伴而行;不管科技进步到什么样的地步,人类还是离不开自然和生态。

附　录　一

济慈年表与创作全目

一、1795—1813

1795 年

10 月 31 日(万圣节)出生于伦敦城摩盖特的“天鹅与圆环”客栈。12 月 18 日在圣波托尔夫教堂受洗。

父亲托玛斯·济慈来自英格兰西南乡间,进伦敦城务工后先在客栈当马厩帮工,后被提拔为马厩领班;母亲弗朗西丝·济慈是客栈老板约翰·詹宁斯的女儿。约翰·詹宁斯退休后客栈事务由托玛斯·济慈打理。

1797 年

2 月,二弟乔治·济慈出生。

1799 年

11 月,三弟托姆·济慈出生。

1801 年

4 月,四弟爱德华·济慈出生。

1802 年

四弟爱德华·济慈夭折。

1803 年

6 月，妹妹范妮·济慈出生。

秋天，就读于伦敦以北 12 哩的恩菲尔德学校，校长约翰·克拉克思想开明，提倡政治民主与思想自由，鼓励学生发展自己的兴趣爱好，反对体罚学生。其子查尔斯·考尔登·克拉克(下称小克拉克)亦在该校授课。后二弟乔治与三弟托姆也来该校学习，同学中有后来成为音乐家的爱德华·荷尔姆斯等。

1804 年

4 月，父亲托玛斯·济慈坠马身亡。

6 月，母亲弗朗西丝再嫁银行职员威廉·洛林斯。

受父死母嫁事件的刺激，情绪陷于低沉，在校时常和同学斗殴。有次二弟乔治被新来教师掼了个耳光，济慈奋力与其厮打。许多同学们认为济慈将会与其米德格里舅舅一样成为出色的军人，荷尔姆斯回忆，任何人根据济慈非同寻常的活力与完美的个性，都会推论出他将在军事领域而不是在文学方面成为一位伟大人物。

1805 年

3 月，外祖父约翰·詹宁斯去世。家人为遗嘱打官司，上诉至大法官法庭。外祖母阿丽丝·詹宁斯带着济慈兄妹移居恩菲尔德附近的埃德蒙顿，给予他们始终如一的关爱。济慈成年后对这段时期的生活有美好回忆，但从未有片言只语提及母亲。

1806—1809 年

母亲弗朗西丝与继父分居，有段时间去向不明，1809 年患病后回到埃德蒙顿的娘家。济慈在假期内无微不至地照顾母亲，在病榻前亲奉汤药。

文学兴趣在这段时期萌发，比其年长 8 岁的小克拉克在这方面扮演了引路人的角色。小克拉克对济慈的影响最初表现为指导其阅读，他把自己的书借给济慈，对其讲述自己的阅读体会，后来他又引领济慈进入了莎士比亚与弥尔顿的天地。在小克拉克的书架上，济慈还看到了李·亨特主办的《观察家》杂志，这是当时一家影响很大的自由主义周刊。济慈当时年纪尚小，还不能完全读懂《观察家》中那些风格犀利的文章，但善良的天性使他自然而然地拥护其中捍卫人权与自由平等的观点。恩菲尔德学校要求学生熟读经典，济慈由此形成了对希腊罗马神话的由衷热爱，小克拉克记得他几乎能逐字背诵约翰·勒姆普利尔的《神话大系》。

1810 年

3 月，母亲弗朗西丝死于肺病。母亲去世后，济慈性格发生变化，在校内很少与人发生冲突，对阅读的痴迷达到了废寝忘食的地步。二弟乔治说自从母亲死后，哥哥再也没有对他和三弟托姆说过一句重话，济慈此时已经意识到自己是家庭的顶梁柱。

外祖母阿丽丝因自己年事已高，为了避免后人再度为遗产打官司，她决定将济慈兄妹应当继承的遗产作为信托基金置于法律监护之下，指定她所熟悉的两位商人——约翰·劳南德·山德尔与理查德·阿比为基金监护人。山德尔后移居荷兰，阿比成为济慈兄妹唯一监护人。

1811 年

夏天，济慈从恩菲尔德学校毕业，跟随埃德蒙顿的外科医生托玛斯·赫蒙德当药剂师学徒。埃德蒙顿距离恩菲尔德只有 4 哩之遥，学徒期间济慈继续与小克拉克保持来往，每周至少聚谈一次。

1812 年

不知因何事与师傅赫蒙德发生冲突，济慈在 7 年后致乔治夫妇的信中说："我们躯体的成分每七年完全更新——不是现在这只手掌在七年之前捏拢起来反抗赫蒙德。"

1813 年

夏天，从小克拉克处借得斯宾塞的《仙后》，如饥似渴地阅读，对诗歌发生强烈兴趣。小克拉克形容济慈当时的态度像"小马遇上了春天的草地"。

二、1814—1817

1814 年

春天，创作平生第一首诗《仿斯宾塞而作》(36 行)，发轫新试，风格稚嫩。

4 月(?)，作十四行诗《咏和平》，表达"给国王法律，别任他们不驯"的意见，其中明显有李·亨特等自由派人士的政治影响。

夏天，在泰晤士河南岸的狐亭花园邂逅一位陌生美女，第一次春心萌动。济慈在此后很长一段时间内对这位"瞬息的美人"念念不忘。

8 月，作《给我来上满满一碗》(28 行)，抒发"狐亭惊艳"的感受——"我那狂喜的双眼从未看见过/我那不羁的幻想从未攫获过/如此美轮美奂的形体"。

12 月，外祖母阿丽丝·詹宁斯去世，以十四行诗《"如同暮色苍茫中飞起的银鸽"》寄托哀思。

同月，作十四行诗《致拜伦》，将拜伦比喻为娓娓歌吟的天鹅，拜伦的《恰尔德·哈罗德游记》当时正风靡整个英格兰，像风一样到处旅行的哈罗德引起济慈无限向往。

妹妹范妮在外祖母死后住入监护人阿比家中，从此遭受精神虐待。

1815 年

年初，作十四行诗《致查特顿》。当时浪漫主义之风正席卷英国文坛，因贫病而自杀的 18 世纪诗人查特顿频频被人们提起，他的悲惨遭遇激起了许多人的创作灵感，济慈在诗中称其为寒风中凋落的"尚未盛开的小花"。查特顿的早夭预示了他的后世同类其寿不永——拜伦 36 岁逝世，雪莱只活了 30 岁，济慈自己不过比查特顿多活了 8 年。

2 月，作十四行诗《写于李·亨特先生出狱之日》。亨特因在《观察家》上发表"蔑视王室"的言论而被判入狱，济慈在诗中把他当作为自由而抗争的英雄。这首诗的第一位读者是小克拉克，这也是济慈第一次向他人出示自己的诗作。

同月，作《致希望》(48 行)，诗中有对前途的忧惧、对双亲的悼念以及对自己赢得异性欢心能力的怀疑。

同月，作《阿波罗颂》(48 行)，在希腊神话中，阿波罗既是艺术之神又是医药之神，崇拜阿波罗对正在学医与学诗的济慈来说并不矛盾。

5 月，作《写于 5 月 29 日——查理二世恢复王权统治纪念日》(5 行)，未完成。济慈通过抨击 17 世纪复辟的斯图亚特王朝，表示了他对英国王室与托利党政府的戒心，他和李·亨特等人一样，不希望看到欧洲各国联盟对拿破仑的胜利变成君主对人民的胜利。

夏天至冬天，通过乔治认识威廉·哈斯拉姆、乔治·费尔顿·马修以及威利兄妹(亨利·威利、查尔斯·威利和妹妹乔治安娜·奥古斯塔·威利)。

夏天，作《致几位女郎》(28 行)、《为从女郎们那儿收到精致贝壳与诗抄而作》(44 行)和《致爱玛·马修》(20 行)，内容较肤浅，缺乏激情，属应酬嘲戏之作，有模仿拜伦同类诗歌的明显痕迹。

10 月，药剂师学徒期满，离开赫蒙德诊所，进入伦敦城里的盖氏医院学习，租住医院附近的教长街。此举是由于当年夏天英国议会通过了新的药剂师法案，过去药剂师学徒在学徒期满后即可开业，新法案规定他们在开业之前须在伦敦医院进行至少 6 个月的学习和实习，此后还要通过药剂师协会组织的专门考试。

10 月(或 11 月)，作十四行诗《“哦，孤独”》，表达对城市环境的厌倦以及对大自然的向往，诗中“这层叠的一片灰色建筑”开后世批判“水泥森林”之先河。

11 月，作《致乔治·弗尔顿·马修》(93 行)，这是一封以诗歌形式写成的信件。其中写道：“诗歌中欢乐本来甜蜜，/加倍甜蜜的是诗歌中的兄弟情谊。”济慈有段时间常去马修家走动，后因志向与趣味不同而不再来往，马修的妹妹爱玛曾抄录济慈 1815 年的一些诗歌。

1816 年

2 月，应乔治之请作《致玛丽·弗洛格里》(68 行)，赞美常来参加马修家聚会的美女玛丽·弗洛格里，乔治在情人节时以此诗向弗洛格里献殷勤。就在写下这首诗的同时，济慈还给弗洛格里写了一首十四行诗《给——》，这首诗用自嘲方式解释了自己的窘态：如果他有一副雄赳赳的男子汉外表，那么他肯定不会在美丽女郎面前表现得如此手足无措。

3月，在盖氏医院的诸多学员中脱颖而出，担任外科医生的包扎助手。

同月(?)，作打油诗《给我妇人、醇酒和鼻烟》(6行)，表达玩世不恭心情，该诗写在盖氏医学同班学员亨利·史蒂芬斯的笔记本封面上。

同月，连作三首十四行诗：《“女人！当我看到你饶舌而又虚荣”》、《光洁的脚、深紫罗兰色的眼睛和披分的头发》与《啊，谁能忘掉如此美丽的生灵》。

春天，作《有感于某部诗篇而试作》(68行)。得灵感于亨特2月间发表的长诗《里米尼的故事》，该诗根据但丁《神曲》中保罗与弗兰切斯卡的故事写成。

春天，作长诗《卡利多尔》(162行)，未能完成。济慈在此前诗作中表示要写一个“骑士故事”，“卡利多尔”之名得之于斯宾塞《仙后》中的除妖骑士，该诗从行文到韵律都明显摹仿李·亨特的《里米尼的故事》。

5月，亨特在对济慈毫无所知的情况下，在《观察家》上发表其投寄的十四行诗《“哦，孤独”》，发表时作者署名用的是济慈全名的缩写——“J. K.”。

同月，通过老同学荷尔姆斯的介绍，认识正在学画的约瑟夫·舍温，由此结下终生友谊。

6月，作十四行诗《“对于一个久困于城中的人”》，这首诗与《“哦，孤独”》一样，反映了济慈极其可贵的生态敏感及其对城市化运动的不满。

同月，作十四行诗《给一位赠我以玫瑰的朋友》，这位朋友是后来成为作家和诗人的查尔斯·韦尔斯，他是济慈三弟托姆的同学。

夏天，作十四行诗《“啊，在夏日的黄昏”》，格调与《“哦，孤独”》等同期诗相似。

7月，通过盖氏医院的考试，获得药剂师的行医资格。

8月，偕托姆往肯特郡的马盖特岛休养，马盖特岛是当时伦敦人夏天首选的度假去处，初次见到大海。

同月，作十四行诗《给我的弟弟乔治》，诗中称“若没有跟你的思想交流，天空和海洋的奇迹于我何有”。

同月，以诗歌形式写信给乔治，题为《给我的弟弟乔治》(142行)。

9月，以诗歌形式给小克拉克写信，题为《致查尔斯·考尔登·克拉克》(132行)。此时小克拉克因父亲从恩菲尔德学校退休，也辞去恩菲尔德学校的教职，移居伦敦改行从事出版业。济慈为此欢欣鼓舞。

10 月，作十四行诗《“有多少诗人把闲暇镀成金”》，小克拉克以此向亨特推荐，亨特大为欣赏。

同月，小克拉克带领济慈步行前往汉普斯特德丛林的康谷，拜会住在此地的亨特，汉普斯特德位于伦敦北郊，如今已是大伦敦市的一部分。亨特对济慈诗作赞赏有加，济慈从此成为康谷座中客。

同月，小克拉克借得一部荷马史诗英译本，译者为约翰·贾浦曼，邀济慈共读，两人通宵不寐，兴奋异常。次日清晨济慈告别小克拉克步行回教长街，挥笔写下十四行诗《初读贾浦曼译荷马有感》寄给小克拉克。诗中济慈把自己形容为第一次看见太平洋的西方探险者，一种伟大的发现感使其心潮起伏难以平静。

同月，在康谷与亨特畅谈弥尔顿与彼得拉克，作十四行诗《“阵阵寒风在丛林里低吟”》以抒发感受。

同月（或 11 月初），作十四行诗《清晨别友人有感》，为康谷酬酢之作，以“给我一支金笔吧”表达对诗歌事业的向往。

秋冬之际，通过亨特与画家 B. R. 海登相识，海登旋即把他介绍给诗人 J. H. 雷诺兹，又结识威廉·葛德汶、威廉·哈兹利特与查尔斯·兰姆等名流。通过雷诺兹与律师詹姆斯·莱斯、出版人约翰·马丁、约翰·泰勒、J. A. 赫赛和编审理查德·伍德豪斯等人展开交往。

11 月，与托姆一道由教长街搬到离康谷更近的奇普赛德街，乔治亦来同住，三兄弟朝夕相处。作十四行诗《给我的弟弟们》庆贺托姆生日，诗中流溢暖人心田的友悌之情。

同月，作十四行诗《致海登》二首，称华兹华斯、亨特和海登等人为“伟大的灵魂”。海登将济慈画入其大型油画《基督胜利进入耶路撒冷》。

12 月，亨特在《观察家》上发表《年轻的诗人》一文，向公众介绍雪莱、雷诺兹和济慈三位诗界新秀，其中称济慈为“最年轻并最有希望的”。在专门写给济慈的一首十四行诗中，亨特预言他将为英国诗歌增添光辉。

同月，雪莱因亨特的文章而来伦敦与其会面，并与包括济慈在内的诸多诗友交往。

同月，完成叙述自己精神发展的长诗《睡与诗》（404 行）。该诗构思于亨特客厅（济慈有时因天气原因或谈话太晚而在亨特客厅中留宿），济慈祈求命运给他10年时间，使其能“从事我的心灵所拟定的业迹”，诗中还提到“诗该是人的朋友，它伟大的目标/是宽慰忧虑，提高人的思想”。

同月，完成长诗《“我在小山冈上踮脚伫立”》(242行)。济慈在马盖特岛度假时便在酝酿这一长诗，内容涉及希腊神话中安狄米恩与月神的爱情故事：月神爱上了在草地上熟睡的牧羊少年安狄米恩，长时间欣赏其美貌容颜，后来又将其抱入自己的臂弯，把他带到高高的拉特摩斯峰顶。济慈此时思考尚不深入，连题目还未来得及斟酌，以至于长诗第一行“我在小山冈上踮脚伫立”成了它的名字。济慈这段时期提及它时称之为“安狄米恩”。

同月，作十四行诗《愤于世人的迷信而作》。济慈不信教，他在诗中把教堂的钟声说成是召唤人们去“倾听可恶的宣讲”。

同月，在康谷与亨特等人做十四行诗急就章的竞赛游戏，在15分钟内写出十四行诗《蝈蝈和蟋蟀》。该诗以夏日蝈蝈鸣与冬夜蟋蟀叫相勾连，歌颂循环不息的生命之美，亨特当场判定济慈胜出。

同月，作十四行诗《致乔治安娜·奥古斯塔·威利》，乔治安娜后与济慈二弟乔治结婚。

同月，作十四行诗《致克苏斯珂》，克苏斯珂为波兰爱国志士。

冬天，在亨特的催促和弟弟们的支持下，筹划出版自己第一部《诗集》，亨特向济慈介绍自己的出版商朋友查尔士·奥利尔。雪莱闻讯后郑重建议济慈推迟这一计划，留待更成熟的作品问世，济慈仍坚持自己的想法。

冬天，作十四行诗《“快乐的英国”》，表达想离开岛国外出观光的愿望。

1817年

1月，作十四行诗《“漫长的严冬过去了，愁云惨雾”》，盼望春天的到来。

2月，在西区的德鲁里剧院观看埃德蒙德·基恩主演的莎士比亚悲剧。

同月，放弃参加外科医生考试，将“弃医从文”的决定告诉监护人阿比，阿比听后暴跳如雷，济慈坚持己见不为所动。

同月，作十四行诗《献诗——给李·亨特先生》，感谢他对自己的提携与帮助。

同月(或略早)，雪莱离开伦敦前提议与济慈来一场友谊竞赛，看谁能在半年时间内先完成一首4000行的长诗，济慈毫不犹豫地接受提议，决定以安狄米恩与月神的故事为题材。

同月，与海登一道参观大英博物馆，作十四行诗二首:《初见埃尔金壁石有感》与《见埃尔金璧石并致海登》。“埃尔金壁石”实际上是雅典帕特农神庙外墙高处的一组大理石浮雕，英国驻奥斯曼帝国大使埃尔金乘神庙坍塌之机将其掠来伦敦，后为大英博物馆镇馆之宝，济慈此前对希腊的造型艺术未有直接接触，这组经历了漫长时光剥蚀的雕刻给了他一种前所未有的震撼。

3 月，《诗集》(1817 年)由奥利尔兄弟出版社出版。卷首为《献诗——给李·亨特先生》，序言中说“收入本书的一些短诗以及部分十四行诗，为本人早期所撰”，这说明济慈认识到要攀登诗歌高峰，还得拿出更像样的作品来。

同月，从齐普赛德街搬到汉普斯特德的威尔道，距亨特的康谷别墅只有 5 分钟的步行路程。

同月，作十四行诗《题李·亨特的诗〈里米尼的故事〉》。

同月(?)，作十四行诗《咏好友雷诺兹小姐所赠镌有勒安得耳图像印章》。勒安得耳为希腊神话中每晚泅渡达达尼尔海峡与恋人希罗相会的男子，后溺水而亡;19 世纪英国流行用印章封缄书信。

同月(?)，作《致赠我桂冠的年轻女士》，“年轻女士”或为济慈未来的弟媳乔治安娜，赠桂冠是为济慈弃医从文之举加油鼓劲。

春天，某晚与亨特啜酒吟诗，两人将常春藤与桂枝编成桂冠给彼此戴上，此时适有 3 名女士(可能是雷诺兹的妹妹们)来访，济慈遂作十四行诗二首:《致见我戴着桂冠的女士》与《咏李·亨特递过来的桂冠》。诗中显示济慈意识到自己所负的使命，也知道戴上诗歌桂冠要付出痛苦代价。

春夏之交，作《阿波罗礼赞》(36 行)，似乎是为不久前头戴桂冠之事向诗神阿波罗表示歉意，因为诗中有句为“难道你能容忍我冠戴你的荣誉，/你的花冠，你的桂花”。

4 月至 6 月，离开伦敦，在怀特岛、马盖特岛和坎特伯雷等地写作，完成长诗《安狄米恩》第一章，其开篇为“美的事物是一种永恒的愉悦，/它的美与日俱增，永远不会化为虚无”。其间认真研读莎士比亚著作，经常坐在莎士比亚画像下思考，甚至认为莎士比亚在冥冥之中“主宰”其写作。

4 月，因再次听到大海潮起潮落的声音而兴奋，在致雷诺兹信中附上一首题为《咏大海》的十四行诗，他的耳畔一直回响着《李尔王》中的台词:“你听见海的声音没有?”

返回伦敦前在哈士亭斯与一位名叫伊萨贝拉·琼斯的已婚女子相识,琼斯是伦敦一个文学社团的成员,此人后来经常向济慈馈赠松鸡等美味食品。

夏天,作言情诗《“你说你爱”》(25行)、《“摸不着,听不到,看不见”》(18行)和《“这边来,这边来,我的爱”》(25行)。内容或写对忍情的薄嗔,或写对幽会的期待,或写相聚时的缠绵,均属哈士亭斯事件引发的青春期情感荡漾。

6月至8月,在汉普斯特德完成《安狄米恩》第二章。其间通过雷诺兹认识本杰明·贝莱、查尔斯·温特华斯·戴尔克和查尔斯·布朗,戴尔克一家与单身汉布朗此时住在汉普斯特德的温特华斯寓所(下称温寓)。济慈这段时期还与当地屠夫打了一架:此人在路边折磨一只小猫,济慈好言劝阻反遭其侮,于是拿出当年本领把他教训了一顿,这次挥拳使济慈在汉普斯特德一带名声大振。

9月,应邀往牛津大学探访正在进修神学的贝莱,在牛津写作《安狄米恩》第三章。两人朝夕切磋,就许多问题展开讨论,贝莱的理性思维和逻辑推断能力无形之中充当了济慈思想的磨刀石。其间学习弥尔顿的《失乐园》,重读华兹华斯的诗歌。开始给妹妹范妮写信。

同月,在给雷诺兹的信中抄录新作《“哥特式殿堂庄严”》(18行),讽刺教区牧师的虚伪——“当有鹿肉吃的时候,/祈祷的声音可就小了,/大家都抓住蹄膀猛啃”。

10月,与贝莱一道访问莎士比亚故乡——埃文河上的斯特拉福德,后返回伦敦。其间托姆染上肺病。爱丁堡的保守杂志《布拉克伍德》刊载题为《论诗歌中的伦敦佬派》的评论,作者约翰·吉布森·洛克哈特以“Z”为化名,文章认为只有出身高贵者才有资格做真正的诗人,而像亨特、济慈这样的“伦敦佬”一提笔便会泄露其卑微的平民出身,因此“伦敦佬”的作品永远登不了大雅之堂。

11月,在多尔金附近的贝尔福德桥完成《安狄米恩》第四章,长诗四章共4050行,达到了半年内完成一首4000行长诗的目标,但雪莱的长诗《莱昂与西丝娜》(后更名为《伊斯兰的起义》)完成的时间早于《安狄米恩》。

同月,细读莎士比亚。在致贝莱信中提出“想象力以为是美而攫取的一定也是真的”,“不管怎样,我宁愿过一种感情的生活,而不要过思想的生活”。

同月，作《“别去想它了，亲爱的”》（20 行），内容与《“你说你爱”》等相近，有可能是写给雷诺兹的妹妹们。

12 月，回到伦敦，将《安狄米恩》诗稿交给泰勒和赫赛出版社。在海登安排下与从湖区来伦敦的华兹华斯见面，向其赠送《诗集》，华兹华斯身上的孤傲乖戾之气令济慈感到吃惊。在致弟弟们信中提到“消极的能力”概念，并说“对一个大诗人来说，对美的感觉压倒了一切其他的考虑，或者进一步说，取消了一切的考虑”。

同月，作《“在寒夜的十二月里”》（25 行），对自己坎坷的人生表现出一种甘之如饴的态度——“你带着甜蜜的遗忘/经历过结晶的约束，/对于这冰冻的季节/从来，从来也不恼怒”。

同月（?），作十四行诗《尼布甲尼撒之梦》，内容可能与当时被以诽谤罪起诉的激进报人威廉·洪恩（1780—1842）有关，洪恩后被法庭宣布无罪。

三、1818—1821

1818 年

年初或上年年末，作十四行诗《致奥布里·乔治·斯宾塞》。济慈或于牛津逗留期间与奥布里·乔治·斯宾塞（1795—1872）相识，此诗为酬酢之作。

1 月，作十四行诗《给雷诺兹夫人的猫》，游戏之作。

同月（?），为雷诺兹的妹妹们作《阿波罗致美惠三女神》（15 行）。

同月，作颂诗《见弥尔顿一绺头发有感》（42 行），因亨特弄到了“一绺经过鉴证真正是弥尔顿的头发”。此诗虽为急就章，但透露出弥尔顿将成为济慈诗歌航程中另一座重要灯塔——济慈准备在自己下一首长诗《海披里安》中效仿弥尔顿风格。

同月，作十四行诗《静坐重读〈李尔王〉》，希望莎士比亚不但给自己指出方向，而且也给他安上腾飞的翅膀。

同月，作十四行诗《“每当我害怕”》，为 4 年前“狐亭惊艳”的余响。但此诗又表现济慈的时间恐惧——“生命也许等不及/我的笔蒐集完我蓬勃的思潮”。

同月，为雷诺兹的一个妹妹作《“哦，别这么害羞，别这么害羞”》（20 行），此诗可能与《“别去想它了，亲爱的”》有某种关联。

同月,作《"去你的勃艮第、克拉莱特和波尔图红葡萄酒"》(41 行)。勃艮第等均为红酒品牌,济慈该月热衷于参加朋友聚会,喝酒不少。

1 月至 2 月,与客居伦敦的华兹华斯交往,遭其冷遇。修改并誊录《安狄米恩》。听哈兹利特的系列文学讲座,哈兹利特在演讲中提及《十日谈》,说现代人若重述其中故事一定会大获成功。济慈因此重读《十日谈》,并为其中的伊萨贝拉故事深深打动。

2 月,在致泰勒信中提出自己的诗歌信念——诗之惊人在于美妙充溢、诗之妙触宜如日照中天,诗之产生应如枝头生叶。

同月,作《罗宾汉——致一友人》(62 行),歌颂罗宾汉反抗不合理社会的举动。

同月,作《咏"美人鱼"酒店》(26 行),该酒店为伦敦最古老的文人聚会之地,据说莎士比亚常来此店。

同月,作十四行诗《致——》,仍为"狐亭惊艳"事件激起的情感涟漪——"自从我被你的美所纠缠,/你裸露了的手臂把我俘获,/时间的海洋已经有五年"。

同月,与亨特、雪莱一道以尼罗河为题,作十四行诗急就章的竞赛游戏,在 15 分钟内完成《致尼罗河》。

同月,在访问雷诺兹后为其作十四行诗《"致斯宾塞! 一个妒忌你的崇拜者"》,诗中说:"一个妒忌你的崇拜者/……/昨晚要我取悦你的耳朵,/写一篇或许为你喜爱的英文。"

同月,以十四行诗《"蔚蓝! 这是天空的生命"》回赠雷诺兹,雷诗有"黑眼睛比那些模仿/深蓝色风信子花冠的眼睛更可爱"之句。

同月,作十四行诗《画眉鸟的话》,抄录于致雷诺兹的信中,首句为"啊,你的面上扑过冬天的风"(有的选本将此句作为该诗诗名)。济慈借画眉鸟之口告诫雷诺兹:"别急于求知吧! 我一点没有;/但黄昏却在聆听。凡是忧心于/无事可做的人,是不懒散的;/那自以为睡的,他必定清醒。"

春天,作《歌剧片断》6 则。每则内容独立,第一则《"假如我是奥林匹亚十二大神之一"》(10 行)、第二则《雏菊之歌》(12 行),第三则《傻瓜之歌》(20 行),第四则《"哦,我被最可怕的思想吓到了!"》(10 行)、第五则《"骑马的陌生人容光焕发"》(谣曲风格,16 行)和第六则《"睡着了! 哦,睡一会儿吧,洁白的珍珠!”》(7 行)。济慈此时或有写剧本的冲动,因为友人布朗的喜剧《那兰斯基》曾在伦敦的德鲁里剧院成功上演。

3 月,作十四行诗《“一年的时光用四季来度量”》。济慈创作中屡屡出现循环往复的时间意象,这在《蝈蝈和蟋蟀》中已初露端倪。

3 月,住在德文郡的亭茅斯照顾病情渐重的托姆,连绵春雨令济慈心情抑郁,但复活节后天气放晴,遂作谣曲三首:《“有个叫比肖亭的地方”》(42 行)、《“你到哪儿去呀,德文郡的姑娘”》(16 行)和《“翻过山岭,穿过谷地”》,后两首带有“登徒子自述”般的戏谑性质。

同月,以诗歌形式给雷诺兹写信,题为《致 J. H. 雷诺兹先生》(113 行),其中提到要“到新的传奇里去寻找避风港”。

4 月,在德文郡完成长诗《伊萨贝拉,或紫苏花盆》(505 行)。长诗最令人难忘之处在于女主人公的痛苦呼喊——“是谁这么残忍,竟偷去了我的紫苏花盆”。

同月,作十四行诗《致詹姆斯·莱斯》,颂扬彼此之间的友谊。

同月(或 5 月),作十四行诗《致荷马》,提到“盲人的眼睛也另有一种视力”。

同月,《安狄米恩:诗的传奇》下旬由泰勒与赫赛出版社出版。在序言中承认长诗不够成熟,表示今后还要在希腊神话题材上再试身手——此时济慈已在酝酿长诗《海披里安》的创作。

5 月,作《五月颂》(14 行),抄录于致雷诺兹的信中,颂诗未完成。济慈此时正探索一种新的十四行诗诗体。

同月,在致雷诺兹信中将人生比喻为一座大厦,人的精神发展如同在大厦的各个房间里不断摸索前进。此信流露的思想可视为《海披里安》主题的前奏:就像希腊诸神探求自身的命运一样,人类对人生与个体责任的探求永无止境。其间参加乔治与乔治安娜的婚礼。

6 月,乔治婚后携妻移民美国,济慈把他们送到利物浦,后与布朗一道徒步游历英格兰湖区与苏格兰高原。其间偶尔搭乘车船,途中携带但丁的《神曲》与长诗《伊萨贝拉》初稿,沿途用旅游信札形式记录印象与观感。

同月,观赏温德米尔湖区的安姆坡赛德瀑布后,在致托姆信中称自己的想象已被大自然的神工鬼斧彻底超越,说“从未如此彻底地忘记了自己的身材高度”(济慈身高低于常人),并称“我要从这里学诗,要比过去任何时候都勤于动笔,因为我要在思维上尽力,争取能给博大之美添上淡淡一笔”。

同月,往瀑布附近的莱德尔拜访“湖畔诗人”华兹华斯,未遇。华兹华斯家客厅窗户正对着波光粼粼的温德米尔湖,令济慈十分羡慕。次日攀登湖畔的斯奇道峰。

同月,旅途中作《藏头诗》(21 行),抄录于致乔治夫妇信中。此诗每行第一个词的首字母合起来为“Georgiana Augusta Keats”——此乃乔治安娜婚后的正式名字“乔治安娜·奥古斯塔·济慈”。

同月,旅途中匆匆作《“甜甜蜜蜜的是那问候的注视”》(8 行),反映对乔治夫妇的思念之情,抄录于致乔治夫妇信中,信中说“我要像苍鹰一样从高空直扑卡利塞尔的邮局”。

7 月,来到苏格兰,为苏格兰舞蹈而倾倒。经卡莱尔至邓弗里斯,谒苏格兰诗人彭斯墓并作十四行诗《访彭斯墓》,抄录于致托姆的信中。诗中说所见与原先的想象有很大差别——“虽然美丽,却冰凉生疏如梦”。

同月,进入司各特小说《盖伊·曼纳霖》的背景所在地,布朗(苏格兰人)一路讲述小说主人公麦格·玛丽利丝挺身反抗恶行的故事,遂作谣曲《老麦格她是个吉卜赛》(30 行),抄录于致妹妹范妮信中。

同月,为逗乐妹妹范妮而作谣曲《我之歌》(118 行),抄录于致其信中,信中提到自己睡眠不足和饥肠辘辘。乘邮车至港口城市波特帕特里克,再乘渡轮过海抵达爱尔兰。

同月,在致托姆信中说,此前认为苏格兰较英格兰落后,到了贝尔法斯特之后才觉得爱尔兰比苏格兰更为贫穷:当地纺织工人过着极为糟糕的生活,贫民区的街道泥泞难行,儿童发育不良身体羸弱,织布机梭子发出的噪音震耳欲聋。

同月,因无法承受贝尔法斯特的昂贵物价匆匆返回苏格兰。路遇参加婚礼的队伍,遂作《“哦,你知道我今天遇到了什么”》(44 行),抄录于致托姆信中。

同月,旅途中突然看见高出海面 940 呎的艾尔萨巉岩,作十四行诗《致艾尔萨巉岩》,抄录于致托姆信中,认为“此乃我近来写的十四行诗中唯一有点价值的”。彭斯故乡埃尔郡的美丽景色亦令其赞叹不已。

同月，在彭斯出生的屋子里即兴作十四行诗《写于彭斯诞生的村屋》，前两句为“这具只有千日之寿的俗体凡胎，/彭斯啊！此刻进入了你的房屋”，此时距济慈去世真的只有不足千日时光。济慈在信札中称此诗“写得太糟”，后撕毁底稿，但被同行的布朗记录下来。

同月，背着旅行背囊在格拉斯哥城中观光，后往苏格兰高原上的因弗勒里，乘汽船游罗蒙湖并下水游泳，因牛虻叮咬而作打油诗《“心怀不满的斯文君子”》(56 行)。

同月，在因弗勒里作《访问彭斯故乡后咏于高原》(51 行)，抄录于致贝莱信中。济慈觉得《写于彭斯诞生的村屋》未能充分表达自己的感受，遂作此诗以为补偿。信中还说“气象万千的山川在我眼前挥之不去”，旅行“在我胸中置入更壮丽的山川丘壑，强化我对诗的探求，这比我停留在家中的书堆里强”。

同月，体力不去，无法适应苏格兰高原粗粝的饮食。抵达马尔岛对面的奥本，作十四行诗《“我面前放着后两道美味”》，抄录于致托姆信中，对苏格兰风笛音乐感到很不习惯。

同月，由奥本过渡至马尔岛，为节省开支徒步穿越整个马尔岛，途中感遇风寒，导致咽喉肿疼。此后喉炎发展为缠身痼疾，也成了他染上肺病的早期症状。由马尔岛乘船至爱奥纳岛和史塔法岛，为史塔法岛上芬格尔石洞的壮观气象而震撼，作《“即便是阿拉丁的魔术师”》(55 行)，抄录于致托姆信中，觉得《海披里安》中的古老天神就应该活动于像芬格尔石洞这样的背景之上。

8 月，抵达威廉要塞，登上大不列颠最高峰本尼维斯山(海拔 4300 呎)。作十四行诗《“给我讲堂课，缪斯，还要大声点”》抒怀，又作《“尼维斯先生，这回我生气了”》(74 行)，后者戏谑性地描写登山者卡梅隆太太与本尼维斯山的对话，二诗均抄录于致托姆信中。济慈在信中形容自己像是沿着雨衣向上爬的苍蝇，其困难程度相当于在没有楼梯的情况下，爬到 10 个伦敦圣保罗教堂那么高的地方。

同月，下山后穿过莫尔谷地，抵达临近马里湾的因弗尼斯，这里是尼斯湖的入海口。与布朗合作《咏因弗尼斯附近比奥利修道院中的髑髅》(96 行)，系玩笑之作，据考证济慈只写了其中寥寥数行。

同月，布朗继续按预定计划旅行，济慈则因咽喉溃疡和发烧搭上一艘单桅船，航行9天后回到阔别近两个月的伦敦。回到汉普斯特德后发现托姆已病入膏肓。

9月，在汉普斯特德照顾病中的托姆。约翰·克娄克尔在《评论季刊》发表文章，对《安狄米恩》吹毛求疵。《布拉克伍德》杂志刊出《四论诗歌中的伦敦佬派》，化名为“Z”的洛克哈特在文章中对济慈进行恶毒的人身攻击：“与其做一名挨饿的诗人，不如做一名挨饿的药剂师，这样更好而且更为明智；因此回到药店去吧，约翰先生，回去摆弄你的胶布、膏丸和药箱之类的东西吧。”洛克哈特是从贝莱处得知济慈平民身世，济慈虽对此事浑然不知，但后来与贝莱渐行渐远。

同月，为给旗下作者打气，泰勒与赫赛出版社设宴款待济慈与哈兹利特(他也被洛克哈特这只毒蝎子“螫”了一口)，席间济慈宣布不再写诗，说有价值的东西已经被前人发掘殆尽，出版社编审伍德豪斯闻言不安，连连劝慰。

同月，因拜访戴尔克而认识住在附近的布劳恩太太一家，对芳妮·布劳恩小姐产生好感，从此开始来往。

同月，翻译法国七星诗社诗人彼埃尔·德·龙沙的十四行诗《“大自然把卡珊德拉挡在七重天外”》，抄录于致雷诺兹信中，认为龙沙诗中充满美感。

同月，开始写作史诗性质的长诗《海披里安》。长诗主人公为以萨图恩为首的第二代天神，他们曾经推翻了第一代天神“混沌”的统治，此时又被自己的儿辈——以朱庇特为首的第三代天神赶下了台。何去何从之际，老海神出人意料地建议众神接受失败的事实，他告诉大家，正像他们是第一代天神的终结者一样，提坦神自己也要被新的一代天神征服；不仅如此，刚取得胜利的奥林匹亚神也将被更新的一代天神所取代。诗中宣称新生事物不可战胜，“最美的就是最强的”，“美在未来”的思想成为贯穿全诗的一条红线。

10月，伍德豪斯写信鼓励济慈坚定不移地走诗歌道路，济慈在回信中戏谑地说自己那天说话不可当真，因为“诗人没有自我”——“如果诗人没有自我，而如果我又是个诗人，那么我说我不想再写了，又有什么可奇怪的呢？”并由此提出影响深远的“诗人无个性”之说：“一名诗人是生存中最没有诗意的，因为他没有自我——他要不断地发出信息，去填充其他的实体。”此说与“消极的能力”之论相映成趣。其间还致信赫赛，宣布任何外界毁誉都影响不了他自己对作品优劣的严格评判，“要是不能够跻身于最伟大的诗人之列，我宁愿迟早完蛋。”

同月，作《“欢迎喜乐，也欢迎悲愁”》(23 行)、《歌——“精神至高无上”》(20 行)，亦庄亦谐，反映自己宠辱不惊的心态。

同月，作《“诗人在哪里？快露面，快露面”》(15 行)，未完成，从中可见其“诗人无自我”思想。

同月，为乔治安娜腹中的孩子作摇篮曲《“这是一个‘巫术的夜晚’”》(56 行)，抄录于致乔治夫妇信中，希望他未来的侄儿侄女中能出“第一位美国诗人”。

同月，作《城堡建设者》(71 行)，未完成，以玩笑方式讽刺浪漫时尚。

同月，作《“爱情是什么？是一个盛装的玩偶”》(17 行)，与上首诗同一格调。

11 月，精心护理生命垂危的托姆。

12 月，托姆逝世，布朗邀请济慈迁入温寓与其同住。与布劳恩太太一家共进圣诞晚餐，与芳妮互赠新年礼物。

同月(?)，作《幻想》(94 行)，抄录于致乔治夫妇信中。诗中问道：“哪里有永不凋零的红颜？/哪一位少女的朱唇永远新鲜？”济慈一直对十四行诗情有独钟，此时他却告诉乔治夫妇自己对抒情诗“已有偏爱”——“因为与写十四行诗相比，你可以将某个思想更酣畅自如更淋漓尽致地表现出来”。

同月(?)，作颂诗《“歌颂激情和欢乐的诗人啊”》(40 行)，与冥冥之中的已故诗人进行对话，抄录于致乔治夫妇信中。

同月(?)，作短歌《“我的鸽子，可爱的鸽子死了”》(10 行)，抄录于致乔治夫妇信中，此歌后来吸引不少音乐家为其谱曲。

同月(?)，作《“嘘，别出声，脚步轻点，我亲爱的！”》(24 行)，写男女幽会情境，与我国古代李煜《菩萨蛮》中的“刬袜步香阶，手提金缕鞋”有异曲同工之妙。芳妮的笔记本中抄有此诗，两人关系或有进一步加深。

1819 年

1 月，《海披里安》写作搁浅，往汉普郡的奇切斯特拜访戴尔克父母，奇切斯特小城的中世纪建筑与宗教氛围赋予其灵感，在贝德汉姆敦的“老磨坊”一气完成长诗《圣亚尼节前夕》(378 行)。借叙述一个罗密欧与朱丽叶式的凄美爱情故事,尽情释放 12 月以来自己的心头郁结。

2 月,回到汉普斯特德。伍德豪斯把济慈看作莎士比亚与弥尔顿之后出现的又一位天才,决定为其诗歌做笺注,济慈将自己诗歌的创作背景对其和盘托出,伍德豪期的记录成为后世济慈研究的重要依据。济慈一度心仪的玛丽·弗洛格里为伍德豪斯的表妹,她也给伍德豪斯提供了一些济慈早期诗作。

同月,作《圣马克节前夕》(137 行),故事也发生在一个宗教氛围浓郁的中世纪小城,未完成。

3 月,作十四行诗《"今夜我为何发笑"》,对萎靡不振的情绪作穷根究底般的自我拷问,甚至希望以死亡作为解脱——"死是生的最高报偿"。

同月(或 4 月),为布朗的童话风格诗剧《仙女的胜利》作《仙灵之歌》(19 行),以"不要悲哀吧!哦,不要悲哀!/到明年,花儿还会盛开"表达"美在未来"的思想。

同月(或 4 月),作《"啊,我真难过,可怜的银翼侍童"》(19 行),仍为布朗的诗剧《仙女的胜利》而作。

4 月,在致乔治夫妇信中抄录叙事诗片断《"当他们来到仙女的庭院"》(96 行),游戏之作,以诙谐语调描写《仙女的胜利》中的人物——公主、人猿、侏儒和傻子,其中公主影射乔治安娜,侏儒则为济慈自己,两人之间展开滑稽对话。

同月(?),作十四行诗《"司各特先生所作的〈丧屋〉"》(约翰·司各特 1817 年在泰勒与海赛出版社出版诗集《丧屋》),此诗微含对华兹华斯的讥刺。

同月,作《"他要去认识一位忧郁的乡巴佬"》(27 行),因布朗以斯宾塞体写诗打趣自己和布劳恩太太母女,遂以其人之道反治其人之身,诗中说布朗"满头浓发,腰身细小,/说话时,头发像去了籽的蓟草"。

同月,戴尔克为子女教育搬进城居住,布劳恩太太一家搬入温寓(济慈与布朗合住温寓另一半),与芳妮接触因此增多,感情开始升温。在致妹妹范妮信中赞美春天:"天气这么好,我以为小羊的尾巴都会多摆几下——这样的时刻男孩子会喊'妙啊',而女孩子会叫道'噢,天哪'。"

同月,受但丁《神曲》第五章保罗与弗兰切斯卡恋爱故事触动,作十四行诗《"似赫耳墨斯迷恋于翅膀的轻拍"》,抄录于致乔治夫妇信中。信中说梦见自己"像书中叙述的那样,在旋风中与一个美丽的形体一道飘荡,我俩的嘴唇紧贴在一起,似乎已有一个时代之久",这一叙述似在暗示自己与芳妮已有亲密接触。

同月，作叙事诗《无情的妖女》(48 行)，抄录于致乔治夫妇信中。标题用法文(*La Belle Dame Sans Merci* 为中世纪普罗旺斯诗人喜欢吟唱的诗歌之一)，借湖边骑士被“无情的妖女”捉弄的故事，反映“美原是梦”以及“梦醒美去”的悲哀。

同月，作《四仙灵之歌》(100 行)，抄录于致乔治夫妇信中。四仙灵为火精萨拉姆、风神泽弗尔、地母达丝刻塔与水圣布里玛。

同月(?)，作十四行诗《致睡眠》，抄录于致乔治夫妇信中。既是对睡神的感激告白，也是对自己平和心境的诗意表述——这是一种淡定从容、宠辱两忘的难得状态。

同月，作十四行诗《咏名声》二首，抄录于致乔治夫妇信中。前者批评头脑发热、一味追求名声的诗人，其行为无异于对果实未熟先摘；后者把名声比喻为桀骜不驯的姑娘，奴颜婢膝的人无法得其芳心，反倒是自尊自强者能将其征服。

同月，作颂诗《赛姬颂》(67 行)，抄录于致乔治夫妇信中。信中说：“我大部分诗都是在急匆匆中一挥而就——这次我写的从容不迫——我觉得它会因此读来更有富丽之感，我希望这会鼓励我怀着更为平和与健康的心态来写其他篇章。”这种“平和与健康的心态”是伟大作品将要问世的吉兆。

同月，在致乔治夫妇长信中探讨人类灵魂的形成(此话题或因赛姬引出，赛姬在希腊神话中被称为“心灵之神”)，提出用“造魂之谷”代替“泪之谷”指涉这个世界——“你们难道没看到多么需要一个充满了痛苦和烦恼的世界以教育心智铸成灵魂?”

同月(或 5 月)，作十四行诗《“假如我们的英语一定要被韵式牵制”》，抄录于致乔治夫妇信中。信中说“我一直在致力于寻找一种比既有的更好的十四行诗诗体”。

5 月，与芳妮定情。由于爱情与温暖天气的到来，诗思如火山喷发不可抑止，进入诗歌创作巅峰期。

同月，作儿歌《“两三朵花儿”》(28 行)，抄录于致妹妹范妮信中，逗其开心。

同月，作颂诗《夜莺颂》(80 行)。得灵感于在温寓梅树上筑巢栖息的夜莺

（这种候鸟每年4月间才从非洲飞来英格兰），觉得窗外夜莺歌声中有一种绵延静穆之美。同居温寓的布朗回忆：济慈某日搬椅子到梅树下闲坐，回来后手中拿着已完成的诗稿。诗中称“永生的鸟啊，你不会死去！/饥饿的世代无法将你蹂躏”。

同月，作颂诗《希腊古瓮颂》（50行）。伦敦当时常有希腊风格的瓶器展览，济慈本人画过相关素描，在3月间致乔治夫妇信中还提到“希腊花瓶上的三个人影”，其书桌上可能摆放着一只这样的瓶器。济慈在诗中羡慕古瓮画面上恋爱中的男女永葆青春与美丽，诗末提出“美即是真，真即是美”。

同月（？），作颂诗《忧郁颂》（30行）。起因于3月间哈斯拉姆父亲生病，由此想到人生变幻莫测，欢笑时灾祸的种子已经种下。颂诗称“美”有时藏在忧郁之中，忧郁虽然苦涩酸辛，却是配制美味情感的最佳调料。

同月（？），作颂诗《闲适颂》（60行）。起因于3月间打板球眼部受伤而卧床休息，处于“小苦而微甜”的闲适状态，致乔治夫妇信中有对这种状态的详细描述。诗中央求希腊古瓮上的三个人影（代表诗歌、抱负与爱情）别来纠缠自己，以便自己继续安享甜蜜的闲适。后在致玛丽安—杰弗蕾信中称一年来最感得意的事情是写了《闲适颂》。

6月，赴怀特岛的尚克林，开始写悲剧《奥托大帝》，布朗负责此剧的构思布局，济慈具体执笔。19世纪初的伦敦观众对以德国历史为背景的悲剧甚感兴趣，《奥托大帝》部分取材于席勒的悲剧《华伦斯坦》，特别是其中关于奥托一世与其子鲁道夫关系的内容，司各特刚出版的历史小说《艾凡赫》对剧情亦有影响。剧中鲁道夫既受到父亲的怀疑，又遭遇情人奥兰斯的背叛，“美色的幻灭”令其在新婚之夜心碎而死。

同月，创作《奥托大帝》之余，开始写长诗《拉米亚》。题材缘于17世纪罗伯特·伯顿的《忧郁的剖析》，其中记述了蛇精拉米亚化作美女诱惑希腊男子里修斯的故事，该故事与中国的白蛇传奇一样都是西亚蛇女型故事的异文。济慈思想此时又由“美即是真”转为“美原是梦”，《拉米亚》比《无情的妖女》更强烈地表现了“梦醒美去”的悲哀，但拉米亚在诗中的形象已变得非常温柔，里修斯的老师阿波罗尼则像中国的法海一样令人厌恶，这个棒打鸳鸯的形象后面也有济慈监护人阿比的影子。

同月，在致芳妮信中希望以聚会时间的质量补偿数量上的不足：“希望我们成为夏天里只活上三天的蝴蝶——和你待上这样三天，我会往其中注入平常五十年也装不下的欢乐。”半月后又致信芳妮，通过叙述一个东方故事反映其内心深处的审美恐惧：某座城市住着一批忧郁的市民，他们在天国都遇到过“最迷人的女子”，她叫他们闭上眼睛，等到再睁开眼睛时发现他们已经回到地面。“这故事令我心惊胆战，我亲爱的，我就是怀着这种心情把这故事用到你身上，你和我在同一个世界上，这究竟有几分靠得住？”

7 月，布朗来怀特岛与济慈会合，两人为合作《奥托大帝》朝夕切磋。

8 月，因怀特岛缺乏写作《奥托大帝》所需的历史资料，与布朗一道移住汉普郡的温切斯特，在此完成《奥托大帝》(5 幕 10 场)。希望当时的名演员埃德蒙德·基恩能出演鲁道夫这一角色。

同月，悲剧竣稿后意犹未尽，三天内独立写出历史剧《斯蒂芬王》的前三场。斯蒂芬为“征服者威廉”的孙子，济慈觉得这一人物比鲁道夫更适于基恩扮演，但月底得知基恩将去美国作巡回演出，在此情况下写作《斯蒂芬王》已失去意义。

同月，中止《斯蒂芬王》的写作(回伦敦后或有续写)，回到写了一半的《拉米亚》上来，一气呵成。有了这首 708 行的长诗，加上《伊萨贝拉》、《圣亚尼节前夕》和 5 月间写出的颂诗与其他诗篇，济慈第二部诗集的内容已经基本齐备。

9 月，彻底放弃未完成的长诗《海披里安》(残稿 884 行)，重起炉灶写《海披里安的覆亡：一场梦境》。此时已开始学意大利语，效仿《神曲》中但丁神游三界的叙事模式，将自己置入古老的神话世界之中，见证第二代天神的覆亡。诗中玛尼塔(罗马神话中的警示女神，其作用相当于《神曲》中为但丁作导游的贝雅特丽齐)说：“谁也不能到达这个高处，/只除了那些以世间不幸为不幸/并且不让它们安生的人。”改写《海披里安》是一项艰苦的工程，济慈这时候就像是一名用旧服装改做新衣裳的裁缝，他得小心翼翼地把《海披里安》中有用的材料剪切下来，尽量不露痕迹地把它们织补进《海披里安的覆亡》之中。

同月，作打油诗片断《“他们坐着沉思，转动着疲倦的眼眸”》(23 行)，抄录于致乔治夫妇信中。

同月，作颂诗《秋颂》(33 行)，首先抄录给伍德豪斯。得灵感于某个下午在温切斯特城外散步，此时麦子已经收割完毕，暖意融融的茬田映入眼帘，仿佛是用金黄色颜料涂抹的风景画。颂诗除描写“秋景”、“秋神”(诗中以“你”呼之)与“秋声”外,还置入了一些欧洲名画给自己留下的印象。《秋颂》可视为济慈整个创作生涯中收获的最后一捆金色麦穗,以后除了几首致芳妮的十四行诗和颂诗之外,其笔下再未有完整作品出现。

10 月,从温切斯特回到伦敦,住入威士敏斯特教堂附近的学院街,意在避免与芳妮天天接触而影响创作,但意志不够坚定,见到芳妮后迅速改变主意搬回温寓与布朗同住。

同月(?),为芳妮作十四行诗《“白天逝去了,所有的甜蜜都逝去了!”》,表示自己已成为爱情温柔乡中的俘虏,在致芳妮信中说:“没有你我无法呼吸。”

同月(?),作《致芳妮》(57 行),希望把芳妮的魅影从眼前驱除,恢复自己往日的精神自由,但是甜美的回忆像中了魔法一样挥之不去。

同月(或 11 月),作十四行诗《“我祈求你的慈悲、怜惜与疼爱”》,情感软弱,沉湎于与芳妮的耳鬓厮磨之中难以自拔。

同月(?),作十四行诗《“明亮的星! 愿我像你一样坚定”》。写亮星用不眠之眼守望着地面上三种活动:一是潮汐如教士祈祷一般每天两次冲洗海岸,二是皑皑白雪覆盖荒野与山冈,三是诗人头枕恋人胸脯聆听其呼吸。这三种活动之间存在微妙的异质同构关系——潮水规则的升降、雪花缓缓的飘落与胸脯柔和的起伏全是垂直方向的运动,它们都像亮星俯视的“目光”一样具有某种净化功能。此诗一度被视为济慈的绝笔,但后来研究者发现布朗曾抄有此诗并标明写于 1819 年,而且 1819 年 10 月的伦敦真的下过一场早雪。

11 月,布朗见《海披里安的覆亡》推进缓慢,建议济慈调整精神,用其擅长的斯宾塞体写一部揶揄英国王室的长诗,济慈欣然接受。于是将《海披里安的覆亡》的写作时间挪到晚上,上午则在布朗的参谋下写作童话风格的长诗《小丑,又名嫉妒》。长诗借东方某国皇帝大婚期间寻芳猎艳的故事,讽刺当时被丑闻弄得焦头烂额的英国王室,但济慈笔尖时常打滑,转以同时代诗人与批评家为调侃对象,此诗严格地说只是其自娱之作。

11 月(?),作《“这只活泼的手,此刻温暖而又灵巧”》(8 行),此片断或为某部作品而准备。

12 月,与芳妮秘密订婚,以镶有深红石榴石的戒指赠芳妮,此或为其母遗物。喉炎卷土重来，肺病症状初露端倪，《海披里安的覆亡》(529 行)与《小丑》(794 行)的写作均告搁浅，最终只留下残稿。

1820 年

1 月，乔治在美国遭遇破产危机，回英国筹集资金，济慈大度处理兄弟间财务，令自己一文不名，布朗作为旁观者认为乔治无情无义。

同月，《奥托大帝》为德鲁里剧院接受，但剧院方面表示不能迅速付排，布朗遂将剧本改送科文特加登剧院，结果剧本被院方迅速退回。

2 月，进城回来遭遇风寒，首次肺出血，医生严禁出门，布朗在旁照顾。

同月(?)，作颂诗《芳妮颂》(56 行)，诗行中挟带着病态的醋意。

3 月，病情稍有缓解，为出版第二部《诗集》做准备，出版方坚持收入未竟之作《海披里安》(他们觉得《海披里安的覆亡》不如《海披里安》)，济慈不得已让步。进城参观海登画展，这是最后一次在公众场合亮相。

4 月至 5 月，因布朗往苏格兰旅行，由汉普斯特德搬到 1 哩外的肯特希镇，与亨特比邻而居。离开温寓后情绪恶化，在致芳妮信中发泄。

6 月，第二次严重肺出血，住入亨特家。在致芳妮信中说："我一直期盼着相信不朽的永恒，以使自己免于对你作永远的告别。假如我命中注定和你欢度此生——再长的生命也是何其短促——我希望能信奉不朽的永恒——我希望能与你长相厮守。"

7 月，第二部诗集由泰勒与赫赛出版社出版，标题为《〈拉米亚〉、〈伊莎贝拉〉、〈圣亚尼节前夕〉及其他诗歌》。《无情的妖女》虽未包括在内，但它已于 5 月在亨特新办的杂志《指针》上发表，至此《安狄米恩》以后的主要诗作都已印行。诗集虽仍遭保守阵营诋毁，但文学界这次给予了迅速回应：兰姆在《新时代》上撰文高度称赞《拉米亚》;《爱丁堡评论》(影响远远大于《布拉克伍德》的主流文学杂志)主编弗朗西斯·杰弗雷亲自撰写全面评论济慈创作的长文;《爱丁堡杂志》亦发评论肯定《安狄米恩》。这些都表明英国文坛对济慈的诗才给予了及时的承认与赏识，并非像一些文学史著作所说的那样有眼无珠。济慈的不幸在于他未能像拜伦、雪莱那样，在作品出版之际立即获得文学圈之外广大读者的热烈欢迎。

同月(?)，作《"后来，一位博学多识的贤人"》(9 行)，布朗认为这 9 行斯宾塞体的诗句为济慈绝笔，当时济慈正为芳妮标出斯宾塞诗中最优美的部分。

8月，因芳妮来信被人无意拆开，愤然离开亨特家回到汉普斯特德，布劳恩太太见状邀请其住入温寓，芳妮协助母亲照料。雪莱闻讯后从意大利发来邀请，济慈回信婉拒。泰勒为济慈出国疗养筹措费用。

9月，离开伦敦，与芳妮诀别。因布朗外出旅游未回，哈斯拉姆说服舍温陪同济慈乘双桅船“玛丽亚·克罗塞尔”号前往意大利——舍温作为皇家美术学院获金奖的毕业生，有必要往美术之都罗马观摩拉斐尔等大师的作品。途中在朴次茅斯上岸，在贝德汉普敦的“老磨坊”度过在英国的最后一夜。

同月，在双桅船上为舍温重抄十四行诗《“明亮的星！愿我像你一样坚定”》。给布朗写信，拜托其关照芳妮，称当下“最渴盼的东西便是我的大去”，询问“是否还有另一个世界？我会醒来发现一切都是梦吗？一定有的，我们不能被创造出来遭受这种苦难”。

10月，双桅船抵达意大利的那不勒斯港，为检疫在港口等待整整10天，其间给布劳恩太太写信报平安，觉得自己不像是活在人世间。由于病情不允许其直接给芳妮写信，只有请布劳恩太太转达问候与思念。

11月，上岸后给布朗写信，倾诉对芳妮无望的爱情，恣情宣泄胸中的哀恸。与舍温由那不勒斯乘马车往罗马，入住罗马西班牙广场旁边的“小红房”，接受克拉克大夫的治疗。

同月，因舍温开始创作历史画《亚基比德之死》，建议他用此画申请皇家美术学院为期3年的奖学金，这一建议在济慈死后获得实现。

同月，给布朗写自己一生中最后一封信，称自己已进入“来生”：“我习惯性地觉得我的真实生命已经完结，我在进入来生的存在。”在信中为妹妹范妮的命运而担心。

12月，再度咯血，舍温在旁悉心照顾。

1821年

1月，病情严重恶化，伦敦朋友闻讯为之不安。

2月，向克拉克医生发出调侃般的询问：“我的来生什么时候结束？”清醒时向舍温交代后事。临终前来探望的友人络绎不绝，舍温的朋友将西班牙流亡者兼小说家瓦伦丁·莱诺斯带来病榻前，莱诺斯后娶范妮为妻。

2月23日，在舍温怀中去世，如《夜莺颂》所言“在午夜里溘然魂离人间”。

2月26日，葬于罗马城外新教公墓，墓碑按其遗嘱未留名，只刻其遗言“这儿躺着一位名字用水写成的人”。①

① 济慈去世后芳妮大病，痊愈后戴寡妇帽6年，终生佩戴济慈送给她的那枚镶着深红石榴石的戒指，35岁时嫁给出身于犹太望族的路易斯·林登，林登比芳妮年轻12岁，求婚时正处在当年济慈初识芳妮时的年龄。乔治筹到资金回美国后一度事业兴隆，但后来因替人作保而破产，也和济慈一样死于肺病，乔治安娜带着7个孩子改嫁一名工程师。范妮是济慈家族中唯一得享遐龄的成员，成年后她在兄长朋友的帮助下向法庭提起诉讼，从涉嫌贪渎的监护人阿比那里夺回了应由自己继承的遗产（那场官司证明阿比有负委托人的信任）。范妮嫁给仰慕济慈的莱诺斯后定居马德里，由于济慈诗名在19世纪后半叶如日中天，她后来还享受到一份由英国王室提供的津贴。范妮从成年到84岁去世一直沐浴在温暖的阳光之中，她的大哥无论是生前还是死后都在照应着她，天底下没有多少做妹妹的能有她这样的好运。济慈朋友们的后况见本书第二章第三节。

附　录　二

济慈观点集萃

一、论诗歌

我发现没有诗歌我无法生存下去——没有永恒的诗——半天也不成——整天更不成。

（《一八一七年四月十七、十八日致 J. H. 雷诺兹》，《济慈书信集》，傅修延译，北京：东方出版社，2002 年，第 11 页，以下只录《济慈书信集》页码）

至于你谈到的关于我做诗人的事，我只能这样来回答你：对诗名的极度崇慕导致我把它看成仰之弥高、耸入云端之物。在《安狄米恩》完成之前我在没有任何权利发言——它将是一次测试，是一场对想象力以及主要来说对我的创造力的考验，创造力确实是极为稀有的东西——我必须通过它把一个虚无缥缈的情境写上 4000 行，并且要用诗来充填字里行间；我把它看作一个伟大的任务，完成它将使我朝着诗歌的贤良祠前进几步——想到这些我不禁要说——上帝有旨，不让我生命中没有这样的任务！听说亨特这样讲过，可能他还会当面问我——为什么要辛辛苦苦写一首长诗？对此我要回答——爱诗的人不是喜欢有一块可供徜徉的小小园地吗？他们可以在园地里采撷和选择，其中意象是如此丰富，以至于重读时不少旧的印象被当作新鲜的发现，这种重读放在夏天在外闲逛一周时特别合适。与那种他们能够在威廉姆斯太太下楼来之前草草浏览过的诗篇相比，难道爱诗的人不是更喜欢这样的作品吗？前者至多花一个早晨就能写出。除此之外，长诗是对一个人创造力的测验，我把创造力看成是诗歌的北斗，犹如幻想是船的帆，想象力则是船的舵。我们的伟大诗人写过短的篇章吗？我指的是以故事形式出现的诗——近年来这种具有同等意义的创造物，已经被人们忘记了还有诗意的完美。但我已说得够多了，在我结束《安狄米恩》之前，我不会戴上任何桂冠，而且我希望阿波罗不要因我在亨特家嘲笑他而生气。①

（《一八一七年十月八日致本杰明·贝莱》，《济慈书信集》，第 37—38 页）

我带来的三部书中有一本莎士比亚的诗集，我在十四诗中从未发现过如此之多的美——它们看起来充满了并非刻意表现的美好事物——在某些思想的强劲表现之中——下面这段是不是有思想呼之欲出呢？你听啊！

当我看见参天大树落尽了叶子，
往昔它们曾荫蔽喘息的牛羊，
夏日的绿枝全都束成捆，
带着刚硬的白须被舁上殓床。②

他已写尽了一切，令人无从置喙。

（《一八一七年十一月二十二日致 J. H. 雷诺兹》，《济慈书信集》，第 55 页）

感谢你的榛子——要是我每天花上两便士就能买上一篮子，把它们当作餐末点心来吃着，岂不妙哉？如果我们是一种灵猪，无拘无束地以精神上的栎果与橡子为食，那该多好——而这不过是让我们变成以榛子为食的松鼠而已。至于所谓松鼠，还不就是灵巧的猪；所谓榛子，实际上是高档次的橡子。说起值得一嗑的坚果来，我所能说的是，在有许多惹人喜爱的形象可供你描画时，简捷是至关紧要的。凡事要有好的开头，诗的首句也应如此，那句“箭瓴——缀饰着鹿血的花纹”需作推敲——还有（我只找到一两个有问题的字眼，至于其他，我有如此之多的理由像对流沙一样避之犹恐不及）最后那句的“温柔与真实”——咱们得把它删去，别弄得像条响尾蛇似的喋喋不休——可以这样

① 济慈有一天与李·亨特啜酒吟诗，两人将常春藤与桂枝编成桂冠给彼此戴上，后来他在《阿波罗礼赞》中为戴桂冠之事向诗神阿波罗表示歉意——“难道你能容忍我冠戴你的荣誉，/你的花冠，你的桂花”。

② 录自莎士比亚十四行诗第十二首。

说，我们必须阅读同时代的人写的东西。我们应当给予华兹华斯等人该有的关注。但是为了一些富于想象的，或者雅驯的好诗，我们难道该被硬逼着去接受某个自我中心者臆想出来的那套哲学吗？——人人都有自己的想法，然而并非个个人都那样趾高气扬自命不凡地对待别人，最终弄出些假货来骗骗自己——许多人能进入天国，却没有信心写出他所看到的一半。连桑丘也能编造出一套天国游历来，比任何别人都不差。我们讨厌那种明显是有心要摆布我们的诗歌——假如我们不同意，它似乎就要将两手往腰间一叉，做出个不肯善罢甘休的样子来。诗歌应是伟大的而不是强制性的，它能够进入人的灵魂，以其主题而不是以其自身来打动读者或引起赞叹——那些退居一隅的花儿是多么美丽！要是它们蜂拥到大路上来，大叫着“羡慕我吧，我是一朵紫罗兰！宠爱我吧，我是一朵樱草花！”它们的美将会怎样褪色呢？现代诗人与伊丽莎白时代诗人的区别尽在于此。每位现代诗人就像汉诺威选帝侯似地管着一小块领土，他清楚每天要从他辖下的马路上扫掉多少根稻草，并且时常控制不住地硬要让所有的家庭主妇把屋里的铜器擦得发亮；而古代诗人则是幅员辽阔行省的皇帝，对于边远地方他们只知其名，绝少挂记着要去巡狩一番。

(《一八一八年二月三日致J. H. 雷诺兹》,《济慈书信集》，第84页)

我非常感谢你的关心，以及在那之后的劝诫——随便什么人在读我的诗时还要克服偏见，这对我是件难受的事情——这比对具体篇章的任何酷评更为令我伤心。我写《安狄米恩》的过程，就像是从被人用绳牵着蹒跚而行过渡到进入学步车中。我对诗歌有几条信念，你可从中看出我与他们的立足点距离有多远。第一，我认为诗之惊人在于一种美妙的充溢，而不在于稀奇少有——读者被打动是由于他自己最崇高的思想被一语道出，恍如回忆般似曾相识——第二，诗之妙触切勿止于中途，而应推向极致，务求令读者心满意足而不仅是敛息屏神地等待：诗之形象要像读者眼中的太阳那样自然地升起、运行与落下——先是照耀于中天，后来庄静肃然而又雍容华贵地降落下去，使读者融入黄昏时绚烂的霞光之中——不过做诗比议论诗应如何如何要难得多——这又把我带到了第三条信念：如果诗之产生不像枝头生叶那样自然，那它还是不写出来为妙。不管我能把这些实践到什么地步，当新的景物落入眼帘时，我总禁不住要说出：“啊，愿缪斯赐予我如火诗情！”《安狄米恩》作为我的发轫之作，我似应感到满足。我太有理由知足常乐了，因为感谢上帝，我能读懂莎士比亚，或许还能揣摩到他的深度。而且，我确信自己有许多朋友，要是我失败了，他们会将我生活和性格上的任何变化都归之于谦恭而非狂傲——归之于在伟大诗人座下匍匐畏缩而非因自己怀才不遇而怨恚难消。我急于要看到《安狄米恩》的印行，这样我才能把它忘掉并着手下一步。

（《一八一八年二月二十七日致约翰·泰勒》，《济慈书信集》，第97—98页）

我有时会疑心诗歌本身不过是一团鬼火，它的明亮光芒使偶尔被其吸引的人感到快慰——就像商人们说的那样，什么货能吆喝到多少价就值多少钱，如此说来，每种精神上的追求可能也要靠追求者的热情来确定它的现实性与价值——就这种热情本身来说它本来是无足轻重的——涉及灵性的事物至少具有这点实在性，它们可以分成真实、半真实和虚无的三类。真实的事物指的是像日月星辰与莎士比亚的诗句这样的存在对象；半真实的事物如爱情、云彩等，它们需要心灵的呵护方能获得完整存在；而虚无的事物则需要由炽热的追求来赋予它们伟大与尊严——这种追求逐渐把“勃艮第”商标戳打在我们的心灵的瓶子上，[①]就这样我们的心灵将能把“所见的一切化作神奇”——我已写了一首与此相关的十四行诗——所以别幻想这是提议再来一瓶酒：

一年的时光用四季来度量，
　人的心灵中有四季来往：
心灵有蓬勃之春，纯稚的幻想
　要把普天下的美妙都收入锦囊；
心灵有繁富之夏，口角流芳的甜蜜，
　挥之不去的是暮春的感伤，
这些在心中消融，成为身体一部分；
　宁静以致远，心灵有秋的海港，
疲惫的双翅低垂不展，
　它满足、闲适而又怅惘，
美好的事物在雾眼惺忪下溜走，
　像门前小溪那样悄悄流淌；

① 济慈此时对品尝各种葡萄酒颇感兴趣，“勃艮第”为一种红酒名称。

心灵也有苍白憔悴的冬天，
要不然，人也就不像人的模样。[①]

这可能扯远了——但我说的是——这是我的一贯信条，当然也是众所周知的：每一片思绪都是一个心智世界的核心——人心中最突出的两种思想构成其思维的两极，他凭借这两极来定位，对他来说，每件事不是朝南就是朝北——只要三步，我们就完成从羽毛到铁的跳跃。好了，我亲爱的伙计，最后再对你说一次，我对真理的概念没作什么深入的思索——我永远当不了推理者，因为我对于自己是否正确并不在意，这是不要嘴皮时处在温和的哲学情怀下说的话。

（《一八一八年三月十三日致本杰明·贝莱》，《济慈书信集》，第 101—103 页）

尽管我把诗歌当作自己的头等大事，但对一个以书度日、终日以书为念的人来说，终究还有空白需要填补——我渴望用古老的荷马史诗来大快朵颐，如同我们对待莎士比亚著作，又如我近来嗜读弥尔顿那样——假如你懂希腊语，又愿意不时给我读上几段，并讲解其中之义，那么，从那朦胧含混不求甚解的境地中，我或许会获得一种远胜于自己亲自阅读的奢侈享受——要是我能为你做同样的事，我会感到无上快乐。

（《一八一八年四月二十七日致 J. H. 雷诺兹》，《济慈书信集》，第 125 页）

我现在刚刚懂得这类事情，就是这些压在你的心头，使你信中出现极为阴郁而又真实的句子。对我来说，强烈情感有无知识伴随的区别在于——在后者中我们如在万丈深渊中持续下坠，忽而又被风刮起，惊恐地发现我们两肩空空未生翅膀——而在前者中我们胁生双翼，无所畏惧地在同样的空气与空间中飞翔。这是一个人在抽象领域获益得分的凭借——说到人类的生活与情感，不知道怎样才能在大脑与胸膛之间划出一道平行线——（你得原谅我就这样私下趟出我思想的深潭，我就是这样东一脚西一脚地践踏，就像学童趟水那样）对于一位朋友的死，以及“皮肉承受”之苦，不知道知识能抚慰我们到哪种程度——说到情感与诗歌，你一定凭着心之相通了解我思之所至，我敢于说这几行诗不过是表示认可而已。

（《一八一八年五月三日致 J. H. 雷诺兹》，《济慈书信集》，第 128 页）

① 此诗后以《“一年的时光用四季来度量”》为题发表。

其次，我将谈到我的观点以及我打算让自己过的那种生活——我的抱负是为世界做些好事，倘若天假以年，那将体现在我更为成熟的年华中的作品上——在那之前，我将尽上天赋予我之神经所能承受的力量，去试攀尽可能高的诗歌峰巅。对于未来诗歌的朦胧憧憬常令我前额充血——我仅仅希望自己不要失去对人类事情的全部兴趣——希望我的那种对来自极高明者的赞扬也不例外的漠然无动，不要弄糊了我本来可以很清晰的视野。我想不会——我确信应当怀着对美的渴求和喜爱来写作，哪怕我每晚的劳作到第二天早晨便付之一炬，没有任何人看过一眼。即使是现在，我或许还不是替我本身发言，而是进入了某个灵魂以他的角色说话。

（《一八一八年十月二十七日致理查德·伍德豪斯》，《济慈书信集》，第 215 页）

难道冥冥之中没有神明在看我，就像我被警觉的白鼬或急躁的小鹿逗乐了一样，对我可能发生的任何优雅而又出自本能的态度感到有趣吗？虽然在大街上吵架是桩可憎的事情，显示出来的那股劲儿却是好样的，再平凡不过的人在吵架中也会表现出某种美感来——在某位高高在上的神明看来，我们的推理也是异曲同工——虽有错误，却是好的——而诗意恰恰就寓含其中。如果是这样的话，那么诗歌就比不上哲学——其道理就像苍鹰没有真理那么好一样。

（《一八一九年二月十四日至五月三日致乔治和乔治安娜·济慈》，《济慈书信集》，第 303—304 页）

下面这首诗——是我最近写的，也是我第一次，仅有的一次凭着适度的心力来写的——我大部分诗都是在急匆匆中一挥而就——这次我写的从容不迫——我觉得它会因此读来更有富丽之感，我希望这会鼓励我怀着更为平和与健康的心态来写其他篇章。

（《一八一九年二月十四日至五月三日致乔治和乔治安娜·济慈》，《济慈书信集》，第 335 页）

我一直在致力于寻找一种比既有的更好的十四行诗诗体，正统的诗体[①]

① 指彼得拉克诗体，由两段四行诗和两段三行诗组成。

因脚韵太跳跃而与我们的语言不甚谐和——另一种诗体[1]挽歌式地太惨兮兮——尾联韵句又很难能讨好——我不想假装已经成功——让诗句自己去解释吧——

假如我们的英语一定要被韵式牵制，
可爱的十四行诗要像安德洛玛达一般
披枷带锁，不顾花容为痛苦而失色，
要是它必须为格律所限，那就让我们
找到编织得更精心，更服帖的鞋，
让诗歌的赤脚丫穿起来更舒适如愿。
让我们查验诗歌的弦琴，掂量每一根
诗弦上的重音，看看勤敏的听觉
与专注的精神结合，会有何种成效产生。
让我们珍惜音韵，比贪婪的迈得斯还要悭吝，
旮旯里的枯叶也要编成王冠，
要是我们不想让缪斯自由来去，
就让她羁縻于自己的花环。[2]

(《一八一九年二月十四日至五月三日致乔治和乔治安娜·济慈》,《济慈书信集》,第338—339页)

我最近写了一首短诗叫做《拉米亚》,我刚重读了它的一部分——我确信其中存在着能以某种方式攫住读者心灵的激情火焰——给他们快乐或痛苦的感受，他们要的就是某种感受。

(《一八一九年九月十七日至二十七日致乔治和乔治安娜·济慈》,《济慈书信集》,第407页)

我已经下了决心不出版我已写就的任何东西，除了不久要发表的一首长诗以外，这首诗我想写得精致些。既然奇闻轶事最为诱人，是诗韵铿锵的最可靠的保证，我也就努力说服自己解除想象的桎梏，让它自己当家做主——我和

---

① 指莎士比亚诗体，由三段四行诗和一副对句组成。

② 此诗后以《"假如我们的英语一定要被韵式牵制"》为题发表。

我自己无法就此达成一致。奇观对我来说不是奇观，我在男男女女中更为自在。我宁愿读乔叟而不愿读阿里奥斯托——我觉得自己所显露出来的戏剧技巧不管如何差劲，拿到诗歌当中来还是够管用的——我想把《圣亚尼节前夕》中的色彩整个儿融会在一首诗中，让其中的人物和情调都披上这种饰布——要是上帝怜惜我，让我在以后六年的时间里写出两到三首这样的诗，它们会成为诗山最高峰上闻名遐迩的集大成之作[①]——我的意思是它们会让我鼓起勇气写出几部好的剧作——这是我最大的抱负所在——当我雄心勃勃的时候，我很遗憾地说这种状态很少。

（《一八一九年十一月十七日致约翰·泰勒》，《济慈书信集》，第445—446页）

我收到您的《钦契》，是亨特代您给我的。我只评论其中一部分：诗歌及其戏剧效果，如今它在许多方面被认为受金钱左右。据说摩登的工作一定要有个目的，这目的可以是神——艺术家必须为金钱服务——他得有个"自我中心"，或者说就是自私的考虑。我相信您会原谅我坦言相告，您应该收敛一点散漫，更像个艺术家，用碎矿石填充您题目里的"每一道缝隙"。这种规则要像冰凉的锁链一样拴在您身上，或许您卷翼而坐的时间统统加起来也未有半年之久。这种夸夸其谈不就是《安狄米恩》作者说的话吗？他的思想像一副散乱的纸牌——我把它们收拾起来，按花色作了分类。

（《一八二零年八月十六日致珀西·比希·雪莱》，《济慈书信集》，第507—508页）

二、论诗人

我一直在不断地扪心自问，为什么我一定要当个诗人，而不去做个普普通通的人——看到这是一桩多么了不起的事——看到在诗中有所创获是多么了不起——众口流芳是一桩怎样的事——可是到末了一阵凶猛的心血来潮冲决了我表面的自制力，以至于我那天几乎要同意我自己堕落为一个率性而为的人——当然这是在付出了艰巨努力之后的不光彩退却，此刻我又把这个念头

① 斜体字的原文为拉丁文。

从心中驱逐了出去。我开始写那首诗已经有半个月了，除了旅行之外每天都写了一点——或许到时我能写出一大堆，但我现在不会把它们誊录出来，因为在我看来这只是微不足道的一根针头——在我看来要多少这样的针头才能打成一根钉子（用时髦的话来说，上天生我不是让我打成一根光秃秃的钉子就完事），而要用一千根这样的钉子才能铸锻成一把亮得能照耀后人的矛头①——我只把这当作连续不断的攀登，对吗？在成千上万的令人不快的事情当中，还有什么比不断前行却在最后一刻迷失目标更甚的呢？——但我准备吹声口哨把这一切思考丢进大海，希望它们在海里酝酿起一场猛烈得足以塞住俄国出海口的风暴。

（《一八一七年五月十日致李·亨特》，《济慈书信集》，第 14—15 页）

在七大罪之外，没有哪种过失比自诩为伟大诗人或自命为有特权把生命消耗在追求名声上更可怕的了——想到这样一种罪过一定导致重罚，这是一种多么惬意的感觉啊！就算一个人是由自我蛊惑而为，这笔账能清得了吗？

（《一八一七年五月十、十一日致 B. R. 海登》，《济慈书信集》，第 19 页）

我和戴尔克细致讨论了各种各样的问题，没有争辩。一些事情开始在我思想上对号入座，使我立刻思索是哪种品质使人有所成就，特别是在文学上，像莎士比亚就大大拥有这种品质——我的答案是消极的能力②，这也就是说，一个人有能力停留在不确定的、神秘与疑惑的境地，而不急于去弄清事实与原委。譬如说吧，柯勒律治由于不能够满足于处在一知半解之中，他会坐失从神秘堂奥中攫获的美妙绝伦的真相。像这样连篇累牍地追演下去，得到的结论也许不过是：对一个大诗人来说，对美的感觉压倒了一切其他的考虑，或者进一步说，取消了一切的考虑。

（《一八一七年十二月二十一日、二十七日（?）致乔治与托姆·济慈》，《济慈书信集》，第 59 页）

哈兹利特的讲演我每次都去听——上次讨论对象格雷·柯林斯、扬以及别的什么人，他对斯威夫特、伏尔泰和拉伯雷作了有分寸的精彩批评——但他

① “矛头”的英语为“spear”，莎士比亚（Shakespeare）在英语中或可理解为“晃动矛头”。

② 原文为“negative capability”。

对查特顿的态度令我非常失望——在那里我和许多熟人打了招呼。大家期待拜伦爵士把第四章拿出来[①]——我在什么地方听说瓦尔特·司各特写好了一首新的诗——我很遗憾，凡是华兹华斯在城里访问过的地方，他的唯我独尊、虚荣心以及固执都给人留下不好的印象——不过，即使他算不上哲学家，也还是位伟大的诗人。

（《一八一八年二月二十一日致乔治与托姆·济慈》，《济慈书信集》，第 96 页）

至于其他方面，我开始了解到自己的力量与弱点——对纯美的热爱使一个人变成对自己作品的严厉批评者，对这样的人来说，赞赏与责骂只会产生片刻的影响。我的自责带来的痛苦，远非《布拉克伍德》或《评论季刊》带来的所能企及。而且，当我觉得自己做得恰当的时候，我对自己笔下妙处的自赏自得，要比外界任何的揄扬都更有光彩。J. S 对我那部散乱的《安狄米恩》的评论绝对正确。但它写成这样并非我的过错——绝非如此！尽管听起来有些矛盾。就我力所能及的而言，它已经是够好的了——要是我一直是忐忑不安地只怕它成不了一首十全十美的诗，为此去征求意见，为着每一页而颤栗不安，这首诗就根本写不出来，因为左顾右盼不是我的本性——我要独立自主地进行创作——我过去一直是不带主见地独立创作——今后我要带着自己的判断来创作——诗之灵才必须能够在一个人身上体现自救：它的成熟不能依靠法则和公式，而只能依靠内在的感受和目光炯炯的自省——凡有创造力者一定能够创造它自己——在《安狄米恩》中，我是跳起来一头钻进大海，因此与停留在绿色的海岸上吹着鲁钝的风笛或喝着茶水聆听悦耳的提议相比，我对大海的声音、海中的流沙和礁石要熟悉得多——我绝不害怕失败，要是不能够跻身于最伟大的诗人之列，我宁愿迟早完蛋——瞧，我差不多是在慷慨陈辞了。

（《一八一八年十月八日致 J. A. 赫赛》，《济慈书信集》，第 211—212 页）

你的来信给我极大的欢喜，这主要是由于信中的友好之情，而不是由于信中解释得甚能为“易怒的一群人”所接受的那件事。我能给你的最佳回答，就是按部就班地就两个主要点说些看法。这两点就像指针一样嵌入事物正反两面的内里，说明什么是天才、观念、成就和抱负等。首先，说到诗人的个性（我

① 指《恰尔德·哈罗德游记》的第四章。

指的是，假如我能算回事的话，我自己作为其中一员的那类个性；它和华兹华斯所属的那种可称之为崇高的自我中心者判然有别，它是一种自成一体的自在之物），它不是自己——它没有自我——它是一切又不是一切——它没有个性——它喜好光亮与阴影，不管是丑还是美，是低还是高，是富还是穷，是贱还是贵，它总爱率性而为——塑造一个伊阿古，对他来说就像塑造一个伊摩琴那样高兴。令道德高尚的哲人吃惊的，会使玩世不恭的诗人欢喜。它对事物黑暗面的探析，与它对事物光明面的玩赏一样无害，因为这两项都只止于静观。一名诗人是生存中最没有诗意的，因为他没有自我——他要不断地发出信息，去填充其他的实体——太阳，月亮，大海，世上的男男女女，作为有冲动的生灵，他们都是有诗意的，因此都有不变的特征而诗人却没有，没有自我——他绝对是上帝创造出的最没有诗意的生灵。如果诗人没有自我，而如果我又是个诗人，那么我说我不想再写了，又有什么可奇怪的呢？难道我不可以在那非常的一刹那，从萨图恩与阿普斯的个性出发来进行思考？承认这一点是件挺糟糕的事情，但这一点硬是事实：我说过的任何一个字都不能理所当然地被看成是从我这个人的本我中流露出来的——既然我没有自己的本我，这怎么可能呢？当我和其他人呆在一间屋子里时，要是我不是在用自己的脑子来构想观察，那么我自己就不是我之本我的归宿，屋中众人的本我会开始对我施加压力，我会迅即消失——这种情况不仅仅发生在成人中间，我在幼儿园的孩子中间也是这样。我不知道是否把自己的观点完全说清楚了，但愿你能有足够的了解，以使你明白我那天说的话是不可以作数的。

（《一八一八年十月二十七日致理查德·伍德豪斯》，《济慈书信集》，第213—215页）

舍温从一场斑疹伤寒中死里逃生，目前他正在恢复精力——雷诺兹在德文郡享乐六周回来，状态很好，他劝我发表《伊莎贝拉》，以此反击《布拉克伍德》与《评论周刊》上对我的攻讦。《晨报》发表了两封读者来信为我辩护，《观察家》上也登了一封，那是雷诺兹写的，抄在阿尔弗雷德·伊格塞特的信笺上——我不知道《晨报》上的是谁写的——这些是过眼云烟——我认为我死后将跻身于英国诗人之列。即使是着眼于这件事的当前利弊，《评论周刊》想把我碾成齑粉的图谋只不过是提高了我的知名度，读书圈子中现在有这么一句话："我看《评论周刊》是在抹自己的脖子。"

使我在社会中显得渺小和可笑的做法，并没有给我造成丝毫的损害。当人家比我强时，我懂得给予他一切应有的尊重——他会是最后一个嘲笑我的人。至于其他人，我觉得我给他们留下了印象，这使我确信在他们的视野中获得了个人的尊重，当我把背转过去，随便他们说什么好了。

(《一八一八年十月十四日至三十一日致乔治和乔治安娜·济慈》，《济慈书信集》，第218—219页)

我在心灵深处觉得从未你离开过这间房间——相信我吧，除了在你的陪伴下，我从未在别的什么地方吹过牛——总的说来我在社会生活中默默无闻。我感到自己身上有诗人所有的缺陷：容易生气、追求名声与影响——在这些坏东西的作用下，我可能经常会说一些荒唐的话，而且我自己还意识不到——但我将以一种早已打定主意要采取的态度来了断这些——我要买只金戒指，戴在我的指头上——从此以后，处于优势地位的在上者决不能再有机会对我施以怜悯，处于劣势地位的芸芸众生亦不能对我报以冷笑——阴影处或光天化日中的伟大，我肯定要的是前者——我现在说话就像死人——我要说我把探究孤独事物中的伟大，看得比探究预言家的名声更有价值。

(《一八一八年十二月二十二日致B.R.海登》，《济慈书信集》，第233页)

英国人当中产生了世界上最好的作家，这里最重要的一个原因是：他们在世时受到英国社会的虐待，死后才被接纳培育。他们都被踢进了人生的崎岖小路，阅尽世上疮痍。他们得不到意大利的拉斐尔们那样的待遇。有哪位英国人和诗人在为其笔下英雄的坐骑命名时举行过盛会款待客人，就像波雅图做过的那样？他在亚平宁有座城堡，他是一位撰写风流轶事的高贵诗人，而不是满腔悲愤地吟咏人类心灵的悲惨诗人。莎士比亚的中年时期为乌云所笼罩，他的日子过得不比哈姆莱特快活，与他笔下的其他人物相比，哈姆莱特或许更像日常生活中的莎士比亚——本·琼生是个普普通通的士兵，在低地国家打仗时，两军对垒前与一名法国士兵单独搏杀，把对方宰了。

(《一八一九年六月九日致玛丽安-杰弗蕾》，《济慈书信集》，第342—343页)

不知何故我总在秋天想起查特顿。他是英语中最纯粹的诗人。他不像乔叟那样用法语中的成语或小品词——而是用英格兰的词语做出真正英格兰的表达。我放弃了《海披里安》——其中有太多弥尔顿式的倒置句——没有一种大手笔或大家的性情，写不出弥尔顿式的诗句。我希望投入于其他的感情之中。英语须得发扬光大。你不妨从《海披里安》中摘出一些句子，在那些矫揉造作的伪美之句后打上X，在那些发自肺腑的真正声音后打上‖，那会是很有趣的事情。我的灵魂沉浸在无法分辨的想象之中——弥尔顿的调子不时在其中响起——但我不能恰如其分地把它剔出来。

（《一八一九年九月二十一日致J. H.雷诺兹》，《济慈书信集》，第386页）

三、论艺术

我记得你说过好像有某个好心的天才在主宰着你——近来我也有这种感觉。我在半随意状态中写下的东西，被后来的冷静判断肯定为写得非常恰当——把这个主宰者想象成莎士比亚是否太大胆了一点？当我在怀特岛时，我在所住的屋子里见到了一个莎士比亚像——它比我以前看到的任何一个都更贴近我心目中的他——我在那地方只呆了一星期，那位老妪就让我遇见了它，可我后来又匆匆离开了——你不认为这是一个好的兆头？我很高兴你说每一个有伟大见解的人都会像我这样不时受到折磨。

（《一八一七年五月十、十一日致B. R.海登》，《济慈书信集》，第17页）

语言的真正功能及其伟大之处是在与文学发生联系，等你到了懂得这一点时，你会惊讶地发现它与我们天赋的语言相比是多么卑微——我希望在我们全国每一所学校里都用意大利来代替法语，因为它浸透了诗歌与浪漫的气息，可能比我们自己的语言还更容易令女性乐于学习——似乎把法语学到手后的唯一结果——就是将说法语当作一种了不得的成就——绝非如此——这真是一个最令人不快的误解——而意大利语确实会令嘴唇发出最具音乐感的声音，在我们的喉咙被法语填满之前——如同小穴鸟被学校男孩任意摆布着喂食一样，我们应当及早开始练习它的发音才好。

（《一八一七年九月十日致范妮·济慈》，《济慈书信集》，第27页）

我读过了你最后那封给那个叫做克里普斯的年轻人的信。看来他是过于急切地要攫住你提供给他的机会。我想我已对你说过，我们得要求他弄清楚自己的才具。他没有点铁成金的“哲人之石”——也没有幸运者取之不竭的钱袋或希腊神话中三手三巨人之一古阿斯的戒指——但根据贝莱(我向你保证他在这方面特棒)的提议,我们把所想到的理出了个头绪,这样的话他可凭自己努力去利用你给他前途提供的种种便利——我有种很妙的感觉,他会成为风格还算纯正的画家。他现在碰上的可说是他这些年来最好的事情,因为他正处于要沾染上坏毛病的年龄,而你将把他从这些中超度出来。他带来一幅苏格兰玛丽女王的画像。我觉得他沿袭了某种不良的画风,尤其表现在按原样把眼球画成黄色上。他还有你对我指出的哈兹利特的毛病——做作和累赘。虽然如此,我真的相信他能够从你的画中取得火种——以点燃他自己的画笔。要是他能及时作好准备与我一道在几天后回城——我将把他给你带来。

(《一八一七年九月二十八日致B.R.海登》,《济慈书信集》,第34—35页)

星期五晚上我在威尔斯家度过,第二天早晨去看《灰马上的死神》那张画。考虑到作者威斯特年龄尚轻,这幅画真是不错;但画上缺乏那种动人的强劲;没有使人发狂到要与之亲吻的女人;没有一张凸现的栩栩如生的脸。任何一门艺术的卓越之处都在于具有那种动人的强劲——它能让一切不如人意的东西因贴近美与真而烟消云散——细读一遍《李尔王》,你们会处处发现对此的证明;而这幅画既令人不悦,又不能激起有一定时间深度的思索以抵消对它的排斥。

(《一八一七年十二月二十一日、二十七日(?)致乔治与托姆·济慈》,《济慈书信集》,第58—59页)

随着我一天天老起来,我对你艺术成就的评价也越来越高,我相信这个时代有三件令人欣喜的事情——华兹华斯的《远游》、你的画以及哈兹利特的深度品味。

(《一八一八年一月十日致B.R.海登》,《济慈书信集》,第67页)

在这件事情上我对你有一种完全的同道之感——这感觉如此之强,所以也不妨等到《海披里安》出来时再作道理——等到那部诗篇完成时,你将大有用武之地——在《安狄米恩》中我想你可以挥笔画出许多深刻动人的小块插图——而《海披里安》的性质决定了我在处理中将更具直率的希腊风格——其中激情的狂飙突进将是坚定不移的——这两部作品之间的强烈对比将是——

已写成的故事中的英雄就其境况来说终不免一死，但仍像波拿巴特那样继续引领众人，而《海披里安》中的阿波罗是预知未来的神，其行为将按这个模式来塑造。不过这些我目前还在筹划之中。

（《一八一八年一月二十三日致 B. R. 海登》，《济慈书信集》，第 70—71 页）

现在来说，像朱庇特那样端坐比像墨丘利那样飞翔更有尊严——因此，让我们切莫急匆匆地乱窜，像蜜蜂那样不耐烦地嗡嗡作响，在一门知识范围内或所有应到之处四下寻觅；我们所应做的是像花儿那样张开叶片，处于被动与接受的状态——在阿波罗的炯炯目光下耐心地发芽生长，并从每一名惠施访顾于我们的尊贵昆虫那里获取灵感——它们带来我们吃的肉，露水给我们当饮料喝——我亲爱的雷诺兹，美丽的晨光作用于我的闲适之情，使我不由自主地陷入了这些思索——我没有读任何书籍——早晨对我说：你是对的——除了晨光之外我没想别的，歌鸫对我说这很好——它似乎是要说出下面的话来——

你呀，你的面孔感受冬日寒风
你的两眼看见雪云悬在雾中，
对于你，榆树梢的星儿彻骨冰凉
意味着明春的收获时光。

你呀，你唯一的课本是光明，
它来自最深的黑暗，虽然日神敛形，
你不懈攻读，夜复一夜，
对于你，春季里将有三倍的早晨——

你呀，别急着求知——瞧我就完全没有，
可是我一开口就有天赋激情，
你呀，别急着求知——瞧我就完全没有
可夜之神在聆听我歌唱——恸极失声
当他想到闲适不复能为闲适，

而醒者却是那自以为睡着的人。[1]

此刻我意识到所有这些只是一场诡辩，虽然它可能邻近真理，作为原谅自己慵懒的借口——于是我决定不再用人应像朱庇特这种说法来欺骗自己——而应把自己当成某种远为不如的干粗活的墨丘利，或者甚至是一只卑微的蜜蜂——别管我是正确还是错误，也不要在乎我用的是哪种方法，只要这足以让你肩膀上轻松一阵子，我的目的就算达到了。

（《一八一八年二月十九日致 J. H. 雷诺兹》，《济慈书信集》，第 93—94 页）

相信我，海登，我把你的画是当作我自己的一部分——对于通过种种复杂的途径达到艺术上的卓尔不群（从诗歌的角度看），我一直是过于敏感，以至于我并不认为自己懂得绘画的主要方法。在心智与其驱驭的成千上万材料之间，须得发生无数的聚合与离散，方能达到那种令心灵颤栗的精巧与蜗角柔触之美——我不懂你笔下许多强劲之处——永远都不可能懂得它们——但在这件事情上，我希望你没有的东西落到了我身上。一个学童悟出自己拥有一幅英雄式的绘画——这就是我难以描述的感觉，站在旁观者的角度，我觉得它圆润艳丽，蔚为壮观，堪称大手笔——我的感觉有点类似于观看《安东尼与克丽奥佩屈特拉》。或者说像看那幅《亚西比德》，他斜靠着船上深红色的睡椅，他的宽肩微微地与海一道起伏——莎士比亚戏剧有比这更棒的描述。

（《一八一八年四月八日致 B. R. 海登》，《济慈书信集》，第 116—117 页）

我发现自己思维过于稚嫩，即便在观察力上也是如此——我希望它会逐渐成长——一年以前我一点儿都不能理解拉斐尔的画稿——现在我开始读得懂一点点了——我是怎样学会这样做的？看看与之迥然相异的人是怎么干的——我这里指的是圭多的一张画，画中所有的圣徒本应具有从拉斐尔那里继承来的英武率朴以及毫无矫揉造作之态的宏伟，但实际上每个人在外貌与动作上都带着麦肯齐《尼可拉斯神父》中的伪善，还有那种讨厌的装模作样的庄严肃穆——上次在海登家我看了一本印有米兰教堂壁画的图书，名字我忘记了——其中包含了意大利头两个时代的艺术样品——我不认为从莎士比亚那里能得到更多收获——充满了浪漫色彩与极其温柔的感觉——衣饰的富丽

---

① 此诗后以《画眉鸟的话》为题发表。

超过了我此前见过的一切,拉斐尔的也不例外——风格奇异到了古怪的程度——但仍然能维持一种整体上的美轮美奂——对我来说甚至比更富技巧的画作还要美——因为其中留下了如此丰富的想象余地。

(《一八一八年十二月至一八一九年一月致乔治和乔治安娜·济慈》,《济慈书信集》,第 250—251 页)

我的一个抱负是在现代戏剧创作方面发动一场革命,就像吉恩在表演上做的那样——另一个雄心是把蓝袜文学圈子的慢条斯理风格颠覆掉——要是几年当中我实现了这两项抱负,我就是死了也瞑目——而且我的朋友应当在我的墓前喝上一打红葡萄酒——我日甚一日地确信一个好作家(除了人性之友哲学家外)是世界上至真至纯的生灵——我越来越觉得莎士比亚和《失乐园》是了不起的奇观——我像求爱的恋人一样追求妙语锦句——我很高兴地从布朗的一封信中得知,前些时候你在北边也处在这种良好的精神状态。

(《一八一九年八月十四日致本杰明·贝莱》,《济慈书信集》,第 366 页)

我没有理由抱怨,因为我确信这个时候任何真正美妙的东西都会被人察觉。我毫不怀疑,假如我写了《奥瑟罗》的话,我一定会被当成像亨特①那样的好汉被人喝彩欢呼。要是你的画作像那部剧作一样具有普遍意义,你现在也会这样受到欢迎——事实并非如此,人们的表现当然也就只能是这样。在诸多人士当中我寄希望于 G. 比阿蒙特先生,他应当把你从污秽的戏弄中超拔出

---

① 此处的亨特不是指导过济慈的李·亨特,而是指因"彼得卢事件"而闻名遐迩的鼓动家亨利·亨特,济慈曾经目睹他所受到的热烈欢迎。"As Keats entered the City, he became aware that a tremendous crowd was gathering. Upwards of 300,000 people were thronging the streets to welcome Orator Hunt, the hero of Peterloo and those liberals horrified by the blood-letting at that otherwise peaceful protest. From Islington to Highgate, along Cheapside, Ludgate Hill and Fleet Street red banners hung from the crowded windows. The people in the streets wore red cockades on their hats. Bands played and the crowds followed Hunt in his coach drawn by six bays. A young lad of fifteen or sixteen, wounded at Peterloo, excited general pity and admiration. Here was the pathetic symbol of all the country was enduring: poverty, repression, an unrepresentative government heedless of the majority it ruled. Waves of indignation rolled through the multitude, but all were resolved to show this was a peaceable, lawful demonstration against murder and injustice. When voices rose to a tumult, a cry of 'order' ran through the crowd and the great procession again became docile." Stephen Coote, *John Keats, A Life*, London: Hodder & Stoughton, 1995, p. 275.

来——此事未曾做到，真令国家蒙羞。我对绘画知之甚少，但你的画总勾起我对国家的思索——当我读书疲倦了时，我常会反复回想你的画，同时也会谴责当代那些艺术鉴赏家的品味。就其荦荦大端而言，你也真的没什么好抱怨的，因为没几个人能说"我成功了"。这些就是我坐下来给你写信时最想要说的话，不过等你到了火候进入了航道，我也许还会在北冰洋上逆风斜驶。你可以放松一分钟，想一想我至少是认真地把自己想到的告诉你。尽管现在"我有的是东西要写"，我日甚一日地喜爱上了阅读，书籍对我来说是越来越有趣，越来越有价值——我可以说没有它们就活不下去。

（《一八一九年十月三日致 B. R. 海登》，《济慈书信集》，第 434—435 页）

四、论想象

我对什么都没有把握，只除了对心灵情感的神圣性和想象力的真实性——想象力以为是美而攫取的一定也是真的——不管它以前存在过没有——因为就像对爱情的看法一样，我对我们所有激情的看法都是，它们发展到极致时都能创造出纯粹的美——简单点说，你可以从长诗第一部以及上次我寄去的短歌中了解到我最钟爱的思想——这首诗通过幻想来表现类似事情发生的可能方式——想象力与亚当之梦好有一比——他一觉醒来发现一切都成了现实。我对这件事情特别热衷，因为我从来就不能理解，怎么可以通过按部就班的推理来判断哪件事是真的——而事情就得是这样——最伟大的哲学家要是不排除许多异议，他能达到自己的目标吗？不管怎样，我宁愿过一种感情的生活，而不要过思想的生活！这是"一种青春的幻觉"，是未来真实的投影——这种想法使我进一步信服，因为它支撑着我钟爱的另一思想，即在享受了我们所谓的人间幸福之后，我们还将以一种更为优美的方式重温这种享受——但这种命运落不到你这种渴求真理的人头上，那些乐于享受感受的人才有这种福气——亚当的梦境适用于这里，看起来这个故事能使人相信：想象力及其在天界的反映，可以和人生及其在精神上的反映等量齐观。但如我刚说过的那样，通过不声不响地反复作用于精神层面，具有想象力的简朴心灵可望在某种神妙的瞬间获得报偿——举个以小喻大的例子——你是否从未被一段熟悉的老歌打动过？——在一个美妙的地方——听一个美妙的声音吟唱，因而再度激起当年它第一次触及你灵魂时的感受与思绪——难道你记不起你把歌者的容颜想象得美貌绝伦？但随着时光的流逝，你并不认为当时的想象有点过分——那时你展开想象之翼飞翔得如此之高——以至于你相信那个范型终将重现——你总会看到那张美妙的脸庞——多么妙不可言的时刻！我老是不断地离题——当然，对于一颗复杂的心灵来说，情况不会完全如此——我指的是有想象力但同时又关注想象结果的那类人——他们的生存部分依赖于感觉，部分依赖于思想——对他们来说岁月必定带来哲理情怀——我认为你就是这类人，所以为了你永远的幸福，你不但一定要啜饮我称之为以最浓郁的人间沉思酿出来的天上陈醪，还要增长知识以成为博雅君子。我很高兴得知你正以一种美好的方式迎接复活节——不久就要结束苦役般的攻读，然后，嘿！——但这世界充满了烦恼，我没有很多理由认为自己是被麻烦缠上的人——我觉得简或者玛丽安娜对我的评价超过了我应得的——因为说实在的我确实不认为我的病与弟弟们的病有什么关联——你比他们更了解真正的原因——我可没有机会受你那样的煎熬。在某一特定的时期，你也许会一时认为有一种叫做人间至乐的东西在等待获取——在你那样的处境下你必然会如此想问题——我却几乎想不起曾经指望过什么幸福——此刻幸福不存在，我也就不去寻找它——超出此刻的任何东西都打动不了我。落日使我满心舒畅——要是有一只麻雀来到我窗前，我会分享它的生存，和它一道在地里啄食。听说别人遭到不幸，我的第一个反应是往往是："有什么办法——这样他倒是有了一个考验自己精神力量的愉快机会。"亲爱的贝莱，我请求你，要是以后你观察到我显得冷漠，别认为我是无情无义，而要把它看成是我的心不在焉——因为老实告诉你，我有时会整整一星期都陷入情感的麻木之中——而且，这种一直以来的表现使我开始怀疑自己，怀疑自己在其他时刻流露出来的情感是否真实——觉得这不过是看苦情戏流下的无聊眼泪。

（《一八一七年十一月二十二日致本杰明·贝莱》，《济慈书信集》，第51—53页）

一个少年的想象是健康的，一个大人的成熟的想象是健康的；但是两者之间有一段生命的间隔，这时期，心灵在骚动，性格没有定型，生活的道路没有明确，追求的目标模糊不清；从中就产生出幼稚可笑的东西，产生出我提到的那些人在翻阅下列篇章时必然会尝到的无数苦涩的东西。

但愿我接触美丽的希腊神话还不算太晚，不曾减弱它的光辉：我想，在跟它告别之前，再作一次试笔。

(《安狄米恩·序》，一八一八年四月十日)[①]

我们不妨回顾一番彭斯的命运，可怜的不幸的人——他有南方人的性格——多令人伤心啊，像他这样具有瑰丽想象力的人，为了自我防卫，他竟然被迫把自己丰富想象的种种微妙扼杀在粗俗之中，而且恣意在那些容易取得成功的对象上挥霍才华，以至于无暇去疯狂追求那些难以企及的目标。没有人在这种情形下会满足于他人的经验——事实是离开了痛苦就没有伟大，也没有高贵，在纯粹的欢乐之中不会有持久的幸福，可谁愿意去再度发现克里奥佩屈特拉的浪荡、海伦的无赖和路得的深邃？

(《一八一八年七月三、五、七、九日致托姆·济慈》，《济慈书信集》，第162页)

我没法考虑这些事。不管你们感觉如何有何提议，我反正是希望永不结婚。哪怕是最美丽的人儿在旅途或散步的终点等着我，哪怕脚下铺着银子的地毯，窗帷艳若朝霞，椅子和沙发用天鹅绒填塞，吃的是吗哪灵粮，喝的是高档葡萄酒，窗户面对着温南德米尔湖，我也不觉得——换而言之我没这样的好命，我的孤独命运是压倒一切的。因此与适才描述的恰恰相反，在家中迎候我的就是这份凄清——咆哮的风是我的妻子，从窗格里照进来的星光是我的孩子。对于一切事物中的美，我具有一种极玄奥的观念，它扼杀了那种更为分散和细微的家庭欢乐——我把温柔的妻子与可爱的孩子视为这种美的一部分。但我得要有上千个这个美丽的微粒来充填我的心房。随着想象力的加强，我日甚一日地觉得自己不只是生活在一个世界里，而是生活在上千个世界之中——每当我独自一人，史诗中的伟大形象立即就聚集在我周围，他们听从我的驱役，如同国王的侍卫那样——接下来，“悲剧排山倒海般地袍笏登场了”。根据心境的不同，我或是与阿喀琉斯一道在战壕中喊叫，或是与忒奥克里托斯一道悠游于西西里的山谷中。要么是我将自己整个儿投入特洛伊罗斯的身体中，不断重复着这样的诗句：“我彷徨失措，像地狱里的迷路幽灵，在河边等着摆渡。”我在空气中融化，与一片彩霞为伍，它的娇艳令我忘记了孤独——诸如

① 屠岸：《济慈诗选》，北京：人民文学出版社，1997年，第274—275页。

此类的事情加上我对一般女性所抱的意见——她们在我看来就像孩子，我对她们是宁愿给甜食而不愿为之花费时间，构成了对我喜爱的结婚生活的障碍。我写出了这些，你们可从中看出我有自己一份崇高的欢乐，而且，尽管我可能选择独身生活，我仍不会孤独。你们看，整个这里面没有什么乖戾之气。唯一能让我个人的难受超过一天的事情，就是对我诗才的任何怀疑——我难得有这种怀疑，而且寄希望于近期完全消除这种怀疑。人能有多快乐，我就有多快乐——可我心里觉得要是托姆病好了，我才应该快乐。我已知道你们正在过着舒心的日子——这么说来最羡慕你们的人应当是我——带着那种对美丽的创造与结合的热情向往，怀着对我自己诗才的勃勃雄心。之所以说我孤独中有快乐，是因为与我和这个世界的交道来比较——我在这个世界中不过是个孩子，世上的人不了解我，即便是我最亲密的朋友——我给他们造成的印象是我在克制自己，以免被当成一个气恼的小娃娃——有些人视我为中庸之才，一些人把我当傻子，还有一些人说我笨——每个人都认为他看到了我自己不能容忍的弱点，而事实上我愿意有这些弱点——我毫不在意被人看成这样，因为我胸中自有丘壑。为什么他们要把我打扮成这样，最大的理由是这样他们全都有资本在聚会中装模作样一番，不致因某个有前途的诗人在场而显得黯然失色——我希望我不是在这儿玩弄“让天使哭泣的把戏”，我觉得不是这样，因为我对自己的同胞从未有过丝毫的轻蔑；而且，我提升自己精神境界的最大努力反而使我变得更加谦卑，虽然这听起来有点自相矛盾。

（《一八一八年十月十四日至三十一日致乔治和乔治安娜·济慈》，《济慈书信集》，第 229—230 页）

我的一位朋友有一天评论说，要是培根爵士在当今一个聚会上发表意见，周围也会突然鸦雀无声。我相信这一点，据此我也做出了一个决定：永远不为写作或做诗而写作，而是为凭着多年思考或许有可能赐予我的一点点知识与经验来写作——否则我宁可缄默无语。我要大大地享用我自己拥有的想象力，因为我已经体验到有伟大思想的满足，不必苦心积虑地寻章觅句。我不会为写了一首对黑暗的颂诗而弄糟我对忧郁的喜爱。说到我的生计，我不会以写作来糊口，因为我不愿与人群中最俗气的骚人墨客搅和在一起。这类事情即为我对自己的期许，我要通过思想上的举重来考验自己。我现在已是二十有三，知识不多，仅有中人之智。在激情磅礴之时我也曾歪打正着地写出些锦句，这虽是事实，但算不了什么。

（《一八一九年三月八日致 B. R. 海登》，《济慈书信集》，第 268—269 页）

你们谈到拜伦与我——他和我有极大差别：他写他看到的东西——我写我想象的东西——我的任务至为艰巨。你们可以看到巨大的不同——《爱丁堡评论》害怕触碰我的诗歌——他们不知道如何来对待它——他们既不愿谴责又畏惧赞扬——他们羞羞答答地，就像我戴上教友派的帽子一样——事实在于他们缺乏真正的品味——他们害怕在这个令人困惑的问题上挫折了锋芒——要是我的下一本集子得到他们的称赞，而《安狄米恩》也跟着受惠——我会用一种令其反感的态度对他们说——《爱丁堡评论》的怯懦比《评论周刊》的辱骂更糟。

（《一八一九年九月十七日至二十七日致乔治和乔治安娜·济慈》，《济慈书信集》，第 413 页）

我的想象力是一座庙宇，我自己是庙里的和尚——您得按自己的观念来解释我的。我每天都在盼着您的《普罗米修斯》，假如我让自己的意愿影响了您，这是为了作品成功，您会仍旧让它处在手稿状态——或者现在只刚着手结束第二幕。我记得在汉普斯特德的石楠丛中，您劝过我别发表早期之作——现在我把您的建议奉还给您。

（《一八二零年八月十六日致珀西·比希·雪莱》，《济慈书信集》，第 508 页）

五、论人生

我要回到华兹华斯上来——他的视野是无限开阔还是虽宏伟而不免局促？——他是卧巢之鹰还是搏击长空之鹰？——为了说得更清楚一些，以及为了让你看到在巨人身旁我是如何高挺身躯，我准备就目前我所体会到的举一个人生的例子，这也就是从我谈到我俩都达到的共同点来说——好了——我把人生比作一座里面有许多间套房的大厦，我只能描述其中两间，其他的房间都还对我锁着——我们首先步入的那间叫做“育婴室”或“无知室”，只要无思无虑，我们就尽可以在其中呆下去——我们在里面呆了很长时间，尽管第二间房间的门大开着，透出亮光一片，我们并不急于进去。然而在苏醒中的思想作用推动下——这在我们内部发生——我们到头来还是不知不觉地进入了第二间屋，我把它叫做“初思室”。我们一进去就被里面的光线与氛围所陶醉，里面尽是令人欣悦的奇观，令人不禁生出长留忘返之感。但呼吸了里面空气的后果之一是使人对人类心灵与本性的观察变得敏锐——使人信服地觉得这个世界充满了不幸、悲伤、痛苦、疾病与压迫——如此下去“初思室”的光线逐渐变得昏暗，同它所有墙壁上的许多门都被打开了——都是黑沉沉的——都通向黑暗的甬道——我们看不到善和恶的平衡。我们如堕五里雾中——我俩当前就处在这种境地——我们体验到“人生之谜的负担”，华兹华斯到达了这一点，我所能看到的就是他写《汀腾寺》处于这种状态，我认为他的天才在于对这些黑暗甬道的探索。如果我们要继续生活和思考下去，我们也得去发掘这些甬道。他是位远胜于我们的天才，只要力所能及，他都会做到比我们有更多发现并加以阐明——这里我不能不认为华兹华斯比弥尔顿更有深度——虽然我觉得这主要依赖于人类在才智方面总体上的浑然一体的进步，个人思想上的伟大还在其次——根据《失乐园》和弥尔顿的其他著作，你我之间我冒昧说一句，他的人生哲学与宗教观念，不要在世上历练许多年头也可以理解个八九不离十。在他那个时代，英国人刚从一桩极大的迷信中解放出来——人们的理性思维获得了立足的平台：它们新得不容怀疑，被大部分欧洲反对太多而被认为人间难得，真正具有神圣性——在这个刚刚取消了档兜和其他上百种丑陋之物之际，谁能对弥尔顿《柯默斯》中表现的道德、罪过与贞操思想提出异议呢？当人们刚刚摆脱宗教裁判所与史密斯广场的火刑时，谁还会不满意于弥尔顿在《失乐园》中对善与恶的暗示？宗教改革带来了这样一种巨大的、立竿见影的好处：新教被看成是上天亲自庇护的，于是它自身留下来的教条与迷信，重新生长起来，构成了显然无误的理性思维的立足平台。从上述看来，不管在以后的发展中他怎么想，弥尔顿似乎对他作品中这方面的内容是满意的。他没有像华兹华斯那样去思索人的心灵——但作为哲学家，弥尔顿确实也有不亚于华兹华斯的伟力。那么，从中可以推导出什么呢？哦，可多了——这证明真的存在着才智的宏伟进军。同时这还证明法力无边的上天总是让最棒的大脑服务于他们所处的时代，不管是在人类知识还是宗教方面——我一贯同情那些被迫倾听枯燥弹唱的家庭教师——他老是得把许多东西塞进耳朵里——我希望你看到这些胡涂乱抹不会有同样的痛苦——我本当写完后先看一遍，但我连匆匆瞄一眼也顾不上，更有甚者，我就喜欢对那些受得住我的沉闷的人说教，这是为了我自己的利益。总之，这个世界上确实还有真实的东西——摩尔参加哈兹利特的聚会也是真的——我喜欢那位摩尔，并很高兴这次动身离城前在剧院里见到他。托姆今天下午咳了一点血，这未免令人泄气——但我知道——事实是世界上还有真实的东西。你的人生第三间房将是幸运和温柔的——储藏着爱情之酒——还有友谊的面包。

(《一八一八年五月三日致 J. H. 雷诺兹》,《济慈书信集》,第 131—134 页)

任何有价值的人生都是个连续不断的象征性故事——很少有人能看到自己生活中的神秘之处——生活就像《圣经》的经文一样象喻丰富——这类人对此并不会比对希伯来文的《圣经》懂得更多。拜伦爵士是个偶像——但他没有象喻意义——莎士比亚过了象征性故事般的一生，他的作品就是对此的评论。

(《一八一九年二月十四日至五月三日致乔治和乔治安娜·济慈》,《济慈书信集》,第 289 页)

我现在喝葡萄酒从不超过三杯——喝掺水烈酒也是如此。尽管逐渐　逐渐地——伍德豪斯有一天把我拉到他的咖啡屋——要了一瓶红酒——现在我喜欢红酒了，只要有机会我就喝它——唯有在品尝美味这件事上我才能找到所有的感觉——给你们送去一些葡萄藤不是好点子吗？——那边可以种植葡萄吗？我要去咨询一番——如果你们能酿出酒来，夏夜里在葡萄藤架下啜饮红葡萄酒岂不妙哉！这真的是件美事——落口之后嘴巴里一股清爽之气油然而生——然后凉丝丝地不带火性地往下行——你不会觉得它在找你肝脏的麻烦——不，它是和平使者，待在那儿就像待在葡萄粒中那么安静——然后它变得像蜂后那样芳香，其中较为轻灵的部分上升到你的大脑，它不去进攻神经中枢——像乱七八糟场所里发情的公牛从这个门冲到那个门，在穿背心的人面前暴跳如雷——而是更像阿拉丁那样在自己那由魔法变出的宫殿里蹑手蹑脚地踱步，你简直听不到他的脚步声——其他高度数的烈性酒把人变成赛利纳斯，而这种酒把人变成赫耳墨斯——给妇女带来阿里阿德涅的灵魂与不朽，酒神巴克斯为了她总要藏起满满一窖红葡萄酒——即便如此，他也从未能劝她饮到两杯以上——这种红葡萄酒就是我说过的我唯一喜爱的美味，我忘了提到下酒的野味了，对着那些鹌鹑的胸、野兔的背、松鸡的脊骨以及野鸡与鸟鹬的翅膀和肋肉，我必须承认自己多有得罪。说起野味(我希望自己能动手做野味菜肴)，我在哈士亭斯遇到的那位女士，我想我在上封信中谈到过她，最近给我做了些野味，她还尽可能多地教了我怎样做野味菜——前两天她让我把一只野鸡带回家，我把它给戴尔克太太了，明天莱斯、雷诺兹和我们几位温特华斯居民就要在隔壁拿它下酒——下次我要带给你们的母亲。

(《一八一九年二月十四日至五月三日致乔治和乔治安娜·济慈》,《济慈书信集》,第 285—287 页)

这就是世界——因此我们不能指望人生有多少快乐的时光——浮云聚散无常，人生变幻莫测——当我们欢笑时，祸乱的种子已经播进了广阔的耕地里——它在我们的欢笑中发芽、生长，一下子长出一枚我们必得去摘的毒果——即便如此，我们还有余暇去议论朋友们的疾苦，而我们自己的不幸却因太贴近而难以述说。很少有人到达过那种全无利害考虑的境界，很少有人只被纯粹为他人利益着想的念头所支配——大多数造福人类者因为其动机不诚而损害了他们的伟大——他们着迷于华而不实的场面——从我对哈斯拉姆的不幸的反应来看，我观察到自己远未达到利害无动于心的起码标准。这种全无利害考虑的境界似应大力发扬，因为人们根本不担心它会有害于社会——然而一旦推向极端，我怕它对社会也是有害的——因为这么一来，在荒野的大自然中，苍鹰会失去它拿知更鸟做的早餐，知更鸟会失去它的虫子早餐，狮子会和燕子一样挨饿——人类中的大多数按着同样的本能行动，像苍鹰那样死死地盯着目标，怀着同样的肉体上的饥渴——苍鹰要成双成对，人也一样——看看鹰和人这两种生物吧，他们着手求偶，以同样的方式获得了配偶——他们都想要个窝，并以同样的方式着手搭建自己的窝——他们以同样的方式捕食——人是高贵的动物，为了享乐他抽起了烟斗——而苍鹰就在云中翱翔——这是他们休闲的唯一区别。生活中的乐趣就是这样产生的——对一颗多思的心灵来说。我在田野里穿行，一眼瞥见一只白鼬，或许是田鼠，在枯草丛中探头探脑——这家伙盯着个目标，两眼闪闪发光——我在城里的高楼大厦间穿行，看见一个人步履匆匆——他去干嘛？——这家伙也盯着个目标，两眼闪闪发光。就像华兹华斯说过的一样："我们全都有一颗人类的心"——在人类天性中有一团具有净化力量的电火——它使是人类中不断产生出新的英雄主义的东西——可叹的是我们一定还会对此感到惊讶，如同我们在垃圾之中发现珍珠——我毫不怀疑有成千上万的人从未听说过什么全无利害考虑的境界——我只记得两个人——苏格拉底与耶稣——他们的历史便是明证——不久前泰勒对我谈论起苏格拉底，他的评价可用在耶稣身上——苏格拉底是如此伟大，尽管他没有为后人留下自己的著作，但他的思想、议论与伟大都通过别人传给了我们。可悲的是后者的历史是由那些借宗教虔诚行骗的人记载并修改的，但我仍然透过这些看见他的光辉。即使是此刻，虽然我自己也像你们所想得起来的最具动物性的人一样依本能行事——我还年轻，却还在随意地写着——在一大片黑暗中苦苦追求着一线光明——也不清楚某些观点究竟主张什么。不过，这么一来我不是免于罪愆了吗？难道冥冥之中没有神明在看我，就像我被警觉的白鼬或急躁的小鹿逗乐了一样，对我可能发生的任何优雅而又出自本能的态度感到有趣吗？虽然在大街上吵架是桩可憎的事情，显示出来的那股劲儿却是好样的，再平凡不过的人在吵架中也会表现出某种美感来——在某位高高在上的神明看来，我们的推理也是异曲同工——虽有错误，却是好的——而诗意恰恰就寓含其中。如果是这样的话，那么诗歌就比不上哲学——其道理就像苍鹰没有真理那么好一样——相信我这一点——你们不觉得我是在努力地——了解我自己吗？相信我这一点——你们就不会以为我是在用自己的话重复弥尔顿的诗句：

> 神圣的哲学具有多么迷人魅力，
> 它不像傻瓜所想，既不苛刻也不乖戾，
> 而像阿波罗竖琴里弹奏出的音乐——①

不——我不是为自己而做——我只为自己到了一种能正确玩味它们的情境而心存感激——没有体验过的事情不是真的——倘未经过你自己生活的证明，即使是谚语中的真理对你来说也根本算不上什么——我一直担心你们对我的挂虑，它会导致你们害怕我的烈性子一直被压抑着，由于这个原因我本不打算寄去这首十四行诗——不过请你们再读一读最后这两页，问问你们自己我是否胸有成竹，能否很好地忍受这个乱纷纷的世界。那会是对我十四行诗的最佳评论，那首诗会告诉你们它不是普通痛苦的呻吟，而是对痛苦的漠视，到了

① 录自弥尔顿用假面形式表演的诗剧《科默斯》。

一定境界后除了知识之外它没有别的渴求，尽管开始几步还是要通过我的俗世情怀——它们走远了，于是我用思想来记录——或许我得用我的一部分心灵来忏悔——

我今晚为何发笑？没有声音来回答：
　天堂里的上帝，地狱里报应不爽的魔鬼，
都不肯屈尊回复我的问话——
　于是我随即转向自己的内心——
心儿啊！你和我在这里是寂寞孤独，
　说啊，我为何发笑？啊，剧烈的痛苦！
啊，黑暗！黑暗！我总是在悲泣，
　问天堂、地狱和心灵，全都白费。
我为何发笑？我知道此生乃是一场租契，
　上蒙天佑，我的幻想伸展至它的极致；
不过，倘若我能在这个午夜里停止呼吸，
　看见尘世里华而不实的旆旄灰飞烟灭。
诗歌、浮名与美人固然香浓味劲，
但死更浓更劲——死是生之原上最美的草地。①

（《一八一九年二月十四日至五月三日致乔治和乔治安娜·济慈》，《济慈书信集》，第302—305页）

这一段时期一直在读两本非常不同的书，一部是罗伯逊的《美洲》，另一部是伏尔泰的《路易十四时期》，感觉上就像是处在皮扎罗与那个渺小的专制君主之间，与他们并肩而行。我们看到两者中芸芸众生都处在相当令人不快的情况之下。在前者中，人们情感上纯洁无邪，文明未经受污染，特别是由于他们远离了那互助而又互害的社会结构——他们是更直接地处在神的眷顾之下——这些显然使得他们能代代承传安宁的心灵——他们那儿也有需要忍受的巨大痛苦，和文明社会中的阴谋、债务和贫穷一样糟糕，或者说更有过之。这一切似可如此表达——人生下来就是一种“受罪的可怜虫”，注定要像森林

①　此诗后以《“今夜我为何发笑”》为题发表。

中的野兽那样遭受痛苦和不幸，像它们那样担惊受怕。要是他在一定程度上改善了自己安身立命的条件——在每个阶段、每个节骨眼上都会碰到一大堆新冒出来的麻烦事——他也不能超凡脱俗，头顶上方仍然笼罩着一片星空。能够摆到我们面前最有趣的一个问题是，对于某位罕见的苏格拉底来说，他要坚持不懈地努力到什么程度才能使人类快乐？——我能想象得出这种快乐的极致——那么它又怎样结束？——死亡——那么在这种情况下谁又能承受死亡？——生活中所有的烦恼，它们本来已是均匀播撒在时间的长河里，会在一个人最终的日子里积聚在一起，此人不会庆幸它的临近，而会像夏娃离开乐园一样离开这个世界——但是说实在话我根本不相信这种至善至美——这个世界的本质不允许它存在——一个世界的居民自会和这个世界本身保持一致——让鱼儿讨论形而上学，化去冬天河里的冰块，它们会在暖洋洋的夏日满怀喜悦地嬉戏个没完。看看北极、南极、非洲沙漠、漩涡和火山——让人类把它们抹掉，我会说他们将领略某种人间之福——他们所享受的至福，顶多是一种性质单调、缺乏生气的状况，除此之外别无其他——譬如说吧，假如一朵玫瑰有感觉，它在美丽的早晨绽放，为此欣然自得——但冷风刮起来了，炽热的太阳升起来了——玫瑰无处逃躲，它没有办法消除自己的烦恼——这些东西像它本身一样都是这个世界与生俱来的；人类也没什么可多得意的，这世界的许多成员在打他的主意——对那些误入歧途和迷信的人来说，这个世界的别名是“泪之谷”，我们要从这里得救，就要通过上帝的独断干预才能升入天国——多么狭隘闭塞的概念啊！要是你高兴的话，把这个世界称为“造魂之谷”好了，那样你就可以认识到世界的作用（我现在正用最高档的词语谈论人性，承认它是不朽的，把这一点视为当然是为了表达刚刚心血来潮的一个思想）。说起“造魂”，灵魂与心智有别——心智与神性的火花何止千万，但它们都算不上灵魂，除非它们取得身份，每一个都成为有自我的个体。心智中有无数感觉的原子——它们能识能观而且纯洁，简而言之它们就是上帝——那么，灵魂是怎样造就的呢？这些等同于上帝的火花是怎样获得自我身份的——以便于它们永远拥有不同的幸福，从而能彼此各不相扰地存在？不以像目前这样的世界为媒怎能做到？我真诚地希望好好考虑一下这个问题，因为我认为这是比基督教更为伟大的拯救制度——或者说这是一种精神创造制度——这在相互影响的三大因素的多年作用下形成——这三大因素是心智、心灵（有别于心智或思想)与世界,后者或可称为初始空间,也就是说思想与心灵能在其中协调行动以形成灵魂,或形成注定要获得自我意识的心智。我很难把我模糊感到的东西说清楚——但我想我是感觉到了的——为了让你们能更清楚地评判,我要尽可能用最普通的话来解释——我要把世界称为一所教孩子读书的学校——把人类心灵称为学校里面用的课本——把学会了读书的孩子称为这所学校和课本培育起来的灵魂。你们难道没看到多么需要一个充满了痛苦和烦恼的世界以教育心智铸成灵魂?多么需要一个使心灵以种种方式感受痛苦的所在!心灵不只是课本,它是思想的《圣经》,是它的经验集成,是思想与心智咂饮自我意识的乳头——人的生活丰富多彩——灵魂亦如此,上帝就是这样造出形形色色的个体与灵魂,那些用他自身本质火花造就的有自我意识的人——我看这就是不违反我们的理性与本性的拯救制度的荦荦大端——我深信许多令基督徒绞尽脑汁的难题在它面前会化为乌有——现在还有一个问题萦绕在我心头——那就是拯救儿童——他们心中的火花或心智不带自我意识地回归上帝——它来不及知道心灵(或曰人类激情之源)并受其改变——有一种相当普遍的疑心,说是基督教的这一套是从古代波斯与希腊的哲学家那里搬来的。为什么他们不用同样的方式引进仲裁者和个体人格之类以使这一简单的道理更易于为普遍人理解呢?在希腊神话中抽象物是被人格化了的——认真地说,我觉得可能就是这种造魂制度——哺育了所有那些具有更明显的个人救赎色彩的火袄教、基督教和印度教。一部分人一定要有他们自己创造的朱庇特,另一部分人也得要有他们看得见叫得出名字的仲裁者和救世主,以及他们的基督、奥尔曼兹德和毗瑟拏——要是我说的像我担心那样还不够明白,让我把你们领回到我这一系列思想的出发点去——我的意思是,我一开始看到人是如何由环境形成的——但什么又是环境呢?——仅仅是心灵的试金石吗?——试金石又是什么呢?仅仅是心灵的证实吗?——心灵的证实要不是改变或加强他天性的东西之外又是什么呢?而改变了的天性不是灵魂又是什么呢?——尚未进入这个世界,尚未获得这些证实、改变和完善之时的灵魂又是什么呢?是一种心智——没有自我身份——而这种身份是如何获得的呢?通过心灵的媒介?要不是处在大千世界的环境之中,心灵如何能成为这种媒介?——好了,我想在诗歌与神学方面你们可以感谢命运了,因为我的笔还不是非常罗嗦的。

（《一八一九年二月十四日至五月三日致乔治和乔治安娜·济慈》,《济慈书信集》,第 329—332 页）

今天早晨我更有理性,早晨对我来说,是给我如此深爱的美丽姑娘写信的唯一恰当时间,因为在夜间,当寂寞的白天逝去,那没有音乐的静寂斗室像坟墓一样在等待着接纳我,这个时候,你可以相信,我全部的激情会一泻如注。因为怕惹得你猜疑我不是太悲哀就是有点走火入魔,我不愿意我写的那些痴迷情语让你看见,我以前觉得自己不可能会写出这类文字,还经常就此嘲笑他人。我现在坐在一个景色宜人的农舍窗前,窗外是一片美丽的山原,依稀可以看见大海,晨光很美。我不知道我的精神有多大的韧性,也不知道住在这美丽的海边,自由自在地呼吸徜徉会得到多大的欢乐,假如对你的思念不是这样沉甸甸的话。算起来总共有很多日子我未尝到纯粹的幸福了,人们的死亡与疾病使我时时刻刻不得安宁——现在没有这些烦恼来压迫我,可我得斗胆告诉你,你所造成的另一种痛苦又压上了我的心头。我的爱啊,问问你自己,你这样地牵制和束缚我的自由是不是很残酷。要是你愿意承认,马上写信给我,尽可能地在信中给我抚慰——让它像秾丽的罂粟蒴果汁一样令我陶醉——写下最最温柔的字眼后亲吻它们,这样我至少可以用嘴唇碰碰你触过的地方。而我自己,我不知道如何表达对如此美好形体的爱慕之情,我想要的词比光彩照人还要光彩照人,比美丽优雅还要美丽优雅。我几乎希望我们成为夏天里只活上三天的蝴蝶——和你待上这样三天,我会往其中注入平常五十年也装不下的欢乐。

（《一八一九年七月一日致芳妮·布劳》,《济慈书信集》,第 348—349 页）

别怪我用不愉快的事来烦你,我的意思不是说你会怪我用不愉快的事来分你的神,我向你保证,这回让你劳心的好事,我已尽最大可能把忧郁搁在一边。思想上的痛苦比现实痛苦更让我难受,你对此了解甚深。现实痛苦激起的反应仅只是解脱或回避,这很容易解释。我们思想上的痛苦是由激情唤起,并由情绪性的感觉孳生;而现实痛苦则是只身而来,并且遭到抽象思想组织的抗御,现实痛苦是激情的取代者。思想上的痛苦使人成为受难者,就像把人钉上十字架一样;现实痛苦把人激成奋斗者。我希望你只要瞥上一眼就看清了我向你敞开的心扉。

(《一八一九年九月二十三日致查尔斯·布朗》,《济慈书信集》,第 401 页)

与想象的痛苦相比,我觉得自己更能承受真实的痛苦。什么时候我发现自己变得忧郁起来,我就起身洗洗,穿上件干净衬衫,梳梳头发刷刷衣服,把鞋带系系整齐,煞有介事地打扮一番,就像准备出门一样——等到完全整洁舒适了,我又坐下来写作。我从中得到最大的慰藉——此外我变得更习惯于独处之乐,我像隐士一样居住在世界之中。我已忘了如何为享受欢娱而谋划经营,我感到自己能承受任何事情,任何苦难,即使是监禁——只要我没有妻儿之累。也许你们会说那是你们仅有的安慰。

(《一八一九年九月十七日至二十七日致乔治和乔治安娜·济慈》,《济慈书信集》,第 403—404 页)

你们能看到我每天写上一页纸,直到把信包寄出——这几天我还不想把它寄出,因为我愿意多写一些,写封好的长信,把能说的都说到,没有什么事情比它更具怀旧的魅力了——自你们走后,我们的朋友们都说我完全变了——和过去判若两人——或许在此信中,我会感到重返上次见面时的情境——我敢肯定你们也变了——每个人都是如此——我们躯体的成分每七年完全更新——不是现在这只手掌在七年之前捏拢起来反抗赫蒙德①——我们就像圣人遗留的衣物,处在亦是亦非状态,因为被僧侣小心翼翼地补缀过,把它当圣安东尼的衬衫来补缀。这就是为什么推心置腹的朋友若干年后重逢会变得相互冷淡,双方都不闹明白原因何在——事实是他们都改变了——生活在一起的人相互间会散发出潜移默化的影响——彼此吸纳消化。想到七年之后两只手不能再热情相握,真有点不是味道。所有这些问题,通过彼此做主动和有意识地调整练习是可以消除的。有些人认为我一度为诗歌发烧发热,现在凉下来了——事实是我也许凉了下来,但我希望取而代之的是更深思熟虑更沉静的力量。如今我更频繁地满足于读书和思考——不过不时浮起些雄心勃勃的念头。我的脉搏更平缓,消化有改善,我尽力拂去思想上的烦恼——写出妙句后我难得心平气和,因为它们烙得心头发烫。我希望构思时不要发热,但愿有一天我能做到这一点。你们难以想象我一个人"在孤独中"会活得如此自在,

① 济慈做药剂师学徒时的师傅。

有一天我告诉这儿的仆人安娜，有客人来的话就说我不在家。怎样承受相互勾结的寂寞惆怅与糟糕天气，我心中不大有底，现在天气晴朗了，我每天晚餐前散步一小时。

(《一八一九年九月十七日至二十七日致乔治和乔治安娜·济慈》,《济慈书信集》,第423—424页)

离开布劳恩小姐这个念头令我不寒而栗，压倒了其他一切——黑暗感扑面而来——我不断看见她的倩影，又不断看见她消失。上回她在温特华斯寓所照料我时惯用的一些话语声老是在我耳畔回荡——是否还有另一个世界？我会醒来发现一切都是梦吗？一定有的，我们不能被创造出来遭受这种苦难。这封信的收方是你的一个——对于我们的交情，或者说你对我的友谊，我只想说由于你有权开溜，你永远都不会像我这样不幸。我会想着你的——在我最后的时刻。要是可能的话，我会挣扎着给布劳恩小姐写信。我的生命在写这些信当中的一封时嘎然而止，压根儿不是一件坏事情，因为它使人将某种狂热保持一阵。好久以来未写过这样长的信，我感到有点累，但我最好还是一直写下去，总比被迎面风弄醒强。我们盼望今晚能停泊在波特兰锚地，船长、船员和旅客们全都疲倦不堪，憋着一肚子火。我会给戴尔克写信。我觉得似乎是在结束最后一封给你的信。

(《一八二零年九月三十日致查尔斯·布朗》,《济慈书信集》,第513页)

寥寥数语就能说明白我们的历程和现在的处境，由于检疫，我们的信件必须在卫生办公室里拆开，进行熏蒸消毒，因此不能多写。我们得在船上滞留十天，此刻被关在一列船队里。海风给我带来的好处，与糟糕天气与恶劣膳宿造成的损害程度相同——因此我现在的情况差不多和过去一样——把我的爱给芳妮，告诉她要是我没病，那不勒斯港的情况就足以写满一叠信纸——可是这看来像一场梦——每一个划自己船的人，说话和走路的人，看起来都是与我不同的生灵——我真觉得自己不在人世间——我觉得不幸的是旅客当中有一位生肺病的年轻女士——她的轻举妄动令我很不好受——她的疾病状况——她脸上的红晕，所有那些不祥的症状都让我痛苦不堪——要是我健康良好，这些给我的感觉还是一样。舍温是个非常好的伙伴，不过他的神经过于坚强，不至为他人的疾病所伤——我记得可怜的莱斯在怀特岛上用同样的方式折磨过我——当这位女士从我的视野里消失，我会感到如释重负。我现在的躯体状况难以准确描述——此刻消化不良弄得我很不舒服，使我把信写成这个样子。由于体质不强壮，我总愿意您把我想象得比实际上要差一些，这方面我好像是成功了。要是我康复不了，您不会太伤心；要是我痊愈了，您的喜悦会翻倍——我不敢把自己的心思放在芳妮身上，我不敢去想她。我拥有的唯一安慰就是不断想着银匣子中那把她赠给我的小刀——项链纪念盒中那缕秀发——金色网篮里那套袖珍书籍——把这段给她看。我不敢再说什么了——不过您别以为我病得挺厉害，就像这封信可能给您带来的印象那样，假如世上有人生下来就不会希望，我就是这种人啊。舍温正在给哈斯拉姆写信，我刚请他让哈斯拉姆给您寄去他对我病情的介绍。哦，倘若我能再次感到自己是这个世界的公民，我会怎样对您介绍那不勒斯的海湾啊——我感到我脑子里有个精灵要把这些愉快地写出来——哦，扛着一颗会思考的脑袋真是痛苦！

（《一八二零年十月二十四日(?)致撒缪尔·布劳恩太太》，《济慈书信集》，第 514—515 页）

六、论自然

我喜欢英格兰，我热爱英格兰，我喜爱英国的赳赳男子——让我在早晨来到一片“广阔的褐色草原”，以使我有可能遇见勇敢的埃德蒙的子孙——让我置身于一块贫瘠的土地，以使我有可能在一名流浪汉、猎人或牧羊人身上遇见阿尔弗烈德的影子。自然风景固然好——但人的本性更好——因为有真正的英国人的脚急匆匆踩过，草地显得更有绿意；因为有山野汉子朝里瞅过，鹰巢也显得更有生气——这些是事实还是偏见？

（《一八一八年三月十三日致本杰明·贝莱》，《济慈书信集》，第 101 页）

德文郡一直霪雨霏霏，雨点打在窗户上，给我的感觉像是提起一夸脱冷水，兜头浇向一只淹得半死不活的恶魔——不觉得是密云中倒下倾盆雨，倒觉得是大地连根都烂湿冰冷——我没能够去肯特郡的巴比康洞穴——但在一个天气极为晴好的日子，我一路攀上了往那边去的山岩尽头。我大约在十天后回城——我们从巴斯方向走，目的是顺道看望贝莱。我希望不久能在给你的信中谈谈北边的景物，打算把那一带都徒步踏勘一遍。我已在思想上武装了自己，准备饕餮地欣赏沿途风景。不过在我动身之前，我们还有几天时间可以聚聚——我有不少理由踏上观风弄景之途：摆脱坐了一个冬天的椅子——扩大我的视野——逃避那些研究诗歌的文章与来自金斯顿的评论——增强肠胃的消化能力，再就是发挥脚下皮鞋的功效——我还要带上皮扣和皮带。要是布朗坚持他的主意，那我们就去翻山越岭——假如我的书能给我带来帮助——我会像这样一处一处游遍全欧洲，还要去看看世界上的各个王国，领略其光彩。

（《一八一八年四月九日致 J. H. 雷诺兹》，《济慈书信集》，第 120 页）

我曾计划今年夏天去北方旅行——但有一件事阻止了我——我懵懂无知，没读过什么书，我想遵循所罗门"要得智慧，要得聪明"的训示——我发现游手好闲的日子已经一去不返，除了不断畅饮知识的甘泉，我没有别的欢乐——我发现除了为世界做些好事这个主意，其他没有什么东西值得追求——有些人以其交往有益于世——有的人凭其才智——有的人靠其仁慈——有的人有办法使他们所遇到的人全都快活开心，万法归一，大家都一样恭顺地听从大自然的吩咐——而我只有一条途径——这条路要通过俯读仰思才能走通。我要这样追求下去，准备为达此目标退隐若干年。我曾有一段时间徘徊于对精美的微妙感受与对学问的爱好之间——要是我打定主意追求前者，我会过得开心——但既然我未这样决定，我得将全副心思转向后者。

（《一八一八年四月二十四日致约翰·泰勒》，《济慈书信集》，第 123 页）

早餐前我们去看安姆坡赛德瀑布。晨光美妙——走在山间毫不费力。我要说我们幸好没有循着直路走，信步徜徉一阵后听到水声才发现了它——你瞧，这条溪流被谷底的树丛覆盖住了——它惹人注目地"在悬垂的绿荫下弯曲缠绕"。弥尔顿所指的是一条平静的河流——这条小河却是从头到尾都在迥然有异的礁石河床上蹦跃——而我猝然间面对着的那道瀑布，给了我一种欣悦的刺痛。首先我们爬到了比瀑布顶端略低一点的地方，约莫在第一级跌水的腰间，并且看着它再分成两级跌水朝下倾泻，落到下面约 50 英尺的深处——然后我们又下攀到一块伸出的岩石上，它几乎与第二级跌水的顶端一般高，站在这儿，头上有第一级跌水，脚下有第三级跌水——就在这个时候我们看到瀑布头上的泻水被一堆滩石形成的小岛分开，小岛旁飞迸出一道壮观的急流——接着我们听到雷鸣般的水声，一股清新的气息迎面而来。同时，形态各异的跌水也各有自己的特点：第一级跌水似离弦之箭直奔底下的石板，第二级跌水飞溅开来其形如扇——第三级跌水一头扎进雾茫茫的水汽中——小岛另一边的泻水则是糅和了所有这些特点。我们后来移动了一下位置，将差不多整条溪流收拢眼底，这时它显得要温柔一些，闪着银光在树丛间行进。在这一切当中最触动我的是那情调、色彩、石板、石头、苔藓和岩藻等，或者，如果要我说的话，是营造此类奇观的大智慧与大手笔。这种空间摆布，这些山峦、瀑布的大小与数量，你在未看到它们之前完全可以想象得到，但大自然的神工鬼斧定然超过任何一种想象，战胜任何一种记忆。我要从这里学诗，要比过去任何时候都勤于动笔，因为我要在思维上尽力，争取能给博大之美添上淡淡一笔，把它作为美味佳肴奉献在我的同胞面前。眼前这些宏伟的物质就是被至美的精神所利用，才造出超凡脱俗的博大之美。我不能苟同哈兹利特的意见，说这样的景致使人显得渺小。我从未如此彻底地忘记了自己的身材高度——我只存在于目之所见，我的想象无所事事，因为它已经被超越了。

（《一八一八年六月二十五至二十七日致托姆·济慈》，《济慈书信集》，第141—142页）

这个湖有不少缺陷——不过并不牵涉到陆地与湖水，一点也不，这两方面的景致都是最雍容华贵的——对它们的印象决不可能褪色——它们使人忘却人生中种种处境：衰老与青春，贫穷与富贵；它们将人的视野升华成如北斗星之所见，一刻也不合上眼睑，坚定不移地俯瞰大自然创造的奇观。

（《一八一八年六月二十五至二十七日致托姆·济慈》，《济慈书信集》，第140页）

从斯奇道峰顶下来，我们步行去坎伯兰郡最古老的集镇爱尔比——那儿的一个乡村舞蹈学校令我们大为倾倒，它就在阳光下举行训练，确确实实“没有比它更新的来自法兰西的沙龙舞”了。真的，他们大胆得无以复加，汗流浃背地踢腿、跳踉、飞奔、闪避、踮脚、穿行、盘旋、转圈和跺足，疯狂地敲击着地面；我们的乡村舞蹈与苏格兰舞的区别，就像是懒散地搅动茶水与使劲地捣拌布丁。我心满意足地想到，如果说我从中获得乐趣而他们一无所知的话，那么他们的某些所得我也无从察觉。我希望回去时能带上一些苏格兰高原舞风，那一排排男孩与姑娘是你看过的人当中最棒的，美丽的面孔，加上精致的嘴唇。我从未感到过如此接近爱国激情，那种不惜采用一切手段使国人更幸福的激情。我之所爱过于风景者，此之谓也。我害怕我们这样不断由一个地方到另一个地方，会妨碍我们了解风土民情，我们仅仅成了河流，湖泊与山丘之间的过客。

（《一八一八年六月二十九日、七月一、二日致托姆·济慈》，《济慈书信集》，第 149—150 页）

我们从那座教堂走到梅布尔吃午饭——然后我们前往彭斯故乡埃尔郡——一路上风光极好——大大超出了我的期望。绿草如茵，花木葱茏，溪流纵横——还有视野辽阔的海景，尽头是爱兰岛上黑黝黝的群山。看到它们离得如此之近，我当即禁不住对自己说："彭斯怎么没被它们激发写史诗的鸿图大志？"——雄伟的顿恩河是我见过的最可爱的河流，两岸佳树垂荫，一望无际——我们在顿恩桥上伫立良久，当年汤姆·桑特就是从这座桥上逃亡——我们在拱顶石那儿吸了撮鼻烟——接着就去看"老阿诺威教堂"——我们参观时，一名农夫给我们指出"蒙哥的母亲悬梁自尽"和"酒鬼查理折断颈骨"的地方——后来我们又去看彭斯出生的房屋——为了制造一点气氛，在门口摆了张长桌——那效果就像艾汶河上的斯特拉福德镇里的同类纪念物一样。

（《一八一八年七月十、十一、十三、十四日致托姆·济慈》，《济慈书信集》，第 174 页）

花四个月在高原上大步行走不会使我满足，除非是我感觉到它给我带来更多的体验，去除更多的偏见，使我更惯经风霜，见识更美的景致，在我胸中置入更壮丽的山川丘壑，强化我对诗的探求，这比我停留在家中的书堆里强，尽管这样我可以不离开荷马——在此刻之前，我更多是一个山野之人——我与荒野为伴太久，气象万千的山川在我眼前挥之不去——我一直在吃燕麦饼——但时间尚未长得嗜此成癖——我初次看到的山岭，虽然它们没有我后来看到的那么宏伟，以其庄严肃穆压上我的心头。这种沉甸甸感觉在逐步淡化——但我基本上喜欢它。

（《一八一八年七月十八日、二十二日致本杰明·贝莱》，《济慈书信集》，第 187 页）

还要告诉我你是否需要什么特别的书籍、铅笔和画纸——除了宠物之外的任何东西——虽然我现在不会把这个看得非常重，记得我过去是多么喜欢金翅雀、大山雀、小鲤鱼、穴鼠、斑背虫、雅罗鱼、雄鲑鱼等，以及灌木与溪流中的全部种族，但它们肯定在林子里和水中过得更为自在——不过我必须承认，即使现在我也挺乐意弄一大群漂亮的金鱼来养着——我要往鱼缸里装10桶水，用一根冷水管引入新鲜水，另一根管子从地板下面出水。只要水换得勤，银鳞赤鳍的金鱼就能保住自己美丽的颜色——我要把鱼缸放在一扇漆得很好看的窗户下，在鱼缸周围遮一圈桃金娘与日本植物。窗户朝着日内瓦湖的方向——我要坐在窗前整天读书，就像某张画上的读书人一样——天气时不时地让人觉得像是春天了，因此我已开始在石楠树下散步。

（《一八一九年三月十三日致范妮·济慈》，《济慈书信集》，第270页）

我喜爱好的天气，将它视为对我最大的祝福。给我书籍、水果、法兰西葡萄酒、美好的天气以及一点户外音乐，由我不认得的某人演奏——不须花费搞特约演奏会那样的时间代价——只须随意来点音乐，我就能非常安静地过掉一个夏天，不去理会什么胖乎乎的路易斯、摄政王或惠灵顿公爵。……我现在很想去你们的园子里散步——尝尝苹果——试试梨子——品品李子——咬咬杏子——嚼嚼桃子——啜啜油桃——啃啃甜瓜——我对那些甜脆的过时浆果怀有极大好感——还要有棵醋栗树做伴——我向往着懒洋洋地躺在睡莲盛开的池塘旁的草地上，一边吃着白葡萄干，一边观赏塘里的金鱼。

（《一八一九年八月二十八日致范妮·济慈》，《济慈书信集》，第375页）

你不应当在舰队街呆那么久，过那种怠惰的生活无异于饮鸩舐毒，你会发现乡村空气比你预期的还更有益处。但那必须是合适的乡村空气，你得选择一个地点。瑞特福德属于哪种地区？你应该住在碎石子多的干燥荒原上，地势要高，气流要通畅，一般来说这种地方总会有极美妙的泉水——而那种油腻腻耕地上的封闭环境，特别是在谷地里，在平原上也差不多，会带来舰队街的烟雾那样的害处。尚克林就是这样的地方，它只在东南方有豁口，所有其他的方位都被丘陵包围——海上的潮气日复一日地从东南方进来，又没有别的出口，把空气弄得全然不利于人的健康，就像城市里使人虚弱的烟雾一样——我对此深有感受——来温切斯特后我的身体大有起色——这儿开阔得很——城里有一边全是干爽的白垩地，那儿的空气一品脱可值六便士。所以如果你在瑞特福德不见好，别归罪于你自己底子虚，仔细考虑一下空气与土地的问题别是秋天就要到了，沃土上的秋雾就像卷心菜汤冒的热气一样——住在谷地、平原和高山上的人，他们的主要区别在哪里？就地球文明的荦荦大端而言——我们的体质、体格（尽管有该隐与亚伯的历史冲突）与我们所呼吸的空气的关系超过了我们的想象。看一看农民与屠夫的区别吧。我深信导致区别的是他们呼吸的空气——一个呼吸着屠宰时的混合气味，另一个呼吸着地里冒出的湿润气息——从耕耘过的沟垅里不断散发出来的湿润气息对于一个神旺体壮的人来说，比他的劳动更能让他祛热败火。让他上山去割荆豆，要是他用的是藤斧，太阳下山后他的脑子还会在这把斧头上打转；让他放下犁耙，他只会安安静静地想着自己的晚饭——农耕是对人的训练，从地里冒出的热气就像是母亲的乳汁——它驯服人的性情。假如说这种空气环境有助于宣泻体格强健者的火气，那么它对体弱者又会造成多大的损害呢？——那种无所事事者——未受训练者——因为城里那么多人保持良好状态是因为有事可干的缘故——一个闲散的人，一个对自身利害心不在焉的城里人，不可能长期保持住健康的体魄——这很容易得到解释。假如你得走过沼泽地上一条不大像话的小路，心惊胆战步履蹒跚，你肯定会染上疟疾。可是让麦克白斯走同样的路，在空中挥舞着匕首为自己开路，他决不会染上疟疾或诸如此类的病情。你应当把这些事情认真地考虑一番。我相信诺丁汉郡那地方是一马平川——你应当住在萨默塞特郡的某个干爽贫瘠的山坡上，我相信乡下呼吸的空气也会和城里空气一样于人有碍。

（《一八一九年九月五日致约翰·泰勒》，《济慈书信集》，第 378—379 页）

现在这个季节多么美妙——空气真好，温和的犀利。说真的，不是开玩笑，是那种贞洁的天气——狄安娜的天空——我从未像今天这样喜欢收完庄稼后的茬田，是啊，它比春天里冷冰冰的绿意要好多了。不知怎的茬田看起来很温暖——同样的道理某些绘画看上去暖和得很——我星期天散步时，这种思想使我触动如此之深，以至于我沉吟起来。[①] 但愿你是在愉快地忙碌着，而

① “沉吟”的结果是《秋颂》的诞生。

不是在盼望着好季节的来临。几次不同时间的快活体验，弄得我忘了那边的气候——不，我不会给你抄一叠子诗稿过去。不知何故我总在秋天想起查特顿。他是英语中最纯粹的诗人。他不像乔叟那样用法语中的成语或小品词——而是用英格兰的词语作出真正英格兰的表达。

（《一八一九年九月二十一日致 J. H. 雷诺兹》，《济慈书信集》，第 385—386 页）

我尚未像你那样被缠绵的病情弄得憔悴不堪，因此无法从你的立场来谈论你说的那些挥之不去的丑怪念头与情感。当我身体还好或自我感觉如此的时候，特别是近一年来，我已经尝到这种情绪的苦头，可以说在生病六个月之前我就没过上一天安生日子——要么笼罩在愁云惨雾之中，要么　蒙受着某种激情的折磨，假如我作起诗来，此二者必居其一的情绪折磨起我来会变本加厉，会让自然之美在我心中失去魅力。多么令人惊讶（这里我有个前提：短短这段时间令我得出一个结论，即疾病减轻了我的虚妄念头与想象，使我能更真实地观察事物）——多么令人惊讶：离开人世的可能增加了我们对自然之美的感触。就像可怜的福斯塔夫一样，尽管我不会喋喋不休，我惦记着绿色的田野，我得用最最怜爱的态度来对待自己从孩提时期起就认识的每一朵花儿——它们的形体与颜色对我来说新鲜得就像是我用超越人类的想象把它们刚创造出来——这是因为它们与我们生命中最快活无忧的时刻连在一起——我在温室中见过最艳丽的异域花卉，可我对它们丝毫没有兴趣。我们春天中普通的花朵才是我想再见到的东西。

（《一八二零年二月十四、十六日致詹姆斯·莱斯》，《济慈书信集》，第 468—469 页）

附　录　三

济慈的湖区与高原之旅[①]

1818 年 5 月，刚出版了自己第一首长诗《安狄米恩》的济慈有意出门旅行。这段时期他与住在附近的布朗来往甚勤，布朗比济慈大 9 岁，经济状况也比济慈好得多，他每年都有出门旅行的习惯，得知济慈想出外看世界的愿望后，便提议两人一道去英格兰温德米尔湖区与苏格兰高原游历，他保证一路上会与济慈愉快相处。两人在这个话题上越说越投机，济慈的好友戴尔克夫妇对此事也很支持，戴尔克夫人玛丽亚甚至表示，万一济慈的三弟托姆（时在病中）有情况她还可以帮忙，这件事情就此敲定下来。

时间一晃就到了 6 月中旬，适宜出门的夏天已经到来。济慈的二弟乔治与乔治安娜办完了婚事，不日就要扬帆远航，去北美大陆寻求自己的"美国梦"。随着气温的升高，托姆的病情趋于稳定，他催促大哥立即实施与布朗同游湖区与高原的计划，这样还可以捎带着把乔治夫妇送上一程。济慈本来对三弟的身体放心不下，但托姆坚持他必须这样做，因为这次旅行将对《海披里安》的创作产生良好影响。托姆还告诉大哥，就算万一有什么情况，古道热肠的房东本特利太太还可以有所照应，所以他尽可以放心踏上旅途。托姆只提出了一个小小的条件，这就是大哥出门后每天得给他写信，讲述沿途风光与自己的所思所感，济慈当然是愉快地答应了下来。

既然一切障碍都不存在，济慈就没有理由不出发了。6 月 22 日上午，他

① 济慈的湖区与高原之旅历时两个多月，这段经历对其精神发展有重大影响，故用附录形式予以专门介绍。

和布朗以及乔治夫妇登上了一辆驶往利物浦的马车。此前所有的人都为他们祈福，惟有监护人阿比发出了刺耳的聒噪，他看不惯济慈兄弟的行动，说他们一家人全是堂吉诃德，对乔治移民北美更是指责有加。济慈对堂吉诃德并不反感，他没让阿比的话往心里去，相反还在给范妮的信中附了一首名为《我之歌》的谣曲，为背上行囊的自己画了一张自嘲式的画像：

有一个顽皮的男孩
他真是调皮捣蛋
他不愿呆在家里
也不想乖乖地不吭气——
他往背包里放进
一本书
里面尽是元音
加上一件衬衫
还有几条毛巾——
一顶便帽
当睡帽来戴——
一把发刷
和作用相似的梳子
几双新的袜子
因为旧的袜子
会嘶地一声开裂！
这只背包
在背上贴得太紧
他重新整了整
跟着自己的鼻子走
向着北方
向着北方
跟着自己的鼻子走

向着北方——[①]

所谓尽是元音的书，指的是克尔瑞翻译的三卷本《神曲》，日前刚由泰勒与赫赛出版社出版。除此之后，他的行囊中还有长诗《伊萨贝拉》的初稿，他准备利用路上的时间来对它作一些修改。

马车午间驶抵雷德班，济慈想起在盖氏医院学习时的同屋史蒂芬斯在此开业，于是请他过来一道共进午餐。史蒂芬斯注意到，济慈介绍把乔治安娜介绍给他时，怀有一种抑制不住的自豪。午餐之后马车继续向西北行驶，一路穿过北安普顿、沃里克与什罗普诸郡，最终在黄昏时分到达桅樯如林的港口城市利物浦。乔治夫妇在王冠客栈安顿下来，他们要在这里等待驶往美国的轮船。济慈当晚与他们告别，因为第二天一大早他与布朗要赶车前往兰开斯特，那是离英格兰湖区最近的城市。

到达兰开斯特之后，济慈与布朗一时找不着下榻的地方，因为所有的客栈都已人满为患，他们最后在一家私人屋子里将就了一夜。资本主义也有自己的初级阶段，济慈头一次来到兰开斯特这样的工业城市，他看到工人和家属住在拥挤肮脏的贫民窟中，听到四面八方传来吵闹的织布机声，还闻到陋巷里散发出恶心的酒精气味。《伊萨贝拉》中反映穷人悲惨生活的段落，或许是因这样的见闻而添加。此时辉格党与托利党正在该地为国会议席展开选战，贿选事件层出不穷，人们在大街上用粗话叫骂，地面上尽是砸碎的啤酒瓶。政府担心局面失去控制，竟然派出一支军队来此维持秩序。

6 月 25 日，经过在兰开斯特的短暂休整，两位旅人开始了真正的徒步旅行。早晨 4 时他们便起床做准备，但外面细雨飘飞，直到 3 小时后天才放晴。他们背上高过头顶的背包，挥舞着手杖走进了门外的薄雾之中，路边干活的工人看着两人的模样吃吃发笑，他们才意识到自己的打扮有点怪怪的：两个看不出身份的男子，一个又高又壮戴着眼镜，蓄着浓密的络腮胡须，另一个步履轻快精神抖擞，从身段看像是运动员或是小贩。济慈穿着一件缀有皮扣与带饰的旧夹克，脚下的鞋子轻软结实，格子花呢的披肩在肩头来回晃动，还戴了顶引人注目的皮帽。布朗则是一身保暖的格子呢，外加一件防水布做的无袖斗

① 约翰·济慈：《一八一八年七月二、三、五日致范妮·济慈》，载《济慈书信集》，傅修延译，北京：东方出版社，2002 年，第 155 页。

篷，头上扣着一顶大白帽，以免他那光秃秃的脑袋遭到日晒雨淋。他们的行囊中没法装下换洗衣服，在路上湿一阵干一阵地走了一天之后，没人再把他们当成绅士。这一天差不多走了 17 哩，他们经过了伯顿，最后来到一个当地话叫做恩德摩尔的小地方。

一、温德米尔湖与斯奇道峰

26 日早晨他们从恩德摩尔出发，走到肯德尔用早餐。此时已经进入了英格兰湖区，沿途风景美不胜收。他们沿着弯曲的小路穿行，两边是郁郁葱葱的树木，在这条绿影婆娑的小路上走着走着，突然之间左前方豁然开朗，温德米尔湖以及环绕它的群山在他们面前显露出最富丽的景观。济慈感到一种前所未有的震撼，因为这是他少年想象中多次出现的美景：碧绿的温德米尔湖风平浪静，围绕它的是一圈花木葱茏的湖岸，一座绿色的小岛飘浮在湖水中央，银色的云霞罩住附近的小山。如果说有什么与《仿斯宾塞而作》不符的话，那就是缺少四处游动的天鹅与闪动着金色鳞片的鱼儿了。他无法相信眼前看到的一切是真的，对布朗说这里的景色绝对不亚于意大利的任何地方，而见多识广的布朗则告诉他，在威尔士一带也可以找到与此媲美的风景。

快到正午时他们走上了不断上坡的山路，群山似乎是迎面而来，两人在巴恩斯发现了一家相当不错的湖畔酒家，于是决定在此就餐。等待午餐的时候，他和布朗划船去小岛上取鲑鱼，当地人把鱼养在多孔的水箱里，这样可以保证让客人吃到新鲜鲑鱼。厨师做鱼的时候，他和布朗在清凉的湖水里游了一会儿泳。午餐后他们沿着湖边一条坑坑洼洼的林间小路向北行进，路两边是羊齿蕨与紫色的毛地黄，透过浓密的绿荫不时可瞥见一小片湖光，身后的群山渐次变得轮廓模糊。到喝下午茶的时间，他们走到了温德米尔湖最北端的安姆坡赛德。济慈在当天给托姆的信中，宣称美丽的湖水山色可以使人忘却人生中的种种处境——衰老与青春，贫穷与富贵。走到安姆坡赛德，济慈才真正品尝到了旅行给人带来的快乐。

27 日清晨，两人利用早餐之前的时间去观赏安姆坡赛德瀑布。美丽的晨光令他们在山间迷失了路径，不过这算不上什么困境，因为自有咆哮的水声将他们引向峡谷间奔腾跳跃的水流。如果说头天的湖景令济慈迷醉，那么这天的瀑布给他留下了更深的印象。峡谷间茂密的树丛遮挡住了人的视线，等到他们拂开树枝与银链般的瀑布猝然相对，一阵巨大的欢乐涌上济慈心头，他在给托姆的信中称这种感觉为“欣悦的刺痛”。

他们首先爬到了比瀑布顶端略低一点的地方，位置约莫在第一级跌水的腰间，在那里看着它分成两股朝下倾泻，落到下面约50呎的低处。然后他们又冒险下攀到一块伸出的岩石上，它几乎与第二级跌水的顶端一般高，站在这个地方如在水帘洞中：头顶上有第一级跌水，脚底下是第三级跌水，雷鸣般的水声震耳欲聋，凉爽清新的水雾令人精神振奋。济慈注意到，三级跌水各有自己的特点，第一级跌水似离弦之箭直奔底下的石板，第二级跌水飞溅开来其形如扇，第三级跌水则是一头扎进雾茫茫的水汽之中。后来两人往后挪动位置，将整条瀑布收入眼底，这时它的模样便显得温柔多了，仿佛是一条闪着银光在树丛间飘动的缎带。

旅途中的新鲜刺激将使济慈乐而忘倦，他在当天的信札中抒写了陶醉之情，表示自己的想象已被大自然的神工鬼斧彻底超越，

> 在这一切当中最触动我的是那情调、色彩、石板、石头、苔藓和岩藻等，或者，如果要我说的话，是营造此类奇观的大智慧与大手笔。这种空间摆布，这些山峦、瀑布的大小与数量，你在未看到它们之前完全可以想象得到，但大自然的神工鬼斧定然超过任何一种想象，战胜任何一种记忆。……我不能苟同哈兹利特的意见，说这样的景致使人显得渺小。我从未如此彻底地忘记了自己的身材高度——我只存在于目之所见，我的想象无所事事，因为它已经被超越了。[①]

虽然忘记了自己恼人的身材，但他并没有忘记诗人的身份。行万里路与读万卷书一样，都是为今后的创作拓展思维，他从大自然中读出的创造奥秘，最终还要落实到诗歌上头：

> 我要从这里学诗，要比过去任何时候都勤于动笔，因为我要在思维上尽力，争取能给博大之美添上淡淡一笔，把它作为美味佳肴奉献在我的同

① 约翰·济慈：《一八一八年六月二十七日致托姆·济慈》，载《济慈书信集》，傅修延译，北京：东方出版社，2002年，第142页。

> 胞面前。眼前这些宏伟的物质就是被至美的精神所利用，才造出超凡脱俗的博大之美。①

这不是“欲与天公试比高”，而是要做大自然的学徒，用自己未来的作品为“博大之美”增光添彩。艺术家的感悟都是相同的，济慈此处所说的“超凡脱俗的博大之美”，与我们古人所说的天地之大美并无二致。在“博大之美”外创造出新的艺术之美，可以说是济慈毕生追求的目标，他后来以一系列呕心沥血的精彩之作，履行了自己在大好河山面前发出的誓言。

温德米尔湖区因为华兹华斯的反复歌咏而名扬四海，这位湖畔诗人居住在离安姆坡赛德不到 2 哩地的莱德尔，因此看过瀑布之后，济慈便兴冲冲地去拜访在伦敦已经相识的老前辈。然而不巧的是，华兹华斯离开莱德尔去了巴恩斯，这位吟风弄月的诗人竟然是去为托利党候选人劳瑟尔斯拉选票！济慈觉得此事不可思议，他怎么也想不通华兹华斯会对这种政治斗争感兴趣，而且卷入得如此之深。要是济慈知道华兹华斯上个冬天来伦敦，其目的之一便是为劳瑟尔斯竞选国会议员鸣锣开道，他对华兹华斯的困惑还会进一步加深。济慈在华兹华斯门前留了张条子，表明来访未遇的怏怏之意。转身离开前，他看见华兹华斯的客厅窗户正对着波光粼粼的温德米尔湖，由于华府坐落在莱德尔山麓的隆起处，整个湖面在窗前一览无余，一直可以看到湖对岸悄然伫立的群山。可以想象华兹华斯每天在这里将潋滟湖光尽收眼底，这样富于诗意的环境简直使济慈产生了妒忌之情。济慈对物质生活从来没有过高的要求，但是以后在描绘幸福生活的场景时，他总会馋涎欲滴地提到一扇面对大湖的明亮窗户。

既然见不着华兹华斯，两位旅人决定继续赶路。他们沿着莱德尔河往北走，穿过景色迷人的格拉斯米尔谷地，从一条山间隘道进入了坎伯兰郡的领域。走到距赫尔维林山还有 4 哩时，他们看见了一层层向上耸起的山峦，还有云雾缭绕的峰巅和山崖。华兹华斯在诗歌中多次提到这些峰巅和山崖的名字——罗里格崖、斯奇道峰、赫尔姆峭壁、鹰架石、克尔克巉岩和锤头礁等，济慈和它们神交已久，此刻能够亲眼看到它们的轮廓，不由得欢呼雀跃起来。他

① 约翰·济慈：《一八一八年六月二十七日致托姆·济慈》，载《济慈书信集》，傅修延译，北京：东方出版社，2002 年，第 142 页。

和布朗想去爬雄伟的赫尔维林主峰，但第二天早上起来发现天正下雨，为了安全起见只能放弃这个计划。两人冒雨走了 8 哩路，来到德文特河上的刻斯威克用早餐，餐后又绕着德文特河走了一大圈。济慈发现德文特河畔风光多姿多彩，与温德米尔湖景相比不遑多让：河岸两边古木参天，河中小岛草木丰茂，墨绿色的河水在寂静的群山间蜿蜒流淌。他们还特地去看了娄多尔瀑布，济慈在攀爬途中失足落入既湿又软的一个洞穴之中，弄得全身湿透。但他也因此看到了洞穴里的奇观——里面长着岑树和其他一些形状优美的树木，他不明白它们怎么会跑到那里面去生长。回到刻斯威克用了午餐之后，他们不顾疲劳仍继续前行，走了 3 哩路去圣约翰谷参观德鲁德教堂。这一天的行程把两人折腾得够呛，当晚歇息时，两位旅人筋疲力尽，几乎连脱衣服上床的力气都没剩下。

但这并未影响他们次日 5 时起来攀登斯奇道峰，爬山时天气一直不错，但在快要登顶时，一团团白云飘然而至，遮挡住了山下的谷地。由于处在云层之上的位置，他们看到了远方的爱尔兰海和苏格兰的海岸，以及坎伯兰郡和威斯特摩兰郡内的所有大山。高处不胜寒，济慈第一次爬上这样的高山，他觉得身上发冷，于是挺乐意地品尝了导游带来的朗姆酒。酒里面大概掺了山泉，他上山时喝了两杯，下山时喝了一杯。在冰凉的空气中走了 10 多哩山路，给了济慈洗冷水浴般的感觉，他觉得自己似乎参加了一场攀登比赛。

不必担心济慈能否坚持下去。步行是他擅长的运动，当年他在埃德蒙顿当学徒时，常去 4 哩路外的恩菲尔德与小克拉克见面；后来他经常健步如飞于盖斯医院与康谷之间，那段距离大约是 8 哩。济慈在给乔治夫妇的信中说，在美丽的湖区一口气走 14 哩路，也没有在城里走 4 哩路那么累人，因为沿途景观带来的欣悦之情，足以使步行的疲劳与枯燥化为乌有。布朗很快认识到济慈是一名相当不错的旅伴，他虽然是第一次走这么多路，仍能保持充沛的体力与昂扬的情绪。布朗当然更为老练，他把握着旅行的节奏，以日均 20 哩的速度向前推进。每天投宿之后，布朗会与济慈一道商量第二天的旅行计划，两人在地图上比比划划。他们有时也玩玩牌，但更多的是阅读与写作——济慈抽空就修改他的长诗《伊萨贝拉》。两人还坚持做旅行记录，布朗偏重细节，他对沿途景物与路上行人都有详细描绘，济慈则以写信的方式记述自己的见闻与感触。旅途生活虽然艰苦，但只要每天都有新鲜刺激，他们对糟糕的食物与龌龊的客栈都没有太多怨言，毕竟这些日子他们是自找苦吃。

二、苏格兰与彭斯故乡

攀登斯奇道峰是湖区之旅的尾声，再往北走就要进入苏格兰的疆域。如果说济慈在湖区流连于湖光山色，那么到了苏格兰以后他更注意观察风土人情。济慈在途中不断提醒自己，切莫因行色匆匆而走马观花，成为河流、湖泊与山丘之间麻木不仁的过客。在苏格兰信札中，济慈写下了不少对社会生活的观察体会。从斯奇道峰下来之后，他们经威格顿向北去卡莱尔，途中穿过坎伯兰郡最古老的集镇爱尔比。济慈在路边看到了乡村舞蹈学校令人倾倒的训练表演，孩子们汗流浃背地踢腿、跳跟、飞奔、闪避、踮脚、穿行、盘旋、转圈和跺足，疯狂地用鞋跟敲击地面。济慈形容苏格兰乡村舞蹈与英格兰舞蹈的区别，就像是使劲地捣拌布丁与懒散地搅动茶水。男女学员的漂亮面孔与他们精致的嘴唇，给他留下了难忘的记忆。不知道济慈跳舞的水平如何，反正他在信中对别人说，希望自己以后跳舞时能带上一点苏格兰高原的风格。

但是给济慈留下更深印象的，还是苏格兰的古朴与贫穷。卡莱尔是一座历尽沧桑的小城，位于罗马人建筑的长城南面，城里有座用砖砌成的中世纪城堡，还有刷成白色的狭窄老街。他们由此乘马车前往 38 哩之外的邓弗里斯，济慈颇为惊讶地透过车窗看到，路边行走的妇女几乎都光着脚丫，手里拎着干净的鞋袜，看样子她们准备走到集镇再把它们穿上。济慈还看到路旁出现了许多破烂不堪的农舍，屋顶上没留排烟口，燃烧泥煤冒出的炊烟只能通过门窗向外排出。济慈一直住在大伦敦范围之内，他习惯看到较为卫生的生活方式，因此这些没有烟囱的农舍总是令他揪心。他的旅行信札中多次提及光着脚丫、脚踝上沾满泥巴的苏格兰妇女与儿童，以及从农舍门窗里冒出的缕缕炊烟。

作为英格兰人，济慈对苏格兰的异域情调也感到十分新鲜。苏格兰人的急躁脾气、他们速度很快的方语、男子穿着的方格呢短裙、如泣似诉的悠扬风笛，还有人们常喝的“塔迪”(威士忌加水和糖)，这些都使他产生了一种如在他乡的陌生感觉。幸而苏格兰与英格兰毕竟同属大不列颠，济慈还能勉强用英语与当地人交流。

7 月 1 日，济慈与布朗在邓弗里斯的小街上悠闲地漫步，这个地方埋葬着 18 世纪苏格兰大诗人罗伯特·彭斯，他被认为是浪漫主义诗歌运动的先行者。脍炙人口的《旧日的时光》是彭斯的代表作，这首诗通过 20 世纪的电影《魂断蓝桥》传遍全球，成为全世界各种聚会的共同结束曲——《友谊地久天长》。不过对此时的济慈来说，在邓弗里斯一直萦绕耳畔的，还是彭斯那首更具苏格兰风情的《一朵红红的玫瑰》：

啊，我爱人像红红的玫瑰，
它在 6 月里初开；
啊，我爱人像一支乐曲，
美妙地演奏起来。

你是那么美，漂亮的姑娘，
我爱你是那么深切；
我要爱你下去，亲爱的，
一直到四海枯竭。

一直到四海枯竭，亲爱的，
到太阳把岩石烧裂；
我要爱你下去，亲爱的，
只要是生命不绝。

再见吧——我唯一的爱人，
我和你小别片刻；
我要回来的，亲爱的，
即使是万里相隔。

入乡随俗，在苏格兰的天空之下，在塔迪、风笛和方格呢短裙的刺激与鼓舞下，济慈跃跃欲试，也想模仿彭斯风格来段苏格兰谣曲。恰好此前他们步行穿过的地方，正是司各特小说《盖伊·曼纳霖》的背景所在地，布朗（他是苏格兰人）一路讲述小说主人公麦格·玛丽利丝的故事，济慈听后对这位吉卜赛老妪的命运产生了莫大的同情，为她挺身反抗恶行拊掌称快。行至一处，他指着远方某个标志物大声嚷道："毫无疑问，这就是老妪麦格·玛丽利丝煮锅的地方！"没过两天，他把一首富于苏格兰韵味的谣曲寄给了妹妹：

老麦格她是个吉卜赛，
居住在荒野雨淋日晒，
褐石楠草丛是她的床榻，
她住的房子就在户外。

黑草莓是她吃的苹果，
金雀花籽是她嚼的葡萄仁，
她饮的酒是野白玫瑰的露汁，
她读的书是教堂墓场的碑文。

她的兄弟是崎岖的山岭，
她的姊妹是落叶松树林，
有这样一个大家庭做伴，
她一个人住着实在开心——

有许多清晨她不用早餐，
有许多中午她也不吃午饭，
到晚饭时她还是无动于衷，
瞪大眼睛朝月亮公然挑战——

但每天早晨她会用新鲜忍冬，
为自己做一个花环戴上，
每晚在峡谷那棵紫杉树下，
她会一边织布一边歌唱。

她还会用上年纪的褐色手指，
把灯芯草编结成一张张草垫，

她把这些草垫送给村里乡亲，
这些人她常在林子里面遇见——

老麦格勇敢得像玛格丽特女王，
高大得又像一员亚马逊战将，
她披一件旧的红毯做斗篷，
一顶便宜的帽子戴在头上——
上天让她的老骨头在某处安息，
她死了，在那很久以前的时光。

拜谒彭斯墓是苏格兰之行的重要目的之一，来到邓弗里斯的当天下午，济慈就去向已故诗人表达了敬意。不知何故，济慈在彭斯墓前感到不大对劲，情绪显得十分低落。有评论家认为墓地的阴沉气氛影响了济慈，小小年纪的他已经有过太多的送葬经历，十字架、坟地、带圆顶的白色墓场勾起他许多不愉快的回忆。还有人说他在这里想到了未来，因为以后他也将这样躺在冷冰冰的墓穴里供人瞻仰。不管怎么说，还是来读一下他在彭斯墓前的急就章吧：

小镇、墓场与日落黄昏，
还有云彩、树木与圆岭，
虽然美丽，却冰凉生疏如梦，
旧梦已多年，今日梦又寻人。
短促而苍白之夏，仅为与严冬
的争斗中，赢来的回光一瞬，
星儿虽有宝石温馨，难放光明，
一切都是美而冷，此恨绵绵。
因为啊，谁能像弥诺斯那样敏慧，
能体味美之实体，暮霭沉沉
源自病态的想象与病态的虚荣
欲遮望眼——彭斯啊，深怀荣幸
我一直敬重你。伟大的英灵，隐去吧，
多有得罪，我竟在你的天宇下苦吟。

这首十四行诗写得暧昧隐晦，但传达了一个非常明确的信息：济慈在彭斯墓前没有获得他曾经预期的心灵反应——一位胸怀大志的年轻诗人面对另一位伟大诗人的亡灵时那种难以自抑的情感激荡。心潮之所以未能掀起巨澜，表面原因在于彭斯墓的建筑风格与济慈原先的想象有很大的差别——“虽然美丽，却冰凉生疏如梦”。济慈在当天的信中明确写道：“彭斯墓在教堂墓的一角，其风格不太对我的品味，不过就规模而言，大得足以显示他们想表示的对他的尊重……我写这首十四诗时处于一种奇怪的心境，半睡半醒。我不知道是怎么回事，那云彩、天空、房屋、看上去都违反了希腊风格和查理曼风格。”[①]不过济慈的性格总的说来属于“小孩儿家口没遮拦”，一旦有什么东西不对他的胃口，他不会老是让它滞留在胸中，机会一到他就会奋笔疾书一吐为快。果然没过两天，他便在信中道出了对彭斯墓不满的深层原因——他对戒律森严的苏格兰教会深恶痛绝，而他所看到的彭斯墓却偏偏被隆而重之地置放在教堂墓地之中：

> 对苏格兰教会则应大力诅咒。这些教会人士倒是为苏格兰做了好事（你有疑问吗?），他们弄得男男女女、老头与小伙、老妪与姑娘，少男、少女与娃娃，全都小心翼翼不敢越雷池一步——这样他们被硬逼着长出了千篇一律的捞钱手与抠钱手——这样一支节俭的大军不可能不给他们的国家带来财富，使它显得比其贫穷的爱尔兰邻人来自在雍容得多——这些教会人士对苏格兰带来祸害——他们消灭了幽默、欢笑与亲吻（只除了在需要把危险与罪恶打扮成美好事物的情况下）。我要在亲吻后面打上句号，因为括号后面本可以放进更好的材料。我们不妨回顾一番彭斯的命运，可怜的不幸的人——他有南方人的性格——多令人伤心啊，像他这样具有瑰丽想象力的人，为了自我防卫，他竟然被迫把自己丰富想象的种种微妙扼杀在粗俗之中，而且恣意在那些容易取得成功的对象上挥霍才华，以致无暇去疯狂追求那些难以企及的目标。[②]

---

① 约翰·济慈：《一八一八年七月一日致托姆·济慈》，载《济慈书信集》，傅修延译，北京：东方出版社，2002年，第151页。

② 约翰·济慈：《一八一八年七月三、五、七、九日致托姆·济慈》，载《济慈书信集》，傅修延译，北京：东方出版社，2002年，第161—162页。

济慈难以容忍的是，彭斯在生之日无法自由驰骋想象，死后还要处在教会的桎梏之中。发这番议论时，济慈已经到了与爱尔兰只隔一衣带水的加洛韦半岛，这里苏格兰教会的统治有点鞭长莫及。因此他高兴地看到此地的旅馆女侍不但模样俊俏，而且面带欢颜笑口常开，而他在苏格兰看到的姑娘总是模样严肃难得一笑，因为"苏姗娜们"已经被逼得养成了敬畏大人先生的习惯。

济慈与布朗离开邓弗里斯后向西行进，濒海的科库布赖特郡气象万千，群山拔地而起，济慈一会儿觉得这个郡有点威斯特摩兰郡的气势，一会儿又觉得它有那么一点德文郡的格调。这一路经过的地方有威格敦、牛顿斯图亚特和格伦鲁斯等，进入加洛韦半岛之后，热辣辣的太阳把他们晒得喘不过气来，这时正巧一辆邮车经过，一眨眼工夫就把他们捎到了波特帕特里克。在这个与爱尔兰隔海相望的港口城市，济慈感到自己既饥饿又疲乏。他在 7 月 5 日给妹妹的信中拿自己的睡眠不足打趣："我累得要一头栽在床上爬不起来，当我睡着时，你可以将我的鼻子与大脚拇指缝在一起，把我做成一个圆圈滚到城里，我也不会醒过来。"说起自己的辘辘饥肠，他使用的词语更是夸张：

> 现在我是如此饥饿——一只火腿顶不了多大事儿，禽肉在我就像是只小雀儿——一炉面包对我来说犹如一片薄姜饼，我能吃下一只公牛头，就像过去吃牛眼睛那样轻松——我把整条猪肉香肠送进肚子，容易得就像一口吞下花一便士买的胡椒薄荷——噢，天哪，等我与那些高原人为伍时，我肯定很快就要胃口大到每日三餐吃一到两英亩那么大的燕麦饼，喝一大桶牛奶，吃一大篮子鸡蛋。①

完全可以想象，天真的范妮读到哥哥信中这些风趣幽默的话时，一定会忍俊不禁，发出银铃般的欢快笑声。

然而接下来的日子里他还是不能够放开肚皮猛吃，因为从波特帕特里克乘渡轮抵达爱尔兰后，他和布朗发现当地的物价竟比苏格兰要高上三倍，这儿的花销大得就像入住伦敦骑士桥附近的高档酒店。他们在贝尔法斯特没住上两天，便又乘船返回波特帕特里克。虽然如此，爱尔兰之行对济慈来说还是收

---

① 约翰·济慈：《一八一八年七月二、三、五日致范妮·济慈》，载《济慈书信集》，傅修延译，北京：东方出版社，2002 年，第 159 页。

获颇丰，他见识了英伦三岛之外的另一种更为贫困的生活。以前他觉得苏格兰不如英格兰，到了贝尔法斯特之后又觉得爱尔兰比苏格兰更逊一筹。爱尔兰的平民百姓衣衫褴褛，妇女和儿童蓬头垢面，苏格兰的农舍尽管通风不畅，但和爱尔兰穷人的住处相比简直就是宫殿。贝尔法斯特周围的纺织工人过着极为糟糕的生活，贫民区的街道泥泞难行，儿童发育不良身体羸弱，织布机梭子发出的噪音震耳欲聋。济慈对此感到绝望，他看不出有什么办法能够改善这些人的生存条件，即便是慈善家也想不出什么办法来救助贫民区的孩子。

爱尔兰之行给济慈心理带来最大冲击的，是这样一幅令人哭笑不得的场景：

> 从贝尔法斯特返回时我们遇到了一顶轿子——里面坐着唐希尔公爵夫人——可这不是说笑话——想想看，把一个你所见过的最糟的狗窝，放在两根从发霉篱笆中抽出来的棍子上——在这个鬼东西上坐着一位邋里邋遢的老太婆，仿佛是一只饼干没喂够的猴子，饥肠辘辘地蹲在那里，正被人由马达加斯加运往海岬——她的嘴里衔着一只烟斗，打摺的眼皮下圆溜溜的眼睛百无聊赖地四下看着——同时她的脑袋不断做出一种弱智状的水平摆动——她的身体稍向前倾，沉甸甸地坐在那里吞云吐雾，而两个衣衫褴褛的姑娘一路抬着她走。①

面对这幅人压迫人的图景，济慈意识到自己生活在一个蛮荒时代，人类还未真正进入文明阶段。旅行使济慈的视野超越了伦敦周围的世界，使他看到了穷人的苦难与生活的艰辛，他们的悲惨境遇令济慈感到椎心刺骨的痛苦，激发了他的社会责任意识与人道主义情怀。济慈或许把这些写进了修改中的《伊萨贝拉》，至少可以这样说，没有他在兰开斯特与贝尔法斯特的所见所闻，就不会有《伊萨贝拉》中对劳工生活的真切描摹与由衷同情。

爱尔兰之行提前结束后，济慈与布朗决定立即向下一个目标——彭斯故乡埃尔郡进军。7月9日，他们从波特帕特里克附近的斯特兰拉尔出发，沿着苏格兰西部海岸朝格尔文方向前进。也许是因为去了一趟爱尔兰，苏格兰此

---

① 约翰·济慈：《一八一八年七月三、五、七、九日致托姆·济慈》，载《济慈书信集》，傅修延译，北京：东方出版社，2002年，第164页。

时对他们来说亲切多了。济慈发现沿途景色摇曳多姿，令人心旷神怡目不暇接。不经意之间，两位旅人走进了一条 7 哩长的幽美峡谷，峡谷两边生长着色彩斑斓的树木，中间是一道清澈见底的山溪。谷地里最宜人的位置上点缀着数排农舍，还有成群的牛羊在山麓吃草，这段幽谷中的行程令济慈感觉十分美妙。

从峡谷里走出之后，两人踏上了一段平缓的上坡路，快到坡顶的那一瞬间，济慈看见了远方高出海面 940 呎的艾尔萨巉岩，这个庞然大物距离他们有 15 哩之远，但看起来近在咫尺。艾尔萨巉岩带给济慈一种猝不及防的视觉冲击，此后一段时间之内，这个在海面上高高耸起的岩塔一直伴随着这两位旅人，始终没有脱离他们的视线。面对这样的对象，济慈要不写诗都不行了，他把自己在心中与它的对话写成了《致艾尔萨巉岩》，这首诗在他的苏格兰诗章中还算是上乘之作：

喂！你金字塔般的海上岩塔，
请用你那海鸥尖叫的嗓门给我回答：
曾几何时，你的肩头还披着巨流？
你的宽大额头尚未曾被日光照耀？
那是多久以前——万能的造物主
将你从深海的梦境中抱出来，
让你枕着雷霆与阳光酣睡，
扯一片白云做你寒冷的被盖？①

无独有偶，如果说艾尔萨巉岩是猝不及防地进入济慈的视野，那么彭斯故乡埃尔郡同样给他来了个措手不及。当时两位旅人正漫不经心地边走边聊，拐过一个大弯之后，他们完全缺乏思想准备地“撞入埃尔郡的怀中”。济慈没有想到彭斯家乡会有如此旖旎多姿的自然环境，他一边欣赏大路两边绿荫如盖的美妙景致，一边责怪自己以往对埃尔郡抱有偏见。他感到路上遇到的每件景物都是突如其来的：路旁一下子出现雄伟的顿恩河，随后是著名的阿诺威

① 约翰·济慈：《一八一八年七月十、十一、十三、十四日致托姆·济慈》，载《济慈书信集》，傅修延译，北京：东方出版社，2002 年，第 172—173 页。

教堂、彭斯住过的小屋以及埃文郡的渡船。他们在跨越顿恩河的桥上伫立良久,惊愕地注视着周围梦境般的景色:青山隐隐绿草如茵,佳树垂荫一望无际。旁边一名农夫对他们说,顿恩河从上到下都被青翠的石楠覆盖住了,这种植物即便在夏日黄昏也显得娇嫩欲滴。此情此景,使得济慈将顿恩河评为他所见过的最可爱的河流。

除此之外打动济慈的,是埃尔郡一带视野开阔的海景。爱兰岛上黑黝黝的群峰在海面上巍峨高耸,它们与海岸离得如此之近,令济慈禁不住询问自己:"彭斯怎么没被它们激发写史诗的宏图大志?"济慈一贯不满彭斯只顾在"容易取得成功的对象"上挥霍自己出色的想象力,他提出这个问题来是很自然的。不仅如此,此时《海披里安》正在济慈胸中酝酿,如果说《安狄米恩》只是传奇,那么《海披里安》则是一部气势磅礴的史诗,因此他需要规模宏大的自然景物来激发想象,使自己获得荷马、但丁和弥尔顿那样的胸襟和气度。从这件事也可以看出,济慈这一路上从来没有忘记诗歌,他眼睛中看到的风景都变成了孳乳诗歌的营养,行万里路与读万卷书在他看来具有同样的意义。在他稍后的信札中,他把这种感受表达得非常充分:

> 花四个月在高原上大步行走不会使我满足,除非是我感觉到它给我带来更多的体验,去除更多的偏见,使我更惯经风霜,见识更美的景致,在我胸中置入更壮丽的山川丘壑,强化我对诗的探求,这比我停留在家中的书堆里强,尽管这样我可以不离开荷马——在此刻之前,我更多是一个山野之人——我与荒野为伴太久,气象万千的山川在我眼前挥之不去。[①]

此前他提到要师法自然,向大自然学习做诗的艺术,在这里他的思想又有所发展,境界也上了一个层次。

与雄浑的自然景观相比,彭斯故乡的人情就显得相当浇薄了。阿诺威教堂墙壁上那句话——"先知在自己的家乡当不了先知",仿佛暗示着这个名人出生地充溢着一股假惺惺的气息。济慈在彭斯故居与一位自称认得彭斯的老头一道喝了几杯塔迪,他本想从老头那儿得到一点写诗的灵感,没想到这家伙

---

① 约翰·济慈:《一八一八年七月十八日、二十二日致本杰明·贝莱》,载《济慈书信集》,傅修延译,北京:东方出版社,2002年,第187页。

完全败坏了他对彭斯的崇敬。“这个红褐色脸盘的老傻瓜”每隔几分钟就要喝上一杯塔迪，说起话来颠三倒四不知所云，虽然说了些彭斯生前的轶事，但用的语言既玩世不恭又言不由衷，“简直可以让天上的精灵都气疼肚子”。济慈按计划在彭斯出生的屋子里来首即兴之作，但兴致已然遭到破坏，这首《写于彭斯诞生的村屋》也就显得空前的糟糕。济慈在给贝莱、雷诺兹和托姆写信时都提到这首诗惨得无法拿出手，几天之后他撕掉了这首诗的底稿，幸亏布朗及时把它抄了下来，否则人们永远不知道这首诗的庐山真面目：

这具只有千日之寿的俗体凡胎，
彭斯啊！此刻进入了你的房屋，
你曾在这里梦想过花的山峪，
浸在幸福中，忘掉了多舛的命途！[①]

人们知道，济慈自1817年以来很少销毁自己的诗稿，那么，这次他为什么如此果断地将这首诗逐出自己的记忆呢？原因恐怕在于该诗的首句。不知何故，济慈在苏格兰之旅中老是隐约感到自己来日无多，别的时候他在说起未来时还喜欢用“假如天假以年”之类的含蓄表述，而这个时候他却明确地说自己只有“千日之寿”。从访问彭斯故居的1818年7月12日，到他去世时的1821年2月23日，计算起来真的只有千日时光(950多日)！济慈怎么能够如此精确地预见自己在人世中留存的时间，这个匪夷所思的问题恐怕谁也无法回答。与此相印证，一星期之后他在给贝莱写信时也说：“我不止一次地盘算过去和乔治住上一个整年，倘若我活过这三年的话——我妹妹的福祉，以及对在美国待一段时间的憧憬，将使我谨遵尊命——我要小心翼翼，比以往更留神自己的身体。”[②]也许是出于这种对自己健康的担心，他不愿意留下这首不吉利的诗作，唯恐一语成谶预示了自己的早夭。

死亡的对面是生命，生命中最富光彩的是爱情。过去无论是谈话还是写信，济慈一直不大愿意讨论自己对女性的看法，在6月里与贝莱的通信中，济

① 约翰·济慈：《写于彭斯诞生的村屋》，载《济慈诗选》，查良铮译，北京：人民文学出版社，1958年，第42页。

② 约翰·济慈：《一八一八年七月十八日、二十二日致本杰明·贝莱》，载《济慈书信集》，傅修延译，北京：东方出版社，2002年，第188页。

慈只略微提到自己一直对女性脾气不好，此时既已预感到自己不久于人世，他也就没有必要再讳莫如深了。在写于因弗尼斯的信中，济慈一反常态，花费了大量篇幅来剖析自己的深层心理，向贝莱检讨自己“缺乏对妇女的正确态度”：

在男人当中时，我没有顾虑，没有怨恨，没有坏脾气——我想说就说，想不说就不说——我可以倾听别人说话，能从每一个人那里学到东西——我两手抄进裤袋，无忧无疑，自在得很。当我与女的打交道时，顾虑、怨恨和坏脾气全都会上来，我既不能开口，也不能沉默——我满腹狐疑，因而什么也听不进——我急着要走人——你一定得大发慈悲，把所有这些反常归因于我失意的童年——可是抱着这种情怀，我还是更乐于处在男子汉的群体中，不管是我独自一人，还是有一二知交作伴……我一定得克服这种心态——但怎样克服？唯一的法子是找到邪恶的根源，并用“有分离力的嘀咕往事”来治愈它。那是非常困难的事情，因为一种偏见顽症并不那么容易产生，但一旦复杂的情感拧成了戈尔迪结，就得花时间慢慢将其解开，还要小心别让其再缠绕起来。……我挺满意自己没有委屈任何人，因为我毕竟是认为女性高出一筹，而不是去揣测她们是否在乎5呎高的约翰·济慈先生喜不喜欢她们。[①]

这番话的确是发自肺腑，济慈也许只有在湖区才短暂地忘记了自己的身高，这个恼人的问题一直折磨着他那男子汉的自尊心。强烈的自尊与缺乏底气的自信，5呎的身高加上“失意的童年”，使得济慈经常在年轻的女性面前无所措手足。

济慈旅途中做出这番自剖，与日夜相处的旅伴布朗不无关系，他俩在边走边聊中一定交换过对女性的看法。布朗的性格其实有点复杂：他既有高雅的文学品味，又爱讲一些庸俗不堪的笑话；奉行苛刻节俭的苏格兰生活方式，偶尔也会寻欢作乐潇洒一番；骨子里对女性深恶痛绝，表面上又喜欢和小姑娘打情骂俏。布朗早年在彼得堡受过一位英国淑女的伤害，意中人舍弃他嫁给了一位事业成功的绅士，然而不久这位绅士遽然辞世，撇下年轻的寡妇独守空

① 约翰·济慈：《一八一八年七月十八日、二十二日致本杰明·贝莱》，载《济慈书信集》，傅修延译，北京：东方出版社，2002年，第186—187页。

房。等到这位女士再度向布朗挥动橄榄枝，布朗已经是心硬如铁不为所动。有过这样一遭情感经历，布朗对普天下的女性都存了偏见，但他毕竟是个有血有肉的男子，因此他又不反对与容易到手的女性逢场作戏。济慈此时还是一个对爱情怀有无限憧憬的童男子，他们之间的谈话很可能是言者谆谆听者藐藐，但布朗的话肯定触动了济慈的思绪，所以他才会对贝莱抒发一通自己在男女交往问题上的烦恼。

7月13日，济慈与布朗背着行囊在众目睽睽之下进入格拉斯哥城。过桥的时候，布朗回过头来对济慈说：全城的人都出来看他们的热闹了。有条醉汉甚至蛮不讲理地拦住了他们的去路，济慈不得已用胳膊肘把他搡到一边，并威胁说再闹就要报警了。使济慈惊讶的是，格拉斯哥竟有两个爱丁堡那么大，它是一座用石头建成的城市，从外形看比伦敦城要结实得多。由于布朗和济慈都对参观城市没有兴趣，他们没有在格拉斯哥多作停留，而是继续向西北方向行进。

进入向往已久的苏格兰高原后，他们在微波荡漾的罗蒙湖上乘汽船观光，完了还坐上四轮大马车在湖边兜风。尽管罗蒙湖壮观得无以复加，深紫色的山峦倒映在水中，银子般发亮的湖水一片湛蓝，济慈仍幻想此时能有一队鸣号擎旗的英武军舰从他们面前缓缓驶过，然后逐渐消失在山峦间的蓝色大海中。需要指出，苏格兰高原西部的湖泊(loch)多为深入内陆的狭长海湾，这些像长长的触角一般的"loch"实际上是大海的延伸部分。看着夕阳西斜时罗蒙峰顶笼罩着的瑰丽云霞，两位旅人产生了征服这座高峰的念头，但因导游索价太高而作罢。接下来他们一路向西，穿过了两个巨大的峡谷，绕过湖的尽头走到了靠近因弗勒里的地方。济慈在冰凉的湖水中洗了个澡，出浴时他看到了远处有一座颇具现代气息的城堡，并听到城堡边有一支乐队在演奏。不知什么缘故，济慈对苏格兰风笛声感到有些恐惧，他说连野兽也承受不了这样的声音。

与苏格兰风笛声相比，高原上苏格兰人讲的盖尔语更令济慈莫名其妙，有一次隔壁房间的一伙人用盖尔语侃大山到半夜，济慈听了半天也不知所云。对济慈来说，这是他第一次来到一个说异族语言的地方，客房抽屉里放着的盖尔语圣经令他特别好奇。到这里他才明白苏格兰男子为什么要穿方格呢短裙，因为苏格兰一些地方有一条不成文的规定，男子不穿这种短裙不能开展正式的社会交往。尽管高原上的生活十分简朴，妇女的装束邋里邋遢，男人的下巴上胡子拉碴，但他们的心地都很善良，乐于助人是苏格兰人一贯的传统。有一次他们在高原上迷了路，问到一户人家时女主人二话没说，披上一件斗篷就出来为他们领路，她在蒙蒙细雨中走了 1 哩多泥浆四溅的路程，把他们领回到正确的道路上。

不过，苏格兰的伙食对他们来说是过于粗粝了。进入高原以来他们从未见过白面包，晚饭常常只有一点鸡蛋和燕麦饼，弄得他们浑身上下缺乏力气，躺到床上就无法动弹。为了补充体力，他们在路上只好每隔 10 分钟吃一只鸡蛋充饥，这样做的结果是鸡蛋成了恶心之物，燕麦饼在他们胃中也变成了毒药。济慈在 7 月 20 日的信中写道，要是再这么过一星期，他和布朗都会垮掉。

嘴里虽然尝不到美味，耳边回响的声音却很奇妙。由于这一带地广人稀，他们走过的山径显得出奇地安静，直到穿过格伦科罗时，他们才听到头顶上方薄雾弥漫的山头上，传来牧羊人的声音以及羊和狗的响动。这样的声音令人欣喜，但始终是只闻其声不见其人。再过了一会儿，他们发现脚下的谷底有几只羊在蠕动，远远看去小得像是蚂蚁，不过咩咩的叫声倒是听得真真切切。他们在阿尔湖边步行了 20 哩，沿途万籁俱寂，凝神细听只有山溪的哗哗声。就这样他们一直走到了克莱尼斯湖与大海之间，透过山崖上裂出的大豁口，两位旅人看见了茫茫的大海。济慈注意到，这块地方连老鹰也是懒洋洋的，它在空中平伸两翅纹丝不动，却能随心所欲地自在翱翔。最后他们冒雨走到了与马尔岛隔海相对的奥本，淋得湿漉漉的像两只落汤鸡。

三、史塔法岛与本尼维斯山

到了奥本他们便想去马尔岛，从那里再去爱奥纳岛与史塔法岛，但向导开价 7 个几尼，济慈觉得这个价钱近乎勒索，准备放弃这个计划改去威廉要塞。后来一名当地人提出来带他们徒步穿越马尔岛，摸摸渐渐瘪下去的钱包，他们接受了这个相对节俭的方案。但是，他们没想到要为省几个铜板付出巨大的体力消耗。他们花了 40 分钟过渡，上岛后在斜风细雨里步行了整整 37 哩，穿过无数大山、沼泽、巉岩与河流，最后才完成了马尔岛的穿越。布满车辙印的道路泥泞不堪，他们得把裤腿卷得老高，有时还要把鞋袜提在手里。这一路休息得也很不好。有一次他们住在牧人的棚屋里，棚屋没有烟囱和地板，里面被烟熏得黑乎乎的，还堆满了筏子、泥炭和茅草之类。济慈裹着湿衣服睡在凹凸不平的泥地上，结果患上了严重的感冒，连咽喉都开始发炎——后来这喉炎变为缠身的痼疾，也成了他染上肺病的早期信号。不过布朗却收获甚丰，这位苏格兰人一路上寻根问祖，他认为他祖父的老家在这一带。有一次在一户人家门口，布朗被一大帮人围着聊个没完，其中一位女士的闺名便是布朗，济慈觉得他们肯定是远亲，因为两人的外貌实在是长得很像。

7 月 26 日，他们从马尔岛的最西端乘船到了爱奥纳岛。令济慈惊讶不已的是，这座偏远的岛屿藏有丰富的有趣古物，曾经是英国北方最神圣的场所，现在还能看到壮观的大教堂、隐修院、教会学校以及男女修道院等。公元 6 世纪时，爱尔兰基督教教士科伦巴率 12 名信徒来爱奥纳岛建立隐修院与教堂，从此开始了苏格兰信奉基督教的历史。殷勤的向导对他们指出一处教堂墓地，告诉他们那儿埋葬着 61 位国王，包括 48 位苏格兰王、8 位爱尔兰王、4 位挪威王和 1 位法兰西王，这些已故领袖人物的墓地紧紧地挨在一起。除此之外，还有许多墓主是当年的高原酋长，墓前黑色的雕像上覆盖着青苔，雕像上的酋长全副戎装昂首朝天，可以想见当年他们是何等雄姿英发。向导还说当年岛上覆盖着郁郁葱葱的森林，现在却见不到多少绿荫，济慈对此不胜唏嘘，他觉得时光似乎把英雄人物和美丽景色都带走了。

接下来他们雇船去此行的目的地——史塔法岛，天际吹来一阵好风，使他们能在最短时间内从容登陆。史塔法岛的壮观简直无法用语言文字来形容，济慈认为只能用第一流的绘画来表现。如果把这座岛的表面比作一个屋顶，那么它下面的巨型玄武岩石柱就是这个“屋顶”的支撑，这些高大粗壮的石柱密密麻麻地挤在一起，远远看去就像紧紧捆在一起的火柴。① 石柱数量之多引发了济慈的遐想：要是每根柱子上都坐一个士兵，这座岛上可以部署起一支庞大的军队。在这个由石柱支撑起来的“屋顶”下面，是一个长度为 120 呎的洞穴，其名为芬格尔石洞。亿万年来的汹涌海潮如同不断挥动着的锋利巨斧，在石柱群下面劈出了一个大教堂般的拱形空间，石洞的穹顶带有哥特式风格，

① 玄武岩火山爆发时喷出的高温熔岩，遇海水后急速冷却，在收缩过程中形成无数条相互平行的垂直状裂缝，产生出济慈看到的巨型石柱群，这些石柱的水平截面多呈均匀规则的六边形。类似景观可在韩国济州岛西归浦附近的海岸边见到。

四周的石柱排成队列，它们外面的颜色近乎黑色，里面则呈暗紫色，有些柱子竟高达50呎。济慈觉得就庄重与宏伟而言，这座天然的建筑比世间最好的教堂还要胜出一筹。在石洞的尽头处，通过一个巨大的拱门可以看到大海。海水仍在洞穴下层碰撞激荡，溅击起巨大的浪花与声响，这表明大自然一刻也未停息它的建筑作业。风浪大时洞穴内会发出一种加农炮般的轰鸣，响声在12哩外的爱奥纳岛上也能听到。

芬格尔石洞使济慈诗兴大发，济慈兴冲冲地以其为题，写下了这样的诗句：

即便是阿拉丁的魔术师，
也完成不了这样的业绩；
就是善弄星象之术的神汉，
也无法看到这样的梦幻。[①]

这篇急就章写到后面变得像是打油诗，弄得济慈自己也认为它难登大雅之堂。不过，芬格尔石洞给他正在构思的《海披里安》提供了极大启发，他觉得希腊神话中那些庄严肃穆的天神，其活动背景应当是像芬格尔石洞与艾尔萨巉岩这样的自然产物，古老天神所处的环境至少要和他们自身一样古老，人类制造出来的任何场景对他们来说都是不适宜的。没有史塔法岛之行，就不会有《海披里安》中巍峨而幽暗的宫殿、穹隆状的巨型圆屋顶、通连大海的拱门和霞光映照的走廊，以及天风海涛为众神演奏的美妙音乐。

中国古代艺术中有所谓"造化窟"。杜甫《画鹘行》云："乃知画师妙，巧刮造化窟，写此神俊姿，充君眼中物。"他的意思是画师能够窥见造化之神奇，描绘出人们所看到的神姿俊态。诗歌同样也是形象思维，诗人在想象和梦境中没有看到的东西，笔底下绝对无法流溢出来。济慈算得上是个幸运儿，参观芬格尔石洞对他来说犹如窥见了气势恢宏的"造化窟"，天地间最伟大的建筑师慈悲地让他瞅了一眼自己的设计图。史塔法岛上的这次体验，其意义超过了在马盖特岛峭壁上第一次领略大海的浩渺。与史塔法岛上的感受相比，汉普

---

① 约翰·济慈：《一八一八年七月二十三、二十六日致托姆·济慈》，载《济慈书信集》，傅修延译，北京：东方出版社，2002年，第194页。

斯特德丛林中的沉思、埃尔金壁石前的震撼和初读贾浦曼译荷马时的激动，统统都属小巫见大巫了。不久之前济慈还在问自己：彭斯怎么没被爱兰岛上的群峰激发撰写史诗的雄心？芬格尔石洞比爱兰岛上的群峰更能撩拨人的文学抱负，这趟苏格兰之行为他撰写未来的史诗提供了强大的精神动力。

结束了史塔法岛之行后，济慈与布朗在奥本休整了几天，然后继续北上。8 月 1 日，他们冒雨走到了威廉要塞，这时济慈的感冒症状和咽喉肿痛已经发作得非常厉害了。不过，他还是决定要为苏格兰之行画上一个圆满的句号，这就是攀登本尼维斯山。海拔 4300 呎的本尼维斯山是整个大不列颠的最高峰，他们出发的威廉要塞位于咸水湖边，因此他们是以海平面为起点，垂直向上攀登整整 4300 呎。济慈形容自己像是沿着雨衣向上爬的苍蝇，其困难程度相当于在没有楼梯的情况下，爬到 10 个伦敦圣保罗教堂那么高的地方。

他们大约在清晨 5 时出发，一个戴帽子穿格子呢衣服的导游把他们带到了第一级攀登的起点处。经受了许多苦累和一次休息，以及每人喝了一杯威士忌之后，他们登上了第一道山梁，山梁上方有一个巨无霸式的大山头，但导游说那地方离顶峰还隔着一大段距离。接下来他们穿过一道长满石楠的峡谷，走了 1 哩路后开始第二次攀登。这次攀登远比上次艰难，他们四肢着地匍匐爬行，越过了山上的植物生长线，此后只有疏松的岩石与他们做伴，周围光秃秃的什么也没有。他们在峡谷中把一座山头当成顶峰，征服之后发现那只是一个平顶，前方则出现了一面巨大的峭壁，而导游说那还不是最高峰。就这样他们不断设立一个个近期目标，不知疲倦地挥动拄杖手脚并用，经过百折不挠的努力，终于登上了云遮雾罩的本尼维斯山顶峰。顶峰上有炮兵刻意垒出的一座形状优美的石堆，济慈爬到石堆之上踮脚站了片刻，以使自己达到比本尼维斯峰顶略高一点的高度，这个动作表明他对高度永远是那么在意。

在凉飕飕的山顶喝了几杯威士忌之后，大雾开始消散，但还是有大朵大朵的云彩恋恋不舍地在山间缭绕。济慈觉得它们像是不断飘来荡去的圆形幕布，一会儿打开，一会儿关上，时而遮住前面，时而遮住后面，有时干脆把一切都遮住。如此一来，虽然没能看到一个毫无遮拦的全景画面，但这种不断变化和开合的“窗口”提供了更为美妙的画面。有时一阵小风刮过，使一块瘦骨嶙峋的山石暴露在眼前，而此前尽管它近在身边却无缘谋面。每隔一段时间，他们头顶上总会出现澄澈的晴空，洒下相当温暖的阳光。济慈在致托姆的信中，

对绝顶上的奇妙景观作了如此描述，

我不知道能否给你描述出在大山之巅极目四望的图景——你是在一个岩石构成的平台之上，这很自然地使你忘却身在何处，还以为是在山下的平地上——这个平台的地平线，或者不如说是边缘，高于海平面4000呎，它径直将周围的一切都隐匿其下。你所看到的周遭事物，与这个平顶的边缘相邻的东西，是相隔一段距离的其他山峰的巅顶——当你在平顶上走动时，你会或多或少地看到一些下面的情况，这要看你站的位置，因为你下面的山形各不相同，或陡峭，或圆隆——但在一切当中最令人感到新鲜的是，你的目光会骤然间从这个看来是平地的边缘落到辽阔的空旷之中。①

此情此景岂能无诗？济慈站在本尼维斯山的最高峰，觉得自己与九霄之上的缪斯有了近距离的接触，于是向职掌诗歌与艺术的女神发出了请求：

给我讲一堂课，缪斯，还要大声点，
在这云遮雾罩的本尼维斯山巅！
我下窥，巨壑之上覆盖着
一团氤氲的苍岚，这样子正像
人类心目中的地狱；我仰看，
头顶密云正浓，人类对天堂的观感
也是如此这般，在我下面，
尘雾正盖地铺天而起——人对自身
所持的看法也是这样朦胧一片！
在这里，我的脚下踏着的是巉岩，
我知道，我这个可怜的无知笨蛋，
我踩在石头上，映入我的眼帘
全是云雾与山石——不仅在这山巅，
同样也在思想和脑力的乾坤！

① 约翰·济慈：《一八一八年八月三、六日致托姆·济慈》，载《济慈书信集》，傅修延译，北京：东方出版社，2002年，第199—200页。

可怜的济慈，也许是旅途中的他实在是太疲倦了，这首十四行诗并没有达到他所预期的水平。不过，它仍然传达出了一名站在不列颠之巅的诗人的复杂心绪，他在俯视仰观之中感到了大千世界的无穷奥妙，认识到人类及其活动范围是多么渺小。这种渺小不仅反映在身体的尺寸上，更体现在“思想和脑力”上。法国思想家帕斯卡尔把软弱的人类比喻为“会思想的芦苇”，但是如同米兰·昆德拉所言，人类的思索总是会引起上帝发笑。今天进入茫茫太空的宇航员，在俯瞰地球时也常发出和济慈一样的感叹。[1]

本尼维斯山不仅是不列颠之巅，也是济慈湖区与苏格兰之行的峰巅。下山之后的事情无多可记，两位旅人花了四五天时间，穿过了莫尔谷地，在洛希湖与尼斯湖一带徒步跋涉了 70 余哩，于 8 月 6 日抵达临近马里湾的因弗尼斯，这个地方是尼斯湖的入海口。济慈从这里的邮局拿到了亲友的一大叠来信，但他此时无须一一作覆了，因为布朗为额头滚烫的他叫来了医生，医生判定这位骨瘦如柴的患者已经疲劳过度，咽喉也有溃疡的迹象，因此不宜继续旅行。无奈之下济慈只有与布朗分手，让后者独自去完成既定的旅行计划，他自己则从临近的克洛马提港口搭上一艘单桅船，航行 9 天后回到阔别近两个月的伦敦。

1818 年 8 月 18 日晚，济慈从泰晤士河的伦敦桥码头上岸，搭了辆马车回到汉普斯特德。下车后他踉踉跄跄地走向自己在威尔道上的住处，途经温寓时进去打了个招呼，戴尔克不在家，玛丽亚向他通报了托姆病情恶化的消息，使他的情绪顿时低落下去。玛丽亚注意到济慈面黄肌瘦衣衫褴褛，脚上的鞋子和肩上的背包都已磨破，她把自己的印象记录在当天的日记里。

关于湖区与苏格兰之旅，济慈在给友人母亲威利太太的信中如此总结：“我在山里和湖区变得非常浪漫，这是真的。我连天衣衫湿透，咽着燕麦饼，喝过威士忌，在深及膝盖的沼泽地里跋涉，嗓子发炎，跑去看爱科尔姆吉尔与史塔法，只是由于偶然才断断续续地吃上合乎卫生标准的食物，登上了本尼维斯山（注意：又下来了）。有时我累了，就没精打采地倚在山岩上，盼望着哪位路过的著名美神能纡尊降贵地下马，提着她挂在马鞍上的袋子来到我身旁——

[1] 苏联宇航员尤里·阿·加加林是第一个进入太空的人，他看到的地球是宇宙中一片小绿洲；美国宇航员约翰·格伦是进入地球轨道第一人，他拍摄的照片让人们知道地球是一个大部分是蓝色的小圆球。

给我一两打大号的烤牛肉三明治——当我们进入大的城镇,你知道一般人没有把背包挟在腰间的做法,所有那儿的人瞪着眼睛瞧我们——我们被当作过场卖眼镜的、剃刀贩子、珠宝商人、亚麻布行销商、间谍、运动员,以及干其他一些行当的人员,我在波特帕特里克的邮局查询信件时,对方问我是哪个部队的,弄得我直发愣。我也去小爱尔兰瞅了一眼。告诉亨利我在旷野里露营的机会还不太多,不过我遇到过几乎同样糟的情况——步行穿过马尔岛——牧羊人窝棚里的烟味令你简直难以呼吸,而他们则尽力要把这烟保持在一个很大的范围内。我们乘车走了400哩,步行却走了600哩以上,因此我们算是把自己豁出去了。"[①]这段归纳应该说相当扼要传神,对比19世纪初健步一族的艰苦条件,今天使用各种现代交通工具的旅行者可谓神仙中人。

① 约翰·济慈:《一八一八年八月六日致詹姆斯·威利太太》,载《济慈书信集》,傅修延译,北京:东方出版社,2002年,第203—204页。

参考文献

一、济慈诗歌

Allott, Miriam, ed. *The Poems of John Keats*, Longman Group, 1970.

Barnard, John, ed. *John Keats: The Complete Poems*, Harmondsworth, 1976.

Stillinger, Jack, ed. *John Keats, Complete Poems*, Harvard Univ. Press, 1982.

查良铮(译选):《济慈诗选》,北京:人民文学出版社,1958 年。

朱维基(译选):《济慈诗选》,上海:上海译文出版社,1983 年。

屠　岸(译选):《济慈诗选》,北京:人民文学出版社,1997 年。

屠　岸(译选):《英国历代诗歌选》,南京:译林出版社,2007 年。

王佐良:《英国诗史》,南京:译林出版社,1997 年。

二、济慈诗论

Gittings, Robert, ed. Letters of John Keats, Oxford Univ. Press, 1970.

Rollins, Hyder E. ed. The Letters of John Keats 1814—1821, Cambridge, Massachusetts: The Belknap Press of Harvard Univ. Press , 1958.

Rollins, Hyder E. ed. The Keats Circle: Letters and Papers 1816—1878, Cambridge, Massachusetts: The Belknap Press of Harvard Univ. Press, 1948.

Rollins, Hyder E. ed. More Letters and Poems of The Keats Circle, Cambridge, Massachusetts: The Belknap Press of Harvard Univ. Press ,1955.

《古典文艺理论译丛》(第一册),北京:人民文学出版社,1961 年。

《古典文艺理论译丛》(第九册),北京:人民文学出版社,1964 年。

刘若端(编):《十九世纪英国诗人论诗》,北京:人民文学出版社,1984 年。

傅修延(译):《济慈书信集》,北京:东方出版社,2002 年。

三、济慈研究

Abrams, M. H. , Natural Supernaturalism: Tradition and Revolution in Romantic Literature, Norton, 1971.

Adami, Marie, Fanny Keats, John Murray, 1937.

Albrecht, W. P. , Hazlitt and the Creative Imagination, Lawrence, 1965.

de Almeida, Hermione, Romantic Medicine and John Keats, Oxford Univ. Press, 1991.

de Almeida, Hermione, ed. Critical Essays on John Keats, G. K. Hall, 1990.

Altick, Richard, The Cowden Clarkes, Oxford Univ. Press, 1948.

Altick, Richard, The English Common Reader, Chicago Univ. Press, 1957.

Aske, Martin, Keats and Hellenism,Cambridge Univ. Press, 1985.

Barnard, John, "Keats's Tactile Vision", Keats-Shelley Memorial Bulletin 33, 1982.

Barnard, John, John Keats, Cambridge Univ. Press, 1987.

Barnard, John, "Byron's Use of Endymion in Don Juan Canto I", Keats-Shelley Review 3, 1988.

Barnard, John, "Keats's Robin Hood, John Hamilton Reynolds, and the 'Old Poets'", Proceedings of the British Academy LXXV, 1989.

Barnes Rachel, The Pre-Raphaelites and Their World, Tate Gallery Publishing, 1998.

Bate, Walter Jackson, Keats: A collection of Critical Essays, Princeton Univ. Press, 1964.

Bate, Walter Jackson, John Keats, Harvard Univ. Press, 1979.

Baudry, Francis, "A Dream, a Sonnet and a Ballad: The Path to Keats's 'La Belle Dame Sans Merci'", Psychoanalytic Quarterly LV, 1, 1986.

Bayley, John, Keats and Reality, British Academy Lecture, 1962.

Beck-Friis Johan, The Protestant Cemetery in Rome: The Cemetery of Artists and Poets, Malmo, Sweden, Allhems Forlag Publishing House, 1956.

Bennet, Andrew, Keats, Narrative and Audience: The Posthumous Life of Writing,Cambridge Univ. Press, 1994.

Brikenhead, Sheila, Against Oblivion: The Life of Joseph Severn, Cassell Co. , 1943.

Blainey, Ann, Immortal Boy: A Portrait of Leigh Hunt, Croom Helm, 1985.

Bromwich, David, Hazlitt: The Mind of a Critic, Oxford Univ. Press, 1985.

Brooks, Cleanth, "History without Footnotes: An Account of Keats's Urn", in The Well Wrought Um, Harcourt, Brace and World, 1947.

Bush, Douglas, "Keats and his Ideas", in M. H. Abrams, ed. English Romantic Poets: Modern Essays in Criticism, Oxford Univ. Press, 1960.

Butler, Marilyn, "The War of the Intellectuals: From Wordsworth to Keats", in Romantics,

Rebels and Reactionaries: English Literature and its Background 1760—1830, Oxford Univ. Press, 1981.

Cameron, H. C. , Mr Guy's Hospital 1726—1948, Longmans, Green, 1954.

Cameron, Kenneth Neill, Shelley: The Golden Yeats, Harvard Univ. Press, 1974.

Chilcott, Tim, A Publisher and his Circle: The Life and Work of John Taylor, Routledge and K. Paul, 1972.

Clark, J. C. D. , English Society 1688—1832: Ideology, Social Structure and Political Practice during the Ancien Régime, Oxford Univ. Press, 1985.

Colvin, Sidney, John Keats, His Life and Poetry, Critics, and After-Fame, Macmillan and Co. , 1917.

Coote, Stephen, John Keats: A Life, London: Hodder & Stoughton, 1995.

Dickstein, Morris, Keats and his Poetry: A Study in Development, Univ. of Chicago Press, 1971.

Dubos, Jean, The White Plague: Tuberculosis, Man and Society, Rutgers Univ. Press, 1952.

Edgecombe, Fred, ed. Letters of Fanny Brawne to Fanny Keats 1820—24, Oxford Univ. Press, 1936.

Evert, Walter, Aesthetic and Myth in the Poetry of Keats, Princeton Univ. Press, 1965.

Finney, Claude Lee, The Evolution of Keats's Poetry, 2 vols, Russell, 1936.

George, Eric, The Life and Death of Benjamin Robert Haydon, Historical Painter 1786—1846, 2nd ed, Oxford: Clarendon Press, 1967.

Gill, Stephen, William Wordsworth: A Life, Oxford: Clarendon Press, 1989.

Gittings, Robert, The Keats Inheritance, Heinemann, 1964.

Gittings, Robert, John Keats, Heinemann, 1968.

Goellnicht, Donald C. , The Poet-Physician: Keats and Medical Science, Univ. of Pittsburgh Press, 1984.

Hebron Stephen, John Keats, British Library, 2002.

Helwett Dorothy, Adonais, A Life of John Keats, Hurst & Blackett, 1937.

Hunt, Leigh, Lord Byron and Some of his Contemporaries, 1828.

Homans, Margaret, "Keats Reading Women, Women Reading Keats", Studies in Romanticism 29, Autumn, 1990.

Jack, Ian, Keats and the Mirror of Art, Oxford: Clarendon Press. 1967.

Jones, Elizaberth, "The Suburban School: Snobbery and Fear in the Attacks on Keat", The Times Literary Supplement, 27 October 1995.

Jones Frederick L. , Collected Letters of P. B. Shelley, Oxford: Clarendon Press, 1964.

Jones, Leonidas M., The Life of John Hamilton Reynolds, Univ. Press of New England, 1984.

Jones, Stanley, Hazlitt: A Life, Oxford Clarendon Press, 1991.

Kelvin Everst, "John Keats", Oxford Dictionary of National Biography(DNB), Oxford: Oxford University Press, 2004, Volume 30.

Levinson, Marjorie, Keats's Life of Allegory: The Origins of a Style, Oxford: Blackwell, 1988.

McGann, Jerome J., "Keats and the Historical Method in Literary Criticism", Modern Language Note XCIV, 1979.

Motion Andrew, Keats, Faber and Faber, 1997.

Muir, Kenneth, ed. John Keats: A Reassessment, Univ. of Liverpool Press, 1959.

Murry, J. Middleton, ed. Keats and Shakespeare, Oxford Univ. Press, 1925.

Murry, J. Middleton, Studies in Keats, Oxford Univ. Press, 1930.

Redpath, Theodore, The Young Romantics and Critical Opinion 1807—1824, Harrap, 1973.

Ricks, Christopher, Keats and Embarrassment, Oxford: Clarendon Press, 1974.

Ridley, M. R., Keats's Craftsmanship: A Study in Poetic Development, Oxford: Clarendon Press, 1933.

Roe, Nicholas, "Keats's Lisping Sedition", Essays in Criticism XLII, 1, January, 1992.

Roe, Nicholas, ed. Keats and History, Cambridge Univ. Press, 1995.

Roe, Nicholas, John Keats and the Culture and Dissent, Cambridge Univ. Press, 1997.

Ryan, Robert M., Keats: The Religious Sense, Princeton Univ. Press, 1976.

Ryan, Robert M., "The Politics of Greek Religion", in Hermione de Almeida ed. Critical Essays on John Keats, 1990.

Sharp, Ronald A., Keats, Scepticism, and the Religion of Beauty, Univ. of Georgia Press, 1979.

Slote, Bernice, Keats and the Dramatic Principle, Nebraska Univ. Press, 1958.

Sperry, Stuart, Keats the Poet, Princeton Univ. Press, 1973.

Spurgeon, Caroline, Keats's Shakespeare: A Descriptive Study, Oxford: Clarendon Press, 1966.

Stanley Louis T., The Old Inns of London, B. T. Batsford, 1957.

Stillinger, Jack, The Hoodwinking of Madeline and Other Essays on Keats's Poems, Univ. of Illinois Press, 1971.

Stout, George D., The Political History of Leigh Hunt's "Examiner", together with an Account of the Book, Washington Univ. Press, 1949.

Tagholm Roger, Walking Literary London, New Holland Publishers (UK), 2004.

The Keats-Shelley Memorial Association, Keats and Italy, IL Labirinto Press, 2005.

Thorpe,Clarence D. , The Mind of John Keats, Oxford Univ. Press.

Thorpe,Clarence D. , "Keats's Interest in Politics and World Affairs", The Modern Language Association of American, December, 1931.

Vendler, Helen, The Odes of John Keats, Harvard, Bettznap Press, 1983.

Walker Carol Cyros, Walking North with Keats, Yale Univ. Press, 1992.

Ward Aileen, John Keats, The Making of a Poet, Farrar, Straus and Giroux, 1986.

Woodring, Carl, Politics in English Romantic Poetry, Harvard Univ. Press, 1970.

Wolfson, Susan J. , ed. "Keats and Politics: A Forum", Studies in Romanticism 25, 2, 1986.

Wolfson, Susan J. , "Keats and the Manhood of the Poet", European Romantic Review 6, 1, 1995.

索　引

一、人名索引

阿比，理查德，18—20，27，223，224，228，240，245，286

阿波罗，2，14，16，20，38，53，123，125，145，153，158，160，165—167，216，225，229，231，240，247，260，271

阿丽丝，阿丽丝·詹宁斯 13，18—20，138，222—224

埃亨巴乌姆，B.，128，133

埃斯库罗斯，42

艾伦，伍迪，139，183，203

艾略特，T. S.，4，5，45，60，68，79—91，93—95，104，108，111，115，129，130，134—136，181，182

爱德华，爱德华·济慈，3，12，13，80，138，221，222

奥利尔，查尔士，228，229

奥维德，181

巴赫金，M. M.，41，42，128

巴特，罗兰，5，79，95—100，102—104，106，108，110—122，135，162，203，219，260

白璧德，欧文，84—88，135

白居易，218

柏拉图，62，178

拜伦，1，2，18，24，25，28，31，36，38—41，44，58，60，66，67，79，83，170，193，203，224，225，243，255，267，269

贝克特，萨缪尔，79，103

贝莱，本杰明，18，25—27，29，30，43，47，48，51，52，62—67，74，77，89，90，145，217，230，235，236，247，250，259，262，264，278，281，300—303

比阿蒙特，乔治，44，146，262

比尔兹利，M. C.，94

冰心，191

伯特，丹尼尔·S，1，4，169，240，293

博尔赫斯，豪·路，6，41，79，168，175—181，183，185，189

布朗，查尔斯，2，20，27，32，40，43，52，55，61，89，146，148，149，153，230，233—235，237，238，240—244，262，276，277，279，285—288，291，293，297，298，301—305，307，309

布劳恩太太，149，236—238，244，278

布鲁姆，哈罗德，122

布斯，W. C.，48，111—120，134，135，219

曹雪芹，106，125，126

查特顿，21—24，147，164，203，224，255，

257,284
车尔尼雪夫斯基,36
陈寅恪,86
戴尔克,查尔斯·温特华斯,20,27,45,52,209,230,236—238,254,270,277,285,309
但丁,2,62,77,163,226,233,238,241,300
道勒齐尔,卢波米尔,26,135,136
德·曼,保罗,121,122,124,125,127
狄更斯,9,20,24,139
丁尼生,阿尔弗雷德,2,3,79,89,181
杜甫,76,306
多恩,约翰,88,89,130,131
恩格斯,4,10,11,36
法朗士,阿纳托尔,110
范妮,范妮·济慈,5,20,38,40,73,160,207—209,222,224,230,234,238,239,244,245,258,282,286,297
芳妮,芳妮·布劳恩,5,6,43,141,146—148,150,153,155,156,163,168,169,185,200,207,218,236—245,275,277,278
菲茨杰拉德,F. S.,3,5,41,73,173—175,181,182,191
费伦,詹姆斯,48,115,119,135,199,205
冯友兰,80
弗朗西丝,弗朗西丝·詹宁斯,11—14,138,221—223
弗洛格里,玛丽,225,238
弗洛伊德,101,102,120,141,164
福柯,米歇尔,5,79,99—104,111,135
傅修延,1,4—9,15,17—20,24,27—30,32,34,35,37,39—41,44,47,49—55,57—59,61—67,71—77,124,138,140,145,146,148—150,155,160,163,166,170,185,193,198—200,207—211,215—218,246,286,289,290,296—302,306,308,310
富恩特斯,卡洛斯,180,181,183
伽达默尔,104—107,109
戈蒂耶,菲尔,22,23
歌德,155
葛德汶,威廉,227
郭沫若,14,16,173
哈拉姆,阿瑟·亨利,2
哈斯拉姆,威廉,26,225,240,244,270,278
哈特曼,杰弗里,122
哈兹利特,威廉,7,55,74,75,227,232,236,254,259,269,280,289
海德格尔,104,105,166,184
海登,B. R.,15,32,34,39,71,77,125,193,227,229,231,243,254,257—261,263,267
海明威,182,183
荷尔姆斯,爱德华,12,34,222,226
荷马,2,31,42,68—70,72,77,179,185,227,233,250,281,300,307
赫尔曼,戴维,26,135
赫蒙德,托玛斯 13,166,196,213,223,225,276
赫赛,J. A.,1,32,35,51,55,185,227,231,233,236,243,255,287
赫施,E. D.,103,104,106,107,111,135
亨特,亨利,39,262
亨特,李,2,10,15,23,39,222,224—226,228,229,247,254,262
洪恩,威廉,231
胡德,托马斯,170
胡先骕,84,86
华兹华斯,1,2,4,6,7,18,25,40,56,58—60,79,83,164,192,193,196—198,204,207,227,230—232,234,238,248,255,256,259,267,268,270,290

基恩,埃德蒙德,199,205,228,241
济慈,约翰·济慈,1,4—7,10,15—18,20—22,24,27,29,30,32,34,35,37—41,44,47,49—55,57—59,61—67,69—74,76,77,124,140—146,148—150,152,154,155,157,158,160,162,163,166,170,172,175,177,185,189—191,194,195,198—204,207—211,214—218,286,289,290,296—302,306,308,310
贾浦曼,约翰,31,68—70,72,73,227,307
杰弗雷,弗朗西斯,243
金圣叹,218,219
卡夫卡,100,181,183,185,186
卡森,蕾切尔,6,7,193,198,199,205
坎贝尔,托马斯,170
柯勒律治,1,2,25,52,53,60,65,79,87,130,178,193,213,254
克拉克,查尔斯·考尔登,12,222,226
克拉克,约翰,12,149,212,222,226,244
克拉克大夫,244
克莱尔,让,160
克雷恩,R. S.,114
克里斯蒂瓦,朱莉亚,2,42
克罗齐,3
克洛诺斯,160,166
昆德拉,米兰,180,181,309
拉此诺维茨,彼得,120
莱诺斯,瓦伦丁,244,245
莱斯,詹姆斯,20,26,227,233,270,277,284
兰姆,查尔斯,227,243
兰色姆,J. C.,90,93,94
老子,158
勒姆普利尔,约翰,223
雷诺兹,J. H.,5,15,26—28,43,51,53—55,57,59,74,124,200,207,215—217,227,229—233,236,246—248,250,256,258,260,261,269,270,279,284,301
李白,137,210
里蒙-凯南,112
利科尔,保罗,107—111,119,122,135
列宁,11,36
龙沙,彼埃尔·德,236
鲁迅,9,14,31,35,36,106,127,149,150,152,185,205
罗伯茨,亚当,168—170
洛克哈特,约翰·吉布森,10,13,25,26,28,29,34,39,55,187,230,236
洛林斯,威廉,13,222
马丁,约翰,184,203,227
马克·吐温,116,174
马克思,4,9—11,36,101,102
马拉美,斯特凡,95,96,100,103,134
马修,乔治·费尔顿,225
玛丽,玛丽·雪莱,24,37,49,170,199,225,234,240,244,257,259,264,285,293,294,309
玛尼塔,154,160,163,241
麦克法兰,艾伦,139,202,203
梅光迪,86
弥尔顿,1,4,18,62,68,77,89,164,195,222,227,230,231,238,250,257,258,268,271,279,300
米尔尼斯,理查德·蒙克顿,2
米勒,希利斯,122,127
缪勒,麦克斯,161
莫逊,安德鲁,3
姆内莫西尼,160,163
南丁格尔,弗洛伦斯,2

尼采,101,122,135
欧文,威尔弗勒德,3,84,181
裴绿眉拉,181,182
普拉斯,西尔维亚,118,119
普罗普,弗·雅,128
普希金,130—132,171
乔叟,2,44,164,253,257,284
乔治,乔治·济慈,7,221
乔治安娜,乔治安娜·奥古斯塔·威利,7,24,27,37,39,41,43,44,50,51,53,67,124,140,166,170,191,210,211,216,225,228,229,233,234,237,238,245,251,252,257,262,266,267,269,270,272,275—277,285,287
琼生,本,37,257
琼斯,伊萨贝拉 186,230
日尔蒙斯基,维克托,131,132
瑞恰慈,I. A.,90—93,134,136
萨图恩,55,76,113,125,160,236,256
塞万提斯,181,183
赛姬,16,33,49,207,239
赛义德,爱德华,80
桑塔格,苏珊,145
骚塞,25,193
莎士比亚,2—4,34,37,41,44,45,52,60,68—70,83,87,93,101,110,111,133,164,185,211,222,228—232,238,247,249—251,254,257,258,261,262,269
山德尔,约翰·劳南德,223
舍温,约瑟夫,2,3,5,27,32,33,52,215,226,244,245,256,277,278
什克洛夫斯基,V.,128—133,135,208
史蒂芬斯,亨利,226,287
斯宾塞,18,67,68,223,224,226,231,232,238,242—244,288
苏东坡,149,150
苏格拉底,42,271,273
苏文,达科,170
索福克勒斯,42
泰勒,约翰,17,24,54,55,227,231—233,236,238,243,244,249,253,271,279,283,287
堂吉诃德,181,183
提坦,125,158—160,163,166,167,236
屠岸,4,9,46,152,195,197,265
托马舍夫斯基,鲍里斯,130,131,133
托玛斯,托玛斯·济慈,10,138,221,222
托姆,托姆·济慈,30,52,57,65,72,74,76,77,198,199,217,221,254,255,259,265,280,281,289,290,296,298,299,306,308
陀思妥耶夫斯基,5,6,41,42,156
瓦莱里,保罗,96
王尔德,奥斯卡,21,41,92
王佐良,1,2,4,28,31,130
威利,查尔斯,225
威利,亨利,225
韦尔斯,查尔斯,169,226
韦尔斯,赫伯特·乔治,
韦勒克,雷,45,82,84,86,134
维姆萨特,W. K.,94
沃伦,奥,45,82,84
巫宁坤,5,173,174
吴宓,86
伍德豪斯,理查德,4,15,55—58,60,74,82,97,103,227,236,238,241,251,256,269
西蒙斯,丹,3—6,171,172,174,175,188
悉登汉姆,托玛斯,52
席勒,240
小克拉克,12,19,27,32,67,213,222—224,

226,227,291
辛弃疾,205
徐志摩,330
雪莱,1,2,17,18,23－25,28,31,36,38,50,58－60,66,67,79,83,170,193,203,215,224,227,228,230,232,243,244,253,267
雅各布逊,R.,128
亚伯拉姆斯,M. H.,128
亚里士多德,62,101,114,115,119,165
叶芝,W. B.,45,187
伊卡洛斯,22,23,35
伊瑟尔,沃尔夫冈,120－122
元好问,117
袁可嘉,31
乐黛云,108
查良铮,6,7,10,16,21,22,28,31,38,41,49,53,69－72,141－145,148,152,154,157,158,162,171,177,189,190,194,195,199,201－204,210,214,215,301
詹宁斯,约翰,11－13,20,138,209,221,222,224
赵瑞蕻,331
赵树理,108
赵毅衡,92,93,135
郑敏,332,333
周珏良,45
朱光潜,214
庄子,61,75,155,180,206

二、作品索引

《S/Z》,96,98,99,106,162
《阿波罗礼赞》,229,247
《阿波罗颂》,225
《阿波罗致美惠三女神》,231
《阿童尼》,2,215
《啊,谁能忘掉如此美丽的生灵》,226
《“啊,我真难过,可怜的银翼侍童”》,238
《“啊,在夏日的黄昏”》,226
《“爱情是什么？是一个盛装的玩偶”》,237
《艾凡赫》,240
《安狄米恩:诗的传奇》,233
《安狄米恩》,4,5,24,28,29,32,35,39,47,48,51,52,55,62,63,71,73,77,125,151,153,160－162,171,187,229－232,236,243,246－249,253,255,259,267,285,300
《安狄米恩的崛起》,4,171
《奥托大帝》,2,9,153,240,241,243
《白蛇传》,19
《“白天逝去了,所有的甜蜜都逝去了!”》,242
《本杰明·巴顿奇事》,174,175
《比较神话学》,161
《变形记》,181,185
《“别去想它了,亲爱的”》,231
《藏头诗》,234
《城堡建设者》,237
《初读贾浦曼译荷马有感》,31,68,69,72,227
《初见埃尔金壁石有感》,229
《雏菊之歌》,214,232
《传统与个人才能》,5,68,81,83,87
《“大自然把卡珊德拉挡在七重天外”》,236
《当代叙事理论指南》,48,115,119,120,135,199,205

《"当他们来到仙女的庭院"》,238
《对理论的抵制》,124
《对时间的新驳斥》,179
《"对于一个久困于城中的人"》,6,7,195,226
《"翻过山岭,穿过谷地"》,233
《芳妮颂》,243
《仿斯宾塞而作》,224,288
《访彭斯墓》,234
《访问彭斯故乡后咏于高原》,235
《愤于世人的迷信而作》,150,199,228
《弗兰肯斯坦》,170
《感受谬见》,94
《歌——"精神至高无上"》,237
《歌剧片断》,232
《"哥特式殿堂庄严"》,230
《"歌颂激情和欢乐的诗人啊"》,237
《给雷诺兹夫人的猫》,231
《给我的弟弟们》,227
《给我的弟弟乔治》,226
《给我妇人、醇酒和鼻烟》,226
《"给我讲堂课,缪斯,还要大声点"》,235
《给我来上满满一碗》,224
《给一位赠我以玫瑰的朋友》,226
《孤独的刈麦女》,197
《观察家》,18,23,222—224,226,227,256
《光洁的脚、深紫罗兰色的眼睛和披分的头发》,226
《蝈蝈和蟋蟀》,228,233
《哈克贝利·费恩历险记》,116
《海盗》,24
《海披里安》,4,5,51,67,75,77,124,153,158,160,171,231,233,235—237,241,243,257—260,285,300,306
《海披里安的覆亡:一场梦境》,5,14,75,122,124,154,158,163,241
《汉娜·阿伦特》,2,42
《"欢迎喜乐,也欢迎悲愁"》,237
《红楼梦》,102,106,117,125,126,172
《"后来,一位博学多识的贤人"》,243
《华伦斯坦》,240
《画眉鸟的话》,33,53,164,201,214,232,260
《幻想》,142,148,237
《荒原》,86,181,182
《回忆与作家们的交往》,27
《基督胜利进入耶路撒冷》,227
《"假如我们的英语一定要被韵式牵制"》,239,252
《"假如我是奥林匹亚十二大神之一"》,232
《"即便是阿拉丁的魔术师"》,235
《疾病的隐喻》,145
《济慈的夜莺》,6,177,178
《济慈墓地》,21
《济慈评传》,1,4,5,8,9,28,46,52,58,71,75,138,146,193,198,207
《济慈书信集》,1,4,6—8,10,15,17,18,20,24,27,29,30,32,34,35,37,39—41,44—47,49—55,57—59,61—67,72—74,76,77,124,140,145,146,148—150,155,160,163,166,170,185,191,198—200,207—211,215—218,246—267,269,270,272,275—284,286,289,290,296—302,306,308,310
《寄小读者》,191
《寂静的春天》,6,7,193,198,199
《见埃尔金壁石并致海登》,229
《见弥尔顿一绺头发有感》,68,231
《解释的有效性》,104
《"今夜我为何发笑"》,238,272
《静坐重读〈李尔王〉》,231

《卡利多尔》,226
《科幻小说史》,168—170
《“快乐的英国”》,228
《拉米亚》,19,153,187,240,241,243,252
《莱昂与西丝娜》,230
《老麦格她是个吉卜赛》,234
《李尔王》,69,72,229,259
《里米尼的故事》,226
《两个博尔赫斯的故事》,179
《“两三朵花儿”》,239
《了不起的盖茨比》,174,175
《论诗歌中的伦敦佬派》,10,230
《论诗三十首》,117
《罗宾汉——致一友人》,232
《迈克》,197
《麦布女王》,170
《“漫长的严冬过去了,愁云惨雾”》,228
《明亮的星》,5,6,196
《“明亮的星!愿我像你一样坚定”》,5,170,203,244
《“摸不着,听不到,看不见”》,230
《摩罗诗力说》,35,36
《尼布甲尼撒之梦》,231
《“你到哪儿去呀,德文郡的姑娘”》,233
《“你说你爱”》,230,231
《“尼维斯先生,这回我生气了”》,235
《年轻的诗人》,227
《牛津国家传记辞典》,4
《“女人!当我看到你饶舌而又虚荣”》,226
《“哦,别这么害羞,别这么害羞”》,231
《“哦,孤独”》,7,194,195,225,226
《“哦,你知道我今天遇到了什么”》,234
《“哦,我被最可怕的思想吓到了!”》,232
《恰尔德·哈罗德游记》,18,24,44,67,224,255
《清晨别友人有感》,227
《秋颂》,33,201,202,205,212,219,220,241,242,283
《“骑马的陌生人容光焕发”》,232
《曲径分岔的花园》,176,177
《“去你的勃艮第、克拉莱特和波尔图红葡萄酒”》,232
《“如同暮色苍茫中飞起的银鸽”》,224
《赛姬颂》,16,49,207,239
《傻瓜之歌》,232
《神曲》,163,226,233,238,241,287
《圣经》,40,41,63,269,274
《圣马克节前夕》,238
《圣亚尼节前夕》,70,189,190,237,241,253
《失乐园》,18,195,230,262,268
《诗集》,228,229,231,243
《“诗人在哪里?快露面,快露面”》,237
《十日谈》,232
《抒情歌谣集·序言》,60
《水仙花》,197
《睡与诗》,16,17,22,23,41,164,165,227
《“睡着了!哦,睡一会儿吧,洁白的珍珠!”》,233
《斯蒂芬王》,9,241
《“司各特先生所作的〈丧屋〉”》,207,238
《“似赫耳墨斯迷恋于翅膀的轻拍”》,238
《四仙灵之歌》,207,239
《“他们坐着沉思,转动着疲倦的眼眸”》,241
《“他要去认识一位忧郁的乡巴佬”》,238
《堂璜》,25
《题李·亨特的诗〈里米尼的故事〉》,229
《“甜甜蜜蜜的是那问候的注视”》,234
《汀腾寺》,197,268

《为从女郎们那儿收到精致贝壳与诗抄而作》,225
《“蔚蓝！这是天空的生命”》,232
《为诗辩护》,17
《文学理论》,45,82,84
《文学批评原理》,91,92
《文学与美国的大学》,84,85,87,88
《我们的土地》,180
《我之歌》,234,286
《“我的鸽子,可爱的鸽子死了”》,237
《“我面前放着后两道美味”》,235
《“我祈求你的慈悲、怜惜与疼爱”》,242
《“我在小山冈上踮脚伫立”》,228
《无情的妖女》,6,7,49,153,187,199,207,239,240,243
《五月颂》,233
《西方诗学:传统与进程》,135
《希腊古瓮颂》,5,10,30,46,49,63,65,72,151,173,240
《仙后》,18,67,223,226
《仙灵之歌》,33,157,158,200,201,207,214,238
《仙女的胜利》,238
《闲适颂》,49,240
《献诗——给李·亨特先生》,228
《逍遥游》,155,180,206
《小丑,又名嫉妒》,242
《小说修辞学》,48,112—114,116—118,120
《写于5月29日——查理二世恢复王权统治纪念日》,225
《写于李·亨特先生出狱之日》,224
《写于彭斯诞生的村屋》,145,235,301
《写作的零度》,98
《“心怀不满的斯文君子”》,235
《“嘘,别出声,脚步轻点,我亲爱的!”》,237
《叙事作品结构分析导论》,96,97,219
《玄学派诗人》,88,90
《亚基比德之死》,244
《夜色温柔》,191
《夜莺颂》,2,6,33,36,45,48,49,52,141,142,144,148,152,163,165,167,172,174—178,181,182,191,201,202,210,211,239,245
《一颗像里茨饭店那么大的钻石》,174
《“一年的时光用四季来度量”》,156,206,233,250
《伊萨贝拉,或紫苏花盆》,233
《伊斯兰的起义》,230
《艺术家与白日梦》,141
《意图谬见》,94
《隐含作者的复活:为何要操心?》,48,118,119
《永生》,179
《咏“美人鱼”酒店》,232
《咏大海》,229
《咏好友雷诺兹小姐所赠镌有勒安得耳图像印章》,229
《咏和平》,224
《咏李·亨特递过来的桂冠》,229
《咏名声》,207,239
《咏因弗尼斯附近比奥利修道院中的髑髅》,235
《忧郁的剖析》,240
《忧郁颂》,49,240
《“有多少诗人把闲暇镀成金”》,31,68—71,188,189,204,227
《有感于某部诗篇而试作》,226
《“有个叫比肖亭的地方”》,233
《余尔等主》,187
《远游》,18,259

《阅读的快乐》,98
《“在寒夜的十二月里”》,38,50,158,231
《在西敏寺桥上》,196,197
《“这边来,这边来,我的爱”》,230
《这个男人来自地球》,179
《“这是一个‘巫术的夜晚’”》,237
《“阵阵寒风在丛林里低吟”》,227
《“这只活泼的手,此刻温暖而又灵巧”》,242
《知识考古学》,102,135
《致——》,232
《致 J. H. 雷诺兹先生》,233
《致爱玛·马修》,225
《致奥布里·乔治·斯宾塞》,231
《致拜伦》,203,224
《致查尔斯·考尔登·克拉克》,226
《致查特顿》,21,147,203,224
《致芳妮》,242
《致海登》,227
《致荷马》,233
《致几位女郎》,225
《致见我戴着桂冠的女士》,229
《致克苏斯珂》,228
《致玛丽·弗洛格里》,225
《致尼罗河》,232
《致乔治·弗尔顿·马修》,225
《致乔治安娜·奥古斯塔·威利》,228
《致睡眠》,207,239
《“致斯宾塞! 一个妒忌你的崇拜者”》,232
《致希望》,224
《致赠我桂冠的年轻女士》,229
《致詹姆斯·莱斯》,233
《作者的死亡》,5,95,96,100
《作者是什么?》,5,100—102,111

三、词语索引

“Z”,13,25,55,230,236
爱尔金壁石,31,71—73,76,144
《爱丁堡评论》,26,243,267
《爱丁堡杂志》,243
“保卫作者”,104,106,111
本体论,93,94
“必要的懒散”,87
“不懂希腊文的希腊人”,31,159,191
《布拉克伍德》,10,13,25,230,236,243,255,256
“不可靠叙述”,114—117
“钗黛合一”,126
超现实主义,96
“持中秉正”,86
“第二自我”,48,58,60,74,113,114,118—120,164,212
“对着讲”,79,80,104,115,120,135
反常化,128—131,133,208,216
“反事实历史”,26
“否定的能力”,46
《观察家》,
“观点的旅行”,10,80,95,103,121,133
后结构主义,5,96,97,106,127
“话语的实践”,
“活在当下”,188,206
结构主义,5,96,97,106,114,127,132

解构主义,106,122,127,128
解释学,104—111
“接着讲”,8,10,79—82,86,88,91,95,104,111,113,114,128—130,133—135,168
“静候”,58,189
“距离控制”,114—117
“可能的世界”,184,189
“客观感受力”,
“兰桂齐芳”,126
“懒人船”,88
浪漫主义,1,2,4,7,8,22,23,27,36,43,53,58,60,68,82—85,89,93,99,115,134,135,169,170,173,192,193,196,224,293
“泪之谷”,37,39,191,239,273
“麻木”,48—52,56,60,133,162,164,189
“美＝真”,8,151—154,158,173,187—189,191
“美≠真”,8,9,151—154,158,173,187—189
“美即真,真即是美”,
“美在未来”,125,158,159,236,238
“梦醒美去”,5,153,173,187,188,239,240
陌生化,129
《评论周刊》,256,267
“谱系学”,135
“情感的麻木”,48,52,65,150
商业化潮流,4,9,10,19,31,33,34,41,42
审美恐惧,153,188,241
审美愉悦,153
“诗人无个性”,57,91,136,236
“诗人无诗意”,57
“诗人无自我”,4,5,46,54—58,60—62,65,66,74,81,82,88,93,95,97,98,103,104,111,113,120,121,128,134—136,237
“视域融合”,105
“受述者”,112
“填充”,58,61,189,214
唯美主义,4,31,32,36
“为艺术而艺术”,31,32
“吾丧我”,61
现代主义,8,26,150,199,205
想象力,7,17,30,31,44,46,58,63,64,66—68,73,75—77,92,151,170,174,230,246,247,263—267,296,300
“消极的能力”,5,46,47,52—54,56—62,65,66,86—88,103,128,133—135,162,164,189,231,236
《新时代》,243
“新亚里士多德学派”,114
新人文主义,84,86,87
新批评,84,91—94,96,114,116,124,135
“星座效应”,135,136
《雅典娜神庙》,27
“叙述者”,112
“亚当的梦境”,64,264
耶鲁学派,106,122
“隐含的读者”,112,117—121
“隐含的作者”,56,112—120
“造魂之谷”,37—39,151,239,273
“真实的读者”,112
“真实的作者”,56,112
“芝加哥学派”,114
“止于静观”,57,58
“自然的歌者”,6,7,193,196,198,204
“自然的听者”,198,204,207
自我中心,56—60,83—86,115,134,248,253,256

后记 “明亮的星！愿我像你一样坚定”

明亮的星！愿我像你一样坚定——
不仅在于你高悬夜空炯炯孤明，
有如山林里耐心的不眠隐士，
从不闭上守望的眼睛，
看那涌动的海水像教士般劳作，
冲洗净化人类居住的海岸，
或凝望初次降落的皑皑白雪
徐徐笼罩山冈与荒原；
不——就这样坚定，这样执著，
将头枕在我美丽恋人正在成熟的洁白胸脯上，
感受它那温软的不停起伏，
永远清醒地伴随那甜蜜的动荡，
静静地，静静聆听她那柔和的气息，
就这么一直下去——或是长眠于黑甜乡。①

十四行诗《“明亮的星！愿我像你一样坚定”》，过去一直被认为是济慈的绝笔之作，因为他在1820年赴罗马的双桅船上把它写给舍温，但后来研究者发现布朗抄有此诗并标明写于1819年，这首诗不但与济慈该年10月间的诗风完全一致，而且诗中提到的“初次降落的皑皑白雪”，也与保留下来的气象记

① John Keats, "Bright star! Would I were steadfast as thou art", Miriam Allott, ed. *The Poems of John Keats*, London: Longman Group Limited, 1970, pp. 736—739.

录正相吻合——伦敦地区确实在1819年10月22日下了一场罕见的早雪。济慈抄诗给舍温并非一时心血来潮，那是一个风平浪静的黄昏，济慈在一天中最喜欢这个时辰，当时潮水在有节奏地拍打着海岸，远方的地平线显得是那样的神秘，虽然头顶上还有蓝天白云，但星星已经开始眨起了眼睛。头顶上洒下的星光与脚下潮起潮落的海面，使济慈触景生情心有所感，于是重抄起契合此情此景的旧作，以疏解这趟不归之旅中的心头郁结。

如果只是漫不经心的粗粗一瞥，这首十四行诗很容易被人看作温馨香艳之作，因为诗的最后部分写到了“恋人正在成熟的洁白胸脯”，然而运用英美新批评派倡导的“细读法”，我们会发现它具有宏大的精神视野与强烈的内在张力。首句“明亮的星！愿我像你一样坚定”，使叙述者扶摇直上取得从高空鸟瞰的观察角度，接下来叙述“明亮的星”用执著的不眠之眼，俯视地面上的三种活动：一是潮汐如教士祈祷一般每天两次冲洗海岸，二是皑皑白雪笼罩荒野与山冈，三是诗人头枕恋人胸脯聆听其呼吸。令人拍案叫绝的是，这三种“被看”之间存在微妙的异质同构关系——潮水规则的升降、雪花缓缓的飘落与胸脯柔和的起伏全是垂直方向的运动。不仅如此，它们都像亮星守望的“目光”一样具有净化功能——潮水规则地清除岸边污垢，白雪的覆盖使地面上的一切复归纯洁，恋人均匀的呼吸让人保持清明的理智。

就像《“明亮的星”》一样，济慈诗歌看上去似乎都是不事推敲信手而成，实际上却特别能承受批评家的分析与挑剔。这种艺术品质起初在维多利亚时代获得击节赞赏，后来又在以“细读法”为放大镜的新批评派那里得到更为有力的证明。本书没有辟出专章讨论济慈诗歌的艺术形式，因为我觉得在这方面人们早有共识，对于这位“诗人中的诗人”，已经有太多的文章和论著涉及其诗歌的形式美。然而，这并不意味着国内这方面的研究已很深入。我注意到一些文章仍满足于一知半解地评说济慈，有些人讲起“三颂”来口若悬河，却不知道《希腊古瓮颂》中的石瓮是用来盛装骨灰，《夜莺颂》中的鸟儿是在时间丛林中“穿越”，以及《秋颂》中的景观来自诗人对一些名画的印象。[①] 我对研究济慈有一条深刻体会，这就是必须把他的“美＝真”与“美≠真”联系在一起来考虑。假如一味强调前者，就会像叶芝一样把他看成一个对美垂涎三尺，“将脸

---

① 参看傅修延：《济慈“三颂”新论》，《江西社会科学》2007年第2期。

和鼻子紧贴糖果店窗玻璃”[①]的学童，这种卡通式的形象与济慈的真实面貌完全不符。济慈在《希腊古瓮颂》确有“美即是真”之语，但那是搁置时间流逝状态下的高峰体验，而真正为人长久记住的是他的“美≠真”。济慈对时间的恐惧，对“梦醒美去”之类故事的讲述，还有他那些时间迷思与奇想，构成其诗歌与诗论中最具久远价值的部分，人总是要死的，最永恒的艺术乃是对生命本身的思考。他的“诗人无自我”之论也不能说与此无关：无“我”则无物不“我”，这也是一种对肉身易朽的精神反抗。要是没有挥之不去的时间恐惧，济慈不会对“永远年轻”的石雕男女说出“你将永远爱下去，她也永远秀丽”[②]（石瓮中盛装的骨灰构成对此的反讽），也不会对树上的夜莺感叹“永生的鸟呵，你不会死去”，[③]更不会用名画上凝固的秋色来替代动态的实景。即便是在这首《“明亮的星”》中，我们也能察觉寥廓宇宙对私密一刻的“压迫”——头枕恋人身体固然美妙，然而头顶上的星光提醒诗人不可能“就这么一直下去”，所以他只能希望自己在“黑甜乡”中长眠不醒。

济慈的内心纠结也就是我们的纠结。现代人难道不是这样吗？我们一方面祈祷“美＝真”，希望美好的事物“绝对不会化为虚无”，[④]另一方面又惋惜“美≠真”，伤感于“只要一碰，甜蜜和快乐/就像水泡被雨点打破”。[⑤] 王佐良先生称济慈为“我们的同时代人”，[⑥]深层原因应在于此。济慈在艺术史上的“永远年轻”亦可以此诠释：人们只有通过阅读济慈，才能够消解那些起负面作用的心理能量，因为没有其他人比他更会表现时间带走一切的迷惘与痛苦。济慈企图“叫停”时光的流逝，他幻想“一星期能变成一世纪”，还希望与芳妮聚首的三天能“注入平常五十年也装不下的欢乐”，这些都是以瞬间对抗永恒，以生命的质量来弥补时间数量上的不足。世界上没有谁能真正成为永生的夜莺，但是这些有助于我们理解人生，懂得时间的奥秘与生命的真谛。济慈有首

---

① W. B. 叶芝：《余尔等主》，载《叶芝诗选》，杨牧编译，台北：洪范书店，1997 年，第 93 页。

② 约翰·济慈：《希腊古瓮颂》，载《济慈诗选》，查良铮译，北京：人民文学出版社，1958 年，第 76 页。

③ 约翰·济慈：《夜莺颂》，载《济慈诗选》，查良铮译，北京：人民文学出版社，1958 年，第 73 页。

④ John Keats, "Endymion: a Poetic Romance", Miriam Allott, ed. *The Poems of John Keats*, London: Longman Group Limited, 1970, p. 120.

⑤ 约翰·济慈：《幻想》，载《济慈诗选》，查良铮译，北京：人民文学出版社，1958 年，第 81 页。

⑥ 王佐良：《英国诗史》，南京：译林出版社，1997 年，第 324 页。

诗起句为“有多少诗人把闲暇镀成金”，[①]他的意思是人们身边流过的分分秒秒都应当镀成金色，阅读济慈的最大收获就是使人特别重视当下，瞬间诚然不能变成永恒，但是对于注重生命质量的人来说，人生的每一瞬间都无比珍贵，我们没有理由不让它放射出熠熠的光辉。

除了诸如此类的生命思考之外，济慈成为人们思想夜空上的明亮星辰，还得益于一些可遇而不可求的特殊机缘。他生活在商业化浪潮惊涛拍岸的19世纪初年，那时的英国像我们今天一样正经历社会转型，拜金主义与实用主义甚嚣尘上，而他却做出了大无畏的弃医从文决定。对比之下，我们这里许多诗人在诱惑前未多思索便匆匆向商海试水，徘徊在岸边者也有不少镇日怨天尤人，左顾右盼静不下心来，这些人应当抬起头来仰望苍穹，对那颗“明亮的星”说出“愿我像你一样坚定”。济慈出生于当时世界上最大的城市伦敦，从那里发端的城市化运动，目前正在全球特别是中国开展得轰轰烈烈，所以作为“一个久困于城中的人”，[②]济慈能够比别人更早表达对城市水泥森林的厌恶，他的诗句也被当代环保主义者用来向世人发出警示。[③] 济慈又是一位进城务工者的儿子，英国浪漫主义诗人不是贵族便是世家出身，唯独他这位“伦敦佬”没进过大学校门，也许就是因为这种与众不同的平民身份，使他在“自我中心”旗帜高高飘扬的浪漫主义营垒中喊出了“诗人无自我”的声音，而这个声音又在后来的西方文论中不断激起回响。

以上所述，应能解释我这几十年来对济慈的锲而不舍或曰执迷不悟。每当仰望夜空，我总会想起《“明亮的星”》这首十四行诗，诗中那“从不闭上”的炯炯目光，仿佛时时刻刻都在守望我的人生航程。我从济慈那里得到的最大教益就是不要抱怨，济慈曾说他如果写出了莎士比亚那样的作品，也一定会被人当作英雄好汉来喝彩欢呼，[④]我们应当这样反求诸己：不管处在什么样的环境

---

① 约翰·济慈：《“有多少诗人把闲暇镀成金”》，载《济慈诗选》，查良铮译，北京：人民文学出版社，1958年，第6页。

② John Keats, “To one who has been long in city pent”, Miriam Allott, ed. *The Poems of John Keats*, London: Longman Group Limited, 1970, p. 45.

③ 蕾切尔·卡森的《寂静的春天》得名于济慈的《无情的妖女》，参看本书引言部分。

④ 我没有理由抱怨，因为我确信这个时候任何真正美妙的东西都会被人察觉。我毫不怀疑，假如我写了《奥瑟罗》的话，我一定会被当成像亨特那样的好汉被人喝彩欢呼。”约翰·济慈：《一八一九年十月三日致B. R. 海登》，载《济慈书信集》，傅修延译，北京：东方出版社，第434—435页。

之中，首先要做到的是像“明亮的星”那样坚定。在我的印象中，济慈年轻的面容不但青春常在，而且始终绽开欢乐的笑颜，他朝气蓬勃地走过了这个被人称为“泪之谷”的人世，在某个听见死神逼近脚步的午夜，他竟然忍俊不禁发出爽朗的笑声。[①] 无论是《济慈评传》还是本书，我都强调了济慈具有常人难以想象的“抗击打”能力，因为我实在无法容忍一些人鹦鹉学舌般地谈论济慈性格的软弱。济慈身体里流淌着来自底层劳动者的血液，他身上最不缺乏的就是血性与胆气，正是这种素质成就了一位矢志不移的坚定诗人。

还要向读者交代的是我与济慈结缘的经历。

1957年的那场“反右”运动，使我父亲离开了大学讲台，成了中文系资料室的图书管理员，这一变故带来的好处是我很早便有机会去大学帮他整理书籍。“文革”前父亲常将新到的图书带回家中，我的长兄那时对浪漫主义诗歌颇有兴趣，我就是在他的书桌上第一次看到“济慈”这个名字，想来那本书一定是查良铮翻译的《济慈诗选》。但那时外国诗人中普希金是人们的最爱，拜伦和雪莱的名字还要排到裴多菲和莱蒙托夫之后，济慈的位次就更是“未入流”了。济慈不被看好与当时的大气候有密切关系，一段时期内国内学术界唯苏联马首是瞻，老大哥那边的学者说济慈只知道“崇拜永恒的美”，[②]不像拜伦、雪莱那样以诗歌为斗争武器，我们这里也只好说他“有严重的唯美主义倾向”。[③] 让人们感到这顶帽子不大冤枉的，是新月派诗人徐志摩对济慈有过极度推崇，这位“新月下的夜莺”像王尔德一样把济慈当成了自己的先驱，不过他对《夜莺颂》的分析讲解似乎还未搔到痒处。[④] 今天重读上世纪五六十年代查良铮、袁可嘉等人评价济慈的文字，可以发现其中对苏联观点的附和只是虚晃

---

① 济慈有十四行诗《“今夜我为何发笑?”》，参见本书第五章。

② “苏联科学院1953年出版的《英国文学史》把济慈在英国浪漫主义运动中所处的特殊地位作了很好的描述，它说：‘……雪莱和拜伦积极反对他们周围的不合理的世界，并把诗看作政治斗争的工具，而济慈则不是这样，他倾心于美，特别是在早期的诗作里崇拜永恒的美。’(见该书第一卷第二册130页)。”查良铮：《〈济慈诗选〉译者序》，载《济慈诗选》，查良铮译，北京：人民文学出版社，1958年，第5页。

③ “济慈的诗歌理论既有积极的因素……，但显然也有相当严重的唯美主义倾向。”袁可嘉：《〈济慈书信选〉后记》，载古典文艺理论译丛编辑委员会(编)：《古典文艺理论译丛》(第九册)，北京：人民文学出版社，1964年，第165页。

④ 徐志摩：《济慈的夜莺歌》，载《徐志摩散文》，杭州：浙江文艺出版社，2000年。

一枪，即便在那样的氛围中，老先生们也能用委婉曲折的方式表达自己对济慈的喜爱，他们留在字里行间的东西构成了后人研究的出发点。

“文革”结束后此类闪烁其词的表达均成历史，在1980年华中师范大学举办的外国文学研讨班上，我目睹了老一辈学者挣脱思想枷锁后喷薄而出的学术激情。这个研讨班的主题之一是浪漫主义文学，主讲人为赵瑞蕻和杨苡这一对学者伉俪。杨苡女士是杨宪益先生的妹妹，她对夏洛特·勃朗蒂的妹妹爱米莉·勃朗蒂情有独钟，认为《呼啸山庄》的价值不亚于《简·爱》。赵瑞蕻先生满头银丝，气质高雅风度翩翩，一开口就提起济慈的《秋颂》，说在秋天来到桂树飘香的桂子山讲浪漫主义，真是一件再合适不过的事情。在讲到济慈的《夜莺颂》时，他用抑扬顿挫的声调吟诵起唐代诗人李商隐的《流莺》，吟到“流莺飘荡复参差，渡陌临流不自持”时，他老人家真的泪光莹莹“不自持”起来，第二天他为这种“不自持”向我们表示歉意，台下则报以热烈掌声。赵先生告诉我们，苏联人写的文学史把华兹华斯说成反动浪漫主义诗人，对济慈的评价也不准确，我们应当为华兹华斯“平反”，认识济慈在文学史上的真实地位。在讲课中，他引述了法国浪漫主义诗人戈蒂耶的一段话，说当时的年轻人为自己的艺术激情所陶醉，希望像希腊神话中的伊卡洛斯那样借助人造翅膀飞上天空，即便后果是从高空坠落海中——“伊卡洛斯的命运对于我们是无所畏惧的。‘give us wings！ wings！ wings！’到处升腾着这呼喊，‘即使我掉进大海里！’从天上落下来，一个人至少得飞上很高，这是比一辈子在地上爬行要美好得多的行程”。①

可想而知，在乍暖还寒的时代听到这番充满激情的演讲，我们这些坐在台下的年轻人会是什么样的心情。当时听讲的大多是高校中青年教师，还有几名像我这样的在读研究生（1980年全国的外国文学研究生总数不过一二十人），我们似乎一下子全都变成了希望飞上天空的伊卡洛斯，心里面发出了“给我翅膀！ 翅膀！ 翅膀！”这样的呼喊。事过境迁之后，我逐渐体会到华中师大王忠祥、周乐群两位先生举办这期研讨班的良苦用心，为了打开长期禁锢人们思想的“现实主义”闸门，需要借力于崇尚心灵自由的浪漫主义。当时我们这些研究生正在思考毕业论文的选题方向，在这股无法抵御的冲击力面前，大家

① 参见本书第二章第三节。

不向浪漫主义“投降”简直就是不可能的了：河南师大的李小江表示要研究爱米莉·勃朗蒂，湘潭大学的张世君和我的同学陈融选择了雨果，而我的心已非济慈莫属。我和陈融这样定题还多了一重原因，我们的教学实习任务是给中文系七八级讲课，如同神差鬼使一般，七八级的外国文学课那时正好讲到浪漫主义时期，于是陈融大讲雨果与夏朵勃里昂，我也大讲华兹华斯与济慈。我的毕业论文在导师张谨之先生指导下完成之后(刘国屏先生也给了许多指教)，由于学校当时尚无外国文学专业的硕士学位授予权，我和陈融是在北京师范大学通过考试和答辩后获得学位(张谨之先生年逾古稀仍亲自陪我们进京)。北师大负责审阅我论文的是郑敏先生，她不仅是研究英美诗歌的专家，而且与热爱济慈的查良铮(穆旦)、袁可嘉等同为九叶派诗人，[①]她在评审意见中对我那不知天高地厚的探索给予了热情鼓励与肯定。

人们说毕业论文的写作对人的一辈子都有影响，这话真有道理。本书在引言部分介绍了我这方面的后续研究，这里要补充的是，没想到世纪轮替之后，我与济慈的缘分还会“老树春深更著花”——居然有机会再度出国访学(上次是在加拿大)，到英伦三岛展开一次穷根究底的“追星”之旅。在《济慈评传》后记“于我心有戚戚焉”中，我用较大篇幅详细记述了寻访济慈遗踪的过程。欧洲是一个重视保护历史文化遗迹的地方，我从济慈出生的客栈一直追踪到他在罗马的墓地，几乎没有遗漏他到过的任何一个地方。我选择的访学机构是位于伦敦市中心的国王学院，由于济慈曾在盖氏医院接受过药剂师培训，盖氏医院如今又是国王学院的附属医院，他的名字赫然列于学院杰出校友榜首，他在盖氏医院注册时的亲笔签名被当作珍贵文物对外展示。国王学院的医学研究举世闻名，似乎是为了维系济慈在医学与文学之间串起的红线，学院开设了一门独一无二的课程叫“文学与医学”，该课程由一名文学教授和一名外科医生共同讲授，教授上午讲“文学中的医生”，医生下午讲“医学叙事”，我听课时就有人问我是不是学医的。

或许是冥冥之中有济慈护佑，我这趟“追星”之旅进行得异常顺利。去当

---

① 因1981年出版的《九叶集》而得名，形成于西南联大时期(1938—1946)，主要成员为杭约赫、辛笛、陈敬容、郑敏、唐祈、唐湜、杜运燮、穆旦、袁可嘉等，其风格既承接中国新诗传统，又有西方现代主义的影响。“九叶”中如今唯余郑敏一“叶”，其他都已凋零。

地银行办开户手续时，我因在英逗留时间较短差点被拒绝，但对方得知我是来做济慈研究（我出示了自己翻译的《济慈书信集》）后开放了绿灯，别人说同类情况大多是碰壁而回。访学期间我住在女儿女婿家中，女儿傅真当时在汇丰银行投资部工作，她获得这份工作也与济慈不无关系：面试时对方问了她许多问题，其中之一是对英国文学印象如何，金融类专业的毕业生一般只知道莎士比亚，但女儿口中居然还蹦出了济慈等浪漫诗人的名字，对方感到吃惊后进一步追问，女儿于是滔滔不绝地背起了《安狄米恩》的开篇——“A thing of beauty is a joy for ever:/Its loveliness increases; it will never/Pass into nothingness”。汇丰银行素来看重员工的整体素质，这种情况下女儿不被录用也是不可能的了。还要提到的是，女儿名字中的“真”缘于其出生时我正研究济慈，满脑子都是《希腊古瓮颂》中的“美即是真，真即是美”，这个“真”字寄托着我和妻子对孩子未来的一种期许。

济慈逝世于1821年，再过几年人们就要纪念济慈逝世两百周年。我们中国人究竟应当怎样纪念济慈，这是我最近想得较多的一个问题。尽管赵瑞蕻等前辈学者30多年前就发出过呼吁，迄今为止国内的济慈研究仍与其贡献大不相称。济慈在《致查特顿》中说：“而今，你/住在星空，对着旋转的苍穹/美妙地歌唱，不再受制于/人心的忧惧和忘恩的人群。”[①]我们不能如此“忘恩”。天上的星辰固然多得数不清楚，但是对于少数具有坐标意义的“明亮的星”，具有正常目力者不应当视而不见，它们的光芒不像太阳和月亮那样强烈，却足以助人在暗夜的旷野中辨识方向，保持清明的理智与坚定的信心。济慈的生命在两个世纪之前已经结束，但他发出的光芒似乎是刚刚抵达我们这里，或者说我们此刻才明白其光芒的意义——在当前这个日益变得浮躁的社会，我们真的需要有净化作用的灿烂星光，需要苍穹之上“炯炯孤明”的守望之眼。

明亮的星！愿我像你一样坚定……

---

① 约翰·济慈：《致查特顿》，载《济慈诗选》，查良铮译，北京：人民文学出版社，1958年，第21页。

图书在版编目(CIP)数据

济慈诗歌与诗论的现代价值/傅修延著. —北京:北京大学出版社,2014.3
(国家哲学社会科学成果文库)
ISBN 978-7-301-23946-9

Ⅰ.①济… Ⅱ.①傅… Ⅲ.①济慈,J.(1795~1821)—诗歌研究
Ⅳ.①I561.072

中国版本图书馆 CIP 数据核字(2014)第 029161 号

书　　　名:济慈诗歌与诗论的现代价值
著作责任者:傅修延　著
责 任 编 辑:初艳红　张　冰
标 准 书 号:ISBN 978-7-301-23946-9/I·2724
出 版 发 行:北京大学出版社
地　　　址:北京市海淀区成府路 205 号　100871
网　　　址:http://www.pup.cn　　新浪官方微博:@北京大学出版社
电 子 信 箱:zpup@pup.pku.edu.cn
电　　　话:邮购部 62752015　发行部 62750672　编辑部 62759634
　　　　　　出版部 62754962
印　刷　者:北京中科印刷有限公司
经　销　者:新华书店
　　　　　　730 毫米×1020 毫米　16 开本　22.25 印张　353 千字
　　　　　　2014 年 3 月第 1 版　2014 年 3 月第 1 次印刷
定　　　价:68.00 元

未经许可,不得以任何方式复制或抄袭本书之部分或全部内容。
版权所有,侵权必究
举报电话:010－62752024　　电子信箱:fd@pup.pku.edu.cn